Né en 1840, Émile Zola abandonne prématurément ses études et cherche rapidement à gagner sa vie. Après une incursion dans le monde de l'édition, Zola se lance dans le journalisme et signe son premier grand roman, *Thérèse Raquin*, en 1867. Il se rapproche de l'esthétique naturaliste et n'hésite pas à prendre fortement position : son nom reste, aujourd'hui encore, associé à l'affaire Dreyfus dans laquelle il a eu un rôle déterminant. En 1868, il entreprend la rédaction de la généalogie des *Rougon-Macquart* : il lui faudra près de vingt ans pour écrire cette *Histoire naturelle et sociale d'une famille sous le second Empire*, composée de vingt volumes. Il s'éteint à Paris en 1902.

DU MÊME AUTEUR
CHEZ POCKET

POCKET CLASSIQUES

collection créée par Claude AZIZA

ÉMILE ZOLA

LA CURÉE

Préface et commentaires par
Marie-Thérèse LIGOT

Le papier de cet ouvrage est composé de fibres naturelles, renouvelables, recyclables et fabriquées à partir de bois provenant de forêts plantées et cultivées durablement pour la fabrication du papier.

© Pocket, 1990, pour la préface, les commentaires
et le dossier historique et littéraire.

© Pocket, 1999, pour « Au fil du texte » *in* « Les clés de l'œuvre ».

ISBN : 978-2-266-19802-8

SOMMAIRE

* Pour approfondir votre lecture, *Au fil du texte* vous propose une sélection commentée :
- de morceaux « classiques » devenus incontournables, signalés par ●◆ (droit au but).
- d'extraits représentatifs de l'œuvre, signalés par ↝ (en flânant).

PRÉFACE

« Histoire naturelle et sociale
d'une famille sous le Second Empire »

Plus que de famille, il faudrait parler de tribu, de horde primitive. Cet étrange assemblage d'individus relève de l'hypothèse autant que de la rêverie : Zola, dans *La Fortune des Rougon,* le premier volume des *Rougon-Macquart,* remonte aux « origines » — comme Freud recréant les débuts de la civilisation, dans *Totem et Tabou.*

L'origine absolue, c'est Adélaïde Fouque, « la grande aïeule », la folle, l'indépendante, l'amoureuse insatiable — flanquée de ses deux hommes successifs, Rougon, « l'étranger » venu des Basses-Alpes, rustre épais dont elle fait son mari ; et Macquart, le gueux, le brigand aux allures de sauvage.

Trois enfants naissent : de Rougon, Pierre, le fils « légitime » ; de Macquart, Antoine et Ursule, les « bâtards ». Adélaïde laisse tous ses enfants pousser ensemble sans intervenir, « dans le sens de leurs instincts ». Des bagarres incessantes les opposent, ils ressentent une « haine vague » ; puis une véritable hostilité prend forme : Pierre a conscience d'être l'héritier légal, et s'attache à chasser tous les autres — son frère Antoine, sa sœur Ursule, sa mère elle-même.

Aucun sentiment de culpabilité chez Pierre : il veut

seulement repartir de zéro, oublier, « faire peau neuve ».
Mais lui et sa famille — et surtout son fils Aristide,
un des trois personnages principaux du deuxième
volume, *La Curée* — ressemblent, non à Rougon, dont
on ne sait que très peu de chose, mais à Macquart, le
gueux, le braconnier, l'homme au regard « furtif et
triste » : « C'était une famille de bandits à l'affût, prêts
à détrousser les événements. » Comme si Macquart, si
soigneusement éliminé, était d'autant plus présent. Ou
comme si l'instinct, à l'état pur, était toujours celui du
fauve affamé sur la piste d'une proie toute fraîche.

I - LE RÈGNE DE LA CURÉE ARDENTE
« Mes Rougon et mes Macquart
sont des appétits »

« Selon l'opinion commune, les Rougon-Macquart
chassaient de race en se dévorant entre eux. » Les
images de chasse sont nombreuses, aussi bien dans *La
Fortune des Rougon* que dans *La Curée*. Le titre même
du roman appartient au vocabulaire de la chasse à
courre. Fauves, chiens, loups, les Rougon-Macquart
coupent, lacèrent, dévorent, digèrent. À l'occasion, ils
sont complices ; mais ils peuvent aussi se tourner l'un
contre l'autre, dans le grand égoïsme du « tant pis pour
lui ». Ainsi Eugène Rougon, lorsque son frère Aristide
arrive à Paris, lui fait-il clairement comprendre qu'il
n'aura pas de pitié pour lui s'il désobéit aux règles du
clan au pouvoir. Or, dans la « curée impériale », la
consigne est : pas de scandale.

« Oiseau de proie », « loup », « couteau vivant » :
ce sont là quelques-unes des métaphores d'Aristide Saccard, l'homme qui unit en lui, et dans ce nom qu'il s'est
choisi, le désir frénétique de s'enrichir (« Il y a de
l'argent dans ce nom-là »), le saccage — la mise à sac
de Paris —, et des relents de Macquart, ivrognerie,
appétit de jouissance, paresse.

Couper

Dans une scène du chapitre II, Saccard *voit,* en 1854, le Paris de 1870. Le souvenir de Balzac s'impose ici : à la fin du *Père Goriot,* Rastignac, du cimetière du Père Lachaise, voit « Paris tortueusement couché le long des deux rives de la Seine » et lui lance un défi : « À nous deux maintenant ! » Si Paris est toujours le lieu et la formule de l'affrontement entre l'ambition individuelle et le corps social, Saccard est à la fois plus sûr de lui et moins élégant que Rastignac. Et puis, il fait partie d'un groupe, d'une meute : « On a déjà commencé », dit-il à sa femme Angèle, « du côté des Halles, on a coupé Paris en quatre... » Les profiteurs, les saccageurs sont légion — même si Saccard est plus avide et plus dangereux que les autres.

Rastignac voulait « pénétrer » dans le « beau monde », et « pomper le miel » de la « ruche bourdonnante ». Saccard et ses semblables n'ont même plus le respect minimum de la structure topographique et sociale. De la main, Saccard, dans une opération symbolique qui prend une allure de réalité fantastique prémonitoire, s'acharne sur cette « proie géante » qu'est Paris — ce grand corps vivant qui brille bêtement sous le soleil couchant, en étalant son or. Il « sépare », « troue », « hache », « traverse », « crève », « déchire », « entaille » pour trouver les « entrailles » de la ville. Dans les jeux de mots insistants du texte, s'opère littéralement la mise à feu et à sang de Paris : chasse (vitesse, poursuite : « le galop infernal des millions »), destruction par le choc (écrasement, ouverture), destruction et métamorphose par le feu (brûler, fondre, ruisseler). Saccard le saccageur, le violeur (voir sa réapparition dans *L'Argent* [1]), est aussi en rapport avec la magie du feu.

---

1. Le dix-huitième volume de la série.

Courir, dévorer

« Aristide Rougon [Saccard] s'abattit sur Paris. » De l'oiseau de proie, il a l'avidité, mais aussi la vitesse. Cet homme « pressé de jouir », comme le décrit Zola dès *La Fortune des Rougon,* commence par « courir Paris » — son frère dira : « battre le pavé ». Cette hâte, cette faim qu'il va devoir refréner pour l'assouvir enfin, font de lui une bête « à l'affût » qui se donne un but, un plan d'action. Dès qu'il trouve l'occasion tant attendue — et rien ne l'arrêterait alors, pas même le meurtre de sa molle compagne — il entre dans la danse folle des spéculations, dont le « spectacle » lui a aiguisé les dents.

Cet insatiable, plus que tout, est un joueur. Tricheur bien sûr, calculateur, sournois, prêt à tout — un peu devin aussi, mauvais génie. (Dirai-je que Zola ne me paraît pas exempt d'une certaine secrète sympathie pour ce personnage, qu'il retravaillera en 1890-1891 dans *L'Argent* ?) La « fièvre de l'argent » le caractérise, comme la « fièvre du plaisir » caractérise Renée, sa deuxième femme ; le mouvement perpétuel est l'essence de cet homme avide, qui « nage » dans un « ruissellement d'or » sans jamais envisager de s'arrêter, allant toujours plus loin, volant, escroquant, dilapidant sans thésauriser. Le temple — le dieu coffre-fort — est un lieu de passage, un « fleuve d'or ».

La jouissance d'Aristide est de duper, de manipuler des « marionnettes », de dérégler, d'accélérer, d'affoler le mouvement de l'argent, pour le sentir passer entre ses doigts. Il se fait centre tourbillonnant, frénésie. Les images du coup de vent, de l'ouragan, du campement nomade et de la course, appliquées à la vie des Saccard, donnent sur l'évocation de la folie et de la transgression. Cet affolement de luxe débouche sur le vide : vide du coffre-fort (le fleuve d'or n'a pas de sources connues, il est alimenté par des opérations suspectes, des tours de passe-passe), vide de la vie (le désir ne trouve pas son objet).

Digérer, se vautrer

Pire : chez Maxime, fils d'Aristide et d'Angèle, sa
première femme, le désir est éteint ; il est tout entier
« vice ». En lui se trouve la fin d'un processus : fin de
race, impasse, il est « l'homme-femme », où tout
s'arrête — il aura pourtant un fils : vertige des fins toujours repoussées... Il se vautre, en profiteur égoïste,
dans ce luxe douillet qui lui est advenu sans aucun
effort. Il n'a jamais rien eu à faire ni à prouver : existence de parasite, à laquelle Zola va trouver des équi-
valences végétales. Chez lui, le vice est une « floraison
naturelle », toute à l'extérieur d'un être vide, mou, une
sorte de larve qui n'est pas capable de vouloir : « Il
accepta Renée parce qu'elle s'imposa à lui, et qu'il
glissa jusqu'à sa couche, sans le vouloir, sans le prévoir. Quand il y eut roulé, il y resta, parce qu'il y faisait chaud et qu'il s'oubliait au fond de tous les trous
où il tombait. »

Lorsque Maxime « s'oublie », c'est dans l'engourdissement digestif de la plante ou de la larve ; lorsque
Aristide « s'oublie », c'est dans un rêve de ruissellement d'or, dans de grands projets fous de joueur ;
lorsque Renée « s'oublie », c'est dans la tristesse d'une
confrontation entre le passé lointain de l'innocence et
le pressentiment de la honte et du châtiment. Chacun
s'oublie là où tend l'essentiel de son être : celui de
Renée est dans la cassure. Mais tous aussi s'oublient
dans l'ivresse de la digestion. Les fins de repas sont une
défaite ou une débauche : un désordre, une mort peut-
être, en tout cas une dissolution. Les fauves repus sont
prêts à se traîner dans l'ordure, à jeter ce qu'ils ont sali
et brisé. La boucle est fermée, le cycle naturel perturbé
par une accélération diabolique, fiévreuse, qui détraque
la machine, qu'elle soit celle des hommes ou celle de
la ville.

11 - L'INNOMMABLE ET L'INTERDIT
« Je veux autre chose »

Pour Zola, il semble bien que le désir, comme l'argent, soit un des éléments d'une économie générale. À ce titre, morale et politique sont étroitement liées : l'argent et le désir existent, sont nécessaires, et doivent avoir un objet ; surtout, ils doivent circuler, car ils sont la vie. L'absence du désir, c'est l'inertie — Maxime — ; l'exaspération du désir, ce peut être le dépassement de tous les objets connus — l'ennui avoué par Renée à Maxime dès le début du roman.

Bien entendu, l'ennui est un lieu commun de cette époque historique, un sentiment qu'on trouve exprimé aussi bien par Emma Bovary ou Des Esseintes que dans les poèmes de Baudelaire. Maxime se met d'ailleurs au diapason de Renée, et le commentaire souligne que « trouver la vie drôle » est de « mauvais ton », et qu'il convient d'être blasé. L'inutilité de leur vie les réunit dans la complicité de leurs vides complémentaires.

Le monstrueux

Renée, cherchant à assigner un but à son désir, emploie cette formule enfantine et vague: « Je veux autre chose. » Autre chose que « tout » — ce pourrait être Dieu, le Diable, ou le Progrès, qui sait ? Mais ce que Renée imagine, c'est une « jouissance » rare, un assouvissement secret : l'image du sacré intervient ici — de même, l'hôtel des Saccard a des allures de temple — dans l'évocation de « l'alcôve honteuse et surhumaine » où se cachaient les adultères et incestes divins ; mais ce sacré est de l'ordre du monstrueux.

Zola le dit très clairement dans sa lettre à Ulbach du 6 novembre 1871[1] : ses trois personnages sont des « monstruosités sociales ». Ils sont l'expression de l'état

---

1. Voir cette lettre, et la préface de Zola à la première édition, dans le dossier, pp. 385-388.

de pourrissement de la société française de cette époque. Si Renée, qui devait dans un premier projet avoir beaucoup moins d'importance, occupe cette place centrale dans le roman, c'est qu'elle offre la possibilité de renvoyer au tabou des tabous : l'inceste. L'Innommable, l'Interdit, se fixent sur Maxime (*maximus*, en latin, veut dire : le plus grand ; Maxime, le plus grand... crime ?) justement parce qu'il est l'objet monstrueux par excellence. Il est vrai que Maxime et Renée ne sont pas consanguins — pas plus que ne le sont Hippolyte et Phèdre — ; l'inceste est donc à interpréter comme interdit social. Mais le texte établit des liens de parenté secondaires entre les deux personnages : Aristide les appelle « les enfants » ; Maxime dit à Renée qu'elle pourrait être sa sœur ; les confidences qu'ils se font accentuent cet aspect de fraternité (ils sont plus, d'ailleurs, deux frères que frère et sœur...).

Or, toucher à cet interdit majeur de l'inceste, c'est toucher au fondement même de la société ; Renée, chez qui l'enfant du viol est mort, apparaît stérile, et entraînée vers un double travail de sape de la société : elle dilapide en toilettes l'héritage qui lui vient d'une famille sérieuse et économe ; elle arrête la chaîne des générations, dans cette impasse de l'inceste, qui constitue le grand fantasme de l'épuisement des races.

Le fascinant

Maxime, si anodin, lui que les clientes du couturier Worms acceptent, lors des essayages, justement parce qu'il n'est pas dangereux, est pour Renée la tentation suprême. Cette tentation va grandir à travers deux opérations d'ordre quasi magique :

— à la fin du dîner, dans les premières pages du texte, Renée, de la serre, voit Maxime et celle qui doit être sa femme, Louise, riant et jouant. Autour d'elle, des plantes exotiques, longuement décrites (Zola entretenait une serre, à Médan), avec leur beauté, leur étrangeté, leur *charme*, les effets enivrants des odeurs. Deux éléments accrochent plus spécialement la description :

un Hibiscus de la Chine, aux fleurs inquiétantes comme
des lèvres voraces (les lèvres de Messaline, l'impératrice
romaine débauchée), et le grand sphinx noir, l'Idole
au sourire de chat cruel. Cette nature concentrée dans
la serre *prend* Renée, lit son désir et l'élucide, transforme cette femme en fleur étrange, l'égale et l'alliée
des forces mystérieuses. La feuille empoisonnée du
Tanghin fera le reste.

— la feuille mordue laisse un goût amer et cuisant :
la tentation va grandir avec le feu de cette « bouche
brûlante » dont le poison fait naître la sensation, et
aussi, plus tard, avec le feu auquel Renée se réchauffe,
à chacune de ses crises et migraines.

Ce feu « terrible », ce « bain de flammes » qui suf-
foque les visiteurs, transforme la vie de Renée en rêve,
en « stupeur ». Le Maxime réel et celui dont l'image
passe dans le brasier se confondent. Le feu destructeur,
le feu magique, le feu du crime est un facteur d'irréa-
lité — comme la serre, étouffante, comme tous les lieux
fermés et chauds, cocons, vases clos où l'ivresse peut
atteindre le paroxysme. Curieusement, Zola allie la
végétation tropicale et le feu, dans l'expression « les
flammes de la serre » (description de la serre, au chapitre I) qu'il répète au chapitre IV dans le commentaire-
résumé étrangement distant qu'il donne des amours de
Renée et Maxime. Les rêves que procure le feu sont
des rêves dangereux. La fièvre, l'excès, la luxuriance
extrême sont du côté de Sodome et Gomorrhe, du côté
de l'« enfer dantesque de la passion », selon l'expression même de Zola. Un parfum de péché imprègne
toute cette histoire. Renée — qui sera ensuite victime —
a figure ici de félin, ou de fleur carnivore : elle renaît
sans cesse, comme les flammes, comme les fleurs,
comme les divinités maudites évoquées par la serre.
D'où est-elle re-née ainsi pour le mal, celle qui petite
avait peur de l'enfer, et qui est toujours fascinée par
l'enfer ?

Métamorphoses

Si Maxime et Aristide ne changent guère au cours du récit, Renée ne cesse de se modifier. Au début du texte, il est vrai, elle est présentée comme aussi équivoque que Maxime ; elle est un garçon impertinent, un enfant boudeur, une nymphe aussi, une Diane blonde. Mais plutôt qu'ambiguë, elle est en fait définie comme alternative — comme on le dirait d'un courant électrique —, aspirée tantôt par le vice et la curiosité, tantôt par la crainte du châtiment. D'où le partage de sa vie en deux : portes ouvertes, c'est le plaisir effréné ; portes fermées, les regrets et l'ennui. Féminine dehors, masculine dans l'intimité — garçon juste avant la chute de l'inceste ; une chute « bête », elle sera à la fois pleinement femme, inquiétante Messaline, et homme, dans la serre, dominant Maxime de sa brutalité masculine et de sa voracité féminine.

Elle est, d'aileurs, mi-partie blanche et noire, lors du bal aux Tuileries : la toilette qu'elle s'est trouvée elle-même — pour une fois, le couturier Worms n'est qu'exécutant — est symbolique de ce partage entre l'innocence et la faute, la légèreté et la gravité, la lumière et l'ombre. Œillet panaché à cueillir — dit le général à l'empereur —, à violer une fois de plus, à saccager comme la France, à arborer comme un trophée. La « note aiguë » de sa vie est, encore une fois, cette attente, peut-être plus épouvantée, mais délicieusement effrayante, d'un geste sur elle — un geste destructeur — de l'Empereur — incarnation du Pouvoir sexualisé.

III - « ILS L'AVAIENT MISE NUE »
Worms et les autres

Les robes extravagantes de Renée dévoilent autant qu'elles couvrent : paradoxe de la toilette féminine, bien connu. Même le nom du grand couturier joue sur cette recherche permanente de la nudité : Worms, celui qui vous met nue comme un ver (*worm*, en anglais, veut dire ver).

De fait, les toilettes de Renée sont — et de plus en plus jusqu'à la fin — fondées sur l'émergence de son corps nu. La présence de Maxime est sur ce point déterminante : dès sa première apparition, quand Renée lui demande un avis sur son costume, il lui suggère d'échancrer la chemisette (et aussi d'ajouter une grosse croix : est-ce en prémonition des repentirs de celle qui sera, en fin de compte, une victime ?). Ce processus de dénudement atteint son comble dans le dernier costume décrit : celui que porte Renée pour le bal travesti, au chapitre VI. Elle est en « Otaïtienne », « dans une vapeur blanche, dans un pan de brume marine, où tout son corps se devinait ».

Ce vêtement qui en est à peine un (d'ailleurs, de façon symptomatique, le premier maillot craque, et elle doit en passer un second) est pour certains — pour certaines, plus précisément — « de la dernière indécence ». C'est d'ailleurs Saccard qu'on félicite, pour les formes parfaites de sa femme. Renée elle-même s'en préoccupe peu — obsédée qu'elle est par l'idée d'enlever Maxime à Louise — jusqu'au moment où, au-delà de la crise où le tragique sombre dans le grotesque, grâce à Saccard qui de mari trompé se mue soudain en joueur qui récupère sa mise, elle *se voit*. Le texte est alors, jusqu'à la fin du chapitre, rythmé, comme par un refrain, leit-motiv tam-tam incantation de la magie noire ou de la folie, par ce retour de la nudité où elle s'est mise, où *on* l'a mise, Saccard, Maxime et les autres, infiltrant en elle le poison qui a déréglé sa vie.

Mise à nu, elle l'est de deux façons par Saccard : dénudée, mais aussi dépouillée. Il l'a ruinée, tout en la précipitant vers la dépense, et vers ces « chiffons » de plus en plus décolletés, de plus en plus transparents. Pour Saccard, dépouiller les gens est une nature, sa raison d'être ; femme, fils, il est prêt à tout sacrifier, et remet chaque fois tout en jeu — littéralement. Pour cette raison, il est toujours le plus fort — Aristide !

(en grec, *aristos* = le meilleur), lui qui, à la fin de
L'Argent, ruiné une fois de plus, repartira encore à
l'assaut des polders de Hollande. Increvable, vraiment,
il renaît du feu qu'il triture, reconstruit, où il agite
choses et gens pour en tirer de l'or — image de Vul-
cain dans sa forge, ou de Satan dans un enfer nouveau
style. Alors que Renée se laisse baigner, envahir par
le feu où elle voit passer ses fantasmes, Saccard mani-
pule le feu (bâtissant et rebâtissant sans cesse des écha-
faudages fragiles) qui le fait surhumain. Il a les mains
dorées, il se fait d'or — la marquant comme une
esclave, avec des « cercles d'or » aux poignets et aux
chevilles.

Éléments

Aristide est du côté du feu : c'est indéniable. Il en
a la vivacité, l'appétit de destruction, la capacité à se
renouveler, les possibilités de transformer et de fondre, la virilité. Zola ne pourra d'ailleurs se résoudre à
laisser Aristide avec comme fils le seul Maxime, ce fils-
fille, et lui donnera un fils « digne » de lui, dans
L'Argent : Victor, la brute sexuelle, né d'un viol, qui
disparaît dans la nature après avoir lui aussi violé. Dis-
sémination du facteur viril d'Aristide, qui court comme
le furet, jeté au hasard, non canalisé, hors normes.

Renée est du côté de l'eau et des plantes — platanes
de son enfance, bois sacrés et ruisseaux où résident les
nymphes auxquelles elle ressemble ; l'hôtel Béraud
aussi est résolument aquatique : dans le Marais, parmi
les fabricants d'eau de Seltz (mais aussi de vins et
d'alcools...), rue Saint-Louis-en-l'Île, sur l'emplace-
ment d'un ancien ruisseau, avec une fontaine, des gouttières pour l'eau de pluie, des moisissures, et la Seine
qui coule à ses pieds. Le paradis, c'est l'eau et le soleil,
dans la chambre des enfants, tout en haut.

Ce mélange d'eau et de soleil, Renée le retrouve,
détourné, faussé, dans la serre, dans son cabinet de
toilette, dans sa chambre, sous la forme de l'étuve.
L'expression si étrange « bain de flammes » fait coïn-

cider ces deux éléments antagonistes, l'eau et le feu.
Le feu de Renée est toujours mouillé : vapeur, goutte-
lettes, bain, exhalaison. La serre, avec sa végétation
brûlante, est la réplique et l'envers de la chambre
d'enfance : l'une au sommet de l'hôtel Béraud, sur-
plombant les toits, donnant sur le vaste horizon ;
l'autre à ras de terre, le contraire même du grand air,
îlot de chaleur humide dans le froid glacial de l'hiver.

Ce feu mouillé, charnel, végétal, est rose. Rose,
Maxime passant dans les flammes — Saccard, lui, est
rouge —, rose, Renée, devant le feu du brasier ou dans
la fièvre de la passion, roses son cabinet de toilette, son
maillot d'Otaïtienne. La couleur de la chair, le mélange
du feu et de l'eau — ou encore, du feu et du marbre.
Car Renée, qui tente d'amalgamer l'eau et le feu, est
aussi — dans le grandiose et ridicule triptyque mythologique du bal costumé, au chapitre VII — fille de la
Terre et de l'Air. La nymphe Écho, celle qui répète
inlassablement tout ce qu'on dit — mécanique poupée
sonore qui se prend au jeu de la parole — finit prison-
nière de la terre : marbre de la statue blanche, qui rappelle Renée dans la serre, sœur blanche du sphinx noir ;
la terre, c'est sa mort, et c'est aussi la perte de son
être : désir inassouvi pour Narcisse, « la fleur des
eaux » ; perte de sa ceinture de feuillages (les bois) et
de son écharpe bleue de ciel (l'air). Elle est *renvoyée*
à la terre, et réduite à la seule vie de ses yeux. Enterrée
vivante, le cœur battant encore comme un écho.

Miroirs

Telle la nymphe de la mythologie, Renée est prise
dans la répétition, à mi-chemin du comique et du tragique. La répétition, c'est le destin ; c'est aussi le mécanique : Phèdre et sa grandeur tragique, mais aussi la
poupée parisienne et son ridicule.

Le texte nous fait prendre conscience de cette double
dimension de l'histoire, à travers la pensée de Renée,
après la représentation de *Phèdre*. Alors qu'elle est
encore entièrement plongée dans la comparaison sé-

rieuse, émue, entre son histoire et celle de Phèdre —
toute dans le désir de se hausser au niveau du tragique
ancien —, Maxime plaisante, ricane. Devant cette dérision, Renée bascule : « Tout se détraqua dans sa tête.
La Ristori n'était plus qu'un gros pantin... »

Détraquement, craquement, sont des mots qui
reviennent souvent dans le texte. La machine se dérègle,
le pantin se disloque, la poupée se vide — telle la poupée de l'enfance, cassée, perdant le son dont elle était
remplie. Les thématiques de la folie, du mécanique, de
la rupture, sont associées à cette dérision du tragique
par la répétition.

On peut penser, d'ailleurs, que Zola joue de cette
dérision à l'égard de son texte même : les trois tableaux
mythologiques de M. Hupel de la Noue, le préfet-poète,
sont une mise en abyme du récit. L'amour et les louis
y sont rois, la chair et l'or, où Zola voit la « note »
essentielle de *La Curée*. La société réunie chez les Saccard se donne à elle-même en représentation, dans ces
tableaux où le mauvais goût le dispute à la richesse,
interprétant la mythologie pour offrir à chacun ce qu'il
cherche — la vue des corps désirables, la vue de l'or,
encore plus convoité. L'insuccès du dernier tableau
manifeste à quel point cette société cherche uniquement
la satisfaction directe — refusant de voir la mort (sa
propre mort ?) représentée.

Au premier plan de la scène où, dans le troisième
tableau, se montre la mort de Narcisse et d'Écho, le
miroir où se mire Maxime est « une lame de vraie
glace ». Ce miroir *vrai* souligne la fusion entre Narcisse
et Maxime. Celui-ci n'a pas besoin de transposer : sa
« passion des miroirs » date de l'école. Il s'y regarde,
de « ses yeux vides de catin », s'admirant sans se poser
la moindre question.

Les miroirs où se regarde Renée sont pleins de questions. Dès le début, « elle se demandait, avec ce doute
des actrices les plus applaudies, si elle était vraiment
délicieuse, comme on le lui disait » ; puis elle se dit
en se regardant qu'il « manque quelque chose » au

costume de Worms : prélude à la très longue station
devant le miroir, au chapitre VI, où elle se voit tout
à coup, « étrange » — marquée, vieillie, dénudée —
et où elle voit sa vie passée, l'autre vie possible, « cet
avenir de paix qui lui avait échappé », et aussi Saccard,
Maxime, sa propre mort. Le miroir est alors révélateur
et inquiétant : mémoire, prémonition, conscience. Le
regard de Renée sur elle-même fait apparaître la fissure
entre l'être et son image.

Regards

« Vois donc, Renée », lui dit Maxime au chapitre I.
L'imprudent ! Renée voit mal : c'est le premier trait
que lui affecte Zola. Elle doit, pour regarder, prendre
un binocle… d'homme. Plus tard, lorsque Maxime et
elle entrent dans le jeu des confidences grivoises, elle
imagine de regarder à la loupe les photographies de
« ces dames » : « Renée fit des découvertes étonnantes ; elle trouva des rides inconnues, des peaux rudes,
des trous mal bouchés par la poudre de riz. » Et revoilà
la curiosité.

Car, si les yeux de Maxime sont vides, Renée est un
regard. Ou plutôt, elle oscille, tout au long du récit,
entre ces deux axes : regarder — être regardée. Cette
double position du regard de Renée, actif / passif,
structure le texte. Tous les chapitres — sauf un, dont
l'intérêt n'est pas moindre — se terminent sur et avec
Renée :

— fin du chapitre I : debout, adossée au socle de
granit sur lequel est accroupi le sphinx noir (faisant
corps avec l'Idole), « à cette heure de vision nette »,
elle voit *de loin* Louise et Maxime ;

— fin du chapitre II : adolescente, elle cherche à voir
d'en haut les hommes en caleçon des bains Petit ;

— fin du chapitre III : au bal des Tuileries, après
avoir vu l'empereur venir à elle, elle se sent *d'en bas*
regardée (inclinée, ne voyant, elle, plus rien que le
tapis), œillet blanc et noir à cueillir ;

— fin du chapitre IV : dans la serre, Renée guette Maxime, penchée *au-dessus* de lui ;

— fin du chapitre V : Sidonie s'offre à *espionner* « les tourtereaux » (Renée et l'amant que lui suppose son mari). Dans la problématique du regard, cet espionnage — regard secret omniprésent qui cherche à pénétrer la vie personnelle — double le regard louche de l'empereur ;

— fin du chapitre VI : Renée voit, « placée *en contre-bas* » dans la serre, les pieds, bottes, chevilles, robes, épaules, bras, chevelures : la valse folle qui termine le bal ;

— fin du chapitre VII : double fin, où Renée, du grenier de son enfance, récapitulant sa vie, *lève* les yeux vers le ciel, puis les *baisse* vers la ville. Sa mort, par « méningite », craquement cérébral définitif, termine le texte.

Le regard hésitant, affolé, exacerbé de Renée l'écartèle. Dans sa promenade solitaire au Bois, au chapitre VII, elle voit tout le monde, les mêmes qu'au début du roman — mais elle, extérieure au spectacle, sortie du jeu —, et aussi Saccard et Maxime, projetés devant elle, à nouveau complices. L'empereur aussi est là, qui passe. Elle, qui voit comme à distance, ne veut pas être vue, fuit chez son père, dans son enfance, disparaît. Le monde se reforme, se referme.

Le regard d'Aristide n'est pas moins significatif. C'est un regard actif : il coupe, comme sa main ; il « brûle », regarde Renée et Maxime « comme pour arracher à leur visage une explication qu'il ne trouvait pas » ; il « étudie l'effet produit » par ses paroles. Son regard calcule, blesse, tue, triomphe… Une seule fois, il est vraiment *regardé*. Mais quel regard ! C'est celui d'Angèle, sa première femme, agonisante, qui vient de comprendre l'envie de meurtre exprimée par son regard à lui. Les yeux d'Angèle ne quittent plus Saccard, restant ouverts sur lui, même au-delà de la mort, comme la seule conscience, le seul miroir de son âme qu'il ait jamais eu à affronter.

À certaines époques de l'Histoire, sous le vernis de la civilisation, les forces primitives affleurent. Il est permis de penser que la fin du Second Empire, et la guerre franco-prussienne de 1870, étaient un de ces moments de craquement. La grande idée de Zola, de lâcher dans cette société en décomposition des « appétits » sans frein, met en relief l'absence des régulations sociales. Bien sûr il reste des lois — protection illusoire pour les pauvres —, des règles de conduite chrétiennes — bien contestables, ainsi la peur de l'enfer qui seule reste à Renée de son passage au pensionnat —, des bribes de toutes sortes, conventions, mythologie dégradée, habitudes de vie. Il y a aussi cette autre régulation, scientifique, de l'hérédité, qui organise les appétits. Choc de deux ordres de valeurs : les unes, en cours de démantèlement ; les autres, inéluctables, forme nouvelle du destin qui sournoisement irradie, constante des êtres qu'il vaut sans doute mieux voir en face.

L'hérédité est une idée diabolique — il ne s'agit pas du diable chrétien, ce Satan inefficace, mais du *double,* qui dans la conscience primitive attire et fait peur parce qu'on le *reconnaît* : la répétition, l'écho, le miroir, montrent ce double-là, que le texte de *La Curée* nous montre aussi dans la Nature — la grande complice, le grand miroir — et même dans tout lieu et tout objet.

Aussi est-ce à la ville ou au paysage que nous avons affaire le plus souvent. Jeu de miroirs, magie des connivences : le monde est habité de forces semblables à celles que nous trouvons en nous.

Le texte écrit ce monde-là : ses moments de réussite sont ceux où le magique *prend,* comme une sauce — quand surgit une réalité métamorphique, un sol nouveau. C'est Renée dans la serre, ou, dans les premières pages, la description éclatée de l'embouteillage au Bois :

> « Au milieu des taches unies, de teinte sombre, que faisait la longue file des coupés, fort nombreux au Bois

par cet après-midi d'automne, brillaient le coin d'une glace, le mors d'un cheval, la poignée argentée d'une lanterne, les galons d'un laquais haut placé sur son siège. Çà et là, dans un landau découvert, éclatait un bout d'étoffe, un bout de toilette de femme, soie ou velours. Il était peu à peu tombé un grand silence sur tout ce tapage éteint, devenu immobile » (pp. 26-27).

Arrêt sur l'image. Impressionnisme... Immobilité, avant le tourbillon de la vie de fête des Saccard, d'un ensemble hétéroclite, « tapage » où les éclats de lumière se figent, avant d'entrer de nouveau dans le mouvement rythmé du « défilé ». D'une certaine manière, la mort de Renée, celle de cette société pourrie sont figurées ici : dès que le mouvement cesse, la mort est là, avec ses corollaires, la négation et le vide. Mais surtout, ce que nous voyons ici décrit est *inquiétant* : le réel s'éparpille, se défait — comme dans les fins de repas, dans l'ivresse, ou dans la contemplation d'un regard trop fixe.

Dans ces arrêts — ces fissures du temps ? — se révèle que le monde pourrait bien être chaos, amas incompréhensible, forces innombrables obscurément à l'œuvre dans les sous-sols.

Zola, attiré par les signes du magique dispersés dans le réel, a-t-il été rassuré par la loi scientifique de l'hérédité, dont il a fait le câble directeur de sa « symphonie » ? Peut-être. Sommes-nous quelque peu rassurés, dans cette jungle qu'il nous montre, par les principes d'organisation qu'il propose ? Rien n'est moins sûr. Dans les ruines d'un monde usé, le plan d'Haussmann est aussi réducteur que la droite ligne de l'hérédité (même s'il lui arrive de sauter deux ou trois générations). Aux deux, il manque quelque chose — les surprises de l'imagination peut-être, la possibilité de détour imprévu, les rencontres fortuites au cœur des vieilles villes endormies et des rêves éveillés.

LES ROUGON-MACQUART

HISTOIRE NATURELLE ET SOCIALE
D'UNE FAMILLE SOUS LE SECOND EMPIRE

LA CURÉE

CHAPITRE I

Au retour, dans l'encombrement des voitures qui rentraient par le bord du lac, la calèche dut marcher au pas. Un moment, l'embarras devint tel, qu'il lui fallut même s'arrêter.

Le soleil se couchait dans un ciel d'octobre, d'un gris clair, strié à l'horizon de minces nuages. Un dernier rayon, qui tombait des massifs lointains de la cascade, enfilait la chaussée, baignant d'une lumière rousse et pâlie la longue suite des voitures devenues immobiles. Les lueurs d'or, les éclairs vifs que jetaient les roues semblaient s'être fixés le long des rechampis[1] jaune paille de la calèche, dont les panneaux gros bleu reflétaient des coins du paysage environnant. Et, plus haut, en plein dans la clarté rousse qui les éclairait parderrière, et qui faisait luire les boutons de cuivre de leurs capotes à demi pliées, retombant du siège, le cocher et le valet de pied, avec leur livrée bleu sombre, leurs culottes mastic et leurs gilets rayés noir et jaune, se tenaient raides, graves et patients, comme des laquais de bonne maison qu'un embarras de voitures ne parvient pas à fâcher. Leurs chapeaux, ornés d'une cocarde

---

1. Ornements consistant en une bordure d'une couleur différente de celle du fond.

noire, avaient une grande dignité. Seuls, les chevaux, un superbe attelage bai, soufflaient d'impatience.

« Tiens, dit Maxime, Laure d'Aurigny, là-bas, dans ce coupé... Vois donc, Renée. »

Renée se souleva légèrement, cligna les yeux, avec cette moue exquise que lui faisait faire la faiblesse de sa vue.

« Je la croyais en fuite, dit-elle... Elle a changé la couleur de ses cheveux, n'est-ce pas ?

— Oui, reprit Maxime en riant, son nouvel amant déteste le rouge. »

Renée, penchée en avant, la main appuyée sur la portière basse de la calèche, regardait, éveillée du rêve triste qui, depuis une heure, la tenait silencieuse, allongée au fond de la voiture, comme dans une chaise longue de convalescente. Elle portait, sur une robe de soie mauve, à tablier et à tunique, garnie de larges volants plissés, un petit paletot de drap blanc, aux revers de velours mauve, qui lui donnait un grand air de crânerie. Ses étranges cheveux fauve pâle, dont la couleur rappelait celle du beurre fin, étaient à peine cachés par un mince chapeau orné d'une touffe de roses du Bengale. Elle continuait à cligner des yeux, avec sa mine de garçon impertinent, son front pur traversé d'une grande ride, sa bouche dont la lèvre supérieure avançait, ainsi que celle des enfants boudeurs. Puis, comme elle voyait mal, elle prit son binocle, un binocle d'homme, à garniture d'écaille, et le tenant à la main, sans se le poser sur le nez, elle examina la grosse Laure d'Aurigny tout à son aise, d'un air parfaitement calme.

Les voitures n'avançaient toujours pas. Au milieu des taches unies, de teinte sombre, que faisait la longue file des coupés, fort nombreux au Bois par cet après-midi d'automne, brillaient le coin d'une glace, le mors d'un cheval, la poignée argentée d'une lanterne, les galons d'un laquais haut placé sur son siège. Çà et là, dans un landau [1] découvert, éclatait un bout d'étoffe,

1. Voiture à capote comportant deux banquettes en vis-à-vis.

un bout de toilette de femme, soie ou velours. Il était peu à peu tombé un grand silence sur tout ce tapage éteint, devenu immobile. On entendait, du fond des voitures, les conversations des piétons. Il y avait des échanges de regards muets, de portières à portières ; et personne ne causait plus, dans cette attente que coupaient seuls les craquements des harnais et le coup de sabot impatient d'un cheval. Au loin, les voix confuses du Bois se mouraient.

Malgré la saison avancée, tout Paris était là : la duchesse de Sternich, en huit-ressorts [1] ; Mme de Lauwerens, en victoria [2] très correctement attelée ; la baronne de Meinhold, dans un ravissant cab [3] baibrun ; la comtesse Vanska, avec ses poneys pie ; Mme Daste, et ses fameux stappers [4] noirs ; Mme de Guende et Mme Teissière, en coupé ; la petite Sylvia dans un landau gros bleu. Et encore don Carlos, en deuil, avec sa livrée antique et solennelle ; Selim pacha, avec son fez et sans son gouverneur ; la duchesse de Rozan, en coupé-égoïste, avec sa livrée poudrée à blanc ; M. le comte de Chibray, en dog-cart [5] ; M. Simpson, en mail [6] de la plus belle tenue ; toute la colonie américaine. Enfin deux académiciens, en fiacre.

Les premières voitures se dégagèrent et, de proche en proche, toute la file se mit bientôt à rouler doucement. Ce fut comme un réveil. Mille clartés dansantes s'allumèrent, des éclairs rapides se croisèrent dans les roues, des étincelles jaillirent des harnais secoués par les chevaux. Il y eut sur le sol, sur les arbres, de larges

---

1. Voiture suspendue sur huit ressorts.
2. Voiture découverte à quatre roues, dont le nom venait de celui de la reine d'Angleterre.
3. Sorte de cabriolet où le cocher est à l'arrière.
4. Ou *steppers* : élégants chevaux de trot à l'allure vive.
5. Voiture à deux roues élevées, dont la caisse permettait de loger des chiens de chasse sous le siège.
6. Ou *mail-coach*, « malle-poste » : berline à quatre chevaux, avec plusieurs rangées de banquettes sur le toit.

reflets de glace qui couraient. Ce pétillement des harnais et des roues, ce flamboiement des panneaux vernis dans lesquels brûlait la braise rouge du soleil couchant, ces notes vives que jetaient les livrées éclatantes perchées en plein ciel et les toilettes riches débordant des portières, se trouvèrent ainsi emportés dans un grondement sourd, continu, rythmé par le trot des attelages. Et le défilé alla, dans les mêmes bruits, dans les mêmes lueurs, sans cesse et d'un seul jet, comme si les premières voitures eussent tiré toutes les autres après elles.

Renée avait cédé à la secousse légère de la calèche se remettant en marche, et, laissant tomber son binocle, s'était de nouveau renversée à demi sur les coussins. Elle attira frileusement à elle un coin de la peau d'ours qui emplissait l'intérieur de la voiture d'une nappe de neige soyeuse. Ses mains gantées se perdirent dans la douceur des longs poils frisés. Une bise se levait. Le tiède après-midi d'octobre qui, en donnant au Bois un regain de printemps, avait fait sortir les grandes mondaines en voiture découverte, menaçait de se terminer par une soirée d'une fraîcheur aiguë.

Un moment, la jeune femme resta pelotonnée, retrouvant la chaleur de son coin, s'abandonnant au bercement voluptueux de toutes ces roues qui tournaient devant elle. Puis, levant la tête vers Maxime, dont les regards déshabillaient tranquillement les femmes étalées dans les coupés et dans les landaus voisins :

« Vrai, demanda-t-elle, est-ce que tu la trouves jolie, cette Laure d'Aurigny ? Vous en faisiez un éloge, l'autre jour, lorsqu'on a annoncé la vente de ses diamants !.., À propos, tu n'as pas vu la rivière et l'aigrette que ton père m'a achetées à cette vente ?

— Certes, il fait bien les choses, dit Maxime sans répondre, avec un rire méchant. Il trouve moyen de payer les dettes de Laure et de donner des diamants à sa femme. »

La jeune femme eut un léger mouvement d'épaules.

« Vaurien ! » murmura-t-elle en souriant.

Mais le jeune homme s'était penché, suivant des yeux

une dame dont la robe verte l'intéressait. Renée avait
reposé sa tête, les yeux demi-clos, regardant paresseuse-
ment des deux côtés de l'allée, sans voir. À droite,
filaient doucement des taillis, des futaies basses, aux
feuilles roussies, aux branches grêles ; par instants, sur
la voie réservée aux cavaliers, passaient des messieurs
à la taille mince, dont les montures, dans leur galop,
soulevaient de petites fumées de sable fin. À gauche,
au bas des étroites pelouses qui descendent, coupées
de corbeilles et de massifs, le lac dormait, d'une propreté de cristal, sans une écume, comme taillé nettement sur ses bords par la bêche des jardiniers ; et, de
l'autre côté de ce miroir clair, les deux îles, entre lesquelles le pont qui les joint faisait une barre grise, dressaient leurs falaises aimables, alignaient sur le ciel pâle
les lignes théâtrales de leurs sapins, de leurs arbres aux
feuillages persistants dont l'eau reflétait les verdures
noires, pareilles à des franges de rideaux savamment
drapées au bord de l'horizon. Ce coin de nature, ce
décor qui semblait fraîchement peint, baignait dans une
ombre légère, dans une vapeur bleuâtre qui achevait
de donner aux lointains un charme exquis, un air d'adorable fausseté. Sur l'autre rive, le Chalet des Îles,
comme verni de la veille, avait des luisants de joujou
neuf ; et ces rubans de sable jaune, ces étroites allées
de jardin, qui serpentent dans les pelouses et tournent
autour du lac, bordées de branches de fonte imitant des
bois rustiques, tranchaient plus étrangement, à cette
heure dernière, sur le vert attendri de l'eau et du gazon.

Accoutumée aux grâces savantes de ces points de vue,
Renée, reprise par ses lassitudes, avait baissé complètement les paupières, ne regardant plus que ses doigts
minces qui enroulaient sur leurs fuseaux les longs poils
de la peau d'ours. Mais il y eut une secousse dans le
trot régulier de la file des voitures. Et, levant la tête,
elle salua deux jeunes femmes couchées côte à côte, avec
une langueur amoureuse, dans un huit-ressorts qui quittait à grand fracas le bord du lac pour s'éloigner par
une allée latérale. Mme la marquise d'Espanet, dont le

mari, alors aide de camp de l'empereur, venait de se
rallier bruyamment, au scandale de la vieille noblesse
boudeuse, était une des plus illustres mondaines du
second Empire ; l'autre, Mme Haffner, avait épousé
un fameux industriel de Colmar, vingt fois millionnaire,
et dont l'Empire faisait un homme politique. Renée,
qui avait connu en pension les deux inséparables,
comme on les nommait d'un air fin, les appelait Adeline et Suzanne, de leurs petits noms. Et comme, après
leur avoir souri, elle allait se pelotonner de nouveau,
un rire de Maxime la fit se tourner.

« Non, vraiment, je suis triste, ne ris pas, c'est
sérieux », dit-elle en voyant le jeune homme qui la
contemplait railleusement en se moquant de son attitude penchée.

Maxime prit une voix drôle.

« Nous aurions de gros chagrins, nous serions jalouse ! »

Elle parut toute surprise.

« Moi ! dit-elle. Pourquoi jalouse ? »

Puis elle ajouta, avec sa moue de dédain, comme se
souvenant :

« Ah ! oui, la grosse Laure ! Je n'y pense guère, va.
Si Aristide, comme vous voulez tous me le faire entendre, a payé les dettes de cette fille et lui a évité ainsi
un voyage à l'étranger, c'est qu'il aime l'argent moins
que je ne le croyais. Cela va le remettre en faveur auprès
des dames... Le cher homme, je le laisse bien libre. »

Elle souriait, elle disait « le cher homme », d'un ton
plein d'une indifférence amicale. Et subitement, rede-
venue très triste, promenant autour d'elle ce regard
désespéré des femmes qui ne savent à quel amusement
se donner, elle murmura :

« Oh ! je voudrais bien... Mais non, je ne suis pas
jalouse, pas jalouse du tout. »

Elle s'arrêta, hésitante.

« Vois-tu, je m'ennuie », dit-elle enfin d'une voix
brusque.

Alors elle se tut, les lèvres pincées. La file des voitures

passait toujours le long du lac, d'un trot égal, avec un
bruit particulier de cataracte lointaine. Maintenant, à
gauche, entre l'eau et la chaussée, se dressaient des
petits bois d'arbres verts, aux troncs minces et droits,
qui formaient de curieux faisceaux de colonnettes. À
droite, les taillis, les futaies basses avaient cessé ; le Bois
s'était ouvert en larges pelouses, en immenses tapis
d'herbe, plantés çà et là d'un bouquet de grands
arbres ; les nappes vertes se suivaient, avec des ondulations légères, jusqu'à la porte de la Muette, dont on
apercevait très loin la grille basse, pareille à un bout
de dentelle noire tendu au ras du sol ; et, sur les pentes,
aux endroits où les ondulations se creusaient, l'herbe
était toute bleue. Renée regardait, les yeux fixes, comme
si cet agrandissement de l'horizon, ces prairies molles,
trempées par l'air du soir, lui eussent fait sentir plus
vivement le vide de son être.

Au bout d'un silence, elle répéta, avec l'accent d'une
colère sourde :

« Oh ! je m'ennuie, je m'ennuie à mourir.

— Sais-tu que tu n'es pas gaie, dit tranquillement
Maxime. Tu as tes nerfs, c'est sûr. »

La jeune femme se rejeta au fond de la voiture.

« Oui, j'ai mes nerfs », répondit-elle sèchement.

Puis elle se fit maternelle.

« Je deviens vieille, mon cher enfant : j'aurai trente
ans bientôt. C'est terrible. Je ne prends de plaisir à
rien... À vingt ans, tu ne peux savoir...

— Est-ce que c'est pour te confesser que tu m'as
emmené ? interrompit le jeune homme. Ce serait diablement long. »

Elle accueillit cette impertinence avec un faible sourire, comme une boutade d'enfant gâté à qui tout est
permis.

« Je te conseille de te plaindre, continua Maxime,
tu dépenses plus de cent mille francs par an pour ta
toilette, tu habites un hôtel splendide, tu as des chevaux superbes, tes caprices font loi, et les journaux
parlent de chacune de tes robes nouvelles comme d'un

événement de la dernière gravité ; les femmes te jalousent, les hommes donneraient dix ans de leur vie pour te baiser le bout des doigts... Est-ce vrai ? »

Elle fit, de la tête, un signe affirmatif, sans répondre. Les yeux baissés, elle s'était remise à friser les poils de la peau d'ours.

« Va, ne sois pas modeste, poursuivit Maxime ; avoue carrément que tu es une des colonnes du second Empire. Entre nous, on peut se dire de ces choses-là. Partout, aux Tuileries, chez les ministres, chez les simples millionnaires, en bas et en haut, tu règnes en souveraine. Il n'y a pas de plaisir où tu n'aies mis les deux pieds, et si j'osais, si le respect que je te dois ne me retenait pas, je dirais... »

Il s'arrêta quelques secondes, riant ; puis il acheva cavalièrement sa phrase.

« Je dirais que tu as mordu à toutes les pommes. »

Elle ne sourcilla pas.

« Et tu t'ennuies ! reprit le jeune homme avec une vivacité comique. Mais c'est un meurtre !... Que veux-tu ? que rêves-tu donc ? »

Elle haussa les épaules, pour dire qu'elle ne savait pas. Bien qu'elle penchât la tête, Maxime la vit alors si sérieuse, si sombre, qu'il se tut. Il regarda la file des voitures qui, en arrivant au bout du lac, s'élargissait, emplissait le large carrefour. Les voitures, moins serrées, tournaient avec une grâce superbe ; le trot plus rapide des attelages sonnait hautement sur la terre dure.

La calèche, en faisant le grand tour pour prendre la file, eut une oscillation qui pénétra Maxime d'une volupté vague. Alors, cédant à l'envie d'accabler Renée :

« Tiens, dit-il, tu mériterais d'aller en fiacre ! Ce serait bien fait... Eh ! regarde ce monde qui rentre à Paris, ce monde qui est à tes genoux. On te salue comme une reine, et peu s'en faut que ton bon ami, M. de Mussy, ne t'envoie des baisers. »

En effet, un cavalier saluait Renée. Maxime avait parlé d'un ton hypocritement moqueur. Mais Renée se tourna à peine, haussa les épaules. Cette fois, le jeune homme eut un geste désespéré.

« Vrai, dit-il, nous en sommes là ?... Mais, bon Dieu, tu as tout, que veux-tu encore ? »

Renée leva la tête. Elle avait dans les yeux une clarté chaude, un ardent besoin de curiosité inassouvie.

« Je veux autre chose, répondit-elle à demi-voix.

— Mais puisque tu as tout, reprit Maxime en riant, autre chose, ce n'est rien... Quoi, autre chose ?

— Quoi ? » répéta-t-elle...

Et elle ne continua pas. Elle s'était tout à fait tournée, elle contemplait l'étrange tableau qui s'effaçait derrière elle. La nuit était presque venue ; un lent crépuscule tombait comme une cendre fine. Le lac, vu de face, dans le jour pâle qui traînait encore sur l'eau, s'arrondissait, pareil à une immense plaque d'étain ; aux deux bords, les bois d'arbres verts dont les troncs minces et droits semblent sortir de la nappe dormante, prenaient, à cette heure, des apparences de colonnades violâtres, dessinant de leur architecture régulière les courbes étudiées des rives ; puis, au fond, des massifs montaient, de grands feuillages confus, de larges taches noires fermaient l'horizon. Il y avait là, derrière ces taches, une lueur de braise, un coucher de soleil à demi éteint qui n'enflammait qu'un bout de l'immensité grise. Au-dessus de ce lac immobile, de ces futaies basses, de ce point de vue si singulièrement plat, le creux du ciel s'ouvrait, infini, plus profond et plus large. Ce grand morceau de ciel sur ce petit coin de nature, avait un frisson, une tristesse vague ; et il tombait de ces hauteurs pâlissantes une telle mélancolie d'automne, une nuit si douce et si navrée, que le Bois, peu à peu enveloppé dans un linceul d'ombre, perdait ses grâces mondaines, agrandi, tout plein du charme puissant des forêts. Le trot des équipages, dont les ténèbres éteignaient les couleurs vives, s'élevait, semblable à des voix lointaines de feuilles et d'eaux courantes. Tout allait en se mourant. Dans l'effacement universel, au milieu du lac, la voile latine de la grande barque de promenade se détachait, nette et vigoureuse, sur la lueur de braise du couchant. Et l'on ne voyait plus que cette voile, que ce triangle de toile jaune, élargi démesurément.

Renée, dans ses satiétés, éprouva une singulière sensation de désirs inavouables, à voir ce paysage qu'elle ne reconnaissait plus, cette nature si artistement mondaine, et dont la grande nuit frissonnante faisait un bois sacré, une de ces clairières idéales au fond desquelles les anciens dieux cachaient leurs amours géantes, leurs adultères et leurs incestes divins. Et, à mesure que la calèche s'éloignait, il lui semblait que le crépuscule emportait derrière elle, dans ses voiles tremblants, la terre du rêve, l'alcôve honteuse et surhumaine où elle eût enfin assouvi son cœur malade, sa chair lassée.

Quand le lac et les petits bois, évanouis dans l'ombre, ne furent plus, au ras du ciel, qu'une barre noire, la jeune femme se retourna brusquement, et, d'une voix où il y avait des larmes de dépit, elle reprit sa phrase interrompue :

« Quoi ?... Autre chose, parbleu ! Je veux autre chose. Est-ce que je sais, moi ! Si je savais... Mais, vois-tu, j'ai assez de bals, assez de soupers, assez de fêtes comme cela. C'est toujours la même chose. C'est mortel... Les hommes sont assommants, oh ! oui, assommants... »

Maxime se mit à rire. Des ardeurs perçaient sous les mines aristocratiques de la grande mondaine. Elle ne clignait plus les paupières ; la ride de son front se creusait durement ; sa lèvre d'enfant boudeur s'avançait, chaude, en quête de ces jouissances qu'elle souhaitait sans pouvoir les nommer. Elle vit le rire de son compagnon, mais elle était trop frémissante pour s'arrêter ; à demi couchée, se laissant aller au bercement de la voiture, elle continua par petites phrases sèches :

« Certes, oui, vous êtes assommants... Je ne dis pas cela pour toi, Maxime : tu es trop jeune... Mais si je te contais combien Aristide m'a pesé dans les commencements ! Et les autres donc ! ceux qui m'ont aimée... Tu sais, nous sommes deux bons camarades, je ne me gêne pas avec toi ; eh bien, vrai, il y a des jours où je suis tellement lasse de vivre ma vie de femme riche, adorée, saluée, que je voudrais être une Laure d'Aurigny, une de ces dames qui vivent en garçon. »

Et comme Maxime riait plus haut, elle insista :

« Oui, une Laure d'Aurigny. Ça doit être moins fade, moins toujours la même chose. »

Elle se tut quelques instants, comme pour s'imaginer la vie qu'elle mènerait, si elle était Laure. Puis, d'un ton découragé :

« Après tout, reprit-elle, ces dames doivent avoir leurs ennuis, elles aussi. Rien n'est drôle, décidément. C'est à mourir... Je le disais bien, il faudrait autre chose ; tu comprends, moi, je ne devine pas ; mais autre chose, quelque chose qui n'arrivât à personne, qu'on ne rencontrât pas tous les jours, qui fût une jouissance rare, inconnue. »

Sa voix s'était ralentie. Elle prononça ces derniers mots, cherchant, s'abandonnant à une rêverie profonde. La calèche montait alors l'avenue qui conduit à la sortie du Bois. L'ombre croissait ; les taillis couraient, aux deux bords, comme des murs grisâtres ; les chaises de fonte, peintes en jaune, où s'étale, par les beaux soirs, la bourgeoisie endimanchée, filaient le long des trottoirs, toutes vides, ayant la mélancolie noire de ces meubles de jardin que l'hiver surprend ; et le roulement, le bruit sourd et cadencé des voitures qui rentraient, passait comme une plainte triste, dans l'allée déserte.

Sans doute Maxime sentit tout le mauvais ton qu'il y avait à trouver la vie drôle. S'il était encore assez jeune pour se livrer à un élan d'heureuse admiration, il avait un égoïsme trop large, une indifférence trop railleuse, il éprouvait déjà trop de lassitude réelle, pour ne pas se déclarer écœuré, blasé, fini. D'ordinaire, il mettait quelque gloire à cet aveu.

Il s'allongea comme Renée, il prit une voix dolente.

« Tiens ! tu as raison, dit-il ; c'est crevant. Va, je ne m'amuse guère plus que toi ; j'ai souvent aussi rêvé

autre chose... Rien n'est bête comme de voyager.
Gagner de l'argent, j'aime encore mieux en manger,
quoique ce ne soit pas toujours aussi amusant qu'on
se l'imagine d'abord. Aimer, être aimé, on en a vite
plein le dos, n'est-ce pas ?... Ah ! oui, on en a plein
le dos ! »

La jeune femme ne répondant pas, il continua, pour
la surprendre par une grosse impiété :

« Moi, je voudrais être aimé par une religieuse. Hein,
ce serait peut-être drôle ?... Tu n'as jamais fait le rêve,
toi, d'aimer un homme auquel tu ne pourrais penser
sans commettre un crime ? »

Mais elle resta sombre, et Maxime, voyant qu'elle
se taisait toujours, crut qu'elle ne l'écoutait pas. La
nuque appuyée contre le bord capitonné de la calèche,
elle semblait dormir les yeux ouverts. Elle songeait,
inerte, livrée aux rêves qui la tenaient ainsi affaissée,
et, par moments, de légers battements nerveux agitaient
ses lèvres. Elle était mollement envahie par l'ombre du
crépuscule ; tout ce que cette ombre contenait d'indé-
cise tristesse, de discrète volupté, d'espoir inavoué, la
pénétrait, la baignait dans une sorte d'air alangui et
morbide. Sans doute, tandis qu'elle regardait fixement
le dos rond du valet de pied assis sur le siège, elle
pensait à ces joies de la veille, à ces fêtes qu'elle trouvait si fades, dont elle ne voulait plus ; elle voyait sa
vie passée, le contentement immédiat de ses appétits,
l'écœurement du luxe, la monotonie écrasante des
mêmes tendresses et des mêmes trahisons. Puis, comme
une espérance se levait en elle, avec des frissons de désir,
l'idée de cet « autre chose » que son esprit tendu ne
pouvait trouver. Là, sa rêverie s'égarait. Elle faisait
effort, mais toujours le mot cherché se dérobait dans
la nuit tombante, se perdait dans le roulement continu
des voitures. Le bercement souple de la calèche était
une hésitation de plus qui l'empêchait de formuler son
envie. Et une tentation immense montait de ce vague,
de ces taillis que l'ombre endormait aux deux bords de
l'allée, de ce bruit de roues et de cette oscillation molle

qui l'emplissait d'une torpeur délicieuse. Mille petits souffles lui passaient sur la chair : songeries inachevées, voluptés innommées, souhaits confus, tout ce qu'un retour du Bois, à l'heure où le ciel pâlit, peut mettre d'exquis et de monstrueux dans le cœur lassé d'une femme. Elle tenait ses deux mains enfouies dans la peau d'ours, elle avait très chaud sous son paletot de drap blanc, aux revers de velours mauve. Comme elle allongeait un pied, pour se détendre dans son bien-être, elle frôla de sa cheville la jambe tiède de Maxime, qui ne prit même pas garde à cet attouchement. Une secousse la tira de son demi-sommeil. Elle leva la tête, regardant étrangement de ses yeux gris le jeune homme vautré en toute élégance.

À ce moment, la calèche sortit du Bois. L'avenue de l'Impératrice[1] s'allongeait toute droite dans le crépuscule, avec les deux lignes vertes de ses barrières de bois peint, qui allaient se toucher à l'horizon. Dans la contre-allée réservée aux cavaliers, un cheval blanc, au loin, faisait une tache claire trouant l'ombre grise. Il y avait, de l'autre côté, le long de la chaussée, çà et là, des promeneurs attardés, des groupes de points noirs, se dirigeant doucement vers Paris. Et, tout en haut, au bout de la traînée grouillante et confuse des voitures, l'Arc de triomphe, posé de biais, blanchissait sur un vaste pan de ciel couleur de suie.

Tandis que la calèche remontait d'un trot plus vif, Maxime, charmé de l'allure anglaise du paysage, regardait, aux deux côtés de l'avenue, les hôtels, d'architecture capricieuse, dont les pelouses descendent jusqu'aux contre-allées ; Renée, dans sa songerie, s'amusait à voir, au bord de l'horizon, s'allumer un à un les becs de gaz de la place de l'Étoile, et à mesure que ces lueurs vives tachaient le jour mourant de petites flammes jaunes, elle croyait entendre des appels secrets, il lui semblait que le Paris flamboyant des nuits d'hiver s'illuminait

1. L'avenue Foch.

pour elle, lui préparait la jouissance inconnue que rêvait
son assouvissement.

La calèche prit l'avenue de la Reine-Hortense[1], et
vint s'arrêter au bout de la rue Monceau, à quelques
pas du boulevard Malesherbes, devant un grand hôtel
situé entre cour et jardin. Les deux grilles chargées
d'ornements dorés, qui s'ouvraient sur la cour, étaient
chacune flanquées d'une paire de lanternes, en forme
d'urnes également couvertes de dorures, et dans lesquelles flambaient de larges flammes de gaz. Entre les
deux grilles, le concierge habitait un élégant pavillon,
qui rappelait vaguement un petit temple grec.

Comme la voiture allait entrer dans la cour, Maxime
sauta lestement à terre.

« Tu sais, lui dit Renée, en le retenant par la main,
nous nous mettons à table à sept heures et demie. Tu
as plus d'une heure pour aller t'habiller. Ne te fais pas
attendre. »

Et elle ajouta avec un sourire :

« Nous aurons les Mareuil... Ton père désire que tu
sois très galant avec Louise. »

Maxime haussa les épaules.

« En voilà une corvée ! murmura-t-il d'une voix
maussade. Je veux bien épouser, mais faire sa cour,
c'est trop bête... Ah ! que tu serais gentille, Renée, si
tu me délivrais de Louise, ce soir. »

Il prit son air drôle, la grimace et l'accent qu'il
empruntait à Lassouche[2], chaque fois qu'il allait débi-
ter une de ses plaisanteries habituelles.

« Veux-tu, belle-maman chérie ? »

Renée lui secoua la main comme à un camarade. Et
d'un ton rapide, avec une audace nerveuse de raillerie :

« Eh ! si je n'avais pas épousé ton père, je crois que
tu me ferais la cour. »

Le jeune homme dut trouver cette idée très comique,

1. L'avenue Hoche.
2. Célèbre acteur comique parisien de l'époque.

car il avait déjà tourné le coin du boulevard Malesherbes,
qu'il riait encore.

La calèche entra et vint s'arrêter devant le perron.
Ce perron, aux marches larges et basses, était abrité
par une vaste marquise vitrée, bordée d'un lambrequin
à franges et à glands d'or. Les deux étages de l'hôtel
s'élevaient sur des offices, dont on apercevait, presque
au ras du sol, les soupiraux carrés garnis de vitres dépo-
lies. En haut du perron, la porte du vestibule avançait,
flanquée de maigres colonnes prises dans le mur, formant ainsi une sorte d'avant-corps percé à chaque étage
d'une baie arrondie, et montant jusqu'au toit, où il se
terminait par un delta. De chaque côté, les étages
avaient cinq fenêtres, régulièrement alignées sur la
façade, entourées d'un simple cadre de pierre. Le toit,
mansardé, était taillé carrément, à larges pans presque
droits.

Mais du côté du jardin, la façade était autrement
somptueuse. Un perron royal conduisait à une étroite
terrasse qui régnait tout le long du rez-de-chaussée ;
la rampe de cette terrasse, dans le style des grilles du
parc Monceau, était encore plus chargée d'or que la
marquise et les lanternes de la cour. Puis l'hôtel se
dressait, ayant aux angles deux pavillons, deux sortes
de tours engagées à demi dans le corps du bâtiment,
et qui ménageaient à l'intérieur des pièces rondes. Au
milieu, une autre tourelle, plus enfoncée, se renflait
légèrement. Les fenêtres, hautes et minces pour les
pavillons, espacées davantage et presque carrées sur les
parties plates de la façade, avaient, au rez-de-chaussée,
des balustrades de pierre, et des rampes de fer forgé
et doré aux étages supérieurs. C'était un étalage, une
profusion, un écrasement de richesses. L'hôtel disparaissait sous les sculptures. Autour des fenêtres, le long
des corniches, couraient des enroulements de rameaux
et de fleurs ; il y avait des balcons pareils à des corbeilles de verdure, que soutenaient de grandes femmes
nues, les hanches tordues, les pointes des seins en
avant ; puis, çà et là, étaient collés des écussons de

fantaisie, des grappes, des roses, toutes les efflorescences
possibles de la pierre et du marbre. À mesure que l'œil
montait, l'hôtel fleurissait davantage. Autour du toit,
régnait une balustrade sur laquelle étaient posées, de
distance en distance, des urnes où des flammes de pierre
flambaient. Et là, entre les œils-de-bœuf des mansardes,
qui s'ouvraient dans un fouillis incroyable de fruits et
de feuillages, s'épanouissaient les pièces capitales de
cette décoration étonnante, les frontons des pavillons,
au milieu desquels reparaissaient les grandes femmes
nues, jouant avec des pommes, prenant des poses, parmi
des poignées de joncs. Le toit, chargé de ces ornements,
surmonté encore de galeries de plomb découpées, de
deux paratonnerres et de quatre énormes cheminées
symétriques, sculptées comme le reste, semblait être le
bouquet de ce feu d'artifice architectural.

À droite, se trouvait une vaste serre, scellée au flanc
même de l'hôtel, communiquant avec le rez-de-chaussée
par la porte-fenêtre d'un salon. Le jardin, qu'une grille
basse, masquée par une haie, séparait du parc Monceau,
avait une pente assez forte. Trop petit pour l'habitation, si étroit qu'une pelouse et quelques massifs
d'arbres verts l'emplissaient, il était simplement comme
une butte, comme un socle de verdure, sur lequel se
campait fièrement l'hôtel en toilette de gala. À la voir
du parc, au-dessus de ce gazon propre, de ces arbustes
dont les feuillages vernis luisaient, cette grande bâtisse,
neuve encore et toute blafarde, avait la face blême, l'importance riche et sotte d'une parvenue, avec son lourd
chapeau d'ardoises, ses rampes dorées, son ruissellement de sculptures. C'était une réduction du nouveau
Louvre [1], un des échantillons les plus caractéristiques
du style Napoléon III, ce bâtard opulent de tous les
styles. Les soirs d'été, lorsque le soleil oblique allumait

1. Des bâtiments nouveaux furent ajoutés le long du square du
Carrousel ; la construction en fut achevée en 1857 par l'architecte
Lefuel.

l'or des rampes sur la façade blanche, les promeneurs du parc s'arrêtaient, regardaient les rideaux de soie rouge drapés aux fenêtres du rez-de-chaussée ; et, au travers des glaces si larges et si claires qu'elles semblaient, comme les glaces des grands magasins modernes, mises là pour étaler au-dehors le faste intérieur, ces familles de petits bourgeois apercevaient des coins de meubles, des bouts d'étoffes, des morceaux de plafonds d'une richesse éclatante, dont la vue les clouait d'admiration et d'envie au beau milieu des allées.

Mais, à cette heure, l'ombre tombait des arbres, la façade dormait. De l'autre côté, dans la cour, le valet de pied avait respectueusement aidé Renée à descendre de voiture. Les écuries, à bandes de briques rouges, ouvraient, à droite, leurs larges portes de chêne bruni, au fond d'un hangar vitré. À gauche, comme pour faire pendant, il y avait, collée au mur de la maison voisine, une niche très ornée, dans laquelle une nappe d'eau coulait perpétuellement d'une coquille que deux Amours tenaient à bras tendus. La jeune femme resta un instant au bas du perron, donnant de légères tapes à sa jupe, qui ne voulait point descendre. La cour, que venaient de traverser les bruits de l'attelage, reprit sa solitude, son silence aristocratique, coupé par l'éternelle chanson de la nappe d'eau. Et seules encore, dans la masse noire de l'hôtel, où le premier des grands dîners de l'automne allait bientôt allumer les lustres, les fenêtres basses flambaient, toutes braisillantes, jetant sur le petit pavé de la cour, régulier et net comme un damier, des lueurs vives d'incendie.

Comme Renée poussait la porte du vestibule, elle se trouva en face du valet de chambre de son mari, qui descendait aux offices, tenant une bouilloire d'argent. Cet homme était superbe, tout de noir habillé, grand, fort, la face blanche, avec les favoris corrects d'un diplomate anglais, l'air grave et digne d'un magistrat.

« Baptiste, demanda la jeune femme, Monsieur est-il rentré ?

— Oui, Madame, il s'habille », répondit le valet avec

une inclination de tête que lui aurait enviée un prince saluant la foule.

Renée monta lentement l'escalier, en retirant ses gants.

Le vestibule était d'un grand luxe. En entrant, on éprouvait une légère sensation d'étouffement. Les tapis épais qui couvraient le sol et qui montaient les marches, les larges tentures de velours rouge qui masquaient les murs et les portes, alourdissaient l'air d'un silence, d'une senteur tiède de chapelle. Les draperies tombaient de haut, et le plafond, très élevé, était orné de rosaces saillantes, posées sur un treillis de baguettes d'or. L'escalier, dont la double balustrade de marbre blanc avait une rampe de velours rouge, s'ouvrait en deux branches, légèrement tordues, et entre lesquelles se trouvait, au fond, la porte du grand salon. Sur le premier palier, une immense glace tenait tout le mur. En bas, au pied des branches de l'escalier, sur des socles de marbre, deux femmes de bronze doré, nues jusqu'à la ceinture, portaient de grands lampadaires à cinq becs, dont les clartés vives étaient adoucies par des globes de verre dépoli. Et, des deux côtés, s'alignaient d'admirables pots de majolique [1], dans lesquels fleurissaient des plantes rares.

Renée montait, et, à chaque marche, elle grandissait dans la glace ; elle se demandait, avec ce doute des actrices les plus applaudies, si elle était vraiment délicieuse, comme on le lui disait.

Puis, quand elle fut dans son appartement, qui était au premier étage, et dont les fenêtres donnaient sur le parc Monceau, elle sonna Céleste, sa femme de chambre, et se fit habiller pour le dîner. Cela dura cinq bons quarts d'heure. Lorsque la dernière épingle eut été posée, comme il faisait très chaud dans la pièce, elle ouvrit une fenêtre, s'accouda, s'oublia. Derrière elle, Céleste tournait discrètement, rangeant un à un les objets de toilette.

---

1. Faïence italienne, dont le nom vient de celui de l'île de Majorque.

En bas dans le parc, une mer d'ombre roulait. Les masses couleur d'encre des hauts feuillages secoués par de brusques rafales avaient un large balancement de flux et de reflux, avec ce bruit de feuilles sèches qui rappelle l'égouttement des vagues sur une plage de cailloux. Seuls, rayant par instants ce remous de ténèbres, les deux yeux jaunes d'une voiture paraissaient et disparaissaient entre les massifs, le long de la grande allée qui va de l'avenue de la Reine-Hortense au boulevard Malesherbes. Renée, en face de ces mélancolies de l'automne, sentit toutes ses tristesses lui remonter au cœur. Elle se revit enfant dans la maison de son père, dans cet hôtel silencieux de l'île Saint-Louis, où depuis deux siècles les Béraud Du Châtel mettaient leur gravité noire de magistrats. Puis elle songea au coup de baguette de son mariage, à ce veuf qui s'était vendu pour l'épouser, et qui avait troqué son nom de Rougon contre ce nom de Saccard, dont les deux syllabes sèches avaient sonné à ses oreilles, les premières fois, avec la brutalité de deux râteaux ramassant de l'or ; il la prenait, il la jetait dans cette vie à outrance, où sa pauvre tête se détraquait un peu plus tous les jours. Alors, elle se mit à rêver, avec une joie puérile, aux belles parties de raquette qu'elle avait faites jadis avec sa jeune sœur Christine. Et, quelque matin, elle s'éveillerait du rêve de jouissance qu'elle faisait depuis dix ans, folle, salie par une des spéculations de son mari, dans laquelle il se noierait lui-même. Ce fut comme un pressentiment rapide. Les arbres se lamentaient à voix plus haute. Renée, troublée par ces pensées de honte et de châtiment, céda aux instincts de vieille et honnête bourgeoisie qui dormaient au fond d'elle ; elle promit à la nuit noire de s'amender, de ne plus tant dépenser pour sa toilette, de chercher quelque jeu innocent qui pût la distraire, comme aux jours heureux du pensionnat, lorsque les élèves chantaient : *Nous n'irons plus au bois*, en tournant doucement sous les platanes.

À ce moment, Céleste, qui était descendue, rentra et murmura à l'oreille de sa maîtresse :

« Monsieur prie Madame de descendre. Il y a déjà plusieurs personnes au salon. »

Renée tressaillit. Elle n'avait pas senti l'air vif qui glaçait ses épaules. En passant devant son miroir, elle s'arrêta, se regarda d'un mouvement machinal. Elle eut un sourire involontaire, et descendit.

En effet, presque tous les convives étaient arrivés. Il y avait en bas sa sœur Christine, une jeune fille de vingt ans, très simplement mise en mousseline blanche ; sa tante Élisabeth, la veuve du notaire Aubertot, en satin noir, petite vieille de soixante ans, d'une amabilité exquise ; la sœur de son mari, Sidonie Rougon, femme maigre, doucereuse, sans âge certain, au visage de cire molle, et que sa robe de couleur éteinte effaçait encore davantage ; puis les Mareuil, le père, M. de Mareuil, qui venait de quitter le deuil de sa femme, un grand bel homme, vide, sérieux, ayant une ressemblance frappante avec le valet de chambre Baptiste, et la fille, cette pauvre Louise, comme on la nommait, une enfant de dix-sept ans, chétive, légèrement bossue, qui portait avec une grâce maladive une robe de foulard blanc, à pois rouges ; puis tout un groupe d'hommes graves, gens très décorés, messieurs officiels à têtes blêmes et muettes, et, plus loin, un autre groupe, des jeunes hommes, l'air vicieux, le gilet largement ouvert, entourant cinq ou six dames de haute élégance, parmi lesquelles trônaient les inséparables, la petite marquise d'Espanet, en jaune, et la blonde Mme Haffner, en violet. M. de Mussy, ce cavalier au salut duquel Renée n'avait pas répondu, était là également, avec la mine inquiète d'un amant qui sent venir son congé. Et, au milieu des longues traînes étalées sur le tapis, deux entrepreneurs, deux maçons enrichis, les Mignon et Charrier avec lesquels Saccard devait terminer une affaire le lendemain, promenaient lourdement leurs fortes bottes, les mains derrière le dos, crevant dans leur habit noir.

Aristide Saccard, debout auprès de la porte, tout en pérorant devant le groupe des hommes graves, avec son nasillement et sa verve de Méridional, trouvait le moyen de saluer les personnes qui arrivaient. Il leur serrait la main, leur adressait des paroles aimables. Petit, la mine chafouine, il se pliait comme une marionnette ; et de toute sa personne grêle, rusée, noirâtre, ce qu'on voyait le mieux, c'était la tache rouge du ruban de la Légion d'honneur qu'il portait très large.

Quand Renée entra, il y eut un murmure d'admiration. Elle était vraiment divine. Sur une première jupe de tulle, garnie, derrière, d'un flot de volants, elle portait une tunique de satin vert tendre, bordée d'une haute dentelle d'Angleterre, relevée et attachée par de grosses touffes de violettes ; un seul volant garnissait le devant de la jupe, où des bouquets de violettes, reliés par des guirlandes de lierre, fixaient une légère draperie de mousseline. Les grâces de la tête et du corsage étaient adorables, au-dessus de ces jupes d'une ampleur royale et d'une richesse un peu chargée. Décolletée jusqu'à la pointe des seins, les bras découverts avec des touffes de violettes sur les épaules, la jeune femme semblait sortir toute nue de sa gaine de tulle et de satin, pareille à une de ces nymphes dont le buste se dégage des chênes sacrés ; et sa gorge blanche, son corps souple était déjà si heureux de sa demi-liberté que le regard s'attendait toujours à voir peu à peu le corsage et les jupes glisser, comme le vêtement d'une baigneuse, folle de sa chair. Sa coiffure haute, ses fins cheveux jaunes retroussés en forme de casque, et dans lesquels courait une branche de lierre, retenue par un nœud de violettes, augmentaient encore sa nudité, en découvrant sa nuque que des poils follets, semblables à des fils d'or, ambraient légèrement. Elle avait, au cou, une rivière à pendeloques, d'une eau admirable, et, sur le front, une aigrette faite de brins d'argent, constellés de diamants. Et elle resta ainsi quelques secondes sur le seuil, debout dans sa toilette magnifique, les épaules moirées par les clartés chaudes. Comme elle avait descendu vite, elle soufflait un peu. Ses yeux, que le noir du parc Monceau avait emplis d'ombre, clignaient devant ce flot brusque de lumière, lui donnaient cet air hésitant des myopes, qui était chez elle une grâce.

En l'apercevant, la petite marquise se leva vivement, courut à elle, lui prit les deux mains ; et, tout en l'examinant des pieds à la tête, elle murmurait d'une voix flûtée :

« Ah ! chère belle, chère belle... »

Cependant, il y eut un grand mouvement, tous les convives vinrent saluer la belle Mme Saccard, comme on nommait Renée dans le monde. Elle toucha la main presque à tous les hommes. Puis elle embrassa Christine, en lui demandant des nouvelles de son père, qui ne venait jamais à l'hôtel du parc Monceau. Et elle restait debout, souriante, saluant encore de la tête, les bras mollement arrondis, devant le cercle des dames qui regardaient curieusement la rivière et l'aigrette.

La blonde Mme Haffner ne put résister à la tentation ; elle s'approcha, regarda longuement les bijoux, et dit d'une voix jalouse :

« C'est la rivière et l'aigrette, n'est-ce pas ?... »

Renée fit un signe affirmatif. Alors toutes les femmes se répandirent en éloges ; les bijoux étaient ravissants, divins ; puis elles en vinrent à parler, avec une admiration pleine d'envie, de la vente de Laure d'Aurigny, dans laquelle Saccard les avait achetés pour sa femme ; elles se plaignirent de ce que ces filles enlevaient les plus belles choses, bientôt il n'y aurait plus de diamants pour les honnêtes femmes. Et, dans leurs plaintes, perçait le désir de sentir sur leur peau nue un de ces bijoux que tout Paris avait vus aux épaules d'une impure [1] illustre, et qui leur conteraient peut-être à l'oreille les scandales des alcôves où s'arrêtaient si complaisamment leurs rêves de grandes dames. Elles connaissaient les gros prix, elles citèrent un superbe cachemire, des dentelles magnifiques. L'aigrette avait coûté quinze mille francs, la rivière cinquante mille

---

1. Prostituée.

francs. Mme d'Espanet était enthousiasmée par ces chiffres. Elle appela Saccard, elle lui cria :

« Venez donc qu'on vous félicite ! Voilà un bon mari ! »

Aristide Saccard s'approcha, s'inclina, fit de la modestie. Mais son visage grimaçant trahissait une satisfaction vive. Et il regardait du coin de l'œil les deux entrepreneurs, les deux maçons enrichis, plantés à quelques pas, écoutant sonner les chiffres de quinze mille et de cinquante mille francs, avec un respect visible.

À ce moment, Maxime, qui venait d'entrer, adorablement pincé dans son habit noir, s'appuya avec familiarité sur l'épaule de son père, et lui parla bas, comme à un camarade, en lui désignant les maçons d'un regard. Saccard eut le sourire discret d'un acteur applaudi.

Quelques convives arrivèrent encore. Il y avait au moins une trentaine de personnes dans le salon. Les conversations reprirent ; pendant les moments de silence, on entendait, derrière les murs, des bruits légers de vaisselle et d'argenterie. Enfin, Baptiste ouvrit une porte à deux battants, et, majestueusement, il dit la phrase sacramentelle :

« Madame est servie. »

Alors, lentement, le défilé commença. Saccard donna le bras à la petite marquise ; Renée prit celui d'un vieux monsieur, un sénateur, le baron Gouraud, devant lequel tout le monde s'aplatissait avec une humilité grande ; quant à Maxime, il fut obligé d'offrir son bras à Louise de Mareuil ; puis venaient le reste des convives, en procession, et, tout au bout, les deux entrepreneurs, les mains ballantes.

La salle à manger était une vaste pièce carrée, dont les boiseries de poirier noirci et verni montaient à hauteur d'homme, ornées de minces filets d'or. Les quatre grands panneaux avaient dû être ménagés de façon à recevoir des peintures de nature morte ; mais ils étaient restés vides, le propriétaire de l'hôtel ayant sans doute reculé devant une dépense purement artistique. On les avait simplement tendus de velours gros

vert. Le meuble, les rideaux et les portières de même
étoffe, donnaient à la pièce un caractère sobre et grave,
calculé pour concentrer sur la table toutes les splendeurs
de la lumière.

Et, à cette heure, en effet, au milieu du large tapis
persan, de teinte sombre, qui étouffait le bruit des pas,
sous la clarté crue du lustre, la table, entourée de chaises
dont les dossiers noirs, à filets d'or, l'encadraient d'une
ligne sombre, était comme un autel, comme une chapelle ardente, où, sur la blancheur éclatante de la
nappe, brûlaient les flammes claires des cristaux et des
pièces d'argenterie. Au-delà des dossiers sculptés, dans
une ombre flottante, à peine apercevait-on les boiseries
des murs, un grand buffet bas, des pans de velours qui
traînaient. Forcément, les yeux revenaient à la table,
s'emplissaient de cet éblouissement. Un admirable surtout d'argent mat, dont les ciselures luisaient, en occupait le centre ; c'était une bande de faunes enlevant des
nymphes ; et, au-dessus du groupe, sortant d'un large
cornet, un énorme bouquet de fleurs naturelles retombait en grappes. Aux deux bouts, des vases contenaient
également des gerbes de fleurs ; deux candélabres,
appareillés au groupe du milieu, faits chacun d'un
satyre courant, emportant sur l'un de ses bras une
femme pâmée, et tenant de l'autre une torchère à dix
branches, ajoutaient l'éclat de leurs bougies au rayonnement du lustre central. Entre ces pièces principales,
les réchauds, grands et petits, s'alignaient symétrique-
ment, chargés du premier service, flanqués par des
coquilles contenant des hors-d'œuvre, séparés par des
corbeilles de porcelaine, des vases de cristal, des assiettes
plates, des compotiers montés, contenant la partie du
dessert qui était déjà sur la table. Le long du cordon
des assiettes, l'armée des verres, les carafes d'eau et de
vin, les petites salières, tout le cristal du service était
mince et léger comme de la mousseline, sans une ciselure, et si transparent, qu'il ne jetait aucune ombre. Et
le surtout, les grandes pièces semblaient des fontaines
de feu ; des éclairs couraient dans le flanc poli des

réchauds ; les fourchettes, les cuillers, les couteaux à manches de nacre, faisaient des barres de flammes ; des arcs-en-ciel allumaient les verres ; et, au milieu de cette pluie d'étincelles, dans cette masse incandescente, les carafes de vin tachaient de rouge la nappe chauffée à blanc.

En entrant, les convives, qui souriaient aux dames qu'ils avaient à leur bras, eurent une expression de béatitude discrète. Les fleurs mettaient une fraîcheur dans l'air tiède. Des fumets légers traînaient, mêlés aux parfums des roses. Et c'était la senteur âpre des écrevisses et l'odeur aigrelette des citrons qui dominaient.

Puis, quand tout le monde eut trouvé son nom, écrit sur le revers de la carte du menu, il y eut un bruit de chaises, un grand froissement de jupes de soie. Les épaules nues, étoilées de diamants, flanquées d'habits noirs qui en faisaient ressortir la pâleur, ajoutèrent leurs blancheurs laiteuses au rayonnement de la table. Le service commença, au milieu de petits sourires échangés entre voisins, dans un demi-silence que ne coupaient encore que les cliquetis assourdis des cuillers. Baptiste remplissait les fonctions de maître d'hôtel avec ses attitudes graves de diplomate ; il avait sous ses ordres, outre les deux valets de pied, quatre aides qu'il recrutait seulement pour les grands dîners. À chaque mets qu'il enlevait, et qu'il allait découper, au fond de la pièce, sur une table de service, trois des domestiques faisaient doucement le tour de la table, un plat à la main, offrant le mets par son nom, à demi-voix. Les autres versaient les vins, veillaient au pain et aux carafes. Les relevés et les entrées s'en allèrent et se promenèrent ainsi lentement, sans que le rire perlé des dames devînt plus aigu.

Les convives étaient trop nombreux pour que la conversation pût aisément devenir générale. Cependant, au second service, lorsque les rôtis et les entremets eurent pris la place des relevés et des entrées et que les grands vins de Bourgogne, le pommard, le chambertin, succédèrent au léoville et au château-lafite, le bruit des voix grandit, des éclats de rire firent tinter les cristaux légers. Renée, au milieu de la table, avait, à sa droite le baron Gouraud, à sa gauche M. Toutin-Laroche, ancien fabricant de bougies, alors conseiller municipal, directeur du Crédit viticole, membre du conseil de surveillance de la Société générale des ports du Maroc, homme maigre et considérable, que Saccard, placé en face, entre Mme d'Espanet et Mme Haffner, appelait d'une voix flatteuse tantôt : « Mon cher collègue », et tantôt : « Notre grand administrateur ». Ensuite venaient les hommes politiques : M. Hupel de la Noue, un préfet qui passait huit mois de l'année à Paris ; trois députés, parmi lesquels M. Haffner étalait sa large face alsacienne ; puis M. de Saffré, un charmant jeune homme, secrétaire d'un ministre ; M. Michelin, chef du bureau de la voirie ; et d'autres employés supérieurs. M. de Mareuil, candidat perpétuel à la députation, se carrait en face du préfet, auquel il faisait les yeux doux. Quant à M. d'Espanet, il n'accompagnait jamais sa femme dans le monde. Les dames de la famille étaient placées entre les plus marquants de ces personnages. Saccard avait cependant réservé sa sœur Sidonie, qu'il avait mise plus loin, entre les deux entrepreneurs, le sieur Charrier à droite, le sieur Mignon à gauche, comme à un poste de confiance où il s'agissait de vaincre. Mme Michelin, la femme du chef de bureau, une jolie brune, toute potelée, se trouvait à côté de M. de Saffré, avec lequel elle causait vivement à voix basse. Puis, aux deux bouts de la table, était la jeunesse, des auditeurs au Conseil d'État, des fils de pères puissants, des petits millionnaires en herbe, M. de Mussy, qui jetait à Renée des regards désespérés, Maxime ayant à sa droite Louise de Mareuil, et dont sa voisine semblait faire la conquête. Peu à peu, ils s'étaient mis à rire très haut. Ce fut de là que partirent les premiers éclats de gaieté.

Cependant, M. Hupel de la Noue demanda galamment :

« Aurons-nous le plaisir de voir Son Excellence, ce soir ?

— Je ne crois pas, répondit Saccard d'un air important qui cachait une contrariété secrète. Mon frère est si occupé !... Il nous a envoyé son secrétaire, M. de Saffré, pour nous présenter ses excuses. »

Le jeune secrétaire, que Mme Michelin accaparait décidément, leva la tête en entendant prononcer son nom, et s'écria à tout hasard, croyant qu'on s'était adressé à lui :

« Oui, oui, il doit y avoir une réunion des ministres à neuf heures, chez le garde des Sceaux. »

Pendant ce temps, M. Toutin-Laroche, qu'on avait interrompu, continuait gravement, comme s'il eût péroré dans le silence attentif du conseil municipal :

« Les résultats sont superbes. Cet emprunt de la Ville restera comme une des plus belles opérations financières de l'époque. Ah ! messieurs... »

Mais, ici, sa voix fut de nouveau couverte par des rires qui éclatèrent brusquement à l'un des bouts de la table. On entendait, au milieu de ce souffle de gaieté, la voix de Maxime, qui achevait une anecdote : « Attendez donc, je n'ai pas fini. La pauvre amazone fut relevée par un cantonnier. On dit qu'elle lui fait donner une brillante éducation pour l'épouser plus tard. Elle ne veut pas qu'un homme autre que son mari puisse se flatter d'avoir vu certain signe noir placé au-dessus de son genou. » Les rires reprirent de plus belle ; Louise riait franchement plus haut que les hommes. Et doucement, au milieu de ces rires, comme sourd, un laquais allongeait en ce moment, entre chaque convive, sa tête grave et blême, offrant des aiguillettes de canard sauvage, à voix basse.

Aristide Saccard fut fâché du peu d'attention qu'on accordait à M. Toutin-Laroche. Il reprit, pour lui montrer qu'il l'avait écouté :

« L'emprunt de la Ville... »

Mais M. Toutin-Laroche n'était pas homme à perdre le fil d'une idée :

« Ah ! messieurs, continua-t-il quand les rires furent
calmés, la journée d'hier a été une grande consolation
pour nous, dont l'administration est en butte à tant
d'ignobles attaques. On accuse le Conseil de conduire
la Ville à sa ruine, et, vous le voyez, dès que la Ville
ouvre un emprunt, tout le monde nous apporte son
argent, même ceux qui crient.

— Vous avez fait des miracles, dit Saccard. Paris est
devenu la capitale du monde.

— Oui, c'est vraiment prodigieux, interrompit
M. Hupel de la Noue. Imaginez-vous que moi, qui suis
un vieux Parisien, je ne reconnais plus mon Paris. Hier,
je me suis perdu pour aller de l'Hôtel de Ville au
Luxembourg. C'est prodigieux, prodigieux ! »

Il y eut un silence. Tous les hommes graves écoutaient
maintenant.

« La transformation de Paris, continua M. Toutin-
Laroche, sera la gloire du règne. Le peuple est ingrat :
il devrait baiser les pieds de l'empereur. Je le disais ce
matin au Conseil, où l'on parlait du grand succès de
l'emprunt : ''Messieurs, laissons dire ces braillards de
l'opposition : bouleverser Paris, c'est le fertiliser.'' »

Saccard sourit en fermant les yeux, comme pour
mieux savourer la finesse du mot. Il se pencha derrière
le dos de Mme d'Espanet, et dit à M. Hupel de la
Noue, assez haut pour être entendu :

« Il a un esprit adorable. »

Cependant, depuis qu'on parlait des travaux de
Paris, le sieur Charrier tendait le cou, comme pour se
mêler à la conversation. Son associé Mignon n'était
occupé que de Mme Sidonie, qui lui donnait fort à
faire. Saccard, depuis le commencement du dîner, sur-
veillait les entrepreneurs du coin de l'œil.

« L'administration, dit-il, a rencontré tant de dévoue-
ments ! Tout le monde a voulu contribuer à la grande
œuvre. Sans les riches compagnies qui lui sont venues
en aide, la Ville n'aurait jamais pu faire si bien ni si
vite. »

Il se tourna, et avec une sorte de brutalité flatteuse :

« MM. Mignon et Charrier en savent quelque chose, eux qui ont eu leur part de peine, et qui auront leur part de gloire. »

Les maçons enrichis reçurent béatement cette phrase en pleine poitrine. Mignon, auquel Mme Sidonie disait en minaudant : « Ah ! monsieur, vous me flattez ; non, le rose serait trop jeune pour moi... », la laissa au milieu de sa phrase pour répondre à Saccard :

« Vous êtes trop bon ; nous avons fait nos affaires. »

Mais Charrier était plus dégrossi. Il acheva son verre de pommard et trouva le moyen de faire une phrase :

« Les travaux de Paris, dit-il, ont fait vivre l'ouvrier.

— Dites aussi, reprit M. Toutin-Laroche, qu'ils ont donné un magnifique élan aux affaires financières et industrielles.

— Et n'oubliez pas le côté artistique ; les nouvelles voies sont majestueuses, ajouta M. Hupel de la Noue, qui se piquait d'avoir du goût.

— Oui, oui, c'est un beau travail, murmura M. de Mareuil, pour dire quelque chose.

— Quant à la dépense, déclara gravement le député Haffner qui n'ouvrait la bouche que dans les grandes occasions, nos enfants la paieront, et rien ne sera plus juste. »

Et comme, en disant cela, il regardait M. de Saffré que la jolie Mme Michelin semblait bouder depuis un instant, le jeune secrétaire, pour paraître au courant de ce qu'on disait, répéta :

« Rien ne sera plus juste, en effet. »

Tout le monde avait dit son mot, dans le groupe que les hommes graves formaient au milieu de la table. M. Michelin, le chef de bureau, souriait, dodelinait de la tête ; c'était, d'ordinaire, sa façon de prendre part à une conversation ; il avait des sourires pour saluer, pour répondre, pour approuver, pour remercier, pour prendre congé, toute une jolie collection de sourires qui le dispensaient presque de jamais se servir de la parole, ce qu'il jugeait sans doute plus poli et plus favorable à son avancement.

Un autre personnage était également resté muet, le baron Gouraud, qui mâchait lentement comme un bœuf aux paupières lourdes. Jusque-là, il avait paru absorbé dans le spectacle de son assiette. Renée, aux petits soins pour lui, n'en obtenait que de légers grognements de satisfaction. Aussi fut-on surpris de le voir lever la tête et de l'entendre dire, en essuyant ses lèvres grasses :

« Moi qui suis propriétaire, lorsque je fais réparer et décorer un appartement, j'augmente mon locataire. »

La phrase de M. Haffner : « Nos enfants paieront », avait réussi à réveiller le sénateur. Tout le monde battit discrètement des mains, et M. de Saffré s'écria :

« Ah ! charmant, charmant, j'enverrai demain le mot aux journaux.

— Vous avez bien raison, messieurs, nous vivons dans un bon temps, dit le sieur Mignon, comme pour conclure, au milieu des sourires et des admirations que le mot du baron excitait. J'en connais plus d'un qui ont joliment arrondi leur fortune. Voyez-vous, quand on gagne de l'argent, tout est beau. »

Ces dernières paroles glacèrent les hommes graves. La conversation tomba net, et chacun parut éviter de regarder son voisin. La phrase du maçon atteignait ces messieurs, roide comme le pavé de l'ours. Michelin, qui justement contemplait Saccard d'un air agréable, cessa de sourire, très effrayé d'avoir eu l'air un instant d'appliquer les paroles de l'entrepreneur au maître de la maison. Ce dernier lança un coup d'œil à Mᵐᵉ Sidonie, qui accapara de nouveau Mignon, en disant : « Vous aimez donc le rose, monsieur ?... » Puis Saccard fit un long compliment à Mᵐᵉ d'Espanet ; sa figure noirâtre, chafouine, touchait presque les épaules laiteuses de la jeune femme, qui se renversait avec de petits rires.

On était au dessert. Les laquais allaient d'un pas plus vif autour de la table. Il y eut un arrêt, pendant que la nappe achevait de se charger de fruits et de sucreries. À l'un des bouts, du côté de Maxime, les rires

devenaient plus clairs ; on entendait la voix aigrelette
de Louise dire : « Je vous assure que Sylvia avait une
robe de satin bleu dans son rôle de Dindonnette » ; et
une autre voix d'enfant ajoutait : « Oui, mais la robe
était garnie de dentelles blanches. » Un air chaud montait. Les visages, plus roses, étaient comme amollis par
une béatitude intérieure. Deux laquais firent le tour de
la table, versant de l'alicante [1] et du tokai [2].

Depuis le commencement du dîner, Renée semblait
distraite. Elle remplissait ses devoirs de maîtresse de
maison avec un sourire machinal. À chaque éclat de
gaieté qui venait du bout de la table, où Maxime et
Louise, côte à côte, plaisantaient comme de bons
camarades, elle jetait de ce côté un regard luisant.
Elle s'ennuyait. Les hommes graves l'assommaient.
Mme d'Espanet et Mme Haffner lui lançaient des
regards désespérés.

« Et les prochaines élections, comment s'annoncent-
elles ? demanda brusquement Saccard à M. Hupel de
la Noue.

— Mais très bien, répondit celui-ci en souriant ; seulement je n'ai pas encore de candidats désignés pour
mon département. Le ministère hésite, paraît-il. »

M. de Mareuil, qui, d'un coup d'œil, avait remercié
Saccard d'avoir entamé ce sujet, semblait être sur
des charbons ardents. Il rougit légèrement, il fit des
saluts embarrassés, lorsque le préfet, s'adressant à lui,
continua :

« On m'a beaucoup parlé de vous dans le pays, monsieur. Vos grandes propriétés vous y font de nombreux
amis, et l'on sait combien vous êtes dévoué à l'empereur. Vous avez toutes les chances.

— Papa, n'est-ce pas que la petite Sylvia vendait des
cigarettes à Marseille, en 1849 ? » cria à ce moment
Maxime du bout de la table.

1. Vin liquoreux produit à Alicante (Espagne).
2. Vin de Hongrie, blanc et sucré.

Et comme Aristide Saccard feignait de ne pas entendre, le jeune homme reprit d'un ton plus bas :

« Mon père l'a connue particulièrement. »

Il y eut quelques rires étouffés. Cependant, tandis que M. de Mareuil saluait toujours, M. Haffner avait repris d'une voix sentencieuse :

« Le dévouement à l'empereur est la seule vertu, le seul patriotisme, en ces temps de démocratie intéressée. Quiconque aime l'empereur aime la France. C'est avec une joie sincère que nous verrions monsieur devenir notre collègue.

— Monsieur l'emportera, dit à son tour M. Toutin-Laroche. Les grandes fortunes doivent se grouper autour du trône. »

Renée n'y tint plus. En face d'elle, la marquise étouffait un bâillement. Et comme Saccard allait reprendre la parole :

« Par grâce, mon ami, ayez un peu pitié de nous, lui dit sa femme, avec un joli sourire, laissez là votre vilaine politique. »

Alors, M. Hupel de la Noue, galant comme un préfet, se récria, dit que ces dames avaient raison. Et il entama le récit d'une histoire scabreuse qui s'était passée dans son chef-lieu. La marquise, Mme Haffner et les autres dames rirent beaucoup de certains détails. Le préfet contait d'une façon très piquante, avec des demi-mots, des réticences, des inflexions de voix, qui donnaient un sens très polisson aux termes les plus innocents. Puis on parla du premier mardi de la duchesse, d'une bouffonnerie qu'on avait jouée la veille, de la mort d'un poète et des dernières courses d'automne. M. Toutin-Laroche, aimable à ses heures, compara les femmes à des roses, et M. de Mareuil, dans le trouble où l'avaient laissé ses espérances électorales, trouva des mots profonds sur la nouvelle forme des chapeaux. Renée restait distraite.

Cependant, les convives ne mangeaient plus. Un vent chaud semblait avoir soufflé sur la table, terni les verres, émietté le pain, noirci les pelures de fruit dans

les assiettes, rompu la belle symétrie du service. Les
fleurs se fanaient, dans les grands cornets d'argent
ciselé. Et les convives s'oubliaient là un instant, en face
des débris du dessert, béats, sans courage pour se lever.
Un bras sur la table, à demi penchés, ils avaient le
regard vide, le vague affaissement de cette ivresse mesu-
rée et décente des gens du monde qui se grisent à petits
coups. Les rires étaient tombés, les paroles se faisaient
rares. On avait bu et mangé beaucoup, ce qui rendait
plus grave encore la bande des hommes décorés. Les
dames, dans l'air alourdi de la salle, sentaient des
moiteurs leur monter au front et à la nuque. Elles
attendaient qu'on passât au salon, sérieuses, un peu
pâles, comme si leur tête eût légèrement tourné.
Mᵐᵉ d'Espanet était toute rose, tandis que les épaules
de Mᵐᵉ Haffner avaient pris des blancheurs de cire.
Cependant, M. Hupel de la Noue examinait le manche d'un couteau ; M. Toutin-Laroche lançait encore
à M. Haffner des lambeaux de phrase, que celui-ci
accueillait par des hochements de tête ; M. de Mareuil
rêvait en regardant M. Michelin, qui lui souriait finement. Quant à la jolie Mᵐᵉ Michelin, elle ne parlait
plus depuis longtemps ; très rouge, elle laissait pendre
sous la nappe une main que M. de Saffré devait tenir
dans la sienne, car il s'appuyait gauchement sur le bord
de la table, les sourcils tendus, avec la grimace d'un
homme qui résout un problème d'algèbre. Mᵐᵉ Sidonie
avait vaincu, elle aussi ; les sieurs Mignon et Charrier,
accoudés tous deux et tournés vers elle, paraissaient
ravis de recevoir ses confidences ; elle avouait qu'elle
adorait le laitage et qu'elle avait peur des revenants.
Et Aristide Saccard, lui-même, les yeux demi-clos,
plongé dans cette béatitude d'un maître de maison qui
a conscience d'avoir grisé honnêtement ses convives,
ne songeait point à quitter la table ; il contemplait, avec
une tendresse respectueuse, le baron Gouraud, appesanti, digérant, allongeant sur la nappe blanche sa main
droite, une main de vieillard sensuel, courte, épaisse,
tachée de plaques violettes et couverte de poils roux.

Renée acheva machinalement les quelques gouttes de tokai qui restaient au fond de son verre. Des feux lui montaient à la face ; les petits cheveux pâles de son front et de sa nuque, rebelles, s'échappaient, comme mouillés par un souffle humide. Elle avait les lèvres et le nez amincis nerveusement, le visage muet d'un enfant qui a bu du vin pur. Si de bonnes pensées bourgeoises lui étaient venues en face des ombres du parc Monceau, ces pensées se noyaient, à cette heure, dans l'excitation des mets, des vins, des lumières, de ce milieu troublant où passaient des haleines et des gaietés chaudes. Elle n'échangeait plus de tranquilles sourires avec sa sœur Christine et sa tante Élisabeth, modestes toutes deux, s'effaçant, parlant à peine. Elle avait, d'un regard dur, fait baisser les yeux du pauvre M. de Mussy. Dans son apparente distraction, bien qu'elle évitât maintenant de se tourner, appuyée contre le dossier de sa chaise, où le satin de son corsage craquait doucement, elle laissait échapper un imperceptible frisson des épaules, à chaque nouvel éclat de rire qui lui venait du coin où Maxime et Louise plaisantaient, toujours aussi haut, dans le bruit mourant des conversations.

Et derrière elle, au bord de l'ombre, dominant de sa haute taille la table en désordre et les convives pâmés, Baptiste se tenait debout, la chair blanche, la mine grave, avec l'attitude dédaigneuse d'un laquais qui a repu ses maîtres. Lui seul, dans l'air chargé d'ivresse, sous les clartés crues du lustre qui jaunissaient, restait correct, avec sa chaîne d'argent au cou, ses yeux froids où la vue des épaules des femmes ne mettait pas une flamme, son air d'eunuque servant des Parisiens de la décadence et gardant sa dignité.

Enfin, Renée se leva, d'un mouvement nerveux. Tout le monde l'imita. On passa au salon, où le café était servi.

Le grand salon de l'hôtel était une vaste pièce longue, une sorte de galerie, allant d'un pavillon à l'autre, occupant toute la façade du côté du jardin. Une large porte-fenêtre s'ouvrait sur le perron. Cette galerie était resplendissante d'or. Le plafond, légèrement cintré, avait des enroulements capricieux courant autour de grands médaillons dorés, qui luisaient comme des boucliers. Des rosaces, des guirlandes éclatantes bordaient la voûte ; des filets, pareils à des jets de métal en fusion, coulaient sur les murs, encadrant les panneaux, tendus de soie rouge ; des tresses de roses, avec des gerbes épanouies au sommet, retombaient le long des glaces. Sur le parquet, un tapis d'Aubusson étalait ses fleurs de pourpre. Le meuble de damas de soie rouge, les portières et les rideaux de même étoffe, l'énorme pendule rocaille [1] de la cheminée, les vases de Chine posés sur les consoles, les pieds des deux tables longues ornées de mosaïques de Florence, jusqu'aux jardinières placées dans les embrasures des fenêtres, suaient l'or, égouttaient l'or. Aux quatre angles se dressaient quatre grandes lampes posées sur des socles de marbre rouge, auxquels les attachaient des chaînes de bronze doré, tombant avec des grâces symétriques. Et, du plafond, descendaient trois lustres à pendeloques de cristal, ruisselants de gouttes de lumière bleues et roses, et dont les clartés ardentes faisaient flamber tout l'or du salon.

Les hommes se retirèrent bientôt dans le fumoir. M. de Mussy vint prendre familièrement le bras de Maxime, qu'il avait connu au collège, bien qu'il eût six ans de plus que lui. Il l'entraîna sur la terrasse, et après qu'ils eurent allumé un cigare, il se plaignit amèrement de Renée.

« Mais qu'a-t-elle donc, dites ? Je l'ai vue hier, elle était adorable. Et voilà qu'aujourd'hui elle me traite comme si tout était fini entre nous ? Quel crime ai-je pu commettre ? Vous seriez bien aimable, mon cher Maxime, de l'interroger, de lui dire combien elle me fait souffrir.

— Ah ! pour cela, non ! répondit Maxime en riant.

---

1. Le style rocaille, très répandu sous Louis XV, se caractérise par des lignes contournées rappelant les volutes des coquillages.

Renée a ses nerfs, je ne tiens pas à recevoir l'averse.
Débrouillez-vous, faites vos affaires vous-même. »

Et il ajouta, après avoir lentement exhalé la fumée
de son havane :

« Vous voulez me faire jouer un joli rôle, vous ! »

Mais M. de Mussy parla de sa vive amitié, et il
déclara au jeune homme qu'il n'attendait qu'une occasion pour lui prouver combien il lui était dévoué. Il était
bien malheureux, il aimait tant Renée !

« Eh bien, c'est convenu, dit enfin Maxime, je lui
dirai un mot ; mais, vous savez, je ne promets rien ;
elle va m'envoyer coucher, c'est sûr. »

Ils rentrèrent dans le fumoir, ils s'allongèrent dans
de larges fauteuils-dormeuses. Là, pendant une grande
demi-heure, M. de Mussy conta ses chagrins à Maxime ;
il lui dit pour la dixième fois comment il était tombé
amoureux de sa belle-mère, comment elle avait bien
voulu le distinguer ; et Maxime, en attendant que son
cigare fût achevé, lui donnait des conseils, lui expliquait
Renée, lui indiquait de quelle façon il devait se conduire
pour la dominer.

Saccard étant venu s'asseoir à quelques pas des jeunes gens, M. de Mussy garda le silence et Maxime
conclut en disant :

« Moi, si j'étais à votre place, j'agirais très cavalièrement. Elle aime ça. »

Le fumoir occupait, à l'extrémité du grand salon, une
des pièces rondes formées par les tourelles. Il était de
style très riche et très sobre. Tendu d'une imitation de
cuir de Cordoue, il avait des rideaux et des portières
en algérienne, et, pour tapis, une moquette à dessins
persans. Le meuble, recouvert de peau de chagrin couleur bois, se composait de poufs, de fauteuils et d'un
divan circulaire qui tenait en partie la rondeur de la
pièce. Le petit lustre du plafond, les ornements du gué-
ridon, la garniture de la cheminée, étaient en bronze
florentin vert pâle.

Il n'était guère resté avec les dames que quelques
jeunes gens et des vieillards à faces blanches et molles,

ayant le tabac en horreur. Dans le fumoir, on riait, on plaisantait très librement. M. Hupel de la Noue égaya fort ces messieurs en leur racontant de nouveau l'histoire qu'il avait dite pendant le dîner, mais en la complétant par des détails tout à fait crus. C'était sa spécialité ; il avait toujours deux versions d'une anecdote, l'une pour les dames, l'autre pour les hommes. Puis, quand Aristide Saccard entra, il fut entouré et complimenté ; et comme il faisait mine de ne pas comprendre, M. de Saffré lui dit, dans une phrase très applaudie, qu'il avait bien mérité de la patrie en empêchant la belle Laure d'Aurigny de passer aux Anglais.

« Non, vraiment, messieurs, vous vous trompez, balbutiait Saccard avec une fausse modestie.

— Va, ne te défends donc pas ! lui cria plaisamment Maxime. À ton âge, c'est très beau. »

Le jeune homme, qui venait de jeter son cigare, rentra dans le grand salon. Il était venu beaucoup de monde. La galerie était pleine d'habits noirs, debout, causant à demi-voix, et de jupes, étalées largement le long des causeuses. Des laquais commençaient à promener des plats d'argent, chargés de glaces et de verres de punch.

Maxime, qui désirait parler à Renée, traversa le grand salon dans sa longueur, sachant bien où il trouverait le cénacle de ces dames. Il y avait, à l'autre extrémité de la galerie, faisant pendant au fumoir, une pièce ronde dont on avait fait un adorable petit salon. Ce salon, avec ses tentures, ses rideaux et ses portières de satin bouton-d'or, avait un charme voluptueux, d'une saveur originale et exquise. Les clartés du lustre, très délicatement fouillé, chantaient une symphonie en jaune mineur, au milieu de toutes ces étoffes couleur de soleil. C'était comme un ruissellement de rayons adoucis, un coucher d'astre s'endormant sur une nappe de blés mûrs. À terre, la lumière se mourait sur un tapis d'Aubusson semé de feuilles sèches. Un piano d'ébène marqueté d'ivoire, deux petits meubles dont les glaces laissaient voir un monde de bibelots, une table

Louis XVI, une console jardinière surmontée d'une énorme gerbe de fleurs, suffisaient à meubler la pièce. Les causeuses, les fauteuils, les poufs, étaient recouverts de satin bouton-d'or capitonné, coupé par de larges bandes de satin noir brodé de tulipes voyantes. Et il y avait encore des sièges bas, des sièges volants, toutes les variétés élégantes et bizarres du tabouret. On ne voyait pas le bois de ces meubles ; le satin, le capiton couvrait tout. Les dossiers se renversaient avec des rondeurs moelleuses de traversins. C'était comme des lits discrets où l'on pouvait dormir et aimer dans le duvet, au milieu de la sensuelle symphonie en jaune mineur.

Renée aimait ce petit salon, dont une des portes-fenêtres s'ouvrait sur la magnifique serre chaude scellée au flanc de l'hôtel. Dans la journée, elle y passait ses heures d'oisiveté. Les tentures jaunes, au lieu d'éteindre sa chevelure pâle, la doraient de flammes étranges ; sa tête se détachait au milieu d'une lueur d'aurore, toute rose et blanche, comme celle d'une Diane blonde s'éveillant dans la lumière du matin ; et c'était pourquoi, sans doute, elle aimait cette pièce qui mettait sa beauté en relief.

À cette heure, elle était là avec ses intimes. Sa sœur et sa tante venaient de partir. Il n'y avait plus, dans le cénacle, que des têtes folles. Renversée à demi au fond d'une causeuse, Renée écoutait les confidences de son amie Adeline, qui lui parlait à l'oreille, avec des mines de chatte et des rires brusques. Suzanne Haffner était fort entourée ; elle tenait tête à un groupe de jeunes gens qui la serraient de très près, sans qu'elle perdît sa langueur d'Allemande, son effronterie provocante, nue et froide comme ses épaules. Dans un coin, Mme Sidonie endoctrinait à voix basse une jeune femme aux cils de vierge. Plus loin, Louise, debout, causait avec un grand garçon timide, qui rougissait ; tandis que le baron Gouraud, en pleine clarté, sommeillait dans son fauteuil, étalant ses chairs molles, sa carrure d'éléphant blême, au milieu des grâces frêles et de la soyeuse délicatesse des dames. Et, dans la pièce, sur les jupes de satin aux plis durs et vernis comme de la porcelaine, sur les épaules dont les blancheurs laiteuses s'étoilaient de diamants, une lumière de féerie tombait en poussière d'or. Une voix fluette, un rire pareil à un roucoulement, sonnaient, avec des limpidités de cristal. Il faisait très chaud. Des éventails battaient lentement, comme des ailes, jetant à chaque souffle, dans l'air alangui, les parfums musqués des corsages.

Quand Maxime parut sur le seuil de la porte, Renée, qui écoutait la marquise d'une oreille distraite, se leva vivement, feignit d'avoir à remplir son rôle de maîtresse de maison. Elle passa dans le grand salon où le jeune homme la suivit. Là, elle fit quelques pas, souriante, donnant des poignées de main ; puis attirant Maxime à l'écart :

« Eh ! dit-elle à demi-voix, d'un air ironique, la corvée est douce, ce n'est plus si bête de faire sa cour.

— Je ne comprends pas, répondit le jeune homme qui allait plaider la cause de M. de Mussy.

— Mais il me semble que j'ai bien fait de ne pas te délivrer de Louise. Vous allez vite, tous les deux. »

Et elle ajouta, avec une sorte de dépit :

« C'était indécent, à table. »

Maxime se mit à rire.

« Ah ! oui, nous nous sommes conté des histoires. Je l'ignorais, cette fillette. Elle est drôle. Elle a l'air d'un garçon. »

Et comme Renée continuait à faire la grimace irritée d'une prude, le jeune homme, qui ne lui connaissait pas de telles indignations, reprit avec sa familiarité souriante :

« Est-ce que tu crois, belle-maman, que je lui ai pincé les genoux sous la table ? Que diable, on sait se conduire avec une fiancée !... J'ai quelque chose de plus grave à te dire. Écoute-moi... Tu m'écoutes, n'est-ce pas ?... »

Il baissa encore la voix.

« Voilà... M. de Mussy est très malheureux, il vient

de me le dire. Moi, tu comprends, ce n'est pas mon rôle de vous raccommoder, s'il y a de la brouille. Mais, tu sais, je l'ai connu au collège, et comme il avait l'air vraiment désespéré, je lui ai promis de te dire un mot... »

Il s'arrêta. Renée le regardait d'un air indéfinissable.

« Tu ne réponds pas..., continua-t-il. C'est égal, ma commission est faite. Arrangez-vous comme vous voudrez... Mais, vrai, je te trouve cruelle. Ce pauvre garçon m'a fait de la peine. À ta place, je lui enverrais au moins une bonne parole. »

Alors, Renée qui n'avait pas cessé de regarder Maxime de ses yeux fixes, où brûlait une flamme vive, répondit :

« Va dire à M. de Mussy qu'il m'embête. »

Et elle se remit à marcher doucement au milieu des groupes, souriant, saluant, donnant des poignées de main. Maxime resta planté, d'un air surpris ; puis il eut un rire silencieux.

Peu désireux de remplir sa commission auprès de M. de Mussy, il fit le tour du grand salon. La soirée tirait à sa fin, merveilleuse et banale comme toutes les soirées. Il était près de minuit, le monde s'en allait peu à peu. Ne voulant pas rentrer se coucher sur une impression d'ennui, il se décida à chercher Louise. Il passait devant la porte de sortie, lorsqu'il vit, dans le vestibule, la jolie Mme Michelin, que son mari enveloppait délicatement dans une sortie de bal bleue et rose :

« Il a été charmant, charmant, disait la jeune femme. Pendant tout le dîner, nous avons causé de toi. Il parlera au ministre ; seulement, ce n'est pas lui que ça regarde... »

Et, comme, à côté d'eux, un laquais emmaillotait le baron Gouraud dans une grande pelisse fourrée :

« C'est ce gros père-là qui enlèverait l'affaire ! ajouta-t-elle à l'oreille de son mari, tandis qu'il lui nouait sous le menton le cordon du capuchon. Il fait ce qu'il veut au ministère. Demain, chez les Mareuil, il faudra tâcher... »

M. Michelin souriait. Il emmena sa femme avec précaution, comme s'il eût tenu au bras un objet fragile et précieux. Maxime, après s'être assuré d'un coup d'œil que Louise n'était pas dans le vestibule, alla droit au petit salon. En effet, elle s'y trouvait encore, presque seule, attendant son père, qui avait dû passer la soirée dans le fumoir, avec les hommes politiques. Ces dames, la marquise, Mme Haffner, étaient parties. Il ne restait plus que Mme Sidonie, disant combien elle aimait les bêtes à quelques femmes de fonctionnaires.

« Ah ! voilà mon petit mari, s'écria Louise. Asseyez-vous là et dites-moi dans quel fauteuil mon père a pu s'endormir. Il se sera déjà cru à la Chambre. »

Maxime lui répondit sur le même ton, et les jeunes gens retrouvèrent leurs grands éclats de rire du dîner. Assis à ses pieds, sur un siège très bas, il finit par lui prendre les mains, par jouer avec elle, comme avec un camarade. Et, en vérité, dans sa robe de foulard blanc à pois rouges, avec son corsage montant, sa poitrine plate, sa petite tête laide et futée de gamin, elle ressemblait à un garçon déguisé en fille. Mais, par instants, ses bras grêles, sa taille déviée, avaient des poses abandonnées, et des ardeurs passaient au fond de ses yeux pleins encore de puérilité, sans qu'elle rougît le moins du monde des jeux de Maxime. Et tous deux de rire, se croyant seuls, sans même apercevoir Renée, debout au milieu de la serre, à demi cachée, qui les regardait de loin.

Depuis un instant, la vue de Maxime et de Louise, ❦ comme elle traversait une allée, avait brusquement arrêté la jeune femme derrière un arbuste. Autour d'elle, la serre chaude, pareille à une nef d'église, et dont de minces colonnettes de fer montaient d'un jet soutenir le vitrail cintré, étalait ses végétations grasses, ses nappes de feuilles puissantes, ses fusées épanouies de verdure.

Au milieu, dans un bassin ovale, au ras du sol, vivait, de la vie mystérieuse et glauque des plantes d'eau, toute

❦ Voir *Au fil du texte*, p. VII.

la flore aquatique des pays du soleil. Des Cyclanthus,
dressant leurs panaches verts, entouraient, d'une ceinture monumentale, le jet d'eau, qui ressemblait au chapiteau tronqué de quelque colonne cyclopéenne. Puis,
aux deux bouts, de grands Tornélias élevaient leurs
broussailles étranges au-dessus du bassin, leurs bois
secs, dénudés, tordus comme des serpents malades, et
laissant tomber des racines aériennes, semblables à des
filets de pêcheur pendus au grand air. Près du bord,
un Pandanus de Java épanouissait sa gerbe de feuilles
verdâtres, striées de blanc, minces comme des épées,
épineuses et dentelées comme des poignards malais. Et,
à fleur d'eau, dans la tiédeur de la nappe dormante doucement chauffée, des Nymphéas ouvraient leurs étoiles
roses, tandis que des Euryales laissaient traîner leurs
feuilles rondes, leurs feuilles lépreuses, nageant à plat
comme des dos de crapauds monstrueux couverts de
pustules.

Pour gazon, une large bande de Sélaginelle entourait le bassin. Cette fougère naine formait un épais tapis
de mousse, d'un vert tendre. Et, au-delà de la grande
allée circulaire, quatre énormes massifs allaient d'un
élan vigoureux jusqu'au cintre : les Palmiers, légèrement penchés dans leur grâce, épanouissaient leurs
éventails, étalaient leurs têtes arrondies, laissaient pendre leurs palmes, comme des avirons lassés par leur éternel voyage dans le bleu de l'air ; les grands Bambous
de l'Inde montaient droits, frêles et durs, faisant tomber de haut leur pluie légère de feuilles ; un Ravenala,
l'arbre du voyageur, dressait son bouquet d'immenses
écrans chinois ; et, dans un coin, un Bananier, chargé
de ses fruits, allongeait de toutes parts ses longues
feuilles horizontales, où deux amants pourraient se coucher à l'aise en se serrant l'un contre l'autre. Aux
angles, il y avait des Euphorbes d'Abyssinie, ces cierges
épineux, contrefaits, pleins de bosses honteuses, suant
le poison. Et, sous les arbres, pour couvrir le sol, des
fougères basses, les Adiantums, les Ptérides, mettaient
leurs dentelles délicates, leurs fines découpures. Les

Alsophilas, d'espèce plus haute, étageaient leurs rangs de rameaux symétriques, sexangulaires, si réguliers, qu'on aurait dit de grandes pièces de faïence destinées à contenir les fruits de quelque dessert gigantesque. Puis, une bordure de Bégonias et de Caladiums entourait les massifs ; les Bégonias, à feuilles torses, tachées superbement de vert et de rouge ; les Caladiums, dont les feuilles en fer de lance, blanches et à nervures vertes, ressemblent à de larges ailes de papillon ; plantes bizarres dont le feuillage vit étrangement, avec un éclat sombre ou pâlissant de fleurs malsaines.

Derrière les massifs, une seconde allée, plus étroite, faisait le tour de la serre. Là, sur des gradins, cachant à demi les tuyaux de chauffage, fleurissaient les Marantas, douces au toucher comme du velours, les Gloxinias, aux cloches violettes, les Dracenas, semblables à des lames de vieille laque vernie.

Mais un des charmes de ce jardin d'hiver était, aux quatre coins, des antres de verdure, des berceaux profonds, que recouvraient d'épais rideaux de lianes. Des bouts de forêt vierge avaient bâti, en ces endroits, leurs murs de feuilles, leurs fouillis impénétrables de tiges, de jets souples s'accrochant aux branches, franchissant le vide d'un vol hardi, retombant de la voûte comme des glands de tentures riches. Un pied de Vanille, dont les gousses mûres exhalaient des senteurs pénétrantes, courait sur la rondeur d'un portique garni de mousse ; les Coques du Levant tapissaient les colonnettes de leurs feuilles rondes ; les Bauhinias, aux grappes rouges, les Quisqualus, dont les fleurs pendaient comme des colliers de verroterie, filaient, se coulaient, se nouaient, ainsi que des couleuvres minces, jouant et s'allongeant sans fin dans le noir des verdures.

Et, sous les arceaux, entre les massifs, çà et là, des chaînettes de fer soutenaient des corbeilles, dans lesquelles s'étalaient des Orchidées, les plantes bizarres du plein ciel, qui poussent de toutes parts leurs rejets trapus, noueux et déjetés comme des membres infirmes. Il y avait les Sabots de Vénus, dont la fleur ressemble

à une pantoufle merveilleuse, garnie au talon d'ailes
de libellule ; les Æridès, si tendrement parfumées ; les
Stanhopéas, aux fleurs pâles, tigrées, qui soufflent au
loin, comme des gorges amères de convalescent, une
haleine âcre et forte.

Mais ce qui, de tous les détours des allées, frappait
les regards, c'était un grand Hibiscus de la Chine, dont
l'immense nappe de verdure et de fleurs couvrait tout
le flanc de l'hôtel, auquel la serre était scellée. Les larges
fleurs pourpres de cette mauve gigantesque, sans cesse
renaissantes, ne vivent que quelques heures. On eût dit
des bouches sensuelles de femme qui s'ouvraient, les
lèvres rouges, molles et humides, de quelque Messaline [1] géante, que des baisers meurtrissaient, et qui
toujours renaissaient avec leur sourire avide et saignant.

Renée, près du bassin, frissonnait au milieu de ces
floraisons superbes. Derrière elle, un grand sphinx de
marbre noir, accroupi sur un bloc de granit, la tête tournée vers l'aquarium, avait un sourire de chat discret
et cruel ; et c'était comme l'Idole sombre, aux cuisses
luisantes, de cette terre de feu. À cette heure, des globes de verre dépoli éclairaient les feuillages de nappes
laiteuses. Des statues, des têtes de femmes dont le cou
se renversait, gonflé de rires, blanchissaient au fond
des massifs, avec des taches d'ombres qui tordaient
leurs rires fous. Dans l'eau épaisse et dormante du bassin, d'étranges rayons se jouaient, éclairant des formes
vagues, des masses glauques, pareilles à des ébauches
de monstres. Sur les feuilles lisses du Ravenala, sur les
éventails vernis des Lataniers, un flot de lueurs blanches
coulait ; tandis que, de la dentelle des Fougères, tombaient en pluie fine des gouttes de clarté. En haut,
brillaient des reflets de vitre, entre les têtes sombres
des hauts Palmiers. Puis, tout autour, du noir s'entas-
sait ; les berceaux, avec leurs draperies de lianes, se

1. Impératrice romaine du Ier siècle après J.-C., célèbre par ses
débauches.

noyaient dans les ténèbres, ainsi que des nids de reptiles endormis.

Et, sous la lumière vive, Renée songeait, en regardant de loin Louise et Maxime. Ce n'était plus la rêverie flottante, la grise tentation du crépuscule, dans les allées fraîches du Bois. Ses pensées n'étaient plus bercées et endormies par le trot de ses chevaux, le long des gazons mondains, des taillis où les familles bourgeoises dînent le dimanche. Maintenant un désir net, aigu, l'emplissait.

Un amour immense, un besoin de volupté, flottait dans cette nef close, où bouillait la sève ardente des tropiques. La jeune femme était prise dans ces noces puissantes de la terre, qui engendraient autour d'elle ces verdures noires, ces tiges colossales ; et les couches âcres de cette mer de feu, cet épanouissement de forêt, ce tas de végétations, toutes brûlantes des entrailles qui les nourrissaient, lui jetaient des effluves troublants, chargés d'ivresse. À ses pieds, le bassin, la masse d'eau chaude, épaissie par les sucs des racines flottantes, fumait, mettait à ses épaules un manteau de vapeurs lourdes, une buée qui lui chauffait la peau, comme l'attouchement d'une main moite de volupté. Sur sa tête, elle sentait le jet des Palmiers, les hauts feuillages secouant leur arôme. Et plus que l'étouffement chaud de l'air, plus que les clartés vives, plus que les fleurs larges, éclatantes, pareilles à des visages riant ou grimaçant entre les feuilles, c'étaient surtout les odeurs qui la brisaient. Un parfum indéfinissable, fort, excitant, traînait, fait de mille parfums : sueurs humaines, haleines de femmes, senteurs de chevelures ; et des souffles doux et fades jusqu'à l'évanouissement, étaient coupés par des souffles pestilentiels, rudes, chargés de poisons. Mais, dans cette musique étrange des odeurs, la phrase mélodique qui revenait toujours, dominant, étouffant les tendresses de la Vanille et les acuités des Orchidées, c'était cette odeur humaine, pénétrante, sensuelle, cette odeur d'amour qui s'échappe le matin de la chambre close de deux jeunes époux.

Renée, lentement, s'était adossée au socle de granit.
Dans sa robe de satin vert, la gorge et la tête rougis-
santes, mouillées des gouttes claires de ses diamants,
elle ressemblait à une grande fleur, rose et verte, à un
des Nymphéas du bassin, pâmé par la chaleur. À cette
heure de vision nette, toutes ses bonnes résolutions
s'évanouissaient à jamais, l'ivresse du dîner remontait
à sa tête, impérieuse, victorieuse, doublée par les flammes de la serre. Elle ne songeait plus aux fraîcheurs de
la nuit qui l'avaient calmée, à ces ombres murmurantes du parc, dont les voix lui avaient conseillé la paix
heureuse. Ses sens de femme ardente, ses caprices de
femme blasée s'éveillaient. Et, au-dessus d'elle, le
grand sphinx de marbre noir riait d'un rire mystérieux,
comme s'il avait lu le désir enfin formulé qui galvani-
sait ce cœur mort, le désir longtemps fuyant, « l'autre
chose » vainement cherchée par Renée dans le bercement de sa calèche, dans la cendre fine de la nuit tombante, et que venait brusquement de lui révéler sous
la clarté crue, au milieu de ce jardin de feu, la vue de
Louise et de Maxime, riant et jouant, les mains dans
les mains.

À ce moment, un bruit de voix sortit d'un berceau
voisin, dans lequel Aristide Saccard avait conduit les
sieurs Mignon et Charrier.

« Non, vrai, monsieur Saccard, disait la voix grasse
de celui-ci, nous ne pouvons vous racheter cela à plus
de deux cents francs le mètre. »

Et la voix aigre de Saccard se récriait :

« Mais, dans ma part, vous m'avez compté le mètre
de terrain à deux cent cinquante francs.

— Eh bien, écoutez, nous mettrons deux cent vingt-
cinq francs. »

Et les voix continuèrent, brutales, sonnant étrangement sous les palmes tombantes des massifs. Mais elles
traversèrent comme un vain bruit le rêve de Renée,
devant laquelle se dressait, avec l'appel du vertige, une
jouissance inconnue, chaude de crime, plus âpre que

toutes celles qu'elle avait déjà épuisées, la dernière qu'elle eût encore à boire. Elle n'était plus lasse.

L'arbuste derrière lequel elle se cachait à demi était une plante maudite, un Tanghin de Madagascar, aux larges feuilles de buis, aux tiges blanchâtres, dont les moindres nervures distillent un lait empoisonné. Et, à un moment, comme Louise et Maxime riaient plus haut, dans le reflet jaune, dans le coucher de soleil du petit salon, Renée, l'esprit perdu, la bouche sèche et irritée, prit entre ses lèvres un rameau du Tanghin, qui lui venait à la hauteur des dents, et mordit une des feuilles amères.

CHAPITRE II

Aristide Rougon s'abattit sur Paris, au lendemain du 2 Décembre, avec ce flair des oiseaux de proie qui sentent de loin les champs de bataille. Il arrivait de Plassans, une sous-préfecture du Midi, où son père venait enfin de pêcher dans l'eau trouble des événements une recette particulière longtemps convoitée. Lui, jeune encore, après s'être compromis comme un sot, sans gloire ni profit, avait dû s'estimer heureux de se tirer sain et sauf de la bagarre. Il accourait, enrageant d'avoir fait fausse route, maudissant la province, parlant de Paris avec des appétits de loup, jurant « qu'il ne serait plus si bête » ; et le sourire aigu dont il accompagnait ces mots prenait une terrible signification sur ses lèvres minces.

Il arriva dans les premiers jours de 1852. Il amenait avec lui sa femme Angèle, une personne blonde et fade, qu'il installa dans un étroit logement de la rue Saint-Jacques, comme un meuble gênant dont il avait hâte de se débarrasser. La jeune femme n'avait pas voulu se séparer de sa fille, la petite Clotilde, une enfant de quatre ans, que le père aurait volontiers laissée à la charge de sa famille. Mais il ne s'était résigné au désir d'Angèle qu'à la condition d'oublier au collège de Plassans leur fils Maxime, un galopin de onze ans, sur lequel sa grand-mère avait promis de veiller. Aristide voulait avoir les mains libres ; une femme et une enfant lui semblaient déjà un poids écrasant pour un homme décidé à franchir tous les fossés, quitte à se casser les reins ou à rouler dans la boue.

Le soir même de son arrivée, pendant qu'Angèle défaisait les malles, il éprouva l'âpre besoin de courir Paris, de battre de ses gros souliers de provincial ce pavé brûlant d'où il comptait faire jaillir des millions. Ce fut une vraie prise de possession. Il marcha pour marcher, allant le long des trottoirs, comme en pays conquis. Il avait la vision très nette de la bataille qu'il venait livrer, et il ne lui répugnait pas de se comparer à un habile crocheteur de serrures qui, par ruse ou par violence, va prendre sa part de la richesse commune qu'on lui a méchamment refusée jusque-là. S'il avait éprouvé le besoin d'une excuse, il aurait invoqué ses désirs étouffés pendant dix ans, sa misérable vie de province, ses fautes surtout, dont il rendait la société entière responsable. Mais à cette heure, dans cette émotion du joueur qui met enfin ses mains ardentes sur le tapis vert, il était tout à la joie, une joie à lui, où il y avait des satisfactions d'envieux et des espérances de fripon impuni. L'air de Paris le grisait, il croyait entendre, dans le roulement des voitures, les voix de Macbeth [1], qui lui criaient : Tu seras riche ! Pendant près de deux heures, il alla ainsi de rue en rue, goûtant les voluptés d'un homme qui se promène dans son vice. Il n'était pas revenu à Paris depuis l'heureuse année qu'il y avait passée comme étudiant. La nuit tombait : son rêve grandissait dans les clartés vives que les cafés et les magasins jetaient sur les trottoirs ; il se perdit.

Quand il leva les yeux, il se trouvait vers le milieu du faubourg Saint-Honoré. Un de ses frères, Eugène Rougon, habitait une rue voisine, la rue de Penthièvre. Aristide, en venant à Paris, avait surtout compté sur Eugène qui, après avoir été un des agents les plus actifs

---

1. Roi d'Écosse qui parvint au trône par l'assassinat de Duncan Ier, et dont Shakespeare a relaté l'histoire.

du coup d'État, était à cette heure une puissance
occulte, un petit avocat dans lequel naissait un grand
homme politique. Mais, par une superstition de joueur,
il ne voulut pas aller frapper ce soir-là à la porte de
son frère. Il regagna lentement la rue Saint-Jacques,
songeant à Eugène avec une envie sourde, regardant
ses pauvres vêtements encore couverts de la poussière
du voyage, et cherchant à se consoler en reprenant son
rêve de richesse. Ce rêve lui-même était devenu amer.
Parti par un besoin d'expansion, mis en joie par l'activité boutiquière de Paris, il rentra, irrité du bonheur
qui lui semblait courir les rues, rendu plus féroce, s'ima-
ginant des luttes acharnées, dans lesquelles il aurait plaisir à battre et à duper cette foule qui l'avait coudoyé
sur les trottoirs. Jamais il n'avait ressenti des appétits
aussi larges, des ardeurs aussi immédiates de jouissance.

Le lendemain, au jour, il était chez son frère. Eugène
habitait deux grandes pièces froides, à peine meublées,
qui glacèrent Aristide. Il s'attendait à trouver son frère
vautré en plein luxe. Ce dernier travaillait devant une
petite table noire. Il se contenta de lui dire, de sa voix
lente, avec un sourire :

« Ah ! c'est toi, je t'attendais. »

Aristide fut très aigre. Il accusa Eugène de l'avoir
laissé végéter, de ne pas même lui avoir fait l'aumône
d'un bon conseil, pendant qu'il pataugeait en province.
Il ne devait jamais se pardonner d'être resté républicain jusqu'au 2 Décembre [1] ; c'était sa plaie vive, son
éternelle confusion. Eugène avait tranquillement repris
sa plume. Quand il eut fini :

« Bah ! dit-il, toutes les fautes se réparent. Tu es plein
d'avenir. »

Il prononça ces mots d'une voix si nette, avec un
regard si pénétrant, qu'Aristide baissa la tête, sentant

---

1. 2 décembre 1851, date du coup d'État par lequel Napoléon III
prit le pouvoir.

que son frère descendait au plus profond de son être. Celui-ci continua avec une brutalité amicale :

« Tu viens pour que je te place, n'est-ce pas ? J'ai déjà songé à toi, mais je n'ai encore rien trouvé. Tu comprends, je ne puis te mettre n'importe où. Il te faut un emploi où tu fasses ton affaire sans danger pour toi ni pour moi... Ne te récrie pas, nous sommes seuls, nous pouvons nous dire certaines choses... »

Aristide prit le parti de rire.

« Oh ! je sais que tu es intelligent, poursuivit Eugène, et que tu ne commettrais plus une sottise improductive... Dès qu'une bonne occasion se présentera, je te caserai. Si d'ici là tu avais besoin d'une pièce de vingt francs, viens me la demander. »

Ils causèrent un instant de l'insurrection du Midi, dans laquelle leur père avait gagné sa recette particulière. Eugène s'habillait tout en causant. Dans la rue, au moment de le quitter, il retint son frère un instant encore, il lui dit à voix plus basse :

« Tu m'obligeras en ne battant pas le pavé et en attendant tranquillement chez toi l'emploi que je te promets... Il me serait désagréable de voir mon frère faire antichambre. »

Aristide avait du respect pour Eugène, qui lui semblait un gaillard hors ligne. Il ne lui pardonna pas ses défiances, ni sa franchise un peu rude ; mais il alla docilement s'enfermer rue Saint-Jacques. Il était venu avec cinq cents francs que lui avait prêtés le père de sa femme. Les frais du voyage payés, il fit durer un mois les trois cents francs qui lui restaient. Angèle était une grosse mangeuse ; elle crut, en outre, devoir rafraîchir sa toilette de gala par une garniture de rubans mauves. Ce mois d'attente parut interminable à Aristide. L'impatience le brûlait. Lorsqu'il se mettait à la fenêtre, et qu'il sentait sous lui le labeur géant de Paris, il lui prenait des envies folles de se jeter d'un bond dans la fournaise, pour y pétrir l'or de ses mains fiévreuses, comme une cire molle. Il aspirait ces souffles encore vagues qui montaient de la grande cité, ces souffles de

l'Empire naissant, où traînaient déjà des odeurs d'alcôves et de tripots financiers, des chaleurs de jouissance.
Les fumets légers qui lui arrivaient lui disaient qu'il était
sur la bonne piste, que le gibier courait devant lui, que
la grande chasse impériale, la chasse aux aventures, aux
femmes, aux millions, commençait enfin. Ses narines
battaient, son instinct de bête affamée saisissait merveilleusement au passage les moindres indices de la
curée chaude dont la ville allait être le théâtre.

Deux fois, il alla chez son frère, pour activer ses
démarches. Eugène l'accueillit avec brusquerie, lui répétant qu'il ne l'oubliait pas, mais qu'il fallait attendre.
Il reçut enfin une lettre qui le priait de passer rue de
Penthièvre. Il y alla, le cœur battant à grands coups,
comme à un rendez-vous d'amour. Il trouva Eugène
devant son éternelle petite table noire, dans la grande
pièce glacée qui lui servait de bureau. Dès qu'il l'aperçut, l'avocat lui tendit un papier, en disant :

« Tiens, j'ai reçu ton affaire hier. Tu es nommé
comme voyer [1] adjoint à l'Hôtel de Ville. Tu auras
deux mille quatre cents francs d'appointements. »

Aristide était resté debout. Il blêmit et ne prit pas
le papier, croyant que son frère se moquait de lui. Il
avait espéré au moins une place de six mille francs.
Eugène, devinant ce qui passait en lui, tourna sa chaise,
et se croisant les bras :

« Serais-tu un sot ? demanda-t-il avec quelque colère...
Tu fais des rêves de fille, n'est-ce pas ? Tu voudrais
habiter un bel appartement, avoir des domestiques, bien
manger, dormir dans la soie, te satisfaire tout de suite
aux bras de la première venue, dans un boudoir meublé en deux heures... Toi et tes pareils, si nous vous
laissions faire, vous videriez les coffres avant même
qu'ils fussent pleins. Eh ! bon Dieu ! aie quelque
patience ! Vois comme je vis, et prends au moins la
peine de te baisser pour ramasser une fortune. »

1. Chargé des voies publiques.

Il parlait avec un mépris profond des impatiences d'écolier de son frère. On sentait, dans sa parole rude, des ambitions plus hautes, des désirs de puissance pure ; ce naïf appétit de l'argent devait lui paraître bourgeois et puéril. Il continua d'une voix plus douce, avec un fin sourire :

« Certes, tes dispositions sont excellentes, et je n'ai garde de les contrarier. Les hommes comme toi sont précieux. Nous comptons bien choisir nos bons amis parmi les plus affamés. Va, sois tranquille, nous tiendrons table ouverte, et les plus grosses faims seront satisfaites. C'est encore la méthode la plus commode pour régner... Mais, par grâce, attends que la nappe soit mise, et, si tu m'en crois, donne-toi la peine d'aller chercher toi-même ton couvert à l'office. »

Aristide restait sombre. Les comparaisons aimables de son frère ne le déridaient pas. Alors celui-ci céda de nouveau à la colère :

« Tiens ! s'écria-t-il, j'en reviens à ma première opinion : tu es un sot... Eh ! qu'espérais-tu donc, que croyais-tu donc que j'allais faire de ton illustre personne ? Tu n'as même pas eu le courage de finir ton droit, tu t'es enterré pendant dix ans dans une misérable place de commis de sous-préfecture, tu m'arrives avec une détestable réputation de républicain que le coup d'État a pu seul convertir... Crois-tu qu'il y ait en toi l'étoffe d'un ministre, avec de pareilles notes... ? Oh ! je sais, tu as pour toi ton envie farouche d'arriver par tous les moyens possibles. C'est une grande vertu, j'en conviens, et c'est à elle que j'ai eu égard en te faisant entrer à la Ville. »

Et se levant, mettant la nomination dans les mains d'Aristide :

« Prends, continua-t-il, tu me remercieras un jour. C'est moi qui ai choisi la place, je sais ce que tu peux en tirer... Tu n'auras qu'à regarder et à écouter. Si tu es intelligent, tu comprendras et tu agiras... Maintenant retiens bien ce qu'il me reste à te dire. Nous entrons dans un temps où toutes les fortunes sont

possibles. Gagne beaucoup d'argent, je te le permets ;
seulement pas de bêtise, pas de scandale trop bruyant,
ou je te supprime. »

Cette menace produisit l'effet que ses promesses
n'avaient pu amener. Toute la fièvre d'Aristide se ralluma à la pensée de cette fortune dont son frère lui parlait. Il lui sembla qu'on le lâchait enfin dans la mêlée,
en l'autorisant à égorger les gens, mais légalement, sans
trop les faire crier. Eugène lui donna deux cents francs
pour attendre la fin du mois. Puis il resta songeur.

« Je compte changer de nom, dit-il enfin, tu devrais
en faire autant... Nous nous gênerions moins.

— Comme tu voudras, répondit tranquillement
Aristide.

— Tu n'auras à t'occuper de rien, je me charge des
formalités... Veux-tu t'appeler Sicardot, du nom de ta
femme ? »

Aristide leva les yeux au plafond, répétant, écoutant
la musique des syllabes :

« Sicardot..., Aristide Sicardot... Ma foi, non ; c'est
ganache et ça sent la faillite.

— Cherche autre chose alors, dit Eugène.

— J'aimerais mieux Sicard tout court, reprit l'autre
après un silence ; Aristide Sicard..., pas trop mal...,
n'est-ce pas ? peut-être un peu gai... »

Il rêva un instant encore, et, d'un air triomphant :

« J'y suis, j'ai trouvé, cria-t-il... Saccard, Aristide
Saccard !... avec deux c... Hein ! Il y a de l'argent dans
ce nom-là ; on dirait que l'on compte des pièces de cent
sous. »

Eugène avait la plaisanterie féroce. Il congédia son
frère en lui disant, avec un sourire :

« Oui, un nom à aller au bagne ou à gagner des millions. »

Quelques jours plus tard, Aristide Saccard était à
l'Hôtel de Ville. Il apprit que son frère avait dû user
d'un grand crédit pour l'y faire admettre sans les exa-
mens d'usage.

Alors commença, pour le ménage, la vie monotone

des petits employés. Aristide et sa femme reprirent leurs
habitudes de Plassans. Seulement, ils tombaient d'un
rêve de fortune subite, et leur vie mesquine leur pesait
davantage, depuis qu'ils la regardaient comme un temps
d'épreuve dont ils ne pouvaient fixer la durée. Être pauvre à Paris, c'est être pauvre deux fois. Angèle acceptait la misère avec sa mollesse de femme chloroti-
que [1] ; elle passait les journées dans sa cuisine, ou bien
couchée à terre, jouant avec sa fille, ne se lamentant
qu'à la dernière pièce de vingt sous. Mais Aristide fré-
missait de rage dans cette pauvreté, dans cette existence
étroite, où il tournait comme une bête enfermée. Ce
fut pour lui un temps de souffrances indicibles : son
orgueil saignait, ses ardeurs inassouvies le fouettaient
furieusement. Son frère réussit à se faire envoyer au
Corps législatif par l'arrondissement de Plassans, et
il souffrit davantage. Il sentait trop la supériorité
d'Eugène pour être sottement jaloux ; il l'accusait de
ne pas faire pour lui ce qu'il aurait pu faire. À plusieurs
reprises, le besoin le força d'aller frapper à sa porte
pour lui emprunter quelque argent. Eugène prêta
l'argent, mais en lui reprochant avec rudesse de manquer de courage et de volonté. Dès lors, Aristide se roi-
dit encore. Il jura qu'il ne demanderait plus un sou à
personne, et il tint parole. Les huit derniers jours du
mois, Angèle mangeait du pain sec en soupirant. Cet
apprentissage acheva la terrible éducation de Saccard.
Ses lèvres devinrent plus minces ; il n'eut plus la sottise de rêver ses millions tout haut ; sa maigre personne
se fit muette, n'exprima plus qu'une volonté, qu'une
idée fixe caressée à toute heure. Quand il courait de
la rue Saint-Jacques à l'Hôtel de Ville, ses talons éculés
sonnaient aigrement sur les trottoirs, et il se bouton-
nait dans sa redingote râpée comme dans un asile de
haine, tandis que son museau de fouine flairait l'air des
rues. Anguleuse figure de la misère jalouse que l'on voit

1. Anémique.

rôder sur le pavé de Paris, promenant son plan de fortune et le rêve de son assouvissement.

Vers le commencement de 1853, Aristide Saccard fut nommé commissaire voyer. Il gagnait quatre mille cinq cents francs. Cette augmentation arrivait à temps ; Angèle dépérissait ; la petite Clotilde était toute pâle. Il garda son étroit logement de deux pièces, la salle à manger meublée de noyer, et la chambre à coucher, d'acajou, continuant à mener une existence rigide, évitant la dette, ne voulant mettre les mains dans l'argent des autres que lorsqu'il pourrait les y enfoncer jusqu'aux coudes. Il mentit ainsi à ses instincts, dédaigneux des quelques sous qui lui arrivaient en plus, restant à l'affût. Angèle se trouva parfaitement heureuse. Elle s'acheta quelques nippes, mit la broche tous les jours. Elle ne comprenait plus rien aux colères muettes de son mari, à ses mines sombres d'homme qui poursuit la solution de quelque redoutable problème.

Aristide suivait les conseils d'Eugène : il écoutait et il regardait. Quand il alla remercier son frère de son avancement, celui-ci comprit la révolution qui s'était opérée en lui ; il le complimenta sur ce qu'il appela sa bonne tenue. L'employé, que l'envie roidissait à l'intérieur, s'était fait souple et insinuant. En quelques mois, il devint un comédien prodigieux. Toute sa verve méridionale s'était éveillée, et il poussait l'art si loin, que ses camarades de l'Hôtel de Ville le regardaient comme un bon garçon que sa proche parenté avec un député désignait à l'avance pour quelque gros emploi. Cette parenté lui attirait également la bienveillance de ses chefs. Il vivait ainsi dans une sorte d'autorité supérieure à son emploi, qui lui permettait d'ouvrir certaines portes et de mettre le nez dans certains cartons, sans que ses indiscrétions parussent coupables. On le vit, pendant deux ans, rôder dans tous les couloirs, s'oublier dans toutes les salles, se lever vingt fois en un jour pour aller causer avec un camarade, porter un ordre, faire un voyage à travers les bureaux, éternelles promenades qui faisaient dire à ses collègues : « Ce diable de

Provençal ! il ne peut se tenir en place : il a du vif-argent dans les jambes. » Ses intimes le prenaient pour un paresseux, et le digne homme riait, quand ils l'accusaient de ne chercher qu'à voler quelques minutes à l'administration. Jamais il ne commit la faute d'écouter aux serrures ; mais il avait une façon carrée d'ouvrir les portes, de traverser les pièces, un papier à la main, l'air absorbé, d'un pas si lent et si régulier, qu'il ne perdait pas un mot des conversations. Ce fut une tactique de génie ; on finit par ne plus s'interrompre, au passage de cet employé actif, qui glissait dans l'ombre des bureaux et qui paraissait si préoccupé de sa besogne. Il eut encore une autre méthode ; il était d'une obligeance extrême, il offrait à ses camarades de les aider, dès qu'ils se mettaient en retard dans leur travail, et il étudiait alors les registres, les documents qui lui passaient sous les yeux, avec une tendresse recueillie. Mais un de ses péchés mignons fut de lier amitié avec les garçons de bureau. Il allait jusqu'à leur donner des poignées de main. Pendant des heures, il les faisait causer, entre deux portes, avec de petits rires étouffés, leur contant des histoires, provoquant leurs confidences. Ces braves gens l'adoraient, disaient de lui : « En voilà un qui n'est pas fier ! » Dès qu'il y avait un scandale, il en était informé le premier. C'est ainsi qu'au bout de deux ans, l'Hôtel de Ville n'eut plus de mystères pour lui. Il en connaissait le personnel jusqu'au dernier des lampistes, et les paperasses jusqu'aux notes des blanchisseuses.

À cette heure, Paris offrait, pour un homme comme Aristide Saccard, le plus intéressant des spectacles. L'Empire venait d'être proclamé, après ce fameux voyage pendant lequel le prince-président avait réussi à chauffer l'enthousiasme de quelques départements bonapartistes. Le silence s'était fait à la tribune et dans les journaux. La société, sauvée encore une fois, se félicitait, se reposait, faisait la grasse matinée, maintenant qu'un gouvernement fort la protégeait et lui ôtait jusqu'au souci de penser et de régler ses affaires. La

grande préoccupation de la société était de savoir à quels
amusements elle allait tuer le temps. Selon l'heureuse
expression d'Eugène Rougon, Paris se mettait à table
et rêvait gaudriole au dessert. La politique épouvantait,
comme une drogue dangereuse. Les esprits lassés se
tournaient vers les affaires et les plaisirs. Ceux qui possédaient déterraient leur argent, et ceux qui ne possédaient pas cherchaient dans les coins les trésors oubliés.
Il y avait, au fond de la cohue, un frémissement sourd,
un bruit naissant de pièces de cent sous, des rires clairs
de femmes, des tintements encore affaiblis de vaisselle
et de baisers. Dans le grand silence de l'ordre, dans la
paix aplatie du nouveau règne, montaient toutes sortes
de rumeurs aimables, de promesses dorées et voluptueu-
ses. Il semblait qu'on passât devant une de ces petites
maisons dont les rideaux soigneusement tirés ne lais-
sent voir que des ombres de femmes, et où l'on entend
l'or sonner sur le marbre des cheminées. L'Empire allait
faire de Paris le mauvais lieu de l'Europe. Il fallait à
cette poignée d'aventuriers qui venaient de voler un
trône un règne d'aventures, d'affaires véreuses, de
consciences vendues, de femmes achetées, de soûlerie
furieuse et universelle. Et, dans la ville où le sang de
décembre était à peine lavé, grandissait, timide encore,
cette folie de jouissance qui devait jeter la patrie au
cabanon [1] des nations pourries et déshonorées.

Aristide Saccard, depuis les premiers jours, sentait
venir ce flot montant de la spéculation, dont l'écume
allait couvrir Paris entier. Il en suivit les progrès avec
une attention profonde. Il se trouvait au beau milieu
de la pluie chaude d'écus tombant dru sur les toits de
la cité. Dans ses courses continuelles à travers l'Hôtel
de Ville, il avait surpris le vaste projet de la transformation de Paris, le plan de ces démolitions, de ces voies
nouvelles et de ces quartiers improvisés, de cet agio formidable sur la vente des terrains et des immeubles, qui

---

1. Cellule où l'on enferme les fous considérés comme dangereux.

allumait, aux quatre coins de la ville, la bataille des intérêts et le flamboiement du luxe à outrance. Dès lors, son activité eut un but. Ce fut à cette époque qu'il devint bon enfant. Il engraissa même un peu, il cessa de courir les rues comme un chat maigre en quête de proie. Dans son bureau, il était plus causeur, plus obligeant que jamais. Son frère, auquel il allait rendre des visites en quelque sorte officielles, le félicitait de mettre si heureusement ses conseils en pratique. Vers le commencement de 1854, Saccard lui confia qu'il avait en vue plusieurs affaires, mais qu'il lui faudrait d'assez fortes avances.

« On cherche, dit Eugène.

— Tu as raison, je chercherai », répondit-il sans la moindre mauvaise humeur, sans paraître s'apercevoir que son frère refusait de lui fournir les premiers fonds.

C'étaient ces premiers fonds dont la pensée le brûlait maintenant. Son plan était fait ; il le mûrissait chaque jour. Mais les premiers milliers de francs restaient introuvables. Ses volontés se tendirent davantage ; il ne regarda plus les gens que d'une façon nerveuse et profonde, comme s'il eût cherché un prêteur dans le premier passant venu. Au logis, Angèle continuait à mener sa vie effacée et heureuse. Lui, guettait une occasion, et ses rires de bon garçon devenaient plus aigus à mesure que cette occasion tardait à se présenter.

Aristide avait une sœur à Paris. Sidonie Rougon s'était mariée à un clerc d'avoué de Plassans qui était venu tenter avec elle, rue Saint-Honoré, le commerce des fruits du Midi. Quand son frère la retrouva, le mari avait disparu, et le magasin était mangé depuis longtemps. Elle habitait, rue du Faubourg-Poissonnière, un petit entresol, composé de trois pièces. Elle louait aussi la boutique du bas, située sous son appartement, une boutique étroite et mystérieuse, dans laquelle elle prétendait tenir un commerce de dentelles ; il y avait effectivement, dans la vitrine, des bouts de guipure et de la valenciennes, pendus sur des tringles dorées ; mais, à l'intérieur, on eût dit une antichambre, aux boiseries luisantes, sans la moindre apparence de marchandises. La porte et la vitrine étaient garnies de légers rideaux qui, en mettant le magasin à l'abri des regards de la rue, achevaient de lui donner l'air discret et voilé d'une pièce d'attente, s'ouvrant sur quelque temple inconnu. Il était rare qu'on vît entrer une cliente chez Mme Sidonie ; le plus souvent même, le bouton de la porte était enlevé. Dans le quartier, elle répétait qu'elle allait elle-même offrir ses dentelles aux femmes riches. L'aménagement de l'appartement lui avait seul fait, disait-elle, louer la boutique et l'entresol qui communiquaient par un escalier caché dans le mur. En effet, la marchande de dentelles était toujours dehors ; on la voyait dix fois en un jour sortir et rentrer, d'un air pressé. D'ailleurs, elle ne s'en tenait pas au commerce des dentelles ; elle utilisait son entresol, elle l'emplissait de quelque solde ramassé on ne savait où. Elle y avait vendu des objets en caoutchouc, manteaux, souliers, bretelles, etc. ; puis on y vit successivement une huile nouvelle pour faire pousser les cheveux, des appareils orthopédiques, une cafetière automatique, invention brevetée, dont l'exploitation lui donna bien du mal. Lorsque son frère vint la voir, elle plaçait des pianos, son entresol était encombré de ces instruments ; il y avait des pianos jusque dans sa chambre à coucher, une chambre très coquettement ornée, et qui jurait avec le pêle-mêle boutiquier des deux autres pièces. Elle tenait ses deux commerces avec une méthode parfaite ; les clients qui venaient pour les marchandises de l'entresol entraient et sortaient par une porte cochère que la maison avait sur la rue Papillon ; il fallait être dans le mystère du petit escalier pour connaître le trafic en partie double de la marchande de dentelles. À l'entresol, elle se nommait Mme Touche, du nom de son mari, tandis qu'elle n'avait mis que son prénom sur la porte du magasin, ce qui la faisait appeler généralement Mme Sidonie.

Mme Sidonie avait trente-cinq ans ; mais elle s'habillait avec une telle insouciance, elle était si peu femme

dans ses allures, qu'on l'eût jugée beaucoup plus vieille.
À la vérité, elle n'avait pas d'âge. Elle portait une éternelle robe noire, limée aux plis, fripée et blanchie par
l'usage, rappelant ces robes d'avocats usées sur la barre.
Coiffée d'un chapeau noir qui lui descendait jusqu'au
front et lui cachait les cheveux, chaussée de gros souliers, elle trottait par les rues, tenant au bras un petit
panier dont les anses étaient raccommodées avec des
ficelles. Ce panier, qui ne la quittait jamais, était tout
un monde. Quand elle l'entrouvrait, il en sortait des
échantillons de toutes sortes, des agendas, des porte-
feuilles, et surtout des poignées de papiers timbrés, dont
elle déchiffrait l'écriture illisible avec une dextérité particulière. Il y avait en elle du courtier et de l'huissier.
Elle vivait dans les protêts [1], dans les assignations [2],
dans les commandements [3] ; quand elle avait placé
pour dix francs de pommade ou de dentelle, elle s'insi-
nuait dans les bonnes grâces de sa cliente, devenait son
homme d'affaires, courait pour elle les avoués, les avocats et les juges. Elle colportait ainsi des dossiers au
fond de son panier pendant des semaines, se donnant
un mal du diable, allant d'un bout de Paris à l'autre,
d'un petit trot égal, sans jamais prendre une voiture.
Il eût été difficile de dire quel profit elle tirait d'un
pareil métier ; elle le faisait d'abord par un goût instinctif des affaires véreuses, un amour de la chicane ;
puis elle y réalisait une foule de petits bénéfices : dîners
pris à droite et à gauche, pièces de vingt sous ramas-
sées çà et là. Mais le gain le plus clair était encore les
confidences qu'elle recevait partout et qui la mettaient
sur la piste des bons coups et des bonnes aubaines.
Vivant chez les autres, dans les affaires des autres,
elle était un véritable répertoire vivant d'offres et de

1. Acte par lequel on fait constater qu'un effet de commerce n'a
pas été payé.
2. Ordre de comparaître devant un juge.
3. Acte d'huissier obligeant un débiteur à satisfaire à une obli-
gation.

demandes. Elle savait où il y avait une fille à marier
tout de suite, une famille qui avait besoin de trois mille
francs, un vieux monsieur qui prêterait bien les trois
mille francs, mais sur des garanties solides, et à gros
intérêts. Elle savait des choses plus délicates encore :
les tristesses d'une dame blonde que son mari ne comprenait pas, et qui aspirait à être comprise ; le secret
désir d'une bonne mère rêvant de placer sa demoiselle
avantageusement ; les goûts d'un baron porté sur les
petits soupers et les filles très jeunes. Et elle colportait,
avec un sourire pâle, ces demandes et ces offres ; elle
faisait deux lieues pour aboucher les gens ; elle envoyait
le baron chez la bonne mère, décidait le vieux monsieur
à prêter les trois mille francs à la famille gênée, trouvait des consolations pour la dame blonde et un époux
peu scrupuleux pour la fille à marier. Elle avait aussi
de grandes affaires, des affaires qu'elle pouvait avouer
tout haut, et dont elle rebattait les oreilles des gens qui
l'approchaient : un long procès qu'une famille noble
ruinée l'avait chargée de suivre, et une dette contrac-
tée par l'Angleterre vis-à-vis de la France, du temps des
Stuarts, et dont le chiffre, avec les intérêts composés,
montait à près de trois milliards. Cette dette de trois
milliards était son dada ; elle expliquait le cas avec un
grand luxe de détails, faisait tout un cours d'histoire,
et des rougeurs d'enthousiasme montaient à ses joues,
molles et jaunes d'ordinaire comme de la cire. Parfois,
entre une course chez un huissier et une visite à une
amie, elle plaçait une cafetière, un manteau de caoutchouc, elle vendait un coupon de dentelle, elle mettait
un piano en location. C'était le moindre de ses soucis.
Puis elle accourait vite à son magasin, où une cliente
lui avait donné rendez-vous pour voir une pièce de
chantilly. La cliente arrivait, se glissait comme une
ombre dans la boutique discrète et voilée. Et il n'était
pas rare qu'un monsieur, entrant par la porte cochère
de la rue Papillon, vînt en même temps voir les pianos
de Mme Touche, à l'entresol.

Si Mme Sidonie ne faisait pas fortune, c'était qu'elle

travaillait souvent par amour de l'art. Aimant la procédure, oubliant ses affaires pour celles des autres, elle se laissait dévorer par les huissiers, ce qui, d'ailleurs, lui procurait des jouissances que connaissent seuls les gens processifs. La femme se mourait en elle ; elle n'était plus qu'un agent d'affaires, un placeur battant à toute heure le pavé de Paris, ayant dans son panier légendaire les marchandises les plus équivoques, vendant de tout, rêvant de milliards, et allant plaider à la justice de paix, pour une cliente favorite, une contestation de dix francs. Petite, maigre, blafarde, vêtue de cette mince robe noire qu'on eût dit taillée dans la toge d'un plaideur, elle s'était ratatinée, et, à la voir filer le long des maisons, on l'eût prise pour un saute-ruisseau [1] déguisé en fille. Son teint avait la pâleur dolente du papier timbré. Ses lèvres souriaient d'un sourire éteint, tandis que ses yeux semblaient nager dans le tohu-bohu des négoces, des préoccupations de tout genre dont elle se bourrait la cervelle. D'allures timides et discrètes, d'ailleurs, avec une vague senteur de confessionnal et de cabinet de sage-femme, elle se faisait douce et maternelle comme une religieuse qui, ayant renoncé aux affections de ce monde, a pitié des souffrances du cœur. Elle ne parlait jamais de son mari, pas plus qu'elle ne parlait de son enfance, de sa famille, de ses intérêts. Il n'y avait qu'une chose qu'elle ne vendait pas, c'était elle ; non qu'elle eût des scrupules, mais parce que l'idée de ce marché ne pouvait lui venir. Elle était sèche comme une facture, froide comme un protêt, indifférente et brutale au fond comme un recors [2].

Saccard, tout frais de sa province, ne put d'abord descendre dans les profondeurs délicates des nombreux métiers de Mᵐᵉ Sidonie. Comme il avait fait une année de droit, elle lui parla un jour des trois milliards, d'un

1. Jeune clerc d'avoué ou de notaire, qu'on charge de faire les courses.
2. Personne qui accompagne un huissier pour lui servir de témoin et éventuellement lui prêter main-forte.

air grave, ce qui lui donna une pauvre idée de son intelligence. Elle vint fouiller les coins du logement de la
rue Saint-Jacques, pesa Angèle d'un regard, et ne reparut que lorsque ses courses l'appelaient dans le quartier,
et qu'elle éprouvait le besoin de remettre les trois milliards sur le tapis. Angèle avait mordu à l'histoire de
la dette anglaise. La courtière enfourchait son dada,
faisait ruisseler l'or pendant une heure. C'était la fêlure,
dans cet esprit délié, la folie douce dont elle berçait sa
vie perdue en misérables trafics, l'appât magique dont
elle grisait avec elle les plus crédules de ses clientes.
Très convaincue, du reste, elle finissait par parler des
trois milliards comme d'une fortune personnelle, dans
laquelle il faudrait que les juges la fissent rentrer tôt
ou tard, ce qui jetait une merveilleuse auréole autour
de son pauvre chapeau noir, où se balançaient quelques violettes pâlies à des tiges de laiton dont on voyait
le métal. Angèle ouvrait des yeux énormes. À plusieurs
reprises, elle parla avec respect de sa belle-sœur à son
mari, disant que Mme Sidonie les enrichirait peut-être
un jour. Saccard haussait les épaules ; il était allé visiter la boutique et l'entresol du faubourg Poissonnière,
et n'y avait flairé qu'une faillite prochaine. Il voulut
connaître l'opinion d'Eugène sur leur sœur ; mais celui-
ci devint grave et se contenta de répondre qu'il ne la
voyait jamais, qu'il la savait fort intelligente, un peu
compromettante peut-être. Cependant, comme Saccard
revenait rue de Penthièvre, quelque temps après, il crut
voir la robe noire de Mme Sidonie sortir de chez son
frère et filer rapidement le long des maisons. Il courut, mais il ne put retrouver la robe noire. La courtière
avait une de ces tournures effacées qui se perdent dans
la foule. Il resta songeur, et ce fut à partir de ce moment
qu'il étudia sa sœur avec plus d'attention. Il ne tarda
pas à pénétrer le labeur immense de ce petit être pâle
et vague, dont la face entière semblait loucher et se fondre. Il eut du respect pour elle. Elle était bien du sang
des Rougon. Il reconnut cet appétit de l'argent, ce
besoin de l'intrigue qui caractérisait la famille ; seule-

ment, chez elle, grâce au milieu dans lequel elle avait vieilli, à ce Paris où elle avait dû chercher le matin son pain noir du soir, le tempérament commun s'était déjeté pour produire cet hermaphrodisme étrange de la femme devenue être neutre, homme d'affaires et entremetteuse à la fois.

Quand Saccard, après avoir arrêté son plan, se mit en quête des premiers fonds, il songea naturellement à sa sœur. Elle secoua la tête, soupira en parlant des trois milliards. Mais l'employé ne lui tolérait pas sa folie, il la secouait rudement chaque fois qu'elle revenait à la dette des Stuarts ; ce rêve lui semblait déshonorer une intelligence si pratique. Mᵐᵉ Sidonie, qui essuyait tranquillement les ironies les plus dures sans que ses convictions fussent ébranlées, lui expliqua ensuite avec une grande lucidité qu'il ne trouverait pas un sou, n'ayant à offrir aucune garantie. Cette conversation avait lieu devant la Bourse, où elle devait jouer ses économies. Vers trois heures, on était certain de la trouver appuyée contre la grille, à gauche, du côté du bureau de poste ; c'était là qu'elle donnait audience à des individus louches et vagues comme elle. Son frère allait la quitter, lorsqu'elle murmura d'un ton désolé : « Ah ! si tu n'étais pas marié !... » Cette réticence, dont il ne voulut pas demander le sens complet et exact, rendit Saccard singulièrement rêveur.

Les mois s'écoulèrent, la guerre de Crimée venait d'être déclarée. Paris, qu'une guerre lointaine n'émouvait pas, se jetait avec plus d'emportement dans la spéculation et les filles. Saccard assistait, en se rongeant les poings, à cette rage croissante qu'il avait prévue. Dans la forge géante, les marteaux qui battaient l'or sur l'enclume lui donnaient des secousses de colère et d'impatience. Il y avait en lui une telle tension de l'intelligence et de la volonté, qu'il vivait dans un songe, en somnambule se promenant au bord des toits sous le fouet d'une idée fixe. Aussi fut-il surpris et irrité de trouver, un soir, Angèle malade et couchée. Sa vie d'intérieur, d'une régularité d'horloge, se dérangeait, ce qui l'exaspéra comme une méchanceté calculée de la destinée. La pauvre Angèle se plaignit doucement ; elle avait pris un froid et chaud. Quand le médecin arriva, il parut très inquiet ; il dit au mari, sur le palier, que sa femme avait une fluxion de poitrine et qu'il ne répondait pas d'elle. Dès lors, l'employé soigna la malade sans colère ; il n'alla plus à son bureau, il resta près d'elle, la regardant avec une expression indéfinissable, lorsqu'elle dormait, rouge de fièvre, haletante. Mme Sidonie, malgré ses travaux écrasants, trouva moyen de venir chaque soir faire des tisanes, qu'elle prétendait souveraines. À tous ses métiers, elle joignait celui d'être une garde-malade de vocation, se plaisant à la souffrance, aux remèdes, aux conversations navrées qui s'attardent autour des lits de moribonds. Puis, elle paraissait s'être prise d'une tendre amitié pour Angèle ; elle aimait les femmes d'amour, avec mille chatteries, sans doute pour le plaisir qu'elles donnent aux hommes ; elle les traitait avec les attentions délicates que les marchandes ont pour les choses précieuses de leur étalage, les appelait « ma mignonne, ma toute belle », roucoulait, se pâmait devant elles, comme un amoureux devant une maîtresse. Bien qu'Angèle fût une sorte dont elle n'espérait rien tirer, elle la cajolait comme les autres, par règle de conduite. Quand la jeune femme fut au lit, les effusions de Mme Sidonie devinrent larmoyantes, elle emplit la chambre silencieuse de son dévouement. Son frère la regardait tourner, les lèvres serrées, comme abîmé dans une douleur muette.

Le mal empira. Un soir, le médecin leur avoua que la malade ne passerait pas la nuit. Mme Sidonie était venue de bonne heure, préoccupée, regardant Aristide et Angèle de ses yeux noyés où s'allumaient de courtes flammes. Quand le médecin fut parti, elle baissa la lampe, un grand silence se fit. La mort entrait lentement dans cette chambre chaude et moite, où la respiration irrégulière de la moribonde mettait le tic-tac cassé d'une pendule qui se détraque. Mme Sidonie avait abandonné les potions, laissant le mal faire son œuvre.

Elle s'était assise devant la cheminée, auprès de son frère, qui tisonnait d'une main fiévreuse, en jetant sur le lit des coups d'œil involontaires. Puis, comme énervé par cet air lourd, par ce spectacle lamentable, il se retira dans la pièce voisine. On y avait enfermé la petite Clotilde, qui jouait à la poupée, très sagement, sur un bout de tapis. Sa fille lui souriait, lorsque Mme Sidonie, se glissant derrière lui, l'attira dans un coin, parlant à voix basse. La porte était restée ouverte. On entendait le râle léger d'Angèle.

« Ta pauvre femme…, sanglota la courtière, je crois que tout est bien fini. Tu as entendu le médecin ? »

Saccard se contenta de baisser lugubrement la tête.

« C'était une bonne personne, continua l'autre, parlant comme si Angèle fût déjà morte. Tu pourras trouver des femmes plus riches, plus habituées au monde ; mais tu ne trouveras jamais un pareil cœur. »

Et comme elle s'arrêtait, s'essuyant les yeux, semblant chercher une transition :

« Tu as quelque chose à me dire ? demanda nettement Saccard.

— Oui, je me suis occupée de toi, pour la chose que tu sais, et je crois avoir découvert… Mais, dans un pareil moment… Vois-tu, j'ai le cœur brisé. »

Elle s'essuya encore les yeux. Saccard la laissa faire tranquillement, sans dire un mot. Alors elle se décida.

« C'est une jeune fille qu'on voudrait marier tout de suite, dit-elle. La chère enfant a eu un malheur. Il y a une tante qui ferait un sacrifice… »

Elle s'interrompait, elle geignait toujours, pleurant ses phrases, comme si elle eût continué à plaindre la pauvre Angèle. C'était une façon d'impatienter son frère et de le pousser à la questionner, pour ne pas avoir toute la responsabilité de l'offre qu'elle venait lui faire. L'employé fut pris en effet d'une sourde irritation.

« Voyons, achève ! dit-il. Pourquoi veut-on marier cette jeune fille ?

— Elle sortait de pension, reprit la courtière d'une voix dolente, un homme l'a perdue, à la campagne,

chez les parents d'une de ses amies. Le père vient de
s'apercevoir de la faute. Il voulait la tuer. La tante,
pour sauver la chère enfant, s'est faite complice, et à
elles deux, elles ont conté une histoire au père, elles lui
ont dit que le coupable était un honnête garçon qui ne
demandait qu'à réparer son égarement d'une heure.

— Alors, dit Saccard d'un ton surpris et comme
fâché, l'homme de la campagne va épouser la jeune
fille ?

— Non, il ne peut pas, il est marié. »

Il y eut un silence. Le râle d'Angèle sonnait plus dou-
loureusement dans l'air frissonnant. La petite Clotilde
avait cessé de jouer ; elle regardait Mᵐᵉ Sidonie et son
père, de ses grands yeux d'enfant songeur, comme si
elle eût compris leurs paroles. Saccard se mit à poser
des questions brèves :

« Quel âge a la jeune fille ?

— Dix-neuf ans.

— La grossesse date ?

— De trois mois. Il y aura sans doute une fausse
couche.

— Et la famille est riche et honorable ?

— Vieille bourgeoisie. Le père a été magistrat. Fort
belle fortune.

— Quel serait le sacrifice de la tante ?

— Cent mille francs. »

Un nouveau silence se fit. Mᵐᵉ Sidonie ne pleurni-
chait plus ; elle était en affaire, sa voix prenait les notes
métalliques d'une revendeuse qui discute un marché.
Son frère, la regardant en dessous, ajouta avec quelque hésitation :

« Et toi, que veux-tu ?

— Nous verrons plus tard, répondit-elle. Tu me ren-
dras service à ton tour. »

Elle attendit quelques secondes ; et comme il se taisait, elle lui demanda carrément :

« Eh bien ! que décides-tu ? Ces pauvres femmes
sont dans la désolation. Elles veulent empêcher un éclat.
Elles ont promis de livrer demain au père le nom du

coupable... Si tu acceptes, je vais leur envoyer une de
tes cartes de visite par un commissionnaire. »

Saccard parut s'éveiller d'un songe ; il tressaillit, il
se tourna peureusement du côté de la chambre voisine,
où il avait cru entendre un léger bruit.

« Mais je ne puis pas, dit-il avec angoisse, tu sais bien
que je ne puis pas... »

Mme Sidonie le regardait fixement, d'un air froid et
dédaigneux. Tout le sang des Rougon, toutes ses ardentes convoitises lui remontèrent à la gorge. Il prit une
carte de visite dans son portefeuille et la donna à sa
sœur, qui la mit sous enveloppe, après avoir raturé
l'adresse avec soin. Elle descendit ensuite. Il était à
peine neuf heures.

Saccard, resté seul, alla appuyer son front contre les
vitres glacées. Il s'oublia jusqu'à battre la retraite sur
le verre, du bout des doigts. Mais il faisait une nuit si
noire, les ténèbres au-dehors s'entassaient en masses
si étranges, qu'il éprouva un malaise, et machinalement
il revint dans la pièce où Angèle se mourait. Il l'avait
oubliée, il éprouva une secousse terrible en la retrouvant levée à demi sur ses oreillers ; elle avait les yeux
grands ouverts, un flot de vie semblait être remonté à
ses joues et à ses lèvres. La petite Clotilde, tenant toujours sa poupée, était assise sur le bord de la couche ;
dès que son père avait eu le dos tourné, elle s'était vite
glissée dans cette chambre, dont on l'avait écartée, et
où la ramenaient ses curiosités joyeuses d'enfant. Saccard, la tête pleine de l'histoire de sa sœur, vit son rêve
à terre. Une affreuse pensée dut luire dans ses yeux.
Angèle, prise d'épouvante, voulut se jeter au fond du
lit, contre le mur ; mais la mort venait, ce réveil dans
l'agonie était la clarté suprême de la lampe qui s'éteint.
La moribonde ne put bouger ; elle s'affaissa, elle continua de tenir ses yeux grands ouverts sur son mari,
comme pour surveiller ses mouvements. Saccard, qui
avait cru à quelque résurrection diabolique, inventée
par le destin pour le clouer dans la misère, se rassura
en voyant que la malheureuse n'avait pas une heure à

vivre. Il n'éprouva plus qu'un malaise intolérable. Les
yeux d'Angèle disaient qu'elle avait entendu la conversation de son mari avec Mme Sidonie, et qu'elle craignait qu'il ne l'étranglât, si elle ne mourait pas assez
vite. Et il y avait encore, dans ses yeux, l'horrible étonnement d'une nature douce et inoffensive s'apercevant,
à la dernière heure, des infamies de ce monde, frissonnant à la pensée des longues années passées côte à côte
avec un bandit. Peu à peu, son regard devint plus
doux ; elle n'eut plus peur, elle dut excuser ce misérable, en songeant à la lutte acharnée qu'il livrait depuis
si longtemps à la fortune. Saccard, poursuivi par ce
regard de mourante, où il lisait un si long reproche,
s'appuyait aux meubles, cherchait des coins d'ombre.
Puis, défaillant, il voulut chasser ce cauchemar qui le
rendait fou, il s'avança dans la clarté de la lampe. Mais
Angèle lui fit signe de ne pas parler. Et elle le regardait toujours de cet air d'angoisse épouvantée, auquel
se mêlait maintenant une promesse de pardon. Alors
il se pencha pour prendre Clotilde entre ses bras et
l'emporter dans l'autre chambre. Elle le lui défendit
encore, d'un mouvement de lèvres. Elle exigeait qu'il
restât là. Elle s'éteignit doucement, sans le quitter du
regard, et à mesure qu'il pâlissait, ce regard prenait plus
de douceur. Elle pardonna au dernier soupir. Elle mourut comme elle avait vécu, mollement, s'effaçant dans
la mort, après s'être effacée dans la vie. Saccard
demeura frissonnant devant ces yeux de morte, restés
ouverts, et qui continuaient à le poursuivre dans leur
immobilité. La petite Clotilde berçait sa poupée sur un
bord du drap, doucement, pour ne pas réveiller sa mère.

Quand Mme Sidonie remonta, tout était fini. D'un
coup de doigt, en femme habituée à cette opération,
elle ferma les yeux d'Angèle, ce qui soulagea singulièrement Saccard. Puis, après avoir couché la petite, elle
fit, en un tour de main, la toilette de la chambre mor-
tuaire. Lorsqu'elle eut allumé deux bougies sur la commode, et tiré soigneusement le drap jusqu'au menton
de la morte, elle jeta autour d'elle un regard de satis-

faction, et s'allongea au fond d'un fauteuil, où elle
sommeilla jusqu'au petit jour. Saccard passa la nuit
dans la pièce voisine, à écrire des lettres de faire-part.
Il s'interrompait par moments, s'oubliait, alignait des
colonnes de chiffres sur des bouts de papier.

Le soir de l'enterrement, Mme Sidonie emmena Saccard à son entresol. Là furent prises de grandes résolutions. L'employé décida qu'il enverrait la petite
Clotilde à un de ses frères, Pascal Rougon, un médecin de Plassans, qui vivait en garçon, dans l'amour de
la science, et qui plusieurs fois lui avait offert de
prendre sa nièce avec lui, pour égayer sa maison silencieuse de savant. Mme Sidonie lui fit ensuite comprendre qu'il ne pouvait habiter plus longtemps la rue Saint-
Jacques. Elle lui louerait pour un mois un appartement
élégamment meublé, aux environs de l'Hôtel de Ville ;
elle tâcherait de trouver cet appartement dans une maison bourgeoise, pour que les meubles parussent lui
appartenir. Quant au mobilier de la rue Saint-Jacques,
il serait vendu, afin d'effacer jusqu'aux dernières senteurs du passé. Il en emploierait l'argent à s'acheter un
trousseau et des vêtements convenables. Trois jours
après, Clotilde était remise entre les mains d'une vieille
dame qui se rendait justement dans le Midi. Et Aristide Saccard, triomphant, la joue vermeille, comme
engraissé en trois journées par les premiers sourires de
la fortune, occupait au Marais, rue Payenne, dans une
maison sévère et respectable, un coquet logement de
cinq pièces, où il se promenait en pantoufles brodées.
C'était le logement d'un jeune abbé, parti subitement
pour l'Italie, et dont la servante avait reçu l'ordre de
trouver un locataire. Cette servante était une amie de
Mme Sidonie, qui donnait un peu dans la calotte ; elle
aimait les prêtres, de l'amour dont elle aimait les
femmes, par instinct, établissant peut-être certaines
parentés nerveuses entre les soutanes et les jupes de soie.
Dès lors, Saccard était prêt ; il composa son rôle avec
un art exquis ; il attendit sans sourciller les difficultés
et les délicatesses de la situation qu'il avait acceptée.

Mme Sidonie, dans l'affreuse nuit de l'agonie d'Angèle, avait fidèlement conté en quelques mots le cas de la famille Béraud. Le chef, M. Béraud Du Châtel, un grand vieillard de soixante ans, était le dernier représentant d'une ancienne famille bourgeoise, dont les titres remontaient plus haut que ceux de certaines familles nobles. Un de ses ancêtres était compagnon d'Étienne Marcel. En 93, son père mourait sur l'échafaud, après avoir salué la République de tous ses enthousiasmes de bourgeois de Paris, dans les veines duquel coulait le sang révolutionnaire de la cité. Lui-même était un de ces républicains de Sparte, rêvant un gouvernement d'entière justice et de sage liberté. Vieilli dans la magistrature, où il avait pris une roideur et une sévérité de profession, il donna sa démission de président de chambre, en 1851, lors du coup d'État, après avoir refusé de faire partie d'une de ces commissions mixtes [1] qui déshonorèrent la justice française. Depuis cette époque, il vivait solitaire et retiré dans son hôtel de l'île Saint-Louis, qui se trouvait à la pointe de l'île, presque en face de l'hôtel Lambert. Sa femme était morte jeune. Quelque drame secret, dont la blessure saignait toujours, dut assombrir encore la figure du magistrat. Il avait déjà une fille de huit ans, Renée, lorsque sa femme expira en donnant le jour à une seconde fille. Cette dernière, qu'on nomma Christine, fut recueillie par une sœur de M. Béraud Du Châtel, mariée au notaire Aubertot. Renée alla au couvent. Mme Aubertot, qui n'avait pas d'enfant, se prit d'une tendresse maternelle pour Christine, qu'elle éleva auprès d'elle. Son mari étant mort, elle ramena la petite à son père, et resta entre ce vieillard silencieux et cette blondine souriante. Renée fut oubliée en pension. Aux vacances, elle emplissait l'hôtel d'un tel tapage, que sa

---

1. Instituées fin 1851, elles décidaient arbitrairement (sans défense, ni audition de témoins, ni procédure) du sort des opposants au coup d'État.

tante poussait un grand soupir de soulagement quand elle la reconduisait enfin chez les dames de la Visitation, où elle était pensionnaire depuis l'âge de huit ans. Elle ne sortit du couvent qu'à dix-neuf ans, et ce fut pour aller passer une belle saison chez les parents de sa bonne amie Adeline, qui possédaient, dans le Nivernais, une admirable propriété. Quand elle revint en octobre, la tante Élisabeth s'étonna de la trouver grave, d'une tristesse profonde. Un soir, elle la surprit étouffant ses sanglots dans son oreiller, tordue sur son lit par une crise de douleur folle. Dans l'abandon de son désespoir, l'enfant lui raconta une histoire navrante : un homme de quarante ans, riche, marié, et dont la femme, jeune et charmante, était là, l'avait violentée à la campagne, sans qu'elle sût ni osât se défendre. Cet aveu terrifia la tante Élisabeth ; elle s'accusa, comme si elle s'était sentie complice ; ses préférences pour Christine la désolaient, et elle pensait que, si elle avait également gardé Renée près d'elle, la pauvre enfant n'aurait pas succombé. Dès lors, pour chasser ce remords cuisant, dont sa nature tendre exagérait encore la souffrance, elle soutint la coupable ; elle amortit la colère du père, auquel elles apprirent toutes deux l'horrible vérité par l'excès même de leurs précautions ; elle inventa, dans l'effarement de sa sollicitude, cet étrange projet de mariage, qui lui semblait tout arranger, apaiser le père, faire rentrer Renée dans le monde des femmes honnêtes, et dont elle voulait ne pas voir le côté honteux ni les conséquences fatales.

Jamais on ne sut comment Mme Sidonie flaira cette bonne affaire. L'honneur des Béraud avait traîné dans son panier, avec les protêts de toutes les filles de Paris. Quand elle connut l'histoire, elle imposa presque son frère, dont la femme agonisait. La tante Élisabeth finit par croire qu'elle était l'obligée de cette dame si douce, si humble, qui se dévouait à la malheureuse Renée, jusqu'à lui choisir un mari dans sa famille. La première entrevue de la tante et de Saccard eut lieu dans l'entresol de la rue du Faubourg-Poissonnière. L'employé, qui était arrivé par la porte cochère de la rue Papillon, comprit, en voyant venir Mme Aubertot par la boutique et le petit escalier, le mécanisme ingénieux des deux entrées. Il fut plein de tact et de convenance. Il traita le mariage comme une affaire, mais en homme du monde qui réglerait ses dettes de jeu. La tante Élisabeth était beaucoup plus frissonnante que lui ; elle balbutiait, elle n'osait parler des cent mille francs qu'elle avait promis. Ce fut lui qui entama le premier la question argent, de l'air d'un avoué discutant le cas d'un client. Selon lui, cent mille francs étaient un apport ridicule pour le mari de mademoiselle Renée. Il appuyait un peu sur ce mot « mademoiselle ». M. Béraud Du Châtel mépriserait davantage un gendre pauvre ; il l'accuserait d'avoir séduit sa fille pour sa fortune, peut-être même aurait-il l'idée de faire secrètement une enquête. Mme Aubertot, effrayée, effarée par la parole calme et polie de Saccard, perdit la tête et consentit à doubler la somme, quand il eut déclaré qu'à moins de deux cent mille francs, il n'oserait jamais demander Renée, ne voulant pas être pris pour un indigne chasseur de dot. La bonne dame partit toute troublée, ne sachant plus ce qu'elle devait penser d'un garçon qui avait de telles indignations et qui acceptait un pareil marché.

Cette première entrevue fut suivie d'une visite officielle que la tante Élisabeth fit à Aristide Saccard, à son appartement de la rue Payenne. Cette fois, elle venait au nom de M. Béraud. L'ancien magistrat avait refusé de voir « cet homme », comme il appelait le séducteur de sa fille, tant qu'il ne serait pas marié avec Renée, à laquelle il avait d'ailleurs également défendu sa porte. Mme Aubertot avait de pleins pouvoirs pour traiter. Elle parut heureuse du luxe de l'employé ; elle avait craint que le frère de cette Mme Sidonie, aux jupes fripées, ne fût un goujat. Il la reçut, drapé dans une délicieuse robe de chambre. C'était l'heure où les aventuriers du 2 Décembre, après avoir payé leurs dettes, jetaient dans les égouts leurs bottes éculées, leurs redingotes blanchies aux coutures, rasaient leur barbe de huit jours, et devenaient des hommes comme il faut. Saccard entrait enfin dans la bande, il se nettoyait les ongles et ne se lavait plus qu'avec des poudres et des parfums inestimables. Il fut galant ; il changea de tactique, se montra d'un désintéressement prodigieux. Quand la vieille dame parla du contrat, il fit un geste, comme pour dire que peu lui importait. Depuis huit jours, il feuilletait le Code, il méditait sur cette grave question, dont dépendait dans l'avenir sa liberté de tripoteur d'affaires.

« Par grâce, dit-il, finissons-en avec cette désagréable question d'argent... Mon avis est que Mlle Renée doit rester maîtresse de sa fortune et moi maître de la mienne. Le notaire arrangera cela. »

La tante Élisabeth approuva cette façon de voir ; elle tremblait que ce garçon, dont elle sentait vaguement la main de fer, ne voulût mettre les doigts dans la dot de sa nièce. Elle parla ensuite de cette dot.

« Mon frère, dit-elle, a une fortune qui consiste surtout en propriétés et en immeubles. Il n'est pas homme à punir sa fille en rognant la part qu'il lui destinait. Il lui donne une propriété dans la Sologne estimée à trois cent mille francs, ainsi qu'une maison, située à Paris, qu'on évalue environ à deux cent mille francs. »

Saccard fut ébloui ; il ne s'attendait pas à un tel chiffre ; il se tourna à demi pour ne pas laisser voir le flot de sang qui lui montait au visage.

« Cela fait cinq cent mille francs, continua la tante ; mais je ne dois pas vous cacher que la propriété de la Sologne ne rapporte que deux pour cent. »

Il sourit, il répéta son geste de désintéressement, voulant dire que cela ne pouvait le toucher, puisqu'il refusait de s'immiscer dans la fortune de sa femme. Il avait, dans son fauteuil, une attitude d'adorable indifférence, distrait, jouant du pied avec sa pantoufle, paraissant écouter par pure politesse. Mme Aubertot, avec sa bonté d'âme ordinaire, parlait difficilement, choisissait les termes pour ne pas le blesser. Elle reprit :

« Enfin, je veux faire un cadeau à Renée. Je n'ai pas

d'enfant, ma fortune reviendra un jour à mes nièces, et ce n'est pas parce que l'une d'elles est dans les larmes, que je fermerai aujourd'hui la main. Leurs cadeaux de mariage à toutes deux étaient prêts. Celui de Renée consiste en vastes terrains situés du côté de Charonne, que je crois pouvoir évaluer à deux cent mille francs. Seulement... »

Au mot de terrain, Saccard avait eu un léger tressaillement. Sous son indifférence jouée, il écoutait avec une attention profonde. La tante Élisabeth se troublait, ne trouvait sans doute pas la phrase, et en rougissant :

« Seulement, continua-t-elle, je désire que la propriété de ces terrains soit reportée sur la tête du premier enfant de Renée. Vous comprendrez mon intention, je ne veux pas que cet enfant puisse un jour être à votre charge. Dans le cas où il mourrait, Renée resterait seule propriétaire. »

Il ne broncha pas, mais ses sourcils tendus annonçaient une grande préoccupation intérieure. Les terrains de Charonne éveillaient en lui un monde d'idées. Mme Aubertot crut l'avoir blessé en parlant de l'enfant de Renée, et elle restait interdite, ne sachant comment reprendre l'entretien.

« Vous ne m'avez pas dit dans quelle rue se trouve l'immeuble de deux cent mille francs ? demanda-t-il, en reprenant son ton de bonhomie souriante.

— Rue de la Pépinière, répondit-elle, presque au coin de la rue d'Astorg. »

Cette simple phrase produisit sur lui un effet décisif. Il ne fut plus maître de son ravissement ; il rapprocha son fauteuil, et avec sa volubilité provençale, d'une voix câline :

« Chère dame, est-ce bien fini, parlerons-nous encore de ce maudit argent ?... Tenez, je veux me confesser en toute franchise, car je serais au désespoir si je ne méritais pas votre estime. J'ai perdu ma femme dernièrement, j'ai deux enfants sur les bras, je suis pratique et raisonnable. En épousant votre nièce, je fais une bonne affaire pour tout le monde. S'il vous reste quelques préventions contre moi, vous me pardonnerez plus tard, lorsque j'aurai séché les larmes de chacun et enrichi jusqu'à mes arrière-neveux. Le succès est une flamme dorée qui purifie tout. Je veux que M. Béraud lui-même me tende la main et me remercie... »

Il s'oubliait. Il parla longtemps ainsi avec un cynisme railleur qui perçait par instants sous son air bonhomme. Il mit en avant son frère le député, son père le receveur particulier de Plassans. Il finit par faire la conquête de la tante Élisabeth, qui voyait avec une joie involontaire, sous les doigts de cet habile homme, le drame dont elle souffrait depuis un mois, se terminer en une comédie presque gaie. Il fut convenu qu'on irait chez le notaire le lendemain.

Dès que Mme Aubertot se fut retirée, il se rendit à l'Hôtel de Ville, y passa la journée à fouiller certains documents connus de lui. Chez le notaire, il éleva une difficulté, il dit que la dot de Renée ne se composant que de biens-fonds, il craignait pour elle beaucoup de tracas, et qu'il croyait sage de vendre au moins l'immeuble de la rue de la Pépinière pour lui constituer une rente sur le grand-livre [1]. Mme Aubertot voulut en référer à M. Béraud Du Châtel, toujours cloîtré dans son appartement. Saccard se remit en course jusqu'au soir. Il alla rue de la Pépinière, il courut Paris de l'air songeur d'un général à la veille d'une bataille décisive. Le lendemain, Mme Aubertot dit que M. Béraud Du Châtel s'en remettait complètement à elle. Le contrat fut rédigé sur les bases déjà débattues. Saccard apportait deux cent mille francs, Renée avait en dot la propriété de la Sologne et l'immeuble de la rue de la Pépinière, qu'elle s'engageait à vendre ; en outre, en cas de mort de son premier enfant, elle restait seule propriétaire des terrains de Charonne que lui donnait sa tante. Le contrat fut établi sur le régime de la séparation des biens qui conserve aux époux l'entière administration de leur

---

1. Liste des créanciers de l'État.

fortune. La tante Élisabeth, qui écoutait attentivement le notaire, parut satisfaite de ce régime dont les dispositions semblaient assurer l'indépendance de sa nièce, en mettant sa fortune à l'abri de toute tentative. Saccard avait un vague sourire, en voyant la bonne dame approuver chaque clause d'un signe de tête. Le mariage fut fixé au terme le plus court.

Quand tout fut réglé, Saccard alla cérémonieusement annoncer à son frère Eugène son union avec Mlle Renée Béraud Du Châtel. Ce coup de maître étonna le député. Comme il laissait voir sa surprise :

« Tu m'as dit de chercher, dit l'employé, j'ai cherché et j'ai trouvé. »

Eugène, dérouté d'abord, entrevit alors la vérité. Et d'une voix charmante :

« Allons, tu es un homme habile... Tu viens me demander pour témoin, n'est-ce pas ? Compte sur moi... S'il le faut, je mènerai à ta noce tout le côté droit du Corps législatif ; ça te poserait joliment... »

Puis, comme il avait ouvert la porte, d'un ton plus bas :

« Dis ?... Je ne veux pas trop me compromettre en ce moment, nous avons une loi fort dure à faire voter... La grossesse, au moins, n'est pas trop avancée ? »

Saccard lui jeta un regard si aigu, qu'Eugène se dit en refermant la porte : « Voilà une plaisanterie qui me coûterait cher, si je n'étais pas un Rougon. »

Le mariage eut lieu dans l'église Saint-Louis-en-l'Île. Saccard et Renée ne se virent que la veille de ce grand jour. La scène se passa le soir, à la tombée de la nuit, dans une salle basse de l'hôtel Béraud. Ils s'examinèrent curieusement. Renée, depuis qu'on négociait son mariage, avait retrouvé son allure d'écervelée, sa tête folle. C'était une grande fille, d'une beauté exquise et turbulente, qui avait poussé librement dans ses caprices de pensionnaire. Elle trouva Saccard petit, laid, mais d'une laideur tourmentée et intelligente qui ne lui déplut pas ; il fut, d'ailleurs, parfait de ton et de manières. Lui, fit une légère grimace en l'apercevant ; elle lui sembla sans doute trop grande, plus grande que lui. Ils échangèrent quelques paroles sans embarras. Si le père s'était trouvé là, il aurait pu croire, en effet, qu'ils se connaissaient depuis longtemps, qu'ils avaient derrière eux quelque faute commune. La tante Élisabeth, présente à l'entrevue, rougissait pour eux.

Le lendemain du mariage, dont la présence d'Eugène Rougon, mis en vue par un récent discours, fit un événement dans l'île Saint-Louis, les deux nouveaux époux furent enfin admis en présence de M. Béraud Du Châtel. Renée pleura en retrouvant son père vieilli, plus grave et plus morne. Saccard, que rien jusque-là n'avait décontenancé, fut glacé par la froideur et le demi-jour de l'appartement, par la sévérité triste de ce grand vieillard, dont l'œil perçant lui sembla fouiller sa conscience jusqu'au fond. L'ancien magistrat baisa lentement sa fille sur le front, comme pour lui dire qu'il lui pardonnait, et se tournant vers son gendre :

« Monsieur, lui dit-il simplement, nous avons beaucoup souffert. Je compte que vous nous ferez oublier vos torts. »

Il lui tendit la main. Mais Saccard resta frissonnant. Il pensait que si M. Béraud Du Châtel n'avait pas plié sous la douleur tragique de la honte de Renée, il aurait d'un regard, d'un effort, mis à néant les manœuvres de Mme Sidonie. Celle-ci, après avoir rapproché son frère de la tante Élisabeth, s'était prudemment effacée. Elle n'était pas même venue au mariage. Il se montra très rond avec le vieillard, ayant lu dans son regard une surprise à voir le séducteur de sa fille petit, laid, âgé de quarante ans. Les nouveaux mariés furent obligés de passer les premières nuits à l'hôtel Béraud. On avait, depuis deux mois, éloigné Christine, pour que cette enfant de quatorze ans ne soupçonnât rien du drame qui se passait dans cette maison calme et douce comme un cloître. Lorsqu'elle revint, elle resta tout interdite devant le mari de sa sœur, qu'elle trouva, elle aussi, vieux et laid. Renée seule ne paraissait pas trop s'apercevoir de l'âge ni de la figure chafouine de son mari.

Elle le traitait sans mépris comme sans tendresse, avec
une tranquillité absolue, où perçait seulement parfois
une pointe d'ironique dédain. Saccard se carrait, se
mettait chez lui, et réellement par sa verve, par sa rondeur, il gagnait peu à peu l'amitié de tout le monde.
Quand ils partirent, pour aller occuper un superbe
appartement, dans une maison neuve de la rue de
Rivoli, le regard de M. Béraud Du Châtel n'avait déjà
plus d'étonnement, et la petite Christine jouait avec son
beau-frère comme avec un camarade. Renée était alors
enceinte de quatre mois ; son mari allait l'envoyer à
la campagne, comptant mentir ensuite sur l'âge de
l'enfant, lorsque, selon les prévisions de Mme Sidonie,
elle fit une fausse couche. Elle s'était tellement serrée
pour dissimuler sa grossesse, qui, d'ailleurs, disparaissait sous l'ampleur de ses jupes, qu'elle fut obligée de
garder le lit pendant quelques semaines. Il fut ravi de
l'aventure ; la fortune lui était enfin fidèle : il avait fait
un marché d'or, une dot superbe, une femme belle à
le faire décorer en six mois, et pas la moindre charge.
On lui avait acheté deux cent mille francs son nom pour
un fœtus que la mère ne voulut pas même voir. Dès
lors, il songea avec amour aux terrains de Charonne.
Mais, pour le moment, il accordait tous ses soins à une
spéculation qui devait être la base de sa fortune.

Malgré la grande situation de la famille de sa femme,
il ne donna pas immédiatement sa démission d'agent
voyer. Il parla de travaux à finir, d'occupations à chercher. En réalité, il voulait rester jusqu'à la fin sur le
champ de bataille où il jouait son premier coup de
cartes. Il était chez lui, il pouvait tricher plus à son aise.

Le plan de fortune de l'agent voyer était simple et
pratique. Maintenant qu'il avait en main plus d'argent
qu'il n'en avait jamais rêvé pour commencer ses opérations, il comptait appliquer ses desseins en grand. Il
connaissait son Paris sur le bout du doigt ; il savait que
la pluie d'or qui en battait les murs tomberait plus dru
chaque jour. Les gens habiles n'avaient qu'à ouvrir les
poches. Lui s'était mis parmi les habiles, en lisant

l'avenir dans les bureaux de l'Hôtel de Ville. Ses fonctions lui avaient appris ce qu'on peut voler dans l'achat et la vente des immeubles et des terrains. Il était au courant de toutes les escroqueries classiques : il savait comment on revend pour un million ce qui a coûté cinq cent mille francs ; comment on paie le droit de crocheter les caisses de l'État, qui sourit et ferme les yeux ; comment, en faisant passer un boulevard sur le ventre d'un vieux quartier, on jongle, aux applaudissements de toutes les dupes, avec les maisons à six étages. Et ce qui, à cette heure encore trouble, lorsque le chancre de la spéculation n'en était qu'à la période d'incubation, faisait de lui un terrible joueur, c'était qu'il en devinait plus long que ses chefs eux-mêmes sur l'avenir de moellons et de plâtre qui était réservé à Paris. Il avait tant fureté, réuni tant d'indices, qu'il aurait pu prophétiser le spectacle qu'offriraient les nouveaux quartiers en 1870. Dans les rues, parfois, il regardait certaines maisons d'un air singulier, comme des connaissances dont le sort, connu de lui seul, le touchait profondément.

➵ Deux mois avant la mort d'Angèle, il l'avait menée, un dimanche, aux buttes Montmartre. La pauvre femme adorait manger au restaurant ; elle était heureuse, lorsque, après une longue promenade, il l'attablait dans quelque cabaret de la banlieue. Ce jour-là, ils dînèrent au sommet des buttes, dans un restaurant dont les fenêtres s'ouvraient sur Paris, sur cet océan de maisons aux toits bleuâtres, pareils à des flots pressés emplissant l'immense horizon. Leur table était placée devant une des fenêtres. Ce spectacle des toits de Paris égaya Saccard. Au dessert, il fit apporter une bouteille de bourgogne. Il souriait à l'espace, il était d'une galanterie inusitée. Et ses regards, amoureusement, redescendaient toujours sur cette mer vivante et pullulante, d'où sortait la voix profonde des foules. On était à l'automne ; la ville, sous le grand ciel pâle, s'alanguissait, d'un gris doux et tendre, piqué çà et là de verdures sombres, qui ressemblaient à de larges feuilles de nénu-

➵ Voir *Au fil du texte*, p. VII.

phars nageant sur un lac ; le soleil se couchait dans un nuage rouge, et, tandis que les fonds s'emplissaient d'une brume légère, une poussière d'or, une rosée d'or tombait sur la rive droite de la ville, du côté de la Madeleine et des Tuileries. C'était comme le coin enchanté d'une cité des *Mille et Une Nuits*, aux arbres d'émeraude, aux toits de saphir, aux girouettes de rubis. Il vint un moment où le rayon qui glissait entre deux nuages fut si resplendissant, que les maisons semblèrent flamber et se fondre comme un lingot d'or dans un creuset.

« Oh ! vois, dit Saccard, avec un rire d'enfant, il pleut des pièces de vingt francs dans Paris ! »

Angèle se mit à rire à son tour, en accusant ces pièces-là de n'être pas faciles à ramasser. Mais son mari s'était levé, et s'accoudant sur la rampe de la fenêtre :

« C'est la colonne Vendôme, n'est-ce pas, qui brille là-bas ?... Ici, plus à droite, voilà la Madeleine... Un beau quartier, où il y a beaucoup à faire... Ah ! cette fois, tout va brûler ! Vois-tu ?... On dirait que le quartier bout dans l'alambic de quelque chimiste. »

Sa voix devenait grave et émue. La comparaison qu'il avait trouvée parut le frapper beaucoup. Il avait bu du bourgogne, il s'oublia, il continua, étendant le bras pour montrer Paris à Angèle qui s'était également accoudée à son côté :

« Oui, oui, j'ai bien dit, plus d'un quartier va fondre, et il restera de l'or aux doigts des gens qui chaufferont et remueront la cuve. Ce grand innocent de Paris ! vois donc comme il est immense et comme il s'endort doucement ! C'est bête, ces grandes villes ! Il ne se doute guère de l'armée de pioches qui l'attaquera un de ces beaux matins, et certains hôtels de la rue d'Anjou ne reluiraient pas si fort sous le soleil couchant, s'ils savaient qu'ils n'ont plus que trois ou quatre ans à vivre. »

Angèle croyait que son mari plaisantait. Il avait parfois le goût de la plaisanterie colossale et inquiétante. Elle riait, mais avec un vague effroi, de voir ce petit

homme se dresser au-dessus du géant couché à ses
pieds, et lui montrer le poing, en pinçant ironiquement
les lèvres.

« On a déjà commencé, continua-t-il. Mais ce n'est
qu'une misère. Regarde là-bas, du côté des Halles, on
a coupé Paris en quatre... »

Et de sa main étendue, ouverte et tranchante comme
un coutelas, il fit signe de séparer la ville en quatre
parts.

« Tu veux parler de la rue de Rivoli et du nouveau
boulevard que l'on perce ? demanda sa femme.

— Oui, la grande croisée de Paris[1], comme ils
disent. Ils dégagent le Louvre et l'Hôtel de Ville. Jeux
d'enfants que cela ! C'est bon pour mettre le public en
appétit... Quand le premier réseau sera fini, alors com-
mencera la grande danse. Le second réseau trouera la
ville de toutes parts, pour rattacher les faubourgs au
premier réseau. Les tronçons agoniseront dans le plâtre... Tiens, suis un peu ma main. Du boulevard du
Temple à la barrière du Trône[2], une entaille ; puis, de
ce côté, une autre entaille, de la Madeleine à la plaine
Monceau[3] ; et une troisième entaille dans ce sens, une
autre dans celui-ci, une entaille là, une entaille plus loin,
des entailles partout, Paris haché à coups de sabre, les
veines ouvertes, nourrissant cent mille terrassiers et
maçons, traversé par d'admirables voies stratégiques
qui mettront les forts au cœur des vieux quartiers. »

La nuit venait. Sa main sèche et nerveuse coupait toujours dans le vide. Angèle avait un léger frisson, devant
ce couteau vivant, ces doigts de fer qui hachaient sans
pitié l'amas sans bornes des toits sombres. Depuis un

1. Elle coupe Paris d'ouest en est de l'Étoile à la Bastille (avenue
des Champs-Élysées, rue de Rivoli), et du nord au sud de la gare
du Nord au Quartier latin (boulevard de Strasbourg, boulevard de
Sébastopol — alors appelé boulevard du Centre — et boulevard Saint-
Michel).

2. Place de la Nation.

3. Le quartier de Saint-Augustin et de Miromesnil.

instant, les brumes de l'horizon roulaient doucement des hauteurs, et elle s'imaginait entendre, sous les ténèbres qui s'amassaient dans les creux, de lointains craquements, comme si la main de son mari eût réellement fait les entailles dont il parlait, crevant Paris d'un bout à l'autre, brisant les poutres, écrasant les moellons, laissant derrière elle de longues et affreuses blessures de murs croulants. La petitesse de cette main, s'acharnant sur une proie géante, finissait par inquiéter ; et, tandis qu'elle déchirait sans effort les entrailles de l'énorme ville, on eût dit qu'elle prenait un étrange reflet d'acier, dans le crépuscule bleuâtre.

« Il y aura un troisième réseau, continua Saccard, au bout d'un silence, comme se parlant à lui-même ; celui-là est trop lointain, je le vois moins. Je n'ai trouvé que peu d'indices... Mais ce sera la folie pure, le galop infernal des millions, Paris soûlé et assommé ! »

Il se tut de nouveau, les yeux fixés ardemment sur la ville, où les ombres roulaient de plus en plus épaisses. Il devait interroger cet avenir trop éloigné qui lui échappait. Puis, la nuit se fit, la ville devint confuse, on l'entendit respirer largement, comme une mer dont on ne voit plus que la crête pâle des vagues. Çà et là, quelques murs blanchissaient encore ; et, une à une, les flammes jaunes des becs de gaz piquèrent les ténèbres, pareilles à des étoiles s'allumant dans le noir d'un ciel d'orage.

Angèle secoua son malaise et reprit la plaisanterie que son mari avait faite au dessert.

« Ah ! bien, dit-elle avec un sourire, il en est tombé de ces pièces de vingt francs ! Voilà les Parisiens qui les comptent. Regarde donc les belles piles qu'on aligne à nos pieds ! »

Elle montrait les rues qui descendent en face des buttes Montmartre, et dont les becs de gaz semblaient empiler sur deux rangs leurs taches d'or.

« Et là-bas, s'écria-t-elle, en désignant du doigt un fourmillement d'astres, c'est sûrement la Caisse générale. »

Ce mot fit rire Saccard. Ils restèrent encore quelques

instants à la fenêtre, ravis de ce ruissellement de « pièces de vingt francs », qui finit par embraser Paris entier. L'agent voyer, en descendant de Montmartre, se repentit sans doute d'avoir tant causé. Il accusa le bourgogne et pria sa femme de ne pas répéter les « bêtises » qu'il avait dites ; il voulait, disait-il, être un homme sérieux.

Saccard, depuis longtemps, avait étudié ces trois réseaux de rues et de boulevards, dont il s'était oublié à exposer assez exactement le plan devant Angèle. Quand cette dernière mourut, il ne fut pas fâché qu'elle emportât dans la terre ses bavardages des buttes Montmartre. Là était sa fortune, dans ces fameuses entailles que sa main avait faites au cœur de Paris, et il entendait ne partager son idée avec personne, sachant qu'au jour du butin il y aurait bien assez de corbeaux planant au-dessus de la ville éventrée. Son premier plan était d'acquérir à bon compte quelque immeuble, qu'il saurait à l'avance condamné à une expropriation prochaine, et de réaliser un gros bénéfice, en obtenant une forte indemnité. Il se serait peut-être décidé à tenter l'aventure sans un sou, à acheter l'immeuble à crédit pour ne toucher ensuite qu'une différence, comme à la Bourse, lorsqu'il se remaria, moyennant cette prime de deux cent mille francs qui fixa et agrandit son plan. Maintenant, ses calculs étaient faits : il achetait à sa femme, sous le nom d'un intermédiaire, sans paraître aucunement, la maison de la rue de la Pépinière, et triplait sa mise de fonds, grâce à sa science acquise dans les couloirs de l'Hôtel de Ville, et à ses bons rapports avec certains personnages influents. S'il avait tressailli, lorsque la tante Élisabeth lui avait indiqué l'endroit où se trouvait la maison, c'est qu'elle était située au beau milieu du tracé d'une voie dont on ne causait encore que dans le cabinet du préfet de la Seine. Cette voie, le boulevard Malesherbes l'emportait tout entière. C'était un ancien projet de Napoléon Ier qu'on songeait à mettre à exécution, « pour donner, disaient les gens graves, un débouché normal à des quartiers perdus derrière un dédale de rues étroites, sur les escarpements des coteaux qui limitaient Paris ». Cette phrase officielle n'avouait naturellement pas l'intérêt que l'Empire avait à la danse des écus, à ces déblais et à ces remblais formidables qui tenaient les ouvriers en haleine. Saccard s'était permis, un jour, de consulter, chez le préfet, ce fameux plan de Paris sur lequel « une main auguste » avait tracé à l'encre rouge les principales voies du deuxième réseau. Ces sanglants traits de plume entaillaient Paris plus profondément encore que la main de l'agent voyer. Le boulevard Malesherbes, qui abattait des hôtels superbes, dans les rues d'Anjou et de la Ville-l'Évêque, et qui nécessitait des travaux de terrassement considérables, devait être troué un des premiers. Quand Saccard alla visiter l'immeuble de la rue de la Pépinière, il songea à cette soirée d'automne, à ce dîner qu'il avait fait avec Angèle sur les buttes Montmartre, et pendant lequel il était tombé, au soleil couchant, une pluie si drue de louis d'or sur le quartier de la Madeleine. Il sourit ; il pensa que le nuage radieux avait crevé chez lui, dans sa cour, et qu'il allait ramasser les pièces de vingt francs.

Tandis que Renée, installée luxueusement dans l'appartement de la rue de Rivoli, au milieu de ce Paris nouveau dont elle allait être une des reines, méditait ses futures toilettes et s'essayait à sa vie de grande mondaine, son mari soignait dévotement sa première grande affaire. Il lui achetait d'abord la maison de la rue de la Pépinière, grâce à l'intermédiaire d'un certain Larsonneau, qu'il avait rencontré furetant comme lui dans les bureaux de l'Hôtel de Ville, mais qui avait eu la bêtise de se laisser surprendre, un jour qu'il visitait les tiroirs du préfet. Larsonneau s'était établi agent d'affaires, au fond d'une cour noire et humide du bas de la rue Saint-Jacques. Son orgueil, ses convoitises y souffraient cruellement. Il se trouvait au même point que Saccard avant son mariage ; il avait, disait-il, inventé, lui aussi, « une machine à pièces de cent sous » ; seulement les premières avances lui manquaient

pour tirer parti de son invention. Il s'entendit à demi-
mot avec son ancien collègue, et il travailla si bien, qu'il
eut la maison pour cent cinquante mille francs. Renée,
au bout de quelques mois, avait déjà de gros besoins
d'argent. Le mari n'intervint que pour autoriser sa
femme à vendre. Quand le marché fut conclu, elle le
pria de placer en son nom cent mille francs qu'elle lui
remit en toute confiance, pour le toucher sans doute
et lui faire fermer les yeux sur les cinquante mille francs
qu'elle gardait en poche. Il sourit d'un air fin ; il entrait
dans ses calculs qu'elle jetât l'argent par les fenêtres ;
ces cinquante mille francs, qui allaient disparaître en
dentelles et en bijoux, devaient lui rapporter, à lui, le
cent pour cent. Il poussa l'honnêteté, tant il était satisfait de sa première affaire, jusqu'à placer réellement
les cent mille francs de Renée et à lui remettre les titres
de rente. Sa femme ne pouvant les aliéner, il était certain de les retrouver au nid, s'il en avait jamais besoin.

« Ma chère, ce sera pour vos chiffons », dit-il galamment.

Quand il posséda la maison, il eut l'habileté, en un
mois, de la faire revendre deux fois à des prête-noms,
en grossissant chaque fois le prix d'achat. Le dernier
acquéreur ne la paya pas moins de trois cent mille
francs. Pendant ce temps, Larsonneau, qui seul paraissait à titre de représentant des propriétaires successifs,
travaillait les locataires. Il refusait impitoyablement de
renouveler les baux, à moins qu'on ne consentît à des
augmentations formidables de loyer. Les locataires, qui
avaient vent de l'expropriation prochaine, étaient au
désespoir ; ils finissaient par accepter l'augmentation,
surtout lorsque Larsonneau ajoutait, d'un air conci-
liant, que cette augmentation serait fictive pendant les
cinq premières années. Quant aux locataires qui firent
les méchants, ils furent remplacés par des créatures auxquelles on donna le logement pour rien et qui signèrent
tout ce qu'on voulut ; là, il y eut double bénéfice : le
loyer fut augmenté, et l'indemnité réservée au locataire
pour son bail dut revenir à Saccard. Mme Sidonie vou-

lut aider son frère, en établissant dans une des boutiques du rez-de-chaussée un dépôt de pianos. Ce fut à cette occasion que Saccard et Larsonneau, pris de fièvre, allèrent un peu loin : ils inventèrent des livres de commerce, ils falsifièrent des écritures, pour établir la vente des pianos sur un chiffre énorme. Pendant plusieurs nuits, ils griffonnèrent ensemble. Ainsi travaillée, la maison tripla de valeur. Grâce au dernier acte de vente, grâce aux augmentations de loyer, aux faux locataires et au commerce de Mme Sidonie, elle pouvait être estimée à cinq cent mille francs devant la commission des indemnités.

Les rouages de l'expropriation, de cette machine puissante qui, pendant quinze ans, a bouleversé Paris, soufflant la fortune et la ruine, sont des plus simples. Dès qu'une voie nouvelle est décrétée, les agents voyers dressent le plan parcellaire et évaluent les propriétés. D'ordinaire, pour les immeubles, après enquête, ils capitalisent la location totale et peuvent ainsi donner un chiffre approximatif. La commission des indemnités, composée de membres du conseil municipal, fait toujours une offre inférieure à ce chiffre, sachant que les intéressés réclameront davantage, et qu'il y aura concession mutuelle. Quand ils ne peuvent s'entendre, l'affaire est portée devant un jury qui se prononce souverainement sur l'offre de la Ville et la demande du propriétaire ou du locataire exproprié.

Saccard, resté à l'Hôtel de Ville pour le moment décisif, eut un instant l'impudence de vouloir se faire désigner, lorsque les travaux du boulevard Malesherbes commencèrent, et d'estimer lui-même sa maison. Mais il craignit de paralyser par là son influence sur les membres de la commission des indemnités. Il fit choisir un de ses collègues, un jeune homme doux et souriant, nommé Michelin, et dont la femme, d'une adorable beauté, venait parfois excuser son mari auprès de ses chefs, lorsqu'il s'absentait pour cause d'indisposition. Il était indisposé très souvent. Saccard avait remarqué que la jolie Mme Michelin, qui se glissait si humble-

ment par les portes entrebâillées, était une toute-
puissance ; Michelin gagnait de l'avancement à chacune
de ses maladies, il faisait son chemin en se mettant au
lit. Pendant une de ses absences, comme il envoyait sa
femme presque tous les matins donner de ses nouvelles
à son bureau, Saccard le rencontra deux fois sur les
boulevards extérieurs, fumant un cigare, de l'air tendre et ravi qui ne le quittait jamais. Cela lui inspira de
la sympathie pour ce bon jeune homme, pour cet heureux ménage si ingénieux et si pratique. Il avait l'admiration de toutes les « machines à pièces de cent sous »
habilement exploitées. Quand il eut fait désigner Michelin, il alla voir sa charmante femme, voulut la présenter à Renée, parla devant elle de son frère le député,
l'illustre orateur. Mme Michelin comprit. À partir de
ce jour, son mari garda pour son collègue ses sourires
les plus recueillis. Celui-ci, qui ne voulait pas mettre
le digne garçon dans ses confidences, se contenta de
se trouver là, comme par hasard, le jour où il procéda
à l'évaluation de l'immeuble de la rue de la Pépinière.
Il l'aida. Michelin, la tête la plus nulle et la plus vide
qu'on pût imaginer, se conforma aux instructions de
sa femme, qui lui avait recommandé de contenter
M. Saccard en toutes choses. Il ne soupçonna rien,
d'ailleurs ; il crut que l'agent voyer était pressé de lui
faire bâcler sa besogne pour l'emmener au café. Les
baux, les quittances de loyer, les fameux livres de
Mme Sidonie passèrent des mains de son collègue sous
ses yeux, sans qu'il eût le temps seulement de vérifier
les chiffres, que celui-ci énonçait tout haut. Larsonneau
était là qui traitait son complice en étranger.

« Allez, mettez cinq cent mille francs, finit par dire
Saccard. La maison vaut davantage... Dépêchons, je
crois qu'il va y avoir un mouvement du personnel à
l'Hôtel de Ville, et je veux vous en parler pour que vous
préveniez votre femme. »

L'affaire fut ainsi enlevée. Mais il avait encore des
craintes. Il redoutait que ce chiffre de cinq cent mille
francs ne parût un peu gros à la commission des indem-

nités, pour une maison qui n'en valait notoirement que deux cent mille. La hausse formidable sur les immeubles n'avait pas encore eu lieu. Une enquête lui aurait fait courir le risque de sérieux désagréments. Il se rappelait cette phrase de son frère : « Pas de scandale trop bruyant, ou je te supprime » ; et il savait Eugène homme à exécuter sa menace. Il s'agissait de rendre aveugles et bienveillants ces messieurs de la commission. Il jeta les yeux sur deux hommes influents dont il s'était fait des amis par la façon dont il les saluait dans les corridors, lorsqu'il les rencontrait. Les trente-six membres du conseil municipal étaient choisis avec soin de la main même de l'empereur, sur la présentation du préfet, parmi les sénateurs, les députés, les avocats, les médecins, les grands industriels qui s'agenouillaient le plus dévotement devant le pouvoir ; mais, entre tous, le baron Gouraud et M. Toutin-Laroche méritaient la bienveillance des Tuileries par leur ferveur.

Tout le baron Gouraud tenait dans cette courte biographie : fait baron par Napoléon Ier, en récompense de biscuits avariés fournis à la Grande Armée, il avait tour à tour été pair sous Louis XVIII, sous Charles X, sous Louis-Philippe, et il était sénateur sous Napoléon III. C'était un adorateur du trône, des quatre planches dorées recouvertes de velours ; peu lui importait l'homme qui s'y trouvait assis. Avec son ventre énorme, sa face de bœuf, son allure d'éléphant, il était d'une coquinerie charmante ; il se vendait avec majesté et commettait les plus grosses infamies au nom du devoir et de la conscience. Mais cet homme étonnait encore plus par ses vices. Il courait sur lui des histoires qu'on ne pouvait raconter qu'à l'oreille. Ses soixante-dix-huit ans fleurissaient en pleine débauche monstrueuse. À deux reprises, on avait dû étouffer de sales aventures, pour qu'il n'allât pas traîner son habit brodé de sénateur sur les bancs de la cour d'assises.

M. Toutin-Laroche, grand et maigre, ancien inventeur d'un mélange de suif et de stéarine pour la fabrication des bougies, rêvait le Sénat. Il s'était fait l'inséparable

du baron Gouraud ; il se frottait à lui, avec l'idée vague
que cela lui porterait bonheur. Au fond, il était très
pratique, et s'il eût trouvé un fauteuil de sénateur à
acheter, il en aurait âprement débattu le prix. L'Empire
allait mettre en vue cette nullité avide, ce cerveau étroit
qui avait le génie des tripotages industriels. Il vendit
le premier son nom à une compagnie véreuse, à une
de ces sociétés qui poussèrent comme des champignons
empoisonnés sur le fumier des spéculations impériales.
On put voir collée aux murs, à cette époque, une affiche
portant en grosses lettres noires ces mots : *Société géné-*
rale des ports du Maroc, et dans laquelle le nom de
M. Toutin-Laroche, avec son titre de conseiller municipal, s'étalait, en tête de liste des membres du conseil
de surveillance, tous plus inconnus les uns que les
autres. Ce procédé, dont on a abusé depuis, fit merveille ; les actionnaires accoururent, bien que la question des ports du Maroc fût peu claire et que les braves
gens qui apportaient leur argent ne pussent expliquer
eux-mêmes à quelle œuvre on allait l'employer. L'affiche parlait superbement d'établir des stations commerciales le long de la Méditerranée. Depuis deux ans, certains journaux célébraient cette opération grandiose,
qu'ils déclaraient plus prospère tous les trois mois. Au
conseil municipal, M. Toutin-Laroche passait pour un
administrateur de premier mérite ; il était une des fortes
têtes de l'endroit, et sa tyrannie aigre sur ses collègues
n'avait d'égale que sa platitude dévote devant le préfet. Il travaillait déjà à la création d'une grande compagnie financière, le Crédit viticole, une caisse de prêt
pour les vignerons, dont il parlait avec des réticences,
des attitudes graves qui allumaient autour de lui les
convoitises des imbéciles.

Saccard gagna la protection de ces deux personnages,
en leur rendant des services, dont il feignit habilement
d'ignorer l'importance. Il mit en rapport sa sœur et le
baron, alors compromis dans une histoire des moins
propres. Il la conduisit chez lui, sous le prétexte de
réclamer son appui en faveur de la chère femme, qui

pétitionnait depuis longtemps, afin d'obtenir une four-
niture de rideaux pour les Tuileries. Mais il advint,
quand l'agent voyer les eut laissés ensemble, que ce fut
Mme Sidonie qui promit au baron de traiter avec certaines gens, assez maladroits pour ne pas être honorés
de l'amitié qu'un sénateur avait daigné témoigner à leur
enfant, une petite fille d'une dizaine d'années. Saccard
agit lui-même auprès de M. Toutin-Laroche ; il se mé-
nagea une entrevue avec lui dans un corridor et mit la
conversation sur le fameux Crédit viticole. Au bout de
cinq minutes, le grand administrateur effaré, stupéfait
des choses étonnantes qu'il entendait, prit sans façon
l'employé à son bras et le retint pendant une heure dans
le couloir. Saccard lui souffla des mécanismes financiers
prodigieux d'ingéniosité. Quand M. Toutin-Laroche le
quitta, il lui serra la main d'une façon expressive, avec
un clignement d'yeux franc-maçonnique.

« Vous en serez, murmura-t-il, il faut que vous en
soyez. »

Il fut supérieur dans toute cette affaire. Il poussa
la prudence jusqu'à ne pas rendre le baron Gouraud
et M. Toutin-Laroche complices l'un de l'autre. Il
les visita séparément, leur glissa un mot à l'oreille en
faveur d'un de ses amis qui allait être exproprié, rue
de la Pépinière ; il eut bien soin de dire à chacun des
deux compères qu'il ne parlerait de cette affaire à
aucun autre membre de la commission, que c'était une
chose en l'air, mais qu'il comptait sur toute sa bienveillance.

L'agent voyer avait eu raison de craindre et de prendre ses précautions. Quand le dossier relatif à son
immeuble arriva devant la commission des indemnités,
il se trouva justement qu'un des membres habitait la
rue d'Astorg et connaissait la maison. Ce membre se
récria sur le chiffre de cinq cent mille francs que, selon
lui, on devait réduire de plus de moitié. Aristide avait
eu l'impudence de faire demander sept cent mille
francs. Ce jour-là, M. Toutin-Laroche, d'ordinaire très
désagréable pour ses collègues, était d'une humeur plus

massacrante encore que de coutume. Il se fâcha, il prit
la défense des propriétaires.

« Nous sommes tous propriétaires, messieurs, criait-
il... L'empereur veut faire de grandes choses, ne lési-
nons pas sur des misères... Cette maison doit valoir les
cinq cent mille francs ; c'est un de nos hommes, un
employé de la Ville, qui a fixé ce chiffre... Vraiment,
on dirait que nous vivons dans la forêt de Bondy ; vous
verrez que nous finirons par nous soupçonner entre
nous. »

Le baron Gouraud, appesanti sur son siège, regardait
du coin de l'œil, d'un air surpris, M. Toutin-Laroche
jetant feu et flamme en faveur du propriétaire de la rue
de la Pépinière. Il eut un soupçon. Mais, en somme,
comme cette sortie violente le dispensait de prendre la
parole, il se mit à hocher doucement la tête, en signe
d'approbation absolue. Le membre de la rue d'Astorg
résistait, révolté, ne voulant pas plier devant les deux
tyrans de la commission, dans une question où il était
plus compétent que ces messieurs. Ce fut alors que
M. Toutin-Laroche, ayant remarqué les signes appro-
batifs du baron, s'empara vivement du dossier et dit
d'une voix sèche :

« C'est bien. Nous éclaircirons vos doutes... Si vous
le permettez, je me charge de l'affaire, et le baron Gouraud fera l'enquête avec moi.

— Oui, oui, dit gravement le baron, rien de louche
ne doit entacher nos décisions. »

Le dossier avait déjà disparu dans les vastes poches
de M. Toutin-Laroche. La commission dut s'incliner.
Sur le quai, comme ils sortaient, les deux compères se
regardèrent sans rire. Ils se sentaient complices, ce qui
redoublait leur aplomb. Deux esprits vulgaires eussent
provoqué une explication ; eux continuèrent à plaider
la cause des propriétaires, comme si on eût pu les entendre encore, et à déplorer l'esprit de méfiance qui se
glissait partout. Au moment où ils allaient se quitter :

« Ah ! j'oubliais, mon cher collègue, dit le baron avec
un sourire, je pars tout à l'heure pour la campagne.

Vous seriez bien aimable d'aller faire sans moi cette petite enquête… Et surtout ne me vendez pas, ces messieurs se plaignent de ce que je prends trop de vacances.

— Soyez tranquille, répondit M. Toutin-Laroche, je vais de ce pas rue de la Pépinière. »

Il rentra tranquillement chez lui, avec une pointe d'admiration pour le baron, qui dénouait si joliment les situations délicates. Il garda le dossier dans sa poche, et, à la séance suivante, il déclara, d'un ton péremptoire, au nom du baron et au sien, qu'entre l'offre de cinq cent mille francs et la demande de sept cent mille francs, il fallait prendre un moyen terme et accorder six cent mille francs. Il n'y eut pas la moindre opposition. Le membre de la rue d'Astorg, qui avait réfléchi sans doute, dit avec une grande bonhomie qu'il s'était trompé : il avait cru qu'il s'agissait de la maison voisine.

Ce fut ainsi qu'Aristide Saccard remporta sa première victoire. Il quadrupla sa mise de fonds et gagna deux complices. Une seule chose l'inquiéta ; lorsqu'il voulut anéantir les fameux livres de Mme Sidonie, il ne les trouva plus. Il courut chez Larsonneau, qui lui avoua carrément qu'il les avait, en effet, et qu'il les gardait. L'autre ne se fâcha pas ; il sembla dire qu'il n'avait eu de l'inquiétude que pour ce cher ami, beaucoup plus compromis que lui par ces écritures presque entièrement de sa main, mais qu'il était rassuré, du moment où elles se trouvaient en sa possession. Au fond, il eût volontiers étranglé le « cher ami » ; il se souvenait d'une pièce fort compromettante, d'un inventaire faux, qu'il avait eu la bêtise de dresser, et qui devait être resté dans l'un des registres. Larsonneau, payé grassement, alla monter un cabinet d'affaires rue de Rivoli, où il eut des bureaux meublés avec le luxe d'un appartement de fille. Saccard, après avoir quitté l'Hôtel de Ville, pouvant mettre en branle un roulement de fonds considérable, se lança dans la spéculation à outrance, tandis que Renée, grisée, folle, emplissait

Paris du bruit de ses équipages, de l'éclat de ses diamants, du vertige de sa vie adorable et tapageuse.

Parfois, le mari et la femme, ces deux fièvres chaudes
de l'argent et du plaisir, allaient dans les brouillards
glacés de l'île Saint-Louis. Il leur semblait qu'ils
entraient dans une ville morte.

L'hôtel Béraud, bâti vers le commencement du dix-
septième siècle, était une de ces constructions carrées,
noires et graves, aux étroites et hautes fenêtres, nombreuses au Marais, et qu'on loue à des pensionnats, à
des fabricants d'eau de Seltz, à des entrepositaires de
vins et d'alcools. Seulement, il était admirablement
conservé. Sur la rue Saint-Louis-en-l'Île, il n'avait que
trois étages, des étages de quinze à vingt pieds de hauteur. Le rez-de-chaussée, plus écrasé, était percé de
fenêtres garnies d'énormes barres de fer, s'enfonçant
lugubrement dans la sombre épaisseur des murs, et
d'une porte arrondie, presque aussi haute que large,
à marteau de fonte, peinte en gros vert et garnie de clous
énormes qui dessinaient des étoiles et des losanges sur
les deux vantaux. Cette porte était typique, avec les bornes qui la flanquaient, renversées à demi et largement
cerclées de fer. On voyait qu'anciennement on avait
ménagé le lit d'un ruisseau, au milieu de la porte, entre
les pentes légères du cailloutage du porche ; mais
M. Béraud s'était décidé à boucher ce ruisseau en faisant bitumer l'entrée ; ce fut, d'ailleurs, le seul sacrifice aux architectes modernes qu'il accepta jamais. Les
fenêtres des étages étaient garnies de minces rampes de
fer forgé, laissant voir leurs croisées colossales à fortes
boiseries brunes et à petits carreaux verdâtres. En haut,
devant les mansardes, le toit s'interrompait, la gout-
tière continuait seule son chemin pour conduire les eaux
de pluie aux tuyaux de descente. Et ce qui augmentait
encore la nudité austère de la façade, c'était l'absence
absolue de persiennes et de jalousies, le soleil ne venant
en aucune saison sur ces pierres pâles et mélancoliques.
Cette façade, avec son air vénérable, sa sévérité bourgeoise, dormait solennellement dans le recueillement

du quartier, dans le silence de la rue que les voitures ne troublaient guère.

À l'intérieur de l'hôtel, se trouvait une cour carrée, entourée d'arcades, une réduction de la place Royale, dallée d'énormes pavés, ce qui achevait de donner à cette maison morte l'apparence d'un cloître. En face du porche, une fontaine, une tête de lion à demi effacée, et dont on ne voyait plus que la gueule entrouverte, jetait, par un tube de fer, une eau lourde et monotone, dans une auge verte de mousse, polie sur les bords par l'usure. Cette eau était glaciale. Des herbes poussaient entre les pavés. L'été, un mince coin de soleil descendait dans la cour, et cette visite rare avait blanchi un angle de la façade au midi, tandis que les trois autres pans, moroses et noirâtres, étaient marbrés de moisissures. Là, au fond de cette cour fraîche et muette comme un puits, éclairée d'un jour blanc d'hiver, on se serait cru à mille lieues de ce nouveau Paris où flambaient toutes les chaudes jouissances, dans le vacarme des millions.

Les appartements de l'hôtel avaient le calme triste, la solennité froide de la cour. Desservis par un large escalier à rampe de fer, où les pas et la toux des visiteurs sonnaient comme sous une voûte d'église, ils s'étendaient en longues enfilades de vastes et hautes pièces, dans lesquelles se perdaient de vieux meubles, de bois sombre et trapu ; et le demi-jour n'était peuplé que par les personnages des tapisseries, dont on apercevait vaguement les grands corps blêmes. Tout le luxe de l'ancienne bourgeoisie parisienne était là, un luxe inusable et sans mollesse, des sièges dont le chêne est recouvert à peine d'un peu d'étoupe, des lits aux étoffes rigides, des bahuts à linge où la rudesse des planches compromettait singulièrement la frêle existence des robes modernes. M. Béraud Du Châtel avait choisi son appartement dans la partie la plus noire de l'hôtel, entre la rue et la cour, au premier étage. Il se trouvait là dans un cadre merveilleux de recueillement, de silence et d'ombre. Quand il poussait les portes, traversant la solennité des pièces, de son pas lent et grave, on l'eût pris pour un de ces membres des vieux parlements, dont on voyait les portraits accrochés aux murs, rentrant chez lui tout songeur, après avoir discuté et refusé de signer un édit du roi.

Mais dans cette maison morte, dans ce cloître, il y avait un nid chaud et vibrant, un trou de soleil et de gaieté, un coin d'adorable enfance, de grand air, de lumière large. Il fallait monter une foule de petits escaliers, filer le long de dix à douze corridors, redescendre, remonter encore, faire un véritable voyage, et l'on arrivait enfin à une vaste chambre, à une sorte de belvédère bâti sur le toit, derrière l'hôtel, au-dessus du quai de Béthune. Elle était en plein midi. La fenêtre s'ouvrait si grande, que le ciel, avec tous ses rayons, tout son air, tout son bleu, semblait y entrer. Perchée comme un pigeonnier, elle avait de longues caisses de fleurs, une immense volière, et pas un meuble. On avait simplement étalé une natte sur le carreau. C'était la « chambre des enfants ». Dans tout l'hôtel, on la connaissait, on la désignait sous ce nom. La maison était si froide, la cour si humide, que la tante Élisabeth avait redouté pour Christine et Renée ce souffle frais qui tombait des murs ; maintes fois, elle avait grondé les gamines qui couraient sous les arcades et qui prenaient plaisir à tremper leurs petits bras dans l'eau glacée de la fontaine. Alors, l'idée lui était venue de faire disposer pour elles ce grenier perdu, le seul coin où le soleil entrât et se réjouît, solitaire, depuis bientôt deux siècles, au milieu des toiles d'araignée. Elle leur donna une natte, des oiseaux, des fleurs. Les gamines furent enthousiasmées. Pendant les vacances, Renée vivait là, dans le bain jaune de ce bon soleil, qui semblait heureux de la toilette qu'on avait faite à sa retraite et des deux têtes blondes qu'on lui envoyait. La chambre devint un paradis, toute résonnante du chant des oiseaux et du babil des petites. On la leur avait cédée en toute propriété. Elles disaient « notre chambre » ; elles étaient chez elles ; elles allaient jusqu'à s'y enfermer à clef pour se bien prouver qu'elles en étaient les

uniques maîtresses. Quel coin de bonheur ! Un mas-
sacre de joujoux râlait sur la natte, dans le soleil clair.

Et la grande joie de la chambre des enfants était
encore le vaste horizon. Des autres fenêtres de l'hôtel,
on ne voyait, en face de soi, que des murs noirs, à
quelques pieds. Mais, de celle-ci, on apercevait tout ce
bout de Seine, tout ce bout de Paris qui s'étend de la
Cité au pont de Bercy, plat et immense, et qui ressemble
à quelque originale cité de Hollande. En bas, sur le quai
de Béthune, il y avait des baraques de bois à moitié
effondrées, des entassements de poutres et de toits crevés, parmi lesquels les enfants s'amusaient souvent à
regarder courir des rats énormes, qu'elles redoutaient
vaguement de voir grimper le long des hautes murailles.
Mais, au-delà, l'enchantement commençait. L'estacade,
étageant ses madriers, ses contreforts de cathédrale
gothique, et le pont de Constantine [1], léger, se balançant comme une dentelle sous les pieds des passants,
se coupaient à angle droit, paraissaient barrer et retenir
la masse énorme de la rivière. En face, les arbres de
la Halle aux vins, et plus loin les massifs du Jardin des
plantes, verdissaient, s'étalaient jusqu'à l'horizon :
tandis que, de l'autre côté de l'eau, le quai Henri-IV
et le quai de la Rapée alignaient leurs constructions basses et inégales, leur rangée de maisons qui, de haut, ressemblaient aux petites maisons de bois et de carton que
les gamines avaient dans des boîtes. Au fond, à droite,
le toit ardoisé de la Salpêtrière bleuissait au-dessus des
arbres. Puis, au milieu, descendant jusqu'à la Seine,
les larges berges pavées faisaient deux longues routes
grises que tachait çà et là la marbrure d'une file de tonneaux, d'un chariot attelé, d'un bateau de bois ou de
charbon vidé à terre. Mais l'âme de tout cela, l'âme
qui emplissait le paysage, c'était la Seine, la rivière
vivante ; elle venait de loin, du bord vague et tremblant
de l'horizon, elle sortait de là-bas, du rêve, pour couler

_____

1. Reliait l'île Saint-Louis et le quai Saint-Bernard.

droit aux enfants, dans sa majesté tranquille, dans son
gonflement puissant, qui s'épanouissait, s'élargissait en
nappe à leurs pieds, à la pointe de l'île. Les deux ponts
qui la coupaient, le pont de Bercy et le pont d'Auster-
litz, semblaient des arrêts nécessaires, chargés de la
contenir, de l'empêcher de monter jusque dans la chambre. Les petites aimaient la géante, elles s'emplissaient
les yeux de sa coulée colossale, de cet éternel flot gron-
dant qui roulait vers elles, comme pour les atteindre,
et qu'elles sentaient se fendre et disparaître à droite et
à gauche, dans l'inconnu, avec une douceur de titan
dompté. Par les beaux jours, par les matinées de ciel
bleu, elles se trouvaient ravies des belles robes de la
Seine ; c'étaient des robes changeantes qui passaient
du bleu au vert, avec mille teintes d'une délicatesse infinie ; on aurait dit de la soie mouchetée de flammes
blanches, avec des ruches [1] de satin ; et les bateaux qui
s'abritaient aux deux rives la bordaient d'un ruban de
velours noir. Au loin, surtout, l'étoffe devenait admirable et précieuse, comme la gaze enchantée d'une
tunique de fée ; après la bande de satin gros vert, dont
l'ombre des ponts serrait la Seine, il y avait des plas-
trons d'or, des pans d'une étoffe plissée couleur de
soleil. Le ciel immense, sur cette eau, ces files basses
de maisons, ces verdures des deux parcs, se creusait.

Parfois Renée, lasse de cet horizon sans bornes,
grande déjà et rapportant du pensionnat des curiosités
charnelles, jetait un regard dans l'école de natation des
bains Petit, dont le bateau se trouve amarré à la pointe
de l'île. Elle cherchait à voir, entre les linges flottants
pendus à des ficelles en guise de plafond, les hommes
en caleçon dont on apercevait les ventres nus.

1. Bandes de tissu plissé ou froncé ornant un vêtement.

CHAPITRE III

Maxime resta au collège de Plassans jusqu'aux vacances de 1854. Il avait treize ans et quelques mois, et venait d'achever sa cinquième. Ce fut alors que son père se décida à le faire venir à Paris. Il songeait qu'un fils de cet âge le poserait, l'installerait définitivement dans son rôle de veuf remarié, riche et sérieux. Lorsqu'il annonça son projet à Renée, à l'égard de laquelle il se piquait d'une extrême galanterie, elle lui répondit négligemment :

« C'est cela, faites venir le gamin... Il nous amusera un peu. Le matin, on s'ennuie à mourir. »

Le gamin arriva huit jours après. C'était déjà un grand galopin fluet, à figure de fille, l'air délicat et effronté, d'un blond très doux. Mais comme il était fagoté, grand Dieu ! Tondu jusqu'aux oreilles, les cheveux si ras que la blancheur du crâne se trouvait à peine couverte d'une ombre légère, il avait un pantalon trop court, des souliers de charretier, une tunique affreusement râpée, trop large, et qui le rendait presque bossu. Dans cet accoutrement, surpris des choses nouvelles qu'il voyait, il regardait autour de lui, sans timidité, d'ailleurs, de l'air sauvage et rusé d'un enfant précoce, hésitant à se livrer du premier coup.

Un domestique venait de l'amener de la gare, et il était dans le grand salon, ravi par l'or de l'ameublement et du plafond, profondément heureux de ce luxe au

milieu duquel il allait vivre, lorsque Renée, qui revenait de chez son tailleur, entra comme un coup de vent.
Elle jeta son chapeau et le burnous blanc qu'elle avait
mis sur ses épaules pour se protéger contre le froid déjà
vif. Elle apparut à Maxime, stupéfait d'admiration,
dans tout l'éclat de son merveilleux costume.

L'enfant la crut déguisée. Elle portait une délicieuse
jupe de faille bleue, à grands volants, sur laquelle était
jetée une sorte d'habit de garde-française de soie gris
tendre. Les pans de l'habit, doublé de satin bleu plus
foncé que la faille du jupon, étaient galamment relevés
et retenus par des nœuds de ruban ; les parements des
manches plates, les grands revers du corsage s'élargissaient, garnis du même satin. Et, comme assaisonne-
ment suprême, comme pointe risquée d'originalité, de
gros boutons imitant le saphir, pris dans des rosettes
azur, descendaient le long de l'habit, sur deux rangées.
C'était laid et adorable.

Quand Renée aperçut Maxime :

« C'est le petit, n'est-ce pas ? » demanda-t-elle au
domestique, surprise de le voir aussi grand qu'elle.

L'enfant la dévorait du regard. Cette dame si blanche
de peau, dont on apercevait la poitrine dans l'entre-
bâillement d'une chemisette plissée, cette apparition
brusque et charmante, avec sa coiffure haute, ses fines
mains gantées, ses petites bottes d'homme dont les
talons pointus s'enfonçaient dans le tapis, le ravissait,
lui semblait la bonne fée de cet appartement tiède et
doré. Il se mit à sourire, et il fut tout juste assez gauche pour garder sa grâce de gamin.

« Tiens, il est drôle ! s'écria Renée... Mais, quelle
horreur ! comme on lui a coupé les cheveux !... Écoute,
mon petit ami, ton père ne rentrera sans doute que pour
le dîner, et je vais être obligée de t'installer... Je suis
votre belle-maman, monsieur. Veux-tu m'embrasser ?

— Je veux bien », répondit carrément Maxime.

Et il baisa la jeune femme sur les deux joues, en la
prenant par les épaules, ce qui chiffonna un peu l'habit
de garde-française. Elle se dégagea, riant, disant :

« Mon Dieu ! qu'il est drôle, le petit tondu !... »
Elle revint à lui, plus sérieuse.

« Nous serons amis, n'est-ce pas ?... Je veux être une
mère pour vous. Je réfléchissais à cela, en attendant
mon tailleur qui était en conférence, et je me disais que
je devais me montrer très bonne et vous élever tout à
fait bien... Ce sera gentil ! »

Maxime continuait à la regarder, de son regard bleu
de fille hardie, et brusquement :

« Quel âge avez-vous ? demanda-t-il.

— Mais on ne demande jamais cela ! s'écria-t-elle
en joignant les mains... Il ne sait pas, le petit malheureux ! Il faudra tout lui apprendre... Heureusement que
je puis encore dire mon âge. J'ai vingt et un ans.

— Moi, j'en aurai bientôt quatorze... Vous pourriez
être ma sœur. »

Il n'acheva pas, mais son regard ajoutait qu'il s'attendait à trouver la seconde femme de son père beaucoup
plus vieille. Il était tout près d'elle, il lui regardait le
cou avec tant d'attention, qu'elle finit presque par
rougir. Sa tête folle, d'ailleurs, tournait, ne pouvant
s'arrêter longtemps sur le même sujet ; et elle se mit
à marcher, à parler de son tailleur, oubliant qu'elle
s'adressait à un enfant.

« J'aurais voulu être là pour vous recevoir. Mais
imaginez-vous que Worms[1] m'a apporté ce costume
ce matin... Je l'essaie et je le trouve assez réussi. Il a
beaucoup de chic, n'est-ce pas ? »

Elle s'était placée devant une glace. Maxime allait
et venait derrière elle, pour la voir sur toutes les faces.

« Seulement, continua-t-elle, en mettant l'habit, je
me suis aperçue qu'il faisait un gros pli, là, sur l'épaule
gauche, vous voyez... C'est très laid, ce pli ; il semble
que j'ai une épaule plus haute que l'autre. »

Il s'était approché, il passait son doigt sur le pli,

---

1. Allusion au couturier Worth, qui régnait alors sur la mode à
Paris.

comme pour l'aplatir, et sa main de collégien vicieux paraissait s'oublier en cet endroit avec un certain bien-aise.

« Ma foi, continua-t-elle, je n'ai pu y tenir. J'ai fait atteler et je suis allée dire à Worms ce que je pensais de son inconcevable légèreté... Il m'a promis de réparer cela. »

Puis, elle resta devant la glace, se contemplant toujours, se perdant dans une subite rêverie. Elle finit par poser un doigt sur ses lèvres, d'un air d'impatience méditative. Et, tout bas, comme se parlant à elle-même :

« Il manque quelque chose... bien sûr qu'il manque quelque chose... »

Alors, d'un mouvement prompt, elle se tourna, se planta devant Maxime, auquel elle demanda :

« Est-ce que c'est vraiment bien ?... Vous ne trouvez pas qu'il manque quelque chose, un rien, un nœud quelque part ?... »

Le collégien, rassuré par la camaraderie de la jeune femme, avait repris tout l'aplomb de sa nature effrontée. Il s'éloigna, se rapprocha, cligna les yeux, en murmurant :

« Non, non, il ne manque rien, c'est très joli, très joli... Je trouve plutôt qu'il y a quelque chose de trop. »

Il rougit un peu, malgré son audace, s'avança encore, et traçant du bout du doigt un angle aigu sur la gorge de Renée :

« Moi, voyez-vous, continua-t-il, j'échancrerais comme ça cette dentelle, et je mettrais un collier avec une grosse croix. »

Elle battit des mains, rayonnante.

« C'est cela, c'est cela, cria-t-elle... J'avais la grosse croix sur le bout de la langue. »

Elle écarta la chemisette, disparut pendant deux minutes, revint avec le collier et la croix. Et se replaçant devant la glace d'un air de triomphe :

« Oh ! complet, tout à fait complet, murmura-t-elle... Mais il n'est pas bête du tout, le petit tondu !

Tu habillais donc les femmes dans ta province ?… Décidément, nous serons bons amis. Mais il faudra m'écouter. D'abord, vous laisserez pousser vos cheveux, et vous ne porterez plus cette affreuse tunique. Puis, vous suivrez fidèlement mes leçons de bonnes manières. Je veux que vous soyez un joli jeune homme.

— Mais bien sûr, dit naïvement l'enfant ; puisque papa est riche maintenant, et que vous êtes sa femme. »

Elle eut un sourire, et avec sa vivacité habituelle :

« Alors commençons par nous tutoyer. Je dis tu, je dis vous. C'est bête… Tu m'aimeras bien ?

— Je t'aimerai de tout mon cœur », répondit-il avec une effusion de galopin en bonne fortune.

Telle fut la première entrevue de Maxime et de Renée. L'enfant n'alla au collège qu'un mois plus tard. Sa belle-mère, les premiers jours, joua avec lui comme avec une poupée ; elle le décrassa de sa province, et il faut dire qu'il y mit une bonne volonté extrême. Quand il parut, habillé de neuf des pieds à la tête par le tailleur de son père, elle poussa un cri de surprise joyeuse : il était joli comme un cœur ; ce fut son expression. Ses cheveux seuls mettaient à pousser une lenteur désespérante. La jeune femme disait d'ordinaire que tout le visage est dans la chevelure. Elle soignait la sienne avec dévotion. Longtemps, la couleur l'en avait désolée, cette couleur particulière, d'un jaune tendre, qui rappelait celle du beurre fin. Mais quand la mode des cheveux jaunes arriva, elle fut charmée, et pour faire croire qu'elle ne suivait pas la mode bêtement, elle jura qu'elle se teignait tous les mois.

Les treize ans de Maxime étaient déjà terriblement savants. C'était une de ces natures frêles et hâtives, dans lesquelles les sens poussent de bonne heure. Le vice en lui parut même avant l'éveil des désirs. À deux reprises, il faillit se faire chasser du collège. Renée, avec des yeux habitués aux grâces provinciales, aurait vu que, tout fagoté qu'il était, le petit tondu, comme elle le nommait, souriait, tournait le cou, avançait les bras d'une façon gentille, de cet air féminin des demoiselles de collège. Il se soignait beaucoup les mains, qu'il avait minces et longues ; si ses cheveux restaient courts, par ordre du proviseur, ancien colonel du génie, il possédait un petit miroir qu'il tirait de sa poche, pendant les classes, qu'il posait entre les pages de son livre, et dans lequel il se regardait des heures entières, s'examinant les yeux, les gencives, se faisant des mines, s'apprenant des coquetteries. Ses camarades se pendaient à sa blouse, comme à une jupe, et il se serrait tellement, qu'il avait la taille mince, le balancement de hanches d'une femme faite. La vérité était qu'il recevait autant de coups que de caresses. Le collège de Plassans, un repaire de petits bandits comme la plupart des collèges de province, fut ainsi un milieu de souillure, dans lequel se développa singulièrement ce tempérament neutre, cette enfance qui apportait le mal, d'on ne savait quel inconnu héréditaire. L'âge allait heureusement le corriger. Mais la marque de ses abandons d'enfant, cette efféminaison de tout son être, cette heure où il s'était cru fille, devait rester en lui, le frapper à jamais dans sa virilité.

Renée l'appelait « mademoiselle », sans savoir que, six mois auparavant, elle aurait dit juste. Il lui semblait très obéissant, très aimant, et même elle se trouvait souvent gênée par ses caresses. Il avait une façon d'embrasser qui chauffait la peau. Mais ce qui la ravissait, c'était son espièglerie ; il était drôle au possible, hardi, parlant déjà des femmes avec des sourires, tenant tête aux amies de Renée, à la chère Adeline qui venait d'épouser M. d'Espanet, et à la grosse Suzanne, mariée tout récemment au grand industriel Haffner. Il eut, à quatorze ans, une passion pour cette dernière. Il avait pris sa belle-mère pour confidente, et celle-ci s'amusait beaucoup.

« Moi, j'aurais préféré Adeline, disait-elle ; elle est plus jolie.

— Peut-être, répondait le galopin, mais Suzanne est bien plus grosse... J'aime les belles femmes... Si tu étais gentille, tu lui parlerais pour moi. »

Renée riait. Sa poupée, ce grand gamin aux mines de fille, lui semblait impayable, depuis qu'elle était amoureuse. Il vint un moment où Mme Haffner dut se défendre sérieusement. D'ailleurs, ces dames encourageaient Maxime par leurs rires étouffés, leurs demi-mots, les attitudes coquettes qu'elles prenaient devant cet enfant précoce. Il entrait là une pointe de débauche fort aristocratique. Toutes trois, dans leur vie tumultueuse, brûlées par la passion, s'arrêtaient à la dépravation charmante du galopin, comme à un piment original et sans danger qui réveillait leur goût. Elles lui laissaient toucher leur robe, frôler leurs épaules de ses doigts, lorsqu'il les suivait dans l'antichambre, pour jeter sur elles leur sortie de bal ; elles se le passaient de main en main, riant comme des folles, quand il leur baisait les poignets, du côté des veines, à cette place où la peau est si douce ; puis elles se faisaient maternelles et lui enseignaient doctement l'art d'être bel homme et de plaire aux dames. C'était leur joujou, un petit homme d'un mécanisme ingénieux, qui embrassait, qui faisait la cour, qui avait les plus aimables vices du monde, mais qui restait un joujou, un petit homme de carton qu'on ne craignait pas trop, assez cependant pour avoir, sous sa main enfantine, un frisson très doux.

À la rentrée des classes, Maxime alla au lycée Bonaparte[1]. C'est le lycée du beau monde, celui que Saccard devait choisir pour son fils. L'enfant, si mou, si léger qu'il fût, avait alors une intelligence très vive ; mais il s'appliqua à tout autre chose qu'aux études classiques. Il fut cependant un élève correct, qui ne descendit jamais dans la bohème des cancres, et qui demeura parmi les petits messieurs convenables et bien mis dont on ne dit rien. Il ne lui resta de sa jeunesse qu'une véritable religion pour la toilette. Paris lui ouvrit les yeux, en fit un beau jeune homme, pincé dans ses

1. L'actuel lycée Condorcet.

vêtements, suivant les modes. Il était le Brummell [1] de
sa classe. Il s'y présentait comme dans un salon, chaussé
finement, ganté juste, avec des cravates prodigieuses
et des chapeaux ineffables. D'ailleurs, ils se trouvaient
là une vingtaine, formant une aristocratie, s'offrant à
la sortie des havanes dans des porte-cigares à fermoirs
d'or, faisant porter leur paquet de livres par un domestique en livrée. Maxime avait déterminé son père à lui
acheter un tilbury et un petit cheval noir qui faisaient
l'admiration de ses camarades. Il conduisait lui-même,
ayant sur le siège de derrière un valet de pied, les bras
croisés, qui tenait sur ses genoux le cartable du collégien, un vrai portefeuille de ministre en chagrin marron.
Et il fallait voir avec quelle légèreté, quelle science et
quelle correction d'allures, il venait en dix minutes de
la rue de Rivoli à la rue du Havre, arrêtait net son cheval devant la porte du lycée, jetait la bride au valet,
en disant : « Jacques, à quatre heures et demie, n'est-
ce pas ? » Les boutiquiers voisins étaient ravis de la
bonne grâce de ce blondin qu'ils voyaient régulièrement
deux fois par jour arriver et repartir dans sa voiture.
Au retour, il reconduisait parfois un ami, qu'il mettait
à sa porte. Les deux enfants fumaient, regardaient les
femmes, éclaboussaient les passants, comme s'ils fussent
revenus des courses. Petit monde étonnant, couvée de
fats et d'imbéciles, qu'on peut voir chaque jour rue du
Havre, correctement habillés, avec leurs vestons de gan-
dins, jouer les hommes riches et blasés, tandis que la
bohème du lycée, les vrais écoliers, arrivent criant et se
poussant, tapant le pavé avec leurs gros souliers, leurs
livres pendus derrière le dos, au bout d'une courroie.

   Renée, qui voulait prendre au sérieux son rôle de
mère et d'institutrice, était enchantée de son élève. Elle
ne négligeait rien, il est vrai, pour parfaire son éducation. Elle traversait alors une heure pleine de dépit et

---

1. Allusion à George Brummell, célèbre dandy anglais surnommé
« le Roi de la mode ».

de larmes ; un amant l'avait quittée, avec scandale, aux
yeux de tout Paris, pour se mettre avec la duchesse de
Sternich. Elle rêva que Maxime serait sa consolation,
elle se vieillit, s'ingénia pour être maternelle, et devint
le mentor le plus original qu'on pût imaginer. Souvent,
le tilbury de Maxime restait à la maison ; c'était Renée,
avec sa grande calèche, qui venait prendre le collégien.
Ils cachaient le portefeuille marron sous la banquette,
ils allaient au Bois, alors dans tout son neuf. Là, elle
lui faisait un cours de haute élégance. Elle lui nommait
le Tout-Paris impérial, gras, heureux, encore dans
l'extase de ce coup de baguette qui changeait les meurt-
de-faim et les goujats de la veille en grands seigneurs,
en millionnaires soufflant et se pâmant sous le poids
de leur caisse. Mais l'enfant la questionnait surtout sur
les femmes, et comme elle était très libre avec lui, elle
lui donnait des détails précis ; Mme de Guende était
bête, mais admirablement faite ; la comtesse Vanska,
fort riche, avait chanté dans les cours, avant de se faire
épouser par un Polonais, qui la battait, disait-on ;
quant à la marquise d'Espanet et à Suzanne Haffner,
elles étaient inséparables, et, bien qu'elles fussent ses
amies intimes, Renée ajoutait, en pinçant les lèvres,
comme pour n'en pas dire davantage, qu'il courait de
bien vilaines histoires sur leur compte ; la belle Mme de
Lauwerens était aussi horriblement compromettante,
mais elle avait de si jolis yeux, et tout le monde, en
somme, savait que, quant à elle, elle était irréprocha-
ble, bien qu'un peu trop mêlée aux intrigues des pauvres petites femmes qui la fréquentaient, Mme Daste,
Mme Teissière, la baronne de Meinhold. Maxime voulut avoir le portrait de ces dames ; il en garnit un album
qui resta sur la table du salon. Pour embarrasser sa
belle-maman, avec cette ruse vicieuse qui était le trait
dominant de son caractère, il lui demandait des détails
sur les filles, en feignant de les prendre pour des femmes
du vrai monde. Renée, morale et sérieuse, disait que
c'était d'affreuses créatures et qu'il devait les éviter avec
soin ; puis elle s'oubliait, elle parlait d'elles comme de

personnes qu'elle eût connues intimement. Un des grands régals de l'enfant était encore de la mettre sur le chapitre de la duchesse de Sternich. Chaque fois que sa voiture passait, au Bois, à côté de la leur, il ne manquait pas de nommer la duchesse, avec une sournoiserie méchante, un regard en dessous, prouvant qu'il connaissait la dernière aventure de Renée. Celle-ci, d'une voix sèche, déchirait sa rivale ; comme elle vieillissait ! la pauvre femme ! elle se maquillait, elle avait des amants cachés au fond de toutes ses armoires, elle s'était donnée à un chambellan pour entrer dans le lit impérial. Et elle ne tarissait pas, tandis que Maxime, pour l'exaspérer, trouvait Mme de Sternich délicieuse. De telles leçons développaient singulièrement l'intelligence du collégien, d'autant plus que la jeune institutrice les répétait partout, au Bois, au théâtre, dans les salons. L'élève devint très fort.

Ce que Maxime adorait, c'était de vivre dans les jupes, dans les chiffons, dans la poudre de riz des femmes. Il restait toujours un peu fille, avec ses mains effilées, son visage imberbe, son cou blanc et potelé. Renée le consultait gravement sur ses toilettes. Il connaissait les bons faiseurs de Paris, jugeait chacun d'eux d'un mot, parlait de la saveur des chapeaux d'un tel et de la logique des robes de tel autre. À dix-sept ans, il n'y avait pas une modiste qu'il n'eût approfondie, pas un bottier dont il n'eût étudié et pénétré le cœur. Cet étrange avorton, qui, pendant les classes d'anglais, lisait les prospectus que son parfumeur lui adressait tous les vendredis, aurait soutenu une thèse brillante sur le Tout-Paris mondain, clientèle et fournisseurs compris, à l'âge où les gamins de province n'osent pas encore regarder leur bonne en face. Souvent, quand il revenait du lycée, il rapportait dans son tilbury un chapeau, une boîte de savons, un bijou, commandés la veille par sa belle-mère. Il avait toujours quelque bout de dentelle musquée qui traînait dans ses poches.

Mais sa grande partie était d'accompagner Renée

chez l'illustre Worms, le tailleur de génie, devant lequel
les reines du second Empire se tenaient à genoux. Le
salon du grand homme était vaste, carré, garni de larges
divans. Il y entrait avec une émotion religieuse. Les
toilettes ont certainement une odeur propre ; la soie,
le satin, le velours, les dentelles, avaient marié leurs
arômes légers à ceux des chevelures et des épaules
ambrées ; et l'air du salon gardait cette tiédeur odo-
rante, cet encens de la chair et du luxe qui changeait
la pièce en une chapelle consacrée à quelque secrète divi-
nité. Souvent il fallait que Renée et Maxime fissent antichambre pendant des heures ; il y avait là une vingtaine
de solliciteuses, attendant leur tour, trempant des biscuits dans des verres de madère, faisant collation sur
la grande table du milieu, où traînaient des bouteilles
et des assiettes de petits fours. Ces dames étaient chez
elles, parlaient librement, et lorsqu'elles se pelotonnaient autour de la pièce, on aurait dit un vol blanc de
lesbiennes qui se serait abattu sur les divans d'un salon
parisien. Maxime, qu'elles toléraient et qu'elles aimaient
pour son air de fille, était le seul homme admis dans
le cénacle. Il y goûtait des jouissances divines ; il glissait le long des divans comme une couleuvre agile ; on
le retrouvait sous une jupe, derrière un corsage, entre
deux robes, où il se faisait tout petit, se tenant bien tranquille, respirant la chaleur parfumée de ses voisines,
avec des mines d'enfant de chœur avalant le bon Dieu.

« Il se fourre partout, ce petit-là », disait la baronne
de Meinhold, en lui tapotant les joues.

Il était si fluet que ces dames ne lui donnaient guère
plus de quatorze ans. Elles s'amusèrent à le griser avec
le madère de l'illustre Worms. Il leur dit des choses stupéfiantes, qui les firent rire aux larmes. Toutefois, ce
fut la marquise d'Espanet qui trouva le mot de la situation. Comme on découvrit un jour Maxime, dans un
angle des divans, derrière son dos :

« Voilà un garçon qui aurait dû naître fille », murmura-t-elle, à le voir si rose, si rougissant, si pénétré
du bien-être qu'il avait éprouvé dans son voisinage.

Puis, lorsque le grand Worms recevait enfin Renée, Maxime pénétrait avec elle dans le cabinet. Il s'était permis de parler deux ou trois fois, pendant que le maître s'absorbait dans le spectacle de sa cliente, comme les pontifes du beau veulent que Léonard de Vinci l'ait fait devant la Joconde. Le maître avait daigné sourire de la justesse de ses observations. Il faisait mettre Renée debout devant une glace, qui montait du parquet au plafond, se recueillait, avec un froncement de sourcils, pendant que la jeune femme, émue, retenait son haleine, pour ne pas bouger. Et, au bout de quelques minutes, le maître, comme pris et secoué par l'inspiration, peignait à grands traits saccadés le chef-d'œuvre qu'il venait de concevoir, s'écriait en phrases sèches :

« Robe Montespan en faille cendrée..., la traîne dessinant, devant, une basque arrondie..., gros nœuds de satin gris la relevant sur les hanches..., enfin tablier bouillonné de tulle gris perle, les bouillonnés séparés par des bandes de satin gris. »

Il se recueillait encore, paraissait descendre tout au fond de son génie, et, avec une grimace triomphante de pythonisse sur son trépied, il achevait :

« Nous poserons dans les cheveux, sur cette tête rieuse, le papillon rêveur de Psyché aux ailes d'azur changeant. »

Mais, d'autres fois, l'inspiration était rétive. L'illustre Worms l'appelait vainement, concentrait ses facultés en pure perte. Il torturait ses sourcils, devenait livide, prenait entre ses mains sa pauvre tête, qu'il branlait avec désespoir, et vaincu, se jetant dans un fauteuil :

« Non, murmurait-il d'une voix dolente, non, pas aujourd'hui..., ce n'est pas possible... Ces dames sont indiscrètes. La source est tarie. »

Et il mettait Renée à la porte en répétant :

« Pas possible, pas possible, chère dame, vous repasserez un autre jour... Je ne vous sens pas ce matin. »

La belle éducation que recevait Maxime eut un premier résultat. À dix-sept ans, le gamin séduisit la femme de chambre de sa belle-mère. Le pis de l'histoire fut que la chambrière devint enceinte. Il fallut l'envoyer à la campagne avec le marmot et lui constituer une petite rente. Renée resta horriblement vexée de l'aventure. Saccard ne s'en occupa que pour régler le côté pécuniaire de la question ; mais la jeune femme gronda vertement son élève. Lui, dont elle voulait faire un homme distingué, se compromettre avec une telle fille ! Quel début ridicule et honteux, quelle fredaine inavouable ! Encore s'il s'était lancé avec une de ces dames !

« Pardieu ! répondit-il tranquillement, si ta bonne amie Suzanne avait voulu, c'est elle qui serait allée à la campagne.

— Oh ! le polisson ! » murmura-t-elle, désarmée, égayée par l'idée de voir Suzanne se réfugiant à la campagne avec une rente de douze cents francs.

Puis une pensée plus drôle lui vint, et oubliant son rôle de mère irritée, poussant des rires perlés, qu'elle retenait entre ses doigts, elle balbutia, en le regardant du coin de l'œil :

« Dis donc, c'est Adeline qui t'en aurait voulu, et qui lui aurait fait des scènes... »

Elle n'acheva pas. Maxime riait avec elle. Telle fut la belle chute que fit la morale de Renée en cette aventure.

Cependant Aristide Saccard ne s'inquiétait guère des deux enfants, comme il nommait son fils et sa seconde femme. Il leur laissait une liberté absolue, heureux de les voir bons amis, ce qui emplissait l'appartement d'une gaieté bruyante. Singulier appartement, que ce premier étage de la rue de Rivoli. Les portes y battaient toute la journée ; les domestiques y parlaient haut ; le luxe neuf et éclatant en était traversé continuellement par des courses de jupes énormes et volantes, par des processions de fournisseurs, par le tohu-bohu des amies de Renée, des camarades de Maxime et des visiteurs de Saccard. Ce dernier recevait, de neuf heures à onze heures, le plus étrange monde qu'on pût voir : sénateurs et clercs d'huissier, duchesses et marchandes à la toilette, toute l'écume que les tempêtes de Paris jetaient le matin à sa porte, robes de soie, jupes sales, blouses, habits noirs, qu'il accueillait du même ton pressé, des mêmes gestes impatients et nerveux. Il bâclait les affaires en deux paroles, résolvait vingt difficultés à la fois et donnait les solutions en courant. On eût dit que ce petit homme remuant, dont la voix était très forte, se battait dans son cabinet avec les gens, avec les meubles, culbutait, se frappait la tête au plafond, pour en faire jaillir les idées, et retombait toujours victorieux sur ses pieds. Puis, à onze heures, il sortait ; on ne le voyait plus de la journée ; il déjeunait dehors, souvent même il y dînait. Alors la maison appartenait à Renée et à Maxime. Ils s'emparaient du cabinet du père ; ils y déballaient les cartons des fournisseurs, et les chiffons traînaient sur les dossiers. Parfois des gens graves attendaient une heure à la porte du cabinet, pendant que le collégien et la jeune femme discutaient un nœud de ruban, assis aux deux bouts du bureau de Saccard. Renée faisait atteler dix fois par jour. Rarement on mangeait ensemble ; sur les trois, deux couraient, s'oubliaient, ne revenaient qu'à minuit. Appartement de tapage, d'affaires et de plaisirs, où la vie moderne, avec son bruit d'or sonnant, de toilettes froissées, s'engouffrait comme un coup de vent.

Aristide Saccard avait enfin trouvé son milieu. Il s'était révélé grand spéculateur, brasseur de millions. Après le coup de maître de la rue de la Pépinière, il se lança hardiment dans la lutte qui commençait à semer Paris d'épaves honteuses et de triomphes fulgurants. D'abord, il joua à coup sûr, répétant son premier succès, achetant les immeubles qu'il savait menacés de la pioche, et employant ses amis pour obtenir de grosses indemnités. Il vint un moment où il eut cinq ou six maisons, ces maisons qu'il regardait si étrangement autrefois, comme des connaissances à lui, lorsqu'il n'était qu'un pauvre agent voyer. Mais c'était là l'enfance de l'art ; quand il avait usé les baux, comploté avec les locataires, volé l'État et les particuliers, la finesse n'était pas grande, et il pensait que le jeu ne valait pas la chandelle. Aussi mit-il bientôt son génie au service de besognes plus compliquées.

Saccard inventa d'abord le tour des achats d'immeubles faits sous le manteau pour le compte de la Ville. Une décision du Conseil d'État créait à cette dernière une situation difficile. Elle avait acheté à l'amiable un grand nombre de maisons, espérant user les baux et congédier les locataires sans indemnité. Mais ces acquisitions furent considérées comme de véritables expropriations, et elle dut payer. Ce fut alors que Saccard offrit d'être le prête-nom de la Ville ; il achetait, usait les baux, et, moyennant un pot-de-vin, livrait l'immeuble au moment fixé. Et même, il finit par jouer double jeu ; il achetait pour la Ville et pour le préfet. Quand l'affaire était par trop tentante, il escamotait la maison. L'État payait. On récompensa ses complaisances en lui concédant des bouts de rues, des carrefours projetés, qu'il rétrocédait avant même que la voie nouvelle fût commencée. C'était un jeu féroce ; on jouait sur les quartiers à bâtir comme on joue sur un titre de rente. Certaines dames, de jolies filles, amies intimes de hauts fonctionnaires, étaient de la partie ; une d'elles, dont les dents blanches sont célèbres, a croqué, à plusieurs reprises, des rues entières. Saccard s'affamait, sentait ses désirs s'accroître, à voir ce ruissellement d'or qui lui glissait entre les mains. Il lui semblait qu'une mer de pièces de vingt francs s'élargissait autour de lui, de lac devenait océan, emplissait l'immense horizon avec un bruit de vagues étrange, une musique métallique qui lui chatouillait le cœur ; et il s'aventurait, nageur plus hardi chaque jour, plongeant, reparaissant, tantôt sur le dos, tantôt sur le ventre, traversant cette immensité par les temps clairs et par les orages, comptant sur ses forces et son adresse pour ne jamais aller au fond.

Paris s'abîmait alors dans un nuage de plâtre. Les temps prédits par Saccard, sur les buttes Montmartre, étaient venus. On taillait la cité à coups de sabre, et il était de toutes les entailles, de toutes les blessures. Il avait des décombres à lui aux quatre coins de la ville.

Rue de Rome, il fut mêlé à cette étonnante histoire du trou qu'une compagnie creusa, pour transporter cinq ou six mille mètres cubes de terre et faire croire à des travaux gigantesques, et qu'on dut ensuite reboucher, en rapportant la terre de Saint-Ouen, lorsque la compagnie eut fait faillite. Lui s'en tira la conscience nette, les poches pleines, grâce à son frère Eugène, qui voulut bien intervenir. À Chaillot, il aida à éventrer la butte, à la jeter dans un bas-fond, pour faire passer le boulevard qui va de l'Arc de Triomphe au pont de l'Alma. Du côté de Passy, ce fut lui qui eut l'idée de semer les déblais du Trocadéro sur le plateau, de sorte que la bonne terre se trouve aujourd'hui à deux mètres de profondeur, et que l'herbe elle-même refuse de pousser dans ces gravats. On l'aurait retrouvé sur vingt points à la fois, à tous les endroits où il y avait quelque obstacle insurmontable, un déblai dont on ne savait que faire, un remblai qu'on ne pouvait exécuter, un bon amas de terre et de plâtras où s'impatientait la hâte fébrile des ingénieurs, que lui fouillait de ses ongles, et dans lequel il finissait toujours par trouver quelque pot-de-vin ou quelque opération de sa façon. Le même jour, il courait des travaux de l'Arc de Triomphe à ceux du boulevard Saint-Michel, des déblais du boulevard Malesherbes aux remblais de Chaillot, traînant avec lui une armée d'ouvriers, d'huissiers, d'actionnaires, de dupes et de fripons.

Mais sa gloire la plus pure était le Crédit viticole, qu'il avait fondé avec Toutin-Laroche. Celui-ci s'en trouvait le directeur officiel ; lui ne paraissait que comme membre du conseil de surveillance. Eugène, en cette circonstance, avait encore donné un bon coup de main à son frère. Grâce à lui, le gouvernement autorisa la compagnie, et la surveilla avec une grande bonhomie. En une délicate circonstance, comme un journal mal pensant se permettait de critiquer une opération de cette compagnie, *Le Moniteur* alla jusqu'à publier une note interdisant toute discussion sur une maison si honorable, et que l'État daignait patronner. Le Crédit viticole

s'appuyait sur un excellent système financier : il prêtait aux cultivateurs la moitié du prix d'estimation de
leurs biens, garantissait le prêt par une hypothèque, et
touchait des emprunteurs les intérêts, augmentés d'un
acompte d'amortissement. Jamais mécanisme ne fut
plus digne ni plus sage. Eugène avait déclaré à son frère,
avec un fin sourire, que les Tuileries voulaient qu'on
fût honnête. M. Toutin-Laroche interpréta ce désir en
laissant fonctionner tranquillement la machine des prêts
aux cultivateurs, et en établissant à côté une maison
de banque qui attirait à elle les capitaux et qui jouait
avec fièvre, se lançant dans toutes les aventures. Grâce
à l'impulsion formidable que le directeur lui donna, le
Crédit viticole eut bientôt une réputation de solidité et
de prospérité à toute épreuve. Au début, pour lancer
d'un coup, à la Bourse, une masse d'actions fraîchement détachées de la souche, et leur donner l'aspect de
titres ayant déjà beaucoup circulé, Saccard eut l'ingéniosité de les faire piétiner et battre, pendant toute une
nuit, par les garçons de recette armés de balais de bou-
leau. On eût dit une succursale de la Banque. L'hôtel,
occupé par les bureaux, avec sa cour pleine d'équipages,
ses grillages sévères, son large perron et son escalier
monumental, ses enfilades de cabinets luxueux, son
monde d'employés et de laquais en livrée, semblait
être le temple grave et digne de l'argent ; et rien ne
frappait le public d'une émotion plus religieuse, que
le sanctuaire, que la Caisse, où conduisait un corridor
d'une nudité sacrée, et où l'on apercevait le coffre-fort,
le dieu, accroupi, scellé au mur, trapu et dormant, avec
ses trois serrures, ses flancs épais, son air de brute
divine.

Saccard maquignonna une grosse affaire avec la
Ville. Celle-ci, obérée [1], écrasée par sa dette, entraînée
dans cette danse des millions qu'elle avait mise en
branle, pour plaire à l'empereur et remplir certaines

1. Accablée de dettes.

poches, en était réduite aux emprunts déguisés, ne voulant pas avouer ses fièvres chaudes, sa folie de la pioche et du moellon. Elle venait de créer alors ce qu'elle nommait des bons de délégation, de véritables lettres de change à longue date, pour payer les entrepreneurs, le jour même de la signature des traités, et leur permettre ainsi de trouver des fonds en négociant les bons. Le Crédit viticole avait gracieusement accepté ce papier de la main des entrepreneurs. Le jour où la Ville manqua d'argent, Saccard alla la tenter. Une somme considérable lui fut avancée, sur une émission de bons de délégation, que M. Toutin-Laroche jura tenir de compagnies concessionnaires, et qu'il traîna dans tous les ruisseaux de la spéculation. Le Crédit viticole était désormais inattaquable ; il tenait Paris à la gorge. Le directeur ne parlait plus qu'avec un sourire de la fameuse Société générale des ports du Maroc ; elle vivait pourtant toujours, et les journaux continuaient à célébrer régulièrement les grandes stations commerciales. Un jour que M. Toutin-Laroche engageait Saccard à prendre des actions de cette société, celui-ci lui rit au nez, en lui demandant s'il le croyait assez bête pour placer son argent dans la « Compagnie générale des *Mille et Une Nuits* ».

Jusque-là, Saccard avait joué heureusement, à coup sûr, trichant, se vendant, bénéficiant sur les marchés, tirant un gain quelconque de chacune de ses opérations. Bientôt cet agiotage [1] ne lui suffit plus, il dédaigna de glaner, de ramasser l'or que les Toutin-Laroche et les baron Gouraud laissaient tomber derrière eux. Il mit les bras dans le sac jusqu'à l'épaule. Il s'associa avec les Mignon, Charrier et Cie, ces fameux entrepreneurs alors à leurs débuts et qui devaient réaliser des fortunes colossales. La Ville s'était déjà décidée à ne plus exécuter elle-même les travaux, à céder les boulevards à forfait. Les compagnies concessionnaires s'engageaient

---

1. Trafic sur le cours des titres boursiers de l'État.

à lui livrer une voie toute faite, arbres plantés, bancs et becs de gaz posés, moyennant une indemnité convenue ; quelquefois même, elles donnaient la voie pour rien : elles se trouvaient largement payées par les terrains en bordure, qu'elles retenaient et qu'elles frappaient d'une plus-value considérable. La fièvre de spéculation sur les terrains, la hausse furieuse sur les immeubles datent de cette époque. Saccard, par ses attaches, obtint la concession de trois tronçons de boulevard. Il fut l'âme ardente et un peu brouillonne de l'association. Les sieurs Mignon et Charrier, ses créatures dans les commencements, étaient de gros et rusés compères, des maîtres maçons qui connaissaient le prix de l'argent. Ils riaient en dessous devant les équipages de Saccard ; ils gardaient le plus souvent leurs blouses, ne refusaient pas un coup de main à un ouvrier, rentraient chez eux couverts de plâtre. Ils étaient de Langres tous les deux. Ils apportaient, dans ce Paris brûlant et inassouvi, leur prudence de Champenois, leur cerveau calme, peu ouvert, peu intelligent, mais très apte à profiter des occasions pour s'emplir les poches, quitte à jouir plus tard. Si Saccard lança l'affaire, l'anima de sa flamme, de sa rage d'appétits, les sieurs Mignon et Charrier, par leur terre à terre, leur administration routinière et étroite, l'empêchèrent vingt fois de culbuter dans les imaginations étonnantes de leur associé. Jamais ils ne consentirent à avoir les bureaux superbes, l'hôtel qu'il voulait bâtir pour étonner Paris. Ils refusèrent également les spéculations secondaires qui poussaient chaque matin dans sa tête : construction de salles de concert, de vastes maisons de bains, sur les terrains en bordure ; chemins de fer, suivant la ligne des nouveaux boulevards ; galeries vitrées, décuplant le loyer des boutiques, et permettant de circuler dans Paris sans être mouillé. Les entrepreneurs, pour couper court à ces projets qui les effrayaient, décidèrent que les terrains en bordure seraient partagés entre les trois associés, et que chacun d'eux en ferait ce qu'il voudrait. Eux continuèrent à vendre sagement leurs lots.

Lui fit bâtir. Son cerveau bouillait. Il eût proposé sans rire de mettre Paris sous une immense cloche, pour le changer en serre chaude, et y cultiver les ananas et la canne à sucre.

Bientôt, remuant les capitaux à la pelle, il eut huit maisons sur les nouveaux boulevards. Il en avait quatre complètement terminées, deux rues de Marignan, et deux sur le boulevard Haussmann ; les quatre autres, situées sur le boulevard Malesherbes, restaient en construction, et même une d'elles, vaste enclos de planches où devait s'élever un magnifique hôtel, n'avait encore de posé que le plancher du premier étage. À cette époque, ses affaires se compliquèrent tellement, il avait tant de fils attachés à chacun de ses doigts, tant d'intérêts à surveiller et de marionnettes à faire mouvoir, qu'il dormait à peine trois heures par nuit et qu'il lisait sa correspondance dans sa voiture. Le merveilleux était que sa caisse semblait inépuisable. Il était actionnaire de toutes les sociétés, bâtissait avec une sorte de fureur, se mettait de tous les trafics, menaçait d'inonder Paris comme une mer montante, sans qu'on le vît réaliser jamais un bénéfice bien net, empocher une grosse somme luisant au soleil. Ce fleuve d'or, sans sources connues, qui paraissait sortir à flots pressés de son cabinet, étonnait les badauds, et fit de lui, à un moment, l'homme en vue auquel les journaux prêtaient tous les bons mots de la Bourse.

Avec un tel mari, Renée était aussi peu mariée que possible. Elle restait des semaines entières sans presque le voir. D'ailleurs, il était parfait : il ouvrait pour elle sa caisse toute grande. Au fond, elle l'aimait comme un banquier obligeant. Quand elle allait à l'hôtel Béraud, elle faisait un grand éloge de lui devant son père, que la fortune de son gendre laissait sévère et froid. Son mépris s'en était allé ; cet homme semblait si convaincu que la vie n'est qu'une affaire, il était si évidemment né pour battre monnaie avec tout ce qui lui tombait sous les mains, femmes, enfants, pavés, sacs de plâtre, consciences, qu'elle ne pouvait lui reprocher le marché de leur mariage. Depuis ce marché, il la regardait un peu comme une de ces belles maisons qui lui faisaient honneur et dont il espérait tirer de gros profits. Il la voulait bien mise, bruyante, faisant tourner la tête à tout Paris. Cela le posait, doublait le chiffre probable de sa fortune. Il était beau, jeune, amoureux, écervelé, par sa femme. Elle était une associée, une complice sans le savoir. Un nouvel attelage, une toilette de deux mille écus, une complaisance pour quelque amant, facilitèrent, décidèrent souvent ses plus heureuses affaires. Souvent aussi il se prétendait accablé, l'envoyait chez un ministre, chez un fonctionnaire quelconque, pour solliciter une autorisation ou recevoir une réponse. Il lui disait : « Et sois sage ! » d'un ton qui n'appartenait qu'à lui, à la fois railleur et câlin. Et quand elle revenait, qu'elle avait réussi, il se frottait les mains, en répétant son fameux : « Et tu as été sage ! » Renée riait. Il était trop actif pour souhaiter une Mme Michelin. Il aimait simplement les plaisanteries crues, les hypothèses scabreuses. D'ailleurs, si Renée « n'avait pas été sage », il n'aurait éprouvé que le dépit d'avoir réellement payé la complaisance du ministre ou du fonctionnaire. Duper les gens, leur en donner moins que pour leur argent, était un régal. Il disait souvent : « Si j'étais femme, je me vendrais peut-être, mais je ne livrerais jamais la marchandise ; c'est trop bête. »

Cette folle de Renée, qui était apparue une nuit dans le ciel parisien comme la fée excentrique des voluptés mondaines, était la moins analysable des femmes. Élevée au logis, elle eût sans doute émoussé par la religion ou par quelque autre satisfaction nerveuse les pointes des désirs dont les piqûres l'affolaient par instants. De tête, elle était bourgeoise ; elle avait une honnêteté absolue, un amour des choses logiques, une crainte du ciel et de l'enfer, une dose énorme de préjugés ; elle appartenait à son père, à cette race calme et prudente où fleurissent les vertus du foyer. Et c'était dans cette nature que germaient, que grandissaient les fantaisies prodigieuses, les curiosités sans cesse renaissantes, les désirs inavouables. Chez les dames de la Visitation, libre, l'esprit vagabondant dans les voluptés mystiques de la chapelle et dans les amitiés charnelles de ses petites amies, elle s'était fait une éducation fantasque, apprenant le vice, y mettant la franchise de sa nature, détraquant sa jeune cervelle, au point qu'elle embarrassa singulièrement son confesseur, en lui avouant qu'un jour, pendant la messe, elle avait eu une envie irraisonnée de se lever pour l'embrasser. Puis elle se frappait la poitrine, elle pâlissait à l'idée du diable et de ses chaudières. La faute qui amena plus tard son mariage avec Saccard, ce viol brutal qu'elle subit avec une sorte d'attente épouvantée, la fit ensuite se mépriser, et fut pour beaucoup dans l'abandon de toute sa vie. Elle pensa qu'elle n'avait plus à lutter contre le mal, qu'il était en elle, que la logique l'autorisait à aller jusqu'au bout de la science mauvaise. Elle était plus encore une curiosité qu'un appétit. Jetée dans le monde du second Empire, abandonnée à ses imaginations, entretenue d'argent, encouragée dans ses excentricités les plus tapageuses, elle se livra, le regretta, puis réussit enfin à tuer son honnêteté expirante, toujours fouettée, toujours poussée en avant par son insatiable besoin de savoir et de sentir.

D'ailleurs, elle n'en était qu'à la page commune. Elle causait volontiers, à demi-voix, avec des rires, des cas extraordinaires de la tendre amitié de Suzanne Haffner et d'Adeline d'Espanet, du métier délicat de Mme de Lauwerens, des baisers à prix fixe de la comtesse Vanska ; mais elle regardait encore ces choses de loin, avec la vague idée d'y goûter peut-être, et ce désir indéterminé, qui montait en elle aux heures mauvaises, grandissait encore cette anxiété turbulente, cette recherche effarée d'une jouissance unique, exquise, où elle mordrait toute seule. Ses premiers amants ne l'avaient pas gâtée ; trois fois elle s'était crue prise d'une grande passion ; l'amour éclatait dans sa tête comme un pétard, dont les étincelles n'allaient pas jusqu'au cœur. Elle était folle un mois, s'affichait avec son cher seigneur

dans tout Paris ; puis, un matin, au milieu du tapage
de sa tendresse, elle sentait un silence écrasant, un vide
immense. Le premier, le jeune duc de Rozan, ne fut
guère qu'un déjeuner de soleil ; Renée, qui l'avait
remarqué pour sa douceur et sa tenue excellente, le
trouva en tête à tête absolument nul, déteint, assommant. M. Simpson, attaché à l'ambassade américaine,
qui vint ensuite, faillit la battre, et dut à cela de rester
plus d'un an avec elle. Puis, elle accueillit le comte de
Chibray, un aide de camp de l'empereur, bel homme
vaniteux qui commençait à lui peser singulièrement,
lorsque la duchesse de Sternich s'avisa de s'en amou-
racher et de le lui prendre ; alors elle le pleura, elle fit
entendre à ses amies que son cœur était broyé, qu'elle
n'aimerait plus. Elle en arriva ainsi à M. de Mussy,
l'être le plus insignifiant du monde, un jeune homme
qui faisait son chemin dans la diplomatie en conduisant
le cotillon avec des grâces particulières ; elle ne sut
jamais bien comment elle s'était livrée à lui, et le garda
longtemps, prise de paresse, dégoûtée d'un inconnu
qu'on découvre en une heure, attendant, pour se donner les soucis d'un changement, de rencontrer quelque
aventure extraordinaire. À vingt-huit ans, elle était déjà
horriblement lasse. L'ennui lui paraissait d'autant plus
insupportable, que ses vertus bourgeoises profitaient
des heures où elle s'ennuyait pour se plaindre et l'inquiéter. Elle fermait sa porte, elle avait des migraines
affreuses. Puis, quand la porte se rouvrait, c'était un
flot de soie et de dentelles qui s'en échappait à grand
tapage, une créature de luxe et de joie, sans un souci
ni une rougeur au front.

Dans sa vie banale et mondaine, elle avait eu cependant un roman. Un jour, au crépuscule, comme elle
était sortie à pied pour aller voir son père, qui n'aimait
pas à sa porte le bruit des voitures, elle s'aperçut, au
retour, sur le quai Saint-Paul, qu'elle était suivie par
un jeune homme. Il faisait chaud ; le jour mourait avec
une douceur amoureuse. Elle qu'on ne suivait qu'à
cheval, dans les allées du Bois, elle trouva l'aventure

piquante, elle en fut flattée comme d'un hommage nouveau, un peu brutal, mais dont la grossièreté même la chatouillait. Au lieu de rentrer chez elle, elle prit la rue du Temple, promenant son galant le long des boulevards. Cependant l'homme s'enhardit, devint si pressant, que Renée un peu interdite, perdant la tête, suivit la rue du Faubourg-Poissonnière et se réfugia dans la boutique de la sœur de son mari. L'homme entra derrière elle. Mme Sidonie sourit, parut comprendre et les laissa seuls. Et comme Renée voulait la suivre, l'inconnu la retint, lui parla avec une politesse émue, gagna son pardon. C'était un employé qui s'appelait Georges, et auquel elle ne demanda jamais son nom de famille. Elle vint le voir deux fois ; elle entrait par le magasin, il arrivait par la rue Papillon. Cet amour de rencontre, trouvé et accepté dans la rue, fut un de ses plaisirs les plus vifs. Elle y songea toujours, avec quelque honte, mais avec un singulier sourire de regret. Mme Sidonie gagna à l'aventure d'être enfin la complice de la seconde femme de son frère, un rôle qu'elle ambitionnait depuis le jour du mariage.

Cette pauvre Mme Sidonie avait eu un mécompte. Tout en maquignonnant le mariage, elle espérait épouser un peu Renée, elle aussi, en faire une de ses clientes, tirer d'elle une foule de bénéfices. Elle jugeait les femmes au coup d'œil, comme les connaisseurs jugent les chevaux. Aussi sa consternation fut grande, lorsque, après avoir laissé un mois au ménage pour s'installer, elle comprit qu'elle arrivait déjà trop tard, en apercevant Mme de Lauwerens trônant au milieu du salon. Cette dernière, belle femme de vingt-six ans, faisait métier de lancer les nouvelles venues. Elle appartenait à une très ancienne famille, était mariée à un homme de la haute finance, qui avait le tort de refuser le paiement des mémoires de modiste et de tailleur. La dame, personne fort intelligente, battait monnaie, s'entretenait elle-même. Elle avait horreur des hommes, disait-elle ; mais elle en fournissait à toutes ses amies ; il y en avait toujours un achalandage complet dans l'appartement qu'elle occupait rue de Provence, au-dessus des bureaux de son mari. On y faisait de petits goûters. On s'y rencontrait d'une façon imprévue et charmante. Il n'y avait aucun mal à une jeune fille d'aller voir sa chère Mme de Lauwerens, et tant pis si le hasard amenait là des hommes, très respecteux d'ailleurs, et du meilleur monde. La maîtresse de la maison était adorable dans ses grands peignoirs de dentelle. Souvent un visiteur l'aurait choisie de préférence, en dehors de sa collection de blondes et de brunes. Mais la chronique assurait qu'elle était d'une sagesse absolue. Tout le secret de l'affaire était là. Elle conservait sa haute situation dans le monde, avait pour amis tous les hommes, gardait son orgueil de femme honnête, goûtait une secrète joie à faire tomber les autres et à tirer profit de leurs chutes. Lorsque Mme Sidonie se fut expliqué le mécanisme de l'invention nouvelle, elle fut navrée. C'était l'école classique, la femme en vieille robe noire portant des billets doux au fond de son cabas, mise en face de l'école moderne, de la grande dame qui vend ses amies dans son boudoir en buvant une tasse de thé. L'école moderne triompha. Mme de Lauwerens eut un regard froid pour la toilette fripée de Mme Sidonie, dans laquelle elle flaira une rivale. Et ce fut de sa main que Renée reçut son premier ennui, le jeune duc de Rozan, que la belle financière plaçait très difficilement. L'école classique ne l'emporta que plus tard, lorsque Mme Sidonie prêta son entresol au caprice de sa belle-sœur pour l'inconnu du quai Saint-Paul. Elle resta sa confidente.

Mais un des fidèles de Mme Sidonie fut Maxime. Dès quinze ans, il allait rôder chez sa tante, flairant les gants oubliés qu'il rencontrait sur les meubles. Celle-ci, qui détestait les situations franches, et qui n'avouait jamais ses complaisances, finit par lui prêter les clefs de son appartement, certains jours, disant qu'elle resterait jusqu'au lendemain à la campagne. Maxime parlait d'amis à recevoir qu'il n'osait faire venir chez son père. Ce fut dans l'entresol de la rue du Faubourg-

Poissonnière qu'il passa plusieurs nuits avec cette pauvre fille qu'on dut envoyer à la campagne. Mme Sidonie empruntait de l'argent à son neveu, se pâmait devant lui, en murmurant de sa voix douce qu'il était « sans un poil, rose comme un Amour ».

Cependant, Maxime avait grandi. C'était, maintenant, un jeune homme mince et joli, qui avait gardé les joues roses et les yeux bleus de l'enfant. Ses cheveux bouclés achevaient de lui donner cet « air fille » qui enchantait les dames. Il ressemblait à la pauvre Angèle, avait sa douceur de regard, sa pâleur blonde. Mais il ne valait pas même cette femme indolente et nulle. La race des Rougon s'affinait en lui, devenait délicate et vicieuse. Né d'une mère trop jeune, apportant un singulier mélange, heurté et comme disséminé, des appétits furieux de son père et des abandons, des mollesses de sa mère, il était un produit défectueux, où les défauts des parents se complétaient et s'empiraient. Cette famille vivait trop vite ; elle se mourait déjà dans cette créature frêle, chez laquelle le sexe avait dû hésiter, et qui n'était plus une volonté âpre au gain et à la jouissance, comme Saccard, mais une lâcheté mangeant les fortunes faites ; hermaphrodite étrange venu à son heure dans une société qui pourrissait. Quand Maxime allait au Bois, pincé à la taille comme une femme, dansant légèrement sur la selle où le balançait le galop léger de son cheval, il était le dieu de cet âge, avec ses hanches développées, ses longues mains fluettes, son air maladif et polisson, son élégance correcte et son argot des petits théâtres. Il se mettait, à vingt ans, au-dessus de toutes les surprises et de tous les dégoûts. Il avait certainement rêvé les ordures les moins usitées. Le vice chez lui n'était pas un abîme, comme chez certains vieillards, mais une floraison naturelle et extérieure. Il ondulait sur ses cheveux blonds, souriait sur ses lèvres, l'habillait avec ses vêtements. Mais ce qu'il avait de caractéristique, c'était surtout les yeux, deux trous bleus, clairs et souriants, des miroirs de coquettes, derrière lesquels on apercevait tout le vide du cerveau. Ces yeux de fille à vendre ne se baissaient jamais ; ils quêtaient le plaisir, un plaisir sans fatigue, qu'on appelle et qu'on reçoit.

L'éternel coup de vent qui entrait dans l'appartement de la rue de Rivoli et en faisait battre les portes souffla plus fort, à mesure que Maxime grandit, que Saccard élargit le cercle de ses opérations, et que Renée mit plus de fièvre dans sa recherche d'une jouissance inconnue. Ces trois êtres finirent par y mener une existence étonnante de liberté et de folie. Ce fut le fruit mûr et prodigieux d'une époque. La rue montait dans l'appartement, avec son roulement de voitures, son coudoiement d'inconnus, sa licence de paroles. Le père, la belle-mère, le beau-fils agissaient, parlaient, se mettaient à l'aise, comme si chacun d'eux se fût trouvé seul, vivant en garçon. Trois camarades, trois étudiants, partageant la même chambre garnie, n'auraient pas disposé de cette chambre avec plus de sans-gêne pour y installer leurs vices, leurs amours, leurs joies bruyantes de grands galopins. Ils s'acceptaient avec des poignées de main, ne paraissaient pas se douter des raisons qui les réunissaient sous le même toit, se traitaient cavalièrement, joyeusement, se mettant chacun ainsi dans une indépendance absolue. L'idée de famille était remplacée chez eux par celle d'une sorte de commandite où les bénéfices sont partagés à parts égales ; chacun tirait à lui sa part de plaisir, et il était entendu tacitement que chacun mangerait cette part comme il l'entendrait. Ils en arrivèrent à prendre leurs réjouissances les uns devant les autres, à les étaler, à les raconter, sans éveiller autre chose qu'un peu d'envie et de curiosité.

Maintenant, Maxime instruisait Renée. Quand il allait au Bois avec elle, il lui contait sur les filles des histoires qui les égayaient fort. Il ne pouvait paraître au bord du lac une nouvelle venue, sans qu'il se mît en campagne pour se renseigner sur le nom de son amant, la rente qu'il lui faisait, la façon dont elle vivait. Il connaissait les intérieurs de ces dames, savait des détails intimes, était un véritable catalogue vivant, où toutes les filles de Paris étaient numérotées, avec une notice très complète sur chacune d'elles. Cette gazette scandaleuse faisait la joie de Renée. À Longchamp, les jours de courses, lorsqu'elle passait dans sa calèche, elle écoutait avec âpreté, tout en gardant sa hauteur de femme du vrai monde, comment Blanche Muller trompait son attaché d'ambassade avec son coiffeur ; ou comment le petit baron avait trouvé le comte en caleçon dans l'alcôve d'une célébrité maigre, rouge de cheveux, qu'on nommait l'Écrevisse. Chaque jour apportait son cancan. Quand l'histoire était par trop crue, Maxime baissait la voix, mais il allait jusqu'au bout. Renée ouvrait de grands yeux d'enfant à qui l'on raconte une bonne farce, retenait ses rires, puis les étouffait dans son mouchoir brodé, qu'elle appuyait délicatement sur ses lèvres.

Maxime apportait aussi les photographies de ces dames. Il avait des portraits d'actrices dans toutes ses poches, et jusque dans son porte-cigares. Parfois il se débarrassait, il mettait ces dames dans l'album qui traînait sur les meubles du salon, et qui contenait déjà les portraits des amies de Renée. Il y avait aussi là des photographies d'hommes, MM. de Rozan, Simpson, de Chibray, de Mussy, ainsi que des acteurs, des écrivains, des députés, qui étaient venus on ne savait comment grossir la collection. Monde singulièrement mêlé, image du tohu-bohu d'idées et de personnages qui traversaient la vie de Renée et de Maxime. Cet album, quand il pleuvait, quand on s'ennuyait, était un grand sujet de conversation. Il finissait toujours par tomber sous la main. La jeune femme l'ouvrait en bâillant, pour la centième fois peut-être. Puis la curiosité se réveillait, et le jeune homme venait s'accouder derrière elle. Alors c'était de longues discussions sur les cheveux de l'Écrevisse, le double menton de Mme de Meinhold, les yeux de Mme de Lauwerens, la gorge de Blanche Muller, le nez de la marquise qui était un peu de travers, la bouche de la petite Sylvia, célèbre par ses lèvres trop fortes. Ils comparaient les femmes entre elles.

« Moi, si j'étais homme, disait Renée, je choisirais Adeline.

— C'est que tu ne connais pas Sylvia, répondait Maxime. Elle est d'un drôle !... Moi, j'aime mieux Sylvia. »

Les pages tournaient ; parfois apparaissait le duc de Rozan, ou M. Simpson, ou le comte de Chibray, et il ajoutait en raillant :

« D'ailleurs, tu as le goût perverti, c'est connu... Peut-on voir quelque chose de plus sot que le visage de ces messieurs ! Rozan et Chibray ressemblent à Gustave, mon perruquier. »

Renée haussait les épaules, comme pour dire que l'ironie ne l'atteignait pas. Elle continuait à s'oublier dans le spectacle des figures blêmes, souriantes ou revêches que contenait l'album ; elle s'arrêtait aux portraits de filles plus longuement, étudiait avec curiosité les détails exacts et microscopiques des photographies, les petites rides, les petits poils. Un jour même, elle se fit apporter une forte loupe, ayant cru apercevoir un poil sur le nez de l'Écrevisse. Et, en effet, la loupe montra un léger fil d'or qui s'était égaré des sourcils et qui était descendu jusqu'au milieu du nez. Ce poil les amusa longtemps. Pendant une semaine, les dames qui vinrent durent s'assurer par elles-mêmes de la présence du poil. La loupe servit dès lors à éplucher les figures des femmes. Renée fit des découvertes étonnantes ; elle trouva des rides inconnues, des peaux rudes, des trous mal bouchés par la poudre de riz. Et Maxime finit par cacher la loupe, en déclarant qu'il ne fallait pas se dégoûter comme cela de la figure humaine. La vérité était qu'elle soumettait à un examen trop rigoureux les grosses lèvres de Sylvia, pour laquelle il avait une tendresse particulière. Ils inventèrent un nouveau jeu. Ils posaient cette question : « Avec qui passerais-je volontiers une nuit ? » et ils ouvraient l'album qui était chargé de la réponse. Cela donnait lieu à des accouplements très réjouissants. Les amies y jouèrent plusieurs soirées. Renée fut ainsi successivement mariée à l'archevêque de Paris, au baron Gouraud, à M. de Chibray, ce qui fit beaucoup rire, et à son mari lui-même, ce qui la désola. Quant à Maxime, soit hasard, soit malice de Renée qui ouvrait l'album, il tombait toujours sur la marquise. Mais on ne riait jamais autant que lorsque le sort accouplait deux hommes ou deux femmes ensemble.

La camaraderie de Renée et de Maxime alla si loin, qu'elle lui conta ses peines de cœur. Il la consolait, lui donnait des conseils. Son père ne semblait pas exister. Puis, ils en vinrent à se faire des confidences sur leur jeunesse. C'était surtout pendant leurs promenades au Bois qu'ils ressentaient une langueur vague, un besoin de se raconter des choses difficiles à dire, et qu'on ne raconte pas. Cette joie que les enfants éprouvent à causer tout bas des choses défendues, cet attrait qu'il y a pour un jeune homme et une jeune femme à descendre ensemble dans le péché, en paroles seulement, les ramenaient sans cesse aux sujets scabreux. Ils y jouissaient profondément d'une volupté qu'ils ne se reprochaient pas, qu'ils goûtaient, mollement étendus aux deux coins de leur voiture, comme des camarades qui se rappellent leurs premières escapades. Ils finirent par devenir des fanfarons de mauvaises mœurs. Renée avoua qu'au pensionnat les petites filles étaient très polissonnes. Maxime renchérit et osa raconter quelques-unes des hontes du collège de Plassans.

« Ah ! moi, je ne puis pas dire... », murmurait Renée.

Puis elle se penchait à son oreille, comme si le bruit de sa voix l'eût seul fait rougir, et elle lui confiait une de ces histoires de couvent qui traînent dans les chansons ordurières. Lui, avait une trop riche collection d'anecdotes de ce genre pour rester à court. Il lui chantonnait à l'oreille des couplets très crus. Et ils entraient peu à peu dans un état de béatitude particulier, bercés par toutes ces idées charnelles qu'ils remuaient, chatouillés par de petits désirs qui ne se formulaient pas. La voiture roulait doucement, ils rentraient avec une fatigue délicieuse, plus lassés qu'au matin d'une nuit d'amour. Ils avaient fait le mal, comme deux garçons courant les sentiers sans maîtresse, et qui se contentent avec leurs souvenirs mutuels.

Une familiarité, un abandon plus grand encore, existaient entre le père et le fils. Saccard avait compris qu'un grand financier doit aimer les femmes et faire quelques folies pour elles. Il était d'amour brutal, préférait l'argent ; mais il entra dans son programme de courir les alcôves, de semer les billets de banque sur certaines cheminées, de mettre de temps à autre une fille célèbre comme une enseigne dorée à ses spéculations. Quand Maxime fut sorti du collège, ils se rencontrèrent chez les mêmes dames, et ils en rirent. Ils furent même un peu rivaux. Parfois, lorsque le jeune homme dînait à la Maison-d'Or [1], avec quelque bande tapageuse, il entendait la voix de Saccard dans un cabinet voisin.

« Tiens ! papa qui est à côté ! » s'écriait-il avec la grimace qu'il empruntait aux acteurs en vogue.

Il allait frapper à la porte du cabinet, curieux de voir la conquête de son père.

« Ah ! c'est toi, disait celui-ci d'un ton réjoui. Entre donc. Vous faites un tapage à ne pas s'entendre manger. Avec qui donc êtes-vous là ?

— Mais il y a Laure d'Aurigny, Sylvia, l'Écrevisse, puis deux autres encore, je crois. Elles sont étonnantes : elles mettent les doigts dans les plats et nous jettent des poignées de salade à la tête. J'ai mon habit plein d'huile. »

Le père riait, trouvait cela très drôle.

« Ah ! jeunes gens, jeunes gens, murmurait-il. Ce n'est pas comme nous, n'est-ce pas, mon petit chat ? nous avons mangé bien tranquillement, et nous allons faire dodo. »

Et il prenait le menton de la femme qu'il avait à côté

---

1. Ou Maison-Dorée, sur le boulevard des Italiens. C'était un restaurant connu, et du monde élégant, et des fêtards.

de lui, il roucoulait avec son nasillement provençal, ce qui produisait une étrange musique amoureuse.

« Oh ! le vieux serin !... s'écriait la femme. Bonjour, Maxime. Faut-il que je vous aime, hein ! pour consentir à souper avec votre coquin de père... On ne vous voit plus. Venez après-demain matin de bonne heure... Non, vrai, j'ai quelque chose à vous dire. »

Saccard achevait une glace ou un fruit, à petites bouchées, avec béatitude. Il baisait l'épaule de la femme, en disant plaisamment :

« Vous savez, mes amours, si je vous gêne, je vais m'en aller... Vous sonnerez quand on pourra rentrer. »

Puis il emmenait la dame ou parfois allait avec elle se joindre au tapage du salon voisin. Maxime et lui partageaient les mêmes épaules ; leurs mains se rencontraient autour des mêmes tailles. Ils s'appelaient sur les divans, se racontaient tout haut les confidences que les femmes leur faisaient à l'oreille. Et ils poussaient l'intimité jusqu'à conspirer ensemble pour enlever à la société la blonde ou la brune que l'un d'eux avait choisie.

Ils étaient bien connus à Mabille [1]. Ils y venaient bras dessus bras dessous, à la suite de quelque dîner fin, faisaient le tour du jardin, saluant les femmes, leur jetant un mot au passage. Ils riaient haut, sans se quitter le bras, se prêtaient main-forte au besoin dans les conversations trop vives. Le père, très fort sur ce point, débattait avantageusement les amours du fils. Parfois, ils s'asseyaient, buvaient avec une bande de filles. Puis ils changeaient de table, ils reprenaient leurs courses. Et, jusqu'à minuit, on les voyait, les bras toujours unis dans leur camaraderie, poursuivre les jupes, le long des allées jaunes, sous la flamme crue des becs de gaz.

Quand ils rentraient, ils rapportaient du dehors, dans leurs habits, un peu des filles qu'ils quittaient. Leurs attitudes déhanchées, le reste de certains mots risqués et

---

1. Bal populaire de plein air, sur les Champs-Élysées.

de certains gestes canailles, emplissaient l'appartement de la rue de Rivoli d'une senteur d'alcôve suspecte. La façon molle et abandonnée dont le père donnait la main au fils disait seule d'où ils venaient. C'était dans cet air que Renée respirait ses caprices, ses anxiétés sensuelles. Elle les raillait nerveusement.

« D'où venez-vous donc ? leur disait-elle. Vous sentez la pipe et le musc... C'est sûr, je vais avoir la migraine. »

Et l'odeur étrange, en effet, la troublait profondément. C'était le parfum persistant de ce singulier foyer domestique.

Cependant Maxime se prit d'une belle passion pour la petite Sylvia. Il ennuya sa belle-mère pendant plusieurs mois avec cette fille. Renée la connut bientôt d'un bout à l'autre, de la plante des pieds à la pointe des cheveux. Elle avait un signe bleuâtre sur la hanche ; rien n'était plus adorable que ses genoux ; ses épaules avaient cette particularité que la gauche seulement était trouée d'une fossette. Maxime mettait quelque malice à occuper leurs promenades des perfections de sa maîtresse. Un soir, au retour du Bois, les voitures de Renée et de Sylvia, prises dans un embarras, durent s'arrêter côte à côte aux Champs-Élysées. Les deux femmes se regardèrent avec une curiosité aiguë, tandis que Maxime, enchanté de cette situation critique, ricanait en dessous. Quand la calèche se remit à rouler, comme sa belle-mère gardait un silence sombre, il crut qu'elle boudait et s'attendit à une de ces scènes maternelles, une de ces étranges gronderies dont elle occupait encore parfois ses lassitudes.

« Est-ce que tu connais le bijoutier de cette dame ? lui demanda-t-elle brusquement, au moment où ils arrivaient à la place de la Concorde.

— Hélas ! oui, répondit-il avec un sourire ; je lui dois dix mille francs... Pourquoi me demandes-tu cela ?

— Pour rien. »

Puis, au bout d'un nouveau silence :

« Elle avait un bien joli bracelet, celui de la main gauche... J'aurais voulu le voir de près. »

Ils rentraient. Elle n'en dit pas davantage. Seulement, le lendemain, au moment où Maxime et son père allaient sortir ensemble, elle prit le jeune homme à part et lui parla bas, d'un air embarrassé, avec un joli sourire qui demandait grâce. Il parut surpris et s'en alla, en riant de son air mauvais. Le soir, il apporta le bracelet de Sylvia, que sa belle-mère l'avait supplié de lui montrer.

« Voilà la chose, dit-il. On se ferait voleur pour vous, belle-maman.

— Elle ne t'a pas vu le prendre ? demanda Renée, qui examinait avidement le bijou.

— Je ne crois pas... Elle l'a mis hier, elle ne voudra certainement pas le mettre aujourd'hui. »

Cependant la jeune femme s'était approchée de la fenêtre. Elle avait mis le bracelet. Elle tenait son poignet un peu levé, le tournant lentement, ravie, répétant :

« Oh ! très joli, très joli... Il n'y a que les émeraudes qui ne me plaisent pas beaucoup. »

À ce moment, Saccard entra, et comme elle avait toujours le poignet levé, dans la clarté blanche de la fenêtre :

« Tiens, s'écria-t-il avec étonnement, le bracelet de Sylvia !

— Vous connaissez ce bijou ? » dit-elle plus gênée que lui, ne sachant plus que faire de son bras.

Il s'était remis ; il menaça son fils du doigt, en murmurant :

« Ce polisson a toujours du fruit défendu dans les poches !... Un de ces jours il nous apportera le bras de la dame avec le bracelet.

— Eh ! ce n'est pas moi, répondit Maxime avec une lâcheté sournoise. C'est Renée qui a voulu le voir.

— Ah ! » se contenta de dire le mari.

Et il regarda à son tour le bijou, répétant comme sa femme :

« Il est très joli, très joli. »

Puis il s'en alla tranquillement, et Renée gronda Maxime de l'avoir ainsi vendue. Mais il affirma que son père se moquait bien de ça ! Alors elle lui rendit le bracelet, en ajoutant :

« Tu passeras chez le bijoutier, tu m'en commanderas un tout pareil ; seulement, tu feras remplacer les émeraudes par des saphirs. »

Saccard ne pouvait garder longtemps dans son voisinage une chose ou une personne, sans vouloir la vendre, en tirer un profit quelconque. Son fils n'avait pas vingt ans, qu'il songea à l'utiliser. Un joli garçon, neveu d'un ministre, fils d'un grand financier, devait être d'un bon placement. Il était bien un peu jeune, mais on pouvait toujours lui chercher une femme et une dot, quitte à traîner le mariage en longueur, ou à le précipiter, selon les embarras d'argent de la maison. Il eut la main heureuse. Il trouva, dans un conseil de surveillance dont il faisait partie, un grand bel homme, M. de Mareuil, qui, en deux jours, lui appartint. M. de Mareuil était un ancien raffineur du Havre, du nom de Bonnet. Après avoir amassé une grosse fortune, il avait épousé une jeune fille noble, fort riche également, qui cherchait un imbécile de grande mine. Bonnet obtint de prendre le nom de sa femme, ce qui fut pour lui une première satisfaction d'orgueil ; mais son mariage lui avait donné une ambition folle, il rêvait de payer Hélène de sa noblesse en acquérant une haute situation politique. Dès ce moment, il mit de l'argent dans les nouveaux journaux, il acheta au fond de la Nièvre de grandes propriétés, il se prépara par tous les moyens connus une candidature au Corps législatif. Jusque-là, il avait échoué, sans rien perdre de sa solennité. C'était le cerveau le plus incroyablement vide qu'on pût rencontrer. Il avait une carrure superbe, la face blanche et pensive d'un grand homme d'État ; et, comme il écoutait d'une façon merveilleuse, avec des regards profonds, un calme majestueux du visage, on pouvait croire à un prodigieux travail intérieur de compréhension et de déduction. Sûrement, il ne pensait à rien. Mais il arrivait à troubler les gens qui ne savaient plus s'ils avaient affaire à un homme supérieur ou à un imbécile. M. de Mareuil s'attacha à Saccard comme à sa planche de salut. Il savait qu'une candidature officielle allait être libre dans la Nièvre, il souhaitait ardemment que le ministre le désignât ; c'était son dernier coup de carte. Aussi se livra-t-il pieds et poings liés au frère du ministre. Saccard, qui flaira une bonne affaire, le poussa à l'idée d'un mariage entre sa fille Louise et Maxime. L'autre se répandit en effusion, crut avoir trouvé le premier cette idée de mariage, s'estima fort heureux d'entrer dans la famille d'un ministre, et de donner Louise à un jeune homme qui paraissait avoir les plus belles espérances.

Louise aurait, disait son père, un million de dot. Contrefaite, laide et adorable, elle était condamnée à mourir jeune ; une maladie de poitrine la minait sourdement, lui donnait une gaieté nerveuse, une grâce caressante. Les petites filles malades vieillissent vite, deviennent femmes avant l'âge. Elle avait une naïveté sensuelle, elle semblait être née à quinze ans, en pleine puberté. Quand son père, ce colosse sain et abêti, la regardait, il ne pouvait croire qu'elle fût sa fille. Sa mère, de son vivant, était également une femme grande et forte ; mais il courait sur sa mémoire des histoires qui expliquaient le rabougrissement de cette enfant, ses allures de bohémienne millionnaire, sa laideur vicieuse et charmante. On disait qu'Hélène de Mareuil était morte dans les débordements les plus honteux. Les plaisirs l'avaient rongée comme un ulcère, sans que son mari s'aperçût de la folie lucide de sa femme, qu'il aurait dû faire enfermer dans une maison de santé. Portée dans ces flancs malades, Louise en était sortie le sang pauvre, les membres déviés, le cerveau attaqué, la mémoire déjà pleine d'une vie sale. Parfois, elle croyait se souvenir confusément d'une autre existence, elle voyait se dérouler, dans une ombre vague, des scènes bizarres, des hommes et des femmes s'embrassant, tout un drame charnel où s'amusaient ses curiosités d'enfant. C'était sa mère qui parlait en elle. Sa puérilité continuait ce vice. À mesure qu'elle grandissait, rien ne l'étonnait, elle se rappelait tout, ou plutôt elle savait tout, et elle allait aux choses défendues, avec une sûreté de main, qui la faisait ressembler, dans la vie, à une personne rentrant chez elle après une longue absence, et n'ayant qu'à allonger le bras pour se mettre à l'aise et jouir de sa demeure. Cette singulière fillette dont les instincts mauvais flattaient les siens, mais qui avait de plus une innocence d'effronterie, un mélange piquant d'enfantillage et de hardiesse, dans cette seconde vie qu'elle revivait vierge avec sa science et sa honte de femme faite, devait finir par plaire à Maxime et lui paraître beaucoup plus drôle même que Sylvia, un cœur d'usurier, fille d'un honnête papetier, et horriblement bourgeoise au fond.

Le mariage fut arrêté en riant, et l'on décida qu'on laisserait grandir les « gamins ». Les deux familles vivaient dans une amitié étroite. M. de Mareuil poussait sa candidature. Saccard guettait sa proie. Il fut entendu que Maxime mettrait, dans la corbeille de noces, sa nomination d'auditeur au Conseil d'État.

Cependant la fortune des Saccard semblait à son apogée. Elle brûlait en plein Paris comme un feu de joie colossal. C'était l'heure où la curée ardente emplit un coin de forêt de l'aboiement des chiens, du claquement des fouets, du flamboiement des torches. Les appétits lâchés se contentaient enfin, dans l'impudence du triomphe, au bruit des quartiers écroulés et des fortunes bâties en six mois. La ville n'était plus qu'une grande débauche de millions et de femmes. Le vice, venu de haut, coulait dans les ruisseaux, s'étalait dans les bassins, remontait dans les jets d'eau des jardins, pour retomber sur les toits, en pluie fine et pénétrante. Et il semblait, la nuit, lorsqu'on passait les ponts, que la Seine charriât, au milieu de la ville endormie, les ordures de la cité, miettes tombées de la table, nœuds de dentelle laissés sur les divans, chevelures oubliées dans les fiacres, billets de banque glissés des corsages, tout ce que la brutalité du désir et le contentement immédiat de l'instinct jettent à la rue, après l'avoir brisé et souillé. Alors, dans le sommeil fiévreux de Paris, et mieux encore que dans sa quête haletante du grand jour, on sentait le détraquement cérébral, le cauchemar doré et voluptueux d'une ville folle de son or et de sa chair. Jusqu'à minuit, les violons chantaient; puis les fenêtres s'éteignaient, et les ombres descendaient sur la ville. C'était comme une alcôve colossale où l'on aurait soufflé la dernière bougie, éteint la dernière pudeur. Il n'y avait plus, au fond des ténèbres, qu'un grand râle d'amour furieux et las ; tandis que les Tuileries, au bord de l'eau, allongeaient leurs bras dans le noir, comme pour une embrassade énorme.

Saccard venait de faire bâtir son hôtel du parc Monceau sur un terrain volé à la Ville. Il s'y était réservé, au premier étage, un cabinet superbe, palissandre et or, avec de hautes vitrines de bibliothèque, pleines de dossiers, et où l'on ne voyait pas un livre ; le coffre-fort, enfoncé dans le mur, se creusait comme une alcôve de fer, grande à y coucher les amours d'un milliard. Sa fortune s'y épanouissait, s'y étalait insolemment. Tout paraissait lui réussir. Lorsqu'il quitta la rue de Rivoli, agrandissant son train de maison, doublant sa dépense, il parla à ses familiers de gains considérables. Selon lui, son association avec les sieurs Mignon et Charrier lui rapportait d'énormes bénéfices ; ses spéculations sur les immeubles allaient mieux encore ; quant au Crédit viticole, c'était une vache à lait inépuisable. Il avait une façon d'énumérer ses richesses qui étourdissait les auditeurs et les empêchait de voir bien clair. Son nasillement de Provençal redoublait : il tirait, avec ses phrases courtes et ses gestes nerveux, des feux d'artifice, où les millions montaient en fusée, et qui finissaient par éblouir les plus incrédules. Cette mimique turbulente d'homme riche était pour une bonne part dans la réputation d'heureux joueur qu'il avait acquise. À la vérité, personne ne lui connaissait un capital net et solide. Ses différents associés, forcément au courant de sa situation vis-à-vis d'eux, s'expliquaient sa fortune colossale en croyant à son bonheur absolu dans les autres spéculations, celles qu'ils ne connaissaient pas. Il dépensait un argent fou ; le ruissellement de sa caisse continuait, sans que les sources de ce fleuve d'or eussent été encore découvertes. C'était la démence pure, la rage de l'argent, les poignées de louis jetées par les fenêtres, le coffre-fort vidé chaque soir jusqu'au dernier sou, se remplissant pendant la nuit on ne savait comment, et ne fournissant jamais d'aussi fortes sommes que lorsque Saccard prétendait en avoir perdu les clefs.

Dans cette fortune, qui avait les clameurs et le débordement d'un torrent d'hiver, la dot de Renée se trouvait secouée, emportée, noyée. La jeune femme, méfiante les premiers jours, voulant gérer ses biens elle-même, se lassa bientôt des affaires ; puis elle se sentit pauvre à côté de son mari, et, la dette l'écrasant, elle dut avoir recours à lui, lui emprunter de l'argent, se mettre à sa discrétion. À chaque nouveau mémoire, qu'il payait avec un sourire d'homme tendre aux faiblesses humaines, elle se livrait un peu plus, lui confiait des titres de rente, l'autorisait à vendre ceci ou cela. Quand ils vinrent habiter l'hôtel du parc Monceau, elle se trouvait déjà presque entièrement dépouillée. Il s'était substitué à l'État et lui servait la rente des cent mille francs provenant de la rue de la Pépinière ; d'autre part, il lui avait fait vendre la propriété de la Sologne, pour en mettre l'argent dans une grande affaire, un placement superbe, disait-il. Elle n'avait donc plus entre les mains que les terrains de Charonne, qu'elle refusait obstinément d'aliéner, pour ne pas attrister l'excellente tante Élisabeth. Et là encore, il préparait un coup de génie, avec l'aide de son ancien complice Larsonneau. D'ailleurs, elle restait son obligée ; s'il lui avait pris sa fortune, il lui en payait cinq ou six fois les revenus. La rente des cent mille francs, jointe au produit de l'argent de la Sologne, montait à peine à neuf ou dix mille francs, juste de quoi solder

sa lingère et son cordonnier. Il lui donnait ou donnait
pour elle quinze et vingt fois cette misère. Il aurait travaillé huit jours pour lui voler cent francs et il l'entretenait royalement. Aussi, comme tout le monde, elle
avait le respect de la caisse monumentale de son mari,
sans chercher à pénétrer le néant de ce fleuve d'or qui
lui passait sous les yeux, et dans lequel elle se jetait
chaque matin.

Au parc Monceau, ce fut la crise folle, le triomphe
fulgurant. Les Saccard doublèrent le nombre de leurs
voitures et de leurs attelages ; ils eurent une armée de
domestiques, qu'ils habillèrent d'une livrée gros bleu,
avec culotte mastic et gilet rayé noir et jaune, couleurs
un peu sévères que le financier avait choisies pour
paraître tout à fait sérieux, un de ses rêves les plus
caressés. Ils mirent leur luxe sur la façade et ouvrirent
les rideaux, les jours de grands dîners. Le coup de vent
de la vie contemporaine, qui avait fait battre les portes
du premier étage de la rue de Rivoli, était devenu, dans
l'hôtel, un véritable ouragan qui menaçait d'emporter
les cloisons. Au milieu de ces appartements princiers,
le long des rampes dorées, sur les tapis de haute laine,
dans ce palais féerique de parvenu, l'odeur de Mabille
traînait, les déhanchements des quadrilles à la mode
dansaient, toute l'époque passait avec son rire fou et
bête, son éternelle faim et son éternelle soif. C'était la
maison suspecte du plaisir mondain, du plaisir impudent qui élargit les fenêtres pour mettre les passants
dans la confidence des alcôves. Le mari et la femme
y vivaient librement, sous les yeux de leurs domestiques.
Ils s'étaient partagé la maison, ils y campaient, n'ayant
pas l'air d'être chez eux, comme jetés, au bout d'un
voyage tumultueux et étourdissant, dans quelque royal
hôtel garni, où ils n'avaient pris que le temps de défaire
leurs malles, pour courir plus vite aux jouissances d'une
ville nouvelle. Ils y logeaient à la nuit, ne restant chez
eux que les jours de grands dîners, emportés par une
course continuelle à travers Paris, rentrant parfois
pour une heure, comme on rentre dans une chambre

d'auberge, entre deux excursions. Renée s'y sentait plus inquiète, plus nerveuse ; ses jupes de soie glissaient avec des sifflements de couleuvre sur les épais tapis, le long du satin des causeuses ; elle était irritée par ces dorures imbéciles qui l'entouraient, par ces hauts plafonds vides où ne restaient, après les nuits de fête, que les rires des jeunes sots et les sentences des vieux fripons ; et elle eût voulu, pour remplir ce luxe, pour habiter ce rayonnement, un amusement suprême que ses curiosités cherchaient en vain dans tous les coins de l'hôtel, dans le petit salon couleur de soleil, dans la serre aux végétations grasses. Quant à Saccard, il touchait à son rêve ; il recevait la haute finance, M. Toutin-Laroche, M. de Lauwerens ; il recevait aussi les grands politiques, le baron Gouraud, le député Haffner ; son frère, le ministre, avait même bien voulu venir deux ou trois fois consolider sa situation par sa présence. Cependant, comme sa femme, il avait des anxiétés nerveuses, une inquiétude qui donnait à son rire un étrange son de vitres brisées. Il devenait si tourbillonnant, si effaré, que ses connaissances disaient de lui : « Ce diable de Saccard ! il gagne trop d'argent, il en deviendra fou ! » En 1860, on l'avait décoré, à la suite d'un service mystérieux qu'il avait rendu au préfet, en servant de prête-nom à une dame dans une vente de terrains.

Ce fut vers l'époque de leur installation au parc Monceau, qu'une apparition passa dans la vie de Renée, en lui laissant une impression ineffaçable. Jusque-là, le ministre avait résisté aux supplications de sa belle-sœur, qui mourait d'envie d'être invitée aux bals de la cour. Il céda enfin, croyant la fortune de son frère définitivement assise. Pendant un mois, Renée n'en dormit pas. La grande soirée arriva, et elle était toute tremblante, dans la voiture qui la menait aux Tuileries.

Elle avait une toilette prodigieuse de grâce et d'originalité, une vraie trouvaille qu'elle avait faite dans une nuit d'insomnie, et que trois ouvriers de Worms étaient venus exécuter chez elle, sous ses yeux. C'était une

simple robe de gaze blanche, mais garnie d'une multitude de petits volants découpés et bordés d'un filet de
velours noir. La tunique, de velours noir, était décolletée en carré, très bas sur la gorge, qu'encadrait une
dentelle mince, haute à peine d'un doigt. Pas une fleur,
pas un bout de ruban ; à ses poignets, des bracelets sans
une ciselure, et sur sa tête, un étroit diadème d'or, un
cercle uni qui lui mettait comme une auréole.

✎   Quand elle fut dans les salons et que son mari l'eut
quittée pour le baron Gouraud, elle éprouva un
moment d'embarras. Mais les glaces, où elle se voyait
adorable, la rassurèrent vite, et elle s'habituait à l'air
chaud, au murmure des voix, à cette cohue d'habits
noirs et d'épaules blanches, lorsque l'empereur parut.
Il traversait lentement le salon, au bras d'un général
gros et court, qui soufflait comme s'il avait eu une
digestion difficile. Les épaules se rangèrent sur deux
haies, tandis que les habits noirs reculèrent d'un pas,
instinctivement, d'un air discret. Renée se trouva poussée au bout de la file des épaules, près de la seconde
porte, celle que l'empereur gagnait d'un pas pénible et
vacillant. Elle le vit ainsi venir à elle, d'une porte à
l'autre.

Il était en habit, avec l'écharpe rouge du grand cordon [1]. Renée, reprise par l'émotion, distinguait mal, et
cette tache saignante lui semblait éclabousser toute la
poitrine du prince. Elle le trouva petit, les jambes trop
courtes, les reins flottants ; mais elle était ravie, et elle
le voyait beau, avec son visage blême, sa paupière
lourde et plombée qui retombait sur son œil mort.
Sous ses moustaches, sa bouche s'ouvrait mollement ;
tandis que son nez seul restait osseux dans toute sa face
dissoute.

L'empereur et le vieux général continuaient à avancer
à petits pas, paraissant se soutenir, alanguis, vaguement

---

1. Écharpe que porte le titulaire du grade de grand-croix de la
Légion d'honneur.

✎ Voir *Au fil du texte*, p. VIII.

souriants. Ils regardaient les dames inclinées, et leurs coups d'œil, jetés à droite et à gauche, glissaient dans les corsages. Le général se penchait, disait un mot au maître, lui serrait le bras d'un air de joyeux compagnon. Et l'empereur, mou et voilé, plus terne encore que de coutume, approchait toujours de sa marche traînante.

Ils étaient au milieu du salon, lorsque Renée sentit leurs regards se fixer sur elle. Le général la regardait avec des yeux ronds, tandis que l'empereur, levant à demi les paupières, avait des lueurs fauves dans l'hésitation grise de ses yeux brouillés. Renée, décontenancée, baissa la tête, s'inclina, ne vit plus que les rosaces du tapis. Mais elle suivait leur ombre, elle comprit qu'ils s'arrêtaient quelques secondes devant elle. Et elle crut entendre l'empereur, ce rêveur équivoque, qui murmurait, en la regardant enfoncée dans sa jupe de mousseline striée de velours :

« Voyez donc, général, une fleur à cueillir, un mystérieux œillet panaché blanc et noir. »

Et le général répondit, d'une voix plus brutale :

« Sire, cet œillet-là irait diantrement bien à nos boutonnières. »

Renée leva la tête. L'apparition avait disparu, un flot de foule encombrait la porte. Depuis cette soirée, elle revint souvent aux Tuileries, elle eut même l'honneur d'être complimentée à voix haute par Sa Majesté, et de devenir un peu son amie ; mais elle se rappela toujours la marche lente et alourdie du prince au milieu du salon, entre les deux rangées d'épaules ; et, quand elle goûtait quelque joie nouvelle dans la fortune grandissante de son mari, elle revoyait l'empereur dominant les gorges inclinées, venant à elle, la comparant à un œillet que le vieux général lui conseillait de mettre à sa boutonnière. C'était, pour elle, la note aiguë de sa vie.

CHAPITRE IV

Le désir net et cuisant qui était monté au cœur de Renée, dans les parfums troublants de la serre, tandis que Maxime et Louise riaient sur une causeuse du petit salon bouton-d'or, parut s'effacer comme un cauchemar dont il ne reste plus qu'un vague frisson. La jeune femme avait, toute la nuit, gardé aux lèvres l'amertume du Tanghin ; il lui semblait, à sentir cette cuisson de la feuille maudite, qu'une bouche de flamme se posait sur la sienne, lui soufflait un amour dévorant. Puis cette bouche lui échappait, et son rêve se noyait dans de grands flots d'ombre qui roulaient sur elle.

Le matin, elle dormit un peu. Quand elle se réveilla, elle se crut malade. Elle fit fermer les rideaux, parla à son médecin de nausées et de douleurs de tête, refusa absolument de sortir pendant deux jours. Et, comme elle se prétendait assiégée, elle condamna sa porte. Maxime vint inutilement y frapper. Il ne couchait pas à l'hôtel, pour disposer plus librement de son appartement ; d'ailleurs, il menait la vie la plus nomade du monde, logeant dans les maisons neuves de son père, choisissant l'étage qui lui plaisait, déménageant tous les mois, souvent par caprice, parfois pour laisser la place à des locataires sérieux. Il essuyait les plâtres en compagnie de quelque maîtresse. Habitué aux caprices de sa belle-mère, il feignit une grande compassion, et monta quatre fois par jour demander de ses nouvelles avec des mines désolées, uniquement pour la taquiner. Le troisième jour, il la trouva dans le petit salon, rose, souriante, l'air calme et reposé.

« Eh bien, t'es-tu beaucoup amusée avec Céleste ? lui demanda-t-il, faisant allusion au long tête-à-tête qu'elle venait d'avoir avec sa femme de chambre.

— Oui, répondit-elle, c'est une fille précieuse. Elle a toujours les mains glacées ; elle me les posait sur le front et calmait un peu ma pauvre tête.

— Mais c'est un remède, cette fille-là ! s'écria le jeune homme. Si j'avais le malheur de tomber jamais amoureux, tu me la prêterais, n'est-ce pas ? pour qu'elle mît ses deux mains sur mon cœur. »

Ils plaisantèrent, ils firent au Bois leur promenade accoutumée. Quinze jours se passèrent. Renée s'était jetée plus follement dans sa vie de visites et de bals ; sa tête semblait avoir tourné une fois encore, elle ne se plaignait plus de lassitude et de dégoût. On eût dit seulement qu'elle avait fait quelque chute secrète, dont elle ne parlait pas, mais qu'elle confessait par un mépris plus marqué pour elle-même et par une dépravation plus risquée dans ses caprices de grande mondaine. Un soir, elle avoua à Maxime qu'elle mourait d'envie d'aller à un bal que Blanche Muller, une actrice en vogue, donnait aux princesses de la rampe et aux reines du demi-monde. Cet aveu surprit et embarrassa le jeune homme lui-même, qui n'avait pourtant pas de grands scrupules. Il voulut catéchiser sa belle-mère : vraiment, ce n'était pas là sa place ; elle n'y verrait, d'ailleurs, rien de bien drôle ; puis, si elle était reconnue, cela ferait scandale. À toutes ces bonnes raisons, elle répondait, les mains jointes, suppliant et souriant :

« Voyons, mon petit Maxime, sois gentil. Je le veux... Je mettrai un domino [1] bleu sombre, nous ne ferons que traverser les salons. »

1. Costume de bal masqué, consistant en une large robe à capuchon.

Quand Maxime, qui finissait toujours par céder, et qui aurait mené sa belle-mère dans tous les mauvais lieux de Paris, pour peu qu'elle l'en eût prié, eut consenti à la conduire au bal de Blanche Muller, elle battit des mains comme un enfant auquel on accorde une récréation inespérée.

« Ah ! tu es gentil, dit-elle. C'est pour demain, n'est-ce pas ? Viens me chercher de très bonne heure. Je veux voir arriver ces dames. Tu me les nommeras, et nous nous amuserons joliment... »

Elle réfléchit, puis elle ajouta :

« Non, ne viens pas. Tu m'attendras avec un fiacre, sur le boulevard Malesherbes. Je sortirai par le jardin. »

Ce mystère était un piment qu'elle ajoutait à son escapade ; simple raffinement de jouissance, car elle serait sortie à minuit par la grande porte, que son mari n'aurait pas seulement mis la tête à la fenêtre.

Le lendemain, après avoir recommandé à Céleste de l'attendre, elle traversa, avec les frissons d'une peur exquise, les ombres noires du parc Monceau. Saccard avait profité de sa bonne amitié avec l'Hôtel de Ville pour se faire donner la clef d'une petite porte du parc, et Renée avait voulu également en avoir une. Elle faillit se perdre, ne trouva le fiacre que grâce aux deux yeux jaunes des lanternes. À cette époque, le boulevard Malesherbes, à peine terminé, était encore, le soir, une véritable solitude. La jeune femme se glissa dans la voiture, très émue, le cœur battant délicieusement, comme si elle fût allée à quelque rendez-vous d'amour. Maxime, en toute philosophie, fumait, à moitié endormi dans un coin du fiacre. Il voulut jeter son cigare, mais elle l'en empêcha, et comme elle cherchait à lui retenir le bras, dans l'obscurité, elle lui mit la main en plein sur la figure, ce qui les amusa beaucoup tous les deux.

« Je te dis que j'aime l'odeur du tabac, s'écria-t-elle. Garde ton cigare... Puis, nous nous débauchons, ce soir... Je suis un homme, moi. »

Le boulevard n'était pas encore éclairé. Pendant que

le fiacre descendait vers la Madeleine, il faisait si nuit dans la voiture qu'ils ne se voyaient pas. Par instants, lorsque le jeune homme portait son cigare aux lèvres, un point rouge trouait les ténèbres épaisses. Ce point rouge intéressait Renée. Maxime, que le flot du domino de satin noir avait couvert à demi, en emplissant l'intérieur du fiacre, continuait à fumer en silence, d'un air d'ennui. La vérité était que le caprice de sa belle-mère venait de l'empêcher de suivre au café Anglais [1] une bande de dames, résolues à commencer et à terminer là le bal de Blanche Muller. Il était maussade, et elle devina sa bouderie dans l'ombre.

« Est-ce que tu es souffrant ? lui demanda-t-elle.

— Non, j'ai froid, répondit-il.

— Tiens ! moi je brûle. Je trouve qu'on étouffe... Mets un coin de mes jupons sur tes genoux.

— Oh ! tes jupons, murmura-t-il avec mauvaise humeur, j'en ai jusqu'aux yeux. »

Mais ce mot le fit rire lui-même, et peu à peu il s'anima. Elle lui conta la peur qu'elle venait d'avoir dans le parc Monceau. Alors elle lui confessa une de ses autres envies : elle aurait voulu faire, la nuit, sur le petit lac du parc, une promenade dans la barque qu'elle voyait de ses fenêtres, échouée au bord d'une allée. Il trouva qu'elle devenait élégiaque. Le fiacre roulait toujours, les ténèbres restaient profondes, ils se penchaient l'un vers l'autre pour s'entendre dans le bruit des roues, se frôlant du geste, sentant leur haleine tiède, parfois, lorsqu'ils s'approchaient trop. Et, à temps égaux, le cigare de Maxime se ravivait, tachait l'ombre de rouge, en jetant un éclair pâle et rose sur le visage de Renée. Elle était adorable, vue à cette lueur rapide ; si bien que le jeune homme en fut frappé.

« Oh ! oh ! dit-il, nous paraissons bien jolie, ce soir, belle-maman... Voyons un peu. »

Il approcha son cigare, tira précipitamment quelques

_____

1. Sur le boulevard des Italiens.

bouffées. Renée, dans son coin, se trouva éclairée d'une lumière chaude et comme haletante. Elle avait relevé un peu son capuchon. Sa tête nue, couverte d'une pluie de petits frisons, coiffée d'un simple ruban bleu, ressemblait à celle d'un vrai gamin, au-dessus de la grande blouse de satin noir qui lui montait jusqu'au cou. Elle trouva très drôle d'être ainsi regardée et admirée à la clarté d'un cigare. Elle se renversait avec de petits rires, tandis qu'il ajoutait d'un air de gravité comique :

« Diable ! Il va falloir que je veille sur toi, si je veux te ramener saine et sauve à mon père. »

Cependant le fiacre tournait la Madeleine et s'engageait sur les boulevards. Là, il s'emplit de clartés dansantes, du reflet des magasins dont les vitrines flambaient. Blanche Muller habitait, à deux pas, une des maisons neuves qu'on a bâties sur les terrains exhaussés de la rue Basse-du-Rempart [1]. Il n'y avait encore que quelques voitures à la porte. Il n'était guère plus de dix heures. Maxime voulait faire un tour sur les boulevards, attendre une heure ; mais Renée, dont la curiosité s'éveillait, plus vive, lui déclara carrément qu'elle allait monter toute seule, s'il ne l'accompagnait pas. Il la suivit, et fut heureux de trouver en haut plus de monde qu'il ne l'aurait cru. La jeune femme avait mis son masque. Au bras de Maxime, auquel elle donnait à voix basse des ordres sans réplique, et qui lui obéissait docilement, elle fureta dans toutes les pièces, souleva le coin des portières, examina l'ameublement, serait allée jusqu'à fouiller les tiroirs, si elle n'avait pas eu peur d'être vue. L'appartement, très riche, avait des coins de bohème, où l'on retrouvait la cabotine. C'était surtout là que les narines roses de Renée frémissaient, et qu'elle forçait son compagnon à marcher doucement, pour ne rien perdre des choses ni de leur odeur. Elle s'oublia particulièrement dans un cabinet de toilette, laissé grand ouvert par Blanche Muller, qui, lorsqu'elle

---

1. Entre la Chaussée d'Antin et la rue Caumartin.

recevait, livrait à ses convives jusqu'à son alcôve, où l'on poussait le lit pour établir des tables de jeu. Mais le cabinet ne la satisfit pas ; il lui parut commun et même un peu sale, avec son tapis que des bouts de cigarette avaient criblé de petites brûlures rondes, et ses tentures de soie bleue tachées de pommade, piquées par les éclaboussures du savon. Puis, quand elle eut bien inspecté les lieux, mis les moindres détails du logis dans sa mémoire, pour les décrire plus tard à ses intimes, elle passa aux personnages. Les hommes, elle les connaissait ; c'étaient, pour la plupart, les mêmes financiers, les mêmes hommes politiques, les mêmes jeunes viveurs qui venaient à ses jeudis. Elle se croyait dans son salon, par moments, lorsqu'elle se trouvait en face d'un groupe d'habits noirs souriants, qui, la veille, avaient, chez elle, le même sourire, en parlant à la marquise d'Espanet ou à la blonde Mme Haffner. Et lorsqu'elle regardait les femmes, l'illusion ne cessait pas complètement. Laure d'Aurigny était en jaune comme Suzanne Haffner, et Blanche Muller avait, comme Adeline d'Espanet, une robe blanche qui la décolletait jusqu'au milieu du dos. Enfin, Maxime demanda grâce, et elle voulut bien s'asseoir avec lui sur une causeuse. Ils restèrent là un instant, le jeune homme bâillant, la jeune femme lui demandant les noms de ces dames, les déshabillant du regard, comptant les mètres de dentelles qu'elles avaient autour de leurs jupes. Comme il la vit plongée dans cette étude grave, il finit par s'échapper, obéissant à un appel que Laure d'Aurigny lui faisait de la main. Elle le plaisanta sur la dame qu'il avait au bras. Puis elle lui fit jurer de venir les rejoindre, vers une heure, au café Anglais.

« Ton père en sera », lui cria-t-elle, au moment où il rejoignait Renée.

Celle-ci se trouvait entourée d'un groupe de femmes qui riaient très fort, tandis que M. de Saffré avait profité de la place laissée libre par Maxime pour se glisser à côté d'elle et lui dire des galanteries de cocher. Puis M. de Saffré et les femmes, tout ce monde s'était mis à crier, à se taper sur les cuisses, si bien que Renée, les oreilles brisées, bâillant à son tour, se leva en disant à son compagnon :

« Allons-nous-en, ils sont trop bêtes ! »

Comme ils sortaient, M. de Mussy entra. Il parut enchanté de rencontrer Maxime, et, sans faire attention à la femme masquée qui était avec lui :

« Ah ! mon ami, murmura-t-il d'un air langoureux, elle me fera mourir. Je sais qu'elle va mieux, et elle me ferme toujours sa porte. Dites-lui bien que vous m'avez vu les larmes aux yeux.

— Soyez tranquille, votre commission sera faite », dit le jeune homme avec un rire singulier.

Et, dans l'escalier :

« Eh bien, belle-maman, ce pauvre garçon ne t'a pas touchée ? »

Elle haussa les épaules, sans répondre. En bas, sur le trottoir, elle s'arrêta avant de monter dans le fiacre qui les avait attendus, regardant d'un air hésitant du côté de la Madeleine et du côté du boulevard des Italiens. Il était à peine onze heures et demie, le boulevard avait encore une grande animation.

« Alors, nous allons rentrer, murmura-t-elle avec regret.

— À moins que tu ne veuilles suivre un instant les boulevards en voiture », répondit Maxime.

Elle accepta. Son régal de femme curieuse tournait mal, et elle se désespérait de rentrer ainsi avec une illusion de moins et un commencement de migraine. Elle avait cru longtemps qu'un bal d'actrices était drôle à mourir. Le printemps, comme il arrive parfois dans les derniers jours d'octobre, semblait être revenu ; la nuit avait des tiédeurs de mai, et les quelques frissons froids qui passaient, mettaient dans l'air une gaieté de plus. Renée, la tête à la portière, resta silencieuse, regardant la foule, les cafés, les restaurants, dont la file interminable courait devant elle. Elle était devenue toute sérieuse, perdue au fond de ces vagues souhaits dont s'emplissent les rêveries de femmes. Ce large trottoir que balayaient les robes des filles, et où les bottes des hommes sonnaient avec des familiarités particulières, cet asphalte gris où lui semblait passer le galop des plaisirs et des amours faciles, réveillaient ses désirs endormis, lui faisaient oublier ce bal idiot dont elle sortait, pour lui laisser entrevoir d'autres joies de plus haut goût. Aux fenêtres des cabinets de Brébant [1], elle aperçut des ombres de femmes sur la blancheur des rideaux. Et Maxime lui conta une histoire très risquée, d'un mari trompé qui avait ainsi surpris, sur un rideau, l'ombre de sa femme en flagrant délit avec l'ombre d'un amant. Elle l'écoutait à peine. Lui, s'égaya, finit par lui prendre les mains, par la taquiner, en lui parlant de ce pauvre M. de Mussy.

Comme ils revenaient et qu'ils repassaient devant Brébant :

« Sais-tu, dit-elle tout à coup, que M. de Saffré m'a invitée à souper, ce soir ?

— Oh ! tu aurais mal mangé, répliqua-t-il en riant. Saffré n'a pas la moindre imagination culinaire. Il en est encore à la salade de homard.

— Non, non, il parlait d'huîtres et de perdreau froid... Mais il me tutoyait, et cela m'a gênée... »

Elle se tut, regarda encore le boulevard, et ajouta après un silence, d'un air désolé :

« Le pis est que j'ai une faim atroce.

— Comment ! tu as faim ! s'écria le jeune homme. C'est bien simple, nous allons souper ensemble... Veux-tu ? »

Il dit cela tranquillement ; mais elle refusa d'abord, assura que Céleste lui avait préparé une collation à l'hôtel. Cependant, ne voulant pas aller au café Anglais, il avait fait arrêter la voiture au coin de la rue Le Peletier, devant le restaurant du café Riche ; il était même descendu, et comme sa belle-mère hésitait encore :

« Après ça, dit-il, si tu as peur que je te compro-

1. Le café Brébant, boulevard Poissonnière.

mette, dis-le... Je vais monter à côté du cocher et te reconduire à ton mari. »

Elle sourit, elle descendit du fiacre avec des mines d'oiseau qui craint de se mouiller les pattes. Elle était radieuse. Ce trottoir qu'elle sentait sous ses pieds lui chauffait les talons, lui donnait, à fleur de peau, un délicieux frisson de peur et de caprice contenté. Depuis que le fiacre roulait, elle avait une envie folle d'y sauter. Elle le traversa à petits pas, furtivement, comme si elle eût goûté un plaisir plus vif à redouter d'y être vue. Son escapade tournait décidément à l'aventure. Certes, elle ne regrettait pas d'avoir refusé l'invitation brutale de M. de Saffré. Mais elle serait rentrée horriblement maussade, si Maxime n'avait eu l'idée de lui faire goûter au fruit défendu. Celui-ci monta l'escalier vivement, comme s'il était chez lui. Elle le suivit en soufflant un peu. De légers fumets de marée et de gibier traînaient, et le tapis, que des baguettes de cuivre tendaient sur les marches, avait une odeur de poussière qui redoublait son émotion.

Comme ils arrivaient à l'entresol, ils rencontrèrent un garçon, à l'air digne, qui se rangea contre le mur pour les laisser passer.

« Charles, lui dit Maxime, vous nous servirez, n'est-ce pas ?... Donnez-nous le salon blanc. »

Charles s'inclina, remonta quelques marches, ouvrit la porte d'un cabinet. Le gaz était baissé, il sembla à Renée qu'elle pénétrait dans le demi-jour d'un lieu suspect et charmant.

Un roulement continu entrait par la fenêtre grande ouverte, et sur le plafond, dans les reflets du café d'en bas, passaient les ombres rapides des promeneurs. Mais, d'un coup de pouce, le garçon haussa le gaz. Les ombres du plafond disparurent, le cabinet s'emplit d'une lumière crue qui tomba en plein sur la tête de la jeune femme. Elle avait déjà rejeté son capuchon en arrière. Les petits frisons s'étaient un peu ébouriffés dans le fiacre, mais le ruban bleu n'avait pas bougé. Elle se mit à marcher, gênée par la façon dont Charles

la regardait ; il avait un clignement d'yeux, un pince-
ment de paupières, pour mieux la voir, qui signifiait
clairement : « En voilà une que je ne connais pas
encore. »

« Que servirai-je à Monsieur ? » demanda-t-il à voix
haute.

Maxime se tourna vers Renée.

« Le souper de M. de Saffré, n'est-ce pas ? dit-il, des
huîtres, un perdreau... »

Et, en voyant le jeune homme sourire, Charles
l'imita, discrètement, en murmurant :

« Alors, le souper de mercredi, si vous voulez ?

— Le souper de mercredi... », répétait Maxime.

Puis, se rappelant :

« Oui, ça m'est égal, donnez-nous le souper de mercredi. »

Quand le garçon fut sorti, Renée prit son binocle et
fit curieusement le tour du petit salon. C'était une pièce
carrée, blanc et or, meublée avec des coquetteries de
boudoir. Outre la table et les chaises, il y avait un meuble bas, une sorte de console, où l'on desservait, et un
large divan, un véritable lit, qui se trouvait placé entre
la cheminée et la fenêtre. Une pendule et deux flam-
beaux Louis XVI garnissaient la cheminée de marbre
blanc. Mais la curiosité du cabinet était la glace, une
belle glace trapue que les diamants de ces dames avaient
criblée de noms, de dates, de vers estropiés, de pensées prodigieuses et d'aveux étonnants. Renée crut apercevoir une saleté et n'eut pas le courage de satisfaire
sa curiosité. Elle regarda le divan, éprouva un nouvel
embarras, se mit, afin d'avoir une contenance, à regarder le plafond et le lustre de cuivre doré, à cinq becs.
Mais la gêne qu'elle ressentait était délicieuse. Pendant
qu'elle levait le front, comme pour étudier la corniche,
grave et le binocle à la main, elle jouissait profondément de ce mobilier équivoque, qu'elle sentait autour
d'elle ; de cette glace claire et cynique, dont la pureté,
à peine ridée par ces pattes de mouche ordurières, avait
servi à rajuster tant de faux chignons ; de ce divan

qui la choquait par sa largeur ; de la table, du tapis
lui-même, où elle retrouvait l'odeur de l'escalier, une
vague odeur de poussière pénétrante et comme religieuse.

Puis, lorsqu'il lui fallut baisser enfin les yeux :

« Qu'est-ce donc que ce souper de mercredi ?
demanda-t-elle à Maxime.

— Rien, répondit-il, un pari qu'un de mes amis a
perdu. »

Dans tout autre lieu, il lui aurait dit sans hésiter qu'il
avait soupé le mercredi avec une dame, rencontrée sur
le boulevard. Mais, depuis qu'il était entré dans le cabinet, il la traitait instinctivement en femme à laquelle
il faut plaire et dont on doit ménager la jalousie. Elle
n'insista pas, d'ailleurs ; elle alla s'accouder à la rampe
de la fenêtre, où il vint la rejoindre. Derrière eux,
Charles entrait et sortait, avec un bruit de vaisselle et
d'argenterie.

Il n'était pas encore minuit. En bas, sur le boulevard,
Paris grondait, prolongeait la journée ardente, avant
de se décider à gagner son lit. Les files d'arbres marquaient, d'une ligne confuse, les blancheurs des trottoirs et le noir vague de la chaussée, où passaient le roulement et les lanternes rapides des voitures. Aux deux
bords de cette bande obscure, les kiosques des marchands de journaux, de place en place, s'allumaient,
pareils à de grandes lanternes vénitiennes, hautes et
bizarrement bariolées, posées régulièrement à terre,
pour quelque illumination colossale. Mais, à cette
heure, leur éclat assourdi se perdait dans le flamboiement des devantures voisines. Pas un volet n'était mis,
les trottoirs s'allongeaient sans une raie d'ombre, sous
une pluie de rayons qui les éclairait d'une poussière
d'or, de la clarté chaude et éclatante du plein jour.
Maxime montra à Renée, en face d'eux, le café Anglais,
dont les fenêtres luisaient. Les branches hautes des
arbres les gênaient un peu, d'ailleurs, pour voir les
maisons et le trottoir opposés. Ils se penchèrent, ils
regardèrent au-dessous d'eux. C'était un va-et-vient

continu ; des promeneurs passaient par groupes, des filles, deux à deux, traînaient leurs jupes, qu'elles relevaient de temps à autre, d'un mouvement alangui, en jetant autour d'elles des regards las et souriants. Sous la fenêtre même, le café Riche avançait ses tables dans le coup de soleil de ses lustres, dont l'éclat s'étendait jusqu'au milieu de la chaussée ; et c'était surtout au centre de cet ardent foyer qu'ils voyaient les faces blêmes et les rires pâles des passants. Autour des petites tables rondes, des femmes, mêlées aux hommes, buvaient. Elles étaient en robes voyantes, les cheveux dans le cou ; elles se dandinaient sur les chaises, avec des paroles hautes que le bruit empêchait d'entendre. Renée en remarqua particulièrement une, seule à une table, vêtue d'un costume d'un bleu dur, garni d'une guipure blanche ; elle achevait, à petits coups, un verre de bière, renversée à demi, les mains sur le ventre, d'un air d'attente lourde et résignée. Celles qui marchaient se perdaient lentement au milieu de la foule, et la jeune femme, qu'elles intéressaient, les suivait du regard, allait d'un bout du boulevard à l'autre, dans les lointains tumultueux et confus de l'avenue, pleins du grouillement noir des promeneurs, et où les clartés n'étaient plus que des étincelles. Et le défilé repassait sans fin, avec une régularité fatigante, monde étrangement mêlé et toujours le même, au milieu des couleurs vives, des trous de ténèbres, dans le tohu-bohu féerique de ces mille flammes dansantes, sortant comme un flot des boutiques, colorant les transparents des croisées et des kiosques, courant sur les façades en baguettes, en lettres, en dessins de feu, piquant l'ombre d'étoiles, filant sur la chaussée, continuellement. Le bruit assourdissant qui montait avait une clameur, un ronflement prolongé, monotone, comme une note d'orgue accompagnant l'éternelle procession de petites poupées mécaniques. Renée crut, un moment, qu'un accident venait d'avoir lieu. Un flot de personnes se mouvait à gauche, un peu au-delà du passage de l'Opéra. Mais, ayant pris son binocle, elle reconnut le bureau des omnibus ; il y avait beaucoup de monde sur le trottoir, debout, attendant, se précipitant dès qu'une voiture arrivait. Elle entendait la voix rude du contrôleur appeler les numéros, puis les tintements du compteur lui arrivaient en sonneries cristallines. Elle s'arrêta aux annonces d'un kiosque, crûment coloriées comme les images d'Épinal ; il y avait, sur un carreau, dans un cadre jaune et vert, une tête de diable ricanant, les cheveux hérissés, réclame d'un chapelier qu'elle ne comprit pas. De cinq minutes en cinq minutes, l'omnibus des Batignolles passait, avec ses lanternes rouges et sa caisse jaune, tournant le coin de la rue Le Peletier, ébranlant la maison de son fracas ; et elle voyait les hommes de l'impériale, des visages fatigués qui se levaient et les regardaient, elle et Maxime, du regard curieux des affamés mettant l'œil à une serrure.

« Ah ! dit-elle, le parc Monceau, à cette heure, dort bien tranquillement. »

Ce fut la seule parole qu'elle prononça. Ils restèrent là près de vingt minutes, silencieux, s'abandonnant à la griserie des bruits et des clartés. Puis, la table mise, ils vinrent s'asseoir, et comme elle paraissait gênée par la présence du garçon, il le congédia.

« Laissez-nous... Je sonnerai pour le dessert. »

Elle avait aux joues de petites rougeurs et ses yeux brillaient ; on eût dit qu'elle venait de courir. Elle rapportait de la fenêtre un peu du vacarme et de l'animation du boulevard. Elle ne voulut pas que son compagnon fermât la croisée.

« Eh ! c'est l'orchestre, dit-elle, comme il se plaignait du bruit. Tu ne trouves pas que c'est une drôle de musique ? Cela va très bien accompagner nos huîtres et notre perdreau. »

Ses trente ans se rajeunissaient dans son escapade. Elle avait des mouvements vifs, une pointe de fièvre, et ce cabinet, ce tête-à-tête avec un jeune homme dans le brouhaha de la rue, la fouettaient, lui donnaient un air fille. Ce fut avec décision qu'elle attaqua les huîtres. Maxime n'avait pas faim, il la regarda dévorer en souriant.

« Diable ! murmura-t-il, tu aurais fait une bonne soupeuse. »

Elle s'arrêta, fâchée de manger si vite.

« Tu trouves que j'ai faim. Que veux-tu ? C'est cette heure de bal idiot qui m'a creusée... Ah ! mon pauvre ami, je te plains de vivre dans ce monde-là !

— Tu sais bien, dit-il, que je t'ai promis de lâcher Sylvia et Laure d'Aurigny, le jour où tes amies voudront venir souper avec moi. »

Elle eut un geste superbe.

« Pardieu ! je crois bien. Nous sommes autrement amusantes que ces dames, avoue-le... Si une de nous assommait un amant comme ta Sylvia et ta Laure d'Aurigny doivent vous assommer, mais la pauvre petite femme ne garderait pas cet amant une semaine !... Tu ne veux jamais m'écouter. Essaie, un de ces jours. »

Maxime, pour ne pas appeler le garçon, se leva, enleva les coquilles d'huîtres et apporta le perdreau qui était sur la console. La table avait le luxe des grands restaurants. Sur la nappe damassée, un souffle d'adorable débauche passait, et c'était avec de petits frémissements d'aise que Renée promenait ses fines mains de sa fourchette à son couteau, de son assiette à son verre. Elle but du vin blanc sans eau, elle qui buvait ordinairement de l'eau à peine rougie. Comme Maxime, debout, sa serviette sur le bras, la servait avec des complaisances comiques, il reprit :

« Qu'est-ce que M. de Saffré a bien pu te dire, pour que tu sois si furieuse ? Est-ce qu'il t'a trouvée laide ?

— Oh ! lui, répondit-elle, c'est un vilain homme. Jamais je n'aurais cru qu'un monsieur si distingué, si poli chez moi, parlât une telle langue. Mais je lui pardonne. Ce sont les femmes qui m'ont agacée. On aurait dit des marchandes de pommes. Il y en avait une qui se plaignait d'avoir un clou à la hanche, et, un peu plus, je crois qu'elle aurait relevé sa jupe pour faire voir son mal à tout le monde. »

Maxime riait aux éclats.

« Non, vrai, continua-t-elle en s'animant, je ne vous comprends pas, elles sont sales et bêtes... Et dire que, lorsque je te voyais aller chez ta Sylvia, je m'imaginais des choses prodigieuses, des festins antiques, comme on en voit dans les tableaux, avec des créatures couronnées de roses, des coupes d'or, des voluptés extraordinaires... Ah ! bien, oui. Tu m'as montré un cabinet de toilette malpropre et des femmes qui juraient comme des charretiers. Ça ne vaut pas la peine de faire le mal. »

Il voulut se récrier, mais elle lui imposa silence, et, tenant du bout des doigts un os de perdreau qu'elle rongeait délicatement, elle ajouta d'une voix plus basse :

« Le mal, ce devrait être quelque chose d'exquis, mon cher... Moi qui suis une honnête femme, quand je m'ennuie et que je commets le péché de rêver l'impossible, je suis sûre que je trouve des choses beaucoup plus jolies que les Blanche Muller. »

Et, d'un air grave, elle conclut par ce mot profond de cynisme naïf :

« C'est une affaire d'éducation, comprends-tu ? »

Elle déposa doucement le petit os dans son assiette. Le ronflement des voitures continuait, sans qu'une note plus vive s'élevât. Elle était obligée de hausser la voix pour qu'il pût l'entendre, et les rougeurs de ses joues augmentaient. Il y avait encore, sur la console, des truffes, un entremets sucré, des asperges, une curiosité pour la saison. Il apporta le tout, pour ne plus avoir à se déranger, et comme la table était un peu étroite, il plaça à terre, entre elle et lui, un seau d'argent plein de glace, dans lequel se trouvait une bouteille de champagne. L'appétit de la jeune femme finissait par le gagner. Ils touchèrent à tous les plats, ils vidèrent la bouteille le champagne, avec des gaietés brusques, se lançant dans des théories scabreuses, s'accoudant comme deux amis qui soulagent leur cœur, après boire. Le bruit diminuait sur le boulevard ; mais elle l'entendait au contraire qui grandissait, et toutes ces roues, par instants, semblaient lui tourner dans la tête.

Quand il parla de sonner pour le dessert, elle se leva,

secoua sa longue blouse de satin, pour faire tomber les
miettes, en disant :

« C'est cela… Tu sais, tu peux allumer un cigare. »

Elle était un peu étourdie. Elle alla à la fenêtre, atti-
rée par un bruit particulier qu'elle ne s'expliquait pas.
On fermait les boutiques.

« Tiens, dit-elle, en se retournant vers Maxime,
l'orchestre qui se dégarnit. »

Elle se pencha de nouveau. Au milieu, sur la chaussée, les fiacres et les omnibus croisaient toujours leurs
yeux de couleur, plus rares et plus rapides. Mais, sur
les côtés, le long des trottoirs, de grands trous d'ombre
s'étaient creusés, devant les boutiques fermées. Les
cafés seuls flambaient encore, rayant l'asphalte de nappes lumineuses. De la rue Drouot à la rue du Helder,
elle apercevait ainsi une longue file de carrés blancs et
de carrés noirs, dans lesquels les derniers promeneurs
surgissaient et s'évanouissaient d'une étrange façon.
Les filles surtout, avec la traîne de leur robe, tour à
tour crûment éclairées et noyées dans l'ombre, prenaient un air d'apparition, de marionnettes blafardes,
traversant le rayon électrique de quelque féerie. Elle
s'amusa un moment à ce jeu. Il n'y avait plus de lumière
épandue ; les becs de gaz s'éteignaient ; les kiosques
bariolés tachaient les ténèbres plus durement. Par instants, un flot de foule, la sortie de quelque théâtre, passait. Mais des vides se faisaient bientôt, et il venait, sous
la fenêtre, des groupes de deux ou trois hommes qu'une
femme abordait. Ils restaient debout, discutant. Dans
le tapage affaibli, quelques-unes de leurs paroles montaient ; puis, la femme, le plus souvent, s'en allait au
bras d'un des hommes. D'autres filles se rendaient de
café en café, faisaient le tour des tables, prenaient le
sucre oublié, riaient avec les garçons, regardaient fixement, d'un air d'interrogation et d'offre silencieuses,
les consommateurs attardés. Et comme Renée venait
de suivre des yeux l'impériale presque vide d'un omnibus des Batignolles, elle reconnut, au coin du trottoir,

la femme à la robe bleue et aux guipures blanches, droite, tournant la tête, toujours en quête.

Quand Maxime vint la chercher à la fenêtre, où elle s'oubliait, il eut un sourire, en regardant une des croisées entrouvertes du café Anglais ; l'idée que son père y soupait de son côté lui parut comique ; mais il avait, ce soir-là, des pudeurs particulières qui gênaient ses plaisanteries habituelles. Renée ne quitta la rampe qu'à regret. Une ivresse, une langueur montaient des profondeurs plus vagues du boulevard. Dans ce ronflement affaibli des voitures, dans l'effacement des clartés vives, il y avait un appel caressant à la volupté et au sommeil. Les chuchotements qui couraient, les groupes arrêtés dans un coin d'ombre, faisaient du trottoir le corridor de quelque grande auberge, à l'heure où les voyageurs gagnent leur lit de rencontre. Les lueurs et les bruits allaient toujours en se mourant, la ville s'endormait, des souffles de tendresse passaient sur les toits.

Lorsque la jeune femme se retourna, la lumière du petit lustre lui fit cligner les paupières. Elle était un peu pâle, maintenant, avec de courts frissons aux coins des lèvres. Charles disposait le dessert ; il sortait, rentrait encore, faisait battre la porte, lentement, avec son flegme d'homme comme il faut.

« Mais je n'ai plus faim ! s'écria Renée, enlevez toutes ces assiettes et donnez-nous le café. »

Le garçon, habitué aux caprices de ses clientes, enleva le dessert et versa le café. Il emplissait le cabinet de son importance.

« Je t'en prie, mets-le à la porte », dit à Maxime la jeune femme, dont le cœur tournait.

Maxime le congédia ; mais il avait à peine disparu, qu'il revint une fois encore pour fermer hermétiquement les grands rideaux de la fenêtre, d'un air discret. Quand il se fut enfin retiré, le jeune homme, que l'impatience prenait lui aussi, se leva, et allant à la porte :

« Attends, dit-il, j'ai un moyen pour qu'il nous lâche. »

Et il poussa le verrou.

« C'est ça, reprit-elle, nous sommes chez nous, au moins. »

Leurs confidences, leurs bavardages de bons camarades recommencèrent. Maxime avait allumé un cigare. Renée buvait son café à petits coups et se permettait même un verre de chartreuse. La pièce s'échauffait, s'emplissait d'une fumée bleuâtre. Elle finit par mettre les coudes sur la table et par appuyer son menton entre ses deux poings à demi fermés. Dans cette légère étreinte, sa bouche se rapetissait, ses joues remontaient un peu, et ses yeux, plus minces, luisaient davantage. Ainsi chiffonnée, sa petite figure était adorable, sous la pluie de frisons dorés qui lui descendaient maintenant jusque dans les sourcils. Maxime la regardait à travers la fumée de son cigare. Il la trouvait originale. Par moments, il n'était plus bien sûr de son sexe ; la grande ride qui lui traversait le front, l'avancement boudeur de ses lèvres, son air indécis de myope, en faisaient un grand jeune homme ; d'autant plus que sa longue blouse de satin noir allait si haut, qu'on voyait à peine, sous le menton, une ligne du cou blanche et grasse. Elle se laissait regarder avec un sourire, ne bougeant plus la tête, le regard perdu, la parole ralentie.

Puis, elle eut un brusque réveil : elle alla regarder la glace, vers laquelle ses yeux vagues se tournaient depuis un instant. Elle se haussa sur la pointe des pieds, appuya ses mains au bord de la cheminée, pour lire ces signatures, ces mots risqués qui l'avaient effarouchée, avant le souper. Elle épelait les syllabes avec quelque difficulté, riait, lisait toujours, comme un collégien qui tourne les pages d'un Piron [1] dans son pupitre.

« ''Ernest et Clara'', disait-elle, et il y a un cœur dessous qui ressemble à un entonnoir... Ah ! voici qui est mieux : ''J'aime les hommes, parce que j'aime les truffes.'' Signé ''Laure''. Dis donc, Maxime, est-ce

---

1. Auteur de satires, chansons, etc. (1689-1773).

que c'est la d'Aurigny qui a écrit cela ?... Puis voici les armes d'une de ces dames, je crois : une poule fumant une grosse pipe... Toujours des noms, un calendrier des saintes et des saints : Victor, Amélie, Alexandre, Édouard, Marguerite, Paquita, Louise, Renée... Tiens, il y en a une qui se nomme comme moi... »

Maxime voyait dans la glace sa tête ardente. Elle se haussait davantage, et son domino, se tendant par-derrière, dessinait la cambrure de sa taille, le développement de ses hanches. Le jeune homme suivait la ligne du satin qui plaquait comme une chemise. Il se leva à son tour et jeta son cigare. Il était mal à l'aise, inquiet. Quelque chose d'ordinaire et d'accoutumé lui manquait.

« Ah ! voici ton nom, Maxime, s'écria Renée... Écoute... "J'aime..." »

Mais il s'était assis sur le coin du divan, presque aux pieds de la jeune femme. Il réussit à lui prendre les mains, d'un mouvement prompt ; il la détourna de la glace, en lui disant d'une voix singulière :

« Je t'en prie, ne lis pas cela. »

Elle se débattit en riant nerveusement.

« Pourquoi donc ? Est-ce que je ne suis pas ta confidente ? »

Mais lui, insistant, d'un ton plus étouffé :

« Non, non, pas ce soir. »

Il la tenait toujours, et elle donnait de petites secousses avec ses poignets pour se dégager. Ils avaient des yeux qu'ils ne se connaissaient pas, un long sourire contraint et un peu honteux. Elle tomba sur les genoux, au bout du divan. Ils continuaient à lutter, bien qu'elle ne fît plus un mouvement du côté de la glace et qu'elle s'abandonnât déjà. Et comme le jeune homme la prenait à bras-le-corps, elle dit avec son rire embarrassé et mourant :

« Voyons, laissez-moi... Tu me fais mal. »

Ce fut le seul murmure de ses lèvres. Dans le grand silence du cabinet, où le gaz semblait flamber plus haut, elle sentit le sol trembler et entendit le fracas de l'om-

nìbus des Batignolles qui devait tourner le coin du boulevard. Et tout fut dit. Quand ils se retrouvèrent côte
à côte, assis sur le divan, il balbutia, au milieu de leur
malaise mutuel :

« Bah ! Ça devait arriver un jour ou l'autre. »

Elle ne disait rien. Elle regardait d'un air écrasé les
rosaces du tapis.

« Est-ce que tu y songeais, toi ?... continua Maxime,
balbutiant davantage. Moi, pas du tout... J'aurais dû
me défier du cabinet... »

Mais elle, d'une voix profonde, comme si toute
l'honnêteté bourgeoise des Béraud Du Châtel s'éveillait dans cette faute suprême :

« C'est infâme, ce que nous venons de faire là »,
murmura-t-elle, dégrisée, la face vieillie et toute grave.

Elle étouffait. Elle alla à la fenêtre, tira les rideaux,
s'accouda. L'orchestre était mort ; la faute s'était commise dans le dernier frisson des basses et le chant lointain des violons, vague sourdine du boulevard endormi
et rêvant d'amour. En bas, la chaussée et les trottoirs
s'enfonçaient, s'allongeaient, au milieu d'une solitude
grise. Toutes ces roues grondantes de fiacres semblaient
s'en être allées, en emportant les clartés et la foule. Sous
la fenêtre, le café Riche était fermé, pas un filet de
lumière ne glissait des volets. De l'autre côté de l'avenue, des lueurs braisillantes allumaient seules encore
la façade du café Anglais, une croisée entre autres,
entrouverte, et d'où sortaient des rires affaiblis. Et, tout
le long de ce ruban d'ombre, du coude de la rue Drouot
à l'autre extrémité, aussi loin que ses regards pouvaient
aller, elle ne voyait plus que les taches symétriques des
kiosques rougissant et verdissant la nuit, sans l'éclairer,
semblables à des veilleuses espacées dans un dortoir
géant. Elle leva la tête. Les arbres découpaient leurs
branches hautes sur un ciel clair, tandis que la ligne irrégulière des maisons se perdait avec les amoncellements
d'une côte rocheuse, au bord d'une mer bleuâtre. Mais
cette bande de ciel l'attristait davantage, et c'était dans
les ténèbres du boulevard qu'elle trouvait quelque

consolation. Ce qui restait au ras de l'avenue déserte, du bruit et du vice de la soirée, l'excusait. Elle croyait sentir la chaleur de tous ces pas d'hommes et de femmes monter du trottoir qui se refroidissait. Les hontes qui avaient traîné là, désirs d'une minute, offres faites à voix basse, noces d'une nuit payées à l'avance, s'évaporaient, flottaient en une buée lourde que roulaient les souffles matinaux. Penchée sur l'ombre, elle respira ce silence frissonnant, cette senteur d'alcôve, comme un encouragement qui lui venait d'en bas, comme une assurance de honte partagée et acceptée par une ville complice. Et, lorsque ses yeux se furent accoutumés à l'obscurité, elle aperçut la femme au costume bleu garni de guipure, seule dans la solitude grise, debout à la même place, attendant et s'offrant aux ténèbres vides.

La jeune femme, en se retournant, aperçut Charles, qui regardait autour de lui, flairant. Il finit par apercevoir le ruban bleu de Renée, froissé, oublié sur un coin du divan. Et il s'empressa de le lui apporter, de son air poli. Alors elle sentit toute sa honte. Debout devant la glace, les mains maladroites, elle essaya de renouer le ruban. Mais son chignon était tombé, les petits frisons se trouvaient tout aplatis sur les tempes, elle ne pouvait refaire le nœud. Charles vint à son secours, en disant, comme s'il eût offert une chose accoutumée, un rince-bouche ou des cure-dents :

« Si Madame voulait un peigne ?...

— Eh ! non, c'est inutile, interrompit Maxime, qui lança au garçon un regard d'impatience. Allez nous chercher une voiture. »

Renée se décida à rabattre simplement le capuchon de son domino. Et, comme elle allait quitter la glace, elle se haussa légèrement, pour retrouver les mots que l'étreinte de Maxime lui avait empêché de lire. Il y avait, montant vers le plafond, et d'une grosse écriture abominable, cette déclaration signée Sylvia : « J'aime Maxime. » Elle pinça les lèvres et rabattit son capuchon un peu plus bas.

Dans la voiture, ils éprouvèrent une gêne horrible. Ils s'étaient placés, comme en descendant du parc Monceau, l'un en face de l'autre. Ils ne trouvaient pas une parole à se dire. Le fiacre était plein d'une ombre opaque, et le cigare de Maxime n'y mettait plus même un point rouge, un éclair de braise rose. Le jeune homme perdu de nouveau dans les jupons, « dont il avait jusqu'aux yeux », souffrait de ces ténèbres, de ce silence, de cette femme muette, qu'il sentait à son côté, et dont il s'imaginait voir les yeux tout grands ouverts sur la nuit. Pour paraître moins bête, il finit par chercher sa main, et quand il la tint dans la sienne, il fut soulagé, il trouva la situation tolérable. Cette main s'abandonnait, molle et rêveuse.

Le fiacre traversait la place de la Madeleine. Renée songeait qu'elle n'était pas coupable. Elle n'avait pas voulu l'inceste. Et plus elle descendait en elle, plus elle se trouvait innocente, aux premières heures de son escapade, à sa sortie furtive du parc Monceau, chez Blanche Muller, sur le boulevard, même dans le cabinet du restaurant. Pourquoi donc était-elle tombée à genoux sur le bord de ce divan ? Elle ne savait plus. Elle n'avait certainement pas pensé une seconde à cela. Elle se serait refusée avec colère. C'était pour rire, elle s'amusait, rien de plus. Et elle retrouvait, dans le roulement du fiacre, cet orchestre assourdissant du boulevard, ce va-et-vient d'hommes et de femmes, tandis que des barres de feu brûlaient ses yeux fatigués.

Maxime, dans son coin, rêvait aussi avec quelque ennui. Il était fâché de l'aventure. Il s'en prenait au domino de satin noir. Avait-on jamais vu une femme se fagoter de la sorte ! On ne lui voyait pas même le cou. Il l'avait prise pour un garçon, il jouait avec elle, et ce n'était pas sa faute, si le jeu était devenu sérieux. Pour sûr, il ne l'aurait pas touchée du bout des doigts, si elle avait seulement montré un coin d'épaule. Il se serait souvenu qu'elle était la femme de son père. Puis, comme il n'aimait pas les réflexions désagréables, il se pardonna. Tant pis, après tout ! Il tâcherait de ne plus recommencer. C'était une bêtise.

Le fiacre s'arrêta, et Maxime descendit le premier pour aider Renée. Mais, à la petite porte du parc, il n'osa pas l'embrasser. Ils se touchèrent la main, comme de coutume. Elle se trouvait déjà de l'autre côté de la grille, lorsque, pour dire quelque chose, avouant sans le vouloir une préoccupation qui tournait vaguement dans sa rêverie depuis le restaurant :

« Qu'est-ce donc, demanda-t-elle, que ce peigne dont a parlé le garçon ?

— Ce peigne, répéta Maxime embarrassé, mais je ne sais pas... »

Renée comprit brusquement. Le cabinet avait sans doute un peigne qui entrait dans le matériel, au même titre que les rideaux, le verrou et le divan. Et, sans attendre une explication qui ne venait pas, elle s'enfonça au milieu des ténèbres du parc Monceau, hâtant le pas, croyant voir derrière elle ces dents d'écaille où Laure d'Aurigny et Sylvia avaient dû laisser des cheveux blonds et des cheveux noirs. Elle avait une grosse fièvre. Il fallut que Céleste la mît au lit et la veillât jusqu'au matin. Maxime, sur le trottoir du boulevard Malesherbes, se consulta un moment, pour savoir s'il rejoindrait la bande joyeuse du café Anglais ; puis, avec l'idée qu'il se punissait, il décida qu'il devait aller se coucher.

Le lendemain, Renée s'éveilla tard d'un sommeil lourd et sans rêves. Elle se fit faire un grand feu, elle dit qu'elle passerait la journée dans sa chambre. C'était là son refuge, aux heures graves. Vers midi, son mari, ne la voyant pas descendre pour le déjeuner, lui demanda la permission de l'entretenir un instant. Elle refusait déjà avec une pointe d'inquiétude, lorsqu'elle se ravisa. La veille, elle avait remis à Saccard une note de Worms, montant à cent trente-six mille francs, un chiffre un peu gros, et sans doute il voulait se donner la galanterie de lui remettre lui-même la quittance.

La pensée des petits frisons de la veille lui vint. Elle regarda machinalement dans la glace ses cheveux que

Céleste avait noués en grosses nattes. Puis elle se pelotonna au coin du feu, s'enfouissant dans les dentelles de son peignoir. Saccard, dont l'appartement se trouvait également au premier étage, faisant pendant à celui de sa femme, vint en pantoufles, en mari. Il mettait à peine une fois par mois les pieds dans la chambre de Renée, et toujours pour quelque délicate question d'argent. Ce matin-là, il avait les yeux rougis, le teint blême d'un homme qui n'a pas dormi. Il baisa la main de la jeune femme, galamment.

« Vous êtes malade, ma chère amie ? dit-il en s'asseyant à l'autre coin de la cheminée. Un peu de migraine, n'est-ce pas ?... Pardonnez-moi de vous casser la tête avec mon galimatias d'homme d'affaires ; mais la chose est assez grave... »

Il tira d'une poche de sa robe de chambre le mémoire de Worms, dont Renée reconnut le papier glacé.

« J'ai trouvé hier ce mémoire sur mon bureau, continua-t-il, et je suis désolé, je ne puis absolument pas le solder en ce moment. »

Il étudia du coin de l'œil l'effet produit sur elle par ses paroles. Elle parut profondément étonnée. Il reprit avec un sourire :

« Vous savez, ma chère amie, que je n'ai pas l'habitude d'éplucher vos dépenses. Je ne dis pas que certains détails de ce mémoire ne m'aient point un peu surpris. Ainsi, par exemple, je vois ici, à la seconde page : « Robe de bal : étoffe, 70 fr. ; façon, 600 fr. ; argent prêté, 5 000 fr. ; eau du docteur Pierre, 6 fr. » Voilà une robe de soixante-dix francs qui monte bien haut... Mais vous savez que je comprends toutes les faiblesses. Votre note est de cent trente-six mille francs, et vous avez été presque sage, relativement, je veux dire... Seulement, je le répète, je ne puis payer, je suis gêné. »

Elle tendit la main, d'un geste de dépit contenu.

« C'est bien, dit-elle sèchement, rendez-moi le mémoire. J'aviserai.

— Je vois que vous ne me croyez pas, murmura Saccard, goûtant comme un triomphe l'incrédulité de sa

femme au sujet de ses embarras d'argent. Je ne dis pas
que ma situation soit menacée, mais les affaires sont
bien nerveuses en ce moment... Laissez-moi, quoique
je vous importune, vous expliquer notre cas ; vous
m'avez confié votre dot, et je vous dois une entière franchise. »

Il posa le mémoire sur la cheminée, prit les pincettes, se mit à tisonner. Cette manie de fouiller les cendres, pendant qu'il causait d'affaires, était chez lui un
calcul qui avait fini par devenir une habitude. Quand
il arrivait à un chiffre, à une phrase difficile à prononcer, il produisait quelque éboulement qu'il réparait
ensuite laborieusement, rapprochant les bûches, ramassant et entassant les petits éclats de bois. D'autres fois,
il disparaissait presque dans la cheminée, pour aller
chercher un morceau de braise égaré. Sa voix s'assour-
dissait, on s'impatientait, on s'intéressait à ses savantes
constructions de charbons ardents, on ne l'écoutait
plus, et généralement on sortait de chez lui battu et
content. Même chez les autres, il s'emparait despotiquement des pincettes. L'été, il jouait avec une plume,
un couteau à papier, un canif.

« Ma chère amie, dit-il en donnant un grand coup
qui mit le feu en déroute, je vous demande encore une
fois pardon d'entrer dans ces détails... Je vous ai servi
exactement la rente des fonds que vous m'avez remis
entre les mains. Je puis même dire, sans vous blesser,
que j'ai regardé seulement cette rente comme votre
argent de poche, payant vos dépenses, ne vous demandant jamais votre apport de moitié dans les frais com-
muns du ménage. »

Il se tut. Renée souffrait, le regardait faire un grand
trou dans la cendre pour enterrer le bout d'une bûche.
Il arrivait à un aveu délicat.

« J'ai dû, vous le comprenez, faire produire à votre
argent des intérêts considérables. Les capitaux sont
entre bonnes mains, soyez tranquille... Quant aux sommes provenant de vos biens de la Sologne, elles ont servi
en partie au paiement de l'hôtel que nous habitons ;

le reste est placé dans une affaire excellente, la Société générale des ports du Maroc... Nous n'en sommes pas à compter ensemble, n'est-ce pas ? mais je veux vous prouver que les pauvres maris sont parfois bien méconnus. »

Un motif puissant devait le pousser à mentir moins que de coutume. La vérité était que la dot de Renée n'existait plus depuis longtemps ; elle avait passé, dans la caisse de Saccard, à l'état de valeur fictive. S'il en servait les intérêts à plus de deux ou trois cents pour cent, il n'aurait pu représenter le moindre titre ni retrouver la plus petite espèce solide du capital primitif. Comme il l'avouait à moitié, d'ailleurs, les cinq cent mille francs des biens de la Sologne avaient servi à donner un premier acompte sur l'hôtel et le mobilier, qui coûtaient ensemble près de deux millions. Il devait encore un million au tapissier et à l'entrepreneur.

« Je ne vous réclame rien, dit enfin Renée, je sais que je suis très endettée vis-à-vis de vous.

— Oh ! chère amie, s'écria-t-il, en prenant la main de sa femme, sans abandonner les pincettes, quelle vilaine idée vous avez là !... En deux mots, tenez, j'ai été malheureux à la Bourse, Toutin-Laroche a fait des bêtises, les Mignon et Charrier sont des butors qui me mettent dedans. Et voilà pourquoi je ne puis payer votre mémoire. Vous me pardonnez, n'est-ce pas ? »

Il semblait véritablement ému. Il enfonça les pincettes entre les bûches, alluma des fusées d'étincelles. Renée se rappela l'allure inquiète qu'il avait depuis quelque temps. Mais elle ne put descendre dans l'étonnante vérité. Saccard en était arrivé à un tour de force quotidien. Il habitait un hôtel de deux millions, il vivait sur le pied d'une dotation de prince, et certains matins il n'avait pas mille francs dans sa caisse. Ses dépenses ne paraissaient pas diminuer. Il vivait sur la dette, parmi un peuple de créanciers, qui engloutissaient au jour le jour les bénéfices scandaleux qu'il réalisait dans certaines affaires. Pendant ce temps, au même moment, des sociétés s'écroulaient sous lui, de nouveaux trous se creusaient plus profonds, par-dessus lesquels il sautait, ne pouvant les combler. Il marchait ainsi sur un terrain miné, dans une crise continuelle, soldant des notes de cinquante mille francs et ne payant pas les gages de son cocher, marchant toujours avec un aplomb de plus en plus royal, vidant avec plus de rage sur Paris sa caisse vide, d'où le fleuve d'or aux sources légendaires continuait à sortir.

La spéculation traversait alors une heure mauvaise. Saccard était un digne enfant de l'Hôtel de Ville. Il avait eu la rapidité de transformation, la fièvre de jouissance, l'aveuglement de dépenses qui secouait Paris. À ce moment, comme la Ville, il se trouvait en face d'un formidable déficit qu'il s'agissait de combler secrètement ; car il ne voulait pas entendre parler de sagesse, d'économie, d'existence calme et bourgeoise. Il préférait garder le luxe inutile et la misère réelle de ces voies nouvelles, d'où il avait tiré sa colossale fortune de chaque matin mangée chaque soir. D'aventure en aventure, il n'avait plus que la façade dorée d'un capital absent. À cette heure de folie chaude, Paris lui-même n'engageait pas son avenir avec plus d'emportement et n'allait pas plus droit à toutes les sottises et à toutes les duperies financières. La liquidation menaçait d'être terrible.

Les plus belles spéculations se gâtaient entre les mains de Saccard. Il venait d'essuyer, comme il le disait, des pertes considérables à la Bourse. M. Toutin-Laroche avait failli faire sombrer le Crédit viticole dans un jeu à la hausse qui s'était brusquement tourné contre lui ; heureusement que le gouvernement, intervenant sous le manteau, avait remis debout la fameuse machine du prêt hypothécaire aux cultivateurs. Saccard, ébranlé par cette double secousse, très maltraité par son frère le ministre, pour le risque que venait de courir la solidité des bons de délégation de la Ville, compromise avec celle du Crédit viticole, se trouvait moins heureux encore dans sa spéculation sur les immeubles. Les Mignon et Charrier avaient complètement rompu avec lui. S'il les accusait, c'était par une rage sourde de s'être trompé, en faisant bâtir sur sa part de terrains, tandis qu'eux vendaient prudemment la leur. Pendant qu'ils réalisaient une fortune, lui restait avec des maisons sur les bras, dont il ne se débarrassait souvent qu'à perte. Entre autres, il vendit trois cent mille francs, rue de Marignan, un hôtel sur lequel il en devait encore trois cent quatre-vingt mille. Il avait bien inventé un tour de sa façon, qui consistait à exiger dix mille francs d'un appartement valant huit mille francs au plus ; le locataire effrayé ne signait un bail que lorsque le propriétaire consentait à lui faire cadeau des deux premières années de loyer ; l'appartement se trouvait de cette façon réduit à son prix réel, mais le bail portait le chiffre de dix mille francs par an, et quand Saccard trouvait un acquéreur et capitalisait les revenus de l'immeuble, il arrivait à une véritable fantasmagorie de calcul. Il ne put appliquer cette duperie en grand ; ses maisons ne se louaient pas ; il les avait bâties trop tôt ; les déblais, au milieu desquels elles se trouvaient perdues, en pleine boue, l'hiver, les isolaient, leur faisaient un tort considérable. L'affaire qui le toucha le plus fut la grosse rouerie des sieurs Mignon et Charrier, qui lui rachetèrent l'hôtel dont il avait dû abandonner la construction, au boulevard Malesherbes. Les entrepreneurs étaient enfin mordus par l'envie d'habiter « leur boulevard ». Comme ils avaient vendu leur part de terrains de plus-value, et qu'ils flairaient la gêne de leur ancien associé, ils lui offrirent de le débarrasser de l'enclos au milieu duquel l'hôtel s'élevait jusqu'au plancher du premier étage, dont l'armature de fer était en partie posée. Seulement ils traitèrent de plâtras inutiles ces solides fondations en pierre de taille, disant qu'ils auraient préféré le sol nu, pour y faire construire à leur guise. Saccard dut vendre, sans tenir compte des cent et quelques mille francs qu'il avait déjà dépensés. Et ce qui l'exaspéra davantage encore, ce fut que jamais les entrepreneurs ne voulurent reprendre le terrain à deux cent cinquante francs le mètre, chiffre fixé lors du partage. Ils lui rabattirent vingt-cinq francs par

mètre, comme ces marchandes à la toilette qui ne donnent plus que quatre francs d'un objet qu'elles ont
vendu cinq francs la veille. Deux jours après, Saccard
eut la douleur de voir une armée de maçons envahir
l'enclos de planches et continuer à bâtir sur les « plâtras inutiles ».

Il jouait donc d'autant mieux la gêne devant sa
femme, que ses affaires s'embrouillaient davantage. Il
n'était pas homme à se confesser par amour de la vérité.

« Mais, monsieur, dit Renée d'un air de doute, si
vous vous trouvez embarrassé, pourquoi m'avoir acheté
cette aigrette et cette rivière qui vous ont coûté, je crois,
soixante-cinq mille francs ?... Je n'ai que faire de ces
bijoux ; je vais être obligée de vous demander la permission de m'en défaire pour donner un acompte à
Worms.

— Gardez-vous-en bien ! s'écria-t-il avec inquiétude.
Si l'on ne vous voyait pas ces bijoux demain au bal du
ministère, on ferait des cancans sur ma situation... »

Il était bonhomme, ce matin-là. Il finit par sourire
et par murmurer en clignant des yeux :

« Ma chère amie, nous autres spéculateurs, nous
sommes comme les jolies femmes, nous avons nos roue-
ries... Conservez, je vous prie, votre aigrette et votre
rivière pour l'amour de moi. »

Il ne pouvait conter l'histoire qui était tout à fait
jolie, mais un peu risquée. Ce fut à la fin d'un souper
que Saccard et Laure d'Aurigny conclurent un traité
d'alliance. Laure était criblée de dettes et ne songeait
plus qu'à trouver un bon jeune homme qui voulût bien
l'enlever et la conduire à Londres. Saccard, de son côté,
sentait le sol s'écrouler sous lui ; son imagination aux
abois cherchait un expédient qui le montrât au public
vautré sur un lit d'or et de billets de banque. La fille
et le spéculateur, dans la demi-ivresse du dessert,
s'entendirent. Il trouva l'idée de cette vente de diamants
qui fit courir tout Paris, et dans laquelle il acheta, à
grand tapage, des bijoux pour sa femme. Puis, avec
le produit de la vente, quatre cent mille francs environ,

Il parvint à satisfaire les créanciers de Laure, auxquels
elle devait à peu près le double. Il est même à croire
qu'il retira du jeu une partie de ses soixante-cinq mille
francs. Quand on le vit liquider la situation de la
d'Aurigny, il passa pour son amant, on crut qu'il payait
la totalité de ses dettes, qu'il faisait des folies pour elle.
Toutes les mains se tendirent vers lui, le crédit revint,
formidable. Et on le plaisantait à la Bourse, sur sa passion, avec des sourires, des allusions, qui le ravissaient.
Pendant ce temps, Laure d'Aurigny, mise en vue par
ce vacarme, et chez laquelle il ne passa seulement pas
une nuit, feignait de le tromper avec huit à dix imbéciles alléchés par l'idée de la voler à un homme si colos-
salement riche. En un mois, elle eut deux mobiliers et
plus de diamants qu'elle n'en avait vendu. Saccard avait
pris l'habitude d'aller fumer un cigare chez elle, l'après-
midi, au sortir de la Bourse ; souvent il apercevait des
coins de redingote qui fuyaient, effarouchés, entre les
portes. Quand ils étaient seuls, ils ne pouvaient se regarder sans rire. Il la baisait au front, comme une fille per-
verse dont la coquinerie l'enthousiasmait. Il ne lui donnait pas un sou, et même une fois elle lui prêta de
l'argent, pour une dette de jeu.

Renée voulut insister, parla d'engager au moins les
bijoux ; mais son mari lui fit entendre que cela n'était
pas possible, que tout Paris s'attendait à les lui voir
le lendemain. Alors la jeune femme, que le mémoire
de Worms inquiétait beaucoup, chercha un autre
expédient.

« Mais, s'écria-t-elle tout à coup, mon affaire de
Charonne marche bien, n'est-ce pas ? Vous me disiez
encore l'autre jour que les bénéfices seraient superbes...
Peut-être que Larsonneau m'avancerait les cent trente-
six mille francs ? »

Saccard, depuis un instant, oubliait les pincettes entre
ses jambes. Il les reprit vivement, se pencha, disparut
presque dans la cheminée, où la jeune femme entendit
sourdement sa voix qui murmurait :

« Oui, oui, Larsonneau pourrait peut-être... »

Elle arrivait enfin, d'elle-même, au point où il l'amenait doucement depuis le commencement de la conversation. Il y avait deux ans déjà qu'il préparait son coup de génie, du côté de Charonne. Jamais sa femme ne voulut aliéner les biens de la tante Élisabeth ; elle avait juré à cette dernière de les garder intacts pour les léguer à son enfant, si elle devenait mère. Devant cet entêtement, l'imagination du spéculateur travailla et finit par bâtir tout un poème. C'était une œuvre de scélératesse exquise, une duperie colossale dont la Ville, l'État, sa femme et jusqu'à Larsonneau, devaient être les victimes. Il ne parla plus de vendre les terrains ; seulement il gémit chaque jour sur la sottise qu'il y avait à les laisser improductifs, à se contenter d'un revenu de deux pour cent. Renée, toujours pressée d'argent, finit par accepter l'idée d'une spéculation quelconque. Il basa son opération sur la certitude d'une expropriation prochaine, pour le percement du boulevard du Prince-Eugène [1], dont le tracé n'était pas encore nettement arrêté. Et ce fut alors qu'il amena son ancien complice Larsonneau, comme un associé qui conclut avec sa femme un traité sur les bases suivantes : elle apportait les terrains, représentant une valeur de cinq cent mille francs ; de son côté, Larsonneau s'engageait à bâtir, sur ces terrains, pour une somme égale, une salle de café-concert, accompagnée d'un grand jardin, où l'on établirait des jeux de toutes sortes, des balançoires, des jeux de quilles, des jeux de boules, etc. Les bénéfices devaient naturellement être partagés, de même que les pertes seraient subies par moitié. Dans le cas où l'un des deux associés voudrait se retirer, il le pourrait, en exigeant sa part, selon l'estimation qui interviendrait. Renée parut surprise de ce gros chiffre de cinq cent mille francs, lorsque les terrains en valaient au plus trois cent mille. Mais il lui fit comprendre que c'était une façon

---

1. Boulevard Voltaire.

habile de lier plus tard les mains de Larsonneau, dont les constructions n'atteindraient jamais une telle somme.

Larsonneau était devenu un viveur élégant, bien ganté, avec du linge éblouissant et des cravates étonnantes. Il avait, pour faire ses courses, un tilbury fin comme une œuvre d'horlogerie, très haut de siège, et qu'il conduisait lui-même. Ses bureaux de la rue de Rivoli étaient une enfilade de pièces somptueuses, où l'on ne voyait pas le moindre carton, la moindre paperasse. Ses employés écrivaient sur des tables de poirier noirci, marquetées, ornées de cuivres ciselés. Il prenait le titre d'agent d'expropriation, un métier nouveau que les travaux de Paris avaient créé. Ses attaches avec l'Hôtel de Ville le renseignaient à l'avance sur le percement des voies nouvelles. Quand il était parvenu à se faire communiquer, par un agent voyer, le tracé d'un boulevard, il allait offrir ses services aux propriétaires menacés. Et il faisait valoir ses petits moyens pour grossir l'indemnité, en agissant avant le décret d'utilité publique. Dès qu'un propriétaire acceptait ses offres, il prenait tous les frais à sa charge, dressait un plan de la propriété, écrivait un mémoire, suivait l'affaire devant le tribunal, payait un avocat, moyennant un tant pour cent sur la différence entre l'offre de la Ville et l'indemnité accordée par le jury. Mais à cette besogne à peu près avouable, il en joignait plusieurs autres. Il prêtait surtout à usure. Ce n'était plus l'usurier de la vieille école, déguenillé, malpropre, aux yeux blancs et muets comme des pièces de cent sous, aux lèvres pâles et serrées comme les cordons d'une bourse. Lui, souriait, avait des œillades charmantes, se faisait habiller chez Dusautoy, allait déjeuner chez Brébant avec sa victime, qu'il appelait « Mon bon », en lui offrant des havanes au dessert. Au fond, dans ses gilets qui le pinçaient à la taille, Larsonneau était un terrible monsieur qui aurait poursuivi le paiement d'un billet jusqu'au suicide du signataire, sans rien perdre de son amabilité.

Saccard eût volontiers cherché un autre associé. Mais il avait toujours des inquiétudes au sujet de l'inventaire

faux que Larsonneau gardait précieusement. Il préféra
le mettre dans l'affaire, comptant profiter de quelque
circonstance pour rentrer en possession de cette pièce
compromettante. Larsonneau bâtit le café-concert, une
construction en planches et en plâtras, surmontée de
clochetons de fer-blanc, qu'il fit peinturlurer en jaune
et en rouge. Le jardin et les jeux eurent du succès dans
le quartier populeux de Charonne. Au bout de deux
ans, la spéculation paraissait prospère, bien que les
bénéfices fussent réellement très faibles. Saccard,
jusqu'alors, n'avait parlé qu'avec enthousiasme à sa
femme de l'avenir d'une si belle idée.

Renée, voyant que son mari ne se décidait pas à
sortir de la cheminée, où sa voix s'étouffait de plus en
plus :

« J'irai voir Larsonneau aujourd'hui, dit-elle. C'est
ma seule ressource. »

Alors il abandonna la bûche avec laquelle il luttait.

« La course est faite, chère amie, répondit-il en souriant. Est-ce que je ne préviens pas tous vos désirs ?...
J'ai vu Larsonneau hier soir.

— Et il vous a promis les cent trente-six mille
francs ? » demanda-t-elle avec anxiété.

Il faisait, entre les deux bûches qui flambaient, une
petite montagne de braise, ramassant délicatement, du
bout des pincettes, les plus minces fragments de charbon, regardant d'un air satisfait s'élever cette butte qu'il
construisait avec un art infini.

« Oh ! comme vous y allez !... murmura-t-il. C'est
une grosse somme que cent trente-six mille francs...
Larsonneau est un bon garçon, mais sa caisse est encore
modeste. Il est tout prêt à vous obliger... »

Il s'attardait, clignant les yeux, rebâtissant un coin
de la butte qui venait de s'écrouler. Ce jeu commençait à brouiller les idées de la jeune femme. Elle suivait malgré elle le travail de son mari, dont la mala-
dresse augmentait. Elle était tentée de lui donner des
conseils. Oubliant Worms, le mémoire, le manque
d'argent, elle finit par dire :

« Mais placez donc ce gros morceau-là dessous ; les autres tiendront. »

Son mari lui obéit docilement, en ajoutant :

« Il ne peut trouver que cinquante mille francs. C'est toujours un joli acompte… Seulement, il ne veut pas mêler cette affaire avec celle de Charonne. Il n'est qu'intermédiaire, vous comprenez, chère amie ? La personne qui prête l'argent demande des intérêts énormes. Elle voudrait un billet de quatre-vingt mille francs, à six mois de date. »

Et, ayant couronné la butte par un morceau de braise pointu, il croisa les mains sur les pincettes en regardant fixement sa femme.

« Quatre-vingt mille francs ! s'écria-t-elle, mais c'est un vol !… Est-ce que vous me conseillez une pareille folie ?

— Non, dit-il nettement. Mais, si vous avez absolument besoin d'argent, je ne vous la défends pas. »

Il se leva comme pour se retirer. Renée, dans une indécision cruelle, regarda son mari et le mémoire qu'il laissait sur la cheminée. Elle finit par prendre sa pauvre tête entre ses mains, en murmurant :

« Oh ! ces affaires !… J'ai la tête brisée, ce matin… Allez, je vais signer ce billet de quatre-vingt mille francs. Si je ne le faisais pas, ça me rendrait tout à fait malade. Je me connais, je passerais la journée dans un combat affreux… J'aime mieux faire les bêtises tout de suite. Ça me soulage. »

Et elle parla de sonner pour qu'on allât lui chercher du papier timbré. Mais il voulut lui rendre ce service lui-même. Il avait sans doute le papier timbré dans sa poche, car son absence dura à peine deux minutes. Pendant qu'elle écrivait sur une petite table qu'il avait poussée au coin du feu, il l'examinait avec des yeux où s'allumait un désir étonné. Il faisait très chaud dans la chambre, pleine encore du lever de la jeune femme, des senteurs de sa première toilette. Tout en causant, elle avait laissé glisser les pans du peignoir dans lequel elle s'était pelotonnée, et le regard de son mari, debout devant elle, glissait sur sa tête inclinée, parmi l'or de ses cheveux, très loin, jusqu'aux blancheurs de son cou et de sa poitrine. Il souriait d'un air singulier ; ce feu ardent qui lui avait brûlé la face, cette chambre close où l'air alourdi gardait une odeur d'amour, ces cheveux jaunes et cette peau blanche qui le tentaient avec une sorte de dédain conjugal, le rendaient rêveur, élargissaient le drame dont il venait de jouer une scène, faisaient naître quelque secret et voluptueux calcul dans sa chair brutale d'agioteur.

Quand sa femme lui tendit le billet, en le priant de terminer l'affaire, il le prit, la regardant toujours.

« Vous êtes belle à ravir... », murmura-t-il.

Et comme elle se penchait pour repousser la table, il la baisa rudement sur le cou. Elle jeta un petit cri. Puis elle se leva, frémissante, tâchant de rire, songeant invinciblement aux baisers de l'autre, la veille. Mais il eut regret de ce baiser de cocher. Il la quitta, en lui serrant amicalement la main, et en lui promettant qu'elle aurait les cinquante mille francs le soir même.

Renée sommeilla toute la journée devant le feu. Aux heures de crise, elle avait des langueurs de créole. Alors, toute sa turbulence devenait paresseuse, frileuse, endormie. Elle grelottait, il lui fallait des brasiers ardents, une chaleur suffocante qui lui mettait au front de petites gouttes de sueur, et qui l'assoupissait. Dans cet air brûlant, dans ce bain de flammes, elle ne souffrait presque plus ; sa douleur devenait comme un songe léger, un vague oppressement, dont l'indécision même finissait par être voluptueuse. Ce fut ainsi qu'elle berça jusqu'au soir ses remords de la veille, dans la clarté rouge du foyer, en face d'un terrible feu qui faisait craquer les meubles autour d'elle, et lui ôtait, par instants, la conscience de son être. Elle put songer à Maxime, comme à une jouissance enflammée dont les rayons la brûlaient ; elle eut un cauchemar d'étranges amours, au milieu de bûchers, sur des lits chauffés à blanc. Céleste allait et venait, dans la chambre, avec sa figure calme de servante au sang glacé. Elle avait l'ordre de

ne laisser entrer personne ; elle congédia même les inséparables, Adeline d'Espanet et Suzanne Haffner, de
retour d'un déjeuner qu'elles venaient de faire ensemble, dans un pavillon loué par elles à Saint-Germain.
Cependant, vers le soir, Céleste étant venue dire à sa
maîtresse que Mme Sidonie, la sœur de Monsieur, voulait lui parler, elle reçut l'ordre de l'introduire.

Mme Sidonie ne venait généralement qu'à la nuit
tombée. Son frère avait pourtant obtenu qu'elle mît des
robes de soie. Mais, on ne savait comment, la soie
qu'elle portait avait beau sortir du magasin, elle ne
paraissait jamais neuve ; elle se fripait, perdait son luisant, ressemblait à une loque. Elle avait aussi consenti
à ne pas apporter son panier chez les Saccard. En revanche, ses poches débordaient de paperasses. Renée, dont
elle ne pouvait faire une cliente raisonnable, résignée
aux nécessités de la vie, l'intéressait. Elle la visitait régulièrement, avec des sourires discrets de médecin qui ne
veut pas effrayer un malade en lui apprenant le nom
de son mal. Elle s'apitoyait sur ses petites misères,
comme sur des bobos qu'elle guérirait immédiatement,
si la jeune femme voulait. Cette dernière, qui était dans
une de ces heures où l'on a besoin d'être plaint, la faisait uniquement entrer pour lui dire qu'elle avait des
douleurs de tête intolérables.

« Eh ! ma toute belle, murmura Mme Sidonie en se
glissant dans l'ombre de la pièce, mais vous étouffez,
ici !... Toujours vos douleurs névralgiques, n'est-ce
pas ? C'est le chagrin. Vous prenez la vie trop à cœur.

— Oui, j'ai bien des soucis », répondit languissamment Renée.

La nuit tombait. Elle n'avait pas voulu que Céleste
allumât une lampe. Le brasier seul jetait une grande
lueur rouge, qui l'éclairait en plein, allongée, dans son
peignoir blanc dont les dentelles devenaient roses. Au
bord de l'ombre, on ne voyait qu'un bout de la robe
noire de Mme Sidonie et ses deux mains croisées, couvertes de gants de coton gris. Sa voix tendre sortait des
ténèbres.

« Encore des peines d'argent ! » dit-elle, comme si elle avait dit : des peines de cœur, d'un ton plein de douceur et de pitié.

Renée abaissa les paupières, fit un geste d'aveu.

« Ah ! si mes frères m'écoutaient, nous serions tous riches. Mais ils lèvent les épaules, quand je leur parle de cette dette de trois milliards, vous savez ?... J'ai bon espoir, pourtant. Il y a dix ans que je veux faire un voyage en Angleterre. J'ai si peu de temps à moi !... Enfin je me suis décidée à écrire à Londres, et j'attends la réponse. »

Et comme la jeune femme souriait :

« Je sais, vous êtes une incrédule, vous aussi. Cependant vous seriez bien contente, si je vous faisais cadeau, un de ces jours, d'un joli petit million... Allez, l'histoire est toute simple : c'est un banquier de Paris qui prêta l'argent au fils du roi d'Angleterre, et comme le banquier mourut sans héritier naturel, l'État peut aujourd'hui exiger le remboursement de la dette, avec les intérêts composés. J'ai fait le calcul, ça monte à deux milliards neuf cent quarante-trois millions deux cent dix mille francs... N'ayez pas peur, ça viendra, ça viendra.

— En attendant, dit la jeune femme avec une pointe d'ironie, vous devriez bien me faire prêter cent mille francs... Je pourrais payer mon tailleur qui me tourmente beaucoup.

— Cent mille francs se trouvent, répondit tranquillement Mme Sidonie. Il ne s'agit que d'y mettre le prix. »

Le brasier luisait ; Renée, plus languissante, allongeait ses jambes, montrait le bout de ses pantoufles, au bord de son peignoir. La courtière reprit sa voix apitoyée.

« Pauvre chère, vous n'êtes vraiment pas raisonnable... Je connais beaucoup de femmes, mais je n'en ai jamais vu une aussi peu soucieuse de sa santé. Tenez, cette petite Michelin, c'est elle qui sait s'arranger ! Je songe à vous, malgré moi, quand je la vois heureuse et bien portante... Savez-vous que M. de Saffré en est amoureux fou et qu'il lui a déjà donné pour près de dix mille francs de cadeaux ?... Je crois que son rêve est d'avoir une maison de campagne. »

Elle s'animait, elle cherchait sa poche.

« J'ai là encore une lettre d'une pauvre jeune femme... Si nous avions de la lumière, je vous la ferais lire... Imaginez-vous que son mari ne s'occupe pas d'elle. Elle avait signé des billets, elle a été obligée d'emprunter à un monsieur que je connais. C'est moi qui ai retiré les billets des griffes des huissiers, et ça n'a pas été sans peine... Ces pauvres enfants, croyez-vous qu'ils font le mal ? Je les reçois chez moi, comme s'ils étaient mon fils et ma fille.

— Vous connaissez un prêteur ? demanda négligemment Renée.

— J'en connais dix... Vous êtes trop bonne. Entre femmes, n'est-ce pas ? on peut se dire bien des choses et ce n'est pas parce que votre mari est mon frère, que je l'excuserai de courir les gueuses et de laisser se morfondre au coin du feu un amour de femme comme vous... Cette Laure d'Aurigny lui coûte les yeux de la tête. Ça ne m'étonnerait pas qu'il vous eût refusé de l'argent. Il vous en a refusé, n'est-ce pas ?... Oh ! le malheureux ! »

Renée écoutait complaisamment cette voix molle qui sortait de l'ombre, comme l'écho encore vague de ses propres songeries. Les paupières demi-closes, presque couchée dans son fauteuil, elle ne savait plus que Mme Sidonie était là, elle croyait rêver que de mauvaises pensées lui venaient et la tentaient avec une grande douceur. La courtière parla longtemps, pareille à une eau tiède et monotone.

« C'est Mme de Lauwerens qui a gâté votre existence. Vous n'avez jamais voulu me croire. Ah ! vous n'en seriez pas à pleurer au coin de votre cheminée, si vous ne vous étiez pas défiée de moi... Et je vous aime comme mes yeux, ma toute belle. Vous avez un pied ravissant. Vous allez vous moquer de moi, mais je veux vous conter mes folies : quand il y a trois jours que je ne vous ai vue, il faut absolument que je vienne pour vous admirer ; oui, il me manque quelque chose ; j'ai besoin de me rassasier de vos beaux cheveux, de votre visage si blanc et si délicat, de votre taille mince... Vrai, je n'ai jamais vu de taille pareille. »

Renée finit par sourire. Ses amants n'avaient pas eux-mêmes cette chaleur, cette extase recueillie, en lui parlant de sa beauté. Mme Sidonie vit ce sourire.

« Allons, c'est convenu, dit-elle en se levant vivement... Je bavarde, je bavarde, et j'oublie que je vous casse la tête... Vous viendrez demain, n'est-ce pas ? Nous causerons argent, nous chercherons un prêteur... Entendez-vous, je veux que vous soyez heureuse. »

La jeune femme, sans bouger, pâmée par la chaleur, répondit après un silence, comme s'il lui avait fallu un travail laborieux pour comprendre ce qu'on disait autour d'elle :

« Oui, j'irai, c'est convenu, et nous causerons ; mais pas demain... Worms se contentera d'un acompte. Quand il me tourmentera encore, nous verrons... Ne me parlez plus de tout cela. J'ai la tête brisée par les affaires. »

Mme Sidonie parut très contrariée. Elle allait se rasseoir, reprendre son monologue caressant ; mais l'attitude lasse de Renée lui fit remettre son attaque à plus tard. Elle tira de sa poche une poignée de paperasses, où elle chercha et finit par trouver un objet renfermé dans une sorte de boîte rose.

« J'étais venue pour vous recommander un nouveau savon, dit-elle en reprenant sa voix de courtière. Je m'intéresse beaucoup à l'inventeur, qui est un charmant jeune homme. C'est un savon très doux, très bon pour la peau. Vous l'essaierez, n'est-ce pas ? et vous en parlerez à vos amies... Je le laisse là, sur votre cheminée. »

Elle était à la porte, lorsqu'elle revint encore, et, droite dans la lueur rose du brasier, avec sa face de cire, elle se mit à faire l'éloge d'une ceinture élastique, une invention destinée à remplacer les corsets.

« Ça vous donne une taille absolument ronde, une vraie taille de guêpe, disait-elle... J'ai sauvé ça d'une faillite. Quand vous viendrez, vous essaierez les spécimens, si vous voulez... J'ai dû courir les avoués pendant une semaine. Le dossier est dans ma poche, et je vais de ce pas chez mon huissier pour lever une dernière opposition... À bientôt, ma mignonne. Vous savez que je vous attends et que je veux sécher vos beaux yeux. »

Elle glissa, elle disparut. Renée ne l'entendit même pas fermer la porte. Elle resta là, devant le feu qui mourait, continuant le rêve de la journée, la tête pleine de chiffres dansants, entendant au loin les voix de Saccard et de Mme Sidonie dialoguer, lui offrir des sommes considérables, du ton dont un commissaire-priseur met un mobilier aux enchères. Elle sentait sur son cou le baiser brutal de son mari, et quand elle se retournait, c'était la courtière qu'elle trouvait à ses pieds, avec sa robe noire, son visage mou, lui tenant des discours passionnés, lui vantant ses perfections, implorant un rendez-vous d'amour, avec l'attitude d'un amant à bout de résignation. Cela la faisait sourire. La chaleur, dans la pièce, devenait de plus en plus étouffante. Et la stupeur de la jeune femme, les rêves bizarres qu'elle faisait, n'étaient qu'un sommeil léger, un sommeil artificiel, au fond duquel elle revoyait toujours le petit cabinet du boulevard, le large divan où elle était tombée à genoux. Elle ne souffrait plus du tout. Quand elle ouvrait les paupières, Maxime passait dans le brasier rose.

Le lendemain, au bal du ministère, la belle Mme Saccard fut merveilleuse. Worms avait accepté l'acompte de cinquante mille francs ; elle sortait de cet embarras d'argent, avec des rires de convalescente. Quand elle traversa les salons, dans sa grande robe de faille rose à longue traîne Louis XIV, encadrée de hautes dentelles blanches, il y eut un murmure, les hommes se bousculèrent pour la voir. Et les intimes s'inclinaient, avec un discret sourire d'intelligence, rendant hommage à ces belles épaules, si connues du Tout-Paris officiel, et qui étaient les fermes colonnes de l'Empire. Elle s'était décolletée avec un tel mépris des regards, elle marchait si calme et si tendre dans sa nudité, que cela n'était presque plus indécent. Eugène Rougon, le grand homme politique, qui sentait cette gorge nue plus éloquente encore que sa parole à la Chambre, plus douce et plus persuasive pour faire goûter les charmes du règne et convaincre les sceptiques, alla complimenter sa belle-sœur sur son heureux coup d'audace d'avoir échancré son corsage de deux doigts de plus. Presque tout le Corps législatif était là, et à la façon dont les députés regardaient la jeune femme, le ministre se promettait un beau succès, le lendemain, dans la question délicate des emprunts de la Ville de Paris. On ne pouvait voter contre un pouvoir qui faisait pousser, dans le terreau des millions, une fleur comme cette Renée, une si étrange fleur de volupté, à la chair de soie, aux nudités de statue, vivante jouissance qui laissait derrière elle une odeur de plaisir tiède. Mais ce qui fit chuchoter le bal entier, ce fut la rivière et l'aigrette. Les hommes reconnaissaient les bijoux. Les femmes se les désignaient du regard, furtivement. On ne parla que de ça toute la soirée. Et les salons allongeaient leur enfilade, dans la lumière blanche des lustres, emplis d'une cohue resplendissante, comme un fouillis d'astres tombés dans un coin trop étroit.

Vers une heure, Saccard disparut. Il avait goûté le succès de sa femme en homme dont le coup de théâtre réussit. Il venait encore de consolider son crédit. Une affaire l'appelait chez Laure d'Aurigny ; il se sauva en priant Maxime de reconduire Renée à l'hôtel, après le bal.

Maxime passa la soirée, sagement, à côté de Louise de Mareuil, très occupés tous les deux à dire un mal affreux des femmes qui allaient et venaient. Et quand ils avaient trouvé quelque folie plus grosse que les autres, ils étouffaient leurs rires dans leur mouchoir. Il fallut que Renée vînt demander son bras au jeune homme, pour sortir des salons. Dans la voiture, elle fut d'une gaieté nerveuse ; elle était encore toute vibrante de l'ivresse de lumière, de parfums et de bruits, qu'elle venait de traverser. Elle semblait, d'ailleurs, avoir oublié leur « bêtise » du boulevard, comme disait Maxime. Elle lui demanda seulement, d'un ton de voix singulier :

« Elle est donc très drôle, cette petite bossue de Louise ?

— Oh ! très drôle…, répondit le jeune homme en riant encore. Tu as vu la duchesse de Sternich, avec un oiseau jaune dans les cheveux, n'est-ce pas ?… Est-ce que Louise ne prétend pas que c'est un oiseau mécanique qui bat des ailes et qui crie : Coucou ! coucou ! au pauvre duc, toutes les heures. »

Renée trouva très comique cette plaisanterie de pensionnaire émancipée. Quand ils furent arrivés, comme Maxime allait prendre congé d'elle, elle lui dit :

« Tu ne montes pas ? Céleste m'a sans doute préparé une collation. »

Il monta, avec son abandon ordinaire. En haut, il n'y avait pas de collation, et Céleste était couchée. Il fallut que Renée allumât les bougies d'un petit candélabre à trois branches. Sa main tremblait un peu.

« Cette sotte, disait-elle en parlant de sa femme de chambre, elle aura mal compris mes ordres… Jamais je ne vais pouvoir me déshabiller toute seule. »

Elle passa dans son cabinet de toilette. Maxime la suivit, pour lui raconter un nouveau mot de Louise qui lui revenait à la mémoire, tranquille comme s'il se fût attardé chez un ami, cherchant déjà son porte-cigares pour allumer un havane. Mais là, lorsqu'elle eut posé le candélabre, elle se tourna et tomba dans les bras du jeune homme, muette et inquiétante, collant sa bouche sur sa bouche.

L'appartement particulier de Renée était un nid de soie et de dentelle, une merveille de luxe coquet. Un boudoir très petit précédait la chambre à coucher. Les deux pièces n'en faisaient qu'une, ou du moins le boudoir n'était guère que le seuil de la chambre, une grande alcôve, garnie de chaises longues, sans porte pleine, fermée par une double portière. Les murs, dans l'une et l'autre pièce, se trouvaient également tendus d'une étoffe de soie mate gris de lin, brochée d'énormes bouquets de roses, de lilas blancs et de boutons-d'or. Les rideaux et les portières étaient en guipure de Venise, posée sur une doublure de soie, faite de bandes alternativement grises et roses. Dans la chambre à coucher, la cheminée en marbre blanc, un véritable joyau, étalait, comme une corbeille de fleurs, ses incrustations de lapis et de mosaïques précieuses, reproduisant les roses, les lilas blancs et les boutons-d'or de la tenture. Un grand lit gris et rose, dont on ne voyait pas le bois recouvert d'étoffe et capitonné, et dont le chevet s'appuyait au mur, emplissait toute une moitié de la chambre avec son flot de draperies, ses guipures et sa soie brochée de bouquets, tombant du plafond jusqu'au tapis. On aurait dit une toilette de femme, arrondie, découpée, accompagnée de poufs, de nœuds, de volants ; et ce large rideau qui se gonflait, pareil à une jupe, faisait rêver à quelque grande amoureuse penchée, se pâmant, près de choir sur les oreillers. Sous les rideaux, c'était un sanctuaire, des batistes plissées à petits plis, une neige de dentelles, toutes sortes de choses délicates et transparentes, qui se noyaient dans un demi-jour religieux. À côté du lit, de ce monument dont l'ampleur dévote rappelait une chapelle ornée pour quelque fête, les autres meubles disparaissaient : des sièges bas, une psyché de deux mètres, des meubles pourvus d'une infinité de tiroirs. À terre, le tapis, d'un gris bleuâtre, était semé de roses pâles effeuillées. Et, aux deux côtés du lit, il y avait deux grandes peaux d'ours noir, garnies de velours rose, aux ongles d'argent, et dont les têtes, tournées vers la fenêtre, regardaient fixement le ciel vide de leurs yeux de verre.

Cette chambre avait une harmonie douce, un silence étouffé. Aucune note trop aiguë, reflet de métal, dorure claire, ne chantait dans la phrase rêveuse du rose et du

gris. La garniture de la cheminée elle-même, le cadre
de la glace, la pendule, les petits candélabres, étaient
faits de pièces de vieux Sèvres, laissant à peine voir le
cuivre doré des montures. Une merveille, cette garniture, la pendule surtout, avec sa ronde d'Amours joufflus, qui descendaient, se penchaient autour du cadran,
comme une bande de gamins tout nus se moquant de
la marche rapide des heures. Ce luxe adouci, ces couleurs et ces objets que le goût de Renée avait voulus
tendres et souriants, mettaient là un crépuscule, un jour
d'alcôve, dont on a tiré les rideaux. Il semblait que le
lit se continuât, que la pièce entière fût un lit immense,
avec ses tapis, ses peaux d'ours, ses sièges capitonnés,
ses tentures matelassées qui continuaient la mollesse du
sol le long des murs, jusqu'au plafond. Et, comme dans
un lit, la jeune femme laissait là, sur toutes ces choses,
l'empreinte, la tiédeur, le parfum de son corps. Quand
on écartait la double portière du boudoir, il semblait
qu'on soulevât une courtepointe de soie, qu'on entrât
dans quelque grande couche encore chaude et moite,
où l'on retrouvait, sur les toiles fines, les formes adorables, le sommeil et les rêves d'une Parisienne de trente
ans.

Une pièce voisine, la garde-robe, grande chambre
tendue de vieille perse, était simplement entourée de
hautes armoires en bois de rose, où se trouvait pendue
l'armée des robes. Céleste, très méthodique, rangeait
les robes par ordre d'ancienneté, les étiquetait, mettait
de l'arithmétique au milieu des caprices jaunes ou bleus
de sa maîtresse, tenait la garde-robe dans un recueillement de sacristie et une propreté de grande écurie. Il
n'y avait pas un meuble, et pas un chiffon ne traînait ;
les panneaux des armoires luisaient, froids et nets,
comme les panneaux vernis d'un coupé.

Mais la merveille de l'appartement, la pièce dont parlait tout Paris, c'était le cabinet de toilette. On disait :
« Le cabinet de toilette de la belle Mme Saccard »,
comme on dit : « La galerie des glaces, à Versailles ».
Ce cabinet se trouvait dans une des tourelles de l'hôtel,

juste au-dessus du petit salon bouton-d'or. On songeait, en y entrant, à une large tente ronde, une tente de féerie, dressée en plein rêve par quelque guerrière amoureuse. Au centre du plafond, une couronne d'argent ciselé retenait les pans de la tente qui venaient, en s'arrondissant, s'attacher aux murs, d'où ils tombaient droits jusqu'aux planchers. Ces pans, cette tenture riche, étaient faits d'un dessous de soie rose recouvert d'une mousseline très claire, plissée à grands plis de distance en distance ; une applique de guipure séparait les plis, et des baguettes d'argent guillochées descendaient de la couronne, filaient le long de la tenture, aux deux bords de chaque applique. Le gris rose de la chambre à coucher s'éclairait ici, devenait un blanc rose, une chair nue. Et sous ce berceau de dentelles, sous ces rideaux qui ne laissaient voir du plafond, par le vide étroit de la couronne, qu'un trou bleuâtre, où Chaplin [1] avait peint un Amour rieur, regardant et apprêtant sa flèche, on se serait cru au fond d'un drageoir, dans quelque précieuse boîte à bijoux, grandie, non plus faite pour l'éclat d'un diamant, mais pour la nudité d'une femme. Le tapis, d'une blancheur de neige, s'étalait sans le moindre semis de fleurs. Une armoire à glace, dont les deux panneaux étaient incrustés d'argent ; une chaise longue, deux poufs, des tabourets de satin blanc ; une grande table de toilette, à plaque de marbre rose, et dont les pieds disparaissaient sous des volants de mousseline et de guipure, meublaient la pièce. Les cristaux de la table de toilette, les verres, les vases, la cuvette étaient en vieux bohême veiné de rose et de blanc. Et il y avait encore une autre table, incrustée d'argent comme l'armoire à glace, où se trouvait rangé l'outillage, les engins de toilette, trousse bizarre, qui étalait un nombre considérable de petits instruments dont l'usage échappait, les gratte-dos, les polissoirs, les

1. Peintre français (1825-1891) spécialiste de la peinture des boudoirs.

limes de toutes les grandeurs et de toutes les formes,
les ciseaux droits et recourbés, toutes les variétés des
pinces et des épingles. Chacun de ces objets, en argent
et ivoire, était marqué au chiffre de Renée.

Mais le cabinet avait un coin délicieux, et ce coin-là
surtout le rendait célèbre. En face de la fenêtre, les pans
de la tente s'ouvraient et découvraient, au fond d'une
sorte d'alcôve longue et peu profonde, une baignoire,
une vasque de marbre rose, enfoncée dans le plancher,
et dont les bords cannelés comme ceux d'une grande
coquille arrivaient au ras du tapis. On descendait dans
la baignoire par des marches de marbre. Au-dessus des
robinets d'argent, au col de cygne, une glace de Venise,
découpée, sans cadre, avec des dessins dépolis dans le
cristal, occupait le fond de l'alcôve. Chaque matin,
Renée prenait un bain de quelques minutes. Ce bain
emplissait pour la journée le cabinet d'une moiteur,
d'une odeur de chair fraîche et mouillée. Parfois, un
flacon débouché, un savon resté hors de sa boîte, mettaient une pointe plus violente dans cette langueur un
peu fade. La jeune femme aimait à rester là, jusqu'à
midi, presque nue. La tente ronde, elle aussi, était nue.
Cette baignoire rose, ces tables et ces cuvettes roses,
cette mousseline du plafond et des murs, sous laquelle
on croyait voir couler un sang rose, prenaient des rondeurs de chair, des rondeurs d'épaules et de seins ; et,
selon l'heure de la journée, on eût dit la peau neigeuse
d'une enfant ou la peau chaude d'une femme. C'était
une grande nudité. Quand Renée sortait du bain, son
corps blond n'ajoutait qu'un peu de rose à toute cette
chair rose de la pièce.

Ce fut Maxime qui déshabilla Renée. Il s'entendait
à ces choses, et ses mains agiles devinaient les épingles,
couraient autour de sa taille avec une science native.
Il la décoiffa, lui enleva ses diamants, la recoiffa pour
la nuit. Et comme il mêlait à son office de chambrière
et de coiffeur des plaisanteries et des caresses, Renée
riait, d'un rire gras et étouffé, tandis que la soie de son
corsage craquait et que ses jupes se dénouaient une à

une. Quand elle se vit nue, elle souffla les bougies du
candélabre, prit Maxime à bras-le-corps et l'emporta
presque dans la chambre à coucher. Ce bal avait achevé
de la griser. Dans sa fièvre, elle avait conscience de la
journée passée la veille au coin de son feu, de cette journée de stupeur ardente, de rêves vagues et souriants.
Elle entendait toujours dialoguer les voix sèches de
Saccard et de Mme Sidonie, criant des chiffres, avec
des nasillements d'huissier. C'étaient ces gens qui
l'assommaient, qui la poussaient au crime. Et même,
à cette heure, lorsqu'elle cherchait ses lèvres, au fond
du grand lit obscur, elle voyait toujours Maxime au
milieu du brasier de la veille, la regardant avec des yeux
qui la brûlaient.

Le jeune homme ne se retira qu'à six heures du
matin. Elle lui donna la clef de la petite porte du parc
Monceau, en lui faisant jurer de revenir tous les soirs.
Le cabinet de toilette communiquait avec le salon
bouton-d'or par un escalier de service caché dans le
mur, et qui desservait toutes les pièces de la tourelle.
Du salon, il était facile de passer dans la serre et de
gagner le parc.

En sortant au petit jour, par un brouillard épais,
Maxime était un peu étourdi de sa bonne fortune. Il
l'accepta, d'ailleurs, avec ses complaisances d'être
neutre.

« Tant pis ! pensait-il, c'est elle qui le veut, après
tout… Elle est diablement bien faite ; et elle avait raison, elle est deux fois plus drôle au lit que Sylvia. »

Ils avaient glissé à l'inceste, dès le jour où Maxime,
dans sa tunique râpée de collégien, s'était pendu au cou
de Renée, en chiffonnant son habit de garde-française.
Ce fut, dès lors, entre eux, une longue perversion de
tous les instants. L'étrange éducation que la jeune
femme donnait à l'enfant ; les familiarités qui firent
d'eux des camarades ; plus tard, l'audace rieuse de
leurs confidences ; toute cette promiscuité périlleuse
finit par les attacher d'un singulier lien, où les joies de
l'amitié devenaient presque des satisfactions charnelles.

Ils s'étaient livrés l'un à l'autre depuis des années ;
l'acte brutal ne fut que la crise aiguë de cette incons-
ciente maladie d'amour. Dans le monde affolé où ils
vivaient, leur faute avait poussé comme sur un fumier
gras de sucs équivoques ; elle s'était développée avec
d'étranges raffinements, au milieu de particulières conditions de débauche.

Lorsque la grande calèche les emportait au Bois et
les roulait mollement le long des allées, se contant des
gravelures à l'oreille, cherchant dans leur enfance les
polissonneries de l'instinct, ce n'était là qu'une dévia-
tion et qu'un contentement inavoué de leurs désirs. Ils
se sentaient vaguement coupables, comme s'ils s'étaient
effleurés d'un attouchement ; et même ce péché original, cette langueur des conversations ordurières qui les
lassait d'une fatigue voluptueuse, les chatouillait plus
doucement encore que des baisers nets et positifs. Leur
camaraderie fut ainsi la marche lente de deux amoureux, qui devait fatalement un jour les mener au cabinet
du café Riche et au grand lit gris et rose de Renée.
Quand ils se trouvèrent aux bras l'un de l'autre, ils
n'eurent pas la secousse de la faute. On eût dit de vieux
amants, dont les baisers avaient des ressouvenirs. Et
ils venaient de perdre tant d'heures dans un contact de
tout leur être, qu'ils parlaient malgré eux de ce passé
plein de leurs tendresses ignorantes.

« Tu te souviens, le jour où je suis arrivé à Paris,
disait Maxime ; tu avais un drôle de costume ; et, avec
mon doigt, j'ai tracé un angle sur ta poitrine, je t'ai
conseillé de te décolleter en pointe... Je sentais ta peau
sous la chemisette, et mon doigt enfonçait un peu...
C'était très bon... »

Renée riait, le baisant, murmurant :

« Tu étais déjà joliment vicieux... Nous as-tu amu-
sées, chez Worms, tu te rappelles ! Nous t'appelions
« notre petit homme ». Moi j'ai toujours cru que la
grosse Suzanne se serait parfaitement laissé faire, si la
marquise ne l'avait surveillée avec des yeux furibonds.

— Ah ! oui, nous avons bien ri..., murmurait le

jeune homme. L'album de photographies, n'est-ce
pas ? et tout le reste, nos courses dans Paris, nos goûters chez le pâtissier du boulevard ; tu sais, ces petits
gâteaux aux fraises que tu adorais ?... Moi, je me sou-
viendrai toujours de cet après-midi où tu m'as conté
l'aventure d'Adeline, au couvent, quand elle écrivait
des lettres à Suzanne, et qu'elle signait comme un
homme : Arthur d'Espanet, en lui proposant de l'enlever... »

Les amants s'égayaient encore de cette bonne histoire ; puis Maxime continuait de sa voix câline :

« Quand tu venais me chercher au collège dans ta
voiture, nous devions être drôles tous les deux... Je dis-
paraissais sous tes jupons, tant j'étais petit.

— Oui, oui, balbutiait-elle, prise de frissons, attirant
le jeune homme à elle, c'était très bon, comme tu dis...
Nous nous aimions sans le savoir, n'est-ce pas ? Moi
je l'ai su avant toi. L'autre jour, en revenant du Bois,
j'ai frôlé ta jambe, et j'ai tressailli... Mais tu ne t'es
aperçu de rien. Hein ? tu ne songeais pas à moi ?

— Oh ! si, répondait-il un peu embarrassé. Seulement, je ne savais pas, tu comprends... Je n'osais pas. »

Il mentait. L'idée de posséder Renée ne lui était
jamais nettement venue. Il l'avait effleurée de tout son
vice sans la désirer réellement. Il était trop mou pour
cet effort. Il accepta Renée parce qu'elle s'imposa à lui,
et qu'il glissa jusqu'à sa couche, sans le vouloir, sans
le prévoir. Quand il y eut roulé, il y resta, parce qu'il
y faisait chaud et qu'il s'oubliait au fond de tous les
trous où il tombait. Dans les commencements, il goûta
même des satisfactions d'amour-propre. C'était la première femme mariée qu'il possédait. Il ne songeait pas
que le mari était son père.

Mais Renée apportait dans la faute toutes ces ardeurs
de cœur déclassé. Elle aussi avait glissé sur la pente.
Seulement, elle n'avait pas roulé jusqu'au bout comme
une chair inerte. Le désir s'était éveillé en elle trop tard
pour le combattre, lorsque la chute devenait fatale.
Cette chute lui apparut brusquement comme une néces-

sité de son ennui, comme une jouissance rare et extrême
qui seule pouvait réveiller ses sens lassés, son cœur
meurtri. Ce fut pendant cette promenade d'automne,
au crépuscule, quand le Bois s'endormait, que l'idée
vague de l'inceste lui vint, pareille à un chatouillement
qui lui mit à fleur de peau un frisson inconnu ; et, le
soir, dans la demi-ivresse du dîner, sous le fouet de la
jalousie, cette idée se précisa, se dressa ardemment
devant elle, au milieu des flammes de la serre, en face
de Maxime et de Louise. À cette heure, elle voulut le
mal, le mal que personne ne commet, le mal qui allait
emplir son existence vide et la mettre enfin dans cet
enfer, dont elle avait toujours peur, comme au temps
où elle était petite fille. Puis, le lendemain, elle ne voulut plus, par un étrange sentiment de remords et de lassitude. Il lui semblait qu'elle avait déjà péché, que ce
n'était pas si bon qu'elle pensait, et que ce serait vraiment trop sale. La crise devait être fatale, venir d'elle-
même, en dehors de ces deux êtres, de ces camarades
qui étaient destinés à se tromper un beau soir, à s'accou-
pler, en croyant se donner une poignée de main. Mais,
après cette chute bête, elle se remit à son rêve d'un plaisir sans nom, et alors elle reprit Maxime dans ses bras,
curieuse de lui, curieuse des joies cruelles d'un amour
qu'elle regardait comme un crime. Sa volonté accepta
l'inceste, l'exigea, entendit le goûter jusqu'au bout,
jusqu'aux remords, s'ils venaient jamais. Elle fut active,
consciente. Elle aima avec son emportement de grande
mondaine, ses préjugés inquiets de bourgeoise, tous ses
combats, ses joies et ses dégoûts de femme qui se noie
dans son propre mépris.

Maxime revint chaque nuit. Il arrivait par le jardin,
vers une heure. Le plus souvent, Renée l'attendait dans
la serre, qu'il devait traverser pour gagner le petit salon.
Ils étaient, d'ailleurs, d'une impudence parfaite, se
cachant à peine, oubliant les précautions les plus classiques de l'adultère. Ce coin de l'hôtel, il est vrai, leur
appartenait. Baptiste, le valet de chambre du mari,
avait seul le droit d'y pénétrer, et Baptiste, en homme

grave, disparaissait aussitôt que son service était fini.
Maxime prétendait même en riant qu'il se retirait pour
écrire ses Mémoires. Une nuit, cependant, comme il
venait d'arriver, Renée le lui montra qui traversait
solennellement le salon, tenant un bougeoir à la main.
Le grand valet, avec sa carrure de ministre, éclairé par
la lumière jaune de la cire, avait, cette nuit-là, un visage
plus correct et plus sévère encore que de coutume. En
se penchant, les amants le virent souffler sa bougie et
se diriger vers les écuries, où dormaient les chevaux et
les palefreniers.

« Il fait sa ronde », dit Maxime.

Renée resta frissonnante. Baptiste l'inquiétait d'ordinaire. Il lui arrivait de dire qu'il était le seul honnête
homme de l'hôtel, avec sa froideur, ses regards clairs
qui ne s'arrêtaient jamais aux épaules des femmes.

Ils mirent alors quelque prudence à se voir. Ils fermaient les portes du petit salon, et pouvaient ainsi jouir
en toute tranquillité de ce salon, de la serre et de
l'appartement de Renée. C'était tout un monde. Ils y
goûtèrent, pendant les premiers mois, les joies les plus
raffinées, les plus délicatement cherchées. Ils promenèrent leurs amours du grand lit gris et rose de la chambre à coucher, dans la nudité rose et blanche du cabinet
de toilette, et dans la symphonie en jaune mineur du
petit salon. Chaque pièce, avec son odeur particulière,
ses tentures, sa vie propre, leur donnait une tendresse
différente, faisait de Renée une autre amoureuse : elle
fut délicate et jolie dans sa couche capitonnée de grande
dame, au milieu de cette chambre tiède et aristocratique,
où l'amour prenait un effacement de bon goût ; sous
la tente couleur de chair, au milieu des parfums et de
la langueur humide de la baignoire, elle se montra fille
capricieuse et charnelle, se livrant au sortir du bain, et
ce fut là que Maxime la préféra ; puis, en bas, au clair
lever de soleil du petit salon, au milieu de cette aurore
jaunissante qui dorait ses cheveux, elle devint déesse,
avec sa tête de Diane blonde, ses bras nus qui avaient
des poses chastes, son corps pur, dont les attitudes,

sur les causeuses, trouvaient des lignes nobles, d'une grâce antique. Mais il était un lieu dont Maxime avait presque peur, et où Renée ne l'entraînait que les jours mauvais, les jours où elle avait besoin d'une ivresse plus âcre. Alors ils aimaient dans la serre. C'était là qu'ils goûtaient l'inceste.

Une nuit, dans une heure d'angoisse, la jeune femme avait voulu que son amant allât chercher une des peaux d'ours noir. Puis ils s'étaient couchés sur cette fourrure d'encre, au bord du bassin, dans la grande allée circulaire. Au-dehors, il gelait terriblement, par un clair de lune limpide. Maxime était arrivé frissonnant, les oreilles et les doigts glacés. La serre se trouvait chauffée à un tel point, qu'il eut une défaillance, sur la peau de bête. Il entrait dans une flamme si lourde, au sortir des piqûres sèches du froid, qu'il éprouvait des cuissons, comme si on l'eût battu de verges. Quand il revint à lui, il vit Renée agenouillée, penchée, avec des yeux fixes, une attitude brutale qui lui fit peur. Les cheveux tombés, les épaules nues, elle s'appuyait sur ses poings, l'échine allongée, pareille à une grande chatte aux yeux phosphorescents. Le jeune homme, couché sur le dos, aperçut, au-dessus des épaules de cette adorable bête amoureuse qui le regardait, le sphinx de marbre, dont la lune éclairait les cuisses luisantes. Renée avait la pose et le sourire du monstre à tête de femme, et, dans ses jupons dénoués, elle semblait la sœur blanche de ce dieu noir.

Maxime resta languissant. La chaleur était suffocante, une chaleur sombre, qui ne tombait pas du ciel en pluie de feu, mais qui traînait à terre, ainsi qu'une exhalaison malsaine, et dont la buée montait, pareille à un nuage chargé d'orage. Une humidité chaude couvrait les amants d'une rosée, d'une sueur ardente. Longtemps ils demeurèrent sans gestes et sans paroles, dans ce bain de flammes, Maxime terrassé et inerte, Renée frémissante sur ses poignets comme sur des jarrets souples et nerveux. Au-dehors, par les petites vitres de la serre, on voyait des échappées du parc Monceau, des bouquets d'arbres aux fines découpures noires, des pelouses de gazon blanches comme des lacs glacés, tout un paysage mort, dont les délicatesses et les teintes claires et unies rappelaient des coins de gravures japonaises. Et ce bout de terre brûlante, cette couche enflammée où les amants s'allongeaient, bouillait étrangement au milieu de ce grand froid muet.

Ils eurent une nuit d'amour fou. Renée était l'homme, la volonté passionnée et agissante. Maxime subissait. Cet être neutre, blond et joli, frappé dès l'enfance dans sa virilité, devenait, aux bras curieux de la jeune femme, une grande fille, avec ses membres épilés, ses maigreurs gracieuses d'éphèbe romain. Il semblait né et grandi pour une perversion de la volupté. Renée jouissait de ses dominations, elle pliait sous sa passion cette créature où le sexe hésitait toujours. C'était pour elle un continuel étonnement du désir, une surprise des sens, une bizarre sensation de malaise et de plaisir aigu. Elle ne savait plus ; elle revenait avec des doutes à sa peau fine, à son cou potelé, à ses abandons et à ses évanouissements. Elle éprouva alors une heure de plénitude. Maxime, en lui révélant un frisson nouveau, compléta ses toilettes folles, son luxe prodigieux, sa vie à outrance. Il mit dans sa chair la note excessive qui chantait déjà autour d'elle. Il fut l'amant assorti aux modes et aux folies de l'époque. Ce joli jeune homme, dont les vestons montraient les formes grêles, cette fille manquée, qui se promenait sur les boulevards, la raie au milieu de la tête, avec de petits rires et des sourires ennuyés, se trouva être, aux mains de Renée, une de ces débauches de décadence qui, à certaines heures, dans une nation pourrie, épuise une chair et détraque une intelligence.

Et c'était surtout dans la serre que Renée était l'homme. La nuit ardente qu'ils y passèrent fut suivie de plusieurs autres. La serre aimait, brûlait avec eux. Dans l'air alourdi, dans la clarté blanchâtre de la lune, ils voyaient le monde étrange des plantes qui les entouraient se mouvoir confusément, échanger des étreintes.

La peau d'ours noir tenait toute l'allée. À leurs pieds, le bassin fumait, plein d'un grouillement, d'un entre-lacement épais de racines, tandis que l'étoile rose des Nymphéas s'ouvrait, à fleur d'eau, comme un corsage de vierge, et que les Tornélias laissaient pendre leurs broussailles, pareilles à des chevelures de Néréides [1] pâmées. Puis, autour d'eux, les Palmiers, les grands Bambous de l'Inde, se haussaient, allaient dans le cintre, où ils se penchaient et mêlaient leurs feuilles avec des attitudes chancelantes d'amants lassés. Plus bas, les Fougères, les Ptérides, les Alsophilas, étaient comme des dames vertes, avec leurs larges jupes garnies de volants réguliers, qui, muettes et immobiles aux bords de l'allée, attendaient l'amour. À côté d'elles, les feuilles torses, tachées de rouge, des Bégonias, et les feuilles blanches, en fer de lance, des Caladiums, mettaient une suite vague de meurtrissures et de pâleurs, que les amants ne s'expliquaient pas, et où ils retrou-vaient parfois des rondeurs de hanches et de genoux, vautrés à terre, sous la brutalité de caresses sanglantes. Et les Bananiers, pliant sous les grappes de leurs fruits, leur parlaient des fertilités grasses du sol, pendant que les Euphorbes d'Abyssinie, dont ils entrevoyaient dans l'ombre les cierges épineux, contrefaits, pleins de bosses honteuses, leur semblaient suer la sève, le flux débor-dant de cette génération de flamme. Mais, à mesure que leurs regards s'enfonçaient dans les coins de la serre, l'obscurité s'emplissait d'une débauche de feuilles et de tiges plus furieuse : ils ne distinguaient plus, sur les gradins, les Marantas douces comme du velours, les Gloxinias aux cloches violettes, les Dracenas semblables à des lames de vieille laque vernie ; c'était une ronde d'herbes vivantes qui se poursuivait d'une tendresse inassouvie. Aux quatre angles, à l'endroit où des rideaux de lianes ménageaient des berceaux, leur rêve

---

1. Nymphes de la mer Méditerranée qui personnifiaient le mou-vement des vagues.

charnel s'affolait encore, et les jets souples des Vanilles,
des Coques du Levant, des Quisqualus, des Bauhinias,
étaient des bras interminables d'amoureux qu'on ne
voyait pas, et qui allongeaient éperdument leur étreinte,
pour amener à eux toutes les joies éparses. Ces bras
sans fin pendaient de lassitude, se nouaient dans un
spasme d'amour, se cherchaient, s'enroulaient, comme
pour le rut d'une foule. C'était le rut immense de la
serre, de ce coin de forêt vierge où flambaient les verdures et les floraisons des tropiques.

Maxime et Renée, les sens faussés, se sentaient emportés dans ces noces puissantes de la terre. Le sol, à
travers la peau d'ours, leur brûlait le dos, et, des hautes
palmes, tombaient sur eux des gouttes de chaleur. La
sève qui montait aux flancs des arbres les pénétrait, eux
aussi, leur donnait des désirs fous de croissance immé-
diate, de reproduction gigantesque. Ils entraient dans
le rut de la serre. C'était alors, au milieu de la lueur
pâle, que des visions les hébétaient, des cauchemars
dans lesquels ils assistaient longuement aux amours des
Palmiers et des Fougères ; les feuillages prenaient des
apparences confuses et équivoques, que leurs désirs
fixaient en images sensuelles ; des murmures, des chuchotements leur venaient des massifs, voix pâmées, soupirs d'extase, cris étouffés de douleur, rires lointains,
tout ce que leurs propres baisers avaient de bavard, et
que l'écho leur renvoyait. Parfois ils se croyaient
secoués par un tremblement du sol, comme si la terre
elle-même, dans une crise d'assouvissement, eût éclaté
en sanglots voluptueux.

S'ils avaient fermé les yeux, si la chaleur suffocante
et la lumière pâle n'avaient pas mis en eux une dépravation de tous les sens, les odeurs eussent suffi à les
jeter dans un éréthisme nerveux extraordinaire. Le bassin les mouillait d'une senteur âcre, profonde, où passaient les mille parfums des fleurs et des verdures. Par
instants, la Vanille chantait avec des roucoulements de
ramier ; puis arrivaient les notes rudes des Stanhopéas,
dont les bouches tigrées ont une haleine forte et amère

de convalescent. Les Orchidées, dans leurs corbeilles que retenaient des chaînettes, exhalaient leurs souffles, semblables à des encensoirs vivants. Mais l'odeur qui dominait, l'odeur où se fondaient tous ces vagues soupirs, c'était une odeur humaine, une odeur d'amour, que Maxime reconnaissait, quand il baisait la nuque de Renée, quand il enfouissait sa tête au milieu de ses cheveux dénoués. Et ils restaient ivres de cette odeur de femme amoureuse, qui traînait dans la serre, comme dans une alcôve où la terre enfantait.

D'habitude, les amants se couchaient sous le Tanghin de Madagascar, sous cet arbuste empoisonné dont la jeune femme avait mordu une feuille. Autour d'eux, des blancheurs de statues riaient, en regardant l'accouplement énorme des verdures. La lune, qui tournait, déplaçait les groupes, animait le drame de sa lumière changeante. Et ils étaient à mille lieues de Paris, en dehors de la vie facile du Bois et des salons officiels, dans le coin d'une forêt de l'Inde, de quelque temple monstrueux, dont le sphinx de marbre noir devenait le dieu. Ils se sentaient rouler au crime, à l'amour maudit, à une tendresse de bêtes farouches. Tout ce pullulement qui les entourait, ce grouillement sourd du bassin, cette impudicité nue des feuillages, les jetaient en plein enfer dantesque de la passion. C'était alors au fond de cette cage de verre, toute bouillante des flammes de l'été, perdue dans le froid clair de décembre, qu'ils goûtaient l'inceste, comme le fruit criminel d'une terre trop chauffée, avec la peur sourde de leur couche terrifiante.

Et, au milieu de la peau noire, le corps de Renée blanchissait, dans sa pose de grande chatte accroupie, l'échine allongée, les poignets tendus, comme des jarrets souples et nerveux. Elle était toute gonflée de volupté, et les lignes claires de ses épaules et de ses reins se détachaient avec des sécheresses félines sur la tache d'encre dont la fourrure noircissait le sable jaune de l'allée. Elle guettait Maxime, cette proie renversée sous elle, qui s'abandonnait, qu'elle possédait tout entière.

Et, de temps à autre, elle se penchait brusquement, elle le baisait de sa bouche irritée. Sa bouche s'ouvrait alors avec l'éclat avide et saignant de l'Hibiscus de la Chine, dont la nappe couvrait le flanc de l'hôtel. Elle n'était plus qu'une fille brûlante de la serre. Ses baisers fleurissaient et se fanaient, comme les fleurs rouges de la grande mauve, qui durent à peine quelque heures, et qui renaissent sans cesse, pareilles aux lèvres meurtries et insatiables d'une Messaline géante.

CHAPITRE V

Le baiser qu'il avait mis sur le cou de sa femme préoccupait Saccard. Il n'usait plus de ses droits de mari depuis longtemps ; la rupture était venue naturellement, ni l'un ni l'autre ne se souciant d'une liaison qui les dérangeait. Pour qu'il songeât à rentrer dans la chambre de Renée, il fallait qu'il y eût quelque bonne affaire au bout de ses tendresses conjugales.

Le coup de fortune de Charonne marchait bien, tout en lui laissant des inquiétudes sur le dénouement. Larsonneau, avec son linge éblouissant, avait des sourires qui lui déplaisaient. Il n'était qu'un pur intermédiaire, qu'un prête-nom dont il payait les complaisances par un intérêt de dix pour cent sur les bénéfices futurs. Mais, bien que l'agent d'expropriation n'eût pas mis un sou dans l'affaire, et que Saccard, après avoir fourni les fonds du café-concert, eût pris toutes ses précautions, contre-vente, lettre dont la date restait en blanc, quittances données à l'avance, ce dernier n'en éprouvait pas moins une peur sourde, un pressentiment de quelque traîtrise. Il flairait, chez son complice, l'intention de le faire chanter, à l'aide de cet inventaire faux que celui-ci gardait précieusement, et auquel il devait uniquement d'être de l'affaire.

Aussi les deux compères se serraient-ils vigoureusement la main. Larsonneau traitait Saccard de « cher maître ». Il avait, au fond, une véritable admiration pour cet équilibriste, dont il suivait en amateur les exercices sur la corde roide de la spéculation. L'idée de le duper le chatouillait comme une volupté rare et piquante. Il caressait un plan encore vague, ne sachant trop comment employer l'arme qu'il possédait, et à laquelle il craignait de se couper lui-même. Il se sentait, d'ailleurs, à la merci de son ancien collègue. Les terrains et les constructions que des inventaires savamment calculés estimaient déjà à près de deux millions, et qui ne valaient pas le quart de cette somme, devaient finir par s'abîmer dans une faillite colossale, si la fée de l'expropriation ne les touchait de sa baguette d'or. D'après les plans primitifs qu'ils avaient pu consulter, le nouveau boulevard, ouvert pour relier le parc d'artillerie de Vincennes à la caserne du Prince-Eugène, et mettre ce parc au cœur de Paris en tournant le faubourg Saint-Antoine, emportait une partie des terrains ; mais il restait à craindre qu'ils ne fussent qu'à peine écornés et que l'ingénieuse spéculation du café-concert n'échouât par son impudence même. Dans ce cas, Larsonneau demeurait avec une aventure délicate sur les bras. Ce péril, toutefois, ne l'empêchait pas, malgré son rôle forcément secondaire, d'être navré, lorsqu'il songeait aux maigres dix pour cent qu'il toucherait dans un vol si colossal de millions. Et c'était alors qu'il ne pouvait résister à la démangeaison furieuse d'allonger la main, de se tailler sa part.

Saccard n'avait pas même voulu qu'il prêtât de l'argent à sa femme, s'amusant lui-même à cette grosse ficelle de mélodrame, où se plaisait son amour des trafics compliqués.

« Non, non, mon cher, disait-il avec son accent provençal, qu'il exagérait encore quand il voulait donner du sel à une plaisanterie, n'embrouillons pas nos comptes... Vous êtes le seul homme à Paris auquel j'ai juré de ne jamais rien devoir. »

Larsonneau se contentait de lui insinuer que sa femme était un gouffre. Il lui conseillait de ne plus lui donner un sou, pour qu'elle leur cédât immédiatement sa part de propriété. Il aurait préféré n'avoir affaire qu'à lui. Il le tâtait parfois, il poussait les choses jusqu'à dire, de son air las et indifférent de viveur :

« Il faudra pourtant que je mette un peu d'ordre dans mes papiers... Votre femme m'épouvante, mon bon. Je ne veux pas qu'on pose chez moi les scellés sur certaines pièces. »

Saccard n'était pas homme à supporter patiemment de pareilles allusions, quand il savait surtout à quoi s'en tenir sur l'ordre froid et méticuleux qui régnait dans les bureaux du personnage. Toute sa petite personne rusée et active se révoltait contre les peurs que cherchait à lui faire ce grand bellâtre d'usurier en gants jaunes. Le pis était qu'il se sentait pris de frissons, quand il pensait à un scandale possible ; et il se voyait exilé brutalement par son frère, vivant en Belgique de quelque négoce inavouable. Un jour, il se fâcha, il alla jusqu'à tutoyer Larsonneau.

« Écoute, mon petit, lui dit-il, tu es un gentil garçon, mais tu ferais bien de me rendre la pièce que tu sais. Tu verras que ce bout de papier finira par nous fâcher. »

L'autre fit l'étonné, serra les mains de son « cher maître », en l'assurant de son dévouement. Saccard regretta son impatience d'une minute. Ce fut à cette époque qu'il songea sérieusement à se rapprocher de sa femme ; il pouvait avoir besoin d'elle contre son complice, et il se disait encore que les affaires se traitent merveilleusement sur l'oreiller. Le baiser sur le cou devint peu à peu la révélation de toute une nouvelle tactique.

D'ailleurs, il n'était pas pressé, il ménageait ses moyens. Il mit tout l'hiver à mûrir son plan, tiraillé par cent affaires plus embrouillées les unes que les autres. Ce fut pour lui un hiver terrible, plein de secousses, une campagne prodigieuse, pendant laquelle il lui fallut chaque jour vaincre la faillite. Loin de restreindre son train de maison, il donna fête sur fête. Mais, s'il parvint à faire face à tout, il dut négliger Renée, qu'il réservait pour son coup de triomphe, lorsque l'opération de

Charonne serait mûre. Il se contenta de préparer le dénouement, en continuant à ne plus lui donner de l'argent que par l'entremise de Larsonneau. Quand il pouvait disposer de quelques milliers de francs, et qu'elle criait misère, il les lui apportait, en disant que les hommes à Larsonneau exigeaient un billet du double de la somme. Cette comédie l'amusait énormément, l'histoire de ces billets le ravissait par le roman qu'ils mettaient dans l'affaire. Même au temps de ses bénéfices les plus nets, il avait servi la pension de sa femme d'une façon très irrégulière, lui faisant des cadeaux princiers, lui abandonnant des poignées de billets de banque, puis la laissant aux abois pour une misère pendant des semaines. Maintenant qu'il se trouvait sérieusement embarrassé, il parlait des charges de la maison, il la traitait en créancier, auquel on ne veut pas avouer sa ruine, et qu'on fait patienter avec des histoires. Elle l'écoutait à peine ; elle signait tout ce qu'il voulait ; elle se plaignait seulement de ne pouvoir signer davantage.

Il avait déjà, cependant, pour deux cent mille francs de billets signés d'elle, qui lui coûtaient à peine cent dix mille francs. Après les avoir fait endosser par Larsonneau au nom duquel ils étaient souscrits, il faisait voyager ces billets d'une façon prudente, comptant s'en servir plus tard comme d'armes décisives. Jamais il n'aurait pu aller jusqu'au bout de ce terrible hiver, prêter à usure à sa femme et maintenir son train de maison, sans la vente de son terrain du boulevard Malesherbes, que les sieurs Mignon et Charrier lui payèrent argent comptant, mais en retenant un escompte formidable.

Cet hiver fut pour Renée une longue joie. Elle ne souffrait que du besoin d'argent. Maxime lui coûtait très cher ; il la traitait toujours en belle-maman, la laissait payer partout. Mais cette misère cachée était pour elle une volupté de plus. Elle s'ingéniait, se cassait la tête, pour que « son cher enfant » ne manquât de rien ; et quand elle avait décidé son mari à lui trouver quelques milliers de francs, elle les mangeait avec son

amant, en folies coûteuses, comme deux écoliers lâchés
dans leur première escapade. Lorsqu'ils n'avaient pas
le sou, ils restaient à l'hôtel, ils jouissaient de cette
grande bâtisse, d'un luxe si neuf et si insolemment bête.
Le père n'était jamais là. Les amoureux gardaient le
coin du feu plus souvent qu'autrefois. C'est que Renée
avait enfin empli d'une jouissance chaude le vide glacial
de ces plafonds dorés. Cette maison suspecte du plaisir
mondain était devenue une chapelle où elle pratiquait
à l'écart une nouvelle religion. Maxime ne mettait pas
seulement en elle la note aiguë qui s'accordait avec ses
toilettes folles ; il était l'amant fait pour cet hôtel, aux
larges vitrines de magasin, et qu'un ruissellement de
sculptures inondait des greniers aux caves ; il animait
ces plâtres, depuis les deux Amours joufflus qui, dans
la cour, laissaient tomber de leur coquille un filet d'eau,
jusqu'aux grandes femmes nues soutenant les balcons
et jouant au milieu des frontons avec des épis et des
pommes ; il expliquait le vestibule trop riche, le jardin
trop étroit, les pièces éclatantes où l'on voyait trop de
fauteuils et pas un objet d'art. La jeune femme, qui
s'y était mortellement ennuyée, s'y amusa tout d'un
coup, en usa comme d'une chose dont elle n'avait pas
d'abord compris l'emploi. Et ce ne fut pas seulement
dans son appartement, dans le salon bouton-d'or et
dans la serre, qu'elle promena son amour, mais dans
l'hôtel entier. Elle finit par se plaire même sur le divan
du fumoir ; elle s'oubliait là, elle disait que cette pièce
avait une vague odeur de tabac, très agréable.

Elle prit deux jours de réception au lieu d'un. Le
jeudi, tous les intrus venaient. Mais le lundi était réservé
aux amies intimes. Les hommes n'étaient pas admis.
Maxime seul assistait à ces parties fines qui avaient lieu
dans le petit salon. Un soir, elle eut l'étonnante idée de
l'habiller en femme et de le présenter comme une de ses
cousines. Adeline, Suzanne, la baronne de Meinhold,
et les autres amies qui étaient là, se levèrent, saluèrent,
étonnées par cette figure qu'elles reconnaissaient vaguement. Puis lorsqu'elles comprirent, elles rirent beau-

coup, elles ne voulurent absolument pas que le jeune
homme allât se déshabiller. Elles le gardèrent avec ses
jupes, le taquinant, se prêtant à des plaisanteries équivoques. Quand il avait reconduit ces dames par la
grande porte, il faisait le tour du parc et revenait par
la serre. Jamais les bonnes amies n'eurent le moindre
soupçon. Les amants ne pouvaient être plus familiers
qu'ils ne l'étaient déjà, lorsqu'ils se disaient bons camarades. Et s'il arrivait qu'un domestique les vît se serrer
d'un peu près, entre deux portes, il n'éprouvait aucune
surprise, étant habitué aux plaisanteries de Madame et
du fils de Monsieur.

Cette liberté entière, cette impunité les enhardissaient
encore. S'ils poussaient les verrous la nuit, ils s'embrassaient le jour dans toutes les pièces de l'hôtel. Ils inventèrent mille petits jeux, par les temps de pluie. Mais
le grand régal de Renée était toujours de faire un feu
terrible et de s'assoupir devant le brasier. Elle eut, cet
hiver-là, un luxe de linge merveilleux. Elle porta des
chemises et des peignoirs d'un prix fou, dont les entre-
deux et la batiste la couvraient à peine d'une fumée
blanche. Et, dans la lueur rouge du brasier, elle restait, comme nue, les dentelles et la peau roses, la chair
baignée par la flamme à travers l'étoffe mince. Maxime,
accroupi à ses pieds, lui baisait les genoux, sans même
sentir le linge qui avait la tiédeur et la couleur de ce
beau corps. Le jour était bas, il tombait pareil à un
crépuscule dans la chambre de soie grise, tandis que
Céleste allait et venait derrière eux, de son pas tranquille. Elle était devenue leur complice, naturellement.
Un matin qu'ils s'étaient oubliés au lit, elle les y trouva,
et garda son flegme de servante au sang glacé. Ils ne
se gênaient plus, elle entrait à toute heure, sans que le
bruit de leurs baisers lui fît tourner la tête. Ils comptaient sur elle pour les prévenir en cas d'alerte. Ils
n'achetaient pas son silence. C'était une fille très économe, très honnête, et à laquelle on ne connaissait pas
d'amant.

Cependant, Renée ne s'était pas cloîtrée. Elle courait le monde, y menait Maxime à sa suite, comme un page blond en habit noir, y goûtait même des plaisirs plus vifs. La saison fut pour elle un long triomphe. Jamais elle n'avait eu des imaginations plus hardies de toilettes et de coiffures. Ce fut alors qu'elle risqua cette fameuse robe de satin couleur buisson, sur laquelle était brodée toute une chasse au cerf, avec des attributs, des poires à poudre, des cors de chasse, des couteaux à larges lames. Ce fut alors aussi qu'elle mit à la mode les coiffures antiques que Maxime dut aller dessiner pour elle au musée Campana, récemment ouvert. Elle rajeunissait, elle était dans la plénitude de sa beauté turbulente. L'inceste mettait en elle une flamme qui luisait au fond de ses yeux et chauffait ses rires. Son binocle prenait des insolences suprêmes sur le bout de son nez, et elle regardait les autres femmes, les bonnes amies étalées dans l'énormité de quelque vice, d'un air d'adolescent vantard, d'un sourire fixe signifiant : « J'ai mon crime. »

Maxime, lui, trouvait le monde assommant. C'était par « chic » qu'il prétendait s'y ennuyer, car il ne s'amusait réellement nulle part. Aux Tuileries, chez les ministres, il disparaissait dans les jupons de Renée. Mais il redevenait le maître dès qu'il s'agissait de quelque escapade. Renée voulut revoir le cabinet du boulevard, et la largeur du divan la fit sourire. Puis, il la mena un peu partout, chez les filles, au bal de l'Opéra, dans les avant-scènes des petits théâtres, dans tous les endroits équivoques où ils pouvaient coudoyer le vice brutal, en goûtant les joies de l'incognito. Quand ils rentraient furtivement à l'hôtel, brisés de fatigue, ils s'endormaient aux bras l'un de l'autre, cuvant l'ivresse du Paris ordurier, avec des lambeaux de couplets grivois chantant encore à leurs oreilles. Le lendemain, Maxime imitait les acteurs, et Renée, sur le piano du petit salon, cherchait à retrouver la voix rauque et les déhanchements de Blanche Muller, dans son rôle de la Belle Hélène[1]. Ses leçons de musique du couvent ne lui servaient plus qu'à écorcher les couplets des bouffonneries nouvelles. Elle avait une horreur sainte pour les airs sérieux. Maxime « blaguait » avec elle la musique allemande, et il crut devoir aller siffler le *Tannhäuser*[2] par conviction, et pour défendre les refrains égrillards de sa belle-mère.

Une de leurs grandes parties fut de patiner ; cet hiver-là, le patin était à la mode, l'empereur étant allé un des premiers essayer la glace du lac, au bois de Boulogne. Renée commanda à Worms un costume complet de Polonaise, velours et fourrure ; elle voulut que Maxime eût des bottes molles et un bonnet de renard. Ils arrivaient au Bois, par des froids de loup qui leur piquaient le nez et les lèvres, comme si le vent leur eût soufflé du sable fin au visage. Cela les amusait d'avoir froid. Le Bois était tout gris, avec des filets de neige, semblables, le long des branches, à de minces guipures. Et, sous le ciel pâle, au-dessus du lac figé et terni, il n'y avait que les sapins des îles qui missent encore, au bord de l'horizon, leurs draperies théâtrales, où la neige cousait aussi de hautes dentelles. Ils filaient tous deux dans l'air glacé, du vol rapide des hirondelles qui rasent le sol. Ils mettaient un poing derrière le dos, et se posant mutuellement l'autre main sur l'épaule, ils allaient droits, souriants, côte à côte, tournant sur eux-mêmes, dans le large espace que marquaient de grosses cordes. Du haut de la grande allée, des badauds les regardaient. Parfois ils venaient se chauffer aux brasiers allumés sur le bord du lac. Et ils repartaient. Ils

---

1. *La Belle Hélène*, opérette d'Offenbach, fut créée aux Variétés en décembre 1864. Blanche Muller correspond à Hortense Schneider, créatrice du rôle. Zola détestait ce genre d'œuvres, qu'il trouvait vulgaires.

2. Opéra de Wagner, représenté à l'Opéra de Paris en mars 1861, et qui fut très controversé. Après Gautier et Baudelaire (entre autres), Zola prit aussi la défense de Wagner.

arrondissaient largement leur vol, les yeux pleurant de plaisir et de froid.

Puis, quand vint le printemps, Renée se rappela son ancienne élégie. Elle voulut que Maxime se promenât avec elle dans le parc Monceau, la nuit, au clair de la lune. Ils allèrent dans la grotte, s'assirent sur l'herbe, devant la colonnade. Mais lorsqu'elle témoigna le désir de faire une promenade sur le petit lac, ils s'aperçurent que la barque qu'on voyait de l'hôtel, attachée au bord d'une allée, n'avait pas de rames. On devait les retirer le soir. Ce fut une désillusion. D'ailleurs, les grandes ombres du parc inquiétaient les amants. Ils auraient souhaité qu'on y donnât une fête vénitienne, avec des ballons rouges et un orchestre. Ils le préféraient, le jour, l'après-midi, et souvent ils se mettaient alors à une des fenêtres de l'hôtel, pour voir les équipages qui suivaient la courbe savante de la grande allée. Ils se plaisaient à ce coin charmant du nouveau Paris, à cette nature aimable et propre, à ces pelouses pareilles à des pans de velours, coupées de corbeilles, d'arbustes choisis, et bordées de magnifiques roses blanches. Les voitures se croisaient là, aussi nombreuses que sur un boulevard ; les promeneuses y traînaient leurs jupes, mollement, comme si elles n'eussent pas quitté du pied les tapis de leurs salons. Et, à travers les feuillages, ils critiquaient les toilettes, se montraient les attelages, goûtaient de véritables douceurs aux couleurs tendres de ce grand jardin. Un bout de grille dorée brillait entre deux arbres, une file de canards passait sur le lac, le petit pont Renaissance blanchissait, tout neuf dans les verdures, tandis qu'aux deux bords de la grande allée, sur des chaises jaunes, les mères oubliaient en causant les petits garçons et les petites filles qui se regardaient d'un air joli, avec des moues d'enfants précoces.

Les amants avaient l'amour du nouveau Paris. Ils couraient souvent la ville en voiture, faisaient un détour, pour passer par certains boulevards qu'ils aimaient d'une tendresse personnelle. Les maisons, hautes, à grandes portes sculptées, chargées de balcons, où luisaient, en grandes lettres d'or, des noms, des enseignes, des raisons sociales, les ravissaient. Pendant que le coupé filait, ils suivaient, d'un regard ami, les bandes grises des trottoirs, larges, interminables, avec leurs bancs, leurs colonnes bariolées, leurs arbres maigres. Cette trouée claire qui allait au bout de l'horizon, se rapetissant et s'ouvrant sur un carré bleuâtre du vide, cette double rangée ininterrompue de grands magasins, où des commis souriaient aux clientes, ces courants de foule piétinant et bourdonnant, les emplissaient peu à peu d'une satisfaction absolue et entière, d'une sensation de perfection dans la vie de la rue. Ils aimaient jusqu'aux jets des lances d'arrosage, qui passaient comme une fumée blanche, devant leurs chevaux, s'étalaient, s'abattaient en pluie fine sous les roues du coupé, brunissant le sol, soulevant un léger flot de poussière. Ils roulaient toujours, et il leur semblait que la voiture roulait sur des tapis, le long de cette chaussée droite et sans fin, qu'on avait faite uniquement pour leur éviter les ruelles noires. Chaque boulevard devenait un couloir de leur hôtel. Les gaietés du soleil riaient sur les façades neuves, allumaient les vitres, battaient les tentes des boutiques et des cafés, chauffaient l'asphalte sous les pas affairés de la foule. Et quand ils rentraient, un peu étourdis par le tohu-bohu éclatant de ces longs bazars, ils se plaisaient au parc Monceau, comme à la plate-bande nécessaire de ce Paris nouveau, étalant son luxe aux premières tiédeurs du printemps.

Lorsque la mode les força absolument de quitter Paris, ils allèrent aux bains de mer, mais à regret, pensant sur les plages de l'Océan aux trottoirs des boulevards. Leur amour lui-même s'y ennuya. C'était une fleur de la serre qui avait besoin du grand lit gris et rose, de la chair nue du cabinet, de l'aube dorée du petit salon. Depuis qu'ils étaient seuls, le soir, en face de la mer, ils ne trouvaient plus rien à se dire. Elle essaya de chanter son répertoire du théâtre des Variétés, sur un vieux piano qui agonisait dans un coin de sa chambre, à l'hôtel ; mais l'instrument, tout humide des vents du large, avait les voix mélancoliques des grandes eaux. *La Belle Hélène* y fut lugubre et fantastique. Pour se consoler, la jeune femme étonna la plage par des costumes prodigieux. Toute la bande de ces dames était là, à bâiller, à attendre l'hiver, en cherchant avec désespoir un costume de bain qui ne les rendît pas trop laides. Jamais Renée ne put décider Maxime à se baigner. Il avait une peur abominable de l'eau, devenait tout pâle quand le flot arrivait jusqu'à ses bottines, ne se serait pour rien au monde approché du bord d'une falaise ; il marchait loin des trous, faisant de longs détours pour éviter la moindre côte un peu roide.

Saccard vint à deux ou trois reprises voir « les enfants ». Il était écrasé de soucis, disait-il. Ce ne fut que vers octobre, lorsqu'ils se retrouvèrent tous les trois à Paris, qu'il songea sérieusement à se rapprocher de sa femme. L'affaire de Charonne mûrissait. Son plan fut net et brutal. Il comptait prendre Renée au jeu qu'il aurait joué avec une fille. Elle vivait dans des besoins d'argent grandissants, et, par fierté, ne s'adressait à son mari qu'à la dernière extrémité. Ce dernier se promit de profiter de sa première demande pour être galant, et renouer des rapports depuis longtemps rompus, dans la joie de quelque grosse dette payée.

Des embarras terribles attendaient Renée et Maxime à Paris. Plusieurs des billets souscrits à Larsonneau étaient échus ; mais, comme Saccard les laissait naturellement dormir chez l'huissier, ces billets inquiétaient peu la jeune femme. Elle se trouvait bien autrement effrayée par sa dette chez Worms qui montait maintenant à près de deux cent mille francs. Le tailleur exigeait un acompte, en menaçant de suspendre tout crédit. Elle avait de brusques frissons, quand elle songeait au scandale d'un procès, et surtout à une fâcherie avec l'illustre couturier. Puis il lui fallait de l'argent de poche. Ils allaient s'ennuyer à mourir, elle et Maxime, s'ils n'avaient pas quelques louis à dépenser par jour. Le cher enfant était à sec, depuis qu'il fouillait vainement les tiroirs de son père. Sa fidélité, sa sagesse exemplaire,

pendant sept à huit mois, tenaient beaucoup au vide
absolu de sa bourse. Il n'avait pas toujours vingt francs
pour inviter quelque coureuse à souper. Aussi revenait-il
philosophiquement à l'hôtel. La jeune femme, à chacune
de leurs escapades, lui remettait son porte-monnaie
pour qu'il payât dans les restaurants, dans les bals, dans
les petits théâtres. Elle continuait à le traiter maternel-
lement ; et même c'était elle qui payait, du bout de ses
doigts gantés, chez le pâtissier où ils s'arrêtaient presque
chaque après-midi, pour manger des petits pâtés aux
huîtres. Souvent, il trouvait, le matin, dans son gilet,
des louis qu'il ne savait pas là, et qu'elle y avait mis,
comme une mère qui garnit la poche d'un collégien.
Et cette belle existence de goûters, de caprices satisfaits,
de plaisirs faciles, allait cesser ! Mais une crainte plus
grave encore vint les consterner. Le bijoutier de Sylvia,
auquel il devait dix mille francs, se fâchait, parlait de
Clichy[1]. Les billets qu'il avait en main, protestés
depuis longtemps, étaient couverts de tels frais, que la
dette se trouvait grossie de trois ou quatre milliers de
francs. Saccard déclara nettement qu'il ne pouvait rien.
Son fils à Clichy le poserait, et quand il l'en retirerait,
il ferait grand bruit de cette largesse paternelle. Renée
était au désespoir ; elle voyait son cher enfant en prison, mais dans un véritable cachot, couché sur de la
paille humide. Un soir, elle lui proposa sérieusement
de ne plus sortir de chez elle, d'y vivre ignoré de tous,
à l'abri des recors. Puis elle jura qu'elle trouverait
l'argent. Jamais elle ne parlait de l'origine de la dette,
de cette Sylvia qui confiait ses amours aux glaces des
cabinets particuliers. C'était une cinquantaine de mille
francs qu'il lui fallait : quinze mille pour Maxime,
trente mille pour Worms, et cinq mille francs d'argent
de poche. Ils auraient devant eux quinze grands jours
de bonheur. Elle se mit en campagne.

---

1. Il s'agit de la prison de Clichy, où étaient internés ceux qui ne
pouvaient s'acquitter de leurs dettes (l'emprisonnement pour dettes
fut supprimé en 1867).

Sa première idée fut de demander les cinquante mille francs à son mari. Elle ne s'y décida qu'avec des répugnances. Les dernières fois qu'il était entré dans sa chambre pour lui apporter de l'argent, il lui avait mis de nouveaux baisers sur le cou, en lui prenant les mains, en parlant de sa tendresse. Les femmes ont un sens très délicat pour deviner les hommes. Aussi s'attendait-elle à une exigence, à un marché tacite et conclu en souriant. En effet, quand elle lui demanda les cinquante mille francs, il se récria, dit que Larsonneau ne prêterait jamais cette somme, que lui-même était encore trop gêné. Puis, changeant de voix, comme vaincu et pris d'une émotion subite :

« On ne peut rien vous refuser, murmura-t-il. Je vais courir Paris, faire l'impossible... Je veux, chère amie, que vous soyez contente. »

Et mettant les lèvres à son oreille, lui baisant les cheveux, la voix un peu tremblante :

« Je te les porterai demain soir, dans ta chambre... sans billet... »

Mais elle dit vivement qu'elle n'était pas pressée, qu'elle ne voulait pas le déranger à ce point. Lui qui venait de mettre tout son cœur dans ce dangereux « sans billet », qu'il avait laissé échapper et qu'il regrettait, ne parut pas avoir essuyé un refus désagréable. Il se releva, en disant :

« Eh bien, à votre disposition... Je vous trouverai la somme, quand le moment sera venu. Larsonneau n'y sera pour rien, entendez-vous. C'est un cadeau que j'entends vous faire. »

Il souriait d'un air bonhomme. Elle resta dans une cruelle angoisse. Elle sentait qu'elle perdrait le peu d'équilibre qui lui restait, si elle se livrait à son mari. Son dernier orgueil était d'être mariée au père, mais de n'être que la femme du fils. Souvent, quand Maxime lui semblait froid, elle essayait de lui faire comprendre cette situation par des allusions fort claires ; il est vrai que le jeune homme, qu'elle s'attendait à voir tomber à ses pieds, après cette confidence, demeurait parfai-

tement indifférent, croyant sans doute qu'elle voulait
le rassurer sur la possibilité d'une rencontre entre son
père et lui, dans la chambre de soie grise.

Quand Saccard l'eut quittée, elle s'habilla précipitamment et fit atteler. Pendant que son coupé l'emportait vers l'île Saint-Louis, elle préparait la façon dont
elle allait demander les cinquante mille francs à son
père. Elle se jetait dans cette idée brusque, sans vouloir la discuter, se sentant très lâche au fond, et prise
d'une épouvante invincible devant une pareille démar-
che. Lorsqu'elle arriva, la cour de l'hôtel Béraud la
glaça, de son humidité morne de cloître, et ce fut avec
des envies de se sauver qu'elle monta le large escalier
de pierre, où ses petites bottes à hauts talons sonnaient
terriblement. Elle avait eu la sottise, dans sa hâte, de
choisir un costume de soie feuille-morte à longs volants
de dentelles blanches, orné de nœuds de satin, coupé
par une ceinture plissée comme une écharpe. Cette toilette, que complétait une petite toque, à grande voilette
blanche, mettait une note si singulière dans l'ennui sombre de l'escalier, qu'elle eut elle-même conscience de
l'étrange figure qu'elle y faisait. Elle tremblait en traversant l'enfilade austère des vastes pièces, où les personnages vagues des tapisseries semblaient surpris par
ce flot de jupes passant au milieu du demi-jour de leur
solitude.

Elle trouva son père dans un salon donnant sur la
cour, où il se tenait d'habitude. Il lisait un grand livre
placé sur un pupitre adapté aux bras de son fauteuil.
Devant une des fenêtres, la tante Élisabeth tricotait avec
de longues aiguilles de bois ; et, dans le silence de la
pièce, on n'entendait que le tic-tac de ces aiguilles.

Renée s'assit, gênée, ne pouvant faire un mouvement
sans troubler la sévérité du haut plafond par un bruit
d'étoffes froissées. Ses dentelles étaient d'une blancheur
crue, sur le fond noir des tapisseries et des vieux meubles. M. Béraud Du Châtel, les mains posées au bord
du pupitre, la regardait. La tante Élisabeth parla du
mariage prochain de Christine, qui devait épouser le

fils d'un avoué fort riche ; la jeune fille était sortie avec
une vieille domestique de la famille, pour aller chez un
fournisseur ; et la bonne tante causait toute seule, de
sa voix placide, sans cesser de tricoter, bavardant sur
les affaires du ménage, jetant des regards souriants à
Renée par-dessus ses lunettes.

Mais la jeune femme se troublait de plus en plus.
Tout le silence de l'hôtel lui pesait sur les épaules, et
elle eût donné beaucoup pour que les dentelles de sa
robe fussent noires. Le regard de son père l'embarras-
sait au point qu'elle trouva Worms vraiment ridicule
d'avoir imaginé de si grands volants.

« Comme tu es belle, ma fille ! » dit tout à coup la
tante Élisabeth, qui n'avait pas même encore vu les dentelles de sa nièce.

Elle arrêta ses aiguilles, elle assujettit ses lunettes,
pour mieux voir. M. Béraud Du Châtel eut un pâle
sourire.

« C'est un peu blanc, dit-il. Une femme doit être bien
embarrassée avec ça sur les trottoirs.

— Mais, mon père, on ne sort pas à pied ! » s'écria
Renée, qui regretta ensuite ce mot du cœur.

Le vieillard allait répondre. Puis il se leva, redressa sa
haute taille, et marcha lentement, sans regarder sa fille
davantage. Celle-ci restait toute pâle d'émotion. Chaque fois qu'elle s'exhortait à avoir du courage et qu'elle
cherchait une transition pour arriver à la demande
d'argent, elle éprouvait un élancement au cœur.

« On ne vous voit plus, mon père, murmura-t-elle.

— Oh ! répondit la tante, sans laisser à son frère le
temps d'ouvrir les lèvres, ton père ne sort guère que
pour aller de loin en loin au Jardin des Plantes. Et
encore faut-il que je me fâche ! Il prétend qu'il se perd
dans Paris, que la ville n'est plus faite pour lui... Va,
tu peux le gronder !

— Mon mari serait si heureux de vous voir venir de
temps à autre à nos jeudis ! » continua la jeune femme.

M. Béraud Du Châtel fit quelques pas en silence.
Puis, d'une voix tranquille :

« Tu remercieras ton mari, dit-il. C'est un garçon actif, paraît-il, et je souhaite pour toi qu'il mène honnêtement ses affaires. Mais nous n'avons pas les mêmes idées, et je suis mal à l'aise dans votre belle maison du parc Monceau. »

La tante Élisabeth parut chagrine de cette réponse.

« Que les hommes sont donc méchants avec leur politique ! dit-elle gaiement. Veux-tu savoir la vérité ? Ton père est furieux contre vous, parce que vous allez aux Tuileries. »

Mais le vieillard haussa les épaules, comme pour dire que son mécontentement avait des causes beaucoup plus graves. Il se remit à marcher lentement, songeur. Renée resta un instant silencieuse, ayant au bord des lèvres la demande des cinquante mille francs. Puis, une lâcheté plus grande la prit, elle embrassa son père, elle s'en alla.

La tante Élisabeth voulut l'accompagner jusqu'à l'escalier. En traversant l'enfilade des pièces, elle continuait à bavarder de sa petite voix de vieille :

« Tu es heureuse, chère enfant. Ça me fait bien plaisir de te voir belle et bien portante ; car, si ton mariage avait mal tourné, sais-tu que je me serais crue coupable ?... Ton mari t'aime, tu as tout ce qu'il te faut, n'est-ce pas ?

— Mais oui », répondit Renée s'efforçant de sourire, la mort dans le cœur.

La tante la retint encore, la main sur la rampe de l'escalier.

« Vois-tu, je n'ai qu'une crainte, c'est que tu ne te grises avec tout ton bonheur. Sois prudente, et surtout ne vends rien... Si un jour tu avais un enfant, tu trouverais pour lui une petite fortune toute prête. »

Quand Renée fut dans son coupé, elle poussa un soupir de soulagement. Elle avait des gouttes de sueur froide aux tempes ; elle les essuya, en pensant à l'humidité glaciale de l'hôtel Béraud. Puis, lorsque le coupé roula au soleil clair du quai Saint-Paul, elle se souvint des cinquante mille francs, et toute sa douleur s'éveilla, plus vive. Elle qu'on croyait si hardie, comme elle venait d'être lâche ! Et pourtant c'était de Maxime qu'il s'agissait, de sa liberté, de leurs joies à tous deux ! Au milieu des reproches amers qu'elle s'adressait, une idée surgit tout à coup, qui mit son désespoir au comble : elle aurait dû parler des cinquante mille francs à la tante Élisabeth, dans l'escalier. Où avait-elle eu la tête ? La bonne femme lui aurait peut-être prêté la somme, ou tout au moins l'aurait aidée. Elle se penchait déjà pour dire à son cocher de retourner rue Saint-Louis-en-l'Île, lorsqu'elle crut revoir l'image de son père traversant lentement l'ombre solennelle du grand salon. Jamais elle n'aurait le courage de rentrer tout de suite dans cette pièce. Que dirait-elle pour expliquer cette deuxième visite ? Et, au fond d'elle, elle ne trouvait même plus le courage de parler de l'affaire à la tante Élisabeth. Elle dit à son cocher de la conduire rue du Faubourg-Poissonnière.

Mme Sidonie eut un cri de ravissement, lorsqu'elle la vit pousser la porte discrètement voilée de la boutique. Elle était là par hasard, elle allait sortir pour courir chez le juge de paix, où elle citait une cliente. Mais elle ferait défaut, ça serait pour un autre jour ; elle était trop heureuse que sa belle-sœur eût l'amabilité de lui rendre enfin une petite visite. Renée souriait, d'un air embarrassé. Mme Sidonie ne voulut absolument pas qu'elle restât en bas ; elle la fit monter dans sa chambre, par le petit escalier, après avoir retiré le bouton de cuivre du magasin. Elle ôtait ainsi et remettait vingt fois par jour ce bouton qui tenait par un simple clou.

« Là, ma toute belle, dit-elle en la faisant asseoir sur une chaise longue, nous allons pouvoir causer gentiment... Imaginez-vous que vous arrivez comme mars en carême. Je serais allée ce soir chez vous. »

Renée, qui connaissait la chambre, y éprouvait cette vague sensation de malaise que procure à un promeneur un coin de forêt coupé dans un paysage aimé.

« Ah ! dit-elle enfin, vous avez changé le lit de place, n'est-ce pas ?

— Oui, répondit tranquillement la marchande de dentelles, c'est une de mes clientes qui le trouve beaucoup mieux en face de la cheminée. Elle m'a conseillé aussi des rideaux rouges.

— C'est ce que je me disais, les rideaux n'étaient pas de cette couleur... Une couleur bien commune, le rouge. »

Et elle mit son binocle, regarda cette pièce qui avait un luxe de grand hôtel garni. Elle vit sur la cheminée de longues épingles à cheveux qui ne venaient certainement pas du maigre chignon de Mme Sidonie. À l'ancienne place où se trouvait le lit, le papier peint se montrait tout éraflé, déteint et sali par les matelas. La courtière avait bien essayé de cacher cette plaie, derrière les dossiers de deux fauteuils ; mais ces dossiers étaient un peu bas, et Renée s'arrêta à cette bande usée.

« Vous avez quelque chose à me dire ? demanda-t-elle enfin.

— Oui, c'est toute une histoire, dit Mme Sidonie, joignant les mains, avec des mines de gourmande qui va conter ce qu'elle a mangé à son dîner. Imaginez-vous que M. de Saffré est amoureux de la belle Mme Saccard... Oui, de vous-même, ma mignonne. »

Elle n'eut pas même un mouvement de coquetterie.

« Tiens ! dit-elle, vous le disiez si épris de Mme Michelin.

— Oh ! c'est fini, tout à fait fini... Je puis vous en donner la preuve, si vous voulez... vous ne savez donc pas que la petite Michelin a plu au baron Gouraud ? C'est à n'y rien comprendre. Tous ceux qui connaissent le baron en sont stupéfaits. Et savez-vous qu'elle est en train d'obtenir le ruban rouge pour son mari !... Allez, c'est une gaillarde. Elle n'a pas froid aux yeux, elle n'a besoin de personne pour conduire sa barque. »

Elle dit cela avec quelque regret mêlé d'admiration.

« Mais revenons à M. de Saffré... Il vous aurait rencontrée à un bal d'actrices, enfouie dans un domino, et même il s'accuse de vous avoir offert un peu cavalièrement à souper... Est-ce vrai ? »

La jeune femme restait toute surprise.

« Parfaitement vrai, murmura-t-elle ; mais qui a pu lui dire ?...

— Attendez, il prétend qu'il vous a reconnue plus tard quand vous n'avez plus été dans le salon, et qu'il s'est rappelé vous avoir vue sortir au bras de Maxime... C'est depuis ce temps-là qu'il est amoureux fou. Ça lui a poussé au cœur, vous comprenez ? Un caprice... Il est venu me voir pour me supplier de vous présenter ses excuses...

— Eh bien, dites-lui que je lui pardonne », interrompit négligemment Renée.

Puis, continuant, retrouvant toutes ses angoisses :

« Ah ! ma bonne Sidonie, je suis bien tourmentée. Il me faut absolument cinquante mille francs demain matin. J'étais venue pour vous parler de cette affaire. Vous connaissez des prêteurs, m'avez-vous dit ? »

La courtière, piquée de la façon brusque dont sa belle-sœur coupait son histoire, lui fit attendre quelque temps sa réponse.

« Oui, certes ; seulement, je vous conseille, avant tout, de chercher chez des amis... Moi, à votre place, je sais bien ce que je ferais... Je m'adresserais à M. de Saffré, tout simplement. »

Renée eut un sourire contraint.

« Mais, reprit-elle, ce serait peu convenable, puisque vous le prétendez si amoureux. »

La vieille la regardait d'un œil fixe ; puis son visage mou se fondit doucement dans un sourire de pitié attendrie.

« Pauvre chère, murmura-t-elle, vous avez pleuré ; ne niez pas, je le vois à vos yeux. Soyez donc forte, acceptez la vie... Voyons, laissez-moi arranger la petite affaire en question. »

Renée se leva, torturant ses doigts, faisant craquer ses gants. Et elle resta debout, toute secouée par une cruelle lutte intérieure. Elle ouvrait les lèvres, pour accepter peut-être, lorsqu'un léger coup de sonnette retentit dans la pièce voisine. Mme Sidonie sortit vive-

ment, en entrebâillant une porte qui laissa voir une double rangée de pianos. La jeune femme entendit ensuite
un pas d'homme et le bruit étouffé d'une conversation
à voix basse. Machinalement, elle alla examiner de plus
près la tache jaunâtre dont les matelas avaient barré
le mur. Cette tache l'inquiétait, la gênait. Oubliant tout,
Maxime, les cinquante mille francs, M. de Saffré, elle
revint devant le lit, songeuse : ce lit était bien mieux
à l'endroit où il se trouvait auparavant ; il y avait des
femmes qui manquaient vraiment de goût ; pour sûr,
quand on était couché, on devait avoir la lumière dans
les yeux. Et elle vit vaguement se lever, au fond de son
souvenir, l'image de l'inconnu du quai Saint-Paul, son
roman en deux rendez-vous, cet amour de hasard
qu'elle avait goûté là, à cette autre place. Il n'en restait
que cette usure de papier peint. Alors cette chambre
l'emplit de malaise, et elle s'impatienta de ce bourdonnement de voix qui continuait, dans la pièce voisine.

Quand Mme Sidonie revint, ouvrant et fermant la
porte avec précaution, elle fit des signes répétés du bout
des doigts, pour lui recommander de parler tout bas.
Puis, à son oreille :

« Vous ne savez pas, l'aventure est bonne : c'est
M. de Saffré qui est là.

— Vous ne lui avez pas dit au moins que j'étais
ici ? » demanda la jeune femme inquiète.

La courtière sembla surprise, et très naïvement :

« Mais si... Il attend que je lui dise d'entrer. Bien
entendu, je ne lui ai pas parlé des cinquante mille
francs... »

Renée, toute pâle, s'était redressée comme sous un
coup de fouet. Une immense fierté lui remontait au
cœur. Ce bruit de bottes, qu'elle entendait plus brutal
dans la chambre d'à côté, l'exaspérait.

« Je m'en vais, dit-elle d'une voix brève. Venez
m'ouvrir la porte. »

Mme Sidonie essaya de sourire.

« Ne faites pas l'enfant... Je ne puis pas rester avec
ce garçon sur les bras, maintenant que je lui ai dit que

vous étiez ici... Vous me compromettez, vraiment... »

Mais la jeune femme avait déjà descendu le petit escalier. Elle répétait devant la porte fermée de la boutique :

« Ouvrez-moi, ouvrez-moi. »

La marchande de dentelles, quand elle retirait le bouton de cuivre, avait l'habitude de le mettre dans sa poche. Elle voulut encore parlementer. Enfin, prise de colère elle-même, laissant voir au fond de ses yeux gris la sécheresse aigre de sa nature, elle s'écria :

« Mais enfin que voulez-vous que je lui dise, à cet homme ?

— Que je ne suis pas à vendre », répondit Renée, qui avait un pied sur le trottoir.

Et il lui sembla entendre Mme Sidonie murmurer en refermant violemment la porte : « Eh ! va donc, grue ! Tu me paieras ça. »

« Pardieu ! pensa-t-elle en remontant dans son coupé, j'aime encore mieux mon mari. »

Elle retourna droit à l'hôtel. Le soir, elle dit à Maxime de ne pas venir ; elle était souffrante, elle avait besoin de repos. Et, le lendemain, lorsqu'elle lui remit les quinze mille francs pour le bijoutier de Sylvia, elle resta embarrassée devant sa surprise et ses questions. C'était son mari, dit-elle, qui avait fait une bonne affaire. Mais à partir de ce jour, elle fut plus fantasque, elle changeait souvent les heures des rendez-vous qu'elle donnait au jeune homme, et souvent même elle le guettait dans la serre pour le renvoyer. Lui, s'inquiétait peu de ces changements d'humeur ; il se plaisait à être une chose obéissante aux mains des femmes. Ce qui l'ennuya davantage, ce fut la tournure morale que prenaient parfois leurs tête-à-tête d'amoureux. Elle devenait toute triste ; même il lui arrivait d'avoir de grosses larmes dans les yeux. Elle interrompait son refrain sur « le beau jeune homme » de *La Belle Hélène*, jouait les cantiques du pensionnat, demandait à son amant s'il ne croyait pas que le mal fût puni tôt ou tard.

« Décidément, elle vieillit, pensait-il. C'est tout le
plus si elle est drôle encore un an ou deux. »

La vérité était qu'elle souffrait cruellement. Maintenant, elle aurait mieux aimé tromper Maxime avec
M. de Saffré. Chez Mme Sidonie, elle s'était révoltée,
elle avait cédé à une fierté instinctive, au dégoût de ce
marché grossier. Mais, les jours suivants, quand elle
endura les angoisses de l'adultère, tout sombra en elle,
et elle se sentit si méprisable, qu'elle se serait livrée au
premier homme qui aurait poussé la porte de la chambre aux pianos. Si, jusque-là, la pensée de son mari était
passée parfois dans l'inceste, comme une pointe d'horreur voluptueuse, le mari, l'homme lui-même, y entra
dès lors avec une brutalité qui tourna ses sensations les
plus délicates en douleurs intolérables. Elle qui se plaisait aux raffinements de sa faute et qui rêvait volontiers un coin de paradis surhumain, où les dieux goû-
tent leurs amours en famille, elle roulait à la débauche
vulgaire, au partage de deux hommes. Vainement elle
tenta de jouir de l'infamie. Elle avait encore les lèvres
chaudes des baisers de Saccard, lorsqu'elle les offrait
aux baisers de Maxime. Ses curiosités descendirent au
fond de ces voluptés maudites ; elle alla jusqu'à mêler
ces deux tendresses, jusqu'à chercher le fils dans les
étreintes du père. Et elle sortait plus effarée, plus meur-
trie de ce voyage dans l'inconnu du mal, de ces ténèbres ardentes où elle confondait son double amant, avec
des terreurs qui donnaient un râle à ses joies.

Elle garda ce drame pour elle seule, en doubla la
souffrance par les fièvres de son imagination. Elle eût
préféré mourir que d'avouer la vérité à Maxime. C'était
une peur sourde que le jeune homme ne se révoltât, ne
la quittât ; c'était surtout une croyance si absolue de
péché monstrueux et de damnation éternelle, qu'elle
aurait plus volontiers traversé nue le parc Monceau,
que de confesser sa honte à voix basse. Elle restait,
d'ailleurs, l'étourdie qui étonnait Paris par ses extra-
vagances. Des gaietés nerveuses la prenaient, des caprices prodigieux, dont s'entretenaient les journaux, en

la désignant par ses initiales. Ce fut à cette époque qu'elle voulut sérieusement se battre en duel, au pistolet, avec la duchesse de Sternich, qui avait, méchamment disait-elle, renversé un verre de punch sur sa robe ; il fallut que son beau-frère le ministre se fâchât. Une autre fois, elle paria avec Mme de Lauwerens qu'elle ferait le tour de la piste de Longchamp en moins de dix minutes, et ce ne fut qu'une question de costume qui la retint. Maxime lui-même commençait à être effrayé par cette tête où la folie montait, et où il croyait entendre, la nuit, sur l'oreiller, tout le tapage d'une ville en rut de plaisirs.

Un soir, ils allèrent ensemble au Théâtre-Italien. Ils n'avaient seulement pas regardé l'affiche. Ils voulaient voir une grande tragédienne italienne, la Ristori, qui faisait alors courir tout Paris, et à laquelle la mode leur commandait de s'intéresser. On donnait *Phèdre* [1]. Il se rappelait assez son répertoire classique, elle savait assez d'italien pour suivre la pièce. Et même ce drame leur causa une émotion particulière, dans cette langue étrangère dont les sonorités leur semblaient, par moments, un simple accompagnement d'orchestre soutenant la mimique des acteurs. Hippolyte était un grand garçon pâle, très médiocre, qui pleurait son rôle.

« Quel godiche ! » murmurait Maxime.

Mais la Ristori, avec ses fortes épaules secouées par les sanglots, avec sa face tragique et ses gros bras, remuait profondément Renée. Phèdre était du sang de Pasiphaé, et elle se demandait de quel sang elle pouvait être, elle, l'incestueuse des temps nouveaux. Elle ne voyait de la pièce que cette grande femme traînant sur les planches le crime antique. Au premier acte, quand Phèdre fait à Œnone la confidence de sa tendresse criminelle ; au second, lorsqu'elle se déclare,

---

1. *Phèdre*, de Racine, traduite en italien, fut jouée à Paris à plusieurs reprises, avec, dans le rôle de Phèdre, Adélaïde Ristori, célèbre actrice italienne.

toute brûlante, à Hippolyte ; et, plus tard, au quatrième, lorsque le retour de Thésée l'accable, et qu'elle
se maudit, dans une crise de fureur sombre, elle emplissait la salle d'un tel cri de passion fauve, d'un tel besoin
de volupté surhumaine, que la jeune femme sentait
passer sur sa chair chaque frisson de son désir et de
ses remords.

« Attends, murmurait Maxime à son oreille, tu vas
entendre le récit de Théramène. Il a une bonne tête,
le vieux ! »

Et il murmura d'une voix creuse :

> À peine nous sortions des portes de Trézène,
> Il était sur son char...

Mais Renée, quand le vieux parla, ne regarda plus,
n'écouta plus. Le lustre l'aveuglait, des chaleurs étouf-
fantes lui venaient de toutes ces faces pâles tendues vers
la scène. Le monologue continuait, interminable. Elle
était dans la serre, sous les feuillages ardents, et elle
rêvait que son mari entrait, la surprenait aux bras de
son fils. Elle souffrait horriblement, elle perdait
connaissance, quand le dernier râle de Phèdre, repen-
tante et mourant dans les convulsions du poison, lui
fit rouvrir les yeux. La toile tombait. Aurait-elle la force
de s'empoisonner, un jour ? Comme son drame était
mesquin et honteux à côté de l'épopée antique ! Et tandis que Maxime lui nouait sous le menton sa sortie de
théâtre, elle entendait encore gronder derrière elle cette
rude voix de la Ristori, à laquelle répondait le murmure
complaisant d'Œnone.

Dans le coupé, le jeune homme causa tout seul, il
trouvait en général la tragédie « assommante », et préférait les pièces des Bouffes. Cependant *Phèdre* était
« corsée ». Il s'y était intéressé, parce que... Et il serra
la main de Renée, pour compléter sa pensée. Puis une
idée drôle lui passa par la tête, et il céda à l'envie de
faire un mot :

« C'est moi, murmura-t-il, qui avais raison de ne pas
m'approcher de la mer, à Trouville. »

Renée, perdue au fond de son rêve douloureux, se taisait. Il fallut qu'il répétât sa phrase.

« Pourquoi ? » demanda-t-elle étonnée, ne comprenant pas.

« Mais le monstre... »

Et il eut un petit ricanement. Cette plaisanterie glaça la jeune femme. Tout se détraqua dans sa tête. La Ristori n'était plus qu'un gros pantin qui retroussait son péplum et montrait sa langue au public comme Blanche Muller, au troisième acte de *La Belle Hélène* ; Théramène dansait le cancan, et Hippolyte mangeait des tartines de confiture en se fourrant les doigts dans le nez.

Quand un remords plus cuisant faisait frissonner Renée, elle avait des rébellions superbes. Quel était donc son crime, et pourquoi aurait-elle rougi ? Est-ce qu'elle ne marchait pas chaque jour sur des infamies plus grandes ? Est-ce qu'elle ne coudoyait pas, chez les ministres, aux Tuileries, partout, des misérables comme elle, qui avaient sur leur chair des millions et qu'on adorait à deux genoux ! Et elle songeait à l'amitié honteuse d'Adeline d'Espanet et de Suzanne Haffner, dont on souriait parfois aux lundis de l'impératrice. Elle se rappelait le négoce de Mme de Lauwerens, que les maris célébraient pour sa bonne conduite, son ordre, son exactitude à payer ses fournisseurs. Elle nommait Mme Daste, Mme Teissière, la baronne de Meinhold, ces créatures dont les amants payaient le luxe, et qui étaient cotées dans le beau monde comme des valeurs à la Bourse. Mme de Guende était tellement bête et tellement bien faite, qu'elle avait pour amants trois officiers supérieurs à la fois, sans pouvoir les distinguer, à cause de leur uniforme ; ce qui faisait dire à ce démon de Louise qu'elle les forçait d'abord à se mettre en chemise, pour savoir auquel des trois elle parlait. La comtesse Vanska, elle, se souvenait des cours où elle avait chanté, des trottoirs le long desquels on prétendait l'avoir revue, vêtue d'indienne, rôdant comme une louve. Chacune de ces femmes avait sa honte, sa plaie étalée et triomphante. Puis, les dominant toutes, la duchesse de Sternich se dressait, laide, vieillie, lassée, avec la gloire d'avoir passé une nuit dans le lit impérial ; c'était le vice officiel, elle en gardait comme une majesté de la débauche et une souveraineté sur cette bande d'illustres coureuses.

Alors, l'incestueuse s'habituait à sa faute, comme à une robe de gala, dont les roideurs l'auraient d'abord gênée. Elle suivait les modes de l'époque, elle s'habillait et se déshabillait à l'exemple des autres. Elle finissait par croire qu'elle vivait au milieu d'un monde supérieur à la morale commune, où les sens s'affinaient et se développaient, où il était permis de se mettre nue pour la joie de l'Olympe entier. Le mal devenait un luxe, une fleur piquée dans les cheveux, un diamant attaché sur le front. Et elle revoyait, comme une justification et une rédemption, l'empereur, au bras du général, passer entre les deux files d'épaules inclinées.

Un seul homme, Baptiste, le valet de chambre de son mari, continuait à l'inquiéter. Depuis que Saccard se montrait galant, ce grand valet pâle et digne lui semblait marcher autour d'elle, avec la solennité d'un blâme muet. Il ne la regardait pas, ses regards froids passaient plus haut, par-dessus son chignon, avec des pudeurs de bedeau refusant de souiller ses yeux sur la chevelure d'une pécheresse. Elle s'imaginait qu'il savait tout, elle aurait acheté son silence, si elle eût osé. Puis des malaises la prenaient, elle éprouvait une sorte de respect confus, quand elle rencontrait Baptiste, se disant que toute l'honnêteté de son entourage s'était retirée et cachée sous l'habit noir de ce laquais.

Elle demanda un jour à Céleste :

« Est-ce que Baptiste plaisante à l'office ? Lui connaissez-vous quelque aventure, quelque maîtresse ?

— Ah ! bien, oui ! se contenta de répondre la femme de chambre.

— Voyons, il a dû vous faire la cour ?

— Eh ! il ne regarde jamais les femmes. C'est à peine si nous l'apercevons... Il est toujours chez Monsieur ou dans les écuries. Il dit qu'il aime beaucoup les chevaux. »

Renée s'irritait de cette honnêteté, insistait, aurait voulu pouvoir mépriser ses gens. Bien qu'elle se fût prise d'affection pour Céleste, elle se serait réjouie de lui savoir des amants.

« Mais vous, Céleste, ne trouvez-vous pas que Baptiste est un beau garçon ?

— Moi, Madame ! s'écria la chambrière, de l'air stupéfait d'une personne qui vient d'entendre une chose prodigieuse, oh ! j'ai bien d'autres idées en tête. Je ne veux pas d'un homme. J'ai mon plan, vous verrez plus tard. Je ne suis pas une bête, allez. »

Renée ne put en tirer une parole plus claire. Ses soucis, d'ailleurs, grandissaient. Sa vie tapageuse, ses courses folles, rencontraient des obstacles nombreux qu'il lui fallait franchir, et contre lesquels elle se meurtrissait parfois. Ce fut ainsi que Louise de Mareuil se dressa un jour entre elle et Maxime. Elle n'était pas jalouse de « la bossue », comme elle la nommait dédaigneusement ; elle la savait condamnée par les médecins, et ne pouvait croire que Maxime épousât jamais un pareil laideron, même au prix d'un million de dot. Dans ses chutes, elle avait conservé une naïveté bourgeoise à l'égard des gens qu'elle aimait ; si elle se méprisait elle-même, elle les croyait volontiers supérieurs et très estimables. Mais, tout en rejetant la possibilité d'un mariage qui lui eût paru une débauche sinistre et un vol, elle souffrait des familiarités, de la camaraderie des jeunes gens. Quand elle parlait de Louise à Maxime, il riait d'aise, il lui racontait les mots de l'enfant, il lui disait :

« Elle m'appelle son petit homme, tu sais, cette gamine ? »

Et il montrait une telle liberté d'esprit, qu'elle n'osait lui faire entendre que cette gamine avait dix-sept ans, et que leurs jeux de mains, leur empressement, dans les salons, à chercher les coins d'ombre pour se moquer de tout le monde, la chagrinaient, lui gâtaient les plus belles soirées.

Un fait vint donner à la situation un caractère singulier. Renée avait souvent des besoins de fanfaronnade, des caprices de hardiesse brutale. Elle entraînait Maxime derrière un rideau, derrière une porte, et l'embrassait, au risque d'être vue. Un jeudi soir, comme le salon bouton-d'or était plein de monde, il lui poussa la belle idée d'appeler le jeune homme qui causait avec Louise ; elle s'avança à sa rencontre, du fond de la serre où elle se trouvait, et le baisa brusquement sur la bouche, entre deux massifs, se croyant suffisamment cachée. Mais Louise avait suivi Maxime. Quand les amants levèrent la tête, ils la virent, à quelques pas, qui les regardait avec un étrange sourire, sans une rougeur ni un étonnement, de l'air tranquillement amical d'un compagnon de vice, assez savant pour comprendre et goûter un tel baiser.

Ce jour-là Maxime se sentit réellement épouvanté, et ce fut Renée qui se montra indifférente et même joyeuse. C'était fini. Il devenait impossible que la bossue lui prît son amant. Elle pensait :

« J'aurais dû le faire exprès. Elle sait maintenant que "son petit homme" est à moi. »

Maxime se rassura, en retrouvant Louise aussi rieuse, aussi drôle, qu'auparavant. Il la jugea « très forte, très bonne fille ». Et ce fut tout.

Renée s'inquiétait avec raison. Saccard, depuis quelque temps, songeait au mariage de son fils avec Mlle de Mareuil. Il y avait là une dot d'un million qu'il ne voulait pas laisser échapper, comptant plus tard mettre les mains dans cet argent. Louise, vers le commencement de l'hiver, étant restée au lit pendant près de trois semaines, il eut une telle peur de la voir mourir avant l'union projetée, qu'il se décida à marier les enfants tout de suite. Il les trouvait bien un peu jeunes ; mais les médecins redoutaient le mois de mars pour la poitrinaire. De son côté, M. de Mareuil était dans une situation délicate. Au dernier scrutin, il avait enfin

réussi à se faire nommer député. Seulement, le Corps
législatif venait de casser son élection, qui fut le scandale
de la révision des pouvoirs. Cette élection était tout un
poème héroï-comique, sur lequel les journaux vécurent
pendant un mois. M. Hupel de la Noue, le préfet du
département, avait déployé une telle vigueur, que les
autres candidats ne purent même afficher leur profession de foi ni distribuer leurs bulletins. Sur ses conseils,
M. de Mareuil couvrit la circonscription de tables où
les paysans burent et mangèrent pendant une semaine.
Il promit, en outre, un chemin de fer, la construction
d'un pont et de trois églises, et adressa, la veille du scrutin, aux électeurs influents, les portraits de l'empereur
et de l'impératrice, deux grandes gravures recouvertes
d'une vitre et encadrées d'une baguette d'or. Cet envoi
eut un succès fou, la majorité fut écrasante. Mais quand
la Chambre, devant l'éclat de rire de la France entière,
se trouva forcée de renvoyer M. de Mareuil à ses électeurs, le ministre entra dans une colère terrible contre
le préfet et le malheureux candidat, qui s'étaient mon-
trés vraiment trop « roides ». Il parla même de mettre
la candidature officielle sur un autre nom. M. de
Mareuil fut épouvanté, il avait dépensé trois cent mille
francs dans le département, il y possédait de grandes
propriétés où il s'ennuyait, et qu'il lui faudrait revendre à perte. Aussi vint-il supplier son cher collègue
d'apaiser son frère, de lui promettre, en son nom, une
élection tout à fait convenable. Ce fut en cette circonstance que Saccard reparla du mariage des enfants,
et que les deux pères l'arrêtèrent définitivement.

Quand Maxime fut tâté à ce sujet, il éprouva un
embarras. Louise l'amusait, la dot le tentait plus
encore. Il dit oui, il accepta toutes les dates que Saccard voulut, pour s'éviter l'ennui d'une discussion.
Mais, au fond, il s'avouait que, malheureusement, les
choses ne s'arrangeraient pas avec une si belle facilité.
Renée ne voudrait jamais ; elle pleurerait, elle lui ferait
des scènes, elle était capable de commettre quelque gros
scandale pour étonner Paris. C'était bien désagréable.

Maintenant, elle lui faisait peur. Elle le couvait avec des yeux inquiétants, elle le possédait si despotiquement, qu'il croyait sentir des griffes s'enfoncer dans son épaule, quand elle posait là sa main blanche. Sa turbulence devenait de la brusquerie, et il y avait des sons brisés au fond de ses rires. Il craignait réellement qu'elle ne devînt folle, une nuit, entre ses bras. Chez elle le remords, la crainte d'être surprise, les joies cruelles de l'adultère, ne se traduisaient pas comme chez les autres femmes par des larmes et des accablements, mais par une extravagance plus haute, par un besoin de tapage plus irrésistible. Et, au milieu de son effarement grandissant, on commençait à entendre un râle, le détraquement de cette adorable et étonnante machine qui se cassait.

Maxime attendait passivement une occasion qui le débarrassât de cette maîtresse gênante. Il disait de nouveau qu'ils avaient fait une bêtise. Si leur camaraderie avait d'abord mis dans leurs rapports d'amoureux une volupté de plus, elle l'empêchait aujourd'hui de rompre, comme il l'aurait certainement fait avec une autre femme. Il ne serait plus revenu ; c'était sa façon de dénouer ses amours, pour éviter tout effort et toute querelle. Mais il se sentait incapable d'un éclat, et il s'oubliait même volontiers encore dans les caresses de Renée ; elle était maternelle, elle payait pour lui, elle le tirerait d'embarras, si quelque créancier se fâchait. Puis l'idée de Louise, l'idée du million de dot revenait, lui faisait penser, jusque sous les baisers de la jeune femme, « que tout cela était bel et bon, mais que ce n'était pas sérieux, et qu'il faudrait bien que ça finît ».

Une nuit, Maxime fut si rapidement décavé chez une dame où l'on jouait souvent jusqu'au jour, qu'il éprouva une de ces colères muettes de joueur dont les poches sont vides. Il eût donné tout au monde pour pouvoir jeter encore quelques louis sur la table. Il prit son chapeau, et du pas machinal d'un homme poussé par une idée fixe, il alla au parc Monceau, ouvrit la petite grille, se trouva dans la serre. Il était plus de minuit. Renée lui avait défendu de venir, ce soir-là. Maintenant, quand elle lui fermait sa porte, elle ne cherchait même plus à trouver une explication, et lui ne songeait qu'à profiter de son jour de congé. Il ne se souvint nettement de la défense de la jeune femme que devant la porte-fenêtre du petit salon, qui était fermée. D'ordinaire, quand il devait venir, Renée tournait à l'avance l'espagnolette de cette porte.

« Bah ! pensa-t-il, en voyant la fenêtre du cabinet de toilette éclairée, je vais siffler, et elle descendra. Je ne la dérangerai pas ; si elle a quelques louis, je m'en irai tout de suite. »

Et il siffla doucement. Souvent, d'ailleurs, il employait ce signal pour lui annoncer son arrivée. Mais, ce soir-là, il siffla inutilement à plusieurs reprises. Il s'acharna, haussant le ton, ne voulant pas lâcher son idée d'emprunt immédiat. Enfin, il vit la porte-fenêtre s'ouvrir avec des précautions infinies, sans qu'il eût entendu le moindre bruit de pas. Dans le demi-jour de la serre, Renée lui apparut, les cheveux dénoués, à peine vêtue, comme si elle allait se mettre au lit. Elle était nu-pieds. Elle le poussa vers un des berceaux, descendant les marches, marchant sur le sable des allées, sans paraître sentir le froid ni la rudesse du sol.

« C'est bête de siffler si fort que ça, murmura-t-elle avec une colère contenue... Je t'avais dit de ne pas venir. Que me veux-tu ?

— Eh ! montons, dit Maxime surpris de cet accueil. Je te dirai ça là-haut. Tu vas prendre froid. »

Mais, comme il faisait un pas, elle le retint, et il s'aperçut alors qu'elle était horriblement pâle. Une épouvante muette la courbait. Ses derniers vêtements, les dentelles de son linge, pendaient comme des lambeaux tragiques, sur sa peau frissonnante.

Il l'examinait avec un étonnement croissant.

« Qu'as-tu donc ? Tu es malade ? »

Et, instinctivement, il leva les yeux, il regarda, à travers les vitres de la serre, cette fenêtre du cabinet de toilette où il avait vu de la lumière.

« Mais il y a un homme chez toi, dit-il tout à coup.

— Non, non, ce n'est pas vrai, balbutia-t-elle, suppliante, affolée.

— Allons donc, ma chère, je vois l'ombre. »

Alors ils restèrent là un instant, face à face, ne sachant que se dire. Les dents de Renée claquaient de terreur, et il lui semblait qu'on jetait des seaux d'eau glacée sur ses pieds nus. Maxime éprouvait plus d'irritation qu'il n'aurait cru ; mais il demeurait encore assez désintéressé pour réfléchir, pour se dire que l'occasion était bonne, et qu'il allait rompre.

« Tu ne me feras pas croire que c'est Céleste qui porte un paletot, continua-t-il. Si les vitres de la serre n'étaient pas si épaisses, je reconnaîtrais peut-être le monsieur. »

Elle le poussa plus profondément dans le noir des feuillages, en disant, les mains jointes, prise d'une terreur croissante :

« Je t'en prie, Maxime... »

Mais toute la taquinerie du jeune homme se réveillait, une taquinerie féroce qui cherchait à se venger. Il était trop frêle pour se soulager par la colère. Le dépit pinça ses lèvres ; et, au lieu de la battre, comme il en avait d'abord eu l'envie, il aiguisa sa voix, il reprit :

« Tu aurais dû me le dire, je ne serais pas venu vous déranger... Ça se voit tous les jours, qu'on ne s'aime plus. Moi-même, je commençais à en avoir assez... Voyons, ne t'impatiente pas. Je vais te laisser remonter ; mais pas avant que tu m'aies dit le nom du monsieur...

— Jamais, jamais ! murmura la jeune femme, qui étouffait ses larmes.

— Ce n'est pas pour le provoquer, c'est pour savoir... Le nom, dis vite le nom, et je pars. »

Il lui avait pris les poignets, il la regardait, de son rire mauvais. Et elle se débattait, éperdue, ne voulant plus ouvrir les lèvres, pour que le nom qu'il lui demandait ne pût s'en échapper.

« Nous allons faire du bruit, tu seras bien avancée.

Qu'as-tu peur ? ne sommes-nous pas de bons amis ?...
Je veux savoir qui me remplace, c'est légitime...
Attends, je t'aiderai. C'est M. de Mussy, dont la dou-
leur t'a touchée. »

Elle ne répondit pas. Elle baissait la tête sous un
pareil interrogatoire.

« Ce n'est pas M. de Mussy ?... Alors le duc de
Rozan ? vrai, non plus ?... Peut-être le comte de Chibray ? pas davantage ?... »

Il s'arrêta, il chercha.

« Diable, c'est que je ne vois personne... Ce n'est
pas mon père, après ce que tu m'as dit... »

Renée tressaillit, comme sous une brûlure, et sourdement :

« Non, tu sais bien qu'il ne vient plus. Je n'aurais
pas accepté, ce serait ignoble.

— Qui alors ? »

Et il lui serrait plus fort les poignets. La pauvre
femme lutta encore quelques instants.

« Oh ! Maxime, si tu savais !... Je ne puis pourtant
pas dire... »

Puis vaincue, anéantie, regardant avec effroi la fenêtre éclairée :

« C'est M. de Saffré », balbutia-t-elle très bas.

Maxime, que son jeu cruel amusait, pâlit extrême-
ment devant cet aveu qu'il sollicitait avec tant d'insistance. Il fut irrité de la douleur inattendue que lui causait ce nom d'homme. Il rejeta violemment les poignets
de Renée, s'approchant, lui disant en plein visage, les
dents serrées :

« Tiens, veux-tu savoir, tu es une... ! »

Il dit le mot. Et il s'en allait, lorsqu'elle courut à lui,
sanglotante, le prenant dans ses bras, murmurant des
mots de tendresse, des demandes de pardon, lui jurant
qu'elle l'adorait toujours, et que le lendemain elle lui
expliquerait tout. Mais il se dégagea, il ferma violemment la porte de la serre, en répondant :

« Eh non ! c'est fini, j'en ai plein le dos. »

Elle resta écrasée. Elle le regarda traverser le jardin.

Il lui semblait que les arbres de la serre tournaient autour d'elle. Puis, lentement, elle traîna ses pieds nus sur le sable des allées, elle remonta les marches du perron, la peau marbrée par le froid, plus tragique dans le désordre de ses dentelles. En haut, elle répondit aux questions de son mari, qui l'attendait, qu'elle avait cru se rappeler l'endroit où pouvait être tombé un petit carnet perdu depuis le matin. Et quand elle fut couchée, elle éprouva tout à coup un désespoir immense, en réfléchissant qu'elle aurait dû dire à Maxime que son père, rentré avec elle, l'avait suivie dans sa chambre pour l'entretenir d'une question d'argent quelconque.

Ce fut le lendemain que Saccard se décida à brusquer le dénouement de l'affaire de Charonne. Sa femme lui appartenait ; il venait de la sentir douce et inerte entre ses mains, comme une chose qui s'abandonne. D'autre part, le tracé du boulevard du Prince-Eugène allait être arrêté, il fallait que Renée fût dépouillée avant que l'expropriation prochaine s'ébruitât. Saccard montrait, dans toute cette affaire, un amour d'artiste ; il regardait mûrir son plan avec dévotion, tendait ses pièges avec les raffinements d'un chasseur qui met de la coquetterie à prendre galamment le gibier. C'était, chez lui, une simple satisfaction de joueur adroit, d'homme goûtant une volupté particulière au gain volé ; il voulait avoir les terrains pour un morceau de pain, quitte à donner cent mille francs de bijoux à sa femme, dans la joie du triomphe. Les opérations les plus simples se compliquaient, dès qu'il s'en occupait, devenaient des drames noirs ; il se passionnait, il aurait battu son père pour une pièce de cent sous. Et il semait ensuite l'or royalement.

Mais, avant d'obtenir de Renée la cession de sa part de propriété, il eut la prudence d'aller tâter Larsonneau sur les intentions de chantage qu'il avait flairées en lui. Son instinct le sauva, en cette circonstance. L'agent d'expropriation avait cru, de son côté, que le fruit était mûr et qu'il pouvait le cueillir. Lorsque Saccard entra dans le cabinet de la rue de Rivoli, il trouva son compère bouleversé, donnant les signes du plus violent désespoir.

« Ah ! mon ami, murmura celui-ci, en lui prenant les mains, nous sommes perdus... J'allais courir chez vous pour nous concerter, pour nous sortir de cette horrible aventure... »

Tandis qu'il se tordait les bras et essayait un sanglot, Saccard remarqua qu'il était en train de signer des lettres, au moment de son entrée, et que les signatures avaient une netteté admirable. Il le regarda tranquillement, en disant :

« Bah ! qu'est-ce qui nous arrive donc ? »

Mais l'autre ne répondit pas tout de suite ; il s'était jeté dans son fauteuil, devant son bureau, et là, les coudes sur le buvard, le front entre les mains, il se branlait furieusement la tête. Enfin, d'une voix étouffée :

« On m'a volé le registre, vous savez... »

Et il conta qu'un de ses commis, un gueux digne du bagne, lui avait soustrait un grand nombre de dossiers, parmi lesquels se trouvait le fameux registre. Le pis était que le voleur avait compris le parti qu'il pouvait tirer de cette pièce et qu'il voulait se la faire racheter cent mille francs.

Saccard réfléchissait. Le conte lui parut par trop grossier. Évidemment, Larsonneau se souciait peu, au fond, d'être cru. Il cherchait un simple prétexte pour lui faire entendre qu'il voulait cent mille francs dans l'affaire de Charonne ; et même, à cette condition, il rendrait les papiers compromettants qu'il avait entre les mains. Le marché parut trop lourd à Saccard. Il aurait volontiers fait la part de son ancien collègue ; mais cette embûche tendue, cette vanité de le prendre pour dupe, l'irritaient. D'ailleurs, il n'était pas sans inquiétude ; il connaissait le personnage, il le savait très capable de porter les papiers à son frère le ministre, qui aurait certainement payé pour étouffer tout scandale.

« Diable ! murmura-t-il, en s'asseyant à son tour, voilà une vilaine histoire... Et pourrait-on voir le gueux en question ?

— Je vais l'envoyer chercher, dit Larsonneau. Il demeure à côté, rue Jean-Lantier. »

Dix minutes ne s'étaient pas écoulées, qu'un petit jeune homme, louche, les cheveux pâles, la face couverte de taches de rousseur, entra doucement, en évitant que la porte fît du bruit. Il était vêtu d'une mauvaise redingote noire trop grande et horriblement râpée. Il se tint debout, à distance respectueuse, regardant Saccard du coin de l'œil, tranquillement. Larsonneau, qui l'appelait Baptistin, lui fit subir un interrogatoire, auquel il répondit par des monosyllabes, sans se troubler le moins du monde ; et il recevait en toute indifférence les noms de voleur, d'escroc, de scélérat, dont son patron croyait devoir accompagner chacune de ses demandes.

Saccard admira le sang-froid de ce malheureux. À un moment, l'agent d'expropriation s'élança de son fauteuil comme pour le battre ; et il se contenta de reculer d'un pas, en louchant avec plus d'humilité.

« C'est bien, laissez-le, dit le financier... Alors, monsieur, vous demandez cent mille francs pour rendre les papiers ?

— Oui, cent mille francs », répondit le jeune homme.

Et il s'en alla. Larsonneau paraissait ne pouvoir se calmer.

« Hein ! quelle crapule ! balbutia-t-il. Avez-vous vu ses regards faux ?... Ces gaillards-là vous ont l'air timides et vous assassineraient un homme pour vingt francs. »

Mais Saccard l'interrompit en disant :

« Bah ! il n'est pas terrible. Je crois qu'on pourra s'arranger avec lui... Je venais pour une affaire beaucoup plus inquiétante... Vous aviez raison de vous défier de ma femme, mon cher ami. Imaginez-vous qu'elle vend sa part de propriété à M. Haffner. Elle a besoin d'argent, dit-elle. C'est son amie Suzanne qui a dû la pousser. »

L'autre cessa brusquement de se désespérer ; il écoutait, un peu pâle, rajustant son col droit, qui avait tourné, dans sa colère.

« Cette cession, continua Saccard, est la ruine de nos espérances. Si M. Haffner devient votre coassocié, non seulement nos profits sont compromis, mais j'ai une peur affreuse de nous trouver dans une situation très désagréable vis-à-vis de cet homme méticuleux qui voudra éplucher les comptes. »

L'agent d'expropriation se mit à marcher d'un pas agité, faisant craquer ses bottines vernies sur le tapis.

« Voyez, murmura-t-il, dans quelle situation on se met pour rendre service aux gens !... Mais, mon cher, à votre place, j'empêcherais absolument ma femme de faire une pareille sottise. Je la battrais plutôt.

— Ah ! mon ami !... dit le financier avec un fin sourire. Je n'ai pas plus d'action sur ma femme que vous ne paraissez en avoir sur cette canaille de Baptistin. »

Larsonneau s'arrêta net devant Saccard, qui souriait toujours, et le regarda d'un air profond. Puis il reprit sa marche de long en large, mais d'un pas lent et mesuré. Il s'approcha d'une glace, remonta son nœud de cravate, marcha encore, retrouvant son élégance. Et tout d'un coup :

« Baptistin ! » cria-t-il.

Le petit jeune homme louche entra, mais par une autre porte. Il n'avait plus son chapeau et roulait une plume entre ses doigts.

« Va chercher le registre », lui dit Larsonneau.

Et quand il ne fut plus là, il débattit la somme qu'on devait lui donner.

« Faites cela pour moi », finit-il par dire carrément.

Alors Saccard consentit à donner trente mille francs sur les bénéfices futurs de l'affaire de Charonne. Il estimait qu'il se tirait encore à bon marché de la main gantée de l'usurier. Ce dernier fit mettre la promesse à son nom, continuant la comédie jusqu'au bout, disant qu'il tiendrait compte des trente mille francs au jeune homme. Ce fut avec des rires de soulagement que Saccard brûla le registre à la flamme de la cheminée, feuille à feuille. Puis, cette opération terminée, il échangea de vigoureuses poignées de main avec Larsonneau, et le quitta, en lui disant :

« Vous allez ce soir chez Laure, n'est-ce pas ?... Attendez-moi. J'aurai tout arrangé avec ma femme, nous prendrons nos dernières dispositions. »

Laure d'Aurigny, qui déménageait souvent, habitait alors un grand appartement du boulevard Haussmann, en face de la Chapelle expiatoire. Elle venait de prendre un jour par semaine, comme les dames du vrai monde. C'était une façon de réunir à la fois les hommes qui la voyaient, un par un, dans la semaine. Aristide Saccard triomphait, les mardis soir ; il était l'amant en titre ; et il tournait la tête, avec un rire vague, quand la maîtresse de la maison le trahissait entre deux portes, en accordant pour le soir même un rendez-vous à un de ces messieurs. Lorsqu'il était resté le dernier de la bande, il allumait encore un cigare, causait affaires, plaisantait un instant sur le monsieur qui se morfondait dans la rue en attendant qu'il sortît ; puis, après avoir appelé Laure sa « chère enfant », et lui avoir donné une petite tape sur la joue, il s'en allait tranquillement par une porte, tandis que le monsieur entrait par une autre. Le secret traité d'alliance qui avait consolidé le crédit de Saccard et fait trouver à la d'Aurigny deux mobiliers en un mois continuait à les amuser. Mais Laure voulait un dénouement à cette comédie. Ce dénouement, arrêté à l'avance, devait consister dans une rupture publique, au profit de quelque imbécile qui paierait cher le droit d'être l'entreteneur sérieux et connu de tout Paris. L'imbécile était trouvé. Le duc de Rozan, las d'assommer inutilement les femmes de son monde, rêvait une réputation de débauché, pour accentuer d'un relief sa figure fade. Il était très assidu aux mardis de Laure, dont il avait fait la conquête par sa naïveté absolue. Malheureusement, à trente-cinq ans, il se trouvait encore sous la dépendance de sa mère, à tel point qu'il pouvait disposer au plus d'une dizaine de louis à la fois. Les soirs où Laure daignait lui prendre ses dix louis, en se plaignant, en parlant des cent mille francs dont elle aurait besoin, il soupirait, il lui promettait la somme pour le jour où il serait le maître. Ce fut alors qu'elle eut l'idée de lui faire lier amitié avec Larsonneau, un des bons amis de la maison. Les deux hommes allèrent déjeuner ensemble chez Tortoni[1] ; et, au dessert, Larsonneau, en contant ses amours avec une Espagnole délicieuse, prétendit connaître des prêteurs ; mais il conseilla vivement à Rozan de ne jamais passer par leurs mains. Cette confidence endiabla le duc, qui finit par arracher à son bon ami la promesse de s'occuper de « sa petite affaire ». Il s'en occupa si bien qu'il devait porter l'argent le soir même où Saccard lui avait donné rendez-vous chez Laure.

Lorsque Larsonneau arriva, il n'y avait encore dans le grand salon blanc et or de la d'Aurigny que cinq ou six femmes, qui lui prirent les mains, lui sautèrent au cou, avec une fureur de tendresse. Elles l'appelaient « ce grand Lar ! » un diminutif caressant que Laure avait inventé. Et lui, d'une voix flûtée :

« Là, là, mes petites chattes ; vous allez écraser mon chapeau. »

Elles se calmèrent, elles l'entourèrent étroitement sur une causeuse, tandis qu'il leur contait une indigestion de Sylvia, avec laquelle il avait soupé la veille. Puis, tirant un drageoir de la poche de son habit, il leur offrit des pralines. Mais Laure sortit de sa chambre à coucher, et comme plusieurs messieurs arrivaient, elle entraîna Larsonneau dans un boudoir, situé à l'un des bouts du salon, dont une double portière le séparait.

« As-tu l'argent ? » lui demanda-t-elle, quand ils furent seuls.

Elle le tutoyait, dans les grandes circonstances. Larsonneau, sans répondre, s'inclina plaisamment, en frappant sur la poche intérieure de son habit.

---

1. Le café Tortoni, à l'angle de la rue Taitbout et du boulevard des Italiens, était un lieu de rendez-vous de nombreux hommes politiques et gens de lettres.

« Oh ! ce grand Lar ! » murmura la jeune femme ravie.

Elle le prit par la taille et l'embrassa.

« Attends, dit-elle, je veux tout de suite les chiffons... Rozan est dans ma chambre : je vais le chercher. »

Mais il la retint, et lui baisant à son tour les épaules :

« Tu sais quelle commission je t'ai demandée, à toi ?

— Eh ! oui, grande bête, c'est convenu. »

Elle revint, amenant Rozan. Larsonneau était mis plus correctement que le duc, ganté plus juste, cravaté avec plus d'art. Ils se touchèrent négligemment la main, et parlèrent des courses de l'avant-veille, où un de leurs amis avait eu un cheval battu. Laure piétinait.

« Voyons, ce n'est pas tout ça, mon chéri, dit-elle à Rozan ; le grand Lar a l'argent, tu sais. Il faudrait terminer. »

Larsonneau parut se souvenir.

« Ah ! oui, c'est vrai, dit-il, j'ai la somme... Mais que vous auriez bien fait de m'écouter, mon bon ! Est-ce que ces gueux ne m'ont pas demandé le cinquante pour cent ?... Enfin, j'ai accepté quand même, vous m'aviez dit que ça ne faisait rien... »

Laure d'Aurigny s'était procuré des feuilles de papier timbré dans la journée. Mais quand il fut question d'une plume et d'un encrier, elle regarda les deux hommes d'un air consterné, doutant de trouver chez elle ces objets. Elle voulait aller voir à la cuisine, lorsque Larsonneau tira de sa poche, de la poche où était le drageoir, deux merveilles, un porte-plume en argent, qui s'allongeait à l'aide d'une vis, et un encrier, acier et ébène, d'un fini et d'une délicatesse de bijou. Et comme Rozan s'asseyait :

« Faites les billets à mon nom. Vous comprenez, je n'ai pas voulu vous compromettre. Nous nous arrangerons ensemble... Six effets de vingt-cinq mille francs chacun, n'est-ce pas ? »

Laure comptait sur un coin de la table les « chiffons ». Rozan ne les vit même pas. Quand il eut signé et qu'il leva la tête, ils avaient disparu dans la poche de la jeune femme. Mais elle vint à lui, et l'embrassa sur les deux joues, ce qui parut le ravir. Larsonneau les regardait philosophiquement, en pliant les effets, et en remettant l'écritoire et le porte-plume dans sa poche.

La jeune femme était encore au cou de Rozan, lorsque Aristide Saccard souleva un coin de la portière :

« Eh bien, ne vous gênez pas », dit-il en riant.

Le duc rougit. Mais Laure alla secouer la main du financier, en échangeant avec lui un clignement d'yeux d'intelligence. Elle était radieuse.

« C'est fait, mon cher, dit-elle ; je vous avais prévenu. Vous ne m'en voulez pas trop ? »

Saccard haussa les épaules d'un air bonhomme. Il écarta la portière, et s'effaçant pour livrer passage à Laure et au duc, il cria, d'une voix glapissante d'huissier :

« Monsieur le duc, madame la duchesse ! »

Cette plaisanterie eut un succès fou. Le lendemain, les journaux la contèrent, en nommant crûment Laure d'Aurigny, et en désignant les deux hommes par des initiales très transparentes. La rupture d'Aristide Saccard et de la grosse Laure fit plus de bruit encore que leurs prétendues amours.

Cependant, Saccard avait laissé retomber la portière sur l'éclat de gaieté que sa plaisanterie avait soulevé dans le salon.

« Hein ! quelle bonne fille ! dit-il en se tournant vers Larsonneau. Elle est d'un vice !... C'est vous, gredin, qui devez bénéficier dans tout ceci. Qu'est-ce qu'on vous donne ? »

Mais il se défendit, avec des sourires ; et il tirait ses manchettes qui remontaient. Il vint enfin s'asseoir, près de la porte, sur une causeuse où Saccard l'appelait du geste.

« Venez là, je ne veux pas vous confesser, que diable !... Aux affaires sérieuses maintenant, mon bon. J'ai eu, ce soir, une longue conversation avec ma femme... Tout est conclu.

— Elle consent à céder sa part ? demanda Larsonneau.

— Oui, mais ça n'a pas été sans peine... Les femmes sont d'un entêtement ! Vous savez, la mienne avait
promis de ne pas vendre à une vieille tante. C'étaient
des scrupules à n'en plus finir... Heureusement que
j'avais préparé une histoire tout à fait décisive. »

Il se leva pour allumer un cigare au candélabre que
Laure avait laissé sur la table, et revenant s'allonger
mollement au fond de la causeuse :

« J'ai dit à ma femme, continua-t-il, que vous étiez
tout à fait ruiné... Vous avez joué à la Bourse, mangé
votre argent avec des filles, tripoté dans de mauvaises
spéculations ; enfin vous êtes sur le point de faire une
faillite épouvantable... J'ai même donné à entendre que
je ne vous croyais pas d'une parfaite honnêteté... Alors
je lui ai expliqué que l'affaire de Charonne allait sombrer dans votre désastre, et que le mieux serait d'accepter la proposition que vous m'aviez faite de la dégager, en lui achetant sa part, pour un morceau de pain,
il est vrai.

— Ce n'est pas fort, murmura l'agent d'expropriation. Et vous vous imaginez que votre femme va croire
de pareilles bourdes ? »

Saccard eut un sourire. Il était dans une heure
d'épanchement.

« Vous êtes naïf, mon cher, reprit-il. Le fond de l'histoire importe peu ; ce sont les détails, le geste et l'accent
qui sont tout. Appelez Rozan, et je parie que je lui per-
suade qu'il fait grand jour. Et ma femme n'a guère plus
de tête que Rozan... Je lui ai laissé entrevoir des abî-
mes. Elle ne se doute pas même de l'expropriation prochaine. Comme elle s'étonnait que, en pleine catastrophe, vous pussiez songer à prendre une plus lourde
charge, je lui ai dit que sans doute elle vous gênait dans
quelque mauvais coup ménagé à vos créanciers... Enfin
je lui ai conseillé l'affaire comme l'unique moyen de
ne pas se trouver mêlée à des procès interminables et
de tirer quelque argent des terrains. »

Larsonneau continuait à trouver l'histoire un peu brutale. Il était de méthode moins dramatique ; chacune de ses opérations se nouait et se dénouait avec des élégances de comédie de salon.

« Moi, j'aurais imaginé autre chose, dit-il. Enfin, chacun son système... Il ne nous reste alors qu'à payer.

— C'est à ce sujet, répondit Saccard, que je veux m'entendre avec vous... Demain, je porterai l'acte de cession à ma femme, et elle aura simplement à vous faire remettre cet acte pour toucher le prix convenu... Je préfère éviter toute entrevue. »

Jamais il n'avait voulu, en effet, que Larsonneau vînt chez eux sur un pied d'intimité. Il ne l'invitait pas, l'accompagnait chez Renée, les jours où il fallait absolument que les deux associés se rencontrassent ; cela était arrivé trois fois. Presque toujours, il traitait avec des procurations de sa femme, pensant qu'il était inutile de lui laisser voir ses affaires de trop près.

Il ouvrit son portefeuille, en ajoutant :

« Voici les deux cent mille francs de billets souscrits par ma femme ; vous les lui donnerez en paiement, et vous ajouterez cent mille francs que je vous porterai demain dans la matinée... Je me saigne, mon cher ami. Cette affaire me coûte les yeux de la tête.

— Mais, fit remarquer l'agent d'expropriation, cela ne va faire que trois cent mille francs... Est-ce que le reçu sera de cette somme ?

— Un reçu de trois cent mille francs ! reprit Saccard en riant, ah ! bien, nous serions propres plus tard. Il faut, d'après nos inventaires, que la propriété soit estimée aujourd'hui à deux millions cinq cent mille francs. Le reçu sera de la moitié, naturellement.

— Jamais votre femme ne voudra le signer.

— Eh si ! Je vous dis que tout est convenu... Parbleu ! je lui ai dit que c'était votre première condition. Vous nous mettez le pistolet sous la gorge avec votre faillite, comprenez-vous ? Et c'est là que j'ai paru douter de votre honnêteté et que je vous ai accusé de vouloir duper vos créanciers... Est-ce que ma femme comprend quelque chose à tout cela ! »

Larsonneau hochait la tête, en murmurant :

« N'importe, vous auriez dû chercher quelque chose de plus simple.

— Mais mon histoire est la simplicité même ! dit Saccard très étonné. Où diable voyez-vous qu'elle se complique ? »

Il n'avait pas conscience du nombre incroyable de ficelles qu'il ajoutait à l'affaire la plus ordinaire. Il goûtait une vraie joie dans ce conte à dormir debout qu'il venait de faire à Renée ; et ce qui le ravissait, c'était l'impudence du mensonge, l'entassement des impossibilités, la complication étonnante de l'intrigue. Depuis longtemps, il aurait eu les terrains, s'il n'avait pas imaginé tout ce drame ; mais il aurait éprouvé moins de jouissance à les avoir aisément. D'ailleurs, il mettait la plus grande naïveté à faire de la spéculation de Charonne tout un mélodrame financier.

Il se leva, et prenant le bras de Larsonneau, se dirigeant vers le salon :

« Vous m'avez bien compris, n'est-ce pas ? Contentez-vous de suivre mes instructions, et vous m'applaudirez après... Voyez-vous, mon cher, vous avez tort de porter des gants jaunes, c'est ce qui vous gâte la main. »

L'agent d'expropriation se contenta de sourire en murmurant :

« Oh ! les gants ont du bon, cher maître : on touche à tout sans se salir. »

Comme ils rentraient dans le salon, Saccard fut surpris et quelque peu inquiet de trouver Maxime de l'autre côté de la portière. Le jeune homme était assis sur une causeuse, à côté d'une dame blonde, qui lui racontait d'une voix monotone une longue histoire, la sienne sans doute. Il avait, en effet, entendu la conversation de son père et de Larsonneau. Les deux complices lui paraissaient de rudes gaillards. Encore vexé de la trahison de Renée, il goûtait une joie lâche à apprendre le vol dont elle allait être la victime. Ça le vengeait un peu. Son père vint lui serrer la main d'un air soupçonneux ; mais Maxime lui dit à l'oreille, en montrant la dame blonde :

« Elle n'est pas mal, n'est-ce pas ? Je veux la ''faire'' pour ce soir. »

Alors Saccard se dandina, fut galant. Laure d'Aurigny vint les rejoindre un moment ; elle se plaignait de ce que Maxime lui rendît à peine visite une fois par mois. Mais il prétendit avoir été très occupé, ce qui fit rire tout le monde. Il ajouta que désormais on ne verrait plus que lui.

« J'ai écrit une tragédie, dit-il, et j'ai trouvé le cinquième acte hier seulement... Je compte me reposer chez toutes les belles femmes de Paris. »

Il riait, il goûtait ses allusions, que lui seul pouvait comprendre. Cependant, il ne restait plus dans le salon, aux deux coins de la cheminée, que Rozan et Larsonneau. Les Saccard se levèrent, ainsi que la dame blonde, qui demeurait dans la maison. Alors la d'Aurigny alla parler bas au duc. Il parut surpris et contrarié. Voyant qu'il ne se décidait pas à quitter son fauteuil :

« Non, vrai, pas ce soir, dit-elle à demi-voix. J'ai une migraine !... Demain, je vous le promets. »

Rozan dut obéir. Laure attendit qu'il fût sur le palier pour dire vivement à l'oreille de Larsonneau :

« Hein ! grand Lar, je suis de parole... Fourre-le dans sa voiture. »

Quand la dame blonde prit congé de ces messieurs, pour remonter à son appartement qui était à l'étage supérieur, Saccard fut étonné de ce que Maxime ne la suivait pas.

« Eh bien ? lui demanda-t-il.

— Ma foi, non, répondit le jeune homme. J'ai réfléchi... »

Puis il eut une idée qu'il crut très drôle :

« Je te cède la place si tu veux. Dépêche-toi, elle n'a pas encore fermé sa porte. »

Mais le père haussa doucement les épaules, en disant :

« Merci, j'ai mieux que cela pour l'instant, mon petit. »

Les quatre hommes descendirent. En bas, le duc voulait absolument prendre Larsonneau dans sa voiture ; sa mère demeurait au Marais, il aurait laissé l'agent d'expropriation à sa porte, rue de Rivoli. Celui-ci refusa, ferma la portière lui-même, dit au cocher de partir. Et il resta sur le trottoir du boulevard Haussmann avec les deux autres, causant, ne s'éloignant pas.

« Ah ! ce pauvre Rozan ! » dit Saccard, qui comprit tout à coup.

Larsonneau jura que non, qu'il se moquait pas mal de ça, qu'il était un homme pratique. Et comme les deux autres continuaient à plaisanter et que le froid était très vif, il finit par s'écrier :

« Ma foi, tant pis, je sonne !... Vous êtes des indiscrets, messieurs.

— Bonne nuit ! » lui cria Maxime, lorsque la porte se referma.

Et prenant le bras de son père, il remonta avec lui le boulevard. Il faisait une de ces claires nuits de gelée, où il est si bon de marcher sur la terre dure, dans l'air glacé. Saccard disait que Larsonneau avait tort, qu'il fallait être simplement le camarade de la d'Aurigny. Il partit de là pour déclarer que l'amour de ces filles était vraiment mauvais. Il se montrait moral, il trouvait des sentences, des conseils étonnants de sagesse.

« Vois-tu, dit-il à son fils, ça n'a qu'un temps, mon petit... On y perd sa santé, et l'on n'y goûte pas le vrai bonheur. Tu sais que je ne suis pas un bourgeois. Eh bien, j'en ai assez, je me range. »

Maxime ricanait ; il arrêta son père, le contempla au clair de lune, en déclarant qu'il avait « une bonne tête ». Mais Saccard se fit plus grave encore.

« Plaisante tant que tu voudras. Je te répète qu'il n'y a rien de tel que le mariage pour conserver un homme et le rendre heureux. »

Alors il lui parla de Louise. Et il marcha plus doucement, pour terminer cette affaire, disait-il, puisqu'ils en causaient. La chose était complètement arrangée. Il lui apprit même qu'il avait fixé avec M. de Mareuil la date de la signature du contrat au dimanche qui suivrait le jeudi de la mi-carême. Ce jeudi-là, il devait y avoir une grande soirée à l'hôtel du parc Monceau, et il en profiterait pour annoncer publiquement le mariage. Maxime trouva tout cela très bien. Il était débarrassé de Renée, il ne voyait plus d'obstacle, il se livrait à son père comme il s'était livré à sa belle-mère.

« Eh bien, c'est entendu, dit-il. Seulement n'en parle pas à Renée. Ses amies me plaisanteraient, me taquineraient, et j'aime mieux qu'elles sachent la chose en même temps que tout le monde. »

Saccard lui promit le silence. Puis, comme ils arrivaient vers le haut du boulevard Malesherbes, il lui donna de nouveau une foule d'excellents conseils. Il lui apprenait comment il devait s'y prendre pour faire un paradis de son ménage.

« Surtout, ne romps jamais avec ta femme. C'est une bêtise. Une femme avec laquelle on n'a plus de rapports vous coûte les yeux de la tête... D'abord, il faut payer quelque fille, n'est-ce pas ? Puis, la dépense est bien plus grande à la maison : c'est la toilette, c'est les plaisirs particuliers de Madame, les bonnes amies, tout le diable et son train. »

Il était dans une heure de vertu extraordinaire. Le succès de son affaire de Charonne lui mettait au cœur des tendresses d'idylle.

« Moi, continua-t-il, j'étais né pour vivre heureux et ignoré au fond de quelque village, avec toute ma famille à mes côtés... On ne me connaît pas, mon petit... J'ai l'air comme ça très en l'air. Eh bien, pas du tout, j'adorerais rester près de ma femme, je lâcherais volontiers mes affaires pour une rente modeste qui me permettrait de me retirer à Plassans... Tu vas être riche, fais-toi avec Louise un intérieur où vous vivrez comme deux tourtereaux. C'est si bon ! J'irai vous voir. Ça me fera du bien. »

Il finissait par avoir des larmes dans la voix. Cependant, ils étaient arrivés devant la grille de l'hôtel, et ils

causaient debout, au bord du trottoir. Sur ces hauteurs
de Paris, une bise soufflait. Pas un bruit ne montait
dans la nuit pâle d'une blancheur de gelée ; Maxime,
surpris des attendrissements de son père, avait depuis
un instant une question sur les lèvres.

« Mais toi, dit-il enfin, il me semble...

— Quoi ?

— Avec ta femme ? »

Saccard haussa les épaules.

« Eh ! parfaitement. J'étais un imbécile. C'est pourquoi je te parle en toute expérience... Mais nous nous
sommes remis ensemble, oh ! tout à fait. Il y a bientôt
six semaines. Je vais la retrouver le soir, quand je ne
rentre pas trop tard. Aujourd'hui, la pauvre bichette
se passera de moi ; j'ai à travailler jusqu'au jour. C'est
qu'elle est joliment faite !... »

Comme Maxime lui tendait la main, il le retint, il
ajouta, à voix plus basse, d'un ton de confidence :

« Tu sais, la taille de Blanche Muller, eh bien, c'est
ça, mais dix fois plus souple. Et les hanches donc ! elles
sont d'un dessin, d'une délicatesse... »

Et il conclut en disant au jeune homme qui s'en allait :

« Tu es comme moi, tu as du cœur, ta femme sera
heureuse... Au revoir, mon petit ! »

Quand Maxime fut enfin débarrassé de son père, il
fit rapidement le tour du parc. Ce qu'il venait d'entendre le surprenait si fort, qu'il éprouvait l'irrésistible
besoin de voir Renée. Il voulait lui demander pardon
de sa brutalité, savoir pourquoi elle avait menti en lui
nommant M. de Saffré, connaître l'histoire des tendresses de son mari. Mais tout cela confusément, avec le
seul désir net de fumer chez elle un cigare et de renouer
leur camaraderie. Si elle était bien disposée, il comptait même lui annoncer son mariage, pour lui faire
entendre que leurs amours devaient rester mortes et
enterrées. Quand il eut ouvert la petite porte, dont il
avait heureusement gardé la clef, il finit par se dire que
sa visite, après la confidence de son père, était nécessaire et tout à fait convenable.

Dans la serre, il siffla comme la veille ; mais il n'attendit pas. Renée vint lui ouvrir la porte-fenêtre du petit salon, et monta devant lui sans parler. Elle rentrait à peine d'un bal de l'Hôtel de Ville. Elle était encore vêtue d'une robe blanche de tulle bouillonné [1], semée de nœuds de satin ; les basques du corsage de satin se trouvaient encadrées d'une large dentelle de jais blanc, que la lumière des candélabres moirait de bleu et de rose. Quand Maxime la regarda, en haut, il fut touché de sa pâleur, de l'émotion profonde qui lui coupait la voix. Elle ne devait pas l'attendre, elle était toute frissonnante de le voir arriver comme à l'ordinaire, tranquillement, de son air câlin. Céleste revint de la garde-robe, où elle était allée chercher une chemise de nuit, et les amants continuèrent à garder le silence, attendant que cette fille ne fût plus là. Ils ne se gênaient pas d'habitude devant elle ; mais des pudeurs leur venaient pour les choses qu'ils se sentaient sur les lèvres. Renée voulut que Céleste la déshabillât dans la chambre à coucher, où il y avait un grand feu. La chambrière ôtait les épingles, enlevait les chiffons un à un, sans se presser. Et Maxime, ennuyé, prit machinalement la chemise, qui se trouvait à côté de lui sur une chaise, et la fit chauffer devant la flamme, penché, les bras élargis. C'était lui qui, aux jours heureux, rendait ce petit service à Renée. Elle eut un attendrissement, à le voir présenter délicatement la chemise au feu. Puis comme Céleste n'en finissait pas :

« Tu t'es bien amusée à ce bal ? demanda-t-il.

— Oh ! non, tu sais, toujours la même chose, répondit-elle. Beaucoup trop de monde, une véritable cohue. »

Il retourna la chemise qui se trouvait chaude d'un côté.

« Quelle toilette avait Adeline ?

1. Bande de tissu froncée sur ses deux bords, cousue en ornement sur un vêtement.

— Une robe mauve, assez mal comprise... Elle est
petite, et elle a la rage des volants. »

Ils parlèrent des autres femmes. Maintenant Maxime
se brûlait les doigts avec la chemise.

« Mais tu vas la roussir », dit Renée dont la voix
avait des caresses maternelles.

Céleste prit la chemise des mains du jeune homme.
Il se leva, alla regarder le grand lit gris et rose, s'arrêta
à un des bouquets brochés de la tenture, pour tourner
la tête, pour ne pas voir les seins nus de Renée. C'était
instinctif. Il ne se croyait plus son amant, il n'avait plus
le droit de venir. Puis il tira un cigare de sa poche et
l'alluma. Renée lui avait permis de fumer chez elle.
Enfin, Céleste se retira, laissant la jeune femme au coin
du feu, toute blanche dans son vêtement de nuit.

Maxime marcha encore quelques instants, silencieux,
regardant du coin de l'œil Renée, qu'un frisson semblait reprendre. Et, se plantant devant la cheminée, le
cigare aux dents, il demanda d'une voix brusque :

« Pourquoi ne m'as-tu pas dit que c'était mon père
qui se trouvait avec toi, hier soir ? »

Elle leva la tête, les yeux tout grands, avec un regard
de suprême angoisse ; puis un flot de sang lui empour-
pra la face, et, anéantie de honte, elle se cacha dans
ses mains, elle balbutia :

« Tu sais cela ? tu sais cela ?... »

Elle se reprit, elle essaya de mentir.

« Ce n'est pas vrai... qui te l'a dit ? »

Maxime haussa les épaules.

« Pardieu ! mon père lui-même, qui te trouve joliment faite et qui m'a parlé de tes hanches. »

Il avait laissé percer un léger dépit. Mais il se remit
à marcher, continuant d'une voix grondeuse et amicale,
entre deux bouffées de cigare :

« Vraiment, je ne te comprends pas. Tu es une singulière femme. Hier, c'est ta faute, si j'ai été grossier.
Tu m'aurais dit que c'était mon père, je m'en serais
allé tranquillement, tu comprends ? Moi, je n'ai pas
de droit... Mais tu vas me nommer M. de Saffré ! »

Elle sanglotait, les mains sur son visage. Il s'approcha, s'agenouilla devant elle, lui écarta les mains de force.

« Voyons, dis-moi pourquoi tu m'as nommé M. de Saffré. »

Alors, détournant encore la tête, elle répondit au milieu de ses larmes, à voix basse :

« Je croyais que tu me quitterais, si tu savais que ton père... »

Il se releva, reprit son cigare qu'il avait posé sur un coin de la cheminée, et se contenta de murmurer :

« Tu es bien drôle, va !... »

Elle ne pleurait plus. Les flammes de la cheminée et le feu de ses joues séchaient ses larmes. L'étonnement de voir Maxime si calme devant une révélation qu'elle croyait devoir l'écraser lui faisait oublier sa honte. Elle le regardait marcher, elle l'écoutait parler comme dans un rêve. Il lui répétait, sans quitter son cigare, qu'elle n'était pas raisonnable, qu'il était tout naturel qu'elle eût des rapports avec son mari, qu'il ne pouvait vraiment songer à s'en fâcher. Mais aller avouer un amant quand ce n'était pas vrai ! Et il revenait toujours à cela, à cette chose qu'il ne pouvait comprendre, et qui lui semblait réellement monstrueuse. Il parla des « imaginations folles » des femmes.

« Tu es un peu fêlée, ma chère, il faut soigner ça. »

Il finit par demander curieusement :

« Mais pourquoi M. de Saffré plutôt qu'un autre ?
— Il me fait la cour », dit Renée.

Maxime retint une impertinence ; il allait dire qu'elle s'était sans doute crue plus vieille d'un mois, en avouant M. de Saffré pour amant. Il n'eut que le sourire mauvais de cette méchanceté, et, jetant son cigare dans le feu, il vint s'asseoir de l'autre côté de la cheminée. Là, il parla raison, il donna à entendre à Renée qu'ils devaient rester bons camarades. Les regards fixes de la jeune femme l'embarrassaient un peu, pourtant ; il n'osa pas lui annoncer son mariage. Elle le contemplait longuement, les yeux encore gonflés par les larmes. Elle le trouvait pauvre, étroit, méprisable, et elle l'aimait toujours, de cette tendresse qu'elle avait pour ses dentelles. Il était joli sous la lumière du candélabre, placé au bord de la cheminée, à côté de lui. Comme il renversait la tête, la lueur des bougies lui dorait les cheveux, lui glissait sur la face, dans le duvet léger des joues, avec des blondeurs charmantes.

« Il faut pourtant que je m'en aille », dit-il à plusieurs reprises.

Il était bien décidé à ne pas rester. Renée ne l'aurait pas voulu, d'ailleurs. Tous deux le pensaient, le disaient : ils n'étaient plus que deux amis. Et quand Maxime eut enfin serré la main de la jeune femme et qu'il fut sur le point de quitter la chambre, elle le retint encore un instant, en lui parlant de son père. Elle en faisait un grand éloge.

« Vois-tu, j'avais trop de remords. Je préfère que ça soit arrivé... Tu ne connais pas ton père ; j'ai été étonnée de le trouver si bon, si désintéressé. Le pauvre homme a de si gros soucis en ce moment ! »

Maxime regardait la pointe de ses bottines, sans répondre, d'un air gêné. Elle insistait.

« Tant qu'il ne venait pas dans cette chambre, ça m'était égal. Mais après... Quand je le voyais ici, affectueux, m'apportant un argent qu'il avait dû ramasser dans tous les coins de Paris, se ruinant pour moi sans une plainte, j'en devenais malade... Si tu savais avec quel soin il a veillé à mes intérêts ! »

Le jeune homme revint doucement à la cheminée, contre laquelle il s'adossa. Il restait embarrassé, la tête basse, avec un sourire qui montait peu à peu à ses lèvres.

« Oui, murmura-t-il, mon père est très fort pour veiller aux intérêts des gens. »

Le son de sa voix étonna Renée. Elle le regarda, et lui, comme pour se défendre :

« Oh ! je ne sais rien... Je dis seulement que mon père est un habile homme.

— Tu aurais tort d'en mal parler, reprit-elle. Tu dois

le juger un peu en l'air… Si je te faisais connaître tous ses embarras, si je te répétais ce qu'il me confiait encore ce soir, tu verrais comme on se trompe, quand on croit qu'il tient à l'argent… »

Maxime ne put retenir un haussement d'épaules. Il interrompit sa belle-mère, d'un rire d'ironie.

« Va, je le connais, je le connais beaucoup… Il a dû te dire de bien jolies choses. Conte-moi donc ça. »

Ce ton railleur la blessait. Alors elle renchérit encore sur ses éloges, elle trouva son mari tout à fait grand, elle parla de l'affaire de Charonne, de ce tripotage où elle n'avait rien compris, comme d'une catastrophe dans laquelle s'étaient révélées à elle l'intelligence et la bonté de Saccard. Elle ajouta qu'elle signerait l'acte de cession le lendemain, et que si c'était réellement là un désastre, elle acceptait ce désastre en punition de ses fautes. Maxime la laissait aller, ricanant, la regardant en dessous ; puis il dit à demi-voix :

« C'est ça, c'est bien ça… »

Et, plus haut, mettant la main sur l'épaule de Renée :

« Ma chère, je te remercie, mais je savais l'histoire… C'est toi qui es d'une bonne pâte ! »

Il fit de nouveau mine de s'en aller. Il éprouvait une démangeaison furieuse de tout conter. Elle l'avait exaspéré, avec ses éloges sur son mari, et il oubliait qu'il s'était promis de ne pas parler, pour s'éviter tout désagrément.

« Quoi ! que veux-tu dire ? demanda-t-elle.

— Eh ! pardieu ! que mon père te met dedans de la plus jolie façon du monde… Tu me fais de la peine, vrai ; tu es trop godiche ! »

Et il lui conta ce qu'il avait entendu chez Laure, lâchement, sournoisement, goûtant une secrète joie à descendre dans ces infamies. Il lui semblait qu'il se vengeait d'une injure vague qu'on venait de lui faire. Son tempérament de fille s'attardait béatement à cette dénonciation, à ce bavardage cruel, surpris derrière une porte. Il n'épargna rien à Renée, ni l'argent que son mari lui avait prêté à usure, ni celui qu'il comptait lui voler, à l'aide d'histoires ridicules, bonnes à endormir les enfants. La jeune femme l'écoutait, très pâle, les lèvres serrées. Debout devant la cheminée, elle baissait un peu la tête, elle regardait le feu. Sa toilette de nuit, cette chemise que Maxime avait fait chauffer, s'écartait, laissait voir des blancheurs immobiles de statue.

« Je te dis tout cela, conclut le jeune homme, pour que tu n'aies pas l'air d'une sotte... Mais tu aurais tort d'en vouloir à mon père. Il n'est pas méchant. Il a ses défauts comme tout le monde... À demain, n'est-ce pas ? »

Il s'avançait toujours vers la porte. Renée l'arrêta, d'un geste brusque.

« Reste ! » cria-t-elle impérieusement.

Et le prenant, l'attirant à elle, l'asseyant presque sur ses genoux, devant le feu, elle le baisa sur les lèvres, en disant :

« Ah ! bien, ce serait trop bête de nous gêner, maintenant... Tu ne sais donc pas que, depuis hier, depuis que tu as voulu rompre, je n'ai plus la tête à moi. Je suis comme une imbécile. Ce soir, au bal, j'avais un brouillard devant les yeux. C'est qu'à présent, j'ai besoin de toi pour vivre. Quand tu t'en iras, je serai vidée... Ne ris pas, je te dis ce que je sens. »

Elle le regardait avec une tendresse infinie, comme si elle ne l'eût pas vu depuis longtemps.

« Tu as trouvé le mot, j'étais godiche, ton père m'aurait fait voir aujourd'hui des étoiles en plein midi. Est-ce que je savais ! Pendant qu'il me contait son histoire, je n'entendais qu'un grand bourdonnement, et j'étais tellement anéantie, qu'il m'aurait fait mettre à genoux, s'il avait voulu, pour signer ses paperasses. Et je m'imaginais que j'avais des remords !... Vrai, j'étais bête à ce point !... »

Elle éclata de rire, des lueurs de folie luisaient dans ses yeux. Elle continua, en serrant plus étroitement son amant.

« Est-ce que nous faisons le mal, nous autres ! Nous nous aimons, nous nous amusons comme il nous plaît.

Tout le monde en est là, n'est-ce pas ?... Vois, ton père ne se gêne guère. Il aime l'argent et il en prend où il en trouve. Il a raison, ça me met à l'aise... D'abord, je ne signerai rien, et puis tu reviendras tous les soirs. J'avais peur que tu ne veuilles plus, tu sais, pour ce que je t'ai dit... Mais puisque ça ne te fait rien... D'ailleurs, je lui fermerai ma porte, tu comprends, maintenant. »

Elle se leva, elle alluma la veilleuse. Maxime hésitait, désespéré. Il voyait la sottise qu'il avait commise, il se reprochait durement d'avoir trop causé. Comment annoncer son mariage maintenant ! C'était sa faute, la rupture était faite, il n'avait pas besoin de remonter dans cette chambre, ni surtout d'aller prouver à la jeune femme que son mari la dupait. Et il ne savait plus à quel sentiment il venait d'obéir, ce qui redoublait sa colère contre lui-même. Mais, s'il eut la pensée un instant d'être brutal une seconde fois, de s'en aller, la vue de Renée qui laissait tomber ses pantoufles lui donna une lâcheté invincible. Il eut peur. Il resta.

Le lendemain, quand Saccard vint chez sa femme pour lui faire signer l'acte de cession, elle lui répondit tranquillement qu'elle n'en ferait rien, qu'elle avait réfléchi. D'ailleurs, elle ne se permit pas même une allusion ; elle s'était juré d'être discrète, ne voulant pas se créer des ennuis, désirant goûter en paix le renouveau de ses amours. L'affaire de Charonne s'arrangerait comme elle le pourrait ; son refus de signer n'était qu'une vengeance ; elle se moquait bien du reste. Saccard fut sur le point de s'emporter. Tout son rêve croulait. Ses autres affaires allaient de mal en pis. Il se trouvait à bout de ressources, se soutenant par un miracle d'équilibre ; le matin même, il n'avait pu payer la note de son boulanger. Cela ne l'empêchait pas de préparer une fête splendide pour le jeudi de la mi-carême. Il éprouva, devant le refus de Renée, cette colère blanche d'un homme vigoureux arrêté dans son œuvre par le caprice d'un enfant. Avec l'acte de cession en poche, il comptait bien battre monnaie, en attendant l'indem-

nité. Puis, quand il se fut un peu calmé et qu'il eut
l'intelligence nette, il s'étonna du brusque revirement
de sa femme : à coup sûr, elle avait dû être conseillée.
Il flaira un amant. Ce fut un pressentiment si net, qu'il
courut chez sa sœur, pour l'interroger, lui demander
si elle ne savait rien sur la vie cachée de Renée. Sidonie
se montra très aigre. Elle ne pardonnait pas à sa belle-
sœur l'affront qu'elle lui avait fait en refusant de voir
M. de Saffré. Aussi, quand elle comprit, aux questions
de son frère, que celui-ci accusait sa femme d'avoir un
amant, s'écria-t-elle qu'elle en était certaine. Et elle
s'offrit d'elle-même pour espionner « les tourtereaux ».
Cette pimbêche verrait comme cela de quel bois elle se
chauffait. Saccard, d'habitude, ne cherchait pas les
vérités désagréables ; son intérêt seul le forçait à ouvrir
les yeux qu'il tenait sagement fermés. Il accepta l'offre
de sa sœur.

« Va, sois tranquille, je saurai tout, lui dit-elle d'une
voix pleine de compassion… Ah ! mon pauvre frère,
ce n'est pas Angèle qui t'aurait jamais trahi ! Un mari
si bon, si généreux ! Ces poupées parisiennes n'ont pas
de cœur… Et moi qui ne cesse de lui donner de bons
conseils ! »

CHAPITRE VI

Il y avait bal travesti, chez les Saccard, le jeudi de la mi-carême. Mais la grande curiosité était le poème des *Amours du beau Narcisse*[1] *et de la nymphe Écho*[2], en trois tableaux, que ces dames devaient représenter. L'auteur de ce poème, M. Hupel de la Noue, voyageait depuis plus d'un mois, de sa préfecture à l'hôtel du parc Monceau, afin de surveiller les répétitions et de donner son avis sur les costumes. Il avait d'abord songé à écrire son œuvre en vers ; puis il s'était décidé pour des tableaux vivants ; c'était plus noble, disait-il, plus près du beau antique.

Ces dames n'en dormaient plus. Certaines d'entre elles changeaient jusqu'à trois fois de costume. Il y eut des conférences interminables que le préfet présidait. On discuta longuement d'abord le personnage de Narcisse. Serait-ce une femme ou un homme qui le repré-

1. Personnage mythologique dont l'histoire est racontée, en particulier, par Ovide dans les *Métamorphoses*. Insensible à l'amour, il repoussa plusieurs jeunes filles, dont la nymphe Écho. S'étant penché un jour au-dessus d'une source, il devint amoureux de son image, et se laissa mourir en se contemplant. À la place où il mourut poussa une fleur, qu'on appela le narcisse.
2. Nymphe des bois et des sources. À la suite de son amour pour Narcisse, elle n'est plus qu'une voix, qui répète les dernières syllabes des mots qu'on prononce.

senterait ? Enfin, sur les instances de Renée, il fut
décidé que l'on confierait le rôle à Maxime ; mais il
serait le seul homme, et encore Mme de Lauwerens
disait-elle qu'elle ne consentirait jamais à cela, si « le
petit Maxime ne ressemblait pas à une vraie fille ».
Renée devait être la nymphe Écho. La question des costumes fut beaucoup plus laborieuse. Maxime donna un
bon coup de main au préfet, qui se trouvait sur les
dents, au milieu de neuf femmes, dont l'imagination
folle menaçait de compromettre gravement la pureté
des lignes de son œuvre. S'il les avait écoutées, son
Olympe aurait porté de la poudre. Mme d'Espanet
voulait absolument avoir une robe à traîne pour cacher
ses pieds un peu forts, tandis que Mme Haffner rêvait
de s'habiller avec une peau de bête. M. Hupel de la
Noue fut énergique ; il se fâcha même une fois ; il était
convaincu, il disait que s'il avait renoncé aux vers,
c'était pour écrire son poème « avec des étoffes savamment combinées et des attitudes choisies parmi les plus
belles ».

« L'ensemble, mesdames, répétait-il à chaque nouvelle exigence, vous oubliez l'ensemble... Je ne puis
cependant pas sacrifier l'œuvre entière aux volants que
vous me demandez. »

Les conciliabules se tenaient dans le salon bouton-
d'or. On y passa des après-midi entiers à arrêter la
forme d'une jupe. Worms fut convoqué plusieurs fois.
Enfin tout fut réglé, les costumes arrêtés, les poses
apprises, et M. Hupel de la Noue se déclara satisfait.
L'élection de M. de Mareuil lui avait donné moins de
mal.

Les Amours du beau Narcisse et de la nymphe Écho
devaient commencer à onze heures. Dès dix heures et
demie, le grand salon se trouvait plein, et comme il y
avait bal ensuite, les femmes étaient là, costumées,
assises sur des fauteuils rangés en demi-cercle devant
le théâtre improvisé, une estrade que cachaient deux
larges rideaux de velours rouge à franges d'or, glissant
sur des tringles. Les hommes, derrière, se tenaient

debout, allaient et venaient. Les tapissiers avaient
donné à dix heures les derniers coups de marteau.
L'estrade s'élevait au fond du salon, tenant tout un
bout de cette longue galerie. On montait sur le théâtre
par le fumoir, converti en foyer pour les artistes. En
outre, au premier étage, ces dames avaient à leur
disposition plusieurs pièces, où une armée de femmes
de chambre préparaient les toilettes des différents
tableaux.

Il était onze heures et demie, et les rideaux ne
s'ouvraient pas. Un grand murmure emplissait le salon.
Les rangées de fauteuils offraient la plus étonnante
cohue de marquises, de châtelaines, de laitières, d'Espa-
gnoles, de bergères, de sultanes ; tandis que la masse
compacte des habits noirs mettait une grande tache
sombre, à côté de cette moire d'étoffes claires et d'épaules nues, toutes braisillantes des étincelles vives des
bijoux. Les femmes étaient seules travesties. Il faisait
déjà chaud. Les trois lustres allumaient le ruissellement
d'or du salon.

On vit enfin M. Hupel de la Noue sortir par une
ouverture ménagée à gauche de l'estrade. Depuis huit
heures du soir, il aidait ces dames. Son habit avait, sur
la manche gauche, trois doigts marqués en blanc, une
petite main de femme qui s'était posée là, après s'être
oubliée dans une boîte de poudre de riz. Mais le préfet
songeait bien aux misères de sa toilette ! Il avait les yeux
énormes, la face bouffie et un peu pâle. Il parut ne voir
personne. Et, s'avançant vers Saccard, qu'il reconnut
au milieu d'un groupe d'hommes graves, il lui dit à
demi-voix :

« Sacrebleu ! votre femme a perdu sa ceinture de
feuillages... Nous voilà propres ! »

Il jurait, il aurait battu les gens. Puis, sans attendre
de réponse, sans rien regarder, il tourna le dos, replon-
gea sous les draperies, disparut. Les dames sourirent
de la singulière apparition de ce monsieur.

Le groupe au milieu duquel se trouvait Saccard s'était
formé derrière les derniers fauteuils. On avait même

tiré un fauteuil hors du rang, pour le baron Gouraud,
dont les jambes enflaient depuis quelque temps. Il y
avait là M. Toutin-Laroche, que l'empereur venait
d'appeler au Sénat ; M. de Mareuil, dont la Chambre
avait bien voulu valider la deuxième élection ; M. Michelin, décoré de la veille ; et, un peu en arrière, les
Mignon et Charrier, dont l'un avait un gros diamant
à sa cravate, tandis que l'autre en montrait un plus gros
encore à son doigt. Ces messieurs causaient. Saccard
les quitta un instant pour aller échanger une parole à
voix basse avec sa sœur qui venait d'entrer et de
s'asseoir entre Louise de Mareuil et Mme Michelin.
Mme Sidonie était en magicienne ; Louise portait crânement un costume de page, qui lui donnait tout à fait
l'air d'un gamin ; la petite Michelin, en almée [1], souriait amoureusement, dans ses voiles brodés de fils d'or.

« Sais-tu quelque chose ? demanda doucement Saccard à sa sœur.

— Non, rien encore, répondit-elle. Mais le galant
doit être ici... Je les pincerai ce soir, sois tranquille.

— Préviens-moi tout de suite, n'est-ce pas ? »

Et Saccard, se tournant à droite et à gauche, complimenta Louise et Mme Michelin. Il compara l'une à une
houri [2] de Mahomet, l'autre à un mignon d'Henri III.
Son accent provençal semblait faire chanter de ravissement toute sa personne grêle et stridente. Quand il
revint au groupe des hommes graves, M. de Mareuil
le prit à l'écart et lui parla du mariage de leurs enfants.
Rien n'était changé, c'était toujours le dimanche suivant qu'on devait signer le contrat.

« Parfaitement, dit Saccard. Je compte même annoncer ce soir le mariage à nos amis, si vous n'y voyez aucun
inconvénient... J'attends pour cela mon frère le ministre qui m'a promis de venir. »

---

1. Danseuse égyptienne.
2. Beauté céleste qui, dans le Coran, est promise aux musulmans
fidèles, dans le paradis d'Allah.

Le nouveau député fut ravi. Cependant M. Toutin-Laroche élevait la voix, comme en proie à une vive indignation.

« Oui, messieurs, disait-il à M. Michelin et aux deux entrepreneurs qui se rapprochaient, j'avais eu la bonhomie de laisser mêler mon nom à une telle affaire. »

Et comme Saccard et Mareuil les rejoignaient :

« Je racontais à ces messieurs la déplorable aventure de la Société générale des ports du Maroc, vous savez, Saccard ? »

Celui-ci ne broncha pas. La société en question venait de crouler avec un effroyable scandale. Des actionnaires trop curieux avaient voulu savoir où en était l'établissement des fameuses stations commerciales sur le littoral de la Méditerranée, et une enquête judiciaire avait démontré que les ports du Maroc n'existaient que sur les plans des ingénieurs, de fort beaux plans, pendus aux murs des bureaux de la Société. Depuis ce moment, M. Toutin-Laroche criait plus fort que les actionnaires, s'indignant, voulant qu'on lui rendît son nom pur de toute tache. Et il fit tant de bruit, que le gouvernement, pour calmer et réhabiliter devant l'opinion cet homme utile, se décida à l'envoyer au Sénat. Ce fut ainsi qu'il pêcha le siège tant ambitionné, dans une affaire qui avait failli le conduire en police correctionnelle.

« Vous êtes bien bon de vous occuper de cela, dit Saccard. Vous pouvez montrer votre grande œuvre, le Crédit viticole, cette maison qui est sortie victorieuse de toutes les crises.

— Oui, murmura Mareuil, cela répond à tout. »

Le Crédit viticole, en effet, venait de sortir de gros embarras, soigneusement cachés. Un ministre très tendre pour cette institution financière, qui tenait la Ville de Paris à la gorge, avait inventé un coup de hausse dont M. Toutin-Laroche s'était merveilleusement servi. Rien ne le chatouillait davantage que les éloges donnés à la prospérité du Crédit viticole. Il les provoquait d'ordinaire. Il remercia M. de Mareuil d'un regard, et,

se penchant vers le baron Gouraud, sur le fauteuil
duquel il s'appuyait familièrement, il lui demanda :

« Vous êtes bien ? vous n'avez pas trop chaud ? »

Le baron eut un léger grognement.

« Il baisse, il baisse tous les jours », ajouta M. Toutin-
Laroche à demi-voix, en se tournant vers ces messieurs.

M. Michelin souriait, fermait de temps à autre les
paupières, d'un mouvement doux, pour voir son ruban
rouge. Les Mignon et Charrier, plantés carrément sur
leurs grands pieds, semblaient beaucoup plus à l'aise
dans leur habit depuis qu'ils portaient des brillants.
Cependant il était près de minuit, l'assemblée s'impatientait ; elle ne se permettait pas de murmurer, mais
les éventails battaient plus nerveusement, et le bruit des
conversations grandissait.

Enfin, M. Hupel de la Noue reparut. Il avait passé
une épaule par l'étroite ouverture, lorsqu'il aperçut
Mme d'Espanet qui montait enfin sur l'estrade ; ces
dames, déjà en place pour le premier tableau, n'attendaient plus qu'elle. Le préfet se tourna, montrant son
dos aux spectateurs, et l'on put le voir causant avec la
marquise, que les rideaux cachaient. Il étouffa sa voix,
disant, avec des saluts lancés du bout des doigts :

« Mes compliments, marquise. Votre costume est
délicieux.

— J'en ai un bien plus joli dessous ! » répliqua cavalièrement la jeune femme, qui lui éclata de rire au nez,
tant elle le trouvait drôle, enfoui de la sorte dans les
draperies.

L'audace de cette plaisanterie étonna un instant le
galant M. Hupel de la Noue ; mais il se remit, et goûtant de plus en plus le mot, à mesure qu'il l'approfon-
dissait :

« Ah ! charmant ! charmant ! » murmura-t-il d'un
air ravi.

Il laissa retomber le coin du rideau, il vint se joindre
au groupe des hommes graves, voulant jouir de son
œuvre. Ce n'était plus l'homme effaré courant après
la ceinture de feuillages de la nymphe Écho. Il était

radieux, soufflant, s'essuyant le front. Il avait toujours la petite main blanche sur la manche de son habit ; et, de plus, le gant de sa main droite était taché de rouge, au bout du pouce ; sans doute il avait trempé ce doigt dans le pot de fard d'une de ces dames. Il souriait, il s'éventait, il balbutiait :

« Elle est adorable, ravissante, stupéfiante.

— Qui donc ? demanda Saccard.

— La marquise. Imaginez-vous qu'elle vient de me dire... »

Et il raconta le mot. On le trouva tout à fait réussi. Ces messieurs se le répétèrent. Le digne M. Haffner, qui s'était approché, ne put lui-même s'empêcher d'applaudir. Cependant, un piano que peu de personnes avaient vu se mit à jouer une valse. Il se fit alors un grand silence. La valse avait des enroulements capricieux, interminables ; et toujours une phrase très douce montait du clavier, se perdait dans un trille de rossignol ; puis des voix sourdes reprenaient, plus lentement. C'était très volupteux. Les dames, la tête un peu inclinée, souriaient. Le piano avait, au contraire, fait tomber brusquement la gaieté de M. Hupel de la Noue. Il regardait les rideaux de velours rouge d'un air anxieux, il se disait qu'il aurait dû placer lui-même Mme d'Espanet comme il avait placé les autres.

Les rideaux s'ouvrirent doucement, le piano reprit en sourdine la valse sensuelle. Un murmure courut dans le salon, les dames se penchaient, les hommes allongeaient la tête, tandis que l'admiration se traduisait çà et là par une parole dite trop haut, un soupir inconscient, un rire étouffé. Cela dura cinq grandes minutes, sous le flamboiement des trois lustres.

M. Hupel de la Noue, rassuré, souriait béatement à son poème. Il ne put résister à la tentation de répéter aux personnes qui l'entouraient, ce qu'il disait depuis un mois :

« J'avais songé à faire ça en vers... Mais, n'est-ce pas ? c'est plus noble de lignes. »

Puis, pendant que la valse allait et venait dans un

bercement sans fin, il donna des explications. Les
Mignon et Charrier s'étaient approchés et l'écoutaient
attentivement.

« Vous connaissez le sujet, n'est-ce pas ? Le beau
Narcisse, fils du fleuve Céphise et de la nymphe Liriope,
méprise l'amour de la nymphe Écho... Écho était de
la suite de Junon, qu'elle amusait par ses discours pendant que Jupiter courait le monde... Écho, fille de l'Air
et de la Terre, comme vous savez... »

Et il se pâmait devant la poésie de la fable. Puis, d'un
ton plus intime :

« J'ai cru pouvoir donner carrière à mon imagination... La nymphe Écho conduit le beau Narcisse chez
Vénus, dans une grotte marine, pour que la déesse
l'enflamme de ses feux. Mais la déesse reste impuissante. Le jeune homme témoigne par son attitude qu'il
n'est pas touché. »

L'explication n'était pas inutile, car peu de spectateurs, dans le salon, comprenaient le sens exact des
groupes. Quand le préfet eut nommé ses personnages
à demi-voix, on admira davantage. Les Mignon et
Charrier continuaient à ouvrir des yeux énormes. Ils
n'avaient pas compris.

Sur l'estrade, entre les rideaux de velours rouge, une
grotte se creusait. Le décor était fait d'une soie tendue
à grands plis cassés, imitant des anfractuosités de
rocher, et sur laquelle étaient peints des coquillages,
des poissons, de grandes herbes marines. Le plancher,
accidenté, montant en forme de tertre, se trouvait
recouvert de la même soie, où le décorateur avait représenté un sable fin constellé de perles et de paillettes
d'argent. C'était un réduit de déesse. Là, sur le sommet du tertre, Mme de Lauwerens, en Vénus, se tenait
debout ; un peu forte, portant son maillot rose avec
la dignité d'une duchesse de l'Olympe, elle avait compris son personnage en souveraine de l'amour, avec de
grands yeux sévères et dévorants. Derrière elle, ne montrant que sa tête malicieuse, ses ailes et son carquois,
la petite Mme Daste donnait son sourire au personnage

aimable de Cupidon. Puis, d'un côté du tertre, les trois Grâces, Mmes de Guende, Teissière, de Meinhold, tout en mousseline, se souriaient, s'enlaçaient, comme dans le groupe de Pradier [1] ; tandis que, de l'autre côté, la marquise d'Espanet et Mme Haffner, enveloppées du même flot de dentelles, les bras à la taille, les cheveux mêlés, mettaient un coin risqué dans le tableau, un souvenir de Lesbos, que M. Hupel de la Noue expliquait à voix plus basse, pour les hommes seulement, en disant qu'il avait voulu montrer par là la puissance de Vénus. En bas du tertre, la comtesse Vanska faisait la Volupté ; elle s'allongeait, tordue par un dernier spasme, les yeux entrouverts et mourants, comme lasse ; très brune, elle avait dénoué sa chevelure noire, et sa tunique striée de flammes fauves montrait des bouts de sa peau ardente. La gamme des costumes, du blanc de neige du voile de Vénus au rouge sombre de la tunique de la Volupté, était douce, d'un rose général, d'un ton de chair. Et sous le rayon électrique, ingénieusement dirigé sur la scène par une des fenêtres du jardin, la gaze, les dentelles, toutes ces étoffes légères et transparentes se fondaient si bien avec les épaules et les maillots, que ces blancheurs rosées vivaient, et qu'on ne savait plus si ces dames n'avaient pas poussé la vérité plastique jusqu'à se mettre toutes nues. Ce n'était là que l'apothéose ; le drame se passait au premier plan. À gauche, Renée, la nymphe Écho, tendait les bras vers la grande déesse, la tête à demi tournée du côté de Narcisse, suppliante, comme pour l'inviter à regarder Vénus, dont la vue seule allume de terribles feux ; mais Narcisse, à droite, faisait un geste de refus, il se cachait les yeux de la main, et restait d'une froideur de glace. Les costumes de ces deux personnages avaient surtout coûté une peine infinie à l'imagination de M. Hupel de la Noue. Narcisse, en demi-dieu rôdeur de forêts,

1. Sculpteur du xixe siècle. Le groupe des *Trois Grâces* auquel il est fait allusion ici se trouve à Versailles.

portait un costume de chasseur idéal : maillot verdâtre, courte veste collante, rameau de chêne dans les
cheveux. La robe de la nymphe Écho était, à elle seule,
toute une allégorie ; elle tenait des grands arbres et des
grands monts, des lieux retentissants où les voix de la
Terre et de l'Air se répondent ; elle était rocher par le
satin blanc de la jupe, taillis par les feuillages de la ceinture, ciel pur par la nuée de gaze bleue du corsage. Et
les groupes gardaient une immobilité de statue, la note
charnelle de l'Olympe chantait dans l'éblouissement du
large rayon, pendant que le piano continuait sa plainte
d'amour aiguë, coupée de profonds soupirs.

On trouva généralement que Maxime était admirablement fait. Dans son geste de refus, il développait
sa hanche gauche, qu'on remarqua beaucoup. Mais
tous les éloges furent pour l'expression de visage de
Renée. Selon le mot de M. Hupel de la Noue, elle était
« la douleur du désir inassouvi ». Elle avait un sourire
aigu qui cherchait à se faire humble, elle quêtait sa proie
avec des supplications de louve affamée qui ne cache
ses dents qu'à demi. Le premier tableau marcha bien,
sauf cette folle d'Adeline qui bougeait et qui retenait
à grand-peine une irrésistible envie de rire. Puis, les
ridaux se refermèrent, le piano se tut.

Alors, on applaudit discrètement, et les conversations
reprirent. Un grand souffle d'amour, de désir contenu,
était venu des nudités de l'estrade, courait le salon, où
les femmes s'alanguissaient davantage sur leurs sièges,
tandis que les hommes, à l'oreille, se parlaient bas, avec
des sourires. C'était un chuchotement d'alcôve, un
demi-silence de bonne compagnie, un souhait de
volupté à peine formulé par un frémissement de lèvres ;
et, dans les regards muets, se rencontrant au milieu de
ce ravissement de bon ton, il y avait la hardiesse brutale d'amours offertes et acceptées d'un coup d'œil.

On jugeait sans fin les perfections de ces dames.
Leurs costumes prenaient une importance presque aussi
grande que leurs épaules. Quand les Mignon et Charrier voulurent questionner M. Hupel de la Noue, ils

furent tout surpris de ne plus le voir à côté d'eux ; il avait déjà plongé derrière l'estrade.

« Je vous racontais donc, ma toute belle, dit Mme Sidonie, en reprenant une conversation interrompue par le premier tableau, que j'avais reçu une lettre de Londres, vous savez ? pour l'affaire des trois milliards... La personne que j'ai chargée de faire des recherches m'écrit qu'elle croit avoir trouvé le reçu du banquier. L'Angleterre aurait payé... J'en suis malade depuis ce matin. »

Elle était en effet plus jaune que de coutume, dans sa robe de magicienne semée d'étoiles. Et, comme Mme Michelin ne l'écoutait pas, elle continua à voix plus basse, murmurant que l'Angleterre ne pouvait avoir payé et que décidément elle irait à Londres elle-même.

« Le costume de Narcisse était bien joli, n'est-ce pas ? » demanda Louise à Mme Michelin.

Celle-ci sourit. Elle regardait le baron Gouraud, qui semblait tout ragaillardi dans son fauteuil. Mme Sidonie, voyant où allait son regard, se pencha, lui chuchota à l'oreille, pour que l'enfant n'entendît pas :

« Est-ce qu'il s'est exécuté ?

— Oui, répondit la jeune femme, languissante, jouant à ravir son rôle d'almée. J'ai choisi la maison de Louveciennes, et j'en ai reçu les actes de propriété par son homme d'affaires... Mais nous avons rompu, je ne le vois plus. »

Louise avait une finesse d'oreille particulière pour saisir ce qu'on voulait lui cacher. Elle regarda le baron Gouraud avec sa hardiesse de page, et dit tranquillement à Mme Michelin :

« Vous ne trouvez pas qu'il est affreux, le baron ? »

Puis elle ajouta en éclatant de rire :

« Dites ! on aurait dû lui confier le rôle de Narcisse. Il serait délicieux en maillot vert pomme. »

La vue de Vénus, de ce coin voluptueux de l'Olympe, avait en effet ranimé le vieux sénateur. Il roulait des yeux charmés, se tournait à demi pour complimenter

Saccard. Dans le brouhaha qui emplissait le salon, le groupe des hommes graves continuait à causer affaires, politique. M. Haffner dit qu'il venait d'être nommé président d'un jury chargé de régler les questions d'indemnités. Alors la conversation s'engagea sur les travaux de Paris, sur le boulevard du Prince-Eugène, dont on commençait à causer sérieusement dans le public. Saccard saisit l'occasion, parla d'une personne qu'il connaissait, d'un propriétaire qu'on allait sans doute exproprier. Et il regardait en face ces messieurs. Le baron hocha doucement la tête ; M. Toutin-Laroche poussa les choses jusqu'à déclarer que rien n'était plus désagréable que d'être exproprié ; M. Michelin approuvait, louchait davantage, en regardant sa décoration.

« Les indemnités ne sauraient jamais être trop fortes », conclut doctement M. de Mareuil, qui voulait être agréable à Saccard.

Ils s'étaient compris. Mais les Mignon et Charrier mirent en avant leurs propres affaires. Ils comptaient se retirer prochainement, sans doute à Langres, disaient-ils, en gardant un pied-à-terre à Paris. Ils firent sourire ces messieurs, lorsqu'ils racontèrent qu'après avoir achevé la construction de leur magnifique hôtel du boulevard Malesherbes, ils l'avaient trouvé si beau, qu'ils n'avaient pu résister à l'envie de le vendre. Leurs brillants devaient être une consolation qu'ils s'étaient offerte. Saccard riait de mauvaise grâce ; ses anciens associés venaient de réaliser des bénéfices énormes dans une affaire où il avait joué un rôle de dupe. Et, comme l'entracte s'allongeait, des phrases d'éloges sur la gorge de Vénus et sur la robe de la nymphe Écho coupaient la conversation des hommes graves.

Au bout d'une grande demi-heure, M. Hupel de la Noue reparut. Il marchait en plein succès, et le désordre de sa toilette croissait. En regagnant sa place, il rencontra M. de Mussy. Il lui serra la main en passant ; puis il revint sur ses pas pour lui demander :

« Vous ne connaissez pas le mot de la marquise ? »

Et il le lui conta, sans attendre la réponse. Il le péné-

trait de plus en plus, il le commentait, il finissait par
le trouver exquis de naïveté. « J'en ai un bien plus joli
dessous ! » C'était un cri du cœur.

Mais M. de Mussy ne fut pas de cet avis. Il jugea
le mot indécent. Il venait d'être attaché à l'ambassade
d'Angleterre, où le ministre lui avait dit qu'une tenue
sévère était de rigueur. Il refusait de conduire le cotillon, se vieillissait, ne parlait plus de son amour pour
Renée, qu'il saluait gravement quand il la rencontrait.

M. Hupel de la Noue rejoignait le groupe formé derrière le fauteuil du baron, lorsque le piano entama une
marche triomphale. De grands placages d'accords,
frappés d'aplomb sur les touches, ouvraient un chant
large, où, par instants, sonnaient des éclats métalliques.
Après chaque phrase, une voix plus haute reprenait,
en accentuant le rythme. C'était brutal et joyeux.

« Vous allez voir, murmura M. Hupel de la Noue ;
j'ai poussé peut-être un peu loin la licence poétique ;
mais je crois que l'audace m'a réussi... La nymphe
Écho, voyant que Vénus est sans puissance sur le beau
Narcisse, le conduit chez Plutus, dieu des richesses et
des métaux précieux... Après la tentation de la chair,
la tentation de l'or.

— C'est classique, répondit le sec M. Toutin-Laroche,
avec un sourire aimable. Vous connaissez votre temps,
monsieur le préfet. »

Les rideaux s'ouvraient, le piano jouait plus fort. Ce
fut un éblouissement. Le rayon électrique tombait sur
une splendeur flambante, dans laquelle les spectateurs
ne virent d'abord qu'un brasier, où des lingots d'or et
des pierres précieuses semblaient se fondre. Une nouvelle grotte se creusait ; mais celle-là n'était pas le frais
réduit de Vénus, baigné par le flot mourant sur un sable
fin semé de perles ; elle devait se trouver au centre de
la terre, dans une couche ardente et profonde, fissure
de l'enfer antique, crevasse d'une mine de métaux en
fusion habitée par Plutus. La soie imitant le roc montrait de larges filons métalliques, des coulées qui étaient
comme les veines du vieux monde, charriant les richesses

incalculables et la vie éternelle du sol. À terre, par un anachronisme hardi de M. Hupel de la Noue, il y avait un écroulement de pièces de vingt francs ; des louis étalés, des louis entassés, un pullulement de louis qui montaient.

Au sommet de ce tas d'or, Mme de Guende, en Plutus, était assise, Plutus femme, Plutus montrant sa gorge, dans les grandes lames de sa robe, prise à tous les métaux. Autour du dieu, se groupaient, debout, à demi couchées, unies en grappe, ou fleurissant à l'écart, les efflorescences féeriques de cette grotte, où les califes des *Mille et Une Nuits* avaient vidé leur trésor : Mme Haffner en Or, avec une jupe roide et resplendissante d'évêque ; Mme d'Espanet en Argent, luisante comme un clair de lune ; Mme de Lauwerens, d'un bleu ardent, en Saphir, ayant à son côté la petite Mme Daste, une Turquoise souriante, qui bleuissait tendrement ; puis s'égrenaient l'Émeraude, Mme de Meinhold, et la Topaze, Mme Teissière ; et, plus bas, la comtesse Vanska donnait son ardeur sombre au Corail, allongée, les bras levés, chargés de pendeloques rouges, pareille à un polype monstrueux et adorable, qui montrait des chairs de femme dans des nacres roses et entrebâillées de coquillages. Ces dames avaient des colliers, des bracelets, des parures complètes, faites chacune de la pierre précieuse que le personnage représentait. On remarqua beaucoup les bijoux originaux de Mmes d'Espanet et Haffner, composés uniquement de petites pièces d'or et de petites pièces d'argent neuves. Puis, au premier plan, le drame restait le même : la nymphe Écho tentait le beau Narcisse, qui refusait encore du geste. Et les yeux des spectateurs s'accoutumaient avec ravissement à ce trou béant ouvert sur les entrailles enflammées du globe, à ce tas d'or sur lequel se vautrait la richesse d'un monde.

Ce second tableau eut encore plus de succès que le premier. L'idée en parut particulièrement ingénieuse. La hardiesse des pièces de vingt francs, ce ruissellement de coffre-fort moderne tombé dans un coin de la mythologie grecque, enchanta l'imagination des dames et des financiers qui étaient là. Les mots : « Que de pièces ! que d'argent ! » couraient, avec des sourires, de longs frémissements d'aise ; et sûrement chacune de ces dames, chacun de ces messieurs faisait le rêve d'avoir tout ça à lui, dans une cave.

« L'Angleterre a payé, ce sont vos milliards », murmura malicieusement Louise à l'oreille de Mme Sidonie.

Et Mme Michelin, la bouche un peu ouverte par un désir ravi, écartait son voile d'almée, caressait l'or d'un regard luisant, tandis que le groupe des hommes graves se pâmait. M. Toutin-Laroche, tout épanoui, murmura quelques mots à l'oreille du baron, dont la face se marbrait de taches jaunes. Mais les Mignon et Charrier, moins discrets, dirent avec une naïveté brutale :

« Sacrebleu ! il y aurait là de quoi démolir Paris et le rebâtir. »

Le mot parut profond à Saccard, qui commençait à croire que les Mignon et Charrier se moquaient du monde en faisant les imbéciles. Quand les rideaux se refermèrent, et que le piano termina la marche triomphale par un grand bruit de notes jetées les unes sur les autres, comme de dernières pelletées d'écus, les applaudissements éclatèrent plus vifs, plus prolongés.

Cependant, au milieu du tableau, le ministre, accompagné de son secrétaire, M. de Saffré, avait paru à la porte du salon. Saccard, qui guettait impatiemment son frère, voulut se précipiter à sa rencontre. Mais celui-ci, d'un geste, le pria de ne pas bouger. Et il vint doucement jusqu'au groupe des hommes graves. Quand les rideaux se furent refermés et qu'on l'eut aperçu, un long chuchotement courut le salon, les têtes se retournèrent : le ministre balançait le succès des *Amours du beau Narcisse et de la nymphe Écho*.

« Vous êtes un poète, monsieur le préfet, dit-il en souriant à M. Hupel de la Noue. Vous avez publié autrefois un volume de vers, *Les Volubilis*, je crois ?...

Je vois que les soucis de l'administration n'ont pas tari votre imagination. »

Le préfet sentit, dans ce compliment, la pointe d'une épigramme. La présence brusque de son chef le décontenança d'autant plus, qu'en s'examinant d'un coup d'œil pour voir si sa tenue était correcte, il aperçut sur la manche de son habit, la petite main blanche, qu'il n'osa pas essuyer. Il s'inclina, balbutia.

« Vraiment, continua le ministre, en s'adressant à M. Toutin-Laroche, au baron Gouraud, aux personnages qui se trouvaient là, tout cet or était un merveilleux spectacle... Nous ferions de grandes choses, si M. Hupel de la Noue battait monnaie pour nous. »

C'était, en langue ministérielle, le même mot que celui des Mignon et Charrier. Alors M. Toutin-Laroche et les autres firent leur cour, jouèrent sur la dernière phrase du ministre : l'Empire avait déjà fait des merveilles ; ce n'était pas l'or qui manquait, grâce à la haute expérience du pouvoir ; jamais la France n'avait eu une situation aussi belle devant l'Europe ; et ces messieurs finirent par devenir si plats, que le ministre changea lui-même la conversation. Il les écoutait, la tête haute, les coins de la bouche un peu relevés, ce qui donnait à sa grosse face blanche, soigneusement rasée, un air de doute et de dédain souriant.

Saccard, qui voulait amener l'annonce du mariage de Maxime et de Louise, manœuvrait pour trouver une transition habile. Il affectait une grande familiarité, et son frère faisait le bonhomme, consentait à lui rendre le service de paraître l'aimer beaucoup. Il était réellement supérieur, avec son regard clair, son visible mépris des coquineries mesquines, ses larges épaules qui, d'un haussement, auraient culbuté tout ce monde-là. Quand il fut enfin question du mariage, il se montra charmant, il laissa entendre qu'il tenait prêt son cadeau de noces ; il voulait parler de la nomination de Maxime, comme auditeur au Conseil d'État. Il alla jusqu'à répéter deux fois à son frère, d'un ton tout à fait bon garçon :

« Dis bien à ton fils que je veux être son témoin. »

M. de Mareuil rougissait d'aise. On complimenta
Saccard. M. Toutin-Laroche s'offrit comme second
témoin. Puis, brusquement, on arriva à parler du
divorce. Un membre de l'opposition venait d'avoir « le
triste courage », disait M. Haffner, de défendre cette
honte sociale. Et tous se récrièrent. Leur pudeur trouva
des mots profonds. M. Michelin souriait délicatement
au ministre, pendant que les Mignon et Charrier remar-
quaient avec étonnement que le collet de son habit était
usé.

Pendant ce temps M. Hupel de la Noue restait embarrassé, s'appuyant au fauteuil du baron Gouraud,
qui s'était contenté d'échanger avec le ministre une poignée de main silencieuse. Le poète n'osait quitter la
place. Un sentiment indéfinissable, la crainte de paraître
ridicule, la peur de perdre les bonnes grâces de son chef,
le retenaient, malgré l'envie furieuse qu'il avait d'aller
placer ces dames sur l'estrade, pour le dernier tableau.
Il attendait qu'un mot heureux lui vînt et le fît rentrer
en faveur. Mais il ne trouvait rien. Il se sentait de plus
en plus gêné, lorsqu'il aperçut M. de Saffré ; il lui prit
le bras, s'accrocha à lui comme à une planche de salut.
Le jeune homme entrait, c'était une victime toute
fraîche.

« Vous ne connaissez pas le mot de la marquise ? »
lui demanda le préfet.

Mais il était si troublé, qu'il ne savait plus présenter
la chose d'une façon piquante. Il pataugeait.

« Je lui ai dit : ''Vous avez un charmant costume'' ;
et elle m'a répondu...

— ''J'en ai un bien plus joli dessous'', ajouta tranquillement M. de Saffré. C'est vieux, mon cher, très
vieux. »

M. Hupel de la Noue le regarda, consterné. Le mot
était vieux, et lui qui allait approfondir encore son commentaire sur la naïveté de ce cri du cœur !

« Vieux, vieux comme le monde, répétait le secrétaire, Mme d'Espanet l'a déjà dit deux fois aux Tuileries. »

Ce fut le dernier coup. Le préfet se moqua alors du ministre, du salon entier. Il se dirigeait vers l'estrade, lorsque le piano préluda, d'une voix attristée, avec des tremblements de notes qui pleuraient ; puis la plainte s'élargit, traîna longuement, et les rideaux s'ouvrirent. M. Hupel de la Noue, qui avait déjà disparu à moitié, rentra dans le salon, en entendant le léger grincement des anneaux. Il était pâle, exaspéré ; il faisait un violent effort sur lui-même pour ne pas apostropher ces dames. Elles s'étaient placées toutes seules ! Ce devait être cette petite d'Espanet qui avait monté le complot de hâter les changements de costume, et de se passer de lui. Ça n'était pas ça, ça ne valait rien !

Il revint, mâchant de sourdes paroles. Il regardait sur l'estrade, avec des haussements d'épaules, murmurant :

« La nymphe Écho est trop au bord... Et cette jambe du beau Narcisse, pas de noblesse, pas de noblesse du tout... »

Les Mignon et Charrier, qui s'étaient approchés pour entendre « l'explication », se hasardèrent à lui demander « ce que le jeune homme et la jeune fille faisaient, couchés par terre ». Mais il ne répondit pas, il refusait d'expliquer davantage son poème ; et comme les entrepreneurs insistaient :

« Eh ! ça ne me regarde plus, du moment que ces dames se placent sans moi ! »

Le piano sanglotait mollement. Sur l'estrade, une clairière, où le rayon électrique mettait une nappe de soleil, ouvrait un horizon de feuilles. C'était une clairière idéale, avec des arbres bleus, de grandes fleurs jaunes et rouges, qui montaient aussi haut que les chênes. Là, sur une butte de gazon, Vénus et Plutus se tenaient côte à côte, entourés de nymphes accourues des taillis voisins pour leur faire escorte. Il y avait les filles des arbres, les filles des sources, les filles des monts, toutes les divinités rieuses et nues de la forêt. Et le dieu et la déesse triomphaient, punissaient les froideurs de l'orgueilleux qui les avait méprisés, tandis que

le groupe des nymphes regardaient curieusement, avec
un effroi sacré, la vengeance de l'Olympe, au premier
plan. Le drame s'y dénouait. Le beau Narcisse, couché sur le bord d'un ruisseau, qui descendait du lointain de la scène, se regardait dans le clair miroir ; et
l'on avait poussé la vérité jusqu'à mettre une lame de
vraie glace au fond du ruisseau. Mais ce n'était déjà
plus le jeune homme libre, le rôdeur de forêts ; la mort
le surprenait au milieu de l'admiration ravie de son
image, la mort l'alanguissait, et Vénus, de son doigt
tendu, comme une fée d'apothéose, lui jetait le sort
fatal. Il devenait fleur. Ses membres verdissaient,
s'allongeaient, dans son costume collant de satin vert ;
la tige flexible, les jambes légèrement recourbées,
allaient s'enfoncer en terre, prendre racine, pendant que
le buste, orné de larges pans de satin blanc, s'épanouissait en une corolle merveilleuse. La chevelure blonde
de Maxime complétait l'illusion, mettait, avec ses longues frisures, des pistils jaunes au milieu de la blancheur des pétales. Et la grande fleur naissante, humaine
encore, penchait la tête vers la source, les yeux noyés,
le visage souriant d'une extase voluptueuse, comme si
le beau Narcisse eût enfin contenté dans la mort les
désirs qu'il s'était inspirés à lui-même. À quelques pas,
la nymphe Écho se mourait aussi, se mourait de désirs
inassouvis ; elle se trouvait peu à peu prise dans la rai-
deur du sol, elle sentait ses membres brûlants se glacer
et se durcir. Elle n'était pas rocher vulgaire, sali de
mousse, mais marbre blanc par ses épaules et ses bras,
par sa grande robe de neige, dont la ceinture de feuillage et l'écharpe bleue avaient glissé. Affaissée au milieu
du satin de sa jupe, qui se cassait à larges plis, pareil
à un bloc de Paros [1], elle se renversait, n'ayant plus de
vivant, dans son corps figé de statue, que ses yeux de
femme, des yeux qui luisaient, fixés sur la fleur des

---

1. Une des îles Cyclades, au sud de Délos, où l'on trouvait du
marbre blanc.

eaux, penchée languissamment sur le miroir de la source. Et il semblait déjà que tous les bruits d'amour de la forêt, les voix prolongées des taillis, les frissons mystérieux des feuilles, les soupirs profonds des grands chênes, venaient battre sur la chair de marbre de la nymphe Écho, dont le cœur, saignant toujours dans le bloc, résonnait longuement, répétait au loin les moindres plaintes de la Terre et de l'Air.

« Oh ! l'ont-ils affublé, ce pauvre Maxime ! murmura Louise. Et Mme Saccard, on dirait une morte.

— Elle est couverte de poudre de riz », dit Mme Michelin.

D'autres mots peu obligeants couraient. Ce troisième tableau n'eut pas le succès franc des deux autres. C'était pourtant ce dénouement tragique qui enthousiasmait M. Hupel de la Noue sur son propre talent. Il s'y admirait, comme son Narcisse dans sa lame de glace. Il y avait mis une foule d'intentions poétiques et philosophiques. Quand les rideaux se furent refermés pour la dernière fois, et que les spectateurs eurent applaudi en gens bien élevés, il éprouva un regret mortel d'avoir cédé à la colère en n'expliquant pas la dernière page de son poème. Il voulut donner alors aux personnes qui l'entouraient la clef des choses charmantes, grandioses ou simplement polissonnes, que représentaient le beau Narcisse et la nymphe Écho, et il essaya même de dire ce que Vénus et Plutus faisaient au fond de la clairière ; mais ces messieurs et ces dames, dont les esprits nets et pratiques avaient compris la grotte de la chair et la grotte de l'or, ne se souciaient pas de descendre dans les complications mythologiques du préfet. Seuls, les Mignon et Charrier, qui voulaient absolument savoir, eurent la bonhomie de l'interroger. Il s'empara d'eux, il les tint debout, dans l'embrasure d'une fenêtre, pendant près de deux heures, à leur raconter *Les Métamorphoses* d'Ovide.

Cependant le ministre se retirait. Il s'excusa de ne pouvoir attendre la belle Mme Saccard pour la complimenter sur la grâce parfaite de la nymphe Écho. Il

venait de faire trois ou quatre fois le tour du salon au
bras de son frère, donnant quelques poignées de main,
saluant les dames. Jamais il ne s'était tant compromis
pour Saccard. Il le laissa radieux, lorsque, sur le seuil
de la porte, il lui dit, à voix haute :

« Je t'attends demain matin. Viens déjeuner avec
moi. »

Le bal allait commencer. Les domestiques avaient
rangé le long des murs les fauteuils des dames. Le grand
salon allongeait maintenant, du petit salon jaune à
l'estrade, son tapis nu, dont les grandes fleurs de pourpre s'ouvraient, sous l'égouttement de lumière tombant
du cristal des lustres. La chaleur croissait, les tentures
rouges brunissaient de leurs reflets l'or des meubles et
du plafond. On attendait pour ouvrir le bal que ces
dames, la nymphe Écho, Vénus, Plutus et les autres,
eussent changé de costumes.

Mme d'Espanet et Mme Haffner parurent les premières. Elles avaient remis leurs costumes du second
tableau ; l'une était en Or, l'autre en Argent. On les
entoura, on les félicita ; et elles racontaient leurs émotions.

« C'est moi qui ai failli m'éclater, disait la marquise,
quand j'ai vu de loin le grand nez de M. Toutin-
Laroche qui me regardait !

— Je crois que j'ai un torticolis, reprenait languissamment la blonde Suzanne. Non, vrai, si ça avait duré
une minute de plus, j'aurais remis ma tête d'une façon
naturelle, tant j'avais mal au cou. »

M. Hupel de la Noue, de l'embrasure où il avait
poussé les Mignon et Charrier, jetait des coups d'œil
inquiets sur le groupe formé autour des deux jeunes
femmes ; il craignait qu'on ne s'y moquât de lui. Les
autres nymphes arrivèrent les unes après les autres ;
toutes avaient repris leurs costumes de pierres précieuses ; la comtesse Vanska, en Corail, eut un succès
fou, lorsqu'on put examiner de près les ingénieux
détails de sa robe. Puis Maxime entra, correct dans son
habit noir, l'air souriant ; et un flot de femmes l'enve-

loppa, on le mit au centre du cercle, on le plaisanta sur
son rôle de fleur, sur sa passion des miroirs ; lui, sans
un embarras, comme charmé de son personnage, continuait à sourire, répondait aux plaisanteries, avouait
qu'il s'adorait et qu'il était assez guéri des femmes pour
se préférer à elles. On riait plus haut, le groupe grandissait, tenait tout le milieu du salon, tandis que le jeune
homme, noyé dans ce peuple d'épaules, dans ce tohu-
bohu de costumes éclatants, gardait son parfum
d'amour monstrueux, sa douceur vicieuse de fleur
blonde.

Mais lorsque Renée descendit enfin, il se fit un demi-
silence. Elle avait mis un nouveau costume, d'une grâce
si originale, et d'une telle audace, que ces messieurs et
ces dames, habitués pourtant aux excentricités de la
jeune femme, eurent un premier mouvement de surprise. Elle était en Otaïtienne [1]. Ce costume, paraît-il,
est des plus primitifs ; un maillot couleur tendre, qui
lui montait des pieds jusqu'aux seins, en lui laissant les
épaules et les bras nus ; et, sur ce maillot, une simple
blouse de mousseline, courte et garnie de deux volants,
pour cacher un peu les hanches. Dans les cheveux, une
couronne de fleurs des champs ; aux chevilles et aux
poignets, des cercles d'or. Et rien d'autre. Elle était nue.
Le maillot avait des souplesses de chair, sous la pâleur
de la blouse ; la ligne pure de cette nudité se retrouvait, des genoux aux aisselles, vaguement effacée par
les volants, mais s'accentuant et reparaissant entre les
mailles de la dentelle, au moindre mouvement. C'était
une sauvagesse adorable, une fille barbare et voluptueuse, à peine cachée dans une vapeur blanche, dans
un pan de brume marine, où tout son corps se devinait.

Renée, les joues roses, avançait d'un pas vif. Céleste
avait fait craquer un premier maillot ; heureusement
que la jeune femme, prévoyant le cas, s'était précau-

1. Tahitienne.

tionnée. Ce maillot déchiré l'avait mise en retard. Elle
parut se soucier peu de son triomphe. Ses mains brûlaient, ses yeux brillaient de fièvre. Elle souriait pourtant, répondait par de petites phrases aux hommes qui
l'arrêtaient, qui la complimentaient sur sa pureté d'attitudes, dans les tableaux vivants. Elle laissait derrière
elle un sillage d'habits noirs étonnés et charmés de la
transparence de sa blouse de mousseline. Quand elle
fut arrivée au groupe de femmes qui entouraient
Maxime, elle souleva de courtes exclamations, et la
marquise se mit à la regarder de la tête aux pieds, d'un
air tendre, en murmurant :

« Elle est adorablement faite. »

Mme Michelin, dont le costume d'almée devenait
horriblement lourd à côté de ce simple voile, pinçait
les lèvres, tandis que Mme Sidonie, ratatinée dans sa
robe noire de magicienne, murmurait à son oreille :

« C'est de la dernière indécence, n'est-ce pas, ma
toute belle ?

— Ah ! bien, dit enfin la jolie brune. C'est M. Michelin qui se fâcherait, si je me déshabillais comme
ça !

— Et il aurait raison », conclut la courtière.

La bande des hommes graves n'était pas de cet avis.
Ils s'extasiaient de loin. M. Michelin, que sa femme
mettait si mal à propos en cause, se pâmait, pour faire
plaisir à M. Toutin-Laroche et au baron Gouraud, que
la vue de Renée ravissait. On complimenta fortement
Saccard sur la perfection des formes de sa femme. Il
s'inclinait, se montrait très touché. La soirée était bonne
pour lui, et sans une préoccupation qui passait par instants dans ses yeux, lorsqu'il jetait un regard rapide sur
sa sœur, il eût paru parfaitement heureux.

« Dites, elle ne nous en avait jamais autant montré »,
dit plaisamment Louise à l'oreille de Maxime, en lui
désignant Renée du coin de l'œil.

Elle se reprit, avec un sourire indéfinissable :

« À moi, du moins. »

Le jeune homme la regarda, d'un air inquiet ; mais

elle continuait à sourire, drôlement, comme un écolier enchanté d'une plaisanterie un peu forte.

Le bal fut ouvert. On avait utilisé l'estrade des tableaux vivants, en y plaçant un petit orchestre, où les cuivres dominaient ; et les bugles [1], les cornets à pistons, jetaient leurs notes claires dans la forêt idéale, aux arbres bleus. Ce fut d'abord un quadrille : *Ah ! il a des bottes, il a des bottes, Bastien !* qui faisait alors les délices des bastringues. Ces dames dansèrent. Les polkas, les valses, les mazurkas, alternèrent avec les quadrilles. Le large balancement des couples allait et venait, emplissait la longue galerie, sautant sous le fouet des cuivres, se balançant au bercement des violons. Les costumes, ce flot de femmes de tous les pays et de toutes les époques, roulait, avec un fourmillement, une bigarrure d'étoffes vives. Le rythme, après avoir mêlé et emporté les couleurs, dans un tohu-bohu cadencé, ramenait brusquement, à certains coups d'archet, la même tunique de satin rose, le même corsage de velours bleu, à côté du même habit noir. Puis un autre coup d'archet, une sonnerie des cornets à pistons, poussaient les couples, les faisaient voyager à la file autour du salon, avec des mouvements balancés de nacelle s'en allant à la dérive, sous un souffle de vent qui a brisé l'amarre. Et toujours, sans fin, pendant des heures. Parfois, entre deux danses, une dame s'approchait d'une fenêtre, étouffant, respirant un peu d'air glacé ; un couple se reposait sur une causeuse du petit salon bouton-d'or, ou descendait dans la serre, faisant doucement le tour des allées. Sous les berceaux de lianes, au fond de l'ombre tiède, où arrivaient les *forte* des cornets à pistons, dans les quadrilles d'*Ohé ! les p'tits agneaux* et de *J'ai un pied qui r'mue*, des jupes, dont on ne voyait que le bord, avaient des rires languissants.

Quand on ouvrit la porte de la salle à manger, trans-

---

1. Le bugle est un instrument à vent, utilisé dans la musique militaire.

formée en buffet, avec des dressoirs contre les murs et une longue table au milieu, chargée de viandes froides, ce fut une poussée, un écrasement. Un grand bel homme, qui avait eu la timidité de garder son chapeau à la main, fut si violemment collé contre le mur, que le malheureux chapeau creva avec une plainte sourde. Cela fit rire. On se ruait sur les pâtisseries et les volailles truffées, en s'enfonçant les coudes dans les côtes, brutalement. C'était un pillage, les mains se rencontraient au milieu des viandes, et les laquais ne savaient à qui répondre, au milieu de cette bande d'hommes comme il faut, dont les bras tendus exprimaient la seule crainte d'arriver trop tard et de trouver les plats vides. Un vieux monsieur se fâcha parce qu'il n'y avait pas de bordeaux, et que le champagne, assurait-il, l'empêchait de dormir.

« Doucement, messieurs, doucement, disait Baptiste de sa voix grave. Il y en aura pour tout le monde. »

Mais on ne l'écoutait pas. La salle à manger était pleine, et des habits noirs inquiets se haussaient à la porte. Devant les dressoirs, des groupes stationnaient, mangeant vite, se serrant. Beaucoup avalaient sans boire, n'ayant pu mettre la main sur un verre. D'autres, au contraire, buvaient, en courant inutilement après un morceau de pain.

« Écoutez, dit M. Hupel de la Noue, que les Mignon et Charrier, las de mythologie, avaient entraîné au buffet, nous n'aurons rien, si nous ne faisons pas cause commune... C'est bien pis aux Tuileries, et j'y ai acquis quelque expérience... Chargez-vous du vin, je me charge de la viande. »

Le préfet guettait un gigot. Il allongea la main, au bon moment, dans une éclaircie d'épaules, et l'emporta tranquillement, après s'être bourré les poches de petits pains. Les entrepreneurs revinrent de leur côté, Mignon avec une bouteille, Charrier avec deux bouteilles de champagne ; mais ils n'avaient pu trouver que deux verres ; ils dirent que ça ne faisait rien, qu'ils boiraient dans le même. Et ces messieurs soupèrent sur le coin d'une jardinière, au fond de la pièce. Ils ne retirèrent

pas même leurs gants, mettant les tranches toutes détachées du gigot dans leur pain, gardant les bouteilles sous
leur bras. Et debout, ils causaient, la bouche pleine,
écartant leur menton de leur gilet, pour que le jus tom-
bât sur le tapis.

Charrier, ayant fini son vin avant son pain, demanda
à un domestique s'il ne pourrait avoir un verre de
champagne.

« Il faut attendre, monsieur ! répondit avec colère le
domestique effaré, perdant la tête, oubliant qu'il n'était
pas à l'office. On a déjà bu trois cents bouteilles. »

Cependant, on entendait les voix de l'orchestre qui
grandissaient, par souffles brusques. On dansait la
polka des *Baisers*, célèbre dans les bals publics, et dont
chaque danseur devait marquer le rythme en embrassant sa danseuse. Mme d'Espanet parut à la porte de la
salle à manger, rouge, un peu décoiffée, traînant, avec
une lassitude charmante, sa grande robe d'argent. On
s'écartait à peine, elle était obligée d'insister du coude
pour s'ouvrir un passage. Elle fit le tour de la table,
hésitante, une moue aux lèvres. Puis elle vint droit à
M. Hupel de la Noue, qui avait fini et qui s'essuyait
la bouche avec son mouchoir.

« Que vous seriez aimable, monsieur, lui dit-elle avec
un adorable sourire, de me trouver une chaise ! J'ai
fait le tour de la table inutilement... »

Le préfet avait une rancune contre la marquise, mais
sa galanterie n'hésita pas ; il s'empressa, trouva la
chaise, installa Mme d'Espanet, et resta derrière son
dos, à la servir. Elle ne voulut que quelques crevettes,
avec un peu de beurre, et deux doigts de champagne.
Elle mangeait avec des mines délicates, au milieu de la
gloutonnerie des hommes. La table et les chaises étaient
exclusivement réservées aux dames. Mais on faisait toujours une exception en faveur du baron Gouraud. Il
était là, carrément assis, devant un morceau de pâté,
dont ses mâchoires broyaient la croûte avec lenteur. La
marquise reconquit le préfet en lui disant qu'elle n'ou-
blierait jamais ses émotions d'artiste, dans *Les Amours*

du beau Narcisse et de la nymphe Écho. Elle lui expliqua même pourquoi on ne l'avait pas attendu, d'une façon qui le consola complètement : ces dames, en apprenant que le ministre était là, avaient pensé qu'il serait peu convenable de prolonger l'entracte. Elle finit par le prier d'aller chercher Mᵐᵉ Haffner, qui dansait avec M. Simpson, un homme brutal, disait-elle, et qui lui déplaisait. Et, quand Suzanne fut là, elle ne regarda plus M. Hupel de la Noue.

Saccard, suivi de MM. Toutin-Laroche, de Mareuil, Haffner, avait pris possession d'un dressoir. Comme la table était pleine, et que M. de Saffré passait avec Mᵐᵉ Michelin au bras, il les retint, voulut que la jolie brune partageât avec eux. Elle croqua des pâtisseries, souriante, levant ses yeux clairs sur les cinq hommes qui l'entouraient. Ils se penchaient vers elle, touchaient ses voiles d'almée brodés de fil d'or, l'acculaient contre le dressoir, où elle finit par s'adosser, prenant des petits fours de toutes les mains, très douce et très caressante, avec la docilité amoureuse d'une esclave au milieu de ses seigneurs. M. Michelin achevait tout seul, à l'autre bout de la pièce, une terrine de foie gras dont il avait réussi à s'emparer.

Cependant, Mᵐᵉ Sidonie, qui rôdait dans le bal depuis les premiers coups d'archet, entra dans la salle à manger, et appela Saccard du coin de l'œil.

« Elle ne danse pas, lui dit-elle à voix basse. Elle paraît inquiète. Je crois qu'elle médite quelque coup de tête... Mais je n'ai pu encore découvrir le damoiseau... Je vais manger quelque chose et me remettre à l'affût. »

Et elle mangea debout, comme un homme, une aile de volaille qu'elle se fit donner par M. Michelin, qui avait fini sa terrine. Elle se versa du malaga dans une grande coupe à champagne ; puis, après s'être essuyé les lèvres du bout des doigts, elle retourna dans le salon. La traîne de sa robe de magicienne semblait avoir déjà ramassé toute la poussière des tapis.

Le bal languissait, l'orchestre avait des essoufflements, lorsqu'un murmure courut : « Le cotillon[1] ! Le cotillon ! » qui ranima les danseurs et les cuivres. Il vint des couples de tous les massifs de la serre ; le grand salon s'emplit, comme pour le premier quadrille ; et, dans la cohue réveillée, on discutait. C'était la dernière flamme du bal. Les hommes qui ne dansaient pas regardaient, du fond des embrasures, avec des bienveillances molles, le groupe bavard grandissant au milieu de la pièce ; tandis que les soupeurs du buffet, sans lâcher leur pain, allongeaient la tête, pour voir.

« M. de Mussy ne veut pas, disait une dame. Il jure qu'il ne le conduit plus... Voyons, une fois encore, monsieur de Mussy, rien qu'une petite fois. Faites cela pour nous. »

Mais le jeune attaché d'ambassade restait gourmé[2] dans son col cassé. C'était vraiment impossible, il avait juré. Il y eut un désappointement. Maxime refusa aussi, disant qu'il ne pourrait, qu'il était brisé. M. Hupel de la Noue n'osa s'offrir ; il ne descendait que jusqu'à la poésie. Une dame ayant parlé de M. Simpson, on la fit taire ; M. Simpson était le plus étrange conducteur de cotillon qu'on pût voir ; il se livrait à des imaginations fantasques et malicieuses ; dans un salon où l'on avait eu l'imprudence de le choisir, on racontait qu'il avait forcé les dames à sauter par-dessus des chaises, et qu'une de ses figures favorites était de faire marcher tout le monde à quatre pattes autour de la pièce.

« Est-ce que M. de Saffré est parti ? » demanda une voix d'enfant.

Il partait, il faisait ses adieux à la belle Mme Saccard, avec laquelle il était au mieux, depuis qu'elle ne voulait pas de lui. Ce sceptique aimable avait l'admiration des caprices des autres. On le ramena triomphalement du vestibule. Il se défendait, il disait avec un sourire qu'on

1. Danse accompagnée de jeux.
2. Qui prend un air sérieux.

le compromettait, qu'il était un homme sérieux. Puis, devant toutes les mains blanches qui se tendaient vers lui :

« Allons, dit-il, prenez vos places... Mais je vous préviens que je suis classique. Je n'ai pas pour deux liards d'imagination. »

Les couples s'assirent autour du salon, sur tous les sièges qu'on put réunir ; des jeunes gens allèrent chercher jusqu'aux chaises de fonte de la serre. C'était un cotillon monstre. M. de Saffré, qui avait l'air recueilli d'un prêtre officiant, choisit pour dame la comtesse Vanska, dont le costume de Corail le préoccupait. Quand tout le monde fut en place, il jeta un long regard sur cette file circulaire de jupes flanquées chacune d'un habit noir. Et il fit signe à l'orchestre, dont les cuivres sonnèrent. Des têtes se penchaient le long du cordon souriant des visages.

Renée avait refusé de prendre part au cotillon. Elle était d'une gaieté nerveuse, depuis le commencement du bal, dansant à peine, se mêlant aux groupes, ne pouvant rester en place. Ses amies la trouvaient singulière. Elle avait parlé, dans la soirée, de faire un voyage en ballon avec un célèbre aéronaute [1] dont tout Paris s'occupait. Quand le cotillon commença, elle fut ennuyée de ne plus marcher à l'aise, elle se tint à la porte du vestibule, donnant des poignées de main aux hommes qui se retiraient, causant avec les intimes de son mari. Le baron Gouraud, qu'un laquais emportait dans sa pelisse de fourrure, trouva un dernier éloge sur son costume d'Otaïtienne.

Cependant M. Toutin-Laroche serrait la main de Saccard.

« Maxime compte sur vous, dit ce dernier.

— Parfaitement », répondit le nouveau sénateur.

Et se tournant vers Renée :

---

1. Peut-être le photographe Nadar, qui fit en 1863 deux ascensions en ballon.

« Madame, je ne vous ai pas complimentée... Voilà
donc le cher enfant casé ! »

Et comme elle avait un sourire étonné :

« Ma femme ne sait pas encore, reprit Saccard...
Nous avons arrêté ce soir le mariage de Mlle de Mareuil
et de Maxime. »

Elle continua de sourire, s'inclinant devant M.
Toutin-Laroche, qui partait en disant :

« Vous signez le contrat dimanche, n'est-ce pas ? Je
vais à Nevers pour une affaire de mines, mais je serai
de retour. »

Elle resta un instant seule au milieu du vestibule. Elle
ne souriait plus ; et, à mesure qu'elle descendait dans
ce qu'elle venait d'apprendre, elle était prise d'un grand
frisson. Elle regarda les tentures de velours rouge, les
plantes rares, les pots de majolique, d'un regard fixe.
Puis elle dit tout haut :

« Il faut que je lui parle. »

Et elle revint dans le salon. Mais elle dut rester à
l'entrée. Une figure du cotillon obstruait le passage.
L'orchestre jouait en sourdine une phrase de valse. Les
dames, se tenant par la main, formaient un rond, un
de ces ronds de petites filles chantant *Giroflé girofla* ;
et elles tournaient le plus vite possible, tirant sur leurs
bras, riant, glissant. Au milieu, un cavalier, — c'était
le malicieux M. Simpson —, avait à la main une longue
écharpe rose ; il l'élevait, avec le geste d'un pêcheur
qui va jeter un coup d'épervier ; mais il ne se pressait
pas, il trouvait drôle, sans doute, de laisser tourner ces
dames, de les fatiguer. Elles soufflaient, elles demandaient grâce. Alors il lança l'écharpe, et il la lança avec
tant d'adresse, qu'elle alla s'enrouler autour des épaules
de Mme d'Espanet et de Mme Haffner, tournant côte à
côte. C'était une plaisanterie de l'Américain. Il voulut
ensuite valser avec les deux dames à la fois, et il les avait
déjà prises à la taille toutes deux, l'une de son bras gauche, l'autre de son bras droit, lorsque M. de Saffré dit,
de sa voix sévère de roi du cotillon :

« On ne danse pas avec deux dames. »

Mais M. Simpson ne voulait pas lâcher les deux tailles. Adeline et Suzanne se renversaient dans ses bras avec des rires. On jugeait le coup, les dames se fâchaient, le tapage se prolongeait, et les habits noirs, dans les embrasures des fenêtres, se demandaient comment Saffré allait sortir à sa gloire de ce cas délicat. Il parut, en effet, perplexe un moment, cherchant par quel raffinement de grâce il mettrait les rieurs de son côté. Puis il eut un sourire, il prit Mme d'Espanet et Mme Haffner, chacune d'une main, leur posa une question à l'oreille, reçut leur réponse, et s'adressant ensuite à M. Simpson :

« Cueillez-vous la verveine ou cueillez-vous la pervenche ? »

M. Simpson, un peu sot, dit qu'il cueillait la verveine. Alors M. de Saffré lui donna la marquise, en disant :

« Voici la verveine. »

On applaudit discrètement. Cela fut trouvé très joli. M. de Saffré était un conducteur de cotillon « qui ne restait jamais à court » ; telle fut l'expression de ces dames. Pendant ce temps, l'orchestre avait repris de toutes ses voix la phrase de valse, et M. Simpson, après avoir fait le tour du salon en valsant avec Mme d'Espanet, la reconduisait à sa place.

Renée put passer. Elle s'était mordu les lèvres au sang, devant toutes « ces bêtises ». Elle trouvait ces femmes et ces hommes stupides de lancer des écharpes et de prendre des noms de fleurs. Ses oreilles bourdonnaient, une furie d'impatience lui donnait des envies brusques de se jeter la tête en avant et de s'ouvrir un chemin. Elle traversa le salon d'un pas rapide, heurtant les couples attardés qui regagnaient leurs sièges. Elle alla droit à la serre. Elle n'avait vu ni Louise ni Maxime parmi les danseurs, elle se disait qu'ils devaient être là, dans quelque trou des feuillages, réunis par cet instinct des drôleries et des polissonneries, qui leur faisait chercher les petits coins, dès qu'ils se trouvaient ensemble quelque part. Mais elle visita inutilement le demi-jour de la serre. Elle n'aperçut, au fond d'un berceau, qu'un grand jeune homme qui baisait dévotement les mains de la petite Mme Daste, en murmurant :

« Mme de Lauwerens me l'avait bien dit : vous êtes un ange ! »

Cette déclaration chez elle, dans sa serre, la choqua. Vraiment Mme de Lauwerens aurait dû porter son commerce ailleurs ! Et Renée se serait soulagée à chasser de ses appartements tout ce monde qui criait si fort. Debout devant le bassin, elle regardait l'eau, elle se demandait où Louise et Maxime avaient pu se cacher. L'orchestre jouait toujours cette valse dont le bercement ralenti lui tournait le cœur. C'était insupportable, on ne pouvait réfléchir chez soi. Elle ne savait plus. Elle oubliait que les jeunes gens n'étaient pas encore mariés, et elle se disait que c'était bien simple, qu'ils étaient allés se coucher. Puis elle songea à la salle à manger, elle remonta vivement l'escalier de la serre. Mais, à la porte du grand salon, elle fut arrêtée une seconde fois par une figure de cotillon.

« Ce sont les "Points noirs[1]", mesdames, disait galamment M. de Saffré. Ceci est de mon invention, et je vous en donne la primeur. »

On riait beaucoup. Les hommes expliquaient l'allusion aux jeunes femmes. L'empereur venait de prononcer un discours qui constatait, à l'horizon politique, la présence de certains « points noirs ». Ces points noirs, on ne savait pourquoi, avaient fait fortune. L'esprit de Paris s'était emparé de cette expression, au point que, depuis huit jours, on accommodait tout aux points noirs. M. de Saffré plaça les cavaliers à l'un des bouts du salon, en leur faisant tourner le dos aux dames, laissées à l'autre bout. Puis il leur commanda de relever leurs habits, de façon à s'en cacher le derrière de la tête. Cette opération s'accomplit au milieu

---

1. « Des points noirs assombrissent notre horizon » : phrase prononcée par Napoléon III le 27 août 1867, faisant allusion au krach du Crédit mobilier et à la défaite de la France au Mexique.

d'une gaieté folle. Bossus, les épaules serrées, avec les pans des habits qui ne leur tombaient plus qu'à la taille, les cavaliers étaient vraiment affreux.

« Ne riez pas, mesdames, criait M. de Saffré avec un sérieux des plus comiques, ou je vous fais mettre vos dentelles sur la tête. »

La gaieté redoubla. Et il usa énergiquement de sa souveraineté vis-à-vis de quelques-uns de ces messieurs qui ne voulaient pas cacher leur nuque.

« Vous êtes les "point noirs", disait-il ; masquez vos têtes, ne montrez que le dos, il faut que ces dames ne voient plus que du noir... Maintenant, marchez, mêlez-vous les uns aux autres, pour qu'on ne vous reconnaisse pas. »

L'hilarité était à son comble. Les « points noirs » allaient et venaient, sur leurs jambes grêles, avec des balancements de corbeaux sans tête. On vit la chemise d'un monsieur, avec le coin de la bretelle. Alors ces dames demandèrent grâce, elles étouffaient, et M. de Saffré voulut bien leur ordonner d'aller chercher les « points noirs ». Elles partirent, comme un vol de jeunes perdrix, avec un grand bruit de jupes. Puis, au bout de sa course, chacune saisit le cavalier qui lui tomba sous la main. Ce fut un tohu-bohu inexprimable. Et, à la file, les couples improvisés se dégageaient, faisaient le tour du salon en valsant, dans le chant plus haut de l'orchestre.

Renée s'était appuyée au mur. Elle regardait, pâle, les lèvres serrées. Un vieux monsieur vint lui demander galamment pourquoi elle ne dansait pas. Elle dut sourire, répondre quelque chose. Elle s'échappa, elle entra dans la salle à manger. La pièce était vide. Au milieu des dressoirs pillés, des bouteilles et des assiettes qui traînaient, Maxime et Louise soupaient tranquillement, à un bout de la table, côte à côte, sur une serviette qu'ils avaient étalée. Ils paraissaient à l'aise, ils riaient, dans ce désordre, ces verres sales, ces plats tachés de graisse, ces débris encore tièdes de la gloutonnerie des soupeurs en gants blancs. Ils s'étaient contentés d'épousseter les miettes autour d'eux. Baptiste se promenait gravement le long de la table, sans un regard pour cette pièce, qu'une bande de loups semblait avoir traversée ; il attendait que les domestiques vinssent remettre un peu d'ordre sur les dressoirs.

Maxime avait encore pu réunir un souper très confortable. Louise adorait les nougats aux pistaches, dont une assiette pleine était restée sur le haut d'un buffet. Ils avaient devant eux trois bouteilles de champagne entamées.

« Papa est peut-être parti, dit la jeune fille.

— Tant mieux ! répondit Maxime, je vous reconduirai. »

Et comme elle riait :

« Vous savez que, décidément, on veut que je vous épouse. Ce n'est plus une farce, c'est sérieux... Qu'est-ce que nous ferons donc, quand nous allons être mariés ?

— Nous ferons ce que font les autres, donc ! »

Cette drôlerie lui avait échappé un peu vite ; elle reprit vivement, comme pour la retirer :

« Nous irons en Italie. Ça me fera du bien à la poitrine. Je suis très malade... Ah ! mon pauvre Maxime, la drôle de femme que vous allez avoir ! Je ne suis pas plus grosse que deux sous de beurre. »

Elle souriait, avec une pointe de tristesse, dans son costume de page. Une toux sèche fit monter des lueurs rouges à ses joues.

« C'est le nougat, dit-elle. À la maison, on me défend d'en manger... Passez-moi l'assiette, je vais fourrer le reste dans ma poche. »

Et elle vidait l'assiette, quand Renée entra. Elle vint droit à Maxime, en faisant des efforts inouïs pour ne pas jurer, pour ne pas battre cette bossue qu'elle trouvait là, attablée avec son amant.

« Je veux te parler », bégaya-t-elle d'une voix sourde.

Il hésitait, pris de peur, redoutant un tête-à-tête.

« À toi seul, tout de suite, répétait Renée.

— Allez donc, Maxime, dit Louise avec son regard

indéfinissable. Vous tâcherez, en même temps, de retrouver mon père. Je l'égare à chaque soirée. »

Il se leva, il essaya d'arrêter la jeune femme au milieu de la salle à manger, en lui demandant ce qu'elle avait de si pressé à lui dire. Mais elle reprit entre ses dents :

« Suis-moi, ou je dis tout devant le monde ! »

Il devint très pâle, il la suivit avec une obéissance d'animal battu. Elle crut que Baptiste la regardait ; mais, à cette heure, elle se souciait bien des regards clairs de ce valet ! À la porte, le cotillon la retint une troisième fois.

« Attends, murmura-t-elle. Ces imbéciles n'en finiront pas. »

Et elle lui prit la main, pour qu'il n'essayât pas de s'échapper.

M. de Saffré plaçait le duc de Rozan, le dos contre le mur, dans un angle du salon, à côté de la porte de la salle à manger. Il mit une dame devant lui, puis un cavalier dos à dos avec la dame, puis une autre dame devant le cavalier, et cela à la file, couple par couple, en long serpent. Comme des danseuses causaient, s'attardaient :

« Voyons, mesdames, cria-t-il, en place pour les "Colonnes". »

Elles vinrent, les « colonnes » furent formées. L'indécence qu'il y avait à se trouver ainsi prise, serrée entre deux hommes, appuyée contre le dos de l'un, ayant devant soi la poitrine de l'autre, égayait beaucoup les dames. Les pointes des seins touchaient les parements des habits, les jambes des cavaliers disparaissaient dans les jupes des danseuses, et quand une gaieté brusque faisait pencher une tête, les moustaches d'en face étaient obligées de s'écarter, pour ne pas pousser les choses jusqu'au baiser. Un farceur, à un moment, dut donner une légère poussée ; la file se raccourcit, les habits entrèrent plus profondément dans les jupes ; il y eut de petits cris, et des rires, des rires qui n'en finissaient plus. On entendit la baronne de Meinhold dire : « Mais, monsieur, vous m'étouffez ; ne me serrez pas

si fort ! » ce qui parut si drôle, ce qui donna à toute la
file un accès d'hilarité si fou, que les « colonnes »,
ébranlées, chancelaient, s'entrechoquaient, s'appuyaient
les unes sur les autres, pour ne pas tomber. M. de Saffré, les mains levées, prêt à frapper, attendait. Puis il
frappa. À ce signal, tout d'un coup, chacun se retourna.
Les couples qui étaient face à face se prirent à la taille,
et la file égrena dans le salon son chapelet de valseurs.
Il n'y eut que le pauvre duc de Rozan qui, en se tournant, se trouva le nez contre le mur. On se moqua de
lui.

« Viens », dit Renée à Maxime.

L'orchestre jouait toujours la valse. Cette musique
molle, dont le rythme monotone s'affadissait à la longue, redoublait l'exaspération de la jeune femme. Elle
gagna le petit salon, tenant Maxime par la main ; et,
le poussant dans l'escalier qui allait au cabinet de
toilette :

« Monte », lui ordonna-t-elle.

Elle le suivit. À ce moment, Mme Sidonie, qui avait
rôdé toute la soirée autour de sa belle-sœur, étonnée
de ses promenades continuelles à travers les pièces,
arrivait justement sur le perron de la serre. Elle vit les
jambes d'un homme s'enfoncer au milieu des ténèbres
du petit escalier. Un sourire pâle éclaira son visage de
cire, et, retroussant sa jupe de magicienne pour aller
plus vite, elle chercha son frère, bouleversant une figure
du cotillon, s'adressant aux domestiques qu'elle rencontrait. Elle trouva enfin Saccard avec M. de Mareuil,
dans une pièce contiguë à la salle à manger, et que l'on
avait transformée provisoirement en fumoir. Les deux
pères parlaient de dot, de contrat. Mais quand sa sœur
lui eut dit un mot à l'oreille, Saccard se leva, s'excusa,
disparut.

En haut, le cabinet de toilette était en plein désordre.
Sur les sièges traînaient le costume de la nymphe Écho,
le maillot déchiré, des bouts de dentelle froissés, des
linges jetés en paquet, tout ce que la hâte d'une femme
attendue laisse derrière elle. Les petits outils d'ivoire

et d'argent gisaient un peu partout ; il y avait des brosses, des limes tombées sur le tapis ; et les serviettes
encore humides, les savons oubliés sur le marbre, les
flacons laissés débouchés, mettaient, dans la tente couleur de chair, une odeur forte, pénétrante. La jeune
femme, pour enlever le blanc de ses bras et de ses épaules, s'était trempée dans la baignoire de marbre rose,
après les tableaux vivants. Des plaques irisées s'arrondissaient sur la nappe d'eau refroidie.

Maxime marcha sur un corset, faillit tomber, essaya
de rire. Mais il grelottait devant le visage dur de Renée.
Elle s'approcha de lui, le poussant, disant à voix basse :

« Alors tu vas épouser la bossue ?

— Mais pas le moins du monde, murmura-t-il. Qui
t'a dit cela ?

— Eh ! ne mens pas, c'est inutile... »

Il eut une révolte. Elle l'inquiétait, il voulait en finir
avec elle.

« Eh bien, oui, je l'épouse. Après ?... Est-ce que je
ne suis pas le maître ? »

Elle vint à lui, la tête un peu baissée, avec un rire
mauvais, et lui prenant les poignets :

« Le maître ! toi, le maître !... Tu sais bien que non.
C'est moi qui suis le maître. Je te casserais les bras,
si j'étais méchante ; tu n'as pas plus de force qu'une
fille. »

Et comme il se débattait, elle lui tordit les bras, de
toute la violence nerveuse que lui donnait la colère. Il
poussa un faible cri. Alors elle le lâcha, en reprenant :

« Ne nous battons pas, vois-tu ; je serais la plus
forte. »

Il resta blême, avec la honte de cette douleur qu'il
sentait à ses poignets. Il la regardait aller et venir dans
le cabinet. Elle repoussait les meubles, réfléchissant,
arrêtant le plan qui tournait dans sa tête, depuis que
son mari lui avait appris le mariage.

« Je vais t'enfermer ici, dit-elle enfin ; et quand il
fera jour, nous partirons pour Le Havre. »

Il blêmit encore d'inquiétude et de stupeur.

« Mais c'est une folie ! s'écria-t-il. Nous ne pouvons pas nous en aller ensemble. Tu perds la tête...

— C'est possible. En tout cas, c'est toi et ton père qui me l'avez fait perdre... J'ai besoin de toi et je te prends. Tant pis pour les imbéciles ! »

Des lueurs rouges luisaient dans ses yeux. Elle continua, s'approchant de nouveau de Maxime, lui brûlant le visage de son haleine :

« Qu'est-ce que je deviendrais donc, si tu épousais la bossue ! Vous vous moqueriez de moi, je serais peut-être forcée de reprendre ce grand dadais de Mussy, qui ne me réchaufferait pas même les pieds... Quand on a fait ce que nous avons fait, on reste ensemble. D'ailleurs, c'est bien clair, je m'ennuie lorsque tu n'es pas là, et comme je m'en vais, je t'emmène... Tu peux dire à Céleste ce que tu veux qu'elle aille chercher chez toi. »

Le malheureux tendit les mains, supplia :

« Voyons, ma petite Renée, ne fais pas de bêtise. Reviens à toi... Pense un peu au scandale.

— Je m'en moque du scandale ! Si tu refuses, je descends dans le salon et je crie que j'ai couché avec toi et que tu es assez lâche pour vouloir maintenant épouser la bossue. »

Il plia la tête, l'écouta, cédant déjà, acceptant cette volonté qui s'imposait si rudement à lui.

« Nous irons au Havre, reprit-elle plus bas, caressant son rêve, et de là nous gagnerons l'Angleterre. Personne ne nous embêtera plus. Si nous ne sommes pas assez loin, nous partirons pour l'Amérique. Moi qui ai toujours froid, je serai bien là-bas. J'ai souvent envié les créoles... »

Mais à mesure qu'elle agrandissait son projet, la terreur reprenait Maxime. Quitter Paris, aller si loin avec une femme qui était folle assurément, laisser derrière lui une histoire dont le côté honteux l'exilait à jamais ! c'était comme un cauchemar atroce qui l'étouffait. Il cherchait avec désespoir un moyen pour sortir de ce cabinet de toilette, de ce réduit rose où battait le glas de Charenton. Il crut avoir trouvé.

« C'est que je n'ai pas d'argent, dit-il avec douceur, afin de ne pas l'exaspérer. Si tu m'enfermes, je ne pourrai pas m'en procurer.

— J'en ai, moi, répondit-elle d'un air de triomphe. J'ai cent mille francs. Tout s'arrange très bien... »

Elle prit, dans l'armoire à glace, l'acte de cession que son mari lui avait laissé, avec le vague espoir que sa tête tournerait. Elle l'apporta sur la table de toilette, força Maxime à lui donner une plume et un encrier qui se trouvaient dans la chambre à coucher, et repoussant les savons, signant l'acte :

« Voilà, dit-elle, la bêtise est faite. Si je suis volée, c'est que je le veux bien... Nous passerons chez Larsonneau, avant d'aller à la gare... Maintenant, mon petit Maxime, je vais t'enfermer, et nous nous sauverons par le jardin, quand j'aurai mis tout ce monde à la porte. Nous n'avons même pas besoin d'emporter des malles. »

Elle redevenait gaie. Ce coup de tête la ravissait. C'était une excentricité suprême, une fin qui, dans cette crise de fièvre chaude, lui semblait tout à fait originale. Ça dépassait de beaucoup son désir de voyage en ballon. Elle vint prendre Maxime dans ses bras, en murmurant :

« Je t'ai fait mal tout à l'heure, mon pauvre chéri ! Aussi tu refusais... Tu verras comme ce sera gentil. Est-ce que ta bossue t'aimerait comme je t'aime ? Ce n'est pas une femme, ce petit moricaud-là... »

Elle riait, elle l'attirait à elle, le baisait sur les lèvres, lorsqu'un bruit leur fit tourner la tête. Saccard était debout sur le seuil de la porte.

Un silence terrible se fit. Lentement, Renée détacha ses bras du cou de Maxime ; et elle ne baissait pas le front, elle continuait à regarder son mari de ses grands yeux fixes de morte ; tandis que le jeune homme, écrasé, terrifié, chancelait, la tête basse, maintenant qu'il n'était plus soutenu par son étreinte. Saccard, foudroyé par ce coup suprême qui faisait enfin crier en lui l'époux et le père, n'avançait pas, livide, les brûlant de loin du feu de ses regards. Dans l'air moite et odorant de la pièce, les trois bougies flambaient très haut, la flamme droite, avec l'immobilité d'une larme ardente. Et, coupant seul le silence, le terrible silence, par l'étroit escalier un souffle de musique montait ; la valse, avec ses enroulements de couleuvre, se glissait, se nouait, s'endormait sur le tapis de neige, au milieu du maillot déchiré et des jupes tombées à terre.

Puis le mari avança. Un besoin de brutalité marbrait sa face, il serrait les poings pour assommer les coupables. La colère, dans ce petit homme remuant, éclatait avec des bruits de coups de feu. Il eut un ricanement étranglé, et, s'approchant toujours :

« Tu lui annonçais ton mariage, n'est-ce pas ? »

Maxime recula, s'adossa au mur :

« Écoute, balbutia-t-il, c'est elle... »

Il allait l'accuser lâchement, rejeter sur elle le crime, dire qu'elle voulait l'enlever, se défendre avec l'humilité et les frissons d'un enfant pris en faute. Mais il n'eut pas la force, les mots se séchaient dans sa gorge. Renée gardait sa roideur de statue, son défi muet. Alors Saccard, sans doute pour trouver une arme, jeta un coup d'œil rapide autour de lui. Et, sur le coin de la table de toilette, au milieu des peignes et des brosses à ongles, il aperçut l'acte de cession, dont le papier timbré jaunissait le marbre. Il regarda l'acte, regarda les coupables. Puis, se penchant, il vit que l'acte était signé. Ses yeux allèrent de l'encrier ouvert à la plume encore humide, laissée au pied du candélabre. Il resta droit devant cette signature, réfléchissant.

Le silence semblait grandir, les flammes des bougies s'allongeaient, la valse se berçait le long des tentures avec plus de mollesse. Saccard eut un imperceptible mouvement d'épaules. Il regarda encore sa femme et son fils d'un air profond, comme pour arracher à leur visage une explication qu'il ne trouvait pas. Puis il plia lentement l'acte, le mit dans la poche de son habit. Ses joues étaient devenues toutes pâles.

« Vous avez bien fait de signer, ma chère amie, dit-il doucement à sa femme… C'est cent mille francs que vous gagnez. Ce soir, je vous remettrai l'argent. »

Il souriait presque, et ses mains seules gardaient un tremblement. Il fit quelques pas, en ajoutant :

« On étouffe ici. Quelle idée de venir comploter quelqu'une de vos farces dans ce bain de vapeur !… »

Et s'adressant à Maxime, qui avait relevé la tête, surpris de la voix apaisée de son père :

« Allons, viens, toi ! reprit-il. Je t'avais vu monter, je te cherchais pour que tu fisses tes adieux à M. de Mareuil et à sa fille. »

Les deux hommes descendirent, causant ensemble. Renée resta seule, debout au milieu du cabinet de toilette, regardant le trou béant du petit escalier, dans lequel elle venait de voir disparaître les épaules du père et du fils. Elle ne pouvait détourner les yeux de ce trou. Eh quoi ! ils étaient partis tranquillement, amicalement. Ces deux hommes ne s'étaient pas écrasés. Elle prêtait l'oreille, elle écoutait si quelque lutte atroce ne faisait pas rouler les corps le long des marches. Rien. Dans les ténèbres tièdes, rien qu'un bruit de danse, un long bercement. Elle crut entendre, au loin, les rires de la marquise, la voix claire de M. de Saffré. Alors le drame était fini ? Son crime, les baisers dans le grand lit gris et rose, les nuits farouches de la serre, tout cet amour maudit qui l'avait brûlée pendant des mois, aboutissait à cette fin plate et ignoble. Son mari savait tout et ne la battait même pas. Et le silence autour d'elle, ce silence où traînait la valse sans fin, l'épouvantait plus que le bruit d'un meurtre. Elle avait peur de cette paix, peur de ce cabinet tendre et discret, empli d'une odeur d'amour.

Elle s'aperçut dans la haute glace de l'armoire. Elle s'approcha, étonnée de se voir, oubliant son mari, oubliant Maxime, toute préoccupée par l'étrange femme qu'elle avait devant elle. La folie montait. Ses

cheveux jaunes, relevés sur les tempes et sur la nuque,
lui parurent une nudité, une obscénité. La ride de son
front se creusait si profondément, qu'elle mettait une
barre sombre au-dessus des yeux, la meurtrissure mince
et bleuâtre d'un coup de fouet. Qui donc l'avait marquée
ainsi ? Son mari n'avait pas levé la main, pourtant. Et
ses lèvres l'étonnaient par leur pâleur, ses yeux de myope
lui semblaient morts. Comme elle était vieille ! Elle pencha le front, et quand elle se vit dans son maillot, dans
sa légère blouse de gaze, elle se contempla, les cils baissés, avec des rougeurs subites. Qui l'avait mise nue ?
que faisait-elle dans ce débraillé de fille qui se découvre
jusqu'au ventre ? Elle ne savait plus. Elle regardait ses
cuisses que le maillot arrondissait, ses hanches dont elle
suivait les lignes souples sous la gaze, son buste largement ouvert ; et elle avait honte d'elle, et un mépris
de sa chair l'emplissait d'une colère sourde contre ceux
qui la laissaient ainsi, avec de simples cercles d'or aux
chevilles et aux poignets pour lui cacher la peau.

Alors, cherchant, avec l'idée fixe d'une intelligence
qui se noie, ce qu'elle faisait là, toute nue, devant cette
glace, elle remonta d'un saut brusque à son enfance,
elle se revit à sept ans, dans l'ombre grave de l'hôtel
Béraud. Elle se souvint d'un jour où la tante Élisabeth
les avait habillées, elle et Christine, de robes de laine
grise à petits carreaux rouges. On était à la Noël.
Comme elles étaient contentes de ces deux robes semblables ! La tante les gâtait, et elle poussa les choses
jusqu'à leur donner à chacune un bracelet et un collier
de corail. Les manches étaient longues, le corsage montait jusqu'au menton, les bijoux s'étalaient sur l'étoffe,
ce qui leur semblait bien joli. Renée se rappelait encore
que son père était là, qu'il souriait de son air triste. Ce
jour-là, sa sœur et elle, dans la chambre des enfants,
s'étaient promenées comme de grandes personnes, sans
jouer, pour ne pas se salir. Puis, chez les dames de la
Visitation, ses camarades l'avaient plaisantée sur « sa
robe de Pierrot », qui lui allait au bout des doigts et
qui lui montait par-dessus les oreilles. Elle s'était mise

à pleurer pendant la classe. À la récréation, pour qu'on ne se moquât plus d'elle, elle avait retroussé les manches et rentré le tour de cou du corsage. Et le collier et le bracelet de corail lui semblaient plus jolis sur la peau de son cou et de son bras. Était-ce ce jour-là qu'elle avait commencé à se mettre nue ?

Sa vie se déroulait devant elle. Elle assistait à son long effarement, à ce tapage de l'or et de la chair qui était monté en elle, dont elle avait eu jusqu'aux genoux, jusqu'au ventre, puis jusqu'aux lèvres, et dont elle sentait maintenant le flot passer sur sa tête, en lui battant le crâne à coups pressés. C'était comme une sève mauvaise ; elle lui avait lassé les membres, mis au cœur des excroissances de honteuses tendresses, fait pousser au cerveau des caprices de malade et de bête. Cette sève, la plante de ses pieds l'avait prise sur le tapis de sa calèche, sur d'autres tapis encore, sur toute cette soie et tout ce velours, où elle marchait depuis son mariage. Les pas des autres devaient avoir laissé là ces germes de poison, éclos à cette heure dans son sang, et que ses veines charriaient. Elle se rappelait bien son enfance. Lorsqu'elle était petite, elle n'avait que des curiosités. Même plus tard, après ce viol qui l'avait jetée au mal, elle ne voulait pas tant de honte. Certes, elle serait devenue meilleure, si elle était restée à tricoter auprès de la tante Élisabeth. Et elle entendait le tic-tac régulier des aiguilles de la tante, tandis qu'elle regardait fixement dans la glace pour lire cet avenir de paix qui lui avait échappé. Mais elle ne voyait que ses cuisses roses, ses hanches roses, cette étrange femme de soie rose qu'elle avait devant elle, et dont la peau de fine étoffe, aux mailles serrées, semblait faite pour des amours de pantins et de poupées. Elle en était arrivée à cela, à être une grande poupée dont la poitrine déchirée ne laisse échapper qu'un filet de son [1]. Alors, devant les énor-

---

1. Sciure servant à bourrer, en particulier les poupées. Il n'est pas interdit de penser que Zola joue sur l'autre sens du substantif, évoquant la nymphe Écho...

mités de sa vie, le sang de son père, ce sang bourgeois,
qui la tourmentait aux heures de crise, cria en elle, se
révolta. Elle qui avait toujours tremblé à la pensée de
l'enfer, elle aurait dû vivre au fond de la sévérité noire
de l'hôtel Béraud. Qui donc l'avait mise nue ?

Et, dans l'ombre bleuâtre de la glace, elle crut voir
se lever les figures de Saccard et de Maxime. Saccard,
noirâtre, ricanant, avait une couleur de fer, un rire de
tenaille, sur ses jambes grêles. Cet homme était une
volonté. Depuis dix ans, elle le voyait dans la forge,
dans les éclats du métal rougi, la chair brûlée, haletant,
tapant toujours, soulevant des marteaux vingt fois trop
lourds pour ses bras, au risque de s'écraser lui-même.
Elle le comprenait maintenant ; il lui apparaissait
grandi par cet effort surhumain, par cette coquinerie
énorme, cette idée fixe d'une immense fortune immé-
diate. Elle se le rappelait sautant les obstacles, roulant
en pleine boue, et ne prenant pas le temps de s'essuyer
pour arriver avant l'heure, ne s'arrêtant même pas à
jouir en chemin, mâchant ses pièces d'or en courant.
Puis la tête blonde et jolie de Maxime apparaissait
derrière l'épaule rude de son père : il avait son clair sourire de fille, ses yeux vides de catin qui ne se baissaient
jamais, sa raie au milieu du front, montrant la blancheur du crâne. Il se moquait de Saccard, il le trouvait
bourgeois de se donner tant de peine pour gagner un
argent qu'il mangeait, lui, avec une si adorable paresse.
Il était entretenu. Ses mains longues et molles contaient
ses vices. Son corps épilé avait une pose lassée de femme
assouvie. Dans tout cet être lâche et mou, où le vice
coulait avec la douceur d'une eau tiède, ne luisait seulement pas l'éclair de la curiosité du mal. Il subissait.
Et Renée, en regardant les deux apparitions sortir des
ombres légères de la glace, recula d'un pas, vit que
Saccard l'avait jetée comme un enjeu, comme une mise
de fonds, et que Maxime s'était trouvé là, pour ramasser ce louis tombé de la poche du spéculateur. Elle
restait une valeur dans le portefeuille de son mari ; il
la poussait aux toilettes d'une nuit, aux amants d'une

saison ; il la tordait dans les flammes de sa forge, se servant d'elle, ainsi que d'un métal précieux, pour dorer le fer de ses mains. Peu à peu, le père l'avait ainsi rendue assez folle, assez misérable, pour les baisers du fils. Si Maxime était le sang appauvri de Saccard, elle se sentait, elle, le produit, le fruit véreux de ces deux hommes, l'infamie qu'ils avaient creusée entre eux, et dans laquelle ils roulaient l'un et l'autre.

Elle savait maintenant. C'étaient ces gens qui l'avaient mise nue. Saccard avait dégrafé le corsage, et Maxime avait fait tomber la jupe. Puis, à eux deux, ils venaient d'arracher la chemise. À présent, elle se trouvait sans un lambeau, avec des cercles d'or, comme une esclave. Ils la regardaient tout à l'heure, ils ne lui disaient pas : « Tu es nue [1]. » Le fils tremblait comme un lâche, frissonnait à la pensée d'aller jusqu'au bout de son crime, refusait de la suivre dans sa passion. Le père, au lieu de la tuer, l'avait volée ; cet homme punissait les gens en vidant leurs poches ; une signature tombait comme un rayon de soleil au milieu de la brutalité de sa colère, et pour vengeance, il emportait la signature. Puis elle avait vu leurs épaules qui s'enfonçaient dans les ténèbres. Pas de sang sur le tapis, pas un cri, pas une plainte. C'étaient des lâches. Ils l'avaient mise nue.

Et elle se dit qu'une seule fois elle avait lu l'avenir, le jour où, devant les ombres murmurantes du parc Monceau, la pensée que son mari la salirait et la jetterait un jour à la folie, était venue effrayer ses désirs grandissants. Ah ! que sa pauvre tête souffrait ! comme elle sentait, à cette heure, la fausseté de cette imagination, qui lui faisait croire qu'elle vivait dans une sphère bienheureuse de jouissance et d'impunité divines ! Elle avait vécu au pays de la honte, et elle était châtiée par

---

1. « Tu es nue » : allusion à la Chute d'Adam et Ève, dans la Bible. Juste après avoir mangé le fruit défendu, ils s'aperçoivent qu'ils sont nus.

l'abandon de tout son corps, par la mort de son être qui agonisait. Elle pleurait de ne pas avoir écouté les grandes voix des arbres.

Sa nudité l'irritait. Elle tourna la tête, elle regarda autour d'elle. Le cabinet de toilette gardait sa lourdeur musquée, son silence chaud, où les phrases de la valse arrivaient toujours, comme les derniers cercles mourants sur une nappe d'eau. Ce rire affaibli de lointaine volupté passait sur elle avec des railleries intolérables. Elle se boucha les oreilles pour ne plus entendre. Alors elle vit le luxe du cabinet. Elle leva les yeux sur la tente rose, jusqu'à la couronne d'argent qui laissait apercevoir un Amour joufflu apprêtant sa flèche ; elle s'arrêta aux meubles, au marbre de la table de toilette, encombré de pots et d'outils qu'elle ne reconnaissait plus ; elle alla à la baignoire, pleine encore, et dont l'eau dormait ; elle repoussa du pied les étoffes traînant sur le satin blanc des fauteuils, le costume de la nymphe Écho, les jupons, les serviettes oubliées. Et de toutes ces choses montaient des voix de honte : la robe de la nymphe Écho lui parlait de ce jeu qu'elle avait accepté, pour l'originalité de s'offrir à Maxime en public ; la baignoire exhalait l'odeur de son corps, l'eau, où elle s'était trempée, mettait, dans la pièce, sa fièvre de femme malade ; la table avec ses savons et ses huiles, les meubles, avec leurs rondeurs de lit, lui parlaient brutalement de sa chair, de ses amours, de toutes ces ordures qu'elle voulait oublier. Elle revint au milieu du cabinet, le visage pourpre, ne sachant où fuir ce parfum d'alcôve, ce luxe qui se décolletait avec une impudeur de fille, qui étalait tout ce rose. La pièce était nue comme elle ; la baignoire rose, la peau rose des tentures, les marbres roses des deux tables s'animaient, s'étiraient, se pelotonnaient, l'entouraient d'une telle débauche de voluptés vivantes, qu'elle ferma les yeux, baissant le front, s'abîmant sous les dentelles du plafond et des murs qui l'écrasaient.

Mais, dans le noir, elle revit la tache de chair du cabinet de toilette, et elle aperçut en outre la douceur grise de la chambre à coucher, l'or tendre du petit salon, le vert cru de la serre, toutes ces richesses complices. C'était là où ses pieds avaient pris la sève mauvaise. Elle n'aurait pas dormi avec Maxime sur un grabat, au fond d'une mansarde. C'eût été trop ignoble. La soie avait fait son crime coquet. Et elle rêvait d'arracher ces dentelles, de cracher sur cette soie, de briser son grand lit à coups de pied, de traîner son luxe dans quelque ruisseau d'où il sortirait usé et sali comme elle.

Quand elle rouvrit les yeux, elle s'approcha de la glace, se regarda encore, s'examina de près. Elle était finie. Elle se vit morte. Toute sa face lui disait que le craquement cérébral s'achevait. Maxime, cette perversion dernière de ses sens, avait terminé son œuvre, épuisé sa chair, détraqué son intelligence. Elle n'avait plus de joies à goûter, plus d'espérances de réveil. À cette pensée, une colère fauve se ralluma en elle. Et, dans une crise dernière de désir, elle rêva de reprendre sa proie, d'agoniser aux bras de Maxime et de l'emporter avec elle. Louise ne pouvait l'épouser ; Louise savait bien qu'il n'était pas à elle, puisqu'elle les avait vus s'embrasser sur les lèvres. Alors, elle jeta sur ses épaules une pelisse de fourrure, pour ne pas traverser le bal toute nue. Elle descendit.

Dans le petit salon, elle se rencontra face à face avec Mᵐᵉ Sidonie. Celle-ci, pour jouir du drame, s'était postée de nouveau sur le perron de la serre. Mais elle ne sut plus que penser, quand Saccard reparut avec Maxime, et qu'il répondit brutalement à ses questions faites à voix basse, qu'elle rêvait, qu'il n'y avait « rien du tout ». Puis elle flaira la vérité. Sa face jaune blêmit, elle trouvait la chose vraiment forte. Et, doucement, elle vint coller son oreille à la porte de l'escalier, espérant qu'elle entendrait Renée pleurer, en haut. Lorsque la jeune femme ouvrit la porte, le battant souffleta presque sa belle-sœur.

« Vous m'espionnez ! » lui dit-elle avec colère.

Mais Mᵐᵉ Sidonie répondit avec un beau dédain :

« Est-ce que je m'occupe de vos saletés ! »

Et retroussant sa robe de magicienne, se retirant avec un regard majestueux :

« Ma petite, ce n'est pas ma faute s'il vous arrive des accidents... Mais je n'ai pas de rancune, entendez-vous ? Et sachez bien que vous auriez trouvé et que vous trouveriez encore en moi une seconde mère. Je vous attends chez moi, quand il vous plaira. »

Renée ne l'écoutait pas. Elle entra dans le grand salon, elle traversa une figure très compliquée du cotillon, sans même voir la surprise que causait sa pelisse de fourrure. Il y avait, au milieu de la pièce, des groupes de dames et de cavaliers qui se mêlaient, en agitant des banderoles, et la voix flûtée de M. de Saffré disait :

« Allons, mesdames, "la Guerre du Mexique..." » Il faut que les dames qui font les broussailles étalent leurs jupes en rond et restent par terre... Maintenant, les cavaliers tournent autour des broussailles... Puis, quand je taperai dans mes mains, chacun d'eux valsera avec sa broussaille. »

Il tapa dans ses mains. Les cuivres sonnèrent, la valse déroula une fois encore les couples autour du salon. La figure avait eu peu de succès. Deux dames étaient demeurées sur le tapis, empêtrées dans leurs jupons. Mme Daste déclara que ce qui l'amusait, dans « la Guerre du Mexique », c'était seulement de faire « un fromage » avec sa robe, comme au pensionnat.

Renée, arrivée au vestibule, trouva Louise et son père, que Saccard et Maxime accompagnaient. Le baron Gouraud était parti. Mme Sidonie se retirait avec les Mignon et Charrier, tandis que M. Hupel de la Noue reconduisait Mme Michelin, que son mari suivait discrètement. Le préfet avait employé le reste de la soirée à faire la cour à la jolie brune. Il venait de la déterminer à passer un mois de la belle saison dans son chef-lieu, « où l'on voyait des antiquités vraiment curieuses ».

Louise, qui croquait en cachette le nougat qu'elle avait dans la poche, fut prise d'un accès de toux, au moment de sortir.

« Couvre-toi bien », dit le père.

Et Maxime s'empressa de serrer davantage le lacet du capuchon de sa sortie de bal. Elle levait le menton, elle se laissait emmailloter. Mais quand Mme Saccard parut, M. de Mareuil revint, lui fit ses adieux. Ils restèrent tous là à causer un instant. Elle dit, voulant expliquer sa pâleur, son frissonnement, qu'elle avait eu froid, qu'elle était montée chez elle pour jeter cette fourrure sur ses épaules. Et elle épiait l'instant où elle pourrait parler bas à Louise, qui la regardait avec sa tranquillité curieuse. Comme les hommes se serraient encore la main, elle se pencha et murmura :

« Vous ne l'épouserez pas, dites ? Ce n'est pas possible. Vous savez bien... »

Mais l'enfant l'interrompit, se haussant, lui disant à l'oreille :

« Oh ! soyez tranquille, je l'emmène... Ça ne fait rien, puisque nous partons pour l'Italie. »

Et elle souriait, de son sourire vague de sphinx vicieux. Renée resta balbutiante. Elle ne comprenait pas, elle s'imagina que la bossue se moquait d'elle. Puis, quand les Mareuil furent partis, en répétant à plusieurs reprises : « À dimanche ! » elle regarda son mari, elle regarda Maxime, de ses yeux épouvantés, et, les voyant la chair tranquille, l'attitude satisfaite, elle se cacha la face dans les mains, elle s'enfuit, se réfugia au fond de la serre.

Les allées étaient désertes. Les grands feuillages dormaient, et, sur la nappe lourde du bassin, deux boutons de nymphéa s'épanouissaient lentement. Renée aurait voulu pleurer ; mais cette chaleur humide, cette odeur forte qu'elle reconnaissait, la prenait à la gorge, étranglait son désespoir. Elle regardait à ses pieds, au bord du bassin, à cette place du sable jaune, où elle étalait la peau d'ours, l'autre hiver. Et quand elle leva les yeux, elle vit encore une figure du cotillon, tout au fond, par les deux portes laissées ouvertes.

C'était un bruit assourdissant, une mêlée confuse où elle ne distingua d'abord que des jupes volantes et des

jambes noires piétinant et tournant. La voix de M. de
Saffré criait : « Le changement de dames ! Le changement de dames ! » Et les couples passaient au milieu
d'une fine poussière jaune ; chaque cavalier, après
avoir fait trois ou quatre tours de valse, jetait sa dame
aux bras de son voisin, qui lui jetait la sienne. La
baronne de Meinhold, dans son costume d'Émeraude,
tombait des mains du comte de Chibray aux mains de
M. Simpson ; il la rattrapait au petit bonheur, par une
épaule, tandis que le bout de ses gants glissait sous le
corsage. La comtesse Vanska, rouge, faisant sonner ses
pendeloques de corail, allait, d'un bond, de la poitrine
de M. de Saffré sur la poitrine du duc de Rozan, qu'elle
enlaçait, qu'elle forçait à pirouetter pendant cinq mesu-
res, pour se pendre ensuite à la hanche de M. Simpson,
qui venait de lancer l'Émeraude au conducteur du cotillon. Et Mme Teissière, Mme Daste, Mme de Lauwerens,
luisaient, comme de grands joyaux vivants, avec la
pâleur blonde de la Topaze, le bleu tendre de la Turquoise, le bleu ardent du Saphir, s'abandonnaient un
instant, se cambraient sous le poignet tendu d'un
valseur, puis repartaient, arrivaient de dos ou de face
dans une nouvelle étreinte, visitaient à la file toutes
les embrassades d'homme du salon. Cependant,
Mme d'Espanet, devant l'orchestre, avait réussi à saisir Mme Haffner au passage, et valsait avec elle, sans
vouloir la lâcher. L'Or et l'Argent dansaient ensemble,
amoureusement.

　　Renée comprit alors ce tourbillonnement des jupes,
ce piétinement des jambes. Elle était placée en contre-
bas, elle voyait la furie des pieds, le pêle-mêle des bottes
vernies et des chevilles blanches. Par moments, il lui
semblait qu'un souffle de vent allait enlever les robes.
Ces épaules nues, ces bras nus, ces chevelures nues qui
volaient, qui tourbillonnaient, prises, jetées et reprises,
au fond de cette galerie, où la valse de l'orchestre
s'affolait, où les tentures rouges se pâmaient sous les
fièvres dernières du bal, lui apparurent comme l'image
tumultueuse de sa vie à elle, de ses nudités, de ses

abandons. Et elle éprouva une telle douleur, en pensant que Maxime, pour prendre la bossue entre ses bras, venait de la jeter là, à cette place où ils s'étaient aimés, qu'elle rêva d'arracher une tige du Tanghin qui lui frôlait la joue, de la mâcher jusqu'au bois. Mais elle était lâche, elle resta devant l'arbuste à grelotter sous la fourrure que ses bras ramenaient, serraient étroitement, avec un grand geste de honte terrifiée.

CHAPITRE VII

Trois mois plus tard, par une de ces tristes matinées de printemps qui ramènent dans Paris le jour bas et l'humidité sale de l'hiver, Aristide Saccard descendait de voiture, place du Château-d'Eau, et s'engageait, avec quatre autres messieurs, dans la trouée de démolitions que creusait le futur boulevard du Prince-Eugène. C'était une commission d'enquête que le jury des indemnités envoyait sur les lieux pour estimer certains immeubles, dont les propriétaires n'avaient pu s'entendre à l'amiable avec la Ville.

Saccard renouvelait le coup de fortune de la rue de la Pépinière. Pour que le nom de sa femme disparût complètement, il imagina d'abord une vente des terrains et du café-concert. Larsonneau céda le tout à un créancier supposé. L'acte de vente portait le chiffre colossal de trois millions. Ce chiffre était tellement exorbitant, que la commission de l'Hôtel dé Ville, lorsque l'agent d'expropriation, au nom du propriétaire imaginaire, réclama le prix d'achat pour indemnité, ne voulut jamais accorder plus de deux millions cinq cent mille francs, malgré le sourd travail de M. Michelin et les plaidoyers de M. Toutin-Laroche et du baron Gouraud. Saccard s'attendait à cet échec ; il refusa l'offre, il laissa le dossier aller devant le jury, dont il faisait justement partie avec M. de Mareuil, par un hasard qu'il devait avoir aidé. Et c'était ainsi qu'il se trouvait

chargé, avec quatre de ses collègues, de faire une
enquête sur ses propres terrains.

M. de Mareuil l'accompagnait. Sur les trois autres
jurés, il y avait un médecin qui fumait un cigare, sans
se soucier le moins du monde des plâtras qu'il enjam-
bait, et deux industriels, dont l'un, fabricant d'instruments de chirurgie, avait anciennement tourné la meule
dans les rues [1].

Le chemin où ces messieurs s'engagèrent était
affreux. Il avait plu toute la nuit. Le sol détrempé devenait un fleuve de boue, entre les maisons écroulées, sur
cette route tracée en pleines terres molles, où les tom-
bereaux de transport entraient jusqu'aux moyeux. Aux
deux côtés, des pans de murs, crevés par la pioche, restaient debout ; de hautes bâtisses éventrées, montrant
leurs entrailles blafardes, ouvraient en l'air leurs cages
d'escalier vides, leurs chambres béantes, suspendues,
pareilles aux tiroirs brisés de quelque grand vilain meuble. Rien n'était plus lamentable que les papiers peints
de ces chambres, des carrés jaunes ou bleus qui s'en
allaient en lambeaux, indiquant, à une hauteur de cinq
et six étages, jusque sous les toits, de pauvres petits
cabinets, des trous étroits, où toute une existence
d'homme avait peut-être tenu. Sur les murailles dénu-
dées, les rubans des cheminées montaient côte à côte,
avec des coudes brusques, d'un noir lugubre. Une
girouette oubliée grinçait au bord d'une toiture, tandis que des gouttières à demi détachées pendaient,
pareilles à des guenilles. Et la trouée s'enfonçait toujours, au milieu de ces ruines, pareille à une brèche que
le canon aurait ouverte ; la chaussée, encore à peine
indiquée, emplie de décombres, avait des bosses de
terre, des flaques d'eau profondes, s'allongeait sous le
ciel gris, dans la pâleur sinistre de la poussière de plâtre qui tombait, et comme bordée de filets de deuil par
les rubans noirs des cheminées.

---

1. Il avait été rémouleur.

Ces messieurs, avec leurs bottes bien cirées, leurs
redingotes et leurs chapeaux de haute forme, mettaient
une singulière note dans ce paysage boueux, d'un jaune
sale, où ne passaient que des ouvriers blêmes, des chevaux crottés jusqu'à l'échine, des chariots dont le bois
disparaissait sous une croûte de poussière. Ils se suivaient à la file, sautaient de pierre en pierre, évitant
les mares de fange coulante, parfois enfonçaient
jusqu'aux chevilles et juraient alors en secouant les
pieds. Saccard avait parlé d'aller prendre la rue de Charonne, ce qui leur aurait évité cette promenade dans
ces terres défoncées ; mais ils avaient malheureusement
plusieurs immeubles à visiter sur la longue ligne du boulevard ; la curiosité les poussant, ils s'étaient décidés
à passer au beau milieu des travaux. D'ailleurs, ça les
intéressait beaucoup. Ils s'arrêtaient parfois en équilibre sur un plâtras roulé au fond d'une ornière, levaient
le nez, s'appelaient pour se montrer un plancher béant,
un tuyau de cheminée resté en l'air, une solive tombée
sur un toit voisin. Ce coin de ville détruite, au sortir
de la rue du Temple, leur semblait tout à fait drôle.

« C'est vraiment curieux, disait M. de Mareuil.
Tenez, Saccard, regardez donc cette cuisine, là-haut ;
il y reste une vieille poêle pendue au-dessus du four-
neau... Je la vois parfaitement. »

Mais le médecin, le cigare aux dents, s'était planté
devant une maison démolie, et dont il ne restait que
les pièces du rez-de-chaussée, emplies des gravats des
autres étages. Un seul pan de mur se dressait du tas
des décombres ; pour le renverser d'un coup, on l'avait
entouré d'une corde, sur laquelle tiraient une trentaine
d'ouvriers.

« Ils ne l'auront pas, murmura le médecin. Ils tirent
trop à gauche. »

Les quatre autres étaient revenus sur leurs pas, pour
voir tomber le mur. Et tous les cinq, les yeux tendus,
la respiration coupée, attendaient la chute avec un frémissement de jouissance. Les ouvriers, lâchant, puis
se roidissant brusquement, criaient : « Ohé ! hisse ! »

« Ils ne l'auront pas », répétait le médecin.

Puis, au bout de quelques secondes d'anxiété :

« Il remue, il remue », dit joyeusement un des industriels.

Et quand le mur céda enfin, s'abattit avec un fracas épouvantable, en soulevant un nuage de plâtre, ces messieurs se regardèrent avec des sourires. Ils étaient enchantés. Leurs redingotes se couvrirent d'une poussière fine, qui leur blanchit les bras et les épaules.

Maintenant, ils parlaient des ouvriers, en reprenant leur marche prudente au milieu des flaques. Il n'y en avait pas beaucoup de bons. C'étaient tous des fainéants, des mange-tout[1], et entêtés avec cela, ne rêvant que la ruine des patrons. M. de Mareuil, qui, depuis un instant, regardait avec un frisson deux pauvres diables perchés au coin d'un toit, attaquant une muraille à coups de pioche, émit cette idée que ces hommes-là avaient pourtant un fier courage. Les autres s'arrêtèrent de nouveau, levèrent les yeux vers les démolisseurs en équilibre, courbés, tapant à toute volée ; ils poussaient les pierres du pied et les regardaient tranquillement s'écraser en bas ; si leur pioche avait porté à faux, le seul élan de leurs bras les aurait précipités.

« Bah ! c'est l'habitude, dit le médecin en reportant son cigare à ses lèvres. Ce sont des brutes. »

Cependant, ils étaient arrivés à un des immeubles qu'ils devaient voir. Ils bâclèrent leur travail en un quart d'heure, et reprirent leur promenade. Peu à peu, ils n'avaient plus tant d'horreur pour la boue ; ils marchaient au milieu des mares, abandonnant l'espoir de préserver leurs bottes. Comme ils avaient dépassé la rue Ménilmontant, l'un des industriels, l'ancien rémouleur, devint inquiet. Il examinait les ruines autour de lui, ne reconnaissait plus le quartier. Il disait qu'il avait demeuré par là, il y avait plus de trente ans, à son arrivée à Paris, et que ça lui ferait bien plaisir de

1. Dissipateur, prodigue.

retrouver l'endroit. Il furetait toujours du regard, lorsque la vue d'une maison que la pioche des démolisseurs avait déjà coupée en deux l'arrêta net au milieu du chemin. Il en étudia la porte, les fenêtres. Puis, montrant du doigt un coin de la démolition, tout en haut :

« La voilà, s'écria-t-il, je la reconnais.

— Quoi donc ? demanda le médecin.

— Ma chambre, parbleu ! C'est elle ! »

C'était, au cinquième, une petite chambre qui devait anciennement donner sur une cour. Une muraille ouverte la montrait toute nue, déjà entamée d'un côté, avec son papier à grands ramages jaunes, dont une large déchirure tremblait au vent. On voyait encore le creux d'une armoire, à gauche, tapissé de papier bleu. Et il y avait, à côté, le trou d'un poêle, où se trouvait un bout de tuyau.

L'émotion prenait l'ancien ouvrier.

« J'y ai passé cinq ans, murmura-t-il. Ça n'allait pas fort dans ce temps-là, mais, c'est égal, j'étais jeune... Vous voyez bien l'armoire ; c'est là que j'ai économisé trois cents francs, sou à sou. Et le trou du poêle, je me rappelle encore le jour où je l'ai creusé. La chambre n'avait pas de cheminée, il faisait un froid de loup, d'autant plus que nous n'étions pas souvent deux.

— Allons, interrompit le médecin en plaisantant, on ne vous demande pas des confidences. Vous avez fait vos farces comme les autres.

— Ça, c'est vrai, continua naïvement le digne homme. Je me souviens encore d'une repasseuse de la maison d'en face... Voyez-vous, le lit était à droite, près de la fenêtre... Ah ! ma pauvre chambre, comme ils me l'ont arrangée ! »

Il était vraiment très triste.

« Allez donc, dit Saccard, ce n'est pas un mal qu'on jette ces vieilles cambuses-là par terre. On va bâtir à la place de belles maisons de pierre de taille. Est-ce que vous habiteriez encore un pareil taudis ? Tandis que vous pourriez très bien vous loger sur le nouveau boulevard.

— Ça, c'est vrai », répondit de nouveau le fabricant, qui parut tout consolé.

La commission d'enquête s'arrêta encore dans deux immeubles. Le médecin restait à la porte, fumant, regardant le ciel. Quand ils arrivèrent à la rue des Amandiers, les maisons se firent rares, ils ne traversaient plus que de grands enclos, des terrains vagues, où traînaient quelques masures à demi écroulées. Saccard semblait réjoui par cette promenade à travers des ruines. Il venait de se rappeler le dîner qu'il avait fait jadis, avec sa première femme, sur les buttes Montmartre, et il se souvenait parfaitement d'avoir indiqué, du tranchant de sa main, l'entaille qui coupait Paris de la place du Château-d'Eau à la barrière du Trône. La réalisation de cette prédiction lointaine l'enchantait. Il suivait l'entaille, avec des joies secrètes d'auteur, comme s'il eût donné lui-même les premiers coups de pioche, de ses doigts de fer. Et il sautait les flaques, en songeant que trois millions l'attendaient sous des décombres, au bout de ce fleuve de fange grasse.

Cependant, ces messieurs se croyaient à la campagne. La voie passait au milieu de jardins, dont elle avait abattu les murs de clôture. Il y avait de grands massifs de lilas en boutons. Les verdures étaient d'un vert tendre très délicat. Chacun de ces jardins se creusait, comme un réduit tendu du feuillage des arbustes, avec un bassin étroit, une cascade en miniature, des coins de muraille où étaient peints des trompe-l'œil, des tonnelles en raccourci, des fonds bleuâtres de paysage. Les habitations, éparses et discrètement cachées, ressemblaient à des pavillons italiens, à des temples grecs ; et des mousses rongeaient le pied des colonnes de plâtre, tandis que les herbes folles avaient disjoint la chaux des frontons.

« Ce sont des petites maisons », dit le médecin, avec un clignement d'œil.

Mais comme il vit que ces messieurs ne comprenaient pas, il leur expliqua que les marquis, sous Louis XV, avaient des retraites pour leurs parties fines. C'était la mode. Et il reprit :

« On appelait ça des petites maisons. Ce quartier en était plein... Il s'y en est passé de fortes, allez ! »

La commission d'enquête était devenue très attentive. Les deux industriels avaient des yeux luisants, souriaient, regardaient avec un vif intérêt ces jardins, ces pavillons, auxquels ils ne donnaient pas un coup d'œil avant les explications de leur collègue. Une grotte les retint longtemps. Mais lorsque le médecin eut dit, en voyant une habitation déjà touchée par la pioche, qu'il reconnaissait la petite maison du comte de Savigny, bien connue par les orgies de ce gentilhomme, toute la commission quitta le boulevard pour aller visiter la ruine. Ils montèrent sur les décombres, entrèrent par les fenêtres dans les pièces du rez-de-chaussée ; et, comme les ouvriers étaient à déjeuner, ils purent s'oublier là, tout à leur aise. Ils y restèrent une grande demi-heure, examinant les rosaces des plafonds, les peintures des dessus de porte, les moulures tourmentées de ces plâtras jaunis par l'âge. Le médecin reconstruisait le logis.

« Voyez-vous, disait-il, cette pièce doit être la salle des festins. Là, dans cet enfoncement du mur, il y avait certainement un immense divan. Et tenez, je suis même certain qu'une glace surmontait ce divan ; voilà les pattes de la glace... Oh ! c'étaient des coquins qui savaient joliment jouir de la vie ! »

Ils n'auraient pas quitté ces vieilles pierres qui chatouillaient leur curiosité, si Aristide Saccard, pris d'impatience, ne leur avait dit en riant :

« Vous aurez beau chercher, ces dames n'y sont plus... Allons à nos affaires. »

Mais, avant de s'éloigner, le médecin monta sur une cheminée, pour détacher délicatement, d'un coup de pioche, une petite tête d'Amour peinte, qu'il mit dans la poche de sa redingote.

Ils arrivèrent enfin au terme de leur course. Les anciens terrains de Mme Aubertot étaient très vastes ;

le café-concert et le jardin n'en occupaient guère que
la moitié ; le reste se trouvait semé de quelques maisons, sans importance. Le nouveau boulevard prenait
ce grand parallélogramme en écharpe, ce qui avait
calmé une des craintes de Saccard ; il s'était imaginé
pendant longtemps que le café-concert seul serait
écorné. Aussi Larsonneau avait-il l'ordre de parler très
haut, les bordures de plus-value devant au moins quin-
tupler de valeur. Il menaçait déjà la Ville de se servir
d'un récent décret autorisant les propriétaires à ne livrer
que le sol nécessaire aux travaux d'utilité publique.

   Ce fut l'agent d'expropriation qui reçut ces messieurs. Il les promena dans le jardin, leur fit visiter le
café-concert, leur montra un dossier énorme. Mais les
deux industriels étaient redescendus, accompagnés du
médecin, le questionnant encore sur cette petite maison du comte de Savigny, dont ils avaient plein l'imagination. Ils l'écoutaient, la bouche ouverte, plantés
tous les trois à côté d'un jeu de tonneau [1]. Et il leur
parlait de la Pompadour [2], leur racontait les amours
de Louis XV, pendant que M. de Mareuil et Saccard
continuaient seuls l'enquête.

   « Voilà qui est fait, dit ce dernier en revenant dans
le jardin. Si vous le permettez, messieurs, je me char-
gerai de rédiger le rapport. »

   Le fabricant d'instruments de chirurgie n'entendit
même pas. Il était en pleine Régence.

   « Quels drôles de temps, tout de même ! » murmura-t-il.

   Puis ils trouvèrent un fiacre, rue de Charonne, et ils
s'en allèrent, crottés jusqu'aux genoux, satisfaits de leur
promenade comme d'une partie de campagne. Dans le
fiacre, la conversation tourna, ils parlèrent politique,
ils dirent que l'empereur faisait de grandes choses. On

---

   1. Jeu consistant à lancer un palet de métal dans les trous d'un
coffre, ou *tonneau*.
   2. Antoinette Poisson, marquise de Pompadour (1721-1764), favorite de Louis XV.

n'avait jamais rien vu de pareil à ce qu'ils venaient de voir. Cette grande rue toute droite serait superbe, quand on aurait bâti des maisons.

Ce fut Saccard qui rédigea le rapport, et le jury accorda trois millions. Le spéculateur était aux abois, il n'aurait pu attendre un mois de plus. Cet argent le sauvait de la ruine, et même un peu de la cour d'assises. Il donna cinq cent mille francs sur le million qu'il devait à son tapissier et à son entrepreneur, pour l'hôtel du parc Monceau. Il combla d'autres trous, se lança dans des sociétés nouvelles, assourdit Paris du bruit de ces vrais écus qu'il jetait à la pelle sur les tablettes de son armoire de fer. Le fleuve d'or avait enfin des sources. Mais ce n'était pas encore là une fortune solide, endiguée, coulant d'un jet égal et continu. Saccard, sauvé d'une crise, se trouvait misérable avec les miettes de ses trois millions, disait naïvement qu'il était encore trop pauvre, qu'il ne pouvait s'arrêter. Et, bientôt, le sol craqua de nouveau sous ses pieds.

Larsonneau s'était si admirablement conduit dans l'affaire de Charonne, que Saccard, après une courte hésitation, poussa l'honnêteté jusqu'à lui donner ses dix pour cent et son pot-de-vin de trente mille francs. L'agent d'expropriation ouvrit alors une maison de banque. Quand son complice, d'un ton bourru, l'accusait d'être plus riche que lui, le bellâtre à gants jaunes répondait en riant :

« Voyez-vous, cher maître, vous êtes très fort pour faire pleuvoir les pièces de cent sous, mais vous ne savez pas les ramasser. »

Mme Sidonie profita du coup de fortune de son frère pour lui emprunter dix mille francs, avec lesquels elle alla passer deux mois à Londres. Elle revint sans un sou. On ne sut jamais où les dix mille francs étaient passés.

« Dame, ça coûte, répondait-elle, quand on l'interrogeait. J'ai fouillé toutes les bibliothèques. J'avais trois secrétaires pour mes recherches. »

Et lorsqu'on lui demandait si elle avait enfin des

données certaines sur ses trois milliards, elle souriait
d'abord d'un air mystérieux, puis elle finissait par murmurer :

« Vous êtes tous des incrédules... Je n'ai rien trouvé,
mais ça ne fait rien. Vous verrez, vous verrez un
jour. »

Elle n'avait cependant pas perdu tout son temps en
Angleterre. Son frère le ministre profita de son voyage
pour la charger d'une commission délicate. Quand elle
revint, elle obtint de grandes commandes du ministère.
Ce fut une nouvelle incarnation. Elle passait des marchés avec le gouvernement, se chargeait de toutes les
fournitures imaginables. Elle lui vendait des vivres et
des armes pour les troupes, des ameublements pour les
préfectures et les administrations publiques, du bois de
chauffage pour les bureaux et les musées. L'argent
qu'elle gagnait ne put la décider à changer ses éternelles robes noires, et elle garda sa face jaune et dolente.
Saccard pensa alors que c'était bien elle qu'il avait vue
jadis sortir furtivement de chez leur frère Eugène. Elle
devait avoir entretenu de tout temps de secrètes relations avec lui, pour des besognes que personne au
monde ne connaissait.

Au milieu de ces intérêts, de ces soifs ardentes qui
ne pouvaient se satisfaire, Renée agonisait. La tante
Élisabeth était morte ; sa sœur, mariée, avait quitté
l'hôtel Béraud, où son père seul restait debout, dans
l'ombre grave des grandes pièces. Elle mangea en une
saison l'héritage de la tante. Elle jouait, maintenant.
Elle avait trouvé un salon où les dames s'attablaient
jusqu'à trois heures du matin, perdant des centaines
de mille francs par nuit. Elle dut essayer de boire ; mais
elle ne put pas, elle avait des soulèvements de dégoût
invincibles. Depuis qu'elle s'était retrouvée seule, livrée
à ce flot mondain qui l'emportait, elle s'abandonnait
davantage, ne sachant à quoi tuer le temps. Elle acheva
de goûter à tout. Et rien ne la touchait, dans l'ennui
immense qui l'écrasait. Elle vieillissait, ses yeux se cer-
claient de bleu, son nez s'amincissait, la moue de ses

lèvres avait des rires brusques sans cause. C'était la fin d'une femme.

Quand Maxime eut épousé Louise, et que les jeunes gens furent partis pour l'Italie, elle ne s'inquiéta plus de son amant, elle parut même l'oublier tout à fait. Et quand, au bout de six mois, Maxime revint seul, ayant enterré « la bossue » dans le cimetière d'une petite ville de la Lombardie, ce fut de la haine qu'elle montra pour lui. Elle se rappela *Phèdre*, elle se souvint sans doute de cet amour empoisonné auquel elle avait entendu la Ristori prêter ses sanglots. Alors, pour ne plus rencontrer chez elle le jeune homme, pour creuser à jamais un abîme de honte entre le père et le fils, elle força son mari à connaître l'inceste, elle lui raconta que, le jour où il l'avait surprise avec Maxime, c'était celui-ci qui la poursuivait depuis longtemps, qui cherchait à la violenter. Saccard fut horriblement contrarié de l'insistance qu'elle mit à vouloir lui ouvrir les yeux. Il dut se fâcher avec son fils, cesser de le voir. Le jeune veuf, riche de la dot de sa femme, alla vivre en garçon, dans un petit hôtel de l'avenue de l'Impératrice. Il avait renoncé au Conseil d'État, il faisait courir. Renée goûta là une de ses dernières satisfactions. Elle se vengeait, elle jetait à la face de ces deux hommes l'infamie qu'ils avaient mise en elle ; elle se disait que, maintenant, elle ne les verrait plus se moquer d'elle, au bras l'un de l'autre, comme des camarades.

Dans l'écroulement de ses tendresses, il vint un moment où Renée n'eut plus que sa femme de chambre à aimer. Elle s'était prise peu à peu d'une affection maternelle pour Céleste. Peut-être cette fille, qui était tout ce qu'il restait autour d'elle de l'amour de Maxime, lui rappelait-elle des heures de jouissance mortes à jamais. Peut-être se trouvait-elle simplement touchée par la fidélité de cette servante, de ce brave cœur dont rien ne semblait ébranler la tranquille sollicitude. Elle la remerciait, au fond de ses remords, d'avoir assisté à ses hontes, sans la quitter de dégoût ; elle s'imaginait des abnégations, toute une vie de renoncement, pour arriver à comprendre le calme de la chambrière devant l'inceste, ses mains glacées, ses soins respectueux et tranquilles. Et elle se trouvait d'autant plus heureuse de son dévouement, qu'elle la savait honnête et économe, sans amant, sans vices.

Elle lui disait parfois, dans ses heures tristes :

« Va, ma fille, c'est toi qui me fermeras les yeux. »

Céleste ne répondait pas, avait un singulier sourire. Un matin, elle lui apprit tranquillement qu'elle s'en allait, qu'elle retournait au pays. Renée en resta toute tremblante, comme si quelque grand malheur lui arrivait. Elle se récria, la pressa de questions. Pourquoi l'abandonnait-elle, lorsqu'elles s'entendaient si bien ensemble ? Et elle lui offrit de doubler ses gages.

Mais la femme de chambre, à toutes ses bonnes paroles, disait non du geste, d'une façon paisible et têtue.

« Voyez-vous, Madame, finit-elle par répondre, vous m'offririez tout l'or du Pérou, que je ne resterais pas une semaine de plus. Vous ne me connaisssez pas, allez !… Il y a huit ans que je suis avec vous, n'est-ce pas ? Eh bien, dès le premier jour, je me suis dit : « Dès que j'aurai amassé cinq mille francs, je m'en retournerai là-bas ; j'achèterai la maison à Lagache, et je vivrai bien heureuse… » C'est une promesse que je me suis faite, vous comprenez. Et j'ai les cinq mille francs d'hier, quand vous m'avez payé mes gages. »

Renée eut froid au cœur. Elle voyait Céleste passer derrière elle et Maxime, pendant qu'ils s'embrassaient, et elle la voyait avec son indifférence, son parfait détachement, songeant à ses cinq mille francs. Elle essaya pourtant encore de la retenir, épouvantée du vide où elle allait vivre, rêvant malgré tout de garder auprès d'elle cette bête entêtée qu'elle avait crue dévouée, et qui n'était qu'égoïste. L'autre souriait, branlait toujours la tête, en murmurant :

« Non, non, ce n'est pas possible. Ce serait ma mère, que je refuserais… J'achèterai deux vaches. Je monterai peut-être un petit commerce de mercerie… C'est très gentil chez nous. Ah ! pour ça, je veux bien que vous veniez me voir. C'est près de Caen. Je vous laisserai l'adresse. »

Alors Renée n'insista plus. Elle pleura à chaudes larmes, quand elle fut seule. Le lendemain, par un caprice de malade, elle voulut accompagner Céleste à la gare de l'Ouest, dans son propre coupé. Elle lui donna une de ses couvertures de voyage, lui fit un cadeau d'argent, s'empressa autour d'elle comme une mère dont la fille entreprend quelque pénible et long voyage. Dans le coupé, elle la regardait avec des yeux humides. Céleste causait, disait combien elle était contente de s'en aller. Puis, enhardie, elle s'épancha, elle donna des conseils à sa maîtresse.

« Moi, Madame, je n'aurais pas compris la vie comme vous. Je me le suis dit bien souvent, quand je vous trouvais avec Monsieur Maxime : « Est-il possible qu'on soit si bête pour les hommes ! » Ça finit toujours mal... Ah ! bien, c'est moi qui me suis toujours méfiée ! »

Elle riait, elle se renversait dans le coin du coupé.

« C'est mes écus qui auraient dansé ! continua-t-elle, et aujourd'hui, je m'abîmerais les yeux à pleurer. Aussi, dès que je voyais un homme, je prenais un manche à balai... Je n'ai jamais osé vous dire tout ça. D'ailleurs, ça ne me regardait pas. Vous étiez bien libre, et moi je n'avais qu'à gagner honnêtement mon argent. »

À la gare, Renée voulut payer pour elle et lui prit une place de première. Comme elles étaient arrivées en avance, elle la retint, lui serrant les mains, lui répétant :

« Et prenez bien garde à vous, soignez-vous bien, ma bonne Céleste. »

Celle-ci se laissait caresser. Elle restait heureuse sous les yeux noyés de sa maîtresse, le visage frais et souriant. Renée parla encore du passé. Et, brusquement, l'autre s'écria :

« J'oubliais : je ne vous ai pas conté l'histoire de Baptiste, le valet de chambre de Monsieur... On n'aura pas voulu vous dire... »

La jeune femme avoua qu'en effet elle ne savait rien.

« Eh bien, vous vous rappelez ses grands airs de dignité, ses regards dédaigneux, vous m'en parliez vous-même... Tout ça, c'était de la comédie... Il n'aimait pas les femmes, il ne descendait jamais à l'office, quand nous y étions ; et même, je puis le répéter maintenant, il prétendait que c'était dégoûtant au salon, à cause des robes décolletées. Je le crois bien, qu'il n'aimait pas les femmes ! »

Et elle se pencha à l'oreille de Renée ; elle la fit rougir, tout en gardant elle-même son honnête placidité.

« Quand le nouveau garçon d'écurie, continua-t-elle, eut tout appris à Monsieur, Monsieur préféra chasser Baptiste que de l'envoyer en justice. Il paraît que ces vilaines choses se passaient depuis des années dans les écuries... Et dire que ce grand escogriffe avait l'air d'aimer les chevaux ! C'était les palefreniers qu'il aimait. »

La cloche l'interrompit. Elle prit à la hâte les huit ou dix paquets dont elle n'avait pas voulu se séparer. Elle se laissa embrasser. Puis elle s'en alla, sans se retourner.

Renée resta dans la gare jusqu'au coup de sifflet de la locomotive. Et, quand le train fut parti, désespérée, elle ne sut plus que faire ; ses journées lui semblaient s'étendre devant elle, vides comme cette grande salle, où elle était demeurée seule. Elle remonta dans son coupé, elle dit au cocher de retourner à l'hôtel. Mais, en chemin, elle se ravisa ; elle eut peur de sa chambre, de l'ennui qui l'attendait ; elle ne se sentait pas même le courage de rentrer changer de toilette, pour son tour de lac habituel. Elle avait un besoin de soleil, un besoin de foule.

Elle ordonna au cocher d'aller au Bois.

Il était quatre heures. Le Bois s'éveillait des lourdeurs du chaud après-midi. Le long de l'avenue de l'Impératrice, des fumées de poussière volaient, et l'on voyait, au loin, les nappes étalées des verdures, que bornaient les coteaux de Saint-Cloud et de Suresnes, couronnés par la grisaille du Mont-Valérien. Le soleil, haut sur l'horizon, coulait, emplissait d'une poussière d'or les creux des feuillages, allumait les branches hautes, changeait cet océan de feuilles en un océan de lumière. Mais, après les fortifications, dans l'allée du Bois qui conduit au lac, on venait d'arroser ; les voitures roulaient sur la terre brune, comme sur la laine d'une moquette, au milieu d'une fraîcheur, d'une senteur de terre mouillée qui montait. Aux deux côtés, les petits arbres des taillis enfonçaient, parmi les broussailles basses, la foule de leurs jeunes troncs, se perdant au fond d'un demi-jour verdâtre, que des coups de lumière trouaient, çà et là, de clairières jaunes ; et, à mesure qu'on approchait du lac, les chaises des trottoirs étaient plus nombreuses, des familles assises regardaient, de leur visage tranquille et silencieux, l'interminable défilé des roues. Puis, en arrivant au carrefour, devant le lac, c'était un éblouissement ; le soleil oblique faisait de la rondeur de l'eau un grand miroir d'argent poli, reflétant la face éclatante de l'astre. Les yeux battaient, on ne distinguait, à gauche, près de la rive, que la tache sombre de la barque de promenade. Les ombrelles des voitures s'inclinaient, d'un mouvement doux et uniforme, vers cette splendeur, et ne se relevaient que dans l'allée, le long de la nappe d'eau, qui, du haut de la berge, prenait alors des noirs de métal rayés par des brunissures d'or. À droite, les bouquets de conifères alignaient leurs colonnades, tiges frêles et droites, dont les flammes du ciel rougissaient le violet tendre ; à gauche, les pelouses s'étendaient, noyées de clarté, pareilles à des champs d'émeraudes, jusqu'à la dentelle lointaine de la porte de la Muette. Et, en approchant de la cascade, tandis que, d'un côté, le demi-jour des taillis recommençait, les îles, au-delà du lac, se dressaient dans l'air bleu, avec les coups de soleil de leurs rives, les ombres énergiques de leurs sapins, au pied desquels le Chalet ressemblait à un jouet d'enfant perdu au coin d'une forêt vierge. Tout le Bois frissonnait et riait sous le soleil.

Renée eut honte de son coupé, de son costume de

soie puce, par cette admirable journée. Elle se renfonça un peu, les glaces ouvertes, regardant ce ruissellement de lumière sur l'eau et sur les verdures. Aux coudes des allées, elle apercevait la file des roues qui tournaient comme des étoiles d'or, dans une longue traînée de lueurs aveuglantes. Les panneaux vernis, les éclairs des pièces de cuivre et d'acier, les couleurs vives des toilettes, s'en allaient, au trot régulier des chevaux, mettaient, sur les fonds du Bois, une large barre mouvante, un rayon tombé du ciel, s'allongeant et suivant les courbes de la chaussée. Et, dans ce rayon, la jeune femme, clignant les yeux, voyait par instants se détacher le chignon blond d'une femme, le dos noir d'un laquais, la crinière blanche d'un cheval. Les rondeurs moirées des ombrelles miroitaient comme des lunes de métal.

Alors, en face de ce grand jour, de ces nappes de soleil, elle songea à la cendre fine du crépuscule qu'elle avait vue tomber un soir sur les feuillages jaunis. Maxime l'accompagnait. C'était à l'époque où le désir de cet enfant s'éveillait en elle. Et elle revoyait les pelouses trempées par l'air du soir, les taillis assombris, les allées désertes. La file des voitures passait avec un bruit triste, le long des chaises vides, tandis qu'aujourd'hui le roulement des roues, le trot des chevaux, sonnaient avec des joies de fanfare. Puis toutes ses promenades au Bois lui revinrent. Elle y avait vécu, Maxime avait grandi là, à côté d'elle, sur le coussin de sa voiture. C'était leur jardin. La pluie les y surprenait, le soleil les y ramenait, la nuit ne les en chassait pas toujours. Ils s'y promenaient par tous les temps, ils y goûtaient les ennuis et les joies de leur vie. Dans le vide de son être, dans la mélancolie du départ de Céleste, ces souvenirs lui causaient une joie amère. Son cœur disait : Jamais plus ! jamais plus ! Et elle resta glacée, quand elle évoqua ce paysage d'hiver, ce lac figé et terni, sur lequel ils avaient patiné ; le ciel était couleur de suie, la neige cousait aux arbres des guipures blanches, la bise leur jetait aux yeux et aux lèvres un sable fin.

Cependant, à gauche, sur la voie réservée aux cavaliers, elle avait reconnu le duc de Rozan, M. de Mussy et M. de Saffré. Larsonneau avait tué la mère du duc, en lui présentant, à l'échéance, les cent cinquante mille francs de billets signés par son fils, et le duc mangeait son deuxième demi-million avec Blanche Muller, après avoir laissé les premiers cinq cent mille francs aux mains de Laure d'Aurigny. M. de Mussy, qui avait quitté l'ambassade d'Angleterre pour l'ambassade d'Italie, était redevenu galant ; il conduisait le cotillon avec de nouvelles grâces. Quant à M. de Saffré, il restait le sceptique et le viveur le plus aimable du monde. Renée le vit qui poussait son cheval vers la portière de la comtesse Vanska, dont il était amoureux fou, disait-on, depuis le jour où il l'avait vue en Corail, chez les Saccard.

Toutes ces dames se trouvaient là, d'ailleurs : la duchesse de Sternich, dans son éternel huit-ressorts ; Mme de Lauwerens, ayant devant elle la baronne de Meinhold et la petite Mme Daste, dans un landau ; Mme Teissière et Mme de Guende, en victoria. Au milieu de ces dames, Sylvia et Laure d'Aurigny s'étalaient, sur les coussins d'une magnifique calèche. Mme Michelin passa même, au fond d'un coupé ; la jolie brune était allée visiter le chef-lieu de M. Hupel de la Noue ; et, à son retour, on l'avait vue au Bois dans ce coupé, auquel elle espérait bientôt ajouter une voiture découverte. Renée aperçut aussi la marquise d'Espanet et Mme Haffner, les inséparables, cachées sous leurs ombrelles, qui riaient tendrement, les yeux dans les yeux, étendues côte à côte.

Puis passaient ces messieurs : M. de Chibray, en mail ; M. Simpson, en dog-cart ; les sieurs Mignon et Charrier, plus âpres à la besogne, malgré leur rêve de retraite prochaine, dans un coupé qu'ils laissaient au coin des allées, pour faire un bout de chemin à pied ; M. de Mareuil, encore en deuil de sa fille, quêtant des saluts pour sa première interruption lancée la veille au Corps législatif, promenant son importance politique

dans la voiture de M. Toutin-Laroche, qui venait une
fois de plus de sauver le Crédit viticole, après l'avoir
mis à deux doigts de sa perte, et que le Sénat maigris-
sait et rendait plus considérable encore.

Et, pour clore ce défilé, comme majesté dernière, le
baron Gouraud s'appesantissait au soleil, sur les dou-
bles oreillers dont on garnissait sa voiture. Renée eut
une surprise, un dégoût, en reconnaissant Baptiste à
côté du cocher, la face blanche, l'air solennel. Le grand
laquais était entré au service du baron.

Les taillis fuyaient toujours, l'eau du lac s'irisait sous
les rayons plus obliques, la file des voitures allongeait
ses lueurs dansantes. Et la jeune femme, prise elle-
même et emportée dans cette jouissance, avait la vague
conscience de tous ces appétits qui roulaient au milieu
du soleil. Elle ne se sentait pas d'indignation contre ces
mangeurs de curée. Mais elle les haïssait, pour leur joie,
pour ce triomphe qui les lui montraient en pleine poussière d'or du ciel. Ils étaient superbes et souriants ; les
femmes s'étalaient, blanches et grasses ; les hommes
avaient des regards vifs, des allures charmées d'amants
heureux. Et elle, au fond de son cœur vide, ne trouvait plus qu'une lassitude, qu'une envie sourde. Était-
elle donc meilleure que les autres, pour plier ainsi sous
les plaisirs ? ou était-ce les autres qui étaient louables
d'avoir les reins plus forts que les siens ? Elle ne savait
pas, elle souhaitait de nouveaux désirs pour recommencer la vie, lorsque, en tournant la tête, elle aperçut, à
côté d'elle, sur le trottoir longeant le taillis, un spectacle qui la déchira d'un coup suprême.

Saccard et Maxime marchaient à petits pas, au bras
l'un de l'autre. Le père avait dû rendre visite au fils,
et tous deux étaient descendus de l'avenue de l'Impératrice jusqu'au lac, en causant.

« Tu m'entends, répétait Saccard, tu es un nigaud...
Quand on a de l'argent comme toi, on ne le laisse pas
dormir au fond de ses tiroirs. Il y a cent pour cent à
gagner dans l'affaire dont je te parle. C'est un pla-

cement sûr. Tu sais bien que je ne voudrais pas te mettre
dedans ! »

Mais le jeune homme semblait ennuyé de cette insistance. Il souriait de son air joli, il regardait les voitures.

« Vois donc cette petite femme là-bas, la femme en
violet, dit-il tout à coup. C'est une blanchisseuse que
cet animal de Mussy a lancée. »

Ils regardèrent la femme en violet. Puis Saccard tira
un cigare de sa poche, et s'adressant à Maxime qui
fumait :

« Donne-moi du feu. »

Alors ils s'arrêtèrent un instant, face à face, rapprochant leurs visages. Quand le cigare fut allumé :

« Vois-tu, continua le père en reprenant le bras du
fils, en le serrant étroitement sous le sien, tu serais
un imbécile, si tu ne m'écoutais pas. Hein ! est-ce
entendu ? M'apporteras-tu demain les cent mille
francs ?

— Tu sais bien que je ne vais plus chez toi, répondit
Maxime en pinçant les lèvres.

— Bah ! des bêtises ! il faut que ça finisse à la fin ! »

Et comme ils faisaient quelques pas en silence, au
moment où Renée, se sentant défaillir, enfonçait la tête
dans le capiton du coupé, pour ne pas être vue, une
rumeur grandit, courut le long de la file des voitures.
Sur les trottoirs, les piétons s'arrêtaient, se retournaient,
la bouche ouverte, suivant des yeux quelque chose qui
approchait. Il y eut un bruit de roues plus vif, les
équipages s'écartèrent respectueusement, et deux
piqueurs [1] parurent, vêtus de vert, avec des calottes
rondes sur lesquelles sautaient des glands d'or, dont
les fils retombaient en nappe. Ils couraient, un peu penchés, au trot de leurs grands chevaux bais. Derrière eux,
ils laissaient un vide. Alors dans ce vide, l'empereur
parut.

---

1. Terme de vénerie, désignant les valets qui s'occupent des
chevaux.

Il était au fond d'un landau, seul sur la banquette. Vêtu de noir, avec sa redingote boutonnée jusqu'au menton, il avait un chapeau très haut de forme, légèrement incliné, et dont la soie luisait. En face de lui, occupant l'autre banquette, deux messieurs, mis avec cette élégance correcte qui était bien vue aux Tuileries, restaient graves, les mains sur les genoux, de l'air muet de deux invités de noce promenés au milieu de la curiosité d'une foule.

Renée trouva l'empereur vieilli. Sous les grosses moustaches cirées, la bouche s'ouvrait plus mollement. Les paupières s'alourdissaient au point de couvrir à demi l'œil éteint, dont le gris jaune se brouillait davantage. Et le nez seul gardait toujours son arête sèche, dans le visage vague.

Cependant, tandis que les dames des voitures souriaient discrètement, les piétons se montraient le prince.

Un gros homme affirmait que l'empereur était le monsieur qui tournait le dos au cocher, à gauche. Quelques mains se levèrent pour saluer. Mais Saccard, qui avait retiré son chapeau, avant même que les piqueurs eussent passé, attendit que la voiture impériale se trouvât juste en face de lui, et alors il cria de sa grosse voix provençale :

« Vive l'empereur ! »

L'empereur, surpris, se tourna, reconnut sans doute l'enthousiaste, rendit le salut en souriant. Et tout disparut dans le soleil, les équipages se refermèrent, Renée n'aperçut plus, au-dessus des crinières, entre les dos des laquais, que les calottes vertes des piqueurs, qui sautaient avec leurs glands d'or.

Elle resta un moment les yeux grands ouverts, pleins de cette apparition, qui lui rappelait une autre heure de sa vie. Il lui semblait que l'empereur, en se mêlant à la file des voitures, venait d'y mettre le dernier rayon nécessaire, et de donner un sens à ce défilé triomphal. Maintenant, c'était une gloire. Toutes ces roues, tous ces hommes décorés, toutes ces femmes étalées languissamment, s'en allaient dans l'éclair et le roulement du

landau impérial. Cette sensation devint si aiguë et si
douloureuse, que la jeune femme éprouva l'impérieux
besoin d'échapper à ce triomphe, à ce cri de Saccard
qui lui sonnait encore aux oreilles, à cette vue du père
et du fils, les bras unis, causant et marchant à petits
pas. Elle chercha, les mains sur la poitrine, comme brûlée par un feu intérieur ; et ce fut avec une soudaine
espérance de soulagement, de fraîcheur salutaire,
qu'elle se pencha et dit au cocher :

« À l'hôtel Béraud ! »

La cour avait sa froideur de cloître. Renée fit le tour
des arcades, heureuse de l'humidité qui lui tombait sur
les épaules. Elle s'approcha de l'auge verte de mousse,
polie sur les bords par l'usure ; elle regarda la tête de
lion à demi effacée, la gueule entrouverte, qui jetait
un filet d'eau par un tube de fer. Que de fois elle et
Christine avaient pris cette tête entre leurs bras de gamines, pour se pencher, pour arriver jusqu'au filet d'eau,
dont elles aimaient à sentir le jaillissement glacé sur
leurs petites mains. Puis elle monta le grand escalier
silencieux, elle aperçut son père au fond de l'enfilade
des vastes pièces ; il redressait sa haute taille, il s'enfonçait lentement dans l'ombre de la vieille demeure, de
cette solitude hautaine où il s'était absolument cloîtré
depuis la mort de sa sœur ; et elle songea aux hommes
du Bois, à cet autre vieillard, au baron Gouraud, qui
faisait rouler sa chair au soleil, sur des oreillers. Elle
monta encore, elle prit les corridors, les escaliers de service, elle fit le voyage de la chambre des enfants. Quand
elle arriva tout en haut, elle trouva la clef au clou habituel, une grosse clef rouillée, où les araignées avaient
filé leurs toiles. La serrure jeta un cri plaintif. Que la
chambre des enfants était triste ! Elle eut un serrement
de cœur à la retrouver si vide, si grise, si muette. Elle
referma la porte de la volière laissée ouverte, avec la
vague idée que ce devait être par cette porte que
s'étaient envolées les joies de son enfance. Devant les
jardinières, pleines encore d'une terre durcie et fendillée
comme de la fange sèche, elle s'arrêta, elle cassa de ses

doigts une tige de rhododendron ; ce squelette de plante, maigre et blanc de poussière, était tout ce qu'il restait de leurs vivantes corbeilles de verdure. Et la natte, la natte elle-même, déteinte, mangée par les rats, s'étalait avec une mélancolie de linceul qui attend depuis des années la morte promise. Dans un coin, au milieu de ce désespoir muet, de cet abandon dont le silence pleurait, elle retrouva une de ses anciennes poupées ; tout le son avait coulé par un trou, et la tête de porcelaine continuait à sourire de ses lèvres d'émail, au-dessus de ce corps mou, que des folies de poupée semblaient avoir épuisé.

Renée étouffait, au milieu de cet air gâté de son premier âge. Elle ouvrit la fenêtre, elle regarda l'immense paysage. Là rien n'était sali. Elle retrouvait les éternelles joies, les éternelles jeunesses du grand air. Derrière elle, le soleil devait baisser ; elle ne voyait que les rayons de l'astre à son coucher, jaunissant avec des douceurs infinies ce bout de ville qu'elle connaissait si bien. C'était comme une chanson dernière du jour, un refrain de gaieté qui s'endormait lentement sur toutes choses. En bas, l'estacade avait des luisants de flammes fauves, tandis que le pont de Constantine détachait la dentelle noire de ses cordages de fer sur la blancheur de ses piliers. Puis, à droite, les ombrages de la Halle aux vins et du jardin des Plantes faisaient une grande mare, aux eaux stagnantes et moussues, dont la surface verdâtre allait se noyer dans les brumes du ciel. À gauche, le quai Henri-IV et le quai de la Rapée alignaient la même rangée de maisons, ces maisons que les gamines, vingt ans auparavant, avaient vues là, avec les mêmes taches brunes de hangars, les mêmes cheminées rougeâtres d'usines. Et, au-dessus des arbres, le toit ardoisé de la Salpêtrière, bleu par l'adieu du soleil, lui apparut tout d'un coup comme un vieil ami. Mais ce qui la calmait, ce qui mettait de la fraîcheur dans sa poitrine, c'étaient les longues berges grises, c'était surtout la Seine, la géante, qu'elle regardait venir du bout de l'horizon, droit à elle, comme en ces heureux temps où elle avait peur de la voir grossir et monter jusqu'à la fenêtre. Elle se souvenait de leurs tendresses pour la rivière, de leur amour de sa coulée colossale, de ce frisson de l'eau grondante, s'étalant en nappe à leurs pieds, s'ouvrant autour d'elles, derrière elles, en deux bras qu'elles ne voyaient plus, et dont elles sentaient encore la grande et pure caresse. Elles étaient coquettes déjà, et elles disaient, les jours de ciel clair, que la Seine avait passé sa belle robe de soie verte mouchetée de flammes blanches ; et les courants où l'eau frisait mettaient à la robe des ruches de satin, pendant qu'au loin, au-delà de la ceinture des ponts, des plaques de lumière étalaient des pans d'étoffe couleur de soleil.

Et Renée, levant les yeux, regarda le vaste ciel qui se creusait, d'un bleu tendre, peu à peu fondu dans l'effacement du crépuscule. Elle songeait à la ville complice, au flamboiement des nuits du boulevard, aux après-midi ardents du Bois, aux journées blafardes et crues des grands hôtels neufs. Puis, quand elle baissa la tête, qu'elle revit d'un regard le paisible horizon de son enfance, ce coin de cité bourgeoise et ouvrière où elle rêvait une vie de paix, une amertume dernière lui vint aux lèvres. Les mains jointes, elle sanglota dans la nuit tombante.

L'hiver suivant, lorsque Renée mourut d'une méningite aiguë, ce fut son père qui paya ses dettes. La note de Worms se montait à deux cent cinquante-sept mille francs.

LES CLÉS DE L'ŒUVRE

I - AU FIL DU TEXTE

II - DOSSIER HISTORIQUE ET LITTÉRAIRE

Pour approfondir votre lecture, LIRE vous propose une sélection commentée :
- de morceaux « classiques » devenus incontournables, signalés par ●◆ (droit au but).
- d'extraits représentatifs de l'œuvre, signalés par ↪◆ (en flânant).

AU FIL DU TEXTE

Par Gérard Gengembre,
professeur de littérature française à l'université de Caen.

I - DÉCOUVRIR

La phrase clé

« Un amour immense, un besoin de volupté, flottait dans cette nef close, où bouillait la sève ardente des tropiques. La jeune femme était prise dans ces noces puissantes de la terre, qui engendraient autour d'elle ces verdures noires, ces tiges colossales ; et les couches âcres de cette mer de feu, cet épanouissement de forêt, ce tas de végétations, toutes brûlantes des entrailles qui les nourrissaient, lui jetaient des effluves troublants, chargés d'ivresses » (chapitre I, p. 69).

• LA DATE

Le roman est publié en 1871. L'action se déroule, comme celle de tous les autres romans du cycle des Rougon-Macquart, sous le second Empire. Aristide Rougon arrive à Paris en 1852, peu après le coup d'État qui forme le sujet de *La Fortune des Rougon* (Pocket Classiques, n° 6071). En 1854, il est lancé et, en 1860, sa fortune est faite.

• LE TITRE

L'expression appartient au lexique de la chasse à courre. Aristide Saccard (c'est le nom qu'il a choisi) et ses semblables dépècent Paris, véritable proie pour ces prédateurs.

Zola écrit : « J'y étudie les fortunes rapides nées du coup d'État, l'effroyable gâchis financier qui a suivi, les appétits lâchés dans les jouissances, les scandales mondains […] le titre *La Curée* s'imposait, après *La Fortune des Rougon* ; le premier était la conséquence du second. »

• COMPOSITION

Point de vue de l'auteur

Le roman est écrit du point de vue d'un narrateur omniscient.

Zola entend écrire « le poème ou plutôt la terrible comédie des vols contemporains ». Voir le dossier historique et littéraire, pp. 381-388.

Structure de l'œuvre

Chapitre I

Renée, la jeune épouse d'Aristide Saccard, se promène au Bois avec Maxime, son beau-fils. Elle rentre à l'hôtel de son mari, luxueux bâtiment, très différent de celui où elle a grandi dans l'île Saint-Louis. Saccard y mène grand train et y organise ses spéculations immobilières, alors que Renée est fascinée par sa serre tropicale.

Chapitre II

Aristide Rougon a perdu une première femme, dont il a eu Clotilde et Maxime. Monté à Paris, il a changé son nom. Grâce à sa sœur Sidonie, il a épousé Renée Béraud du Châtel qui lui apporte terrains et argent. Il peut se lancer dans la spéculation immobilière, favorisée par les grands travaux d'Haussmann.

Chapitre III

Maxime est arrivé de province et Renée s'entiche de lui. Elle a plusieurs amants, mais s'ennuie.

Chapitre IV

Elle devient la maîtresse de Maxime, alors que Saccard connaît ses premières difficultés financières.

Chapitre V

Renée finit par ressembler à cette Phèdre qu'elle va voir au théâtre. Saccard veut l'escroquer pour renflouer ses affaires.

Chapitre VI

À l'occasion d'une fête pseudo-mythologique suivie d'un bal, Saccard surprend les amants.

Chapitre VII

La famille se défait, le trou financier se creuse. Maxime s'est marié avec sa fiancée et quitte Renée. Elle mourra quelque temps plus tard.

II - LIRE

Pour approfondir votre lecture, LIRE vous propose une sélection commentée :
• *de morceaux « classiques » devenus incontournables, signalés par* ➠ *(droit au but).*
• *d'extraits représentatifs de l'œuvre, signalés par* ↝ *(en flânant).*

➠ 1 - **Renée dans la serre chaude** de « Depuis un instant... » à « ... les mains dans les mains ».	I pp. 65-70

– Ce passage essentiel établit le lien entre la sensualité détraquée de Renée et l'érotisme dont sont chargées les plantes de la serre. La nature est tout entière attachée au rut.
– La serre est programmée pour être un lieu central du roman. On détaillera son organisation, la disposition des plantes, leur gradation, le rôle du sphinx de marbre noir.
– On sera sensible à la poésie et aux réseaux de métaphores.
– On comparera la serre au jardin du Paradou dans *La Faute de l'abbé Mouret* (Pocket Classiques, n° 6114) et à l'aître Saint-Mittre dans *La Fortune des Rougon* (n° 6071).
– On élargira la comparaison aux fleurs d'*À rebours* (voir, ci-dessous, « Lectures croisées ») et au jardin de la rue Plumet dans *Les Misérables* (nᵒˢ 6097-6099).

➠ 2 - *« Ils ont coupé Paris en quatre »* de « Deux mois avant la mort... » à « ... Paris soûlé et assommé ! ».	II pp. 106-109

– La vision épique s'organise en fonction de la métaphore de l'or. Pourquoi celle-ci est-elle si importante ?
– La ville est personnifiée. On relèvera les formulations qui indiquent cette personnification.

– On montrera comment Zola place les raisons économiques, politiques et sociales des grands travaux de Paris dans la perspective de la démesure.
– On comparera ce texte avec la description de Paris dans *Une page d'amour* (Pocket Classiques, n° 6132), des quartiers ouvriers dans *L'Assommoir* (n° 6039), des Halles dans *Le Ventre de Paris* (n° 6057).
– On élargira à une comparaison avec le Paris de Balzac (*Histoire des Treize*, n° 6075), *Le Père Goriot* (n° 6023), *Splendeurs et misères des courtisanes* (n° 6073).

∽ 3 - *Renée, femme-fleur* de « Quand elle fut dans les salons… » à « … nos boutonnières ».	III pp. 166-167

– On s'intéressera dans ce passage au portrait de l'empereur, aux signes de sa puissance et de sa décadence.
– On insistera sur les relations établies entre l'empereur et le général, notamment sur leur portée symbolique.
– Le pouvoir est ici lié aux appétits. Le roman tout entier montre le déchaînement de ces derniers dans la société impériale. Montrez que Zola fait une critique implacable du régime et des mœurs.

• **LES THÈMES CLÉS**

– La spéculation immobilière.
– Paris.
– L'inceste.
– Une tragédie en cinq actes.
– La société impériale.
– La décadence.
– Hérédité et milieu.
– La circulation de l'or et de la chair.
– Un roman d'apprentissage ou « d'étrange éducation ».

III - POURSUIVRE

• LECTURES CROISÉES

– On retrouve Saccard dans *L'Argent*, où il se lance dans la spéculation bancaire et financière. En voici un extrait :

II

Après sa dernière et désastreuse affaire de terrains, lorsque Saccard dut quitter son palais du parc Monceau, qu'il abandonnait à ses créanciers, pour éviter une catastrophe plus grande, son idée fut d'abord de se réfugier chez son fils Maxime. Celui-ci, depuis la mort de sa femme, qui dormait dans un petit cimetière de la Lombardie, occupait seul un hôtel de l'avenue de l'Impératrice[1], où il avait organisé sa vie avec un sage et féroce égoïsme ; il y mangeait la fortune de la morte, sans une faute, en garçon de faible santé que le vice avait précocement mûri ; et, d'une voix nette, il refusa à son père de le prendre chez lui, pour continuer à vivre tous deux en bon accord, expliquait-il de son air souriant et avisé.

Dès lors, Saccard songea à une autre retraite. Il allait louer une petite maison à Passy, un asile bourgeois de commerçant retiré, lorsqu'il se souvint que le rez-de-chaussée et le premier étage de l'hôtel d'Orviedo, rue Saint-Lazare, n'étaient toujours pas occupés, portes et fenêtres closes. La princesse d'Orviedo, installée dans trois chambres du second, depuis la mort de son mari, n'avait pas même fait mettre d'écriteau à la porte cochère, que les herbes envahissaient. Une porte basse, à l'autre bout de la façade, menait au deuxième étage, par un escalier de service. Et, souvent, en rapport d'affaires avec la princesse, dans les visites qu'il lui rendait, il s'était étonné de la négligence qu'elle apportait à tirer un parti convenable de son immeuble. Mais elle hochait la tête, elle avait sur les choses de l'argent des idées à elle. Pourtant, lorsqu'il se présenta pour louer en son nom, elle

1. Aujourd'hui avenue Foch.

consentit tout de suite, elle lui céda, moyennant un loyer déri-
soire de dix mille francs, ce rez-de-chaussée et ce premier étage
somptueux, d'installation princière, qui en valait certainement
le double.

On se souvenait du faste affiché par le prince d'Orviedo.
C'était dans le coup de fièvre de son immense fortune financière, lorsqu'il était venu d'Espagne, débarquant à Paris au
milieu d'une pluie de millions, qu'il avait acheté et fait réparer
cet hôtel, en attendant le palais de marbre et d'or dont il rêvait
d'étonner le monde. La construction datait du siècle dernier, une
de ces maisons de plaisance, bâties au milieu de vastes jardins
par des seigneurs galants ; mais, démolie en partie, rebâtie dans
de plus sévères proportions, elle n'avait gardé, de son parc
d'autrefois, qu'une large cour bordée d'écuries et de remises,
que la rue projetée du Cardinal-Fesch allait sûrement emporter.
Le prince la tenait de la succession d'une demoiselle Saint-
Germain, dont la propriété s'étendait jadis jusqu'à la rue des
Trois-Frères, l'ancien prolongement de la rue Taitbout.
D'ailleurs, l'hôtel avait conservé son entrée sur la rue Saint-
Lazare, côte à côte avec une grande bâtisse de la même époque,
la Folie-Beauvilliers d'autrefois, que les Beauvilliers occupaient encore, à la suite d'une ruine lente ; et eux possédaient un
reste d'admirable jardin, des arbres magnifiques, condamnés
aussi à disparaître, dans le bouleversement prochain du quartier.

Au milieu de son désastre, Saccard traînait une queue de ser-
viteurs, les débris de son trop nombreux personnel, un valet de
chambre, un chef de cuisine et sa femme, chargée de la lingerie, une autre femme restée on ne savait pourquoi, un cocher et
deux palefreniers ; et il encombra les écuries et les remises, y
mit deux chevaux, trois voitures, installa au rez-de-chaussée un
réfectoire pour ses gens. C'était l'homme qui n'avait pas cinq
cents francs solides dans sa caisse, mais qui vivait sur un pied
de deux ou trois cent mille francs par an. Aussi trouva-t-il le
moyen de remplir de sa personne les vastes appartements du
premier étage, les trois salons, les cinq chambres à coucher, sans
compter l'immense salle à manger, où l'on dressait une table de
cinquante couverts. Là, autrefois, une porte ouvrait sur un escalier intérieur, conduisant au second étage, dans une autre salle
à manger, plus petite ; et la princesse, qui avait récemment loué
cette partie du second à un ingénieur, M. Hamelin, un célibataire
vivant avec sa sœur, s'était contentée de faire condamner la

porte, à l'aide de deux fortes vis. Elle partageait ainsi l'ancien escalier de service avec ce locataire, tandis que Saccard avait seul la jouissance du grand escalier. Il meubla en partie quelques pièces de ses dépouilles du parc Monceau, laissa les autres vides, parvint quand même à rendre la vie à cette enfilade de murailles tristes et nues, dont une main obstinée semblait avoir arraché jusqu'aux moindres bouts de tenture, dès le lendemain de la mort du prince. Et il put recommencer le rêve d'une grande fortune.

La princesse d'Orviedo était alors une des curieuses physionomies de Paris. Il y avait quinze ans, elle s'était résignée à épouser le prince, qu'elle n'aimait point, pour obéir à un ordre formel de sa mère, la duchesse de Combeville. À cette époque, cette jeune fille de vingt ans avait un grand renom de beauté et de sagesse, très religieuse, un peu trop grave, bien qu'aimant le monde avec passion. Elle ignorait les singulières histoires qui couraient sur le prince, les origines de sa royale fortune évaluée à trois cents millions, toute une vie de vols effroyables, non plus au coin des bois, à main armée, comme les nobles aventuriers de jadis, mais en correct bandit moderne, au clair soleil de la Bourse, dans la poche du pauvre monde crédule, parmi les effondrements et la mort. Là-bas en Espagne, ici en France, le prince s'était, pendant vingt années, fait sa part du lion dans toutes les grandes canailleries restées légendaires. Bien que ne soupçonnant rien de la boue et du sang où il venait de ramasser tant de millions, elle avait éprouvé pour lui, dès la première rencontre, une répugnance que sa religion devait rester impuissante à vaincre ; et, bientôt, une rancune sourde, grandissante, s'était jointe à cette antipathie, celle de n'avoir pas un enfant de ce mariage subi par obéissance. La maternité lui aurait suffi, elle adorait les enfants, elle en arrivait à la haine contre cet homme qui, après avoir désespéré l'amante, ne pouvait même contenter la mère. C'était à ce moment qu'on avait vu la princesse se jeter dans un luxe inouï, aveugler Paris de l'éclat de ses fêtes, mener un train fastueux, que les Tuileries, disait-on, jalousaient. Puis, brusquement, au lendemain de la mort du prince, foudroyé par une apoplexie, l'hôtel de la rue Saint-Lazare était tombé à un silence absolu, à une nuit complète. Plus une lumière, plus un bruit, les portes et les fenêtres demeuraient closes, et la rumeur se répandait que la princesse, après avoir déménagé violemment le rez-de-chaussée et le premier étage, s'était retirée, comme une recluse, dans trois petites pièces du second, avec une ancienne femme de chambre de sa mère, la vieille Sophie, qui l'avait élevée. Quand elle avait reparu, elle était vêtue d'une simple robe de laine noire, les cheveux cachés sous un fichu de dentelle, petite et grasse toujours, avec son front étroit, son joli visage rond aux dents de perles entre des lèvres serrées, mais ayant déjà le teint jaune, le visage muet, enfoncé dans une volonté unique, d'une religieuse cloîtrée depuis longtemps. Elle venait d'avoir trente ans, elle n'avait plus vécu depuis lors que pour des œuvres immenses de charité.

Dans Paris, la surprise était grande, et il circula toutes sortes d'histoires extraordinaires. La princesse avait hérité de la fortune totale, les fameux trois cents millions dont la chronique des journaux eux-mêmes s'occupait. Et la légende qui finit par s'établir fut romantique. Un homme, un inconnu vêtu de noir, racontait-on, comme la princesse allait se mettre au lit, était un soir apparu tout d'un coup dans sa chambre, sans qu'elle eût jamais compris par quelle porte secrète il avait pu entrer ; et ce que cet homme lui avait dit, personne au monde ne le savait ; mais il devait lui avoir révélé l'origine abominable des trois cents millions, en exigeant peut-être d'elle le serment de réparer tant d'iniquités, si elle voulait éviter d'affreuses catastrophes. Ensuite, l'homme avait disparu. Depuis cinq ans qu'elle se trouvait veuve, était-ce en effet pour obéir à un ordre venu de l'au-delà, était-ce plutôt dans une simple révolte d'honnêteté, lorsqu'elle avait eu en main le dossier de sa fortune ? la vérité était qu'elle ne vivait plus que dans une ardente fièvre de renoncement et de réparation. Chez cette femme qui n'avait pas été amante et qui n'avait pu être mère, toutes les tendresses refoulées, surtout l'amour avorté de l'enfant, s'épanouissaient en une véritable passion pour les pauvres, pour les faibles, les déshérités, les souffrants, ceux dont elle croyait détenir les millions volés, ceux à qui elle jurait de les restituer royalement, en pluie d'aumônes. Dès lors, l'idée fixe s'empara d'elle, le clou de l'obsession entra dans son crâne : elle ne se considéra plus que comme un banquier, chez qui les pauvres avaient déposé trois cents millions, pour qu'ils fussent employés au mieux de leur usage ; elle ne fut plus qu'un comptable, un homme d'affaires, vivant dans les chiffres, au milieu d'un peuple de notaires, d'ouvriers et d'architectes. Au-dehors, elle avait installé tout un vaste bureau, avec une vingtaine d'employés. Chez elle, dans ses trois pièces étroites, elle ne recevait que quatre ou

cinq intermédiaires, ses lieutenants ; et elle passait là les journées, à un bureau, comme un directeur de grandes entreprises,
cloîtrée loin des importuns, parmi un amoncellement de paperasses qui la débordait. Son rêve était de soulager toutes les
misères, depuis l'enfant qui souffre d'être né, jusqu'au vieillard
qui ne peut mourir sans souffrance. Pendant ces cinq années,
jetant l'or à pleines mains, elle avait fondé, à la Villette, la
crèche Sainte-Marie, avec des berceaux blancs pour les tout-
petits, des lits bleus pour les plus grands, une vaste et claire
installation que fréquentaient déjà trois cents enfants ; un orphelinat à Saint-Mandé, l'orphelinat Saint-Joseph, où cent garçons
et cent filles recevaient une éducation et une instruction, telles
qu'on les donne dans les familles bourgeoises ; enfin, un asile
pour les vieillards à Châtillon, pouvant admettre cinquante
hommes et cinquante femmes, et un hôpital de deux cents lits
dans un faubourg, l'hôpital Saint-Marceau, dont on venait seulement d'ouvrir les salles. Mais son œuvre préférée, celle qui
absorbait en ce moment tout son cœur, était l'Œuvre du Travail,
une création à elle, une maison qui devait remplacer la maison
de correction, où trois cents enfants, cent cinquante filles et cent
cinquante garçons, ramassés sur le pavé de Paris, dans la
débauche et dans le crime, étaient régénérés par de bons soins
et par l'apprentissage d'un métier. Ces diverses fondations, des
dons considérables, une prodigalité folle dans la charité, lui
avaient dévoré près de cent millions en cinq ans. Encore
quelques années de ce train, et elle serait ruinée, sans avoir
réservé même la petite rente nécessaire au pain et au lait dont
elle vivait maintenant. Lorsque sa vieille bonne, Sophie, sortant
de son continuel silence, la grondait d'un mot rude, en lui pro-
phétisant qu'elle mourrait sur la paille, elle avait un faible sourire, le seul qui parût désormais sur ses lèvres décolorées, un
divin sourire d'espérance.

Ce fut justement à l'occasion de l'Œuvre du Travail que Saccard fit la connaissance de la princesse d'Orviedo. Il était un des
propriétaires du terrain qu'elle acheta pour cette Œuvre, un
ancien jardin planté de beaux arbres, qui touchait au parc de
Neuilly et qui se trouvait en bordure, le long du boulevard
Bineau. Il l'avait séduite par la façon vive dont il traitait les
affaires, elle voulut le revoir, à la suite de certaines difficultés
avec ses entrepreneurs. Lui-même s'était intéressé aux travaux,
l'imagination prise, charmé du plan grandiose qu'elle imposait
à l'architecte : deux ailes monumentales, l'une pour les garçons,

l'autre pour les filles, reliées entre elles par un corps de logis, contenant la chapelle, la communauté, l'administration, tous les services ; et chaque aile avait son préau immense, ses ateliers, ses dépendances de toutes sortes. Mais surtout ce qui le passionnait, dans son propre goût du grand et du fastueux, c'était le luxe déployé, la construction énorme et faite de matériaux à défier les siècles, les marbres prodigués, une cuisine revêtue de faïence où l'on aurait fait cuire un bœuf, des réfectoires gigantesques aux riches lambris de chêne, des dortoirs inondés de lumière, égayés de claires peintures, une lingerie, une salle de bains, une infirmerie installées avec des raffinements excessifs ; et, partout, des dégagements vastes, des escaliers, des corridors, aérés l'été, chauffés l'hiver ; et la maison entière baignant dans le soleil, une gaieté de jeunesse, un bien-être de grosse fortune. Quand l'architecte, inquiet, trouvant toute cette magnificence inutile, parlait de la dépense, la princesse l'arrêtait d'un mot : elle avait eu le luxe, elle voulait le donner aux pauvres, pour qu'ils en jouissent à leur tour, eux qui font le luxe des riches. Son idée fixe était faite de ce rêve, combler les misérables, les coucher dans les lits, les asseoir à la table des heureux de ce monde, non plus l'aumône d'une croûte de pain, d'un grabat de hasard, mais la vie large au travers de palais où ils seraient chez eux, prenant leur revanche, goûtant les jouissances des triomphateurs. Seulement, dans ce gaspillage, au milieu des devis énormes, elle était abominablement volée ; une nuée d'entrepreneurs vivaient d'elle, sans compter les pertes dues à la mauvaise surveillance ; on dilapidait le bien des pauvres. Et ce fut Saccard qui lui ouvrit les yeux, en la priant de le laisser tirer les comptes au clair, absolument désintéressé d'ailleurs, pour l'unique plaisir de régler cette folle danse de millions qui l'enthousiasmait. Jamais il ne s'était montré si scrupuleusement honnête. Il fut, dans cette affaire colossale et compliquée, le plus actif, le plus probe des collaborateurs, donnant son temps, son argent même, simplement récompensé par cette joie des sommes considérables qui lui passaient entre les mains. On ne connaissait guère que lui à l'Œuvre du Travail, où la princesse n'allait jamais, pas plus qu'elle n'allait visiter ses autres fondations, cachée au fond de ses trois petites pièces, comme la bonne déesse invisible ; et lui, adoré, il y était béni, accablé de toute la reconnaissance dont elle semblait ne pas vouloir.

Sans doute, depuis cette époque, Saccard nourrissait un vague projet, qui, tout d'un coup, lorsqu'il fut installé dans l'hôtel d'Orviedo comme locataire, prit la netteté aiguë d'un désir. Pourquoi ne se consacrerait-il pas tout entier à l'administration des bonnes œuvres de la princesse ? Dans l'heure de doute où il était, vaincu de la spéculation, ne sachant quelle fortune refaire, cela lui apparaissait comme une incarnation nouvelle, une brusque montée d'apothéose : devenir le dispensateur de cette royale charité, canaliser ce flot d'or qui coulait sur Paris. Il restait deux cents millions, quelles œuvres à créer encore, quelle cité du miracle à faire sortir du sol ! Sans compter que, lui, les ferait fructifier, ces millions, les doublerait, les triplerait, saurait si bien les employer qu'il en tirerait un monde. Alors, avec sa passion, tout s'élargit, il ne vécut plus que de cette pensée grisante, les répandre en aumônes sans fin, en noyer la France heureuse ; et il s'attendrissait, car il était d'une probité parfaite, pas un sou ne lui demeurait aux doigts. Ce fut, dans son crâne de visionnaire, une idylle géante, l'idylle d'un inconscient, où ne se mêlait aucun désir de racheter ses anciens brigandages financiers. D'autant plus que, tout de même, au bout, il y avait le rêve de sa vie entière, la conquête de Paris. Être le roi de la charité, le Dieu adoré de la multitude des pauvres, devenir unique et populaire, occuper de lui le monde, cela dépassait son ambition. Quels prodiges ne réaliserait-il pas, s'il employait à être bon ses facultés d'homme d'affaires, sa ruse, son obstination, son manque complet de préjugés ! Et il aurait la force irrésistible qui gagne les batailles, l'argent, l'argent à pleins coffres, l'argent qui fait tant de mal souvent et qui ferait tant de bien, le jour où l'on mettrait à donner son orgueil et son plaisir !

Puis, agrandissant encore son projet, Saccard en arriva à se demander pourquoi il n'épouserait pas la princesse d'Orviedo. Cela fixerait les positions, empêcherait les interprétations mauvaises. Pendant un mois, il manœuvra adroitement, exposa des plans superbes, crut se rendre indispensable ; et un jour, d'une voix tranquille, redevenu naïf, il fit sa proposition, développa son grand projet. C'était une véritable association qu'il offrait, il se donnait comme le liquidateur des sommes volées par le prince, il s'engageait à les rendre aux pauvres, décuplées. D'ailleurs, la princesse, dans son éternelle robe noire, avec son fichu de dentelle sur la tête, l'écouta attentivement, sans qu'une émotion quelconque animât sa face jaune. Elle était très frappée des avantages que pourrait avoir une association pareille, indifférente, du reste, aux autres considérations. Puis, ayant remis sa réponse au lendemain, elle finit par refuser : sans doute elle avait réfléchi qu'elle ne serait plus seule maîtresse de ses aumônes, et elle entendait en disposer en souveraine absolue, même follement. Mais elle expliqua qu'elle serait heureuse de le garder comme conseiller, elle montra combien précieuse elle estimait sa collaboration, en le priant de continuer à s'occuper de l'Œuvre du Travail, dont il était le véritable directeur.

Toute une semaine, Saccard éprouva un violent chagrin, ainsi qu'à la perte d'une idée chère ; non pas qu'il se sentît retomber au gouffre du brigandage ; mais, de même qu'une romance sentimentale met des larmes aux yeux des ivrognes les plus abjects, cette colossale idylle du bien fait à coups de millions avait attendri sa vieille âme de corsaire. Il tombait une fois encore, et de très haut : il lui semblait être détrôné. Par l'argent, il avait toujours voulu, en même temps que la satisfaction de ses appétits, la magnificence d'une vie princière ; et jamais il ne l'avait eue, assez haute. Il s'enrageait, à mesure que chacune de ses chutes emportait un espoir. Aussi, lorsque son projet croula devant le refus tranquille et net de la princesse, se trouva-t-il rejeté à une furieuse envie de bataille. Se battre, être le plus fort dans la dure guerre de la spéculation, manger les autres pour ne pas qu'ils vous mangent, c'était, après sa soif de splendeur et de jouissance, la grande cause, l'unique cause de sa passion des affaires. S'il ne thésaurisait pas, il avait l'autre joie, la lutte des gros chiffres, les fortunes lancées comme des corps d'armée, les chocs des millions adverses, avec les déroutes, avec les victoires, qui le grisaient. Et tout de suite reparut sa haine de Gundermann, son effréné besoin de revanche : abattre Gundermann, cela le hantait d'un désir chimérique, chaque fois qu'il était par terre, vaincu. S'il sentait l'enfantillage d'une pareille tentative, ne pourrait-il du moins l'entamer, se faire une place en face de lui, le forcer au partage, comme ces monarques de contrées voisines et d'égale puissance, qui se traitent de cousins ? Ce fut alors que, de nouveau, la Bourse l'attira, la tête emplie d'affaires à lancer, sollicité en tous sens par des projets contraires, dans une telle fièvre, qu'il ne sut que décider, jusqu'au jour où une idée suprême, démesurée, se dégagea des autres et s'empara peu à peu de lui tout entier.

– On comparera la description de la serre de Renée à celle des fleurs choisies par des Esseintes dans *À rebours* de Huysmans (Pocket Classiques, n° 6116) :

VIII

Il avait toujours raffolé des fleurs, mais cette passion qui, pendant ses séjours à Jutigny, s'était tout d'abord étendue à la fleur, sans distinction ni d'espèces ni de genres, avait fini par s'épurer, par se préciser sur une seule caste.

Depuis longtemps déjà, il méprisait la vulgaire plante qui s'épanouit sur les éventaires[1] des marchés parisiens, dans des pots mouillés, sous de vertes bannes[2] ou sous de rougeâtres parasols.

En même temps que ses goûts littéraires, que ses préoccupations d'art s'étaient affinés, ne s'attachant plus qu'aux œuvres triées à l'étamine[3], distillées par des cerveaux tourmentés et subtils ; en même temps aussi que sa lassitude des idées répandues s'était affirmée, son affection pour les fleurs s'était dégagée de tout résidu, de toute lie, s'était clarifiée, en quelque sorte, rectifiée.

Il assimilait volontiers le magasin d'un horticulteur à un microcosme où étaient représentées toutes les catégories de la société : les fleurs pauvres et canailles, les fleurs de bouge, qui ne sont dans leur vrai milieu que lorsqu'elles reposent sur des rebords de mansardes, les racines tassées dans des boîtes au lait et de vieilles terrines, la giroflée, par exemple ; les fleurs prétentieuses, convenues, dont la place est seulement dans des cache-pots de porcelaine peints par des jeunes filles, telles que la rose ; enfin les fleurs de haute lignée telles que les orchidées, délicates et charmantes, palpitantes et frileuses ; les fleurs exotiques, exilées à Paris, au chaud, dans des palais de verre ; les princesses du règne végétal, vivant à l'écart, n'ayant plus rien de commun avec les plantes de la rue et les flores bourgeoises.

En somme, il ne laissait pas que d'éprouver un certain intérêt, une certaine pitié, pour les fleurs populacières exténuées par

1. Étalages extérieurs de marchandises.
2. Toiles couvrant les marchandises.
3. C'est-à-dire passées à travers le filtre d'un tissu très peu serré.

les haleines des égouts et des plombs [1], dans les quartiers pauvres ; il exécrait, en revanche, les bouquets en accord avec les salons crème et or des maisons neuves ; il réservait enfin, pour l'entière joie de ses yeux, les plantes distinguées, rares, venues de loin, entretenues avec des soins rusés, sous de faux équateurs produits par les souffles dosés des poêles.

Mais ce choix définitivement posé sur la fleur de serre, s'était lui-même modifié sous l'influence de ses idées générales, de ses opinions maintenant arrêtées sur toute chose ; autrefois, à Paris, son penchant naturel vers l'artifice l'avait conduit à délaisser la véritable fleur pour son image fidèlement exécutée, grâce aux miracles des caoutchoucs et des fils, des percalines et des taffetas, des papiers et des velours.

Il possédait ainsi une merveilleuse collection de plantes des Tropiques, ouvrées par les doigts de profonds artistes, suivant la nature pas à pas, la créant à nouveau, prenant la fleur dès sa naissance, la menant à maturité, la simulant jusqu'à son déclin, arrivant à noter les nuances les plus infinies, les traits les plus fugitifs de son réveil ou de son repos ; observant la tenue de ses pétales, retroussés par le vent ou fripés par la pluie ; jetant sur ses corolles matineuses, des gouttes de rosée en gomme ; la façonnant, en pleine floraison, alors que les branches se courbent sous le poids de la sève, ou élançant sa tige sèche, sa cupule [2] racornie, quand les calices se dépouillent et quand les feuilles tombent.

Cet art admirable l'avait longtemps séduit ; mais il rêvait maintenant à la combinaison d'une autre flore.

Après les fleurs factices singeant les véritables fleurs, il voulait des fleurs naturelles imitant des fleurs fausses.

Il dirigea ses pensées dans ce sens ; il n'eut point à chercher longtemps, à aller loin, puisque sa maison était située au beau milieu du pays des grands horticulteurs. Il s'en fut tout bonnement visiter les serres de l'avenue de Châtillon et de la vallée d'Aunay, revint éreinté, la bourse vide, émerveillé des folies de végétation qu'il avait vues, ne pensant plus qu'aux espèces qu'il avait acquises, hanté sans trêve par des souvenirs de corbeilles magnifiques et bizarres.

1. Cuvettes où l'on jetait, aux différents étages d'un immeuble, les eaux sales.
2. Espèce de coupe ou de godet entourant la fleur et persistant autour du fruit.

Deux jours après, les voitures arrivèrent.

Sa liste à la main, des Esseintes appelait, vérifiait ses emplettes, une à une.

Les jardiniers descendirent de leurs carrioles une collection de Caladiums qui appuyaient sur des tiges turgides et velues d'énormes feuilles, de la forme d'un cœur ; tout en conservant entre eux un air de parenté, aucun ne se répétait.

Il y en avait d'extraordinaires, des rosâtres, tels que le Virginale qui semblait découpé dans de la toile vernie, dans du taffetas gommé d'Angleterre ; de tout blancs, tels que l'Albane, qui paraissait taillé dans la plèvre transparente d'un bœuf, dans la vessie diaphane d'un porc ; quelques-uns, surtout le Madame Mame, imitaient le zinc, parodiaient des morceaux de métal estampé, teints en vert empereur, salis par des gouttes de peinture à l'huile, par des taches de minium et de céruse ; ceux-ci, comme le Bosphore, donnaient l'illusion d'un calicot empesé, caillouté de cramoisi et de vert myrte ; ceux-là, comme l'Aurore Boréale, étalaient une feuille de couleur de viande crue, striée de côtes pourpres, de fibrilles violacées, une feuille tuméfiée, suant le vin bleu et le sang.

Avec l'Albane, l'Aurore présentait les deux notes extrêmes du tempérament, l'apoplexie et la chlorose de cette plante.

Les jardiniers apportèrent encore de nouvelles variétés ; elles affectaient, cette fois, une apparence de peau factice sillonnée de fausses veines ; et, la plupart, comme rongées par des syphilis et des lèpres, tendaient des chairs livides, marbrées de roséoles, damassées de dartres ; d'autres avaient le ton rose vif des cicatrices qui se ferment ou la teinte brune des croûtes qui se forment ; d'autres étaient bouillonnées par des cautères, soulevées par des brûlures ; d'autres encore montraient des épidermes poilus, creusés par des ulcères et repoussés par des chancres ; quelques-unes, enfin, paraissaient couvertes de pansements, plaquées d'axonge [1] noire mercurielle, d'onguents verts de belladone, piquées de grains de poussière, par les micas jaunes de la poudre d'iodoforme.

Réunies entre elles, ces fleurs éclatèrent devant des Esseintes, plus nombreuses que lorsqu'il les avait surprises, confondues avec d'autres, ainsi que dans un hôpital, parmi les salles vitrées des serres.

– Sapristi ! fit-il enthousiasmé.

1. Graisse de porc fondue et préparée.

Une nouvelle plante, d'un modèle similaire à celui des Caladiums, l'« Alocasia Metallica », l'exalta encore. Celle-là était enduite d'une couche de vert bronze sur laquelle glissaient des reflets d'argent ; elle était le chef-d'œuvre du factice ; on eût dit d'un morceau de tuyau de poêle, découpé en fer de pique, par un fumiste.

Les hommes débarquèrent ensuite des touffes de feuilles, losangées, vert bouteille ; au milieu s'élevait une baguette au bout de laquelle tremblotait un grand as de cœur, aussi vernissé qu'un piment ; comme pour narguer tous les aspects connus des plantes, du milieu de cet as d'un vermillon intense, jaillissait une queue charnue, cotonneuse, blanche et jaune, droite chez les unes, tire-bouchonnée, tout en haut du cœur, de même qu'une queue de cochon, chez les autres.

C'était l'Anthurium, une aroïdée récemment importée de Colombie en France ; elle faisait partie d'un lot de cette famille à laquelle appartenait aussi un Amorphophallus, une plante de Cochinchine, aux feuilles taillées en truelles à poissons, aux longues tiges noires couturées de balafres, pareilles à des membres endommagés de nègre.

Des Esseintes exultait.

On descendait des voitures une nouvelle fournée de monstres : des Échinopsis, sortant de compresses en ouate des fleurs d'un rose de moignon ignoble ; des Nidulariums, ouvrant, dans des lames de sabres, des fondements écorchés et béants ; des « Tillandsia Lindeni » tirant des grattoirs ébréchés, couleur de moût de vin ; des Cypripediums, aux contours compliqués, incohérents, imaginés par un inventeur en démence. Ils ressemblaient à un sabot, à un vide-poches, au-dessus duquel se retrousserait une langue humaine, au filet tendu, telle qu'on en voit dessinées sur les planches des ouvrages traitant des affections de la gorge et de la bouche ; deux petites ailettes, rouge de jujube, qui paraissaient empruntées à un moulin d'enfant, complétaient ce baroque assemblage d'un dessous de langue, couleur de lie et d'ardoise, et d'une pochette lustrée dont la doublure suintait une visqueuse colle.

Il ne pouvait détacher ses yeux de cette invraisemblable orchidée issue de l'Inde ; les jardiniers que ces lenteurs ennuyaient se mirent à annoncer, eux-mêmes, à haute voix, les étiquettes piquées dans les pots qu'ils apportaient.

Des Esseintes regardait, effaré, écoutant sonner les noms rébarbatifs des plantes vertes : l'« Encephalartos horridus », un

gigantesque artichaut de fer, peint en rouille, tel qu'on en met
aux portes des châteaux, afin d'empêcher les escalades ; le
« Cocos Micania », une sorte de palmier, dentelé et grêle,
entouré, de toutes parts, par de hautes feuilles semblables à des
pagaies et à des rames ; le « Zamia Lehmanni », un immense
ananas, un prodigieux pain de Chester, planté dans de la terre
de bruyère et hérissé, à son sommet, de javelots barbelés et de
flèches sauvages ; le « Cibotium Spectabile », enchérissant sur
ses congénères, par la folie de sa structure, jetant un défi au
rêve, en élançant dans un feuillage palmé, une énorme queue
d'orang-outang, une queue velue et brune au bout contourné en
crosse d'évêque.

Mais il les contemplait à peine, attendait avec impatience la
série des plantes qui le séduisaient, entre toutes, les goules
végétales, les plantes carnivores, le Gobe-Mouche des Antilles,
au limbe pelucheux, sécrétant un liquide digestif, muni d'épines
courtes se repliant, les unes sur les autres, formant une grille au-
dessus de l'insecte qu'il emprisonne ; les Drosera des tourbières
garnis de crins glanduleux ; les Sarracena, les Cephalothus,
ouvrant de voraces cornets capables de digérer, d'absorber de
véritables viandes ; enfin le Népenthès dont la fantaisie dépasse
les limites connues des excentriques formes.

Il ne put se lasser de tourner et de retourner, entre ses mains,
le pot où s'agitait cette extravagance de la flore. Elle imitait le
caoutchouc dont elle avait la feuille allongée, d'un vert métallique et sombre, mais du bout de cette feuille pendait une ficelle
verte, descendait un cordon ombilical supportant une urne verdâtre, jaspée de violet, une espèce de pipe allemande en porcelaine, un nid d'oiseau singulier, qui se balançait, tranquille,
montrant un intérieur tapissé de poils.

– Celle-là va loin, murmura des Esseintes.

Il dut s'arracher à son allégresse, car les jardiniers, pressés de
partir, vidaient le fond de leurs charrettes, plaçaient pêle-mêle,
des Bégonias tubéreux et des Crotons noirs tachetés de rouge de
saturne, en tôle.

Alors il s'aperçut qu'un nom restait encore sur sa liste. Le
Cattlleya de la Nouvelle-Grenade ; on lui désigna une clochette
ailée d'un lilas effacé, d'un mauve presque éteint ; il s'approcha,
mit son nez dessus et recula brusquement ; elle exhalait une
odeur de sapin verni, de boîte à jouets, évoquait les horreurs
d'un jour de l'an.

Il pensa qu'il ferait bien de se défier d'elle, regretta presque d'avoir admis parmi les plantes inodores qu'il possédait, cette orchidée qui fleurait les plus désagréables des souvenirs.

Une fois seul, il regarda cette marée de végétaux qui déferlait dans son vestibule ; ils se mêlaient, les uns aux autres, croisaient leurs épées, leurs kriss[1], leurs fers de lances, dessinaient un faisceau d'armes vertes, au-dessus duquel flottaient, ainsi que des fanions barbares, des fleurs aux tons aveuglants et durs.

L'air de la pièce se raréfiait ; bientôt, dans l'obscurité d'une encoignure, près du parquet, une lumière rampa, blanche et douce.

Il l'atteignit et s'aperçut que c'étaient des Rhizomorphes qui jetaient en respirant ces lueurs de veilleuses.

Ces plantes sont tout de même stupéfiantes, se dit-il ; puis il se recula et en couvrit d'un coup d'œil l'amas : son but était atteint ; aucune ne semblait réelle ; l'étoffe, le papier, la porcelaine, le métal, paraissaient avoir été prêtés par l'homme à la nature pour lui permettre de créer ses monstres. Quand elle n'avait pu imiter l'œuvre humaine, elle avait été réduite à recopier les membranes intérieures des animaux, à emprunter les vivaces teintes de leurs chairs en pourriture, les magnifiques hideurs de leurs gangrènes.

Tout n'est que syphilis, songea des Esseintes, l'œil attiré, rivé sur les horribles tigrures des Caladiums que caressait un rayon de jour. Et il eut la brusque vision d'une humanité sans cesse travaillée par le virus des anciens âges. Depuis le commencement du monde, de pères en fils, toutes les créatures se transmettaient l'inusable héritage, l'éternelle maladie qui a ravagé les ancêtres de l'homme, qui a creusé jusqu'aux os maintenant exhumés des vieux fossiles !

Elle avait couru, sans jamais s'épuiser à travers les siècles ; aujourd'hui encore, elle sévissait, se dérobant en de sournoises souffrances, se dissimulant sous les symptômes des migraines et des bronchites, des vapeurs et des gouttes ; de temps à autre, elle grimpait à la surface, s'attaquant de préférence aux gens mal soignés, mal nourris, éclatant en pièces d'or, mettant, par ironie, une parure de sequins d'almée[2] sur le front des pauvres diables, leur gravant, pour comble de misère, sur l'épiderme, l'image de l'argent et du bien-être !

---

1. Ou criss : poignard malais à double tranchant et à lame ondulée.
2. L'almée était une danseuse indienne.

Et la voilà qui reparaissait, en sa splendeur première, sur les feuillages colorés des plantes !

— Il est vrai, poursuivit des Esseintes, revenant au point de départ de son raisonnement, il est vrai que la plupart du temps la nature est, à elle seule, incapable de procréer des espèces aussi malsaines et aussi perverses ; elle fournit la matière première, le germe et le sol, la matrice nourricière et les éléments de la plante que l'homme élève, modèle, peint, sculpte ensuite à sa guise.

Si entêtée, si confuse, si bornée qu'elle soit, elle s'est enfin soumise, et son maître est parvenu à changer par des réactions chimiques les substances de la terre, à user de combinaisons longuement mûries, de croisements lentement apprêtés, à se servir de savantes boutures, des méthodiques greffes, et il lui fait maintenant pousser des fleurs de couleurs différentes sur la même branche, invente pour elle de nouveaux tons, modifie, à son gré, la forme séculaire de ses plantes, débrutit[1] les blocs, termine les ébauches, les marques de son étampe[2], leur imprime son cachet d'art.

Il n'y a pas à dire, fit-il, résumant ses réflexions ; l'homme peut en quelques années amener une sélection que la paresseuse nature ne peut jamais produire qu'après des siècles ; décidément, par le temps qui court, les horticulteurs sont les seuls et les vrais artistes.

Il était un peu las et il étouffait dans cette atmosphère de plantes enfermées ; les courses qu'il avait effectuées, depuis quelques jours, l'avaient rompu ; le passage entre le grand air et la tiédeur du logis, entre l'immobilité d'une vie recluse et le mouvement d'une existence libérée, avait été trop brusque ; il quitta son vestibule et fut s'étendre sur son lit ; mais, absorbé par un sujet unique, comme monté par un ressort, l'esprit, bien qu'endormi, continua de dévider sa chaîne, et bientôt il roula dans les sombres folies d'un cauchemar.

Il se trouvait, au milieu d'une allée, en plein bois, au crépuscule ; il marchait à côté d'une femme qu'il n'avait jamais ni connue, ni vue ; elle était efflanquée, avait des cheveux filasse, une face de bouledogue, des points de son sur les joues, des dents de travers lancées en avant sous un nez camus. Elle por-

---

1. Ôter la partie brute, commencer à polir.
2. Modèle sur lequel on frappe un métal pour y faire l'empreinte.

tait un tablier blanc de bonne, un long fichu écartelé en buffle-
terie sur la poitrine, des demi-bottes de soldat prussien, un bonnet noir orné de ruches et garni d'un chou.

Elle avait l'air d'une foraine, l'apparence d'une saltimbanque
de foire.

Il se demanda quelle était cette femme qu'il sentait entrée,
implantée depuis longtemps déjà dans son intimité et dans sa
vie ; il cherchait en vain son origine, son nom, son métier, sa raison d'être ; aucun souvenir ne lui revenait de cette liaison inex-
plicable et pourtant certaine.

Il scrutait encore sa mémoire, lorsque soudain une étrange
figure parut devant eux, à cheval, trotta pendant une minute et
se retourna sur sa selle.

Alors, son sang ne fit qu'un tour et il resta cloué, par l'horreur, sur place. Cette figure ambiguë, sans sexe, était verte et elle
ouvrait, dans des paupières violettes, des yeux d'un bleu clair et
froid, terribles ; des boutons entouraient sa bouche ; des bras
extraordinairement maigres, des bras de squelette, nus jusqu'aux coudes, sortaient de manches en haillons, tremblaient de
fièvre, et les cuisses décharnées grelottaient dans des bottes à
chaudron[1], trop larges.

L'affreux regard s'attachait à des Esseintes, le pénétrait, le
glaçait jusqu'aux moelles ; plus affolée encore, la femme bouledogue se serra contre lui et hurla à la mort, la tête renversée
sur son cou roide.

Et aussitôt il comprit le sens de l'épouvantable vision. Il
avait devant les yeux l'image de la Grande Vérole.

Talonné par la peur, hors de lui, il enfila un sentier de traverse,
gagna, à toutes jambes, un pavillon qui se dressait parmi de faux
ébéniers, à gauche ; là, il se laissa tomber sur une chaise, dans
un couloir.

Après quelques instants, alors qu'il commençait à reprendre
haleine, des sanglots lui avaient fait lever la tête ; la femme bouledogue était devant lui ; et, lamentable et grotesque, elle pleurait à chaudes larmes, disant qu'elle avait perdu ses dents
pendant la fuite, tirant, de la poche de son tablier de bonne, des
pipes en terre, les cassant et s'enfonçant des morceaux de
tuyaux blancs dans les trous de ses gencives.

1. Des bottes avec des genouillères aussi hautes en dedans qu'en
dehors.

– Ah ! ça, mais elle est absurde, se disait des Esseintes : jamais ces tuyaux ne pourront tenir – et, en effet, tous coulaient de la mâchoire, les uns après les autres.

À ce moment, le galop d'un cheval s'approcha. Une effroyable terreur poigna des Esseintes ; ses jambes se dérobèrent ; le galop se précipitait ; le désespoir le releva comme d'un coup de fouet ; il se jeta sur la femme qui piétinait maintenant sur les fourneaux des pipes, la supplia de se taire, de ne pas les dénoncer par le bruit de ses bottes. Elle se débattait, il l'entraîna au fond du corridor, l'étranglant pour l'empêcher de crier ; il aperçut, tout à coup, une porte d'estaminet, à persiennes peintes en vert, sans loquet, la poussa, prit son élan et s'arrêta.

Devant lui, au milieu d'une vaste clairière, d'immenses et blancs pierrots faisaient des sauts de lapins, dans des rayons de lune.

Des larmes de découragement lui montèrent aux yeux ; jamais, non, jamais il ne pourrait franchir le seuil de la porte – Je serais écrasé, pensait-il, – et, comme pour justifier ses craintes, la série des pierrots immenses se multipliait ; leurs culbutes emplissaient maintenant tout l'horizon, tout le ciel qu'ils cognaient alternativement, avec leurs pieds et avec leurs têtes.

Alors les pas du cheval s'arrêtèrent. Il était là, derrière une lucarne ronde, dans le couloir ; plus mort que vif, des Esseintes se retourna, vit par l'œil-de-bœuf des oreilles droites, des dents jaunes, des naseaux soufflant deux jets de vapeur qui puaient le phénol.

Il s'affaissa, renonçant à la lutte, à la fuite ; il ferma les yeux pour ne pas apercevoir l'affreux regard de la Syphilis qui pesait sur lui, au travers du mur, qu'il croisait quand même sous ses paupières closes, qu'il sentait glisser sur son échine moite, sur son corps dont les poils se hérissaient dans des mares de sueur froide. Il s'attendait à tout, espérait même pour en finir le coup de grâce ; un siècle, qui dura sans doute une minute, s'écoula ; il rouvrit, en frissonnant, les yeux. Tout s'était évanoui ; sans transition, ainsi que par un changement à vue, par un truc de décor, un paysage minéral atroce fuyait au loin, un paysage blafard, désert, raviné, mort ; une lumière éclairait ce site désolé, une lumière tranquille, blanche, rappelant les lueurs du phosphore dissous dans l'huile.

Sur le sol quelque chose remua qui devint une femme très pâle, nue, les jambes moulées dans des bas de soie verts.

Il la contempla curieusement ; semblables à des crins cres-
pelés par des fers trop chauds, ses cheveux frisaient, en se cassant du bout ; des urnes de Népenthès pendaient à ses oreilles ;
des tons de veau cuit brillaient dans ses narines entrouvertes.
Les yeux pâmés, elle l'appela tout bas.

Il n'eut pas le temps de répondre, car déjà la femme changeait ; des couleurs flamboyantes passaient dans ses prunelles ;
ses lèvres se teignaient du rouge furieux des Anthuriums ; les
boutons de ses seins éclataient, vernis tels que deux gousses de
piment rouge.

Une soudaine intuition lui vint : c'est la Fleur, se dit-il ; et la
manie raisonnante persista dans le cauchemar, dériva de même
que pendant la journée de la végétation sur le Virus.

Alors il observa l'effrayante irritation des seins et de la
bouche, découvrit sur la peau du corps des macules de bistre et
de cuivre, recula, égaré ; mais l'œil de la femme le fascinait
et il avançait lentement, essayant de s'enfoncer les talons dans
la terre pour ne pas marcher, se laissant choir, se relevant quand
même pour aller vers elle ; il la touchait presque lorsque de noirs
Amorphophallus jaillirent de toutes parts, s'élancèrent vers ce
ventre qui se soulevait et s'abaissait comme une mer. Il les
avait écartés, repoussés, éprouvant un dégoût sans borne à voir
grouiller entre ses doigts ces tiges tièdes et fermes ; puis subitement, les odieuses plantes avaient disparu et deux bras cherchaient à l'enlacer ; une épouvantable angoisse lui fit sonner le
cœur à grands coups, car les yeux, les affreux yeux de la femme
étaient devenus d'un bleu clair et froid, terribles. Il fit un effort
surhumain pour se dégager de ses étreintes, mais d'un geste irrésistible, elle le retint, le saisit et, hagard, il vit s'épanouir sous
les cuisses, à l'air, le farouche Nidularium qui bâillait, en saignant, dans des lames de sabre.

Il frôlait avec son corps la hideuse blessure de cette plante ;
il se sentit mourir, s'éveilla dans un sursaut, suffoqué, glacé, fou
de peur, soupirant :

— Ah ! ce n'est, Dieu merci, qu'un rêve.

● **PISTES DE RECHERCHES**

La notion de naturalisme

Apparu au XVIᵉ siècle, le mot « naturaliste » désigne un
savant qui s'occupe spécialement de sciences naturelles, puis de
biologie. Un peu plus tard dans le siècle, il désigne également

un philosophe adepte du naturalisme (voir ci-après). En 1727, le *Dictionnaire* de Furetière définit le naturaliste comme celui qui explique « les phénomènes par les lois du mécanisme et sans recourir à des causes surnaturelles ».

Formé à partir du latin *naturalis*, le terme « naturalisme » apparaît en 1582 et désigne une doctrine philosophique selon laquelle rien n'existe en dehors de la nature, et qui donc exclut le surnaturel ainsi que toute explication d'ordre métaphysique. Dans l'*Encyclopédie*, Diderot donne cette définition : « Les naturalistes sont ceux qui n'admettent point de Dieu, mais qui croient qu'il n'y a qu'une substance matérielle [...]. Naturaliste en ce sens est synonyme d'athée, spinoziste, matérialiste, etc. »

Le sens esthétique est postérieur.

En 1839, se forge en peinture le concept de naturalisme, autrement dit la représentation réaliste, l'imitation exacte de la nature. À partir de ce moment va naître le concept littéraire.

En 1865, Zola reprend le mot à son compte en lui donnant les trois sens. Pendant quelques années, jusqu'à la parution de *La Fortune des Rougon* (1871), les termes « réalisme » et « naturalisme » seront employés presque indifféremment, alors qu'ils ne recouvrent pas exactement les mêmes notions et ne renvoient pas aux mêmes enjeux. Cependant, le naturalisme affiche d'emblée ses ambitions scientifiques.

Le naturalisme et la science

Il faut d'abord souligner l'influence du positivisme. Dans son *Cours de philosophie positive* (1830-1842), Auguste Comte souligne le rôle capital du progrès de la raison dans l'histoire de l'humanité, et en particulier la découverte progressive des lois intellectuelles permettant de comprendre la réalité de la nature sous toutes ses formes. Médecin, historien, philologue, auteur du *Dictionnaire* (1863-1877), Émile Littré incarne l'idéal positiviste.

Il faut ensuite insister sur l'influence des découvertes concernant les lois de l'hérédité. Écrivains et critiques naturalistes subissent l'influence de l'évolutionnisme défini par Charles Darwin – son fameux ouvrage, *De l'origine des espèces* (1859), est traduit en français en 1862. Hippolyte Taine applique aux sciences humaines les idées relatives à l'action du milieu sur les espèces et à la transmission héréditaire des caractères acquis. Dans la deuxième édition de *Thérèse Raquin* (1868), Zola reprend sa célèbre formule : « Le vice et la vertu sont des produits comme le sucre et le vitriol. » Se référant aux travaux du Dr Lucas (*Traité philosophique et physiologique de l'hérédité naturelle*, 1868), il construira l'arbre généalogique des *Rougon-Macquart* en fonction de l'hérédité, dont il a déjà appliqué les lois dans *Thérèse Raquin* (Pocket Classiques, n° 6060), sorte d'annonce de la grande saga romanesque à venir.

Enfin, on indiquera que le naturalisme s'intéresse aussi à la physique, notamment aux principes de la thermodynamique. Circulation et transformation de l'énergie, travail et jeu des forces fournissent à l'écriture thèmes et métaphores. Ainsi, la vie sera perçue comme un mécanisme et un jeu énergétique, alors que la matière s'anime d'un souffle vital.

Le naturalisme et la méthode scientifique

Les auteurs empruntent aux savants leurs méthodes. Zola élabore la théorie du roman expérimental à partir de l'*Introduction à l'étude de la médecine expérimentale* de Claude Bernard (1865). En 1891, le critique Jules Huret définit le naturalisme comme « une méthode de penser, de voir, de réfléchir, d'étudier, d'expérimenter, un besoin d'analyser pour savoir, non une façon spéciale d'écrire ».

L'évolution du naturalisme

Après les premières batailles de Zola autour de la parution de *Thérèse Raquin*, on peut distinguer deux générations.

Tout d'abord, la génération de Médan, ainsi nommée en raison de la publication en 1880 des *Soirées de Médan*, recueil collectif. En effet, il ne faut pas oublier que toute l'histoire du naturalisme se définit par rapport à Zola. Se réunissant d'abord autour de Flaubert, dont *L'Éducation sentimentale* (1869) les a marqués et en qui ils saluent un maître, alors qu'il n'est en rien naturaliste, les premiers auteurs naturalistes se regroupent autour de leur maître à penser et porte-parole, qui s'installe à Médan en 1878. Le recueil collectif de nouvelles, *Les Soirées de Médan*, proclame leur unité et leur caractère de disciples de Zola et des autres grands maîtres, Flaubert, les Goncourt, Alphonse Daudet. Les membres en sont Henri Céard et Paul Alexis, qui se consacrent avant tout au journalisme et à la critique, sans négliger le roman, Léon Hennique, qui se tourne vers le théâtre, et Maupassant, qui va accumuler contes et nouvelles. Quant à Joris-Karl Huysmans, il rompt avec le naturalisme en 1884 avec *À rebours*. Si le groupe se désagrège vers 1885, les amitiés demeurent.

Après la génération de Médan, on peut distinguer celle du Manifeste des Cinq. En août 1887, Paul Bonnetain, Lucien Descaves, Gustave Guiche, Paul Margueritte et J.-H. Rosny (pseudonyme des deux frères Rosny) attaquent Zola et son roman *La Terre*. Il s'agit moins pour eux de dénoncer le naturalisme en tant que tel que de s'affirmer comme génération littéraire cherchant une littérature plus élevée, « par la compréhension plus profonde, plus analytique et plus juste de l'univers tout entier et des plus humbles individus, acquise par la science et par la philosophie des temps modernes » (Rosny). Leur intérêt se tourne moins vers les questions théoriques que vers le métier de romancier et les ambitions du roman.

Quelques thèmes réalistes et naturalistes

Ces mouvements littéraires entendent traiter des sujets contemporains et sociaux et s'attachent à mettre les mœurs en scène.

La société et les mœurs

Pour cela, ils envisagent d'abord les différentes classes sociales et étudient les milieux. Si le réalisme reste le plus souvent limité aux couches bourgeoises, le naturalisme élargit ses investigations aux classes populaires. Moyenne et petite bourgeoisie constituent la population favorite des romanciers des années 1850-1860 : employés, commerçants, petits propriétaires, rentiers, souvent situés en province. Observateur du monde bourgeois, le naturalisme peint aussi le monde ouvrier et la paysannerie. Assurant d'une certaine façon la transition, les Goncourt s'attachent aux « basses classes ».

Notons que réalisme et naturalisme ont le même goût des milieux artistes, qui vivent dans une sorte de marginalité, soit par leur retrait esthétique, soit par leur pauvreté, voire leur misère.

Le roman est le roman de mœurs par excellence. Le naturalisme accentue ce caractère et met en fiction une sorte d'anthropologie culturelle de la France du XIXe siècle et de la vie quotidienne. Parmi les éléments les plus importants, on peut citer tout ce qui concerne la socialisation de l'espace et du temps.

On pourrait parler d'histoire des classes sociales chez Zola, avec la mise en évidence d'une fatalité à l'œuvre, qui conduit

inéluctablement à la déchéance, à la ruine, à la mort. Plus généralement, le naturalisme s'attache à peindre les types et les
mœurs de la société considérée dans ses groupes : employés
ou paysans normands chez Maupassant, figures de la rue
chez Vallès, petit peuple provençal ou mœurs parisiennes chez
Daudet, etc.

L'histoire, déterminisme et fatalité

Le réalisme accorde la plus grande importance aux effets de
la situation historique. Le roman s'inscrit dans l'histoire, son
mouvement, ses fractures, ses conflits et ses dynamiques. Avec
le naturalisme, il peint un âge social.

L'argent

Ensuite, les écrivains mettent en évidence le rôle de l'argent.
À la suite de Balzac, et du fait de l'extension du capitalisme, les
romanciers prennent de plus en plus en compte ces mutations
socio-économiques où les rapports marchands définissent de
plus en plus l'humanité. Devenu la mesure de toutes choses,
l'argent donne lieu à l'analyse de ses liens avec le pouvoir et
avec le sexe, à celle de ses mécanismes, de sa circulation, et
généralement de son influence sur les manières d'être et de
paraître.

Le corps

Sans être véritablement découvert par les auteurs, le corps
devient un sujet important, et même capital, et ce dans tous ses
aspects, à commencer par la sexualité. Les thèmes et motifs qui
parcourent les œuvres sont la puissance et les effets du désir,
l'érotisation des rapports sociaux, la description des actes amoureux, souvent audacieuse pour l'époque, et toute une symbolique sexuelle, avec les réseaux métaphoriques de la chair.

Il en va de même pour la maladie. Le corps malade, les mani-
festations physiques de troubles psychiques ou moraux jouent
un grand rôle et tiennent une grande place. Ici s'insère le rôle
qu'accorde Zola à l'hérédité. Ce n'est pas par goût de la pro-
vocation ou de la vulgarité que le naturalisme insiste aussi fortement sur le corps, mais par volonté de traiter de l'être humain
dans toutes ses dimensions et de montrer un principe fonda-
mental en action dans la vie et l'histoire.

Le corps zolien est centré sur le ventre, où se concentrent tous
les appétits vitaux, sexe et nourriture, source de vie, cause de

perdition et de mort, réceptacle, origine, cause de violence ou d'épuisement.

Le mariage et la famille

Au moins depuis les *Scènes de la vie privée* de Balzac (1830), le mariage, considéré tant comme institution sociale fondamentale que comme mode de relation entre les individus, est devenu un des principaux sujets romanesques.

Les romanciers étudient le couple. Déterminé par les conditions sociales et juridiques du mariage (n'oublions pas que le divorce est interdit en France entre 1816 et 1884), le couple se définit par un rapport inégal et hiérarchique entre le mari et la femme. Se posent des problèmes affectifs et matériels, dont tous les cas de figure sont traités par la fiction et le théâtre. Le naturalisme envisage également les « collages » et toutes les formes du concubinage.

L'adultère est évidemment un sujet privilégié. Dans un système où le divorce n'existe pas, tout roman sur le mariage tend à devenir un roman d'adultère. On ne s'étonnera pas de cette constante dans la littérature romanesque et théâtrale.

Quant à la famille, elle apparaît comme un véritable microcosme, et la littérature décrit ses tensions, ses contradictions, ses conflits, ses complicités, ses intérêts, etc. Les relations entre parents et enfants occupent également une grande place.

La femme, le corps féminin et le désir

D'une certaine façon, le réalisme et le naturalisme consacrent la promotion littéraire de la femme, étudiée dans sa complexité physique, morale, affective, située socialement et légalement, différenciée selon les âges. Elle est analysée dans tous ses états, mais elle est d'abord chair. Corps désirable, constitué lui-même de désirs, elle mène le monde moderne.

La nature et les fatalités naturelles

Objet de descriptions, la nature est également le lieu des grandes lois du déterminisme, celui de l'inscription de l'être humain livré à ses pulsions, et l'univers de la sensation.

L'histoire familiale est aussi organique et biologique. L'hérédité n'est au fond que la forme concrète d'une autre fatalité pesant sur les corps. Sans les y réduire, le naturalisme dans son ensemble recentre les comportements de ses personnages autour des pulsions du désir, moteur de la mécanique humaine.

Étudier l'homme comme on dissèque un animal équivaut aussi à montrer que l'homme porte en lui une part de bestialité irrépressible.

La ville et la province

Le roman du XIXe siècle est majoritairement situé dans un espace urbain, que ce soit la capitale, la grande ville ou la petite ville de province. On connaît les tableaux, et les parcours de Balzac. Zola montre les bouleversements parisiens. Les romanciers présentent la civilisation moderne, et dessinent une nouvelle mythologie. « Le roman, c'est la province », disait le critique Albert Thibaudet. Des *Scènes de la vie de province* de Balzac à la Normandie maupassantienne en passant par ce roman des « mœurs de province » qu'est *Madame Bovary*, le roman joue de l'opposition ou de l'alternance avec Paris (voir Balzac ou Flaubert, *L'Éducation sentimentale*, Pocket Classiques, n° 6014). Lieu de l'étude de mœurs par excellence, la province offre ses déterminismes particuliers, mais aussi ses caractéristiques esthétiques.

Roman et morale

Zola est un opposant au Second Empire et un républicain. Il s'orientera vers des idées socialisantes. Il lie naturalisme et idéal social, rêvant de plus en plus à une société de justice et de fraternité.

« Nous montrons le mécanisme de futile et du nuisible. Nous dégageons le déterminisme des phénomènes humains et sociaux pour qu'on puisse un jour dominer et diriger ces phénomènes. En un mot, nous travaillons avec tout le siècle à la grande œuvre qui est la conquête de la nature, la puissance de l'homme décuplée » : dans *Le Roman expérimental*, Zola énonce clairement l'ambition morale du naturalisme, et il proclame avec énergie : « C'est nous qui avons la force, c'est nous qui avons la morale. »

Le pessimisme

Si le roman zolien est tendu vers l'idéal de la régénération, il est aussi marqué par le pessimisme schopenhauérien (*La Joie de vivre*, 1884, Pocket Classiques, n° 6111), dont l'influence se fait sentir à partir des années 1880. Schopenhauer voit dans l'homme le jouet des forces de la nature (parmi elles, le désir), et dont, source de souffrance, la vie n'est qu'une lutte sans espoir. Le pessimisme se trouve surtout chez Céard, Huysmans et Maupassant. Tout se passe comme si le système déterministe laissait bien peu de marge à la liberté. On voit toute la contradiction avec l'optimisme né de la science et de la foi dans le progrès.

Le roman d'apprentissage

Un concept a été forgé très tôt par la critique allemande sous l'appellation de *Bildungsroman*. La notion regroupe les éléments suivants : roman de formation, roman d'éducation, roman d'apprentissage, voire roman pédagogique. Elle implique également l'idée de culture, elle-même conçue comme rapport au monde. Prenons garde à ce fait : à trop vouloir spécifier cette catégorie littéraire, on la mutile ; à trop la laisser dans un flou esthétique, on la dilue. Peut-être faut-il rester dans la perspective de l'idéalisme hégélien pour appréhender le moins maladroitement possible le concept dans son extension et dans sa compréhension. En qualifiant dans son *Esthétique* le roman de « moderne épopée bourgeoise », Hegel souligne bien que le genre se donne comme réconciliation permettant l'harmonie entre l'individu et la matérialité du monde (on voit comment le *Bildungsroman* est à la fois idéaliste et matérialiste). On peut citer le jeune Lukács et sa *Théorie du roman* de 1920 :

> « Le roman est la forme de l'aventure, celle qui convient à la valeur propre de l'intériorité ; son contenu est l'histoire de cette âme qui va dans le monde pour apprendre à se connaître, cherche des aventures pour s'éprouver en elles et, par cette preuve, donne sa mesure et découvre sa propre essence. »

Le roman d'éducation établirait alors une synthèse entre le roman où l'âme ne parvient pas à prendre la mesure du réel (forme de l'idéalisme abstrait que déploie *Don Quichotte*) et le roman où celle-là est en quelque sorte plus large ou plus riche que celui-ci (c'est le romantisme de la désillusion). Se rétablirait par la formation du héros une sorte d'adéquation entre son âme et le monde, adéquation nécessairement fragile, ce qui fait de la figure héroïque un personnage problématique, en qui le déchirement de la conscience moderne se donne à lire.

Comment par ailleurs assigner au roman d'apprentissage une définition, une origine, un corpus, des critères formels, un type de héros ? On peut y voir un roman de début de vie qui suit les traces d'un héros jeune réduit dans un premier temps à la somme de ses illusions. Peut-être l'un des titres emblématiques serait-il *Un début dans la vie* de Balzac (paru en feuilleton en

1842 et en volume en 1844). L'ouvrage ne jouit pas d'une noto-
riété comparable à celle du *Père Goriot*, de *La Peau de chagrin*
ou d'*Illusions perdues*, mais il nous offre l'exemple, rare chez
le romancier de l'énergie, d'une réussite apparemment para-
doxale, celle d'un médiocre. Fils d'une époque où l'opportu-
nisme a remplacé l'héroïsme, Octave Husson (peut-on devenir
l'égal d'un Rastignac avec un tel nom ?) se révèle inconsistant
quoique ambitieux. Il brocardait les bourgeois, il est condamné
à en devenir un, digne incarnation du juste milieu. Il aura appris
à se taire et à profiter. Citons les dernières lignes du texte,
conclusion d'un destin sanctionné par un beau mariage (enten-
dez une belle dot), fin d'un parcours conduisant au bonheur
tranquille (« devenu sage et capable, il fut heureux ») :

> « Oscar est un homme ordinaire, doux, sans prétention,
> modeste et se tenant toujours, comme son gouvernement,
> dans un juste milieu. Il n'excite ni l'envie ni le dédain. C'est
> enfin un bourgeois moderne. »

Nous avons là une superbe transition entre les leçons de Vau-
trin et l'*Éducation sentimentale*. Oscar ressemble à son monde :
il est plat. De Rastignac à Frédéric Moreau, le roman du
XIXᵉ siècle met en scène l'apprentissage d'un jeune homme, plus
rarement celui d'une jeune fille. Cela tient à la question du
mariage. C'est dans le roman du mariage (et par conséquent
dans celui de l'adultère) qu'est développé le trajet formateur de
la femme. Au XIXᵉ siècle, celle-ci s'éduque essentiellement,
sinon exclusivement, dans et par la vie privée. Or, la Révolution
a eu pour conséquence de cantonner les femmes dans cette
sphère et la Restauration leur a interdit le divorce. Légion sont
les femmes qui, dans le roman du XIXᵉ siècle, veulent connaître
l'amour et cet art si prometteur qui participerait à la constitution
de leur identité. Elles mènent pour cela de rudes batailles.

Il existe donc bien une place des femmes dans ce type de
roman, mais la privatisation de leurs intérêts les enferme dans
leur condition, même quand elles s'imposent comme initia-
trices. Le roman d'apprentissage est inégalitaire. Il reflète le
siècle et relève ainsi du roman de mœurs. Comment la poésie du
cœur peut-elle s'accorder avec la prose des rapports sociaux,
pour revenir à des formulations hégéliennes ? Il n'est d'éducation que dans le renoncement à une part de soi, que par la muti-
lation, où l'on meurt un peu à soi-même. L'histoire du roman au
XIXᵉ siècle pourrait se lire comme une succession de dyna-

miques avortées, comme une quête toujours plus impossible de l'harmonie. Pour dépasser ces apories, le roman d'apprentissage, dont l'évolution concentrerait ainsi celle du roman dans son ensemble, se fera récit autobiographique où le sujet accomplit un parcours critique et réflexif, alliant la recherche de la vérité à son propre apprentissage.

Le contexte du décadentisme

Si l'on accepte de voir dans le phénomène littéraire qu'il est convenu d'identifier comme « décadent », et qui s'étage en gros de Huysmans à Laforgue, un « fait d'imagination » (Pierre Citti), il s'inscrit en fonction d'une **représentation de l'individu** caractérisée dans l'imagination scientifique et dans l'imagination romanesque, lesquelles se confortent mutuellement, et qu'il va radicalement contester. Exacerbation de l'individualisme, dont des Esseintes présente une conscience aiguë, affirmation de l'incompatibilité de la vie et de l'art, rejet du milieu qui agit « à rebours » sur un artiste qui entreprend de former contre lui sa conscience et sa pratique, tout milite pour définir et célébrer une **originalité**. Deux mondes s'affrontent désormais : l'un naturel et réel, pensé comme fondamentalement néfaste, l'autre, artificiellement idéal, loué pour la protection qu'il offre à l'individu, conçu comme espace du bonheur. Mais, et nous y reviendrons, cette apologie de la pose décadente se fait aussi par les moyens du naturalisme abhorré. C'est là l'une des ambiguïtés les plus riches du roman, dont il faut souligner combien il s'installe dans la décadence tout en maintenant une **distance ironique**. *À rebours* est bien le livre d'une crise des certitudes naturalistes et l'œuvre phare éclairant d'autres horizons.

La crise des années 1880

1. On pourrait tracer un tableau sommaire d'une France faisant son apprentissage républicain et assumant enfin une Révolution française si fortement combattue tout au long du siècle (voir François Furet, *La Révolution, 1770-1880*, Hachette, 1988). Malgré l'agitation boulangiste (1886-1889), puis le scandale de Panamá (1892), les attentats anarchistes et l'affaire Dreyfus (1894-1906), c'est le temps de l'expansion économique et coloniale, et d'un retour de la France sur la scène internationale après la défaite. Mais les divisions idéologiques (mouvement ouvrier, nationalisme…) minent la société, alors que le catholicisme entame sa reconquête spirituelle. Vers 1880,

esprit scientifique, souvent teinté de scientisme, primat du ratio-
nalisme, puissance du matérialisme dominent le paysage philosophique. Mais la génération de 1880-1885 se révolte au nom
d'aspirations spirituelles, et un Barbey d'Aurevilly entreprend
dès 1873 sa série *Les Philosophes et les écrivains religieux*.
Avec l'*Essai sur les données immédiates de la conscience*
(1889), Bergson propose une nouvelle approche des rapports de
l'homme et du monde. Une autre configuration intellectuelle se
dessine…

2. Sur la scène littéraire, le **naturalisme** semble occulter les
autres mouvements, tendances ou tentatives : 1877, *L'Assommoir*, 1880, *Les Soirées de Médan*… En fait, ce triomphe inso-
lent masque les divergences entre les tenants du naturalisme
d'une part, l'absence réelle d'un mouvement ou d'une école, en
fait réduite à Zola lui-même (voir Henri Mitterand, *Zola et le
naturalisme*, P.U.F., coll. « Que sais-je ? », 1986), d'autre part,
et fait l'objet de contestations violentes, tant idéologiques qu'esthétiques (Brunetière). Le naturalisme semble déprécié par la
comparaison avec le roman russe et anglais. La crise éclate en
1887 avec le Manifeste des Cinq (Paul Bonnetain, Lucien Descaves, Gustave Guiche, Paul Marguerite et J.-H. Rosny) dirigé
contre *La Terre* de Zola (Pocket Classiques, n° 6115), texte
généralement perçu par l'histoire littéraire comme le début, au
moins symbolique, de l'essoufflement de l'esthétique naturaliste, ce qui aboutit au constat de décès établi par la célèbre
enquête de Jules Huret en 1891. Or *À rebours* a déjà porté un
coup fatal, que Zola reproche amèrement à Huysmans ; celui-ci
répliquera dans sa préface pour la réédition d'*À rebours* en
1903. Contre un roman présenté comme simple enquête sur la
nature et sur l'homme, contre les insuffisances du naturalisme,
À rebours vient à son heure et constitue de ce fait un véritable
événement littéraire.

Retenons qu'entre 1870 et 1890 une période essentielle pour
l'histoire de la littérature et de la pensée en France se dessine,
entre le triomphe du positivisme et la naissance du bergso-
nisme. La notion de décadence y occupe une place considérable : décadence de la France signifiée par la défaite de 1871 ;
décadence de l'Occident ; décadence de la civilisation, et
décomposition du corps social.

3. En fait, le siècle du libéralisme, du progrès dans ses versions saint-simonienne, socialiste et positiviste, des sciences

expérimentales et du réalisme reste traversé par une conception polymorphe du monde : le **romantisme**, susceptible de toutes les valences. L'une de ses modulations, essentielle pour comprendre le décadentisme, est le **pessimisme**. Il faut accorder toute sa place à Schopenhauer, dont la connaissance est très largement répandue en France vers 1880 (voir Steinmetz, « Huysmans avec Schopenhauer : le pessimisme d'*À rebours* », *Romantisme*, n° 61, 1988). On traduit le *Fondement de la morale* en 1879, les *Aphorismes sur la sagesse dans la vie* en 1880, ainsi que *Pensées et fragments*, enfin *Le Monde comme volonté et comme représentation* en 1886. Ce qu'en retiennent les poètes français, c'est avant tout l'idée qu'il faut se délivrer du moi et de son désir, échapper à la volonté qui fait la douleur. Alors les parts subjective et objective de la pensée seront réconciliées (voir R.-P. Colin, *Schopenhauer en France. Un mythe naturaliste*, P.U. de Lyon, 1980).

Pour ce qui est d'*À rebours*, retenons avec Steinmetz que :

> « Toute la trame narrative d'*À rebours* s'articule autour du paradoxe qui veut que des Esseintes, doublure fictionnelle de Huysmans, plongé par la dégénérescence physique, morale et financière de sa "race" dans un univers social où il se sent pris et étranger, hors duquel il sait pertinemment que n'existe aucune issue, s'épuise dans le déploiement d'artifices esthétiques destinés à vaincre l'ennui et la médiocrité de la civilisation industrielle. »

Mais le pessimisme est bien antérieur à la découverte de Schopenhauer, qui vient lui donner un corps de doctrine. Il suffit de relire Baudelaire et Flaubert. Sans doute faudrait-il souligner que cette contagion, le pessimisme, outre ses motivations « objectives » – en fait intellectualisation d'une représentation, travail de l'imaginaire – qui en font une réaction au monde moderne marqué conjointement par la dégénérescence et le déterminisme positiviste, s'ancre tout particulièrement dans la situation spécifique de l'artiste. En effet, « forçat de la sensation », celui-ci approfondit et fouille sans cesse ses sensations, et en cherche de nouvelles au nom d'une investigation toujours plus obsédante de la nouveauté et de l'inédit : « Jamais le cerveau humain n'a été plus compliqué, aussi sensibilisé, aussi fouillé par toutes les curiosités de la sensation. L'abus du cerveau est la grande maladie. Et le cerveau moderne, si surmené, en arrive à souffrir pour des détails, à raffiner sur de subtils ennuis » (Rodenbach, *Notes sur le pessimisme*, 1882). Dans son tableau de la mentalité « fin de siècle », Paul Bourget associe Baudelaire au pessimisme, Renan au dilettantisme, Flaubert au nihilisme – ses personnages lui apparaissant comme « le symbole [...] de toutes les époques où l'abus du cerveau est la grande maladie » –, Stendhal au cosmopolitisme et à l'esprit d'analyse.

L'artiste s'éprouve ou devient un être déséquilibré, chez qui l'hypertrophie de l'intelligence et la délicatesse exacerbée détruisent le vouloir et la faculté d'agir. Donjuanisme de l'esprit, déracinement, scepticisme, blasement généralisé... : tout génère la névrose, directement liée au pessimisme, et composante essentielle de l'art décadent.

La décadence, indépassable horizon du siècle littéraire

1. Ces aspects idéologiques et politiques, aux importantes conséquences et retombées – fonds de commerce de moralistes, historiens ou philosophes de l'histoire du XIXe siècle, véhiculant dès le début du siècle des thèses décadentistes particulièrement en référence à la Révolution française (Bonald, de Maistre...) –, forment un arrière-plan permanent, aux nombreuses interférences avec la production littéraire, arrière-plan réactualisé et intensifié à partir du milieu du siècle, et singulièrement après 1871. Il ne faut pas faire se recouvrir contextualisations politique et littéraire du thème décadent, puisque l'art revendique la décadence, et que les politiques et penseurs « officiels » la déplorent ou la combattent. L'écrivain Baju affirme sans ambages :

> « Nous ne nous occuperons de ce mouvement qu'au point de vue de la littérature. La décadence politique nous laisse frigides. Elle marche d'ailleurs son train, mené par cette symptomaque de politiciens dont l'apparition était inévitable à ces heures défaillantes. Nous nous abstiendrons de politique comme d'une chose idéalement infecte et abjectement méprisable. L'art n'a pas de parti ; il est le seul point de ralliement de toutes les opinions. »

Mais d'autres décadents sont proches des positions anarchisantes, et un Péladan est ultraroyaliste. Quelques cristallisations (l'anarchisme, le boulangisme) ne sauraient rendre compte d'une grande diversité idéologique. Retenons que l'approche politique est assez peu commode pour comprendre les décadents.

2. L'idée de décadence, dont il serait aisé de suivre les avatars au cours des âges, s'inscrit littérairement au XIXe siècle à partir du célèbre ouvrage de Nisard, *Études de mœurs et de critique sur les poètes latins de la décadence*, 1834. De jeunes écrivains revendiquent le statut de décadents (ainsi Théophile de Ferrière proclame-t-il dès 1835 : « Nous sommes tous empereurs du Bas-Empire. Ne sommes-nous pas en décadence ? ») et, la même année, Théophile Gautier chante la gloire de la décadence latine dans *Mademoiselle de Maupin* (revu en 1845). Quant à Baudelaire, il écrit dans la première édition des *Fleurs du mal* (1857) :

> « Ne semble-t-il pas au lecteur comme à moi, que la langue de la dernière décadence latine – suprême soupir d'une personne robuste et déjà transformée et préparée pour la vie spirituelle – est singulièrement propre à exprimer la passion telle que l'a comprise et sentie le monde moderne ? »

On pourrait multiplier les citations. Et Zola lui-même affirme en 1865 : « Mon goût, si l'on veut, est dépravé ; j'aime les ragoûts littéraires fortement épicés, les œuvres de décadence où une sorte de sensibilité maladive remplace la santé plantureuse des époques classiques. Je suis de mon âge » (article dans le *Bien public* du 24 février, repris dans *Mes haines*, 1866). Quant à Mallarmé, il écrit en 1867 :

> « De même la littérature à laquelle mon esprit demande une volupté sera la poésie agonisante des derniers moments de Rome, tant cependant qu'elle ne respire aucunement l'approche rajeunissante des barbares et ne bégaie point le latin enfantin des premières proses chrétiennes » (« Plainte d'automne », *Revue des lettres et des arts* sous le titre « Orgue de barbarie » ; voir R. de Gourmont, « Mallarmé et l'esprit de décadence », *La Culture des idées*, Mercure de France, 1903).

Surtout domine **Baudelaire**. C'est avec l'œuvre de Baudelaire ou autour d'elle que l'esthétique de la décadence va être définitivement fixée. L'antinaturalisme (entendu comme rejet de la nature ; voir O. Wilde, « La nature imite l'art », *Intentions*, 1891) devient la règle, et se trouve développé jusque dans toutes ses conséquences : tout art ne peut trouver de modèles que dans l'art. En même temps, le conflit moral né du sentiment de culpabilité lié à la valorisation de l'artificiel s'en trouve exacerbé. Pour Baudelaire, Poe a servi de catalyseur. Disqualification morale et esthétique de la nature, privilège de l'exception dans l'ordre moral, haine des contemporains plats et médiocres, « esthétique du paroxysme et des émotions intenses, d'une spiritualité chargée de tristesse, valorisation, aux dépens du décor naturel, symbolisé par le végétal, d'un univers du minéral et du métal, abandon à toutes les sollicitations de l'imaginaire et de l'inconscient, du rêve et de l'hallucination, c'est-à-dire en un mot primauté du subjectivisme, tels sont bien en effet les caractères qui désormais marqueront l'esprit décadent » (J. Pierrot). Gautier rassemble tout cela en affirmant que la décadence est « un art arrivé à ce point de maturité extrême que déterminent à leurs soleils obliques les civilisations qui vieillissent ».

3. Mais l'influence la plus nouvelle vient de la médecine, préoccupée du déclin physiologique des races modernes, et de l'inexorable montée de la névrose, maladie d'un siècle raffiné. La dimension médicale est centrale dans *À rebours* qu'elle structure, de l'aveu même de Huysmans, puisqu'il s'agit de suivre les étapes de la névrose, et puisque des Esseintes fait appel aux médecins. Autrement dit, il y a bien quête de guérison, même s'il s'agit avant tout de pouvoir continuer à jouir. Le pouvoir scientifique de la médecine, le prestige du discours médical, semble, sinon tout à fait intact, en tout cas représentatif de l'influence positivo-scientifique sur le siècle, pouvoir auquel des Esseintes n'échappe guère.

Rassemblant tous ces éléments, Paul Bourget se fit le vulgarisateur le plus efficace de la notion de décadence – « Nous acceptons sans humilité comme sans orgueil ce terrible mot de décadence. Que signifie-t-il de si infamant et de si méprisant [...] ? [...] [La décadence] l'emporte sur les époques organiques par l'intensité des génies » (1876) – et les *Essais de psychologie contemporaine* (1883) ont un retentissement considérable.

4. Donc, nécessité et bravade à la fois, l'**esprit décadent**, au terme et à l'assomption de ce mouvement et des tendances plus ou moins profondes et sur une durée plus ou moins longue, se nomme lui-même, s'affiche et multiplie les provocations. On ne rentrera pas ici dans le débat des rapports qu'il entretient avec le **symbolisme**, qui constitue incontestablement une école et une doctrine littéraires plus affirmées que le décadentisme. Moréas lui attribue un précurseur, Baudelaire, et des maîtres, Mallarmé

et Verlaine, en rendant de surcroît hommage à Théodore de Banville. René Ghil lui offre un *Traité du verbe* (1887), et bien des auteurs reconnus du symbolisme recoupent des thématiques décadentes. Parlons d'intrication plutôt que de distinction. Citons un long passage de Guy Michaud, qui situe bien la conjoncture décadente comme *mal de fin de siècle*, comme *terme du romantisme*, d'où la renaissance symboliste peut surgir :

« Ce qui est vraiment "fin de siècle", ce qu'ont apporté au poète moderne soixante ans d'analyse et de raffinement, c'est le dégoût du moi, une lassitude qui n'est plus une attitude littéraire, mais qui est le résultat d'une expérience. Voilà où en arrivent ceux qui tentent à nouveau l'aventure que tenta Baudelaire : tous, derrière le cœur et les sentiments, au plus profond de l'âme, découvrent leur "cimetière intérieur". De leur voyage aux "frontières dangereuses de l'art", ils ne rapportent que l'ennui, ce spleen que Baudelaire a mis à la mode, et que la fin du siècle, dans ses prétentions philosophiques, aime maintenant à nommer pessimisme. C'est véritablement là ce qui constitue la tonalité propre de la poésie décadente, ce qui fait d'elle – en un sens et en un sens seulement d'ailleurs – la dernière étape du romantisme. »

Quant à Verlaine, il écrira en 1887 dans sa biographie de Baju (*Hommes d'aujourd'hui*, n° 332) :

« En somme, voyons, de quoi retourne-t-il au fond, sous cette question de *Décadents* ? Un certain nombre de jeunes gens, las de lire toujours les mêmes tristes horreurs dites naturalistes, appartenant d'ailleurs à une génération plus désabusée que les précédentes, mais d'autant plus avide d'une littérature expressive de ses aspirations vers un idéal dès lors profond et sérieux, fait de souffrance très noble et de très hautes ambitions […] s'avisèrent un jour de lire de mes vers, écrits pour la plupart en dehors de toute préoccupation d'école, comme je les sentais […]. Bref, dès ce moment précis, "décadent" – un mot vaguement né où ? comme "romantiques", comme, mais mieux que "naturalistes" – signifiait, en nous désignant, mes trois *Maudits* et moi, et ceux d'entre les jeunes gens dont il a été parlé plus haut, qui avaient déjà publié des vers. »

5. On peut affirmer que la décadence, cette « désagrégation de l'idéisme ambiant » (Baju), constitue le « dénominateur

commun » (J. Pierrot) de toutes les tendances littéraires qui fleurissent dans les vingt dernières années du siècle. L'écrivain semble renoncer aux positions idéologiques qu'avait suscitées et entretenues le mythe du Poète romantique (voir Bénichou, *Le Sacre de l'écrivain*, Corti, 1973, *Le Temps des prophètes*, Gallimard, 1977, et *Les Mages romantiques*, Gallimard, 1983). Il s'accommode de la marginalité, dans une célébration aristocratique de la culture, ce rêve nostalgique. Mais il ne faut pas négliger que toute période de crise organique de la culture engendre d'âpres luttes en vue de la conquête du pouvoir symbolique, fût-il exercé sur des cercles minoritaires.

Le développement général marqué par l'aggravation des conflits sociaux et la fin de l'utopie humanitaire (d'où la haine de beaucoup d'écrivains contre la société et leur renoncement à exercer un sacerdoce), l'innovation technique, la presse qui supplante le livre comme moyen de diffusion, le dynamisme de la bourgeoisie, tout milite pour signaler la fin d'une culture ou plutôt d'une prépondérance. Désirs insatisfaits, inquiétude à fleur d'angoisse, pessimisme sincère ou affecté dictent des attitudes désabusées. Scepticisme, nihilisme, renoncement, mélancolie d'arrière-saison, exténuation de l'âme… : ainsi se décrit la crise. Pourtant, c'est moins une crise réelle qu'une **crise de représentation**, un écart entre les prétentions des écrivains et la demande culturelle réelle, et une crise de librairie. Le pouvoir symbolique de la littérature passe définitivement entre 1885 et 1895 de la poésie au roman pour lequel s'instaure une nouvelle légitimité. Par ailleurs, il existe une extrême rivalité entre les écoles littéraires. D'où une stratégie de conquête et de gestion (comme en témoignent les manifestes ; voir Bonner Mitchell, *Les Manifestes de la Belle Époque*, Seghers, 1966). L'écrivain entre dans une période de position idéologique ambiguë et de situation matérielle pleine d'aléas, faisant désormais partie des intellectuels, catégorie nouvelle de travailleurs exerçant une fonction idéologique organique dans une société divisée en classes. Se constituent dès lors réseaux, géographie de lieux stratégiques, circuits… sur un mode encore plus exacerbé qu'au début du romantisme.

• PARCOURS CRITIQUE

La Curée ou la vie à outrance, Société des Études romantiques, SEDES, 1987 :

« Pour la conception de ses personnages aussi bien que pour la construction de son intrigue, Zola doit beaucoup à la dramaturgie classique » (Anne-Marie Desfougères, « Roman et dramaturgie classique », p. 12).

« Examiner l'opposition comme figure de style, le jeu comme combinaison et interaction de ces figures, c'est être amené à constater, dans *La Curée*, cette curieuse tentative de Zola pour fondre des genres littéraires différents (roman, poésie, théâtre), dans une écriture constamment vouée au tragique, puisque toujours tournée vers une mise en évidence du mensonge, de l'annulation, et de la mort » (Anne Belgrand, « Le jeu des oppositions dans *La Curée* », p. 23).

« L'étrange éducation que *La Curée* met en scène est une sorte de nébuleuse où se rejoignent les fils divers des intrigues : idolâtrie de l'argent, démolitions, amour adultère et incestueux, etc. » (Yves Chevrel, « Un roman d'étrange éducation ? », p. 74).

« L'imbrication de l'or et de la chair débouche nécessairement sur une conclusion morale et politique : crépuscule d'une société repue et détraquée. Renée meurt, après avoir surpris, comme Angèle, l'infamie du spéculateur. Napoléon vieilli traverse le bois de Boulogne. Et Aristide, toujours attardé en politique, crie "Vive l'Empereur". Voix sépulcrale que nul écho ne renvoie » (Gina Gourdin-Servenière, « *La Curée* et les travaux de rénovation d'Haussmann », p. 83).

« Ce roman est un témoignage à soumettre aux règles de la critique historique, et qui nous apprend peut-être plus sur les thèmes de l'opposition à la fin du Second Empire que sur la réalité des grands travaux de Paris » (Alain Plessis, « *La Curée* et l'haussmannisation de Paris », p. 104).

« C'est [dans l'appartement de Renée] que se concentre et se divinise l'essence d'une féminité à l'apogée de ses pouvoirs » (Philippe Berthier, « Hôtel Saccard, état des lieux », p. 111).

« La nouvelle Phèdre que souhaite écrire Zola ne peut être, dans une telle société, qu'une parodie de la tragédie antique : l'inceste est consommé, la grande passion de Renée […] tourne à la pièce de boulevard » (Colette Becker, « Illusion et réalité : la métaphore du théâtre dans *La Curée* », p. 126).

« L'espace que construit l'architecture parisienne, l'espace mimétique, devient espace mythologique, dans la mesure où l'écriture lui fait perdre sa localisation, le transforme en un système organisé de corrélations » (Jean-Pierre Leduc-Adine, « Architecture et écriture dans *La Curée* », p. 138).

« [Le] motif du feu revient avec une telle fréquence que *La Curée* pourrait porter comme sous-titre : "roman du feu" » (Maartien van Buuren, « *La Curée*, roman du feu », p. 155).

« Le roman est un récit de la décadence : décadence d'un empire, décadence des valeurs, décadence d'une société dont l'indistinction des sexes demeure le signe majeur » (Jean de Palacio, « *La Curée* : histoire naturelle et sociale, ou agglomérat de mythes ? », p. 171).

• UN LIVRE / UN FILM

En dehors d'un film muet italien de 1916, *La Curée* a été adaptée en France par Roger Vadim (1966 ; voir le dossier historique et littéraire, p. 432).

DOSSIER HISTORIQUE ET LITTÉRAIRE

REPÈRES BIOGRAPHIQUES [1]

1840 Naissance à Paris, le 2 avril, d'Émile Zola, fils de François Zola, ingénieur d'origine italienne, et d'Émilie Aubert.

1843 Installation des Zola à Aix-en-Provence.

1847 Le 27 mars, mort de François Zola.

1848 Situation matérielle difficile de la famille Zola. Chute de la monarchie de Louis-Philippe ; proclamation de la République.

1851 Le 2 décembre, coup d'État de Louis-Napoléon Bonaparte.

1852 Début du Second Empire. Études de Zola au collège Bourbon à Aix.

1853 Haussmann, préfet de la Seine, entreprend de grands travaux d'urbanisme qui dureront jusqu'en 1869.

1854 Amitié avec Paul Cézanne. Guerre de Crimée.

1855 Achèvement de la rue de Rivoli.

1858 Retour de Zola à Paris. Il est admis comme boursier au lycée Saint-Louis, en classe de Seconde. Aménagement du bois de Boulogne, et achèvement du boulevard du Centre (l'actuel boulevard de Sébastopol).

1. On trouvera au fil de cette biographie l'ordre chronologique des 20 tomes des *Rougon-Macquart*.

1859   Échec au baccalauréat.
       Paris s'agrandit, et le nombre des arrondissements
       passe de douze à vingt.

1860   Zola travaille à l'Administration des Docks pendant
       deux mois. Il fréquente le milieu des peintres, écrit des
       vers.

1861   « Souffrance physique et morale ».

1862   Il entre chez Hachette en tant que commis, mais
       devient vite chef de la publicité ; fin octobre, il est
       naturalisé français.
       Début de la construction de l'Opéra, et percement du
       boulevard Saint-Michel.

1863   Il collabore à plusieurs journaux, et écrit des contes
       en prose.

1864   Publication des *Contes à Ninon*.

1865   Zola rencontre Alexandrine Meley.
       La Confession de Claude.

1866   Il quitte Hachette et entre à *L'Événement* comme chro-
       niqueur littéraire. Publication de *Mes Haines, Mon
       Salon, Le Vœu d'une morte, Esquisses parisiennes*.

1867   *Les Mystères de Marseille*.
       Thérèse Raquin.
       Exposition internationale de Paris (Palais de l'In-
       dustrie).
       Effondrement du Crédit Mobilier.

1868   *Madeleine Férat*.
       Première rencontre avec les Goncourt, à qui il expose
       son projet d'écrire l'histoire d'une famille en 10 volu-
       mes (ce sera la série des *Rougon-Macquart*).

1869   Contrat avec l'éditeur Lacroix pour les *Rougon-
       Macquart* ; il écrit *La Fortune des Rougon*, sans aban-
       donner pour autant le journalisme.
       Article très élogieux de Zola sur *L'Éducation senti-
       mentale* de Flaubert.
       Inauguration du canal de Suez.

1870   Premier épisode de *La Fortune des Rougon*, publiée
       en feuilleton dans *Le Siècle*. La publication sera inter-
       rompue par la guerre avec la Prusse, en juillet.
       Article de Zola sur Balzac.

1870 Zola épouse Alexandrine Meley.
      Le 4 septembre, chute de l'Empire.
      Le 19 septembre, Paris est assiégé.
      Zola part pour Marseille, où il fonde avec Marius
      Roux un quotidien républicain radical, *La Marseillaise* ; il va ensuite à Bordeaux.

1871 Retour à Paris, en mars.
      Début de la Commune (Semaine sanglante : 21-28
      mai).
      Le 29 septembre, premier épisode de *La Curée* dans
      La Cloche. Zola arrête lui-même le feuilleton sur le
      conseil du procureur de la République par suite d'une
      dénonciation.

1872 *La Curée* sort en librairie.

1873 *Le Ventre de Paris* (tome 3 des *Rougon-Macquart*).

1874 *La Conquête de Plassans* (t. 4).
      Au théâtre, *Les Héritiers Rabourdin*. C'est un échec.
      Nouveaux Contes à Ninon.

1875 Publication, en russe, de *La Faute de l'abbé Mouret*
      (t. 5) dans *Le Messager de l'Europe*, de Saint-
      Pétersbourg, revue à laquelle Zola collaborera pendant cinq ans (articles sur G. Sand, Chateaubriand,
      la critique, le roman, etc.).
      Amitié avec Maupassant.

1876 *Son Excellence Eugène Rougon* (t. 6).
      Publication en feuilleton du début de *L'Assommoir*,
      qui fait scandale.

1877 *L'Assommoir* en librairie (t. 7).

1878 Achat de la propriété de Médan, en Seine-et-Oise.
      Première du *Bouton de Rose* (vaudeville).
      Une page d'amour (t. 8).

1880 *Nana* (t. 9).
      Les Soirées de Médan (avec, entre autres, Maupassant
      et Huysmans, etc.).
      Premier article dans *Le Figaro*, où il écrira pendant
      un an, évoquant en particulier la question de la moralité en littérature.
      Mort de sa mère, le 17 octobre.
      Le Roman expérimental.

1881   *Le Naturalisme au théâtre.*
       Nos Auteurs dramatiques.
       Les Romanciers naturalistes.
       Documents littéraires.

1882   En janvier, krach de l'Union générale.
       Pot-Bouille (t. 10).

1883   *Au Bonheur des Dames* (t. 11).

1884   *La Joie de vivre* (t. 12).

1885   *Germinal* (t. 13).

1886   *L'Œuvre* (t. 14) qui le brouille avec Cézanne.

1887   Le 16 avril, première de *Renée*, pièce tirée de *La Curée*,
       au Vaudeville. Échec.
       La Terre (t. 15).
       Le 18 août, *Manifeste* de cinq jeunes écrivains contre
       La Terre et contre Zola, dans *Le Figaro*.

1888   Au printemps, rencontre de Jeanne Rozerot à Médan.
       Le Rêve (t. 16).

1889   Le 20 septembre, naissance de Denise, fille de Zola
       et de Jeanne Rozerot.
       Exposition universelle (tour Eiffel).

1890   *La Bête humaine* (t. 17).

1891   *L'Argent* (t. 18).
       Le 25 septembre, naissance de Jacques, fils de Zola
       et de Jeanne Rozerot.

1892   *La Débâcle* (t. 19).
       Zola se présente en vain à l'Académie française.

1893   *Le Docteur Pascal*, tome 20 et dernier des *Rougon-*
       Macquart.
       Banquet solennel au Chalet des Îles au bois de Boulo-
       gne, pour marquer la fin des *Rougon-Macquart*.

1894   *Lourdes*, premier roman de la trilogie des *Trois Villes*.
       Arrestation et condamnation du capitaine Dreyfus.

1895   Zola collabore à nouveau au *Figaro*.

1896   *Rome* (deuxième roman des *Trois Villes*).

1897   Trois articles de Zola, qui prend parti pour Dreyfus,
       dans *Le Figaro*.

1898 Le 13 janvier, *J'accuse*, dans *L'Aurore*.
Du 7 au 23 février, procès de Zola, qui est condamné à une amende et à un an de prison.
Paris (troisième *Ville*).
Le 18 juillet, à nouveau condamné, Zola part pour l'Angleterre.

1899 Retour à Paris, le 5 juin.
Les Quatre Évangiles : Fécondité (premier volume).
Dreyfus est gracié.

1900 Exposition universelle.
Zola écrit trois articles sur son père.

1901 *La Vérité en marche* (recueil des articles sur l'Affaire Dreyfus).
Travail (deuxième volume des *Quatre Évangiles*).

1902 Zola rédige *Vérité* (troisième *Évangile*) et commence *Justice*, le quatrième.
Le 29 septembre, il meurt asphyxié, à Paris. Sa mort reste mystérieuse.
Au cimetière Montmartre, le 5 octobre, son oraison funèbre est prononcée par Anatole France.

1906 Dreyfus est réhabilité.

1908 Les cendres de Zola sont transférées au Panthéon.

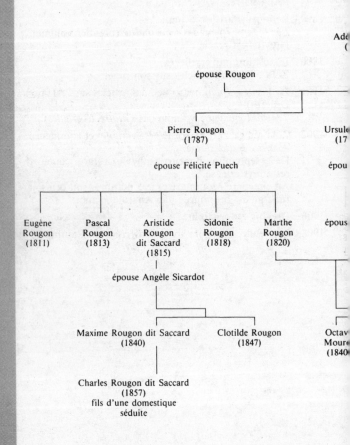

Adé
(

épouse Rougon

Pierre Rougon
(1787)

Ursul
(17

épouse Félicité Puech

épou

Eugène
Rougon
(1811)

Pascal
Rougon
(1813)

Aristide
Rougon
dit Saccard
(1815)

Sidonie
Rougon
(1818)

Marthe
Rougon
(1820)

épous

épouse Angèle Sicardot

Maxime Rougon dit Saccard
(1840)

Clotilde Rougon
(1847)

Octav
Mour
(1840

Charles Rougon dit Saccard
(1857)
fils d'une domestique
séduite

ROUGON-MACQUART

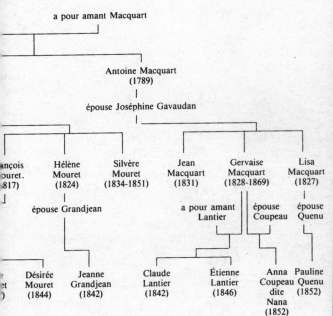

REGARDS SUR ZOLA

1 - UN REGARD SYMPATHIQUE : CELUI DE PAUL ALEXIS

*Cet admirateur dévoué était originaire d'Aix-en-Provence ;
fidèle des Soirées de Médan, il dresse, dans* Émile Zola, notes
d'un ami *(1882), un portrait de l'écrivain et de son évolution
depuis l'âge de douze ans. Voici, à titre d'exemple, sa description de l'amitié d'adolescence entre Zola, Cézanne — le
futur peintre — et Baille, les « trois inséparables » du collège d'Aix :*

Néanmoins, la grande débauche des trois amis n'était ni
le théâtre, ni la musique, ni le jeu, ni la femme.

C'était la campagne. Une orgie saine de campagne, une
soûlerie de grand air. Toujours par monts et par vaux, dans
les environs d'Aix : tantôt sur les grandes routes, tantôt dans
des sentiers de chèvres et des gorges désertes. Des parties de
chasse ou de pêche, des baignades dans la rivière de l'Arc,
des courses de dix lieues. L'été surtout, pendant les vacances, ou les jours de congé, à des trois heures du matin, le premier réveillé allait jeter des pierres dans les contrevents des
autres. Tout de suite, on partait, les provisions depuis la veille
préparées et rangées dans les carniers. Au lever du soleil, on
avait déjà franchi plusieurs kilomètres. Vers neuf heures,
quand l'astre devenait chaud, on s'installait à l'ombre, dans
quelque ravin boisé. Et le déjeuner se cuisait en plein air.
Baille avait allumé un feu de bois mort, devant lequel,
suspendu par une ficelle, tournait le gigot à l'ail, que Zola
activait de temps à autre d'une chiquenaude. Cézanne assai-

sonnait la salade dans une serviette mouillée. Puis, on faisait une sieste. Et l'on repartait, le fusil sur l'épaule, pour quelque grande chasse où l'on tuait parfois un cul-blanc. Une lieue plus loin, on laissait le fusil, on s'asseyait sous un arbre, tirant du carnier un livre, le poète favori : Hugo d'abord, plus tard Musset. On finissait par discuter : quel était le plus fort des deux ? Longtemps, ils furent enthousiasmés par la rhétorique prodigieuse d'Hugo, jouant ses drames, s'étourdissant à la musique de ses vers déclamés tout haut ; mais Alfred de Musset les prit ensuite tout entiers par son côté humain et vécu, et il resta le plus cher, le plus lu, celui qui devait un jour jeter Zola dans son amour de la passion et de la vie. La nuit tombant, ils revenaient à petits pas, en discutant encore, en récitant, à l'appui, des vers sous les étoiles.

La velléité les prit une fois de ne pas rentrer, de passer la nuit, toute une nuit, dans une grotte. C'était une immense excavation naturelle, entre deux énormes rochers, une fente très profonde qui allait en se rétrécissant, et devait aboutir à quelque trou de renard. Pour accomplir le haut fait, ils étaient venus quatre : Baille avait amené son jeune frère. À la tombée du jour, ils eurent soin de préparer au fond de leur grotte un lit parfumé, sinon moelleux, de thym et de lavande. Bientôt, la nuit vient, ils s'installent tous les quatre, s'étendent dans leurs pardessus, et cherchent bravement le sommeil. Mais le temps s'est gâté. Un gros vent siffle par les fentes des roches. Ils sont très mal dans leur grotte. À la lueur de la lune, ils voient de grandes chauves-souris tournoyer au-dessus d'eux. Enfin, ils n'y tiennent plus, ils renoncent à leur beau projet, et, vers deux heures du matin, reprennent le chemin de la ville. Mais, auparavant, ils enflamment les thyms et les lavandes, pour s'offrir la vue d'un embrasement romantique. Les chauves-souris épouvantées s'envolaient, avec des miaulements de sorcières shakespeariennes.

Un jour, brusquement, cette belle vie insouciante cessa. Dès le commencement de 1857, l'appartement du cours des Minimes étant devenu trop cher, il avait fallu le quitter, et l'on était venu au coin de la rue Mazarine. Ce fut là le dernier logement de la famille Zola à Aix, le plus pauvre, rien que deux petites pièces donnant sur le « barri », sorte de ruelle faisant le tour de la ville : de chétives maisons d'un côté, et de l'autre le mur en ruine du rempart. La grand-maman Aubert mourut dans ce logement, en novembre 1857. La misère était venue. Tout le mobilier vendu, des dettes, et les procès interrompus, faute de provision à donner aux avoués : telle était la situation. Vers la fin de l'année, Émile Zola venait d'entrer en seconde, lorsque sa mère partit toute seule pour Paris. Elle allait y jouer une dernière carte, solliciter pour ses procès l'appui des anciens protecteurs de son mari. Tout à coup, en février 1858, le fils reçoit une lettre de sa mère qui l'appelle. « La vie n'est plus tenable à Aix. Réalise les quatre meubles qui nous restent. Avec l'argent, tu auras toujours de quoi prendre ton billet de troisième et celui de ton grand-père. Dépêche-toi. Je t'attends. »

Après une grande excursion d'adieu, au Tholonet et au « barrage », Zola, un soir, embrasse Cézanne et Baille. « Nous nous retrouverons tous les trois à Paris. » Et, léger d'argent et de bagage, incertain de l'avenir, le cœur gros de quitter, peut-être pour toujours, sa chère Provence, cette banlieue d'Aix, dont il connaît les moindres recoins et dont il emporte en lui, comme une bonne odeur fraîche, un enivrement d'adolescence au grand air, le voilà en route pour la grande ville.

2 - LE COLLÈGUE ET AMI : MAUPASSANT

Maupassant, en 1883, décrit Zola, qu'il connaît bien, comme un « révolutionnaire en littérature », cherchant — au-delà du romantisme — « autre chose » (!). Il rappelle la définition donnée par Zola du naturalisme : « la nature vue à travers un tempérament », puis fait l'éloge de son amour de la vérité, qui lui a valu tant de haines sans l'empêcher de devenir, de son vivant, célèbre et riche :

Zola a aujourd'hui quarante et un ans. Sa personne répond à son talent. Il est de taille moyenne, un peu gros, d'aspect bonhomme mais obstiné. Sa tête, très semblable à celle qu'on retrouve dans beaucoup de vieux tableaux italiens, sans être belle, présente un grand caractère de puissance et d'intelligence. Les cheveux courts se redressent sur un front très développé, et le nez droit s'arrête, coupé net comme par un coup de ciseau trop brusque au-dessus de la lèvre supérieure ombragée d'une moustache noire assez épaisse. Tout le bas de cette figure grasse, mais énergique, est couvert de barbe taillée près de la peau. Le regard noir, myope, pénétrant, fouille, sourit, souvent méchant, souvent ironique, tandis qu'un pli très particulier retrousse la lèvre supérieure d'une façon drôle et moqueuse.

Toute sa personne ronde et forte donne l'idée d'un boulet de canon ; elle porte crânement son nom brutal, aux deux syllabes bondissantes dans le retentissement des deux voyelles.

Sa vie est simple, toute simple. Ennemi du monde, du bruit, de l'agitation parisienne, il a vécu d'abord très retiré en des appartements situés loin des quartiers agités. Il s'est maintenant réfugié en sa campagne de Médan qu'il ne quitte plus guère.

Il a cependant un logis à Paris où il passe environ deux mois par an. Mais il paraît s'y ennuyer et se désole d'avance quand il va lui falloir quitter les champs.

À Paris, comme à Médan, ses habitudes sont les mêmes, et sa puissance de travail semble extraordinaire. Levé tôt, il n'interrompt sa besogne que vers une heure et demie de l'après-midi, pour déjeuner. Il se rassied à table vers trois heures jusqu'à huit, et souvent même il se remet à l'œuvre dans la soirée. De cette façon, pendant des années il a pu, tout en produisant près de deux romans par an, fournir un article quotidien au *Sémaphore de Marseille,* une chronique hebdomadaire à un grand journal parisien et une longue étude mensuelle à une importante revue russe.

Sa maison ne s'ouvre que pour des amis intimes et reste impitoyablement fermée aux indifférents. Pendant ses séjours à Paris, il reçoit généralement le jeudi soir. On rencontre chez lui son rival et ami Alphonse Daudet, Tourgueneff, Montrosier, les peintres Guillemet, Manet, Coste, les jeunes écrivains dont on fait ses disciples, Huysmans, Hennique, Céard, Rod et Paul Alexis, souvent l'éditeur Charpentier. Duranty était un habitué de la maison. Parfois apparaît Edmond de Goncourt, qui sort peu le soir, habitant très loin. Pour les gens qui cherchent dans la vie des hommes et dans les objets dont ils s'entourent les explications des mystères de leur esprit, Zola peut être un cas intéressant. Ce fougueux ennemi des romantiques s'est créé, à la campagne comme à Paris, des intérieurs tout romantiques.

À Paris, sa chambre est tendue de tapisseries anciennes ; un lit Henri II s'avance au milieu de la vaste pièce éclairée par d'anciens vitraux d'église qui jettent leur lumière bariolée sur mille bibelots fantaisistes, inattendus en cet antre de l'intransigeance littéraire. Partout des étoffes antiques, des broderies de soie vieillies, de séculaires ornements d'autel.

À Médan, la décoration est la même. L'habitation, une tour carrée au pied de laquelle se blottit une microscopique maisonnette, comme un nain qui voyagerait à côté d'un géant, est située le long de la ligne de l'Ouest ; et d'instant en instant les trains qui vont et qui viennent semblent traverser le jardin.

Zola travaille au milieu d'une pièce démesurément grande et haute, qu'un vitrage donnant sur la plaine éclaire dans toute sa largeur. Et cet immense cabinet est aussi tendu d'immenses tapisseries, encombré de meubles de tous les temps et de tous les pays. Des armures du Moyen Âge, authentiques ou non, voisinent avec d'étonnants meubles japonais et de gracieux objets du XVIIIᵉ siècle. La cheminée monumentale, flanquée de deux bonshommes de pierre, pourrait brûler un chêne en un jour ; et la corniche est dorée à plein or, et chaque meuble est surchargé de bibelots.

Et pourtant Zola n'est point collectionneur. Il semble

acheter pour acheter, un peu pêle-mêle, au hasard de sa fantaisie excitée, suivant les caprices de son œil, la séduction des formes et de la couleur, sans s'inquiéter comme Goncourt des origines authentiques et de la valeur incontestable.

Gustave Flaubert, au contraire, avait la haine du bibelot, jugeant cette manie niaise et puérile. Chez lui, on ne rencontrait aucun de ces objets qu'on nomme « curiosités », « antiquités » ou « objets d'art ». À Paris, son cabinet, tendu de perse, manquait de ce charme enveloppant qu'ont les lieux habités avec amour et ornés avec passion. Dans sa campagne de Croisset, la vaste pièce où peinait cet acharné travailleur n'était tapissée que de livres. Puis, de place en place, quelques souvenirs de voyage ou d'amitié, rien de plus.

Les abstracteurs de quintessence psychologique n'auraient-ils pas là un curieux sujet d'observation ?

En face de sa maison, derrière la prairie séparée du jardin par le chemin de fer, Zola voit, de ses fenêtres, le grand ruban de la Seine coulant vers Triel, puis une plaine immense et des villages blancs sur le flanc de coteaux lointains, et, au-dessus, des bois couronnant les hauteurs. Parfois, après son déjeuner, il descend une charmante allée qui conduit à la rivière, traverse le premier bras d'eau dans sa barque « Nana » et aborde dans la grande île, dont il vient d'acheter une partie. Il a fait bâtir là un élégant pavillon, où il compte, l'été, recevoir ses amis. (...)

Zola vient, en outre, de terminer un grand drame tiré de *La Curée*, plus, dit-on, une autre pièce encore. Il se pourrait que le rôle principal de la première de ces œuvres fût destiné à Mlle Sarah Bernhardt.

Quel que soit le succès futur de ces essais dramatiques, il semble prouvé, dès à présent, que ce remarquable écrivain est doué surtout pour le roman, et que cette forme seule se prête en tout au développement complet de son vigoureux talent.

Émile Zola, Collection « Célébrités contemporaines »,
A. Quantin, 1883.

3 - LES CONCURRENTS : LES FRÈRES GONCOURT

Le regard des Goncourt est nettement moins bienveillant.
L'intérêt de leur témoignage est de dégager la ressemblance
de Zola avec ses personnages, et de rapporter ses propos
concernant Les Rougon-Macquart, *dont il prévoit déjà les*
grandes lignes en 1868 :

14 décembre 1868

Nous avons vu à déjeuner notre admirateur et notre élève Zola.

C'était la première fois que nous le voyions. Notre première impression fut de voir en lui un normalien crevé, à la fois râblé et chétif, à encolure de Sarcey et à teint exsangue et cireux, un fort jeune homme avec des délicatesses et du modelage d'une fine porcelaine dans les traits de la figure, le dessin des paupières, les furieux méplats du nez, les mains. Un peu taillé en toute sa personne comme ses personnages, qu'il fait de deux types contraires, ces figures où il mêle le mâle et le féminin ; et au moral même, laissant échapper une ressemblance avec ses créations d'âmes aux contrastes ambigus.

Le côté qui domine, le côté maladif, souffrant, ultra-nerveux, approchant de vous par moments la sensation pénétrante de la victime tendre d'une maladie de cœur. Être insaisissable, profond, mêlé, après tout ; douloureux, anxieux, trouble, douteux.

Il nous parle de la difficulté de sa vie, du désir et du besoin qu'il aurait d'un éditeur l'achetant pour six ans 30 000 francs, lui assurant chaque année 6 000 francs : le pain pour lui et sa mère et la faculté de faire l'HISTOIRE D'UNE FAMILLE, roman en dix volumes.

Car il voudrait faire de grandes machines et plus de ces articles « ignobles, infâmes », dit-il avec un ton qui s'indigne contre lui, « que je suis obligé de faire en ce moment dans la TRIBUNE, au milieu de gens dont je suis obligé de prendre l'opinion idiote. Car il faut bien le dire, ce gouvernement, avec son indifférence, son ignorance du talent, de tout ce qui se produit, rejette nos misères aux journaux de l'opposition, les seuls qui nous donnent de quoi manger ! C'est vrai, il n'y a plus que cela !... C'est que j'ai tant d'ennemis ! C'est si dur pour faire parler de soi ! ».

Et de temps en temps, dans une récrimination amère où il nous répète et se répète qu'il n'a que vingt-huit ans, éclate, vibrante, une note de volonté âcre et d'énergie rageuse :

« Et puis j'ai beaucoup à chercher... Oui, vous avez raison, mon roman déraille : il ne fallait que les trois personnages. Mais je suivrai votre conseil : je ferai ma pièce comme cela... Et puis nous sommes les derniers venus : nous savons que vous êtes nos aînés, Flaubert et vous. Vous ! vos ennemis eux-mêmes reconnaissent que vous avez inventé votre art ; ils croient que ce n'est rien : c'est tout ! »

Samedi 27 août 1870

Zola vient déjeuner chez moi. Il me parle d'une série de romans qu'il veut faire, d'une épopée en dix volumes, de l'HISTOIRE NATURELLE ET SOCIALE D'UNE FAMILLE qu'il a l'ambition de tenter, avec l'exposition des tempéraments, des caractères, des vices, des vertus, développés par les milieux et différenciés comme les parties d'un jardin où il y a de l'ombre, où il y a du soleil.

Il me dit : « Après l'analyse des infiniment petits du sentiment, comme elle a été exécutée par Flaubert dans MADAME BOVARY, après l'analyse des choses artistiques, plastiques, nerveuses, comme vous l'avez faite, après ces *œuvres-bijoux*, ces volumes ciselés, il n'y a plus de place pour les jeunes, plus rien à faire, plus à constituer, à construire un personnage. Ce n'est que par la quantité des volumes, la puissance de la création qu'on peut parler au public. »

Au fil des années, les relations entre Edmond de Goncourt — demeuré seul après la mort de son frère — et Zola se détériorent, jusqu'à la rupture :

Lundi 3 juin 1872

Aujourd'hui, Zola déjeune chez moi. Je le vois prendre son verre de bordeaux à deux mains et me dire : « Voyez le tremblement que j'ai dans les doigts ! » Et il me parle d'une maladie de cœur en germe, d'une menace de maladie de vessie, d'une menace d'un rhumatisme articulaire.

Jamais les hommes de lettres ne semblent être nés plus morts qu'en notre temps, et jamais, cependant, le travail n'a été plus actif, plus incessant. Malingre et névrosifié comme il l'est, Zola travaille tous les jours de neuf heures à midi et demi et de trois heures à huit heures. C'est ce qu'il faut dans ce moment, avec du talent et presque un nom, pour gagner sa vie : « Il le faut, répète-t-il, et ne croyez pas que j'aie de la volonté, je suis, de ma nature, l'être le plus faible et le moins capable d'entraînement. La volonté est remplacée chez moi par l'idée fixe — l'idée fixe qui me rendrait malade, si je n'obéissais pas à son obsession. »

Tout en taillant une pièce dans THÉRÈSE RAQUIN, il est, dans le moment, en train de chercher un roman sur les Halles, tenté de peindre le plantureux de ce monde.

Et une partie de la journée, je cause avec cet aimable malade, dont la conversation se promène, d'une manière presque enfantine, de l'espérance à la désespérance. Le journalisme, dit-il, au fond, lui a rendu un service. Il lui a fait facile le travail, qu'il avait autrefois très difficile. C'était une espèce d'afflux d'idées et de formules qui s'engorgeaient à tel point qu'il était quelquefois, au milieu de son travail, obligé de lâcher la plume. Aujourd'hui, c'est un flux réglé, un courant moins abondant, mais coulant sans encombre.

Vendredi 13 novembre 1874

À déjeuner, à propos de Zola, dont le nom a été prononcé par moi et qu'on abîme, je ne puis pas m'empêcher de m'écrier : « Mais c'est la faute de l'empire ! Zola n'avait pas le sou. Il avait une mère, une femme à nourrir. Il n'avait pas d'abord d'opinions politiques. Vous l'auriez eu avec tant d'autres, si on avait voulu. Il n'a trouvé à placer sa copie que dans des journaux démocratiques. Eh bien, en vivant tous les jours avec ces gens, il est devenu démocrate. C'est tout naturel... Ah ! Princesse, vous ne savez pas quel service vous avez rendu aux Tuileries, combien votre salon a désarmé de haines et de colères, quel tampon vous avez été entre le gouvernement et ceux qui tiennent une plume... Mais Flaubert et moi, si vous ne nous aviez pas achetés, pour ainsi dire, avec votre grâce, vos attentions, vos amitiés, nous aurions été, tous deux, des éreinteurs de l'empereur et de l'impératrice ! »

« Oui... », dit-elle, toute pleine de révélations prêtes à déborder et qu'après un moment de lutte, elle renferme en elle-même. Seulement, au bout d'un silence, elle ajoute : « Concevez-vous que l'impératrice m'a fait interdire par Mme de Bassano de quêter pour mes incurables à la porte d'une église ! »

Lundi 25 janvier 1875

Le dîner de Flaubert n'a pas de chance. C'est en sortant du premier que j'ai attrapé ma fluxion de poitrine. Aujourd'hui, Flaubert manque ; il est au lit. Nous ne sommes donc que Tourgueniev, Zola, Daudet et moi.

On cause tout d'abord de Taine. Comme chacun cherche à définir l'incomplet et les imperfections de son talent, Tourgueniev nous interrompt en disant avec l'originalité de sa pensée et le doux gazouillement de sa parole : « La comparaison n'est pas noble, mais permettez-moi, messieurs, de comparer Taine à un chien de chasse que j'ai eu ; il quêtait, il arrêtait, il faisait tout le manège d'un chien de chasse d'une manière merveilleuse ; seulement, il n'avait pas de nez. J'ai été obligé de le vendre. »

Zola est tout épanoui, tout heureux de la bonne nourriture et comme je lui dis :

« Zola, seriez-vous par hasard gourmand ?

— Oui, me dit-il, c'est mon seul vice ; et chez moi, quand il n'y a pas quelque chose de bon à dîner, je suis malheureux, tout à fait malheureux. Il n'y a que cela ; les autres choses, ça n'existe pas pour moi... Vous ne savez pas quelle est ma vie ? »

Et le voilà qui, avec un visage assombri, entame le chapitre de ses misères. C'est curieux, combien ce gras et bedonnant garçon est geignard et comme ses expansions versent de suite en des paroles mélancoliques !

Zola a commencé un tableau des plus noirs de sa jeunesse, des amertumes de sa vie de tous les jours, des injures qui lui sont adressées, de la suspicion où on le tient, de l'espèce de quarantaine faite autour de ses œuvres.

Tourgueniev laisse échapper : « C'est particulier, un Russe de mes amis, un homme d'un grand esprit, disait que le type de Jean-Jacques Rousseau était un type français et qu'on ne trouvait qu'en France... »

Zola, qui n'a pas écouté, continue à gémir ; et comme on lui dit qu'il n'a pas à se plaindre, qu'il a fait un assez beau chemin pour un homme qui n'a pas encore ses trente-cinq ans : « Eh bien, voulez-vous que je vous parle, là, du fond du cœur ? s'exclame Zola. Vous me regarderez comme un enfant, mais tant pis ! Je ne serai jamais décoré, je ne serai jamais de l'Académie, je n'aurai jamais une de ces distinctions qui affirment mon talent. Près du public, je serai toujours un paria, oui, un paria ! »

Et il répète quatre ou cinq fois : « Un paria ! »

Nous blaguons le réaliste sur ses appétits de distinctions bourgeoises. Tourgueniev l'a regardé un moment avec une ironie paternelle, puis lui conte ce joli apologue : « Zola, lors de la fête donnée à l'ambassade russe à l'occasion de l'affranchissement des serfs, événement dans lequel vous savez que j'ai été pour quelque chose, le comte Orloff, qui est mon ami et au mariage duquel j'ai été témoin, le comte m'invita à dîner. Je ne suis pas peut-être le premier littérateur russe en Russie ; mais à Paris, comme il n'y en a pas d'autre, vous m'accorderez que c'est moi ? Eh bien, dans ces conditions, savez-vous comment j'ai été placé à table ? J'ai eu la 47ᵉ place ; j'ai été placé après le pope, et vous savez le mépris dont jouit le prêtre en Russie ! »

Et un petit rire slave remplit les yeux de Tourgueniev en forme de conclusion.

Zola est en veine d'expansion. Ce gros garçon, plein de naïveté enfantine, d'exigences de putain gâtée, d'envie légèrement socialiste, continue à nous parler de son travail, de la ponte quotidienne des cent lignes, qu'il s'arrache tous les jours ; de son cénobitisme, de sa vie d'intérieur, qui n'a de distraction, le soir, que quelques parties de dominos avec sa femme ou la visite de compatriotes. Au milieu de cela, il s'échappe à nous avouer qu'au fond, sa grande satisfaction, sa grande jouissance est de sentir l'action, la domination qu'il exerce de son humble trou sur Paris de par sa prose ; et il le dit avec un accent mauvais, l'accent de la revanche d'un pauvre diable qui a longtemps mariné dans la misère.

Pendant la confession acerbe du romancier réaliste, Daudet, un peu gris, se récite à lui-même des romances patoises du Midi et semble se gargariser avec la douce sonorité musicale de la poésie du ciel bleu.

Dimanche 7 mars 1875

Zola, en entrant chez Flaubert, se laisse tomber dans un fauteuil et murmure d'une voix désespérée : « Que ça me donne de mal, ce Compiègne, que ça me donne de mal ! »

Alors, Zola demande à Flaubert combien il y avait de lustres éclairant la table du dîner, si la causerie faisait beaucoup de bruit, et de quoi on causait, et qu'est-ce que disait l'empereur ? Oui, le voilà cherchant à attraper d'un tiers, dans une conversation à bâtons rompus, la *physionomie d'un milieu*, que seuls peuvent raconter des yeux qui l'auraient vu. Et le romancier, qui a la prétention de faire de l'histoire dans un roman, va vous peindre une grande figure historique d'après ce que voudra bien lui en dire, en dix minutes, un confrère, qui garde le meilleur de ce qu'il sait pour un roman futur...

Cependant, Flaubert, moitié pitié de son ignorance, moitié satisfaction d'apprendre à deux ou trois visiteurs qui sont là qu'il a passé quinze jours à Compiègne, joue à Zola, dans sa robe de chambre, un empereur classique, au pas traînant, une main derrière son dos ployé, tortillant sa moustache avec des phrases idiotes de son cru.

« Oui, fait-il, après qu'il a vu que Zola a pris son croquis dans sa tête, cet homme était la bêtise, la bêtise toute pure !

— Certainement, lui dis-je, je suis de votre avis ; mais la bêtise est, en général, bavarde, et la sienne était muette : ç'a été sa force, elle a permis de tout supposer... »

(Tous les passages cités sont extraits du *Journal* des Goncourt.)

LA CURÉE DANS L'ENSEMBLE
DES ROUGON-MACQUART

Dès 1868, avant d'entreprendre la série des Rougon-Macquart, *Zola s'était appuyé, pour son roman* Madeleine Férat, *sur un livre du docteur Lucas,* L'Hérédité naturelle *(1847-1850). Il avait aussi lu Michelet, Auguste Comte, et l'*Introduction à la médecine expérimentale, *de Claude Bernard, parue en 1865.*

Son principal modèle est Balzac, dont il veut se démarquer pourtant :

Mon œuvre sera moins sociale que scientifique. Balzac à l'aide de 3 000 figures veut faire l'histoire des mœurs ; il base cette histoire sur la religion et la royauté. Toute sa science consiste à dire qu'il y a des avocats, des oisifs, etc., comme il y a des chiens, des loups, etc. En un mot, son œuvre veut être le miroir de la société contemporaine.

Mon œuvre, à moi, sera tout autre chose. Le cadre en sera plus restreint. Je ne veux pas peindre la société contemporaine, mais une seule famille, en montrant le jeu de la race modifiée par les milieux. *Si j'accepte un cadre historique, c'est uniquement pour avoir un milieu qui réagisse* ; de même le métier, le lieu de résidence sont des milieux. Ma grande affaire est d'être purement naturaliste, purement physiologiste. Au lieu d'avoir des principes (la royauté, le catholicisme) j'aurai des lois (l'hérédité, l'énéité). Je ne veux pas comme Balzac avoir une décision sur les affaires des hommes, être politique, philosophe, moraliste. Je me contenterai d'être savant, de dire ce qui est en en cherchant les raisons intimes. Point de conclusion d'ailleurs. Un simple exposé des faits d'une

famille, en montrant le mécanisme intérieur qui la fait agir.
J'accepte même l'exception.

Mes personnages n'ont pas besoin de revenir dans les
romans particuliers.

Balzac dit qu'il veut peindre les hommes, les femmes et les
choses. Moi, des hommes et des femmes, je ne fais qu'un,
en admettant cependant les différences de nature, et je sou-
mets les hommes et les femmes aux choses.

*Début 1869, Zola expose à l'éditeur Lacroix le plan de la
grande œuvre qu'il médite. Il prévoit, comme il l'a dit aux
Goncourt, dix romans (il y en aura vingt) :*

Les Rougon-Machard (histoire d'une famille sous le Second
Empire), grand roman de mœurs et d'analyse humaine, en
dix épisodes. Chaque épisode fournira la matière d'un
volume. Ces épisodes, pris à part, formeront des histoires dis-
tinctes, complètes, ayant chacune leur dénouement propre ;
mais ils seront en outre reliés les uns aux autres par un lien
puissant qui en fera un seul et vaste ensemble.

Le roman sera basé sur deux idées.

1. Étudier dans une famille les questions de sang et de
milieux. Suivre pas à pas le travail secret qui donne aux
enfants d'un même père des passions et des caractères différents, à la suite des croisements et des façons particulières
de vivre. Fouiller en un mot au vif même du drame humain,
dans ces profondeurs de la vie où s'élaborent les grandes
vertus et les grands crimes, et y fouiller d'une façon méthodique, conduit par le fil des nouvelles découvertes physiolo-
giques.

2. Étudier tout le Second Empire, depuis le coup d'État
jusqu'à nos jours. Incarner dans des types la société contemporaine, les scélérats et les héros. Peindre ainsi tout un âge
social, dans les faits et dans les sentiments, et peindre cet âge
par les mille détails des mœurs et des événements.

Le roman basé sur ces deux études — l'étude physiologique et l'étude sociale — étudierait donc l'homme de nos jours
en entier. D'un côté, je montrerais les ressorts cachés, les fils
qui font mouvoir le pantin humain ; de l'autre je raconte-
rais les faits et gestes de ce pantin. Le cœur et le cerveau mis

à nu, je démontrerais aisément comment et pourquoi le cœur et le cerveau ont agi de certaines façons déterminées, et n'ont pu agir autrement.

Par exemple, j'étudie la double famille Rougon-Machard. Il se produit des rejetons divers, bons ou mauvais. Je cherche surtout dans les questions d'hérédité la raison de ces tempéraments semblables ou opposés.

C'est dire que j'étudie l'humanité elle-même, dans ses plus intimes rouages ; j'explique cette apparente confusion des caractères, je montre comment un petit groupe d'êtres, une famille, se comporte en s'épanouissant pour donner naissance à dix, à vingt individus qui semblent au premier coup d'œil profondément étrangers, mais que l'analyse scientifique montre intimement attachés l'un à l'autre. La société ne s'est pas formée d'une autre façon. Par l'observation, par les nouvelles méthodes scientifiques, j'arrive à débrouiller le fil qui conduit mathématiquement d'un homme à un autre. Et quand je tiens tous les fils, quand j'ai entre les mains tout un groupe social, je fais voir ce groupe à l'œuvre, je le crée agissant dans la complexité de ses efforts, allant au bien ou au mal ; j'étudie à la fois la somme de volonté de chacun de ses membres et la poussée générale de l'ensemble. C'est alors que je choisis le Second Empire pour cadre ; mes personnages s'y développent, selon la logique de leur caractère, liés les uns aux autres et ayant pourtant chacun leur personnalité. Ils deviennent des acteurs typiques qui résument l'époque. Je fais de la haute analyse humaine et je fais de l'histoire.

Ne voulant donner ici que les grandes lignes de l'idée générale, je ne descends pas dans les détails de chaque épisode. La famille dont je conterai l'histoire représentera le vaste soulèvement démocratique de notre temps ; partie du peuple, elle montera aux classes cultivées, aux premiers postes de l'État, à l'infamie comme au talent. Cet assaut des hauteurs de la société par ceux qu'on appelait au siècle dernier les gens de rien, est une des grandes évolutions de notre âge. L'œuvre offrira par là même une étude de la bourgeoisie contemporaine. D'ailleurs cette marche ascendante sera notée d'une façon scientifique, sans parti pris démocratique, de manière à montrer certains résultats déplorables de cette bousculade des ambitions. Je n'entends pas être socialiste, mais simplement observateur et artiste. Je ferai, à un point de vue plus méthodique, pour le Second Empire, ce que Balzac a fait pour le règne de Louis-Philippe.

Il ne faudrait pas croire, d'après ce plan, que l'œuvre sera dure et rigide comme un traité de physiologie ou d'économie sociale. Je la vois vivante, et très vivante. Tout ce que je viens de dire s'applique à la carcasse intime de l'ouvrage. Chaque épisode, chaque volume contiendra une action dramatique sous laquelle les penseurs pourront retrouver la grande idée de l'ensemble, mais qui aura un intérêt poignant pour tout le monde. Je compte écrire des drames comme *Thérèse Raquin* et *Madeleine Férat*, le côté sensuel enlevé.

Je désire publier deux épisodes chaque année, de façon à terminer l'œuvre en cinq ans.

Le premier épisode aura pour cadre historique le coup d'État dans une ville de province, sans doute une ville du Var.

Dans ce plan, Zola parle de deux romans, qui doivent suivre La Fortune des Rougon :

Un roman qui aura pour cadre la vie sotte et élégamment crapuleuse de notre jeunesse dorée, et pour héros le fils d'Auguste Goiraud, Philippe, un de ces avortons, que l'on a nommés avec énergie « des petits crevés ». Ces misérables pantins sont bien la caractéristique de l'époque. Éducation de Philippe, sa tête et son cœur vides. Il est un produit des appétits de son père et de cette fortune rapide et volée qui le met à même, dès quinze ans, de se vautrer dans toutes les jouissances. Il y a là un monde à peindre et à marquer d'un fer rouge. Dans l'œuvre entière, Philippe représente le produit chétif et malsain d'une famille qui a vécu trop vite et trop gorgée d'argent. Le père est puni par le fils.

Un roman qui aura pour cadre les spéculations véreuses et effrénées du Second Empire, et pour héros Aristide Rougon, l'homme de Plassans, qui flairait la fortune et qui a laissé assassiner Silvère afin de débarrasser la famille d'un garçon compromettant. Venu à Paris, après la proclamation de l'Empire, il se mêle au grand mouvement d'achat et de vente de terrains, déterminé par les démolitions et les constructions de M. Haussmann. L'œuvre sera le poème, ou plutôt la terrible comédie des vols contemporains. Aristide réalise en quelques années une immense fortune. Remarié à une poupée parisienne, il souffre par sa femme. Peinture d'un ménage parisien, dans la haute sphère des parvenus.

Ces deux récits vont se regrouper, et dès le 27 mai 1870, Zola peut écrire à Louis Ulbach, directeur de La Cloche, *journal où il souhaitait faire paraître son roman :*

[...] J'y étudie les fortunes rapides nées du coup d'État, l'effroyable gâchis financier qui a suivi, les appétits lâchés dans les jouissances, les scandales mondains. Je crois tout naïvement à un succès, car je soigne l'œuvre avec amour, et je tâche de lui donner une exactitude extrême et un relief saisissant.

Le titre *La Curée* s'imposait, après *La Fortune des Rougon* ; le premier était la conséquence du second.

Le roman commence effectivement à paraître en feuilleton dans La Cloche *le 29 septembre 1871, mais le procureur de la République fait interrompre la publication le 5 novembre. C'est l'occasion d'une autre lettre de Zola à Ulbach, où il s'explique, le 6 novembre 1871 :*

La Curée n'est pas une œuvre isolée, elle tient à un grand ensemble, elle n'est qu'une phrase musicale de la vaste symphonie que je rêve. Je veux écrire l'Histoire naturelle et sociale d'une famille sous le Second Empire. Le premier épisode, *La Fortune des Rougon*, qui vient de paraître en volume, raconte le coup d'État, le viol brutal de la France. Les autres épisodes seront des tableaux de mœurs pris dans tous les mondes, racontant la politique du règne, ses finances, ses tribunaux, ses casernes, ses églises, ses institutions de corruption publique. Je tiens à constater, d'ailleurs, que le premier épisode a été publié par *Le Siècle* sous l'Empire, et que je ne me doutais guère alors d'être un jour entravé dans mon œuvre par un procureur de la République. Pendant trois années, j'avais rassemblé des documents, et ce qui dominait, ce que je trouvais sans cesse devant moi, c'étaient les faits orduriers, les aventures incroyables de honte et de folie, l'argent volé et les femmes vendues. Cette note de l'or et de la chair, cette note du ruissellement des millions et du bruit grandissant des orgies, sonnait si haut et si continuellement, que je me décidai à la donner. J'écrivis *La Curée*. Devais-je me taire, pouvais-je laisser dans l'ombre cet éclat de débauche qui éclaire le Second Empire d'un jour suspect de mauvais lieu ? L'histoire que je veux écrire en serait obscure.

Il faut bien que je le dise, puisqu'on ne m'a pas compris, et puisque je ne puis achever ma pensée : *La Curée*, c'est la plante malsaine poussée sur le fumier impérial, c'est l'inceste grandi dans le terreau des millions. J'ai voulu, dans cette nouvelle « Phèdre » montrer à quel effroyable écroulement on en arrive, lorsque les mœurs sont pourries et que les liens de la famille n'existent plus. Ma Renée, c'est la Parisienne affolée, jetée au crime par le luxe et la vie à outrance ; mon Maxime, c'est le produit d'une société épuisée, l'homme-femme, la chair inerte qui accepte les dernières infamies ; mon Aristide, c'est le spéculateur né des bouleversements de Paris, l'enrichi impudent qui joue à la Bourse avec tout ce qui lui tombe sous la main, femmes, enfants, honneur, pavés, conscience. Et j'ai essayé, avec ces trois monstruosités sociales, de donner une idée de l'effroyable bourbier dans lequel la France se noyait.

Certes, on ne m'accusera pas d'avoir outré les couleurs. Je n'ai pas osé tout dire. Cette audace dans les crudités, qu'on me reproche, a plus d'une fois reculé devant les documents que je possède. Me faudrait-il donner les noms, arracher les masques, pour prouver que je suis un historien, et non un chercheur de saletés ? C'est inutile, n'est-ce pas ? Les noms sont encore sur toutes les lèvres. Vous connaissez mes personnages, et vous me donneriez vous-même tout bas des faits que je ne pourrais conter.

Quand *La Curée* paraîtra en volume, elle sera comprise. Mon erreur a été de croire que le public d'un journal pouvait accepter certaines vérités. Et cependant je m'habitue difficilement à cette idée que c'est un procureur de la République qui m'a averti du danger offert par cette satire de l'Empire. Nous ne savons pas aimer la liberté en France d'une façon entière et virile. Nous nous croyons trop les défenseurs de la morale. Nous ne pouvons pas accepter cette idée que les vraies pudeurs se gardent toutes seules, et qu'elles n'ont pas besoin de gendarmes. Que pensez-vous, par exemple, de ces gens qui ont dénoncé mon roman à la justice ? Je ne veux pas compter combien il peut y avoir parmi eux de bonapartistes. Mais ceux mêmes qui sont convaincus, quel étrange rôle ils ont joué ! Un roman les blesse, vite ils écrivent au procureur de la République, ou, s'ils sont de son entourage, ils tendent les mains vers lui comme vers un Dieu sauveur. Pas un n'a l'idée de jeter le feuilleton au feu. Tous se mettent à geindre comme des petits enfants perdus, et ils appellent la garde, et quand la garde est là, ils n'ont plus peur, ils sèchent leurs larmes. Je le disais tout à l'heure à M. le procureur de la République : ce n'est pas avec ces effrois de bambins, ce besoin continuel des gendarmes, que nous conquerrons jamais la vraie liberté.

Dans tout cela, je suis désolé pour *La Cloche* et pour vous, mon cher Ulbach. Pardonnez-moi, et que tout soit dit. Les lecteurs qui ont compris le côté scientifique de *La Curée*, et qui voudront aller jusqu'au bout de ce roman, pourront l'achever prochainement dans le volume. Quant aux personnes qui auraient eu l'intelligence rare de ne voir dans mon œuvre qu'un recueil de polissonneries à l'usage des vieillards et des femmes blasées, elles en seront quittes pour se signer devant les étalages des libraires. Comme ces bonnes gens me connaissent !

Allez, une société n'est forte que lorsqu'elle met la vérité sous la grande lumière du soleil.

Je vous serre la main, et me dis votre bien dévoué.

En préface à l'édition en volume, il reprend cette explication, résumée (la préface sera supprimée des éditions ultérieures) :

Dans l'histoire naturelle et sociale d'une famille sous le Second Empire, *La Curée* est la note de l'or et de la chair. L'artiste en moi se refusait à faire de l'ombre sur cet éclat de la vie à outrance, qui a éclairé tout le règne d'un jour suspect de mauvais lieu. Un point de l'Histoire que j'ai entreprise en serait resté obscur.

J'ai voulu montrer l'épuisement prématuré d'une race qui a vécu trop vite et qui aboutit à l'homme-femme des sociétés pourries ; la spéculation furieuse d'une époque s'incarnant dans un tempérament sans scrupule, enclin aux aventures ; le détraquement nerveux d'une femme dont un milieu de luxe et de honte décuple les appétits natifs. Et, avec ces trois mons truosites sociales, j'ai essayé d'écrire une œuvre d'art et de science qui fût en même temps une des pages les plus étranges de nos mœurs.

Si je crois devoir expliquer *La Curée*, cette peinture vraie de la débâcle d'une société, c'est que le côté littéraire et scientifique a paru en être si peu compris dans le journal où j'ai tenté de donner ce roman qu'il m'a fallu en interrompre la publication et rester au milieu de l'expérience.

Paris, 15 novembre 1871.
Émile Zola.

LES GRANDS TRAVAUX DE PARIS
ET LA SPÉCULATION

Prévus dès la fin de la monarchie de Louis-Philippe, les travaux de voirie et d'assainissement de Paris avaient débuté avant qu'Haussmann devienne préfet de la Seine (juin 1853). Mais après sa nomination, il mit une grande habileté à faire entrer l'empereur Napoléon III dans ses vues, et les projets devinrent gigantesques. Les « trois réseaux » dont parle Zola dans La Curée *ont bien été les phases successives de la démolition-reconstruction qui fit de Paris une ville au plan net (boulevards rectilignes, carrefours en étoile ou en croix, grandes places). Il s'agissait — autant que d'assainir, et de diminuer les temps de transport — de construire des monuments prestigieux, fastueux (l'Opéra, par exemple), et de détruire les quartiers où pouvaient se développer facilement les insurrections. Il est plus facile de déplacer une armée sur un boulevard que dans un lacis de ruelles.*

Les réactions et oppositions furent nombreuses et vinrent de plusieurs horizons. L'enrichissement scandaleux de quelques « parvenus » (les frères Pereire, Mirès) étonnait et irritait l'opinion publique ; mais aussi, la disparition du vieux Paris, l'excès des dépenses, les acrobaties financières provoquèrent des levées de boucliers, et des financiers (Rothschild), et des économistes (Léon Say), et des politiciens (Jules Ferry).

C'est surtout à partir de 1858, avec la création de la Caisse des Travaux de Paris (le 14 novembre), qui signifiait un endettement endémique de la Ville (c'est ce qu'on a appelé la « dette flottante »), que le caractère aventureux du financement des travaux est apparu clairement. Les énormes dépenses d'argent qu'ils engagent justifient la création de nouvelles banques. En 1852, les frères Pereire fondent le Crédit mobilier, qui

prête de l'argent en émettant des obligations. La croissance
trop rapide du Crédit mobilier, ses trop nombreuses spécula-
tions, provoquent son effondrement en 1867.

De nombreux épargnants sont ruinés, malgré les promesses
de remboursement — comme ont été ruinés ou spoliés bien
des propriétaires, au cours des travaux de démolition. Mais
ceux qui ont le plus souffert de la disparition de quartiers
entiers sont, bien entendu, les plus pauvres — les locataires
chassés ou floués par des manœuvres frauduleuses.

Les textes que nous citons ci-dessous datent de 1868. Jules
Ferry et J.E. Horn y attaquent l'action d'Haussmann :

Faut-il conclure ? Les conclusions, ce nous semble, décou-
lent toutes seules des faits et des considérations qui précèdent.
Un mot d'abord au point de vue du droit. Nous vivons dans
le pays d'origine du suffrage universel ; nous appartenons
à une époque où le système représentatif pénètre toutes les
relations et s'impose à tous les rapports. Dans un tel pays
et à une telle époque il est inadmissible qu'une collectivité
de deux millions d'habitants puisse, longtemps encore, rester frustrée du droit de gérer ses affaires elle-même, c'est-à-
dire par des mandataires élus, responsables et révocables. Il
est inadmissible qu'un administrateur quelconque puisse
annuellement encaisser et dépenser à sa fantaisie, avec un
laisser-aller qui aboutit à la ruine, des centaines de millions
prises sur la sueur du peuple, sur le revenu de tous. Il est
inadmissible qu'un pouvoir autocratique puisse, quatre-vingts
ans après la Révolution, bouleverser à son gré les fortunes,
troubler toutes les existences, ruiner les uns et enrichir les
autres du jour au lendemain, disposer du sort des générations
présentes et futures.

Les avantages tant vantés de la grande œuvre sont illu-
soires ; ses inconvénients ruineux sont manifestes et vont en
s'aggravant.

De grands travaux d'embellissement et d'assainissement ont
été exécutés à Paris depuis quinze ans ; personne ne le nie.
Mais est-ce que le premier réseau des voies nouvelles (rue de
Rivoli, etc.), le plus important de tous, n'a pas été conçu et
en grande partie achevé avant l'avènement de l'empire et de
M. Haussmann ? Est-ce que les villes de Londres, de Berlin,
de Vienne, quoique s'administrant elles-mêmes, n'ont pas vu

s'accomplir dans leurs murs de grands travaux d'embellissement et d'assainissement ?

Ce qu'il y a de particulier chez nous, c'est — pour ne rien
dire de plus — l'abus, l'exagération, la manie, inséparables
du pouvoir personnel, discrétionnaire. Ils gâtent tout et pèsent
lourdement, par leurs conséquences fatales, sur les popula-
tions parisiennes.

C'est grâce au pouvoir personnel, discrétionnaire, mis
depuis seize ans aux mains de M. Haussmann, que les percements engendrent les percements, que les démolitions succè-
dent aux démolitions, sans but ni raisons avouables. C'est
grâce au pouvoir personnel que l'utile est constamment sacrifié au prétendu beau, le nécessaire au prétendu grandiose.
On bâtit, — pour ne citer qu'un exemple ou deux, — on bâtit
plus de casernes et d'églises que d'écoles ; on improvise des
squares pour assainir et l'on néglige de nous débarrasser, par
un système de canalisation à l'anglaise, des terribles « équipages Richer », qui, toutes les nuits, empestent nos rues. Pour
faciliter la circulation et pour donner tout son développement
au système « stratégique » de la capitale, on perce d'immenses boulevards, qui l'hiver, vous glacent par leurs impétueux
courants d'air et l'été, par l'absence d'ombre, vous étouffent
de chaleur ; mais l'on néglige d'établir, comme à Londres,
des voies ferrées ou des lignes d'omnibus bien matinales qui
puissent dispenser l'ouvrier, chassé du centre, de faire le matin
une heure de course à pied avant d'arriver à son atelier.

C'est grâce au pouvoir discrétionnaire que toutes les indus-
tries, toutes les relations sont bouleversées sans merci ni trêve.
L'excessif renchérissement des loyers rend l'intérieur de la
ville de plus en plus inabordable, même pour les familles
aisées, et la location de plus en plus ruineuse pour les industriels et les commerçants qui ne peuvent aller ailleurs. Les
familles travailleuses sont obligées de s'entasser, aux extré-
mités de la ville, dans des habitations tout aussi étroites et
malsaines que celles que l'on a vu détruire, au centre, sous
prétexte d'hygiène. La salubrité, loin de s'améliorer, semble
plutôt baisser. La population, malgré les coûteuses « attrac-
tions » que l'on prodigue, reste presque stationnaire pour la
capitale prise dans son ensemble ; elle diminue positivement
dans Paris ancien.

En retour — la belle compensation ! — la ville de Paris
est obligée de se procurer, par l'impôt le plus justement impo-
pulaire et le plus antidémocratique (l'octroi), un revenu dit

« ordinaire » de plus de cent millions de francs, soit un pré-
lèvement de près de deux cents francs, de ce seul chef, sur
le revenu de chaque famille. Elle est obligée d'en chercher
encore cent cinquante millions ailleurs, année par année !
Malgré son budget de recettes relativement immense, le plus
fort (proportionnellement) dont dispose une collectivité quelconque en Europe, l'administration est en déficit permanent
et ne se soutient que par l'expédient des emprunts. Les
emprunts légaux, se répétant tous les deux ou trois ans, ces-
sent de suffire ; ils alternent avec d'autres opérations financières, aussi ruineuses qu'illégales, et que la Cour des comptes
ne condamne pas moins sévèrement que l'opinion libérale.
Le voulût-on, l'on ne peut plus avancer ; par malheur, reculer
paraît tout aussi impossible, — sans un changement radical
de système.

Jules Ferry, *Comptes fantastiques d'Haussmann,* 1868,
rééd. Guy Durier, 1979.

Avant d'entrer en matière, permettez-moi, messieurs, de
bien poser la question qui s'agite, à cette heure, entre
M. le préfet de la Seine et la population qu'il régente, impose,
endette, triture depuis quinze ans, sans mesure et sans
contrôle. Les Parisiens ne disent pas qu'il n'y eût rien à faire
dans l'ancien Paris, au moment où M. le préfet a commencé
son office destructeur ; ils ne disent pas non plus que M. le
préfet n'ait rien accompli d'utile ou de nécessaire. Nous recon-
naissons qu'on a fait du nouveau Paris la plus belle auberge
de la terre et que les parasites des deux mondes ne trouvent
rien de comparable. Nous tenons compte de ce qu'exigeait
l'aménagement indispensable d'une grande ville, qui est la
tête de ligne de tous les chemins de fer. Nous n'avons garde
de dire que tout soit absolument mauvais dans ces innombrables trouées qui, dépeçant obliquement et dans tous les
sens la vieille capitale, donnent à la nouvelle l'aspect déplai-
sant d'un casse-tête chinois. Nous le trouvons laid, pour notre
compte, mais nous convenons que le mauvais goût de M. le
préfet a ici pour complice le mauvais goût des architectes et
d'une portion notable du public de ce temps-ci.

Nous sentons aussi que c'est peine perdue de regretter
l'ancien Paris, le Paris historique et penseur, dont nous

recueillons aujourd'hui les derniers soupirs ; le Paris artiste et philosophe, où tant de gens modestes pouvaient vivre avec 3 000 livres de rente ; où il existait des groupes, des voisinages, des quartiers, des traditions ; où l'expropriation ne troublait pas à tout instant les relations anciennes, les plus chères habitudes ; où l'artisan, qu'un système impitoyable chasse aujourd'hui du centre, habitait côte à côte avec le financier ; où l'esprit était prisé plus haut que la richesse ; où l'étranger, brutal et prodigue, ne donnait pas encore le ton au théâtre et aux mœurs. Ce vieux Paris, le Paris de Voltaire, de Diderot et de Desmoulins, le Paris de 1830 et de 1848, nous le pleurons de toutes les larmes de nos yeux, en voyant la magnifique et intolérable hôtellerie, la coûteuse cohue, la triomphante vulgarité, le matérialisme épouvantable que nous léguons à nos neveux. Mais, là encore, c'est peut-être la destinée qui s'accomplit. Nos reproches contre l'administration préfectorale sont plus positifs et plus précis. Nous l'accusons d'avoir sacrifié d'étrange façon à l'idée fixe et à l'esprit de système ; nous l'accusons d'avoir immolé l'avenir tout entier à ses caprices et à sa vaine gloire ; nous l'accusons d'avoir englouti, dans des œuvres d'une utilité douteuse ou passagère, le patrimoine des générations futures ; nous l'accusons de nous mener, au triple galop, sur la pente des catastrophes.

Nos affaires sont conduites par un dissipateur, et nous plaidons en interdiction.

> J.E. Horn, *Les Finances de l'Hôtel de Ville,* 1869,
> rééd. Guy Durier, 1979.

Haussmann, dans ses Mémoires *(1890-1893) défend son œuvre. Dans l'extrait suivant, il justifie son projet d'urbanisme par l'esthétique et le bon sens. Plus loin, il expliquera ce qu'il a fait en matière de voirie, d'éclairage, d'assainissement, de création de jardins, etc.*

La génération présente ne se doute même pas de ce qu'était cette portion de Paris, avant sa transformation complète, de 1852 à 1854.

Elle ignore que la première section de la rue de Rivoli, qui borde le Jardin des Tuileries, s'arrêtait court après le Pavillon de Marsan et le Passage Delorme ; au-delà se trouvait un immonde quartier, composé de maisons sordides, sillonné de ruelles étroites, qui, de la rue Saint-Honoré, s'étendait jusque sur la Place du Carrousel, qu'il encombrait en majeure partie. Il couvrait presque toute la surface actuelle de la Place du Palais-Royal, puis, se continuait sans interruption le long du Louvre, qu'il enserrait à l'Ouest et au Nord, jusqu'à la soi-disant Place de la Colonnade, obstruée aussi de constructions ignobles, et se reliait aux quartiers, non moins impraticables à la circulation, qui s'étendaient jusqu'à la mesquine Place de Grève ; là s'élevait l'Hôtel de Ville, reconstruit par MM. Lesueur et Godde, sous l'édilité de M. le Comte de Rambuteau.

Qui, de nos jours, parmi les contemporains, a gardé mémoire des rues Saint-Nicaise, du Doyenné, de Chartres, où se trouvait l'ancien Vaudeville (un boui-boui), Saint-Thomas-du-Louvre, du Musée (précédemment Froid-Manteau), d'une part ; des rues Lévêque, des Remparts, Pierre-Lescot (l'ancienne : le nom du célèbre architecte est porté maintenant par une des larges voies encadrant les Halles Centrales), du Chantre, de la Bibliothèque et des Poulies, d'autre part ; et, plus loin : des Fossés-Saint-Germain-l'Auxerrois, Chilpéric, Tirechappe, des Orties, Jean-Pain-Mollet, de l'Arche-Marion, du Chevalier-du-Guet, Perrin-Gasselin, des Mauvaises-Paroles, de la Limace, de la Friperie, des Fourreurs, de la Tixeranderie, etc., etc. ?

Devant l'Hôtel de Ville, dans l'intervalle qui séparait l'ancienne Place du Châtelet de l'espace irrégulier qualifié Place de Grève, l'œil était affligé par d'horribles cloaques, nommés Rue de la Tannerie, de la Vieille-Tannerie, de la Vannerie, de la vieille Place aux Veaux, Saint-Jérôme, de la Vieille-Lanterne, de la Tuerie, des Teinturiers, etc., etc. Cette dernière était si peu large, que la façade vermoulue d'une des maisons, en pans de bois hourdés de plâtre, qui la bordaient, essaya vainement de s'abattre : elle ne put que s'appuyer sur celle de la maison opposée.

Et quelle population habitait là !

Non ! ceux qui n'ont pas, ainsi que moi, parcouru le vieux Paris de cette époque en tout sens, ne peuvent s'en faire une idée juste, malgré ce qu'il en est resté forcément ; car, je n'ai rien négligé pour l'améliorer, alors, et, si lents que soient leurs effets, les obligations de la Loi d'Alignement et de celles des

Bâtiments, d'un côté ; les exigences d'un public devenant de plus en plus difficile de l'autre, n'ont pu manquer, depuis trente ans passés, d'y produire d'heureux changements.

Néanmoins, il est de mode, chez quelques archéologues, se posant comme des mieux informés, d'admirer de confiance ce vieux Paris, qu'ils n'ont certainement connu que dans les livres spéciaux, dans les anciens recueils de dessins et gravures, et de gémir sur la façon cavalière dont l'a « fourragé » le Baron Haussmann, qu'ils tiennent, comme ses œuvres, dans un dédain profond !

Que les étroites et tortueuses rues du centre surtout fussent presque impénétrables à la circulation, sales, puantes, malsaines; ils n'en ont aucun souci.

Que nos percements, nos « prétendus embellissements » aient doté vieux et nouveaux quartiers d'espace, d'air, de lumière, de verdure et de fleurs, en un mot, de ce qui dispense la salubrité, tout en réjouissant les yeux, la belle affaire ! Dans tous les cas, ce n'est pas la leur.

Mais, bonnes gens, qui, du fond de vos bibliothèques, semblez n'avoir rien vu, citez, du moins, un ancien monument, digne d'intérêt, un édifice précieux pour l'art, curieux par ses souvenirs, que mon administration ait détruit, ou dont elle se soit occupée, sinon pour le dégager et le mettre en aussi grande valeur, en aussi belle perspective que possible !

Et l'achat de l'Hôtel Carnavalet, que je fis faire, afin d'en assurer la conservation et d'y créer, de toutes pièces, un Musée historique parisien, l'avez-vous donc oublié ?

Mémoires du baron Haussmann : Grands travaux de Paris,
tome 1, 1890-1893, rééd. Guy Durier, 1979.

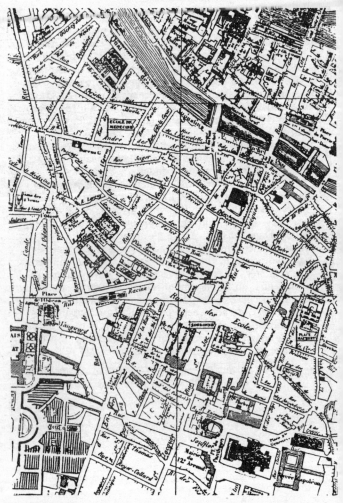

Le Quartier latin [1], en 1863, avant le percement de Saint-Michel (plan tiré de *Le Grand siècle de Paris* par A. Castelot, Lib. Acad. Perrin, 1963). Plan gravé par Gérard à l'intention de Napoléon III.

1. On se souviendra que Saccard, à ses débuts, habite rue St Jacques.

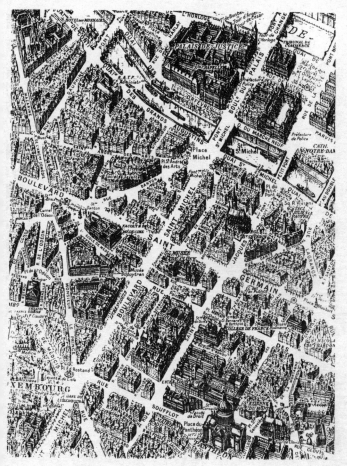

Le Quartier latin aujourd'hui : (document réalisé, à partir du plan de Turgot (1739), entre 1920 et 1940, par Georges Peltier).

LES PERSONNAGES :
CONTINUITÉS ET DISCONTINUITÉS

Certains, comme Aristide Rougon par exemple, apparaissent dans plusieurs textes. Mais, si l'on peut suivre à travers les romans le fil de la vie d'Aristide, son caractère se modifie quelque peu, en fonction des changements de Zola lui-même, et de l'évolution de sa réflexion sur le fonctionnement de la société.

1 - *Aristide* — le Saccard de La Curée — *est déjà un des personnages de* La Fortune des Rougon. *Second fils de Pierre Rougon, il est décrit par opposition à son frère aîné Eugène, juste avant les débuts de la Révolution de 1848 :*

Aristide, le plus jeune des fils Rougon, était opposé à Eugène, géométriquement pour ainsi dire. Il avait le visage de sa mère et des avidités, un caractère sournois, apte aux intrigues vulgaires, où les instincts de son père dominaient. La nature a souvent des besoins de symétrie. Petit, la mine chafouine, pareille à une pomme de canne curieusement taillée en tête de Polichinelle, Aristide furetait, fouillait partout, peu scrupuleux, pressé de jouir. Il aimait l'argent comme son frère aîné aimait le pouvoir. Tandis qu'Eugène rêvait de plier un peuple à sa volonté et s'enivrait de sa toute-puissance future, lui se voyait dix fois millionnaire, logé dans une demeure princière, mangeant et buvant bien, savourant la vie par tous les sens et tous les organes de son corps. Il voulait surtout une fortune rapide. Lorsqu'il bâtissait un château en Espagne, ce château s'élevait magiquement dans son esprit ; il avait des tonneaux d'or du soir au lendemain ; cela plaisait à ses paresses, d'autant plus qu'il ne s'inquiétait jamais des moyens, et que les plus prompts lui semblaient les meilleurs. La race des Rougon, de ces paysans épais et avides, aux appétits de brute, avait mûri trop vite ; tous les besoins de jouissance matérielle s'épanouissaient chez Aristide, triplés par une éducation hâtive, plus insatiables et dangereux depuis qu'ils devenaient raisonnés. Malgré ses délicates intuitions de femme, Félicité préférait ce garçon ; elle ne sentait pas combien Eugène lui appartenait davantage ; elle excusait les sottises et les paresses de son fils cadet, sous prétexte qu'il serait l'homme supérieur de la famille, et qu'un homme supérieur a le droit de mener une vie débraillée, jusqu'au jour où la puissance de ses facultés se révèle. Aristide mit rudement son indulgence à l'épreuve. À Paris, il mena une vie sale et oisive ; il fut un de ces étudiants qui prennent leurs inscriptions dans les brasseries du quartier Latin. D'ailleurs, il n'y resta que deux années ; son père, effrayé, voyant qu'il n'avait pas encore passé un seul examen, le retint à Plassans et parla de lui chercher une femme, espérant que les soucis du ménage en feraient un homme rangé. Aristide se laissa marier. À cette époque, il ne voyait pas clairement dans ses ambitions ; la vie de province ne lui déplaisait pas ; il se trouvait à l'engrais dans sa petite ville, mangeant, dormant, flânant. Félicité plaida sa cause avec tant de chaleur que Pierre consentit à nourrir et à loger le ménage, à la condition que le jeune homme s'occuperait activement de la maison de commerce. Dès lors commença pour ce dernier une belle existence de fainéantise ; il passa au cercle ses journées et la plus grande partie de ses nuits, s'échappant du bureau de son père comme un collégien, allant jouer les quelques louis que sa mère lui donnait en cachette. Il faut avoir vécu au fond d'un département, pour bien comprendre quelles furent les quatre années d'abrutissement que ce garçon passa de la sorte. Il y a ainsi, dans chaque petite ville, un groupe d'individus vivant aux crochets de leurs parents, feignant parfois de travailler, mais cultivant en réalité leur paresse avec une sorte de religion. Aristide fut le type de ces flâneurs incorrigibles que l'on voit se traîner voluptueusement dans le vide de la province. Il joua à l'écarté pendant quatre ans. Tandis qu'il vivait au cercle, sa femme, une blonde molle et placide, aidait à la ruine de la maison Rougon par un goût prononcé pour les toilettes voyantes et par un appétit formidable, très curieux chez une créature

aussi frêle. Angèle adorait les rubans bleu ciel et le filet de
bœuf rôti. Elle était fille d'un capitaine retraité, qu'on nommait le commandant Sicardot, bonhomme qui lui avait donné
pour dot dix mille francs, toutes ses économies. Aussi Pierre,
en choisissant Angèle pour son fils, avait-il pensé conclure
une affaire inespérée, tant il estimait Aristide à bas prix. Cette
dot de dix mille francs, qui le décida, devint justement par
la suite un pavé attaché à son cou. Son fils était déjà un rusé
fripon ; il lui remit les dix mille francs, en s'associant avec
lui, ne voulant pas garder un sou, affichant le plus grand
dévouement.

— Nous n'avons besoin de rien, disait-il ; vous nous entre-
tiendrez, ma femme et moi, et nous compterons plus tard.

Pierre était gêné, il accepta, un peu inquiet du désintéressement d'Aristide. Celui-ci se disait que de longtemps peut-
être son père n'aurait pas dix mille francs liquides à lui rendre, et que lui et sa femme vivraient largement à ses dépens,
tant que l'association ne pourrait être rompue. C'était là quelques billets de banque admirablement placés. Quand le mar-
chand d'huile comprit quel marché de dupe il avait fait, il
ne lui était plus permis de se débarrasser d'Aristide ; la dot
d'Angèle se trouvait engagée dans des spéculations qui tournaient mal. Il dut garder le ménage chez lui, exaspéré, frappé
au cœur par le gros appétit de sa belle-fille et par les fainéan-
tises de son fils. Vingt fois, s'il avait pu les désintéresser, il
aurait mis à la porte cette vermine qui lui suçait le sang, selon
son énergique expression. Félicité les soutenait sourdement ;
le jeune homme, qui avait pénétré ses rêves d'ambition, lui
exposait chaque soir d'admirables plans de fortune qu'il
devait prochainement réaliser. Par un hasard assez rare, elle
était au mieux avec sa bru ; il faut dire qu'Angèle n'avait pas
une volonté et qu'on pouvait disposer d'elle comme d'un
meuble. Pierre s'emportait, quand sa femme lui parlait des
succès futurs de leur fils cadet ; il l'accusait plutôt de devoir
être un jour la ruine de leur maison. Pendant les quatre années
que le ménage resta chez lui, il tempêta ainsi, usant en que-
relles sa rage impuissante, sans qu'Aristide ni Angèle sortis-
sent le moins du monde de leur calme souriant. Ils s'étaient
posés là, ils y restaient, comme des masses. Enfin, Pierre eut
une heureuse chance ; il put rendre à son fils ses dix mille
francs. Quand il voulut compter avec lui, Aristide chercha
tant de chicanes, qu'il dut le laisser partir sans lui retenir un
sou pour ses frais de nourriture et de logement. Le ménage

alla s'établir à quelques pas, sur une petite place du vieux quartier, nommée la place Saint-Louis. Les dix mille francs furent vite mangés. Il fallut s'établir. Aristide, d'ailleurs, ne changea rien à sa vie tant qu'il y eut de l'argent à la maison. Lorsqu'il en fut à son dernier billet de cent francs, il devint nerveux. On le vit rôder dans la ville d'un air louche ; il ne prit plus sa demi-tasse au cercle ; il regarda jouer, fiévreusement, sans toucher une carte. La misère le rendit pire encore qu'il n'était. Longtemps il tint le coup, il s'entêta à ne rien faire. Il eut un enfant, en 1840, le petit Maxime, que sa grand-mère Félicité fit heureusement entrer au collège, et dont elle paya secrètement la pension. C'était une bouche de moins chez Aristide ; mais la pauvre Angèle mourait de faim, le mari dut enfin chercher une place. Il réussit à entrer à la sous-préfecture. Il y resta près de dix années, et n'arriva qu'aux appointements de dix-huit cents francs. Dès lors, haineux, amassant le fiel, il vécut dans l'appétit continuel des jouissances dont il était sevré. Sa position infime l'exaspérait ; les misérables cent cinquante francs qu'on lui mettait dans la main, lui semblaient une ironie de la fortune. Jamais pareille soif d'assouvir sa chair ne brûla un homme. Félicité, à laquelle il contait ses souffrances, ne fut pas fâchée de le voir affamé ; elle pensa que la misère fouetterait ses paresses. L'oreille au guet, en embuscade, il se mit à regarder autour de lui, comme un voleur qui cherche un bon coup à faire. Au commencement de l'année 1848, lorsque son frère partit pour Paris, il eut un instant l'idée de le suivre. Mais Eugène était garçon ; lui ne pouvait traîner sa femme si loin, sans avoir en poche une forte somme. Il attendit, flairant une catastrophe, prêt à étrangler la première proie venue.

Aristide va commencer par se tromper complètement en analysant la situation politique. Il se déclare partisan de la République, parce qu'il croit que les Républicains vont gagner, et devient journaliste à L'Indépendant, *journal démocratique qui dénonce les « réactionnaires ». Il va jusqu'à écrire, au lendemain du 2 décembre 1851, un article « très hostile au coup d'État ». Puis, il comprend son erreur :*

« Eugène avait annoncé la crise à son père, dit Félicité. Le triomphe du prince Louis lui paraît assuré.

— Oh ! vous pouvez marcher hardiment, répondit le marquis en descendant les premières marches. Dans deux ou trois jours, le pays sera bel et bien garrotté. À demain, petite. »

Félicité referma la porte. Aristide, dans son trou noir, venait d'avoir un éblouissement. Sans attendre que le marquis eût gagné la rue, il dégringola quatre à quatre l'escalier et s'élança dehors comme un fou ; puis il prit sa course vers l'imprimerie de *L'Indépendant*. Un flot de pensées battait dans sa tête. Il enrageait, il accusait sa famille de l'avoir dupé. Comment ! Eugène tenait ses parents au courant de la situation, et jamais sa mère ne lui avait fait lire les lettres de son frère aîné, dont il aurait suivi aveuglément les conseils ! Et c'était à cette heure qu'il apprenait par hasard que ce frère aîné regardait le succès du coup d'État comme certain ! Cela, d'ailleurs, confirmait en lui certains pressentiments que cet imbécile de sous-préfet lui avait empêché d'écouter. Il était surtout exaspéré contre son père, qu'il avait cru assez sot pour être légitimiste, et qui se révélait bonapartiste au bon moment.

« M'ont-ils laissé commettre assez de bêtises, murmurait-il en courant. Je suis un joli monsieur, maintenant. Ah ! quelle école ! Granoux est plus fort que moi. »

Il entra dans les bureaux de *L'Indépendant*, avec un bruit de tempête, en demandant son article d'une voix étranglée. L'article était déjà mis en page. Il fit desserrer la forme, et ne se calma qu'après avoir décomposé lui-même l'article, en mêlant furieusement les lettres comme un jeu de dominos. Le libraire qui dirigeait le journal le regarda faire d'un air stupéfait. Au fond, il était heureux de l'incident, car l'article lui avait paru dangereux. Mais il lui fallait absolument de la matière, s'il voulait que *L'Indépendant* parût.

« Vous allez me donner autre chose ? demanda-t-il.

— Certainement », répondit Aristide.

Il se mit à une table et commença un panégyrique très chaud du coup d'État. Dès la première ligne, il jurait que le prince Louis venait de sauver la République. Mais il n'avait pas écrit une page, qu'il s'arrêta et parut chercher la suite. Sa face de fouine devenait inquiète.

« Il faut que je rentre chez moi, dit-il enfin. Je vous enverrai cela tout à l'heure. Vous paraîtrez un peu plus tard, s'il est nécessaire. »

En revenant chez lui, il marcha lentement, perdu dans ses

réflexions. L'indécision le reprenait. Pourquoi se rallier si vite ? Eugène était un garçon intelligent, mais peut-être sa mère avait-elle exagéré la portée d'une simple phrase de sa lettre. En tout cas, il fallait mieux attendre et se taire.

Une heure plus tard, Angèle arriva chez le libraire, en feignant une vive émotion.

« Mon mari vient de se blesser cruellement, dit-elle. Il s'est pris en rentrant les quatre doigts dans une porte. Il m'a, au milieu des plus vives souffrances, dicté cette petite note qu'il vous prie de publier demain. »

Le lendemain, *L'Indépendant*, presque entièrement composé de faits divers, parut avec ces quelques lignes en tête de la première colonne :

« *Un regrettable accident survenu à notre éminent collaborateur, M. Aristide Rougon, va nous priver de ses articles pendant quelque temps. Le silence lui sera cruel dans les graves circonstances présentes. Mais aucun de nos lecteurs ne doutera des vœux que ses sentiments patriotiques font pour le bonheur de la France.* »

Cette note amphigourique avait été mûrement étudiée. La dernière phrase pouvait s'expliquer en faveur de tous les partis. De cette façon, après la victoire, Aristide se ménageait une superbe rentrée par un panégyrique des vainqueurs. Le lendemain, il se montra dans toute la ville, le bras en écharpe. Sa mère étant accourue, très effrayée par la note du journal, il refusa de lui montrer sa main et lui parla avec une amertume qui éclaira la vieille femme.

« Ce ne sera rien, lui dit-elle en le quittant, rassurée et légèrement railleuse. Tu n'as besoin que de repos. »

Dès lors, il va rejoindre le « bon camp », essuyant lâchement l'ironie de sa mère :

Comme elle se remettait à la fenêtre, elle aperçut Aristide qui rôdait sur la place de la Sous-Préfecture, le nez en l'air. Elle lui fit signe de monter. Il semblait n'attendre que cet appel.

« Entre donc, lui dit sa mère sur le palier en voyant qu'il hésitait. Ton père n'est pas là. »

Aristide avait l'air gauche d'un enfant prodigue. Depuis

près de quatre ans, il n'était plus entré dans le salon jaune. Il tenait encore son bras en écharpe.

« Ta main te fait toujours souffrir ? » lui demanda railleusement Félicité.

Il rougit, il répondit avec embarras :

« Oh ! ça va beaucoup mieux, c'est presque guéri. »

Puis il resta là, tournant, ne sachant que dire. Félicité vint à son secours.

« Tu as entendu parler de la belle conduite de ton père ? » reprit-elle.

Il dit que toute la ville en causait. Mais son aplomb revenait ; il rendit à sa mère sa raillerie ; il la regarda en face, en ajoutant :

« J'étais venu voir si papa n'était pas blessé.

— Tiens, ne fais pas la bête ! s'écria Félicité, avec sa pétulance. Moi, à ta place, j'agirais très carrément. Tu t'es trompé, là, avoue-le, en t'enrôlant avec tes gueux de républicains. Aujourd'hui tu ne serais pas fâché de les lâcher et de revenir avec nous, qui sommes les plus forts. Hé ! la maison t'est ouverte ! »

Mais Aristide protesta. La République était une grande idée. Puis les insurgés pouvaient l'emporter.

« Laisse-moi donc tranquille ! continua la vieille femme irritée. Tu as peur que ton père te reçoive mal. »

Il va jusqu'au bout de la honte, en laissant assassiner son cousin Silvère sans intervenir, alors qu'il aurait pu le sauver d'un mot :

Pierre rayonnait, sa grosse face pâle suait le triomphe. Félicité, aguerrie, disait qu'ils loueraient sans doute le logement de ce pauvre M. Peirotte, en attendant qu'ils pussent acheter une petite maison dans la ville neuve ; et elle distribuait déjà son mobilier futur dans les pièces du receveur. Elle entrait dans ses Tuileries. À un moment, comme le bruit des voix devenait assourdissant, elle parut prise d'un souvenir subit ; elle se leva et vint se pencher à l'oreille d'Aristide :

« Et Silvère ? » lui demanda-t-elle.

Le jeune homme, surpris par cette question, tressaillit.

« Il est mort, répondit-il à voix basse. J'étais là quand le gendarme lui a cassé la tête d'un coup de pistolet. »

Félicité eut à son tour un léger frisson. Elle ouvrait la bouche pour demander à son fils pourquoi il n'avait pas empêché ce meurtre, en réclamant l'enfant ; mais elle ne dit rien, elle resta là interdite. Aristide, qui avait lu sa question sur ses lèvres tremblantes, murmura :

« Vous comprenez, je n'ai rien dit… Tant pis pour lui, aussi ! J'ai bien fait. C'est un bon débarras. »

Cette franchise brutale déplut à Félicité. Aristide, comme son père, comme sa mère, avait son cadavre. Sûrement, il n'aurait pas avoué avec une telle carrure qu'il flânait au faubourg et qu'il avait laissé casser la tête de son cousin, si les vins de l'hôtel de Provence et les rêves qu'il bâtissait sur sa prochaine arrivée à Paris ne l'eussent fait sortir de sa sournoiserie habituelle. La phrase lâchée, il se dandina sur sa chaise. Pierre, qui de loin suivait la conversation de sa femme et de son fils, comprit, échangea avec eux un regard de complice implorant le silence. Ce fut comme un dernier souffle d'effroi qui courut entre les Rougon, au milieu des éclats et des chaudes gaietés de la table.

2 - *Aristide, ce personnage peu brillant et encore moins sympathique, va devenir beaucoup plus ambigu dans* L'Argent *(1891), où Zola revient sur sa condamnation globale de la spéculation. Par les réflexions du personnage féminin central, Mme Caroline, la personnalité d'Aristide est interrogée à de multiples reprises ; il apparaît tantôt bon tantôt mauvais, pourri par la spéculation ou « créant la vie ».*

On apprend qu'il a un fils, Victor — issu d'un viol, et dont il ignore lui-même l'existence — qui lui ressemble d'une manière tout à fait surprenante :

Et Mme Caroline tressaillit, en voyant se dresser d'un panier un paquet, qu'elle avait pris pour un tas de loques. C'était Victor, vêtu des restes d'un pantalon et d'une veste de toile, par les trous desquels sa nudité passait. Il se trouvait en plein dans la clarté de la porte, elle restait béante, stupéfiée de son extraordinaire ressemblance avec Saccard. Tous ses doutes s'en allèrent, la paternité était indéniable. « Je veux pas, moi, déclara-t-il, qu'on m'embête pour aller à l'école ! »

Mais elle le regardait toujours, envahie d'un malaise croissant. Dans cette ressemblance qui la frappait, il était inquiétant, ce gamin, avec toute une moitié de la face plus grosse que l'autre, le nez tordu à droite, la tête comme écrasée sur la marche où sa mère, violentée, l'avait conçu. En outre, il paraissait prodigieusement développé pour son âge, pas très grand, trapu, entièrement formé à douze ans, déjà poilu, ainsi qu'une bête précoce. Les yeux hardis, dévorants, la bouche sensuelle, étaient d'un homme. Et, dans cette grande enfance, au teint si pur encore, avec certains coins délicats de fille, cette virilité, si brusquement épanouie, gênait et effrayait, ainsi qu'une monstruosité.

On retrouve aussi dans L'Argent *Maxime, qui vit en égoïste, et par qui M*^me *Caroline va connaître toute l'histoire d'Aristide ; suit une longue méditation, qui va la mener de l'épouvante au pardon :*

Seule, Mme Caroline ne bougea pas. Elle demeurait anéantie sur sa chaise, dans la vaste pièce tombée à un lourd silence, regardant fixement la lampe, de ses yeux élargis. C'était comme un brusque déchirement du voile : ce qu'elle n'avait pas voulu distinguer nettement jusque-là, ce qu'elle ne faisait que soupçonner en tremblant, elle le voyait à cette heure dans sa crudité affreuse, sans complaisance possible. Elle voyait Saccard à nu, cette âme dévastée d'un homme d'argent, compliquée et trouble dans sa décomposition. Il était en effet sans liens ni barrières, allant à ses appétits avec l'instinct déchaîné de l'homme qui ne connaît d'autre borne que son impuissance. Il avait partagé sa femme avec son fils, vendu son fils, vendu sa femme, vendu tous ceux qui lui étaient tombés sous la main ; il s'était vendu lui-même, et il la vendrait elle aussi, il vendrait son frère, battrait monnaie avec leurs cœurs et leurs cerveaux. Ce n'était plus qu'un faiseur d'argent, qui jetait à la fonte les choses et les êtres pour en tirer de l'argent. Dans une brève lucidité, elle vit l'Univer-

selle suer l'argent de toutes parts, un lac, un océan d'argent,
au milieu duquel, avec un craquement effroyable, tout d'un
coup, la maison croulait à pic. Ah ! l'argent, l'horrible argent
qui salit et dévore !

D'un mouvement emporté, Mme Caroline se leva. Non,
non ! c'était monstrueux, c'était fini, elle ne pouvait rester
davantage avec cet homme. Sa trahison, elle la lui aurait par-
donnée ; mais un écœurement la prenait de toute cette ordure
ancienne, une terreur l'agitait devant la menace des crimes
possibles du lendemain. Elle n'avait plus qu'à partir sur-le-
champ, si elle ne voulait pas elle-même être éclaboussée de
boue, écrasée sous les décombres. Et le besoin lui venait d'aller
loin, très loin, de rejoindre son frère au fond de l'Orient, plus
encore pour disparaître que pour l'avertir. Partir, partir tout
de suite ! Il n'était pas six heures, elle pouvait prendre le
rapide de Marseille, à sept heures cinquante-cinq, car cela
lui semblait au-dessus de ses forces de revoir Saccard. À Marseille, avant de s'embarquer, elle ferait ses achats. Rien qu'un
peu de linge dans une malle, une robe de rechange, et elle
partait. En un quart d'heure, elle allait être prête. Puis, la
vue de son travail, sur la table, le mémoire commencé, l'arrêta
un instant. À quoi bon emporter cela, puisque tout devait
crouler, pourri à la base ? Elle se mit pourtant à ranger avec
soin les documents, les notes, par une habitude de bonne
ménagère qui ne voulait rien laisser en désordre derrière elle.
Cette besogne lui prit quelques minutes, calma la première
fièvre de sa décision. Et c'était dans la pleine possession d'elle-
même qu'elle donnait un dernier coup d'œil autour de la
pièce, avant de la quitter, lorsque le valet de chambre reparut et lui remit un paquet de journaux et de lettres.

*Une lettre de son frère, parti travailler en tant qu'ingénieur
à d'immenses chantiers de mise en valeur du Moyen-Orient
(chemins de fer, routes, commerce maritime, etc.) opère un
revirement dans l'esprit de Mme Caroline. Elle se dit alors
que l'argent est aussi une « sève » qui permet le développement et la prospérité.*

Alors, Mme Caroline eut la brusque conviction que
l'argent était le fumier dans lequel poussait cette humanité

de demain. Des phrases de Saccard lui revenaient, des lambeaux de théories sur la spéculation. Elle se rappelait cette idée que, sans la spéculation, il n'y aurait pas de grandes entreprises vivantes et fécondes, pas plus qu'il n'y aurait d'enfants, sans la luxure. Il faut cet excès de la passion, toute cette vie bassement dépensée et perdue, à la continuation même de la vie. Si, là-bas, son frère s'égayait, chantait victoire, au milieu des chantiers qui s'organisaient, des constructions qui sortaient du sol, c'était qu'à Paris l'argent pleuvait, pourrissait tout, dans la rage du jeu. L'argent, empoisonneur et destructeur, devenait le ferment de toute végétation sociale, servait de terreau nécessaire aux grands travaux dont l'exécution rapprocherait les peuples et pacifierait la terre. Elle avait maudit l'argent, elle tombait maintenant devant lui dans une admiration effrayée : lui seul n'était-il pas la force qui peut raser une montagne, combler un bras de mer, rendre la terre enfin habitable aux hommes, soulagés du travail, désormais simples conducteurs de machines ? Tout le bien naissait de lui, qui faisait tout le mal. Et elle ne savait plus, ébranlée jusqu'au fond de son être, décidée déjà à ne pas partir, puisque le succès paraissait complet en Orient et que la bataille était à Paris, mais incapable encore de se calmer, le cœur saignant toujours.

[...]

Lorsque Mᵐᵉ Caroline revint devant sa table, elle eut un léger frisson. Quoi donc ? elle avait froid ! Et cela l'égaya, elle qui se vantait de passer l'hiver sans feu. Elle était comme au sortir d'un bain glacé, rajeunie et forte, le pouls très calme. Les matins de belle santé, elle se levait ainsi. Puis, elle eut l'idée de remettre une bûche dans la cheminée ; et, en voyant que le feu était mort, elle s'amusa à le rallumer elle-même, sans vouloir sonner le domestique. Ce fut tout un travail, elle n'avait pas de petit bois, elle parvint à embraser les bûches, simplement avec de vieux journaux, qu'elle brûlait un à un. À genoux devant l'âtre, elle en riait toute seule. Un instant, elle resta là, heureuse et surprise. Voilà donc qu'une de ses grandes crises était encore passée, elle espérait de nouveau, quoi ? elle n'en savait toujours rien, l'éternel inconnu qui était au bout de la vie, au bout de l'humanité. Vivre, cela devait suffire, pour que la vie lui apportât sans cesse la guérison des blessures que la vie lui faisait. Une fois de plus, elle se rappelait les débâcles de son existence, son mariage affreux, sa misère à Paris, son abandon par le seul homme qu'elle eût aimé ; et, à chaque écroulement, elle retrouvait la vivace énergie, la joie immortelle qui la remettait debout, au milieu des ruines. Tout ne venait-il pas de crouler ? Elle restait sans estime pour son amant, en face de son effroyable passé, comme de saintes femmes sont devant les plaies immondes qu'elles pansent matin et soir, sans compter les cicatriser jamais. Elle allait continuer à lui appartenir, en le sachant à d'autres, en ne cherchant même pas à le leur disputer. Elle allait vivre dans un brasier, dans la forge haletante de la spéculation, sous l'incessante menace d'une catastrophe finale, où son frère pouvait laisser son honneur et son sang. Et elle était quand même debout, presque insouciante, ainsi qu'au matin d'un beau jour, goûtant à faire face au danger une allégresse de bataille. Pourquoi ? pour rien raisonnablement, pour le plaisir d'être ! Son frère le lui disait, elle était l'invincible espoir.

Saccard, lorsqu'il rentra, vit Mme Caroline enfoncée dans son travail, achevant, de sa ferme écriture, une page du mémoire sur les chemins de fer d'Orient. Elle leva la tête, lui sourit d'un air paisible, tandis qu'il effleurait des lèvres sa belle et rayonnante chevelure blanche.

« Vous avez beaucoup couru, mon ami ?

— Oh ! des affaires à n'en plus finir ! J'ai vu le ministre des Travaux publics, j'ai fini par rejoindre Huret, j'ai dû retourner chez le ministre où il n'y avait plus qu'un secré-taire... Enfin, j'ai la promesse pour là-bas. »

En effet, depuis qu'il avait quitté la baronne Sandorff, il ne s'était plus arrêté, tout aux affaires, dans son emporte-ment de zèle accoutumé. Elle lui remit la lettre d'Hamelin, qui l'enchanta ; et elle le regardait exulter du prochain triomphe, en se disant que, désormais, elle le surveillerait de près, afin d'empêcher les folies certaines. Pourtant, elle ne parvenait pas à lui être sévère.

« Votre fils est venu vous inviter, au nom de Mme de Jeumont. »

Il se récria.

« Mais elle m'a écrit !... J'ai oublié de vous dire que j'y allais ce soir... Ce que cela m'assomme, fatigué comme je suis ! »

Et il partit, après avoir de nouveau baisé ses cheveux blancs. Elle se remit à son travail, avec son sourire amical, plein d'indulgence. N'était-elle pas seulement une amie qui se donnait ? La jalousie lui causait une honte, comme si elle eût sali davantage leur liaison. Elle voulait être supérieure à l'angoisse du partage, dégagée de l'égoïsme charnel de l'amour. Être à lui, le savoir à d'autres, cela n'avait pas d'importance. Et elle l'aimait pourtant, de tout son cœur courageux et charitable. C'était l'amour triomphant, ce Saccard, ce bandit du trottoir financier, aimé si absolument par cette adorable femme, parce qu'elle le voyait, actif et brave, créer un monde, faire de la vie.

3 - *Renée aussi, d'une manière différente, a été reprise et retravaillée par Zola : dans* Renée, *la pièce qu'il tire de* La Curée, *et qui finit, après bien des péripéties, par être représentée en 1887, Zola modifie quelque peu, et l'histoire, et le personnage.*

Dans la deuxième partie de la préface à la pièce, il s'explique sur les différences entre le roman et le drame :

On a battu *Renée* avec *La Curée*, exaltant le roman pour rabaisser la pièce. La Renée du livre épouse bien Saccard, comme la Renée du drame, séduite, et afin de cacher la faute à son père ; seulement, elle couche ensuite avec son mari, elle a plus tard toute une série d'amants, de sorte que, lorsqu'elle en arrive à Maxime, c'est une perversion lente, une science acquise de la dépravation, qui la jette à cette jouissance aiguë, l'inceste, l'inceste réel, complet. Et l'on dit très justement que voilà la vraie incestueuse. Seulement, pourquoi ne pas accepter aussi l'autre Renée ? pourquoi crier à l'invraisemblance ? Celle-ci ne consomme pas le mariage, repousse les amants, dans le dégoût et la peur qu'elle a de l'homme, depuis la faute ; et elle témoigne, du reste, son mépris des amours banales qui l'entourent, elle ne voudrait se donner qu'à un plaisir rare, inconnu, hors de la portée de toutes : l'inceste est au bout, non plus l'inceste effectif, mais l'inceste sur le point d'être, le matin où Saccard vient dans sa chambre réclamer ses droits. Certes, la première Renée est plus ordinaire, les choses vont avec elle d'un train plus général, le mariage consommé, l'adultère répété, tout ce lent acheminement. Cela pourtant n'empêche pas que la seconde Renée puisse exister : une chute brusque, où elle a été plus ou moins consen-

tante ; puis, la répugnance de cet accouplement, le souvenir
détesté et troublant, toute une vie de plaisirs mondains, dont
l'affolement la détraque ; et le désir peu à peu grandi de
retomber en raffinant la passion, et la seconde chute fatale,
qui, cette fois, est un crime. Supprimez la première Renée,
la seconde ne vous gênera plus en rien. Si, d'autre part, vous
mettez en elle la fatalité de l'hérédité, la dualité et le combat
de deux origines, elle vous semblera, je l'espère, absolument
debout et logique. Sans doute, sa physiologie, sa psychologie
si vous aimez mieux, est moins simple que celle de l'autre ;
elle n'est point impossible, et il est vraiment singulier qu'on
me reproche d'avoir un peu compliqué cet être lorsque,
d'habitude, on me blâme de ramener les passions de l'homme
à la simplicité des besoins de la bête.

Il en est de même pour l'inceste, accompli dans le livre,
sur le point de l'être dans la pièce. Admettez que le roman
n'existe pas, et imaginez qu'un homme de théâtre, un de ces
hommes ayant le fameux don, invente cette situation d'une
femme qui n'a pas consommé le mariage, qui prend pour
amant son beau-fils, et qui se trouve, le lendemain, en lutte
avec un désir brusque et exaspéré de son mari : on n'aura
pas assez d'éloges, on trouvera excessivement ingénieux cet
inceste renversé, on acclamera la grande scène de Saccard,
au quatrième acte. *La Curée* est là, et les choses changent
avec moi. On exige l'inceste réel, on va jusqu'à dire que
Racine a été plus hardi, en oubliant que, dans *Phèdre*, il n'y
a pas du tout d'inceste. Et le plus curieux, c'est qu'après
m'avoir accusé de faiblesse, durant les trois premiers actes,
on s'est révolté, durant le quatrième et le cinquième, des situations qui n'étaient cependant que la conséquence logique des
faits posés dans les premiers. On m'aurait donc lapidé, si
j'avais eu l'audace d'aller plus loin, jusqu'au ménage à trois !
[...]

Ainsi, j'ai détruit le symbole de la fatalité antique, en mettant scientifiquement Renée sous la double influence de l'hérédité et des milieux. Je ne sais si cela est nouveau ou ne l'est
pas ; mais je sais qu'on a haussé furieusement les épaules.
D'autre part, je l'ai faite en proie à une dualité, à une double
origine, qui la secoue, la jette aux volontés contraires et extrêmes, voulant, ne voulant plus, sautant d'une décision à une
autre ; et on l'a traitée simplement d'incohérente, on a déclaré
ses actes inexplicables. Je l'ai montrée en contact avec
Maxime, j'ai étudié les mutuelles réactions de ces deux tem-

péraments, la décomposition lente où ils en arrivent, à ce point
qu'elle est le maître et que lui s'abandonne sans personnalité, obéissant toujours ; et l'on a ricané de cette chiffe molle,
de cet homme qui n'est plus qu'une fille. Je m'arrête à ceci,
j'insiste, car j'ai senti, à l'attitude du public, que, si la pièce
avait quelque avenir, le grand danger serait dans le rôle de
Maxime. On n'est pas près d'accepter cette peinture d'un
garçon vidé à vingt ans, joli et lâche, d'un charme de catin
qu'on ramasse et qu'on chasse. Lorsque Renée joue de lui
comme d'une petite bête favorite, le marie, puis le démarie,
le retourne d'un tour de main, on s'exclame, on plaisante,
parce que la vérité du personnage paraîtra inacceptable sur
les planches, tant que l'éducation du vrai au théâtre ne sera
pas plus avancée. Un habile aurait coupé ou du moins atté-
nué le rôle, et la meilleure raison que je n'ai pas donnée
encore, c'est que l'interprétation en est à peu près impossible. En effet, pour expliquer l'amour de Renée, la folie de
sa perversion, il faudrait que Maxime fût rendu, d'abord dans
sa grâce physique de statuette de Saxe, exquis, troublant et
désirable, puis qu'il vécût son personnage sur la scène, tel
qu'il serait dans la vie, avec l'excuse de la vérité, à chacun
de ses abandons. Seulement, où trouver l'artiste capable de
réaliser une pareille création, l'artiste ayant encore son charme
d'éphèbe et possédant déjà la science d'un vieux comédien ?
Une grande artiste jouerait bien le rôle en travesti, mais nos
vices ont trop de pudeur pour qu'on ose en risquer l'expérience. Tous les hommes de théâtre vous diront qu'il est fou
d'écrire ainsi des rôles qu'on ne peut distribuer ; et, s'ils ont
raison, on devrait au moins convenir de ce qu'il y a de nouveau à être fou de la sorte.

Saccard aussi doit être vieux jeu, puisque tout a été déclaré
vieux jeu dans le drame. Et, par une inconséquence, on s'est
fâché contre l'ignominie du personnage, on s'est étonné de
ce qu'il restait bâcleur d'affaires, jusque dans son coup de
passion pour sa femme. C'est qu'au théâtre on n'accepte
volontiers que les personnages tout d'une pièce : il aime sa
femme, donc il ne la vole plus, le triomphe est là. Mais, si
vous descendez plus à fond dans cet être, si vous tentez de
montrer les rouages compliqués de la machine humaine, les
apparentes contradictions, la vie enfin avec ses inconséquences
et ses obscurités, vous pouvez être un profond analyste, on
déclare que vous n'êtes pas un homme de théâtre, au nom
du code qui a remplacé chez nous le libre génie. Ce Saccard,

j'avoue qu'il me tient au cœur, je suis furieusement tenté de le défendre, depuis le premier acte où il se pose dans son rêve de la force, dans son ambition dédaigneuse et brutale, jusqu'à ce coup de passion qui le terrasse au quatrième acte, en plein triomphe. Et je suis un peu fier de ne pas avoir lâché le spéculateur, même chez l'amoureux, d'avoir si intimement mêlé la question argent à la question amour, que je défie bien qu'on les sépare. Pour moi, c'est la vie, et n'y eût-il que cette figure de Saccard, on aurait dû, il me semble, être plus doux pour l'œuvre.

Nous touchons ici à la vraie et unique question, celle du personnage sympathique. On paraît le dire avec raison : il n'y a pas de pièce possible sans personnage sympathique, le public exige des figures idéalisées, des créations parfaites, réalisant les grands sentiments humains, dans des types de vertu conventionnelle ; et il ne faut pas chercher ailleurs la cause de l'infériorité de notre théâtre, lorsqu'on le compare au roman de ces cinquante dernières années. Pourquoi, avec Balzac, avec Flaubert, avec les Goncourt, la vie, toute la vie, est-elle entrée si largement dans le roman ? C'est qu'ils ont pu s'affranchir des idées faites sur la jeune fille, la mère, l'amant, toutes ces perfections dont le poncif passait de main en main. Ils se sont risqués à montrer que rien n'est absolu chez l'homme, que la vertu ne va pas sans vice, ni le vice sans vertu, que tout se mélange et se complique, que la grandeur est même là, dans ces luttes de l'être pour l'existence. Dès lors, le roman a compté des personnages réels, agissant et respirant comme nous, tandis que le théâtre gardait son personnel de marionnettes, taillées dans l'idéal comme dans du bois. Certes, il y en a eu jadis de sublimes, et j'insiste seulement pour répéter que, de nos jours, dans notre besoin ardent de vérité, cela suffit à expliquer pourquoi les romans de Balzac n'ont rien qui les vaille, et de très loin, sur notre scène française. Tant que le public exigera des personnages sympathiques, je veux dire des poupées ornées conventionnellement de toutes les vertus, l'évolution naturaliste est impossible au théâtre. Les tentatives échoueront devant des salles vides.

Par ailleurs, Zola reste comme hanté par certains thèmes et certaines images. On retrouve, par exemple, des caractéristiques de Renée — telle qu'elle est dans La Curée — *chez*

d'autres personnages : elle est proche des premiers person-
nages féminins de Zola, de Madeleine Férat, plus encore de
Thérèse Raquin, dans l'excès et la violence. Le romancier
emploie, à propos de celle-ci et de son amant Laurent, les
mêmes termes qu'il applique à Renée, fièvre, détraquement
nerveux, folie :

Il y avait eu, à la même heure, chez cette femme et chez
cet homme, une sorte de détraquement nerveux qui les rendait, pantelants et terrifiés, à leurs terribles amours. Une
parenté de sang et de volupté s'était établie entre eux. Ils frissonnaient des mêmes frissons ; leurs cœurs, dans une espèce
de fraternité poignante, se serraient aux mêmes angoisses. Ils
eurent dès lors un seul corps et une seule âme pour jouir et
pour souffrir. Cette communauté, cette pénétration mutuelle
est un fait de psychologie et de physiologie qui a souvent lieu
chez les êtres que de grandes secousses nerveuses heurtent violemment l'un à l'autre.
[...]
Et, chaque jour, l'épouvante des amants grandissait, chaque jour leurs cauchemars les écrasaient, les affolaient davantage. Ils ne comptaient plus que sur leurs baisers pour tuer
l'insomnie. Par prudence, ils n'osaient se donner des rendez-
vous, ils attendaient le jour du mariage comme un jour de
salut qui serait suivi d'une nuit heureuse.
C'est ainsi qu'ils voulaient leur union de tout le désir qu'ils
éprouvaient de dormir un sommeil calme. Pendant les heures
d'indifférence, ils avaient hésité, oubliant chacun les raisons
égoïstes et passionnées qui s'étaient comme évanouies, après
les avoir tous deux poussés au meurtre. La fièvre les brûlant
de nouveau, ils retrouvaient, au fond de leur passion et de
leur égoïsme, ces raisons premières qui les avaient décidés à
tuer Camille, pour goûter ensuite les joies que, selon eux, leur
assurait un mariage légitime. D'ailleurs, c'était avec un vague
désespoir qu'ils prenaient la résolution suprême de s'unir
ouvertement. Tout au fond d'eux, il y avait de la crainte.
Leurs désirs frissonnaient. Ils étaient penchés, en quelque
sorte, l'un sur l'autre, comme sur un abîme dont l'horreur
les attirait ; ils se courbaient mutuellement, au-dessus de leur
être, cramponnés, muets, tandis que des vertiges, d'une
volupté cuisante, alanguissaient leurs membres, leur donnaient la folie de la chute. Mais en face du moment présent,

dé leur attente anxieuse et de leurs désirs peureux, ils sentaient l'impérieuse nécessité de s'aveugler, de rêver un avenir de félicités amoureuses et de jouissances paisibles. Plus ils tremblaient l'un devant l'autre, plus ils devinaient l'horreur du gouffre au fond duquel ils allaient se jeter, et plus ils cherchaient à se faire à eux-mêmes des promesses de bonheur, à étaler devant eux les faits invincibles qui les amenaient fatalement au mariage.

Thérèse désirait uniquement se marier parce qu'elle avait peur et que son organisme réclamait les caresses violentes de Laurent. Elle était en proie à une crise nerveuse qui la rendait comme folle. À vrai dire, elle ne raisonnait guère, elle se jetait dans la passion, l'esprit détraqué par les romans qu'elle venait de lire, la chair irritée par les insomnies cruelles qui la tenaient éveillée depuis plusieurs semaines.

Comme Renée, Thérèse se réfugie dans la contemplation du feu :

Un feu clair flambait dans la cheminée, jetant de larges clartés jaunes qui dansaient au plafond et sur les murs. La pièce était ainsi éclairée d'une lueur vive et vacillante ; la lampe, posée sur une table, pâlissait au milieu de cette lueur. Mme Raquin avait voulu arranger coquettement la chambre, qui se trouvait toute blanche et toute parfumée, comme pour servir de nid à de jeunes et fraîches amours ; elle s'était plu à ajouter au lit quelques bouts de dentelle et à garnir de gros bouquets de roses les vases de la cheminée. Une chaleur douce, des senteurs tièdes traînaient. L'air était recueilli et apaisé, pris d'une sorte d'engourdissement voluptueux. Au milieu du silence frissonnant, les pétillements du foyer jetaient de petits bruits secs. On eût dit un désert heureux, un coin ignoré, chaud et sentant bon, fermé à tous les cris du dehors, un de ces coins faits et apprêtés pour les sensualités et les besoins de mystère de la passion.

Thérèse était assise sur une chaise basse, à droite de la cheminée. Le menton dans la main, elle regardait les flammes vives, fixement. Elle ne tourna pas la tête quand Laurent entra. Vêtue d'un jupon et d'une camisole bordés de dentelle, elle était d'une blancheur crue sous l'ardente clarté du foyer. Sa camisole glissait, et un bout d'épaule passait, rose, à demi caché par une mèche noire de cheveux.

Comme dans La Curée, *les deux amants brûlent et se torturent :*

La jeune femme était poussée à bout, elle aussi ; elle se serait jetée dans la flamme, si elle eût pensé que la flamme purifiât sa chair et la délivrât de ses maux. Elle rendit à Laurent son étreinte, décidée à être brûlée par les caresses de cet homme ou à trouver en elles un soulagement.

Et ils se serrèrent dans un embrassement horrible. La douleur et l'épouvante leur tinrent lieu de désirs. Quand leurs membres se touchèrent, ils crurent qu'ils étaient tombés sur un brasier. Ils poussèrent un cri et se pressèrent davantage, afin de ne pas laisser entre leur chair de place pour le noyé. Et ils sentaient toujours des lambeaux de Camille, qui s'écrasait ignoblement entre eux, glaçant leur peau par endroits, tandis que le reste de leur corps brûlait.

Leurs baisers furent affreusement cruels. Thérèse chercha des lèvres la morsure de Camille sur le cou gonflé et roidi de Laurent, et elle y colla sa bouche avec emportement. Là était la plaie vive ; cette blessure guérie, les meurtriers dormiraient en paix. La jeune femme comprenait cela, elle tentait de cautériser le mal sous le feu de ses caresses. Mais elle se brûla les lèvres, et Laurent la repoussa violemment, en jetant une plainte sourde ; il lui semblait qu'on lui appliquait un fer rouge sur le cou. Thérèse, affolée, revint, voulut baiser encore la cicatrice ; elle éprouvait une volupté âcre à poser sa bouche sur cette peau où s'étaient enfoncées les dents de Camille. Un instant, elle eut la pensée de mordre son mari à cet endroit, d'arracher un large morceau de chair, de faire une nouvelle blessure, plus profonde, qui emporterait les marques de l'ancienne. Et elle se disait qu'elle ne pâlirait plus alors en voyant l'empreinte de ses propres dents. Mais Laurent défendait son cou contre ses baisers ; il éprouvait des cuissons trop dévorantes, il la repoussait chaque fois qu'elle allongeait les lèvres. Ils luttèrent ainsi, râlant, se débattant dans l'horreur de leurs caresses.

Ils sentaient bien qu'ils ne faisaient qu'augmenter leurs souffrances. Ils avaient beau se briser dans des étreintes terribles, ils criaient de douleur, ils se brûlaient et se meurtrissaient, mais ils ne pouvaient apaiser leurs nerfs épouvantés. Chaque embrassement ne donnait que plus d'acuité à leurs dégouts. Tandis qu'ils échangeaient ces baisers affreux, ils étaient en proie à d'effrayantes hallucinations ; ils s'imaginaient que le noyé les tirait par les pieds et imprimait au lit de violentes secousses.

Ils se lâchèrent un moment. Ils avaient des répugnances, des révoltes nerveuses invincibles. Puis ils ne voulurent pas être vaincus ; ils se reprirent dans une nouvelle étreinte et furent encore obligés de se lâcher, comme si des pointes rougies étaient entrées dans leurs membres. À plusieurs fois, ils tentèrent ainsi de triompher de leurs dégoûts, de tout oublier en lassant, en brisant leurs nerfs. Et, chaque fois, leurs nerfs s'irritèrent et se tendirent en leur causant des exaspérations telles qu'ils seraient peut-être morts d'énervement s'ils étaient restés dans les bras l'un de l'autre. Ce combat contre leur propre corps les avait exaltés jusqu'à la rage ; ils s'entêtaient, ils voulaient l'emporter. Enfin une crise plus aiguë les brisa ; ils reçurent un choc d'une violence inouïe et crurent qu'ils allaient tomber du haut mal.

Rejetés aux deux bords de la couche, brûlés et meurtris, ils se mirent à sangloter.

ZOLA, THÉORICIEN DU ROMAN

1 - LA THÉORIE DU ROMAN

Dans Du roman, *en 1878, Zola pose les grandes lignes de sa conception du travail du romancier.*

Dans le texte intitulé « Le sens du réel », il oppose le roman des romantiques (Eugène Sue, Victor Hugo, George Sand) fondé sur l'imagination, à celui de Balzac, Stendhal, Flaubert, les Goncourt, Daudet, qui travaillent à partir d'observations et de notes :

Ce serait une curieuse étude que de dire comment travaillent nos grands romanciers contemporains. Ils établissent presque tous leurs œuvres avec des notes, prises longuement. Quand ils ont étudié avec un soin scrupuleux le terrain où ils doivent marcher, quand ils se sont renseignés à toutes les sources et qu'ils tiennent en main les documents multiples dont ils ont besoin, alors seulement ils se décident à écrire. Le plan de l'œuvre leur est apporté par ces documents eux-mêmes, car il arrive que les faits se classent logiquement, celui-ci avant celui-là ; une symétrie s'établit, l'histoire se compose de toutes les observations recueillies, de toutes les notes prises, l'une amenant l'autre, par l'enchaînement même de la vie des personnages, et le dénouement n'est plus qu'une conséquence naturelle et forcée. On voit, dans ce travail, combien l'imagination a peu de part. Nous sommes loin, par exemple, de George Sand, qui, dit-on, se mettait devant un cahier de papier blanc, et qui, partie d'une idée première, allait toujours sans s'arrêter, composant au fur et à mesure, se reposant en toute certitude sur son imagination, qui lui apportait autant de pages qu'il lui en fallait pour faire un volume.

Un de nos romanciers naturalistes veut écrire un roman sur le monde des théâtres. Il part de cette idée générale, sans avoir encore un fait ni un personnage. Son premier soin sera de rassembler dans des notes tout ce qu'il peut savoir sur ce monde qu'il veut peindre. Il a connu tel acteur, il a assisté à telle scène. Voilà déjà des documents, les meilleurs, ceux qui ont mûri en lui. Puis, il se mettra en campagne, il fera causer les hommes les mieux renseignés sur la matière, il collectionnera les mots, les histoires, les portraits. Ce n'est pas tout : il ira ensuite aux documents écrits, lisant tout ce qui peut lui être utile. Enfin, il visitera les lieux, vivra quelques jours dans un théâtre pour en connaître les moindres recoins, passera ses soirées dans une loge d'actrice, s'imprégnera le plus possible de l'air ambiant. Et, une fois les documents complétés, son roman, comme je l'ai dit, s'établira de lui-même. Le romancier n'aura qu'à distribuer logiquement les faits. De tout ce qu'il aura entendu se dégagera le bout de drame, l'histoire dont il a besoin pour dresser la carcasse de ses chapitres. L'intérêt n'est plus dans l'étrangeté de cette histoire ; au contraire, plus elle sera banale et générale, plus elle deviendra typique. Faire mouvoir des personnages réels dans un milieu réel, donner au lecteur un lambeau de la vie humaine, tout le roman naturaliste est là.

Puisque l'imagination n'est plus la qualité maîtresse du romancier, qu'est-ce donc qui l'a remplacée ? Il faut toujours une qualité maîtresse. Aujourd'hui, la qualité maîtresse du romancier est le sens du réel. Et c'est à cela que je voulais en venir.

Le sens du réel, c'est de sentir la nature et de la rendre telle qu'elle est. Il semble d'abord que tout le monde a deux yeux pour voir et que rien ne doit être plus commun que le sens du réel. Pourtant, rien n'est plus rare. Les peintres savent bien cela. Mettez certains peintres devant la nature, ils la verront de la façon la plus baroque du monde. Chacun l'apercevra sous une couleur dominante ; un la poussera au jaune, un autre au violet, un troisième au vert. Pour les formes, les mêmes phénomènes se produiront ; tel arrondit les objets, tel autre multiplie les angles. Chaque œil a ainsi une vision particulière. Enfin, il y a des yeux qui ne voient rien du tout. Ils ont sans doute quelque lésion, le nerf qui les relie au cerveau éprouve une paralysie que la science n'a pu encore déterminer. Ce qui est certain, c'est qu'ils auront beau regarder la vie s'agiter autour d'eux, jamais ils ne sauront en reproduire exactement une scène.

Quelques notes sur le naturalisme

Le mot existe depuis le XVIᵉ siècle, mais il est employé, jusqu'au XIXᵉ siècle, surtout dans le domaine philosophique. Pour Diderot, le naturalisme est l'opinion de ceux « qui n'admettent point Dieu, mais qui croient qu'il n'y a qu'une substance matérielle revêtue de diverses qualités ».

Il existe pourtant, déjà au XVIIᵉ siècle, un sens du mot qui s'applique à la peinture : est naturaliste l'attitude de ceux qui jugent « nécessaire l'imitation exacte de la nature en toutes choses ». C'est dans ce sens que Baudelaire emploie le mot à propos d'Ingres ; mais on commence aussi à parler de naturalisme du roman : Baudelaire encore, en 1848, définit Balzac comme « un naturaliste qui connaît également la loi de génération des idées et des êtres visibles ».

Zola s'attribue l'épithète « naturaliste » en 1868, dans la préface à la deuxième édition de Thérèse Raquin *: « Le groupe d'écrivains naturalistes auquel j'ai l'honneur d'appartenir... », écrit-il.*

« L'école naturaliste » à proprement parler semble être née le 16 avril 1877 au restaurant Trapp : il y avait là Flaubert, Edmond de Goncourt, Zola et le futur « groupe de Médan » (Céard, Maupassant, Huysmans, Alexis). Mais Flaubert restera à distance, et les membres effectifs du groupe seront surtout les auteurs des Soirées de Médan *en 1880 (un recueil de six nouvelles sur la guerre de 1870, dont la plus connue est* Boule de suif, *de Maupassant).*

En 1880 également, Le Roman expérimental, *de Zola, définit le roman naturaliste : « En somme, toute l'opération consiste à prendre les faits dans la nature, puis à étudier le mécanisme des faits, en agissant sur eux par les modifications des circonstances et des milieux, sans jamais s'écarter des lois de la nature. Au bout, il y a la connaissance de l'homme, la connaissance scientifique, dans son action individuelle et sociale. »*

*Comparant la critique et le roman, il constate que la
méthode de Taine et celle de Balzac sont analogues :*

Lisez l'étude de M. Taine. Vous verrez le fonctionnement
de sa méthode. L'œuvre est dans l'homme ; Balzac poursuivi
par ses créanciers, entassant les projets extraordinaires, passant des nuits pour payer ses billets, le crâne toujours fumant,
aboutit à *La Comédie humaine*. Je n'apprécie pas ici le
système, je l'expose, et je dis que la critique actuelle est là,
avec plus ou moins de parti pris. Désormais, on ne séparera
plus l'homme de son œuvre, on étudiera celui-ci pour comprendre celle-là.

Eh bien ! nos romanciers naturalistes n'ont eux-mêmes pas
d'autre méthode. Lorsque M. Taine étudie Balzac, il fait exactement ce que Balzac fait lui-même, lorsqu'il étudie par exemple le père Grandet. Le critique opère sur un écrivain pour
connaître ses ouvrages comme le romancier opère sur un personnage pour connaître ses actes. Des deux côtés, c'est la
même préoccupation du milieu et des circonstances. Rappelez-
vous Balzac déterminant exactement la rue et la maison où
vit Grandet, analysant les créatures qui l'entourent, établissant les mille petits faits qui ont décidé du caractère et des
habitudes de son avare. N'est-ce pas là une application absolue de là théorie du milieu et des circonstances ? Je le répète,
la besogne est identique.

On dira que M. Taine marche sur le terrain du vrai, qu'il
n'accepte que les faits prouvés, les faits qui ont lieu réellement, tandis que Balzac est libre d'inventer et use certainement de cette liberté. Mais on accordera toujours que Balzac
base son roman sur une première vérité. Les milieux qu'il
décrit sont exacts, et les personnages qu'il plante debout ont
les pieds par terre. Dès lors, peu importe le travail qui va suivre, du moment que la méthode de construction employée
par le romancier est identiquement celle du critique. Le
romancier part de la réalité du milieu et de la vérité du document humain ; si ensuite il développe dans un certain sens,
ce n'est plus de l'imagination à l'exemple des conteurs, c'est
de la déduction, comme chez les savants. D'ailleurs, je n'ai
pas prétendu que les résultats fussent complètement semblables dans l'étude d'un écrivain et dans l'étude d'un personnage ; celle-là, à coup sûr, serre le réel de plus près, tout en
laissant pourtant une large part à l'intuition. Mais, je le dis
encore, la méthode est la même.

Bien plus, c'est là un double effet de l'évolution naturaliste du siècle. Au fond, si l'on fouillait, on arriverait au même sol philosophique, à l'enquête positiviste. En effet, aujourd'hui, le critique et le romancier ne concluent pas. Ils se contentent d'exposer. Voilà ce qu'ils ont vu ; voilà comment tel auteur a dû produire telle œuvre, et voilà comment tel personnage a dû en arriver à tel acte. Des deux côtés, on montre la machine humaine en travail, pas davantage. De la comparaison des faits, on finit, il est vrai, par formuler des lois. Mais, moins on se hâte de formuler les lois, et plus on est sage ; car M. Taine lui-même, pour s'être un peu pressé, a pu être accusé de céder au système. Nous en sommes, pour le quart d'heure, à collectionner et à classer les documents, surtout dans le roman. C'est déjà une bien grosse besogne que de chercher et de dire ce qui est. Il faut laisser la science pure formuler des lois, car nous ne faisons encore que dresser des procès-verbaux, nous autres romanciers et critiques.

Donc, pour me résumer, le romancier et le critique partent aujourd'hui du même point, le milieu exact et le document humain pris sur nature, et ils emploient ensuite la même méthode pour arriver à la connaissance et à l'explication, d'un côté de l'œuvre écrite d'un homme, de l'autre des actes d'un personnage, l'œuvre écrite et les actes étant considérés comme étant les produits de la machine humaine soumise à certaines influences. Dès lors, il est évident qu'un romancier naturaliste est un excellent critique. Il n'a qu'à porter dans l'étude d'un écrivain quelconque l'outil d'observation et d'analyse dont il s'est servi pour étudier les personnages qu'il a pris sur nature. On a tort de croire qu'on le diminue comme romancier, lorsqu'on dit légèrement de lui : « Ce n'est qu'un critique. »

Toutes ces erreurs viennent de l'idée fausse qu'on continue à se faire du roman. Il est fâcheux d'abord que nous n'ayons pu changer ce mot « roman », qui ne signifie plus rien, appliqué à nos œuvres naturalistes. Ce mot entraîne une idée de conte, d'affabulation, de fantaisie, qui jure singulièrement avec les procès-verbaux que nous dressons. Il y a quinze à vingt ans déjà, on avait senti l'impropriété croissante du terme, et il fut un moment où l'on tenta de mettre sur les couvertures le mot « étude ». Mais cela restait trop vague, le mot « roman » se maintint quand même, et il faudrait aujourd'hui une heureuse trouvaille pour le remplacer.

D'ailleurs, ces sortes de changements doivent se produire et s'imposer d'eux-mêmes.

Pour mon compte, le mot ne me blesserait pas, si l'on voulait bien admettre, tout en le conservant, que la chose s'est complètement modifiée. Nous trouverions cent exemples dans la langue de termes qui exprimaient autrefois des idées radicalement contraires à celles qu'ils expriment aujourd'hui. Notre roman de chevalerie, notre roman d'aventures, notre roman romantique et idéaliste est donc devenu une véritable critique des mœurs, des passions, des actes du héros mis en scène, étudié dans son être propre et dans les influences que le milieu et les circonstances ont eues sur lui. Comme je l'ai écrit, au grand scandale de mes confrères, l'imagination ne joue plus là un rôle dominant ; elle devient de la déduction, de l'intuition, elle opère sur les faits probables qu'on n'a pu observer directement, et sur les conséquences possibles des faits qu'on tâche d'établir logiquement d'après la méthode. C'est ce roman-là qui est une véritable page de critique, qui met le romancier devant un personnage dont il va étudier une passion, dans les conditions exactes où se trouve un critique devant un écrivain dont il veut démonter le talent.

Ai-je besoin de conclure ? La parenté du critique et du romancier vient uniquement de ce que tous les deux, comme je l'ai déjà dit, emploient la méthode naturaliste du siècle. Si nous passions à l'historien, nous le verrions, lui aussi, faire dans l'histoire une besogne identique, et avec le même outil. De même pour l'économiste, de même pour l'homme politique. Ce sont là des faits faciles à prouver et qui montrent le savant à la tête du mouvement, menant aujourd'hui l'intelligence humaine. Nous valons plus ou moins, selon que la science nous a touchés plus ou moins profondément. Je laisse à part la personnalité de l'artiste, je n'indique ici que le grand courant des esprits, le souffle qui nous emporte tous au vingtième siècle, quelle que soit notre rhétorique individuelle.

2 - LA CRITIQUE

Balzac, nous l'avons vu, est dès l'origine un des « grands hommes » de Zola, qui a d'ailleurs écrit plusieurs articles sur lui, et en particulier, dans Le Rappel *du 13 mai 1870, un éloge de sa prescience des fortunes colossales amassées par les spéculateurs du Second Empire :*

Ces grandes fortunes que Balzac maniait si complaisamment, elles ont poussé sous nos yeux, décuplées, scandaleuses. On lui reprochait de trop entasser les millions, on trouvait que ses personnages gagnaient trop d'argent. C'est que ces messieurs appartenaient à notre âge. Ils seraient même aujourd'hui d'assez petits sires avec leurs quelques pauvres millions volés. On empoche maintenant les millions à la douzaine. Il faut bien vivre, et vivre c'est se jeter à tous les assouvissements. De nos jours, on rencontre Nucingen au détour de chaque rue ; le loup-cervier est devenu légion ; il a vécu de l'Empire et il soutient l'Empire. Dans ses rêves de fortune colossale, lorsque Balzac plongeait fiévreusement ses mains dans l'or, n'a-t-il pas eu la prescience des aventures financières de notre époque ?

Stendhal, qu'il juge inférieur à Balzac, l'intéresse par sa logique et son intelligence dans le jeu des pensées et des passions humaines :

Prenez un personnage de Stendhal : c'est une machine intellectuelle et passionnelle parfaitement montée. Prenez un personnage de Balzac : c'est un homme en chair et en os, avec son vêtement et l'air qui l'enveloppe. Où est la création la plus complète, où est la vie ? Chez Balzac, évidemment. Certes, j'ai la plus grande admiration pour l'esprit si sagace et si personnel de Stendhal. Mais il m'amuse comme un mécanicien de génie qui fait fonctionner devant moi la plus délicate des machines ; tandis que Balzac me prend tout entier, par la puissance de la vie qu'il évoque.

Je ne comprends pas le haut et le bas, chez l'homme. On me dit que l'âme est en haut et que le corps est en bas.

Pourquoi ça ? Je ne puis m'imaginer l'âme sans le corps, et je les mets ensemble. En quoi Julien Sorel, par exemple, qui est une pure création spéculative, est-il supérieur au baron Hulot, qui est une créature vivante ? L'un raisonne, l'autre vit. Je préfère ce dernier. Si vous retranchez le corps, si vous ne tenez pas compte de la physiologie, vous n'êtes plus même dans la vérité, car sans descendre dans les problèmes philosophiques, il est certain que tous les organes ont un écho profond dans le cerveau, et que leur jeu, plus ou moins bien réglé, régularise ou détraque la pensée. Il en est de même pour les milieux ; ils existent, ils ont une influence évidente, considérable, et il n'y a aucune supériorité à les supprimer, à ne pas les faire entrer dans le fonctionnement de la machine humaine.

Voilà donc la réponse qu'on doit faire aux adversaires de la formule naturaliste, lorsqu'ils reprochent aux romanciers actuels de s'arrêter à l'animal dans l'homme et de multiplier les descriptions. Notre héros n'est plus le pur esprit, l'homme abstrait du dix-huitième siècle ; il est le sujet physiologique de notre science actuelle, un être qui est un composé d'organes et qui trempe dans un milieu dont il est pénétré à chaque heure. Dès lors, il nous faut bien tenir compte de toute la machine et du monde extérieur. La description n'est qu'un complément nécessaire de l'analyse. Tous les sens vont agir sur l'âme. Dans chacun de ses mouvements, l'âme sera précipitée ou ralentie par la vue, l'odorat, l'ouïe, le goût, le toucher. La conception d'une âme isolée, fonctionnant toute seule dans le vide, devient fausse. C'est de la mécanique psychologique, ce n'est plus de la vie. Sans doute, il peut y avoir abus, dans la description surtout ; la virtuosité emporte souvent les rhétoriciens ; on lutte avec les peintres, pour montrer la souplesse et l'éclat de sa phrase. Mais cet abus n'empêche pas que l'indication nette et précise des milieux et l'étude de leur influence sur les personnages, ne soient des nécessités scientifiques du roman contemporain.

Flaubert, le maître incontesté, est aussi celui qui parle « au nom de la perfection », qui s'épuise dans la recherche désespérée de la perfection :

Souvent un ouvrage de cinq cents pages ne lui donnait qu'une note, qu'il écrivait soigneusement ; souvent même l'ouvrage ne lui donnait rien du tout. On trouve ici une explication des sept années qu'il mettait en moyenne à chacun de ses livres ; car il en perdait bien quatre dans des lectures préparatoires. Il était entraîné, un volume le poussait à un autre, une note au bas d'une page le renvoyait à des traités spéciaux, à des sources qu'il voulait dès lors connaître, si bien qu'une bibliothèque finissait par y passer ; et le tout parfois à propos d'un fait douteux, d'un simple mot dont il n'était pas sûr. D'ailleurs, je crois aussi qu'il lui arrivait d'oublier son roman et d'élargir ainsi ses lectures par un plaisir d'érudit. Son érudition s'était en effet formée de cette manière, dans les fouilles continuelles qu'il faisait en vue de ses œuvres ; il avait dû se remettre au latin, il avait remué toute l'Antiquité et toutes nos sciences modernes pour *Salammbô* et *La Tentation de saint Antoine,* pour *L'Éducation sentimentale* et *Bouvard et Pécuchet*. Donc, peu à peu, les notes prises dans les livres s'entassaient de la sorte et formaient bientôt d'énormes cahiers. Il questionnait également les hommes spéciaux, allait consulter des estampes à la Bibliothèque, courait la campagne et en revenait avec des documents sur les lieux où il plaçait ses personnages. Tout cela grossissait le tas des notes. Pour donner une idée de sa conscience, il suffit de conter qu'avant d'écrire *L'Éducation sentimentale,* il a feuilleté toute la collection du *Charivari,* afin de se pénétrer de l'esprit du petit journalisme, sous Louis-Philippe ; et c'est avec les mots trouvés dans cette collection qu'il a créé son personnage d'Hussonnet. Je citerais vingt exemples de cette conscience poussée jusqu'à la manie. Enfin, le tas des notes débordait, il avait tous ses documents, ou du moins il s'arrêtait de lassitude et d'impatience ; car, avec ses scrupules, les recherches auraient pu durer toujours ; il venait une heure, disait-il, où il se sentait le besoin d'écrire. Et il se mettait à sa dure besogne. C'était alors que commençait sa torture.

Je rappelle ici que, lorsqu'il avait pris toutes ses notes, il affectait pour elles un grand mépris. Les notes de *Bouvard et Pécuchet*, par exemple, faisaient un paquet considérable, une montagne de papiers que nous avons vue sur sa table pendant les dernières années. Il y aurait eu la matière d'au moins dix volumes in-octavo. Chaque page de notes devait souvent se résumer en une phrase. C'était simplement de la matière exacte, dont il devait tirer la quintessence. On comprend alors quelle terrible besogne, quel effort il avait à faire pour arriver à ce résumé, d'autant plus qu'il le voulait dans une langue parfaite. Et la langue devenait tout, et les notes n'étaient plus rien. Il méprisait même l'humanité des personnages, il s'enfonçait dans la cruelle rhétorique qu'il s'était faite. Comme il répétait, être exact, ne pas laisser passer une erreur, c'est simplement de l'honnêteté envers le public. Cela va de soi. Il n'y a que les mauvais esprits qui parlent de ce qu'ils ignorent. Puis, si on le poussait, il criait qu'il se fichait au fond de la vérité, qu'il fallait être un malade comme lui pour avoir le besoin bête de l'exactitude, et que la seule chose importante et éternelle sous le soleil était une phrase bien faite.

Quand il se mettait à rédiger, il commençait par écrire assez rapidement un morceau, tout un épisode, cinq ou six pages au plus. Parfois, lorsque le mot ne venait pas, il le laissait en blanc. Puis, il reprenait le morceau, et c'était alors deux ou trois semaines, quelquefois plus, d'un travail passionné sur ses cinq ou six pages. Il les voulait parfaites, et je vous assure que sa perfection n'était pas commode. Il pesait chaque mot, n'en examinait pas seulement le sens, mais encore la conformation. Éviter les répétitions, les rimes, les duretés, ce n'était encore que le gros de la besogne. Il en arrivait à ne pas vouloir que les mêmes syllabes se rencontrassent dans une phrase ; souvent, une lettre l'agaçait, il cherchait des termes où elle ne fût pas ; ou bien il avait besoin d'un certain nombre de *r*, pour donner du roulement à la période. Il n'écrivait pas pour les yeux, pour le lecteur qui lit du regard, au coin de son feu ; il écrivait pour le lecteur qui déclame, qui lance les phrases à voix haute ; même tout son système de travail se trouvait là. Pour éprouver ses phrases, il les « gueulait », seul à sa table, et il n'en était content que lorsqu'elles avaient passé par son « gueuloir », avec la musique qu'il leur voulait. À Croisset, cette méthode était bien connue, les domestiques avaient ordre de ne pas se déranger, quand ils entendaient Monsieur crier ; seuls, des bourgeois s'arrêtaient sur la route par curiosité, et beaucoup l'appelaient l'« avocat », croyant sans doute qu'il s'exerçait à l'éloquence. Rien n'est, selon moi, plus caractéristique que ce besoin d'harmonie. On ne connaît pas le style de Flaubert, si l'on n'a pas « gueulé » comme lui ses phrases. C'est un style fait pour être déclamé. La sonorité des mots, la largeur du rythme, donnent alors des puissances étonnantes à l'idée, parfois par l'ampleur lyrique, parfois par l'opposition comique. Il a ainsi excellé à parler des imbéciles, avec un roulement d'orgues qui les écrase.

Je ne puis même ici donner une idée de ses scrupules en matière de style. Il faudrait descendre dans l'infiniment petit de la langue. La ponctuation prenait une importance capitale. Il voulait le mouvement, la couleur, la musique, et tout cela avec ces mots inertes du dictionnaire qu'il devait faire vivre. Ce n'était pourtant pas un grammairien, car il ne reculait pas devant une incorrection, lorsqu'elle rendait une phrase plus sobre et plus tonnante. D'autre part, il tendait davantage chaque jour à la sobriété, au mot définitif, car la perfection est l'ennemie de l'abondance. Souvent, j'ai pensé, sans le lui dire, qu'il reprenait la besogne de Boileau sur la langue du romantisme, si encombrée d'expressions et de tournures nouvelles. Il se châtrait, il se stérilisait, il finissait par avoir peur des mots, les tournant de cent façons, les rejetant, lorsqu'ils n'entraient pas à son idée dans sa page. Un dimanche, nous le trouvâmes somnolent, brisé de fatigue. La veille, dans l'après-midi, il avait terminé une page de *Bouvard et Pécuchet*, dont il se sentait très content, et il était allé dîner en ville, après l'avoir copiée sur une feuille du grand papier de Hollande dont il se servait. Lorsqu'il rentra vers minuit, au lieu de se coucher tout de suite, il voulut se donner le plaisir de relire sa page. Mais il resta tout émotionné, une répétition lui avait échappé, à deux lignes de distance. Bien qu'il n'y eût pas de feu dans son cabinet, et qu'il fît très froid, il s'acharna à ôter cette répétition. Puis, il vit d'autres mots qui lui déplaisaient, il ne put tous les changer et alla se mettre au lit, désespéré. Dans le lit, impossible de dormir ; il se retournait, il songeait toujours à ces diables de mots. Brusquement, il trouva une heureuse correction, sauta par terre, ralluma la bougie et retourna en chemise dans son cabinet écrire la nouvelle phrase. Ensuite, il se refourra grelottant sous la couverture. Trois fois, il sauta et il ralluma ainsi sa bougie, pour déplacer un mot ou ajouter une virgule. Enfin, n'y tenant plus, possédé du démon de la perfection, il apporta sa page, enfonça son foulard sur ses oreilles, se tamponna de tous les côtés dans le lit, et jusqu'au jour éplucha sa page, en la criblant de coups de crayon. Voilà comment il travaillait. Nous avons tous ces rages ; mais lui avait ces rages d'un bout à l'autre de ses livres.

[...]

La littérature, à ses yeux, était une fonction supérieure, la seule fonction importante du monde. Aussi voulait-il qu'on fût respectueux pour elle. Sa grande rancune contre les hommes venait beaucoup de leur indifférence en art, de leur sourde défiance, de leur peur vague devant le style travaillé et éclatant. Il avait un mot qu'il répétait souvent de sa voix terrible : « La haine de la littérature ! la haine de la littérature » ; et, cette haine, il la retrouvait partout, chez les hommes politiques plus encore que chez les bourgeois.

BIBLIOGRAPHIE

Éditions complètes des *Rougon-Macquart*

Édition de la Bibliothèque de la Pléiade, Gallimard, 1960, préface d'Armand Lanoux, études, notes et variantes par Henri Mitterand. *La Curée* se trouve dans le tome I.

Édition de l'Intégrale (tome I pour *La Curée*), Le Seuil, 1969.

Ouvrages à consulter :

C. BECKER : *Les Critiques de notre temps et Zola* (Garnier, 1972).

Marc BERNARD : *Zola par lui-même,* Le Seuil, 1952 (Écrivains de toujours).

Jean BORIE : *Zola et les mythes, ou de la nausée au salut* (Le Seuil, 1971).

Michel BUTOR : « Émile Zola, romancier expérimental, et la flamme bleue » (*Critique,* n° 239, avril 1967, pp. 407 à 437).

A. DEZALAY : *Lectures de Zola*, A. Colin, coll. U2.

J. FRÉVILLE : *Zola, semeur d'orages,* Éditions sociales, 1952.

Denise LEBLOND-ZOLA : *Émile Zola raconté par sa fille,* Fasquelle, 1931.

P. MARTINO : *Le Naturalisme français*, A. Colin, coll. U2.

G. ROBERT : *Émile Zola, principes et caractères généraux de son œuvre,* Belles-Lettres, 1952.

Un numéro spécial de la revue *Europe* a été consacré à Zola (avril-mai 1978).

Pour se tenir au courant des études sur Zola : *Les Cahiers naturalistes,* revue bi-annuelle publiée par la Société littéraire des amis d'Émile Zola, et les éditions Fasquelle (le premier numéro a paru en 1955). On y trouvera des études sur *La Curée,* notamment dans les numéros 45 (1973) et 51 (1977).

Renée, drame en cinq actes tiré de *La Curée,* a été joué en 1887. Le texte se trouve dans la série des *Œuvres complètes* (t. 33) du Cercle du Bibliophile, éditions Fasquelle, 1969.

FILMOGRAPHIE

1916   Baldassare Negroni, IT.

1966   Roger Vadim, FR. (Renée : Jane Fonda ; Saccard : Michel Piccoli ; Maxime : Peter McEnery).

TABLE DES MATIÈRES

I - AU FIL DU TEXTE

- La date
- Le titre
- Composition :
  - Point de vue de l'auteur
  - Structure de l'œuvre

- ●◆ Droit au but
  - *Renée dans la serre chaude*
  - *« Ils ont coupé Paris en quatre »*

- ⮑ En flânant
  - *Renée, femme-fleur*

- Les thèmes clés

II - DOSSIER HISTORIQUE ET LITTÉRAIRE

Impression réalisée par

BRODARD & TAUPIN

57871 – La Flèche (Sarthe), le 31-05-2010
Date initiale du dépôt légal : janvier 2008
Dépôt légal de la nouvelle édition : juillet 2009
Suite du premier tirage juin 2010

POCKET – 12, avenue d'Italie - 75627 Paris cedex 13

Imprimé en France